DANSE, DANSE, DANSE

Haruki Murakami, né à Kobé en 1949, a étudié la tragédie grecque et dirigé un bar de jazz à Tokyo, avant de se consacrer totalement à l'écriture. Traducteur de Fitzgerald, Irving et Chandler, il rencontre le succès dès son premier roman paru au Japon en 1979. En France, les éditions du Seuil ont publié, entre autres, *La Ballade de l'impossible* (1994), *Danse, danse, danse* (1995) et *L'éléphant s'évapore* (1998).

DU MÊME AUTEUR

La Course au mouton sauvage
Le Seuil, 1990
et « Points » n° 1031

La Fin des temps
Le Seuil, 1992
et « Points » n° 828

La Ballade de l'impossible
Le Seuil, 1994
et « Points » n° 1067

L'éléphant s'évapore
Le Seuil, 1998
et « Points » n° 1155

Chroniques de l'oiseau à ressort
Le Seuil, 2001
et « Points » n° 1268

Au sud de la frontière, à l'ouest du soleil
Belfond, 2002
et « 10/18 » n° 3499

Après le tremblement de terre
« 10/18 » n° 3379

Les Amants du Spoutnik
Belfond, 2003
et « 10/18 » n° 3684

Kafka sur le rivage
Belfond, 2006

Haruki Murakami

DANSE, DANSE, DANSE

ROMAN

Traduit du japonais
par Corinne Atlan

Éditions du Seuil

TEXTE INTÉGRAL

TITRE ORIGINAL
Dansu, dansu, dansu
Éditeur original : *Kodansha*

ISBN original : 4-06-20-41-235-00093

ISBN 2-02-066408-9
(ISBN 2-02-019020-6, 1re publication)

www.seuil.com

1

Je rêve souvent de l'hôtel du Dauphin.

Dans mon rêve je fais partie de l'hôtel. Le bâtiment, déformé, s'allonge interminablement, en une sorte de prolongation de mon être. On dirait un immense pont surmonté d'un toit. Et ce pont qui m'englobe s'étend de la préhistoire aux confins de l'univers. Il y a aussi quelqu'un qui pleure dans mon rêve. Quelque part, quelqu'un verse des larmes pour moi. Je perçois nettement les battements de cœur et la douce chaleur de cet hôtel dont je ne suis qu'une infime partie.

Je rêve...

Mais je me réveille et me demande où je suis. Je me pose *réellement* cette question : « Où suis-je ? » Question totalement inutile, car je connais la réponse depuis le début : je suis dans ma vie, voilà où je suis. Ma vie. Un appendice à ce sentiment d'existence réelle nommé « moi ». Un état, des événements, des circonstances qui se sont mis à exister en un rien de temps en tant qu'attributs de « moi », alors que je ne me rappelle même pas m'en être particulièrement rendu compte. Il arrive qu'il y ait une femme endormie à côté de moi. Mais la plupart du temps je suis seul. Seul avec le grondement de l'autoroute sous mes fenêtres, un fond de whisky dans le verre à mon chevet, et des particules de poussière dans la lumière hostile – ou peut-être simplement indifférente –

du matin. Parfois il pleut. Quand il pleut, je reste dans mon lit à rêvasser. S'il reste un fond de whisky de la veille dans mon verre, je le bois. Je regarde les gouttes de pluie tomber du rebord du toit, et je pense à l'hôtel du Dauphin. J'étire lentement bras et jambes, pour vérifier que je suis bien moi-même, que je ne fais plus partie de rien. *Je ne fais partie de rien.* Mais je me rappelle encore la sensation du rêve : je tends un bras, et l'ensemble de l'hôtel se meut en réponse. Comme un délicat mécanisme actionné par de l'eau, tous les rouages se mettent à bouger un à un, dans l'ordre, lentement, précautionneusement, avec un léger bruit à chaque palier. En écoutant bien, je peux même saisir dans quelle direction cela avance. Je tends l'oreille. Et je perçois un bruit lointain et calme de sanglots. Quelque part, au fond des ténèbres, quelqu'un pleure pour moi.

Je rêve...

L'hôtel du Dauphin existe réellement, dans un quartier pas très reluisant de la ville de Sapporo. J'y ai séjourné toute une semaine, il y a quelques années de cela. Non, essayons de nous montrer plus précis. Il y a combien d'années ? Quatre ans. Quatre ans et demi exactement. Je n'avais pas encore trente ans. J'ai dormi dans cet hôtel avec une fille. C'est elle qui l'avait choisi. « Allons dormir là », avait-elle dit. Elle avait même dit : « *Il faut* qu'on aille dormir dans cet hôtel. » De toute façon, si elle ne l'avait pas exigé, jamais je n'aurais été dormir dans un endroit pareil.

Dans ce petit hôtel minable, nous n'avions pas vu défiler beaucoup de clients en l'espace d'une semaine. Mais il devait bien y en avoir quelques-uns en dehors de nous, puisqu'au panneau de la réception il manquait des clés de temps à autre. Le bon sens me dit qu'un établissement inscrit dans les pages jaunes de l'annuaire, et portant un panneau « hôtel » sur sa devanture, dans une grande ville, ne peut pas ne jamais avoir de clients. En tout cas, ces clients-là étaient incroyablement discrets : on ne les voyait ni ne les entendait jamais, on n'avait même pas l'impression qu'ils existaient. Simplement la disposition des clés sur le panneau différait légèrement chaque jour. Peut-être se faufilaient-ils le long du couloir, rasant les murs comme des ombres évanescentes. De temps en temps, l'ascenseur grinçait au loin, mais quand le bruit cessait, le silence paraissait d'autant plus impénétrable.

C'était un drôle d'hôtel.

Il me faisait penser à un organisme arrêté en cours d'évolution. Une régression génétique. Un organisme atteint de malformation et qui, incapable d'inverser le processus, continue à évoluer dans la mauvaise direction. Un organisme solitaire, tous ses vecteurs d'évolution effacés, abandonné à jamais dans le crépuscule de l'histoire. Vallée oubliée par le temps. Mais ce n'est la faute de personne. On ne peut tenir personne pour responsable, personne n'y peut rien. Pour commencer, on n'aurait jamais dû construire un hôtel à cet endroit, c'est là que les erreurs ont commencé. Il y a eu erreur dès le départ et, fatalement, ça a semé le désordre dans tout l'édifice. Chaque essai pour redresser les choses a de nouveau donné naissance à un léger désordre. Résultat, tout s'est mis peu à peu à se déformer. Si on essaie de regarder tout ça en face, on est obligé, par un phénomène naturel, de pencher plusieurs fois le cou. Un genre de distorsion. Comme on penche la tête selon un angle à peine prononcé, on ne se rend pas vraiment compte de ce qui cloche dans cette position, et on finit même par s'habituer. Pourtant il y a à n'en pas douter une distorsion, presque imperceptible, certes, mais telle que si l'on s'y habitue, on ne pourra plus s'empêcher de tout regarder, même le monde normal, en inclinant légèrement la tête.

L'hôtel du Dauphin, c'était un hôtel comme ça. N'importe qui pouvait voir qu'il avait quelque chose de *pas normal*: tout ce désordre accumulé peu à peu allait finir par atteindre un point de saturation, l'hôtel risquait d'être aspiré par une tornade dans un avenir tout proche, cela sautait aux yeux. C'était vraiment un hôtel miteux. Miteux comme un chien noir boitant sous une pluie de décembre. Les hôtels miteux ne manquent pas dans le monde, mais celui-ci avait quelque chose de particulier : il correspondait parfaitement au concept de « miteux ». C'était l'image même du minable.

Il est sans doute inutile de préciser que fort peu de gens choisissent de leur propre chef un hôtel pareil, il s'agit plutôt d'ignorants qui se retrouvent là par erreur.

L'hôtel du Dauphin ne s'appelait pas vraiment comme ça. Son nom officiel était « Dolphin Hotel », dénomination qui donnait une impression assez éloignée de l'aspect des lieux (« Dolphin Hotel » m'évoquait un hôtel tout blanc, comme un gâteau recouvert de sucre glace, au bord d'une plage de la mer Égée), j'avais donc fait le choix tout à fait personnel de l'appeler plutôt « hôtel du Dauphin ». L'entrée était ornée d'un dauphin en relief, ma foi assez réussi. Il y avait aussi une enseigne, indispensable car sans elle à mon avis personne n'aurait pris cet endroit pour un hôtel. Même avec l'enseigne, ça ne ressemblait guère à un hôtel, mais plutôt à un musée désargenté. Un musée spécial, où des gens dotés d'une curiosité spéciale se rendraient discrètement, pour voir les objets spéciaux exposés dans les salles.

Si la façade de l'hôtel du Dauphin donnait cette impression aux gens qui passaient devant, il ne s'agissait pas seulement d'un sursaut déplacé de leur imagination, car une partie de l'hôtel était bel et bien aménagée en musée.

Qui pouvait bien séjourner dans un endroit pareil ? Un hôtel transformé en absurde musée, où un amoncellement de moutons empaillés, de peaux pleines de poussière, de documents sentant le moisi et de vieilles photos jaunies encombrait le fond d'un couloir sombre ? Un hôtel dans tous les recoins duquel des pensées inaccomplies avaient collé leur croûte de boue ?

Les meubles avaient des teintes fanées, les tables étaient branlantes, les clés mal adaptées aux serrures. Le plancher du couloir était élimé, les ampoules éclairaient mal. Les bondes s'ajustaient mal, les lavabos ne retenaient pas l'eau. La sinistre toux caverneuse de la servante obèse, aux jambes éléphantesques, résonnait dans les couloirs. Installé au comptoir de la réception, le gérant, un quadragénaire auquel il manquait deux doigts, avait un regard triste de perdant. Comme si elle avait trempé dans un bain d'encre bleu pâle, son existence tout entière semblait imprégnée d'une ombre de découragement, d'échec et de défaite. On avait envie de le mettre sous verre et de le déposer dans une classe de sciences naturelles, sous l'étiquette : « spécimen du raté total ». À de légères différences près, tous les gens qui le côtoyaient ressentaient une pitié mêlée d'irritation. Qui choisirait de séjourner dans un hôtel tenu par un type pareil ?

Nous, en tout cas, nous y avions séjourné. « Il faut qu'on aille dans cet hôtel », avait-elle dit. Ensuite elle avait disparu, me laissant tout seul, et l'homme-mouton m'avait averti de sa disparition. « Elle est partie, tu sais », voilà ce qu'il était venu me dire, l'homme-mouton. Il savait bien, lui, qu'elle devait partir. Moi aussi je comprends, maintenant. Elle, son but était uniquement de me conduire ici. C'était son destin. Et c'est à ça que je pense maintenant en regardant les gouttes de pluie : au destin.

Elle est la première personne à qui j'ai pensé quand j'ai commencé à rêver de l'hôtel du Dauphin. Elle m'appelle à nouveau, me suis-je dit, elle a besoin de moi. Sinon, pourquoi ce rêve reviendrait-il sans cesse ?

« Elle », je ne sais même pas son nom. J'ai vécu plusieurs mois avec elle mais j'ignore son nom. Je ne sais rien de concret sur elle, sinon qu'elle faisait partie d'un club très fermé de call-girls, un club qui n'acceptait pour membres que des personnalités reconnues. Une prostituée de luxe, en somme. À part ça, elle avait quelques autres activités professionnelles. Par exemple, pendant la journée, normalement elle était correctrice dans une petite maison d'édition, et elle exerçait aussi à temps partiel le métier de mannequin spécialisé dans les oreilles[1]. Autrement dit elle avait une vie bien remplie. Naturellement, elle devait bien avoir un nom comme tout le monde. En fait, elle en avait même plusieurs. Et en même temps, elle n'en avait pas. Aucun des objets qu'elle possédait – c'est-à-dire presque rien – ne portait de nom. Pas de carte d'abonnement de train, ni de permis de conduire, ni de carte de crédit. Elle avait bien un petit carnet, mais il était plein de signes incompréhensibles griffonnés partout. Je n'avais aucun point de repère concernant son existence. Les prostituées avaient sûrement un nom, mais elles vivaient dans un monde où on n'en a pas.

En tout cas, moi, je ne savais presque rien d'elle. Je ne savais pas ce qu'elle avait fait comme études. Je ne savais pas si elle avait de la famille. Elle était venue de nulle part et repartie, comme une averse soudaine, ne me laissant que mes souvenirs.

Mais maintenant je sentais ces souvenirs s'emplir à nouveau d'un sentiment de réalité. À travers l'hôtel du Dauphin, c'était elle qui m'appelait. Elle avait à nouveau besoin de moi. Et pour moi, la seule façon de la retrouver, c'était de faire partie une fois de plus de cet hôtel. Peut-être était-elle là-bas, en train de pleurer pour moi.

Tout en regardant tomber la pluie, je songeais à cette sensation d'être englobé par quelque chose, d'en faire partie. Et je songeais aussi que quelqu'un, quelque part, pleurait pour moi. Comme si cela appartenait à un monde extrêmement lointain. Un incident qui se produisait sur la Lune ou sur un endroit de ce genre. Finalement, ce n'était jamais qu'un rêve, et j'aurais beau tendre les mains, j'aurais beau courir de toutes mes forces, je ne pourrais jamais atteindre ce lieu.

Pourquoi quelqu'un pleure-t-il pour moi ?

C'est elle qui m'appelle. Depuis l'hôtel du Dauphin. Et c'est aussi ce que je souhaite, quelque part, dans mon

1. Voir *La Course au mouton sauvage*, Paris, Éditions du Seuil, 1990 *(NdE)*.

cœur. Oui, c'est cela que je veux, faire à nouveau partie de ce lieu. De ce lieu étrange et fatal.

Mais il n'est pas facile de retourner à l'hôtel du Dauphin. Il ne suffit pas de réserver une chambre par téléphone et de prendre l'avion pour Sapporo, ce n'est pas si simple. L'hôtel du Dauphin, c'est un hôtel, mais c'est aussi une situation particulière, une circonstance qui a pris la forme d'un hôtel. Retourner à l'hôtel du Dauphin, c'est refaire face aux ombres du passé. À cette idée, je ne peux m'empêcher d'être envahi de pensées sinistres. Au cours de ces quatre dernières années, je me suis efforcé de rejeter le plus loin possible cette part d'ombres glaciales et obscures. Et retourner à l'hôtel du Dauphin, c'est abandonner, renoncer à tout ce que j'ai pu amasser tranquillement petit à petit dans mon coin au cours de ces quatre années. Non pas que je me sois approprié des choses bien précieuses, non. Ce n'est jamais qu'un bric-à-brac commode et provisoire. Mais j'ai soigneusement rassemblé ce bric-à-brac, établissant de mon mieux une connexion entre moi et la réalité, et je me suis construit une nouvelle vie, fondée sur un modeste sens des valeurs qui m'est propre. Est-ce à dire que maintenant je dois une fois de plus repartir à zéro, est-ce à dire que je dois ouvrir la fenêtre pour tout jeter ?

Mais c'est par là que tout doit commencer. Je le sais. Ça ne peut commencer que comme ça.

Allongé sur le lit, j'ai poussé un profond soupir en contemplant le plafond. Laisse tomber ! Laisse tomber, tout ce que tu peux penser ne servira à rien. Ce qui t'arrive dépasse tes forces. Tu auras beau réfléchir, les choses ne peuvent commencer qu'à partir de là, et tu le sais.

@ @ @ @

Il serait temps que je parle un peu de moi.

Autoportrait.

Autrefois, je faisais souvent ça à l'école. À la rentrée, chaque élève, tour à tour, venait parler de lui devant toute la classe. J'étais vraiment nul à ce jeu-là. En fait, je ne trouvais aucun sens à cet exercice. Qu'est-ce que je pouvais bien savoir de moi-même ? Le moi que j'appréhendais à travers ma propre conscience était-il mon vrai moi ? Tout comme notre propre voix enregistrée sur une cassette nous paraît différente de notre vraie voix, l'image que j'avais de moi-même n'était-elle pas une image déformée et reconstruite à la façon qui m'arrangeait ? Voilà ce que je me disais tout le temps. Chaque fois que je me présentais moi-même, chaque fois que je devais parler de moi en public, il me semblait que j'étais en train de rédiger mon carnet de notes à ma façon. Ça m'angoissait. Je m'efforçais de dire uniquement des vérités objectives qui n'avaient pas besoin d'explications (j'ai un chien, j'aime la natation, je déteste le fromage, etc.), mais il me semblait que je tenais des propos creux concernant un être évanescent. Et quand j'écoutais les autres se décrire eux-mêmes, il me semblait qu'ils parlaient d'eux comme s'il s'agissait d'une autre personne, et que nous vivions tous dans un monde aérien en respirant un air irréel.

Bon, je vais quand même essayer de parler de moi. Tout commence à partir de ce que je vais dire. C'est le premier pas. On pourra juger par la suite si ce que j'ai dit est correct ou non. Je pourrai en juger moi-même, et quelqu'un d'extérieur aussi. De toute façon, maintenant, il faut que je me raconte. Et je dois aussi me rappeler ce que j'ai dit.

Maintenant, j'aime le fromage. Je ne sais pas depuis quand, mais je me suis mis à l'aimer, tout naturellement. Mon chien, pris par la pluie, est mort de pneumonie l'année de mon entrée au collège, et je n'en ai jamais eu d'autre. Mais j'aime toujours la natation.

Fin.

Mais on ne peut pas en finir aussi simplement. Quand on demande quelque chose à la vie (y a-t-il des gens qui ne demandent rien à la vie ?), la vie exige des données plus nombreuses. Pour dessiner un plan précis, il faut des traits plus nombreux que ça. Si je ne le fais pas, je n'aurai pas de réponse.

Réponse impossible pour cause de manque de données. Appuyez sur la touche « annulation ».

J'appuie sur la touche « annulation ». L'écran devient blanc. Mes camarades de classe commencent à me jeter des objets. Ils crient : « Dis quelque chose de plus ! Parle de toi ! » Le professeur fronce les sourcils. Debout sur l'estrade, je reste figé, sans voix.

Parle ! Si tu ne dis rien, rien ne pourra commencer. Et parle le plus longtemps possible. On verra bien après si tu as dit vrai ou non.

@ @ @ @

De temps en temps, une jeune femme venait dormir chez moi. On mangeait ensemble, on partait ensemble au bureau. Elle non plus n'a pas de nom dans mon histoire, mais uniquement parce qu'elle est un personnage secondaire. Elle va disparaître immédiatement, c'est pourquoi, pour éviter la confusion, je ne lui ai pas donné de nom. Mais je ne voudrais pas qu'on en déduise pour autant que je prends son existence à la légère. Je l'aimais beaucoup, et même maintenant qu'elle n'est plus là, ce sentiment n'a pas changé.

Elle et moi, on était amis. Du moins, elle était pour moi l'unique personne que je pouvais appeler « amie ». Elle avait un autre amant stable en dehors de moi. Elle travaillait dans les télécommunications, et calculait sur ordinateur le montant des factures de téléphone. Je ne lui ai jamais demandé de détails sur son lieu de travail, et elle ne m'a jamais rien dit de particulier là-dessus, mais en gros je crois que c'était ce genre de travail : préparer les factures avec le montant global des communications, pour chaque numéro de téléphone particulier. Voilà pourquoi, chaque mois, quand je trouvais dans ma boîte aux lettres ma facture de téléphone, j'avais l'impression de recevoir une lettre personnelle.

En outre, chose qui n'a rien à voir avec ce qui précède, elle couchait avec moi deux ou trois fois par mois. Elle me trouvait lunatique. « Dis, pourquoi tu ne retournes pas vivre sur la Lune ? » me disait-elle avec un petit rire, toute nue dans le lit, son corps collé au mien, ses seins pressés contre mon flanc. On discutait souvent comme ça, aux alentours de l'aube, avec en bruit de fond le grondement continu de l'autoroute, et les chansons monocordes des Human League que déversait la radio. **Human League !** Quel nom idiot. Pourquoi ce groupe avait-il choisi un nom aussi insensé ? Dans le temps, les groupes avaient des noms plus mesurés, plus normaux. Imperials, Supremes, Flamingos, Falcones, Impressions, Doors, Four Seasons, Beach Boys...

Cela la faisait rire quand je lui disais ça. Elle me trouvait bizarre. Moi, je ne voyais pas en quoi j'étais bizarre ; je me prenais pour un type normal, avec une façon de penser tout ce qu'il y a de plus normale. Human League ! Je vous demande un peu.

– J'aime bien être avec toi, disait-elle. De temps en temps je suis prise d'une envie folle de te voir. Quand je suis au bureau en train de travailler par exemple.

– Hmm.

– *De temps en temps*, hein, insista-t-elle.

Il y eut un blanc de trente secondes. La chanson des Human League venait de finir, un groupe que je ne connaissais pas l'avait remplacée.

– C'est ça le problème, reprit-elle. J'adore être avec toi comme ça, mais je ne peux pas m'imaginer vivant avec toi du matin au soir. Je ne sais pas pourquoi.

– Hmm.

– Ce n'est pas que je me sente mal à l'aise avec toi, mais de temps en temps j'ai l'impression que l'air se raréfie, comme si on était sur la Lune.

– Mais un petit pas sur la Lune est un grand pas pour l'humanité !

– Arrête, je ne plaisante pas.

Elle se redressa sur le lit et planta son regard dans le mien.

« C'est pour toi que je dis ça. Tu connais quelqu'un

d'autre capable de te dire les choses pour ton bien ? Hein, dis-moi ? Il y en a d'autres qui te disent ce genre de choses ?

– Non, répondis-je honnêtement. Personne.

Elle se rallongea, appuya doucement ses seins sur mon flanc, tandis que ma main lui caressait le dos.

– En tout cas, quand je suis avec toi, de temps en temps l'air se raréfie comme si on était sur la Lune, voilà !

– Mais sur la Lune l'air n'est pas du tout raréfié, lui fis-je remarquer, pour la bonne raison qu'il n'y en a pas.

– Il *est* raréfié, fit-elle d'une petite voix.

Je me demandais si elle n'avait pas entendu ma remarque ou si elle l'ignorait sciemment, mais sa voix était si basse que j'en éprouvai une tension soudaine. Un je ne sais quoi dans sa voix me rendait nerveux.

« Oui, de temps en temps, l'air se raréfie, comme ça, mine de rien, et tout à coup j'ai l'impression que tu ne respires pas la même atmosphère que moi.

– Manque de données, dis-je.

– Tu veux dire par là que je ne sais rien de toi ?

– Moi non plus je ne sais rien de moi. Je ne dis pas ça pour philosopher, mais dans un sens beaucoup plus réaliste. Il y a un manque global de données.

– Mais tu as déjà trente-trois ans, non ?

Elle, elle en avait vingt-six.

– Trente-quatre, rectifiai-je Trente-quatre ans et deux mois.

Elle secoua la tête, puis se leva et alla ouvrir les rideaux. Par la fenêtre on apercevait l'autoroute. Et au-dessus de l'autoroute, la lune de six heures du matin, blanche comme un squelette. Elle portait un de mes pyjamas.

– Retourne donc sur la Lune, dit-elle en montrant l'astre du doigt.

– Il doit faire froid, dis-je.

– Sur la Lune ?

– Mais non ! Ici, maintenant, tu n'as pas froid ?

On était en février. Debout devant la fenêtre, elle

exhalait une haleine blanche. À ma remarque, elle s'aperçut enfin qu'il faisait froid.

Elle se dépêcha de se recoucher, et je la pris dans mes bras. Le pyjama était glacé. Elle pressa le bout de son nez, glacé lui aussi, dans mon cou.

–Je t'aime bien, dit-elle.

Je cherchai quelque chose à dire mais les mots ne me venaient pas. Moi, j'avais de la sympathie pour elle. Quand on était au lit comme ça tous les deux, le temps passait agréablement. J'aimais réchauffer son corps, lui caresser doucement les cheveux. J'aimais écouter sa respiration légère quand elle dormait, l'amener à son bureau le matin, recevoir mes factures de téléphone calculées par elle – du moins c'est ce que je me plaisais à croire –, voir sa silhouette flotter dans mon pyjama trop grand. Mais je ne pouvais pas exprimer tout ça en une seule phrase. Je ne pouvais pas lui dire « je t'aime », car évidemment il ne s'agissait pas de ça et « je t'aime bien » ne convenait pas non plus.

Qu'est-ce que j'aurais bien pu lui dire ?

De toute façon aucun mot ne me venait. Et je sentais bien que mon silence la blessait. Je le sentais aussi distinctement que la forme de ses vertèbres que je suivais des doigts sous la peau douce. Pendant un moment nous restâmes silencieux tous les deux, écoutant une chanson dont j'ignorais le titre. Elle posa doucement la main sur mon bas-ventre.

–Retourne dans la Lune, te marier avec une femme de là-haut et faire de beaux enfants lunaires, dit-elle doucement.

–Oui, ce serait super.

Par la fenêtre restée ouverte, on apercevait la lune. Toujours enlacé avec elle, je regardais un rayon de lune par-dessus son épaule. De temps en temps un camion lourdement chargé filait sur l'autoroute avec un bruit sinistre d'iceberg prêt à s'effondrer. Je me demandais ce qu'ils pouvaient bien transporter, ces camions.

– Qu'est-ce qu'il y a pour le petit déjeuner ? demanda-t-elle.

– Rien de spécial. La même chose que d'habitude. Du jambon, des œufs, des toasts, le reste de la salade de pommes de terre d'hier midi, et puis du café. Je vais faire chauffer du lait et te faire un café au lait.

– C'est gentil, dit-elle avec un sourire. Tu veux bien faire les œufs au jambon, le café et faire griller les toasts ?

– Évidemment, avec plaisir.

– Tu sais ce que je préfère ?

– Honnêtement, je n'en ai aucune idée.

– Ce que je préfère au monde, dit-elle en me regardant dans les yeux, c'est l'odeur du café un matin froid d'hiver où on n'a pas envie de se lever, et l'odeur des œufs au jambon qui grésillent dans la poêle, et me lever d'un bond au déclic du toaster parce que je n'en peux plus d'attendre le petit déjeuner !

– Très bien, on va essayer alors, dis-je en riant.

@ @ @ @

Je ne suis pas un type bizarre.

Je le pense vraiment.

Je ne suis peut-être pas tout à fait dans la moyenne, mais en tout cas je ne suis pas bizarre. Je suis terriblement normal, à ma façon à moi. Complètement *straight*. Mais *straight* à la façon d'une flèche. Ma façon d'être est la plus inévitable, la plus naturelle du monde. Pour moi c'est une vérité évidente, si bien que ça m'est un peu égal, ce que les autres peuvent penser de moi. La façon dont les autres me voient, c'est un problème qui ne me concerne pas. C'est *leur* problème.

Il y a toute une catégorie de gens qui me croient plus obtus que je ne suis en réalité, d'autres qui me croient plus calculateur. Mais ça m'est complètement égal. Et en outre, cette expression « plus que je ne suis en réalité » veut seulement dire « plus que je ne le suis par rapport à l'image que je me fais de moi-même ». Pour certaines personnes je suis quelqu'un de complètement balourd, ou bien je suis calculateur. Mais moi, ça m'est bien égal, ce n'est pas un problème bien important. Les malentendus n'existent pas en ce monde. Il y a différentes façons de penser, et voilà tout. Ça, c'est ma façon de penser à moi.

Mais ceci mis à part, il y a des gens qui sont attirés par ma « normalité ». Il y en a peu, certes, mais ils existent. Eux (ou elles) et moi, on s'attire exactement comme deux astéroïdes flottant dans l'espace sombre de l'univers, on se rapproche puis on s'éloigne à nouveau. Ils viennent chez moi, on entretient des relations, et un beau jour ils repartent. Ils ou elles sont devenus mes ami(e)s, mes maîtresses, ma femme. Dans certains cas, ils deviennent des existences qui s'opposent à la mienne. Mais ils finissent toujours par disparaître. Ils renoncent, désespèrent, ou bien se taisent et s'en vont. Ma maison a deux portes, l'entrée et la sortie, et on ne peut pas les intervertir. On ne peut entrer par la sortie ni sortir par l'entrée. Il y a plusieurs façons d'entrer, et plusieurs façons de sortir. Mais tout le monde finit par ressortir. Certains sont sortis pour essayer de nouvelles possibilités, d'autres pour faire des économies de temps. D'autres encore sont morts. Mais pas un n'est resté. S'il n'y a plus personne dans ma maison, à part moi-même, je suis toujours conscient de l'absence de ceux qui l'ont désertée. Leurs silhouettes, les mots qu'ils ont prononcés, leur haleine, les chansons qu'ils ont fredonnées, tout cela flotte dans les moindres recoins de ma demeure, comme des flocons de poussière. Je me demande si l'image de moi qu'ils ont perçue n'était pas plutôt juste. C'est exactement pour cela qu'ils sont venus droit vers moi, et sont repartis ensuite : ils ont reconnus une honnêteté qui m'est propre, et la sincérité de mes efforts pour conserver coûte que coûte cette honnêteté – je ne trouve pas d'autre façon d'exprimer ça. Ils ont essayé de me dire quelque chose, ils ont tenté d'ouvrir mon cœur. C'étaient presque tous des gens au cœur tendre. Mais ils n'ont rien pu me donner. Même s'ils avaient pu me donner quelque chose, ça n'aurait pas suffi. Moi aussi, je me suis efforcé de donner, dans la mesure de mes moyens. J'ai fait ce que je pouvais. Moi aussi, j'aurais voulu avoir besoin d'eux. Mais finalement ça n'a pas marché. Et ils sont partis.

Évidemment, c'était pénible.

Mais ce que je trouvais le plus pénible, c'est qu'en repartant de chez moi, ils avaient l'air encore plus malheureux qu'en arrivant. Ils repartaient encore plus usés de l'intérieur. Je le savais. C'est étrange à dire, mais ils semblaient plus usés encore que moi-même. Pourquoi ? Pourquoi étais-je toujours seul en définitive ? Pourquoi ne me restait-il au creux des mains que l'ombre d'un être usé ? Pourquoi ? Je ne sais pas.

Données insuffisantes.

Voilà pourquoi on n'obtient jamais la réponse : il manque des éléments.

Un jour, en revenant d'un rendez-vous de travail, j'ai trouvé dans ma boîte aux lettres une carte postale sur laquelle on voyait des astronautes marcher en scaphandre sur la Lune. Il n'y avait pas le nom de l'expéditeur, mais j'ai tout de suite compris de qui ça venait.

« Je crois qu'il vaut mieux qu'on ne se voie plus, avait-elle écrit. Je vais sans doute me marier prochainement avec un Terrien. »

J'ai entendu la porte se refermer.

Réponse impossible pour cause de manque de données. Appuyez sur la touche « annulation ».

L'écran devient blanc.

Je me suis demandé jusqu'à quand ça allait continuer. J'ai déjà trente-quatre ans. Jusqu'à quand ça va continuer ?

Je n'étais pas malheureux. J'étais responsable, de toute évidence. C'était normal qu'elle s'éloigne de moi, et je savais depuis le début que ça finirait comme ça. Elle aussi le savait. Mais on demandait juste un petit miracle. Une petite occasion qui ferait se renverser le processus. Évidemment rien de la sorte ne s'était produit. Et elle était partie. Je me sentais un peu seul maintenant, sans elle, mais j'avais déjà tellement l'expérience de cette tristesse. Je savais que je la surmonterai.

J'y étais *habitué*.

Cette idée m'était désagréable. Comme si une bile noirâtre me remontait des entrailles au gosier. Voilà, c'est moi, me suis-je dit, debout devant le miroir de la salle de bains. C'est toi. C'est toi qui t'uses toi-même, mon vieux, et tu es beaucoup plus usé que tu ne le crois. Mon visage paraissait plus sale que d'habitude, je faisais plus vieux. Je me suis soigneusement lavé la figure au savon, me suis frotté la peau avec de la lotion, lavé les mains lentement, enfin je me suis essuyé avec une serviette propre. Puis je suis allé dans la cuisine et j'ai rangé le frigo en buvant une bière. J'ai jeté des tomates qui commençaient à pourrir, aligné les bières, transvasé des aliments, fait une liste de courses.

À l'aube, en regardant la lune tout seul, je me suis demandé jusqu'à quand ça allait continuer.

Un de ces jours, j'allais rencontrer une autre femme. On serait attirés naturellement l'un vers l'autre, comme deux planètes. Et puis on attendrait en vain un miracle, on userait nos cœurs, avec le temps en pâture, et puis on se quitterait. Jusqu'à quand ça allait continuer comme ça ?

2

Une semaine après avoir reçu cette carte postale de la Lune, je dus me rendre dans le Hokkaido, à Hakodate, pour mon travail. On pouvait difficilement qualifier cette mission de plaisante, mais je n'étais pas en position de me montrer difficile. En outre, quel que soit le genre de travail qu'on me propose, cela ne fait pas grande différence pour moi. Généralement, plus on va au bout des choses, plus la différence entre événements heureux et malheureux s'estompe. C'est comme les fréquences sonores : passé un certain point, on ne peut plus distinguer le plus aigu entre deux sons très proches, et bientôt, sans même parler de les distinguer, tous les sons finissent par paraître semblables.

Je devais faire un papier, destiné à un magazine féminin, présentant les meilleurs restaurants de Hakodate. Il s'agissait donc de faire la tournée des restaurants en compagnie d'un cameraman, et d'écrire mon article pendant qu'il prendrait des photos. Cinq pages au total. Les magazines féminins sont friands de ce genre d'articles, et il faut bien que quelqu'un les écrive. C'est comme le ramassage des ordures ou le déneigement : il faut bien que quelqu'un s'en charge. Que la tâche lui plaise ou non.

Cela faisait trois ans et demi que je donnais dans ce genre de travail semi-culturel. Je faisais du déneigement culturel, en somme.

Certaines circonstances m'ayant contraint à quitter la boîte de publicité que j'avais créée avec un ami, j'étais resté six mois à ne rien faire. Et je n'avais rien envie de faire. De l'automne précédent à cet hiver-là, il s'était vraiment passé beaucoup de choses. J'avais divorcé. Un de mes amis était mort dans d'étranges circonstances[1].

Ma femme était partie sans rien me dire, j'avais rencontré de drôles de gens, avais été impliqué dans des événements bizarres. Et puis, quand tout cela avait pris fin, je m'étais retrouvé comme aspiré dans un calme et une solitude dont je n'avais jamais fait l'expérience jusque-là. Une sensation d'absence d'une épaisseur presque effrayante flottait sur mon appartement. J'avais passé six mois enfermé chez moi. Je ne sortais pratiquement pas, excepté pour acheter le minimum indispensable à ma survie, et à l'aube, pour me promener sans fin dans les rues désertes. Je rentrais chez moi pour dormir, vers l'heure où les gens commençaient à sortir.

Je m'éveillais vers le soir, me préparais un repas frugal, ouvrais une boîte pour le chat. Le repas terminé, je m'asseyais par terre, et retournais dans ma tête, encore et encore, tout ce qui m'était arrivé, essayant d'y mettre de l'ordre. Je répertoriais les événements, faisais une liste des différents choix qui avaient dû exister à un moment donné, réfléchissais au bien-fondé de mes actes. Cela durait jusqu'à l'aube. Puis je sortais à nouveau dans les rues désertes et marchais au hasard pendant des heures.

Ce schéma se répéta jour après jour pendant six mois. De janvier à juin 1979, je ne lus pas un seul livre, n'ouvris pas un journal, n'écoutai pas un disque, ne regardai pas la télé, n'allumai pas la radio. Je ne voyais personne, ne parlais à personne. Je ne buvais presque pas d'alcool, et n'avais même pas envie de boire. Je ne savais rien de ce qui se passait dans le monde, j'ignorais tout des célébrités montantes et de la mort des personnalités connues. Ce n'était pas tant un refus opiniâtre de toute information qu'un manque d'envie de savoir ce qui se passait. Je

1. Voir *La Course au mouton sauvage*, *op. cit.*

sentais pourtant que le monde bougeait. Même enfermé, immobile, dans ma chambre, je pouvais sentir vibrer sur ma peau le mouvement du monde environnant. Mais cela n'avait aucun sens pour moi. Tout passait en m'effleurant comme une brise silencieuse.

Assis sur le plancher de ma chambre, je ressassais sans fin le passé, le revivant dans ma tête. C'est étrange à dire, mais même en me livrant à cet exercice tous les jours pendant six mois, je ne ressentis pas le moindre ennui ni la moindre lassitude. Les événements dont j'avais été témoin étaient trop énormes, avaient trop de facettes. Ils étaient énormes, et si réels que j'aurais presque pu les toucher de la main, comme un monument érigé pour moi seul au milieu des ténèbres de la nuit. Je vérifiais tout à nouveau dans les moindres détails. Les événements que j'avais vécus m'avaient bien entendu causé certains traumatismes, des traumatismes plutôt importants même. Beaucoup de sang avait coulé, sans bruit. Beaucoup de blessures s'étaient effacées avec le temps, mais beaucoup aussi s'étaient ouvertes par la suite. Pourtant, ce n'étaient pas ces blessures qui m'avaient tenu enfermé chez moi six mois durant. Simplement, j'avais besoin de temps. Il me fallait une bonne demi-année pour vérifier et remettre en ordre concrètement – réellement – tout ce qui se rapportait à ces événements. Ce n'était pas un enfermement volontaire, un refus obstiné du monde extérieur, mais simplement une question de temps. C'était un besoin purement physiologique, il me fallait un certain laps de temps pour me remettre debout, réparer les dégâts.

J'avais décidé de ne réfléchir ni à ce que signifiait « me remettre debout », ni à la direction que je prendrais alors. Je me disais que c'était une question à part, que je pourrai étudier par la suite. Avant tout, je devais retrouver l'équilibre.

Je ne parlais même pas au chat. Le téléphone sonnait souvent, je ne répondais jamais.

De temps en temps quelqu'un frappait à la porte, je ne répondais pas.

Plusieurs lettres arrivèrent. Mon ancien associé se faisait du souci pour moi, il ne savait ni où j'étais ni ce que je faisais, c'est pourquoi il essayait à tout hasard de m'écrire à cette adresse. Il voulait savoir s'il pouvait faire quelque chose pour moi. De son côté le travail marchait de mieux en mieux. Il faisait également allusion à la disparition de notre ami commun. Je relus plusieurs fois sa lettre, et une fois que j'en eus saisi le contenu (c'est-à-dire à la quatrième ou cinquième lecture) je rangeai la lettre dans le tiroir de la table.

Mon ex-femme m'écrivit également une lettre, extrêmement terre-à-terre, où elle évoquait plusieurs points pratiques. Elle précisait cependant à la fin qu'elle allait se remarier avec quelqu'un que je ne connaissais pas. Le style sec sous-entendait que je ne le connaîtrais sans doute jamais. Cela signifiait également que ce n'était plus le même partenaire qu'au moment de notre divorce. J'étais sûr que ça finirait comme ça, me dis-je, je connaissais bien le type d'avant, puisque c'était un ami à moi, et il n'était pas très intéressant. Il jouait de la guitare jazz, mais il n'y avait pas de quoi s'extasier sur son talent. Non, vraiment, ce n'était pas un personnage particulièrement intéressant. Je n'avais pas la moindre idée de ce qui avait pu attirer ma femme en lui. Bah, question de personnalité, hein. Qui peut dire ce qui se passe entre les gens ? Elle ne se faisait aucun souci pour moi, écrivait-elle encore, parce que je retomberais toujours sur mes pattes quoi que je fasse. Elle se faisait plutôt du souci pour les gens que j'allais désormais rencontrer. Elle ne savait pas pourquoi, mais ces derniers temps elle se faisait énormément de souci à ce sujet.

Je relus plusieurs fois sa lettre, puis je la mis dans le tiroir de la table.

Voilà comment le temps passait.

Sur le plan financier je n'avais pas de problèmes. J'avais suffisamment d'économies pour vivre six mois sans rien faire, et pour la suite, ma foi, on verrait en temps voulu. L'hiver passa, le printemps vint, illuminant mon appartement d'une douce et paisible lumière. En contemplant chaque jour les rais de lumière qui pénétraient dans ma chambre, je vis l'angle du soleil changer peu à peu. Le printemps emplissait à nouveau mon cœur de vieux souvenirs de gens qui étaient partis, ou morts. Je me rappelai les jumelles. On avait vécu quelque temps à trois, elles et moi. En 1973, je crois bien. À cette époque j'habitais à côté d'un terrain de golf. Nous passions par-dessus le grillage pour entrer dans le golf et nous y promenions des heures, ramassant les balles perdues. Les crépuscules de printemps me faisaient repenser à ces scènes du passé. Qu'étaient-elles devenues, ces jumelles ?

L'entrée et la sortie.

Je repensais au petit snack-bar que je fréquentais avec mon ami disparu. Nous en avions passé du temps à ne rien faire dans ce snack-bar ! Mais en y repensant maintenant, les moments passés là me paraissaient ceux de ma vie qui avaient le plus de substance. C'était étrange, je me rappelai même la musique démodée qui s'y jouait. Nous étions étudiants. Nous buvions de la bière, fumions des cigarettes. Nous avions besoin de cet endroit où s'échangeaient de longues conversations. Je ne me rappelais plus de quoi nous parlions, mais seulement que nous parlions d'un tas de choses.

Et il est mort.

Il est mort avec ces brassées de souvenirs.

L'entrée et la sortie.

Le printemps avançait. Le parfum du vent avait changé, la couleur de la nuit aussi, même les sons prenaient un écho différent. Le début de l'été arriva.

Fin mai, le chat mourut, subitement, sans aucun signe précurseur. Un beau matin en me levant, je trouvai le chat roulé en boule dans un coin de la cuisine, mort. Peut-être qu'il était mort sans bien s'en rendre compte lui-même. Son corps refroidi était raide comme un poulet rôti, son poil semblait bien plus sale que de son vivant. Ce chat s'appelait Sardine et sa vie n'avait pas été un exemple de bonheur. Il n'avait été profondément aimé de personne en particulier, et n'avait rien aimé spécialement lui-même. Il observait toujours les humains d'un air inquiet, comme s'il se demandait ce qu'il allait encore perdre. Je n'ai connu aucun autre chat capable de cette expression dans le regard. En tout cas il était mort. Une fois mort, on n'a plus rien à perdre, c'est le côté merveilleux de la mort.

J'enveloppai son cadavre dans un sac de supermarché et le posai sur le siège arrière de la voiture. J'achetai une pelle à la droguerie voisine, puis je partis vers l'ouest, après avoir allumé la radio, pour la première fois depuis bien longtemps. Le poste diffusait de la musique rock. En général sans grand intérêt. Fleetwood Mac, Abba, les Bee Gees, KC and the Sunshine Band, Donna Summer, Eagles, Boston, les Commodores, John Denver, Chicago, Kenny Loggins... Ce genre de musique s'élevait puis disparaissait comme des bulles. C'était d'un ennui ! De la musique de grande consommation, bonne pour la poubelle, uniquement destinée à extorquer leur argent de poche aux adolescents.

Mais je me sentais un peu triste. Les temps changeaient, voilà tout. Tout en conduisant, j'essayai de me rappeler quelques-uns des tubes sinistres qui passaient à la radio quand j'étais ado. Nancy Sinatra, ah oui, ça c'était vraiment nul. Et les Monkeys : épouvantable ! Même Elvis avait dans son répertoire un tas de guimauves à périr d'ennui. Il y en avait un aussi qui s'appelait Trini Lopez. La plupart des chansons de Pat Boone me faisaient penser à du savon-crème. Et Febain, Anetto, sans oublier les incontournables Herman's Hermits, une vraie catastrophe, ceux-là ! L'un après l'autre, les noms absurdes de groupes anglais de l'époque me revenaient. Ils avaient les cheveux longs, des tenues étranges et ridicules. De combien puis-je me rappeler, voyons ? Honeycombs, Dive Krack Five, Gerry et les Pacemakers, Freddy et les Dreamers... Il y en avait plein. Jefferson Airplane avec ses airs de cadavre encore frais. Tom Jones. Rien que d'entendre son nom je sentais mon corps se tendre d'appréhension. Et Engelbert Humperding, un atroce clone de Tom Jones. Et Herb Alpert et Tiffana Brass dont tous les morceaux ressemblaient à de la musique de pub. Et ces hypocrites de Simon et Garfunkel. Et ces malades des nerfs de Jackson Five.

Toujours la même soupe. Encore plus de la même chose.

Rien ne changeait jamais, à part le numéro des années, et le nom des musiciens. Ce genre de musique de variété stupide à jeter après usage avait toujours existé, et existerait encore. Ça recommençait comme les quartiers de la lune.

Je roulai pas mal de temps en réfléchissant vaguement à ça. En cours de route, la radio diffusa *Brown Sugar* des Rolling Stones. Je me mis à sourire inconsciemment. Ça au moins, c'était de la bonne musique, honnête. *Brown Sugar*, c'était à la mode en 1971, me semblait-il, mais j'avais beau réfléchir, je n'en étais pas très sûr. Enfin, quelle importance maintenant, 71 ou 72 ? Pourquoi fallait-il que je réfléchisse aussi sérieusement à des choses pareilles ?

Je quittai l'autoroute quand le paysage fut devenu assez montagneux, et je trouvai un bois où j'enterrai mon chat. Avec la pelle, je creusai un trou d'environ un mètre de profondeur au fond du bois, et y jetai Sardine, toujours enveloppé dans son sac de supermarché, puis le recouvris de terre. Je m'adressai pour la dernière fois à Sardine : « Désolé mon vieux, mais je ne vois que ça à faire. » Tout le temps que je creusai le trou, un petit oiseau siffla continuellement quelque part. Un petit oiseau au timbre flûté et haut perché.

Quand ce fut fini, je remis la pelle dans le coffre de la voiture, et rentrai à Tokyo par l'autoroute en écoutant à nouveau la radio.

Je ne pensais à rien, me contentant d'écouter la musique. Après un morceau de Rod Stewart, le présentateur annonça « une chanson du bon vieux temps. » C'était *Born to loose* de Ray Charles. Une chanson triste. Depuis que je suis né, j'ai toujours tout perdu, chantait Ray Charles, et maintenant c'est toi que je vais perdre. Ça me rendit vraiment triste d'écouter ça. À en pleurer. Ça m'arrive de temps en temps : un doigt se pose par hasard sur mon cœur, au point le plus sensible. J'éteignis la radio, m'arrêtai à l'aire de service la plus proche, entrai dans le restaurant, commandai un sandwich et un café. J'allai aux toilettes laver soigneusement mes mains maculées de terre, puis je revins manger une bouchée de sandwich et boire deux tasses de café.

Je me demandai ce que faisait mon chat en ce moment. Il devait faire vraiment noir là-bas. Je me rappelai le bruit de la terre tombant sur le sac du supermarché. Mais c'est comme ça qu'on fait, mon vieux Sardine, pour toi, et pour moi aussi. Je restai une bonne heure à contempler le gros sandwich végétarien dans mon assiette. Au bout d'une heure, une serveuse en uniforme violet vint me demander timidement si elle pouvait enlever l'assiette. Je hochai la tête.

Bon, me dis-je.

Il est temps de retourner à la société.

3

Ce n'était pas bien compliqué de trouver du travail au sein de cette énorme ruche, la société capitaliste à haut rendement. À condition, évidemment, de ne pas être trop regardant sur le genre de travail et son contenu.

À l'époque où j'étais mon propre patron, je travaillais beaucoup en rapport avec l'édition, et j'avais eu parfois à écrire un peu moi-même. J'avais quelques relations dans ce milieu, si bien qu'il paraissait relativement facile de me lancer dans le journalisme free-lance pour gagner ma vie. Je suis assez frugal de toute façon, il ne me faut pas grand-chose pour vivre.

Je ressortis donc mon vieux carnet d'adresses et passai quelques coups de fil. Je demandai sans détour à quelques personnes de ma connaissance s'ils n'avaient pas du travail pour moi. Je leur dis que j'avais un peu flemmardé ces derniers temps du fait de certaines circonstances, mais que si on m'en donnait l'occasion, j'étais prêt à travailler de nouveau. Ils me trouvèrent tout de suite plusieurs petites choses à faire. Des articles bouche-trou pour brochures d'entreprises ou magazines de relations publiques. La moitié – au bas mot – des articles que je devais écrire ne voulait rien dire et ne pouvait être utile à personne. C'était vraiment gâcher de l'encre et du papier. Mais je m'acquittai de ma tâche sans états d'âme et écrivis presque machinalement tous les articles dont on me confia la rédaction. Au début je travaillais seulement deux ou trois heures par jour, après quoi je me promenais, ou j'allais au cinéma. Je vis pas mal de films de cette façon. Je vécus ainsi sans trop me fatiguer pendant environ trois mois, rassuré d'avoir à nouveau un lien avec la société, si ténu fût-il.

Peu après le début de l'automne les choses commencèrent à changer brusquement. Les demandes de travail se mirent à affluer, mon téléphone sonnait sans arrêt, le volume de mon courrier augmenta. Je prenais des rendez-vous avec beaucoup de gens, je déjeunais avec eux, ils étaient très aimables avec moi, et me promettaient davantage de travail à l'avenir.

La raison en était simple : je n'étais pas difficile et acceptais tout ce qu'on me demandait, je rendais mes articles en temps voulu, ne protestais jamais quoi qu'il arrive, et j'écrivais lisiblement. Je rendais un travail propre. Je faisais sérieusement ce que les autres n'aimaient pas faire, et ne prenais jamais un air renfrogné même quand le cachet était bas. Si mon téléphone sonnait à deux heures du matin et qu'on me demandait d'écrire vingt pages avant six heures du matin (sur les mérites d'une marque de montre, le charme des femmes de quarante ans, ou les beautés de la ville d'Helsinski, où je n'avais évidemment jamais mis les pieds), tout était bouclé à cinq heures et demie. Si on me demandait de réécrire l'article, j'avais encore jusqu'à six heures du matin pour le faire. J'avais donc bonne réputation, et c'était mérité.

Je faisais du déneigement.

Quand il neigeait, je déblayais efficacement la neige et la repoussais au bord de la route.

Dépourvu de toute ambition et de tout espoir, je me contentais de faire jusqu'au bout, systématiquement, ce qu'on me disait de faire. Pour être franc, il m'arrivait de me demander si je n'étais pas en train de gâcher ma précieuse existence. Mais je parvenais toujours à cette conclusion : il était absurde de me plaindre de gâcher ma vie alors que je gâchai moi-même tant d'encre et de pulpe de bois. Après tout, on vivait dans une société capitaliste de consommation à haut rendement, où le gâchis était la plus grande des vertus. Les politiciens appelaient ça le raffinement du marché interne. Moi, j'appelais ça un absurde gâchis. Différences idéologiques. Mais qu'on soit d'accord ou pas sur l'idéologie, nous vivions tous dans cette société-là. Si ça ne nous plaisait pas, on n'avait qu'à aller vivre au Soudan ou au Bangladesh.

Moi, ni le Soudan ni le Bangladesh ne m'intéressaient.

Depuis quelque temps je recevais des demandes d'articles, non seulement de la part de magazines de relations publiques mais aussi de magazines d'intérêt général, et surtout, je ne sais pourquoi, de journaux féminins. Je me mis à participer à des interviews, à des reportages. Ce n'était pas pour autant plus intéressant que ce que je faisais pour les journaux de relations publiques. La plupart des gens que je devais interviewer étaient des artistes, mais j'avais beau poser des questions différentes à des gens différents, les réponses étaient toujours toutes faites. L'interviewé savait ce qu'il allait répondre avant même que je lui pose la question. Dans les pires instances, le manager me faisait appeler avant l'interview, et me demandait la liste des questions que j'allais poser, si bien que toutes les réponses étaient préparées à l'avance. Si je posais par exemple à telle chanteuse de dix-sept ans une question ne figurant pas sur la liste prévue, son manager, assis à côté d'elle, m'informait aussitôt qu'elle ne pouvait pas répondre parce que c'était hors sujet. Je me demandais parfois sérieusement avec angoisse si cette jeune chanteuse était capable de réciter les mois de l'année sans l'aide de son manager. Évidemment ce type de travail ne méritait même pas le nom d'interview, mais je faisais de mon mieux. Je faisais une enquête approfondie avant, réfléchissais pour trouver des questions originales. J'organisais tout dans le moindre détail. Je savais que je ne serais pas valorisé pour autant, que personne ne m'adresserait de chaleureux compliments. Mais c'était plus simple pour moi de me donner à fond à ce que je faisais, de me surmener en utilisant concrètement – et inutilement –

ma tête et mes mains qui n'avaient pas travaillé pendant un certain temps.

Entraînement personnel.

Réintégration à la société.

Je me mis à avoir un emploi du temps surchargé comme jamais jusque-là. J'avais quelques tâches fixes, et beaucoup qui arrivaient à l'improviste. Tous les articles pour lesquels on ne trouvait personne me revenaient invariablement. Tous les trucs compliqués et susceptibles d'amener des ennuis. J'avais acquis au sein de la société un statut comparable à celui d'un casse de voitures situé à la périphérie de la ville. Quand quelque chose ne marchait pas, on venait le jeter chez moi. De préférence en pleine nuit, à l'heure où tout le monde dort tranquillement.

Grâce à quoi les chiffres sur mon carnet de caisse d'épargne se mirent à gonfler comme je ne l'avais jamais vu, mais j'étais trop surchargé de travail pour trouver le temps d'utiliser tout cet argent. Je me débarrassai de ma voiture qui me causait trop de problèmes, et rachetai pas cher à un ami une Subaru Leone, un modèle un peu ancien, mais je ne faisais pas tant de kilomètres que ça en voiture, et surtout celle-ci avait une stéréo et l'air conditionné. C'était la première fois de ma vie que je conduisais une voiture avec ce genre d'accessoires. Mon appartement était trop excentré, et je déménageai pour m'installer juste à côté de Shibuya. L'autoroute passait un peu trop près de mes fenêtres et c'était bruyant, mais si on ne faisait pas trop attention à ces détails, mon appartement était plutôt confortable.

Je couchai avec plusieurs filles rencontrées grâce à mon travail.

Réintégration à la société.

Je savais avec quel genre de filles je devais coucher. Et je savais aussi avec lesquelles je pouvais coucher et avec lesquelles c'était impossible. Et même avec lesquelles je ne devrais peut-être pas coucher. L'âge venant, on commence à comprendre naturellement ce genre de choses. Je savais aussi à quel moment il convenait de rompre. C'était naturel et pratique. Comme ça je ne faisais de mal à personne, et personne ne m'en faisait. Simplement, je n'éprouvais plus cet espèce de tremblement qui serre le cœur.

Celle avec laquelle j'eus les liens les plus profonds fut la fille dont j'ai parlé, celle qui travaillait dans les télécommunications. Je l'avais rencontrée à un quelconque réveillon de Nouvel An. Nous étions ivres tous les deux, avions échangé des plaisanteries, et comme nous étions sur la même longueur d'ondes, nous étions allés chez moi et avions couché ensemble. Elle était intelligente, et avait de très jolies jambes. Nous partions souvent en balade ensemble dans ma Subaru d'occasion. Quand l'envie lui en prenait, elle m'appelait et me demandait si elle pouvait venir dormir chez moi. Elle savait aussi bien que moi que notre relation ne mènerait nulle part, mais nous avions en commun la sensation de vivre une période de grâce. Pour moi ce furent des jours paisibles et heureux comme je n'en avais pas connu depuis longtemps. Nous bavardions à voix basse, tendrement enlacés, je lui faisais la cuisine, et nous échangions des cadeaux pour nos anniversaires. Nous allions boire des cocktails dans des clubs de jazz. Nous ne nous disputions jamais. Nous savions ce que nous attendions l'un de l'autre. Mais finalement, cela aussi eut une fin. Cela prit fin un jour brusquement, comme un film qui casse.

Quand elle s'en alla, je ressentis une perte plus grande encore que je ne m'y attendais. Pendant pas mal de temps je me sentis incroyablement vide. Finalement je n'allais nulle part. Tous ils s'en allaient les uns après les autres, et moi, je ne faisais que rester là à attendre, dans une période de grâce prolongée indéfiniment. Je menais une vie réelle, mais qui ne l'était pas vraiment.

Mais ce n'était pas la principale raison pour laquelle je me sentais aussi vide.

Le véritable problème, c'était que je n'avais pas besoin d'elle du fond de mon cœur. Je l'aimais bien. J'aimais bien être avec elle. Le temps passait agréablement. J'avais aussi beaucoup de tendresse pour elle. *Mais au fond je n'avais pas vraiment besoin d'elle.* Trois jours à peine après son départ, je fus obligé de le reconnaître. Même auprès d'elle, j'étais dans la lune. Je sentais ses seins se presser contre mon flanc, mais ce dont j'avais vraiment besoin, c'était tout autre chose.

J'avais mis quatre ans à redonner un semblant d'équilibre à ma vie. Je m'acquittais des tâches qui m'étaient confiées, une à une, bien proprement, et les gens me faisaient confiance. Même s'il n'y en avait pas tant que ça, il existait quelques personnes qui éprouvaient une certaine sympathie pour moi. Inutile de dire que ça ne suffisait pas. Ça ne suffisait absolument pas. Autrement dit, j'avais mis beaucoup de temps simplement pour revenir à la case départ.

Bon, me dis-je. Bon, j'ai trente-quatre ans et je suis revenu à la case départ. Alors, qu'est-ce que je fais maintenant ? Je commence par quoi ?

Pas besoin de beaucoup réfléchir. Je savais déjà ce que j'avais à faire. La conclusion flottait au-dessus de ma tête depuis longtemps comme un gros nuage bien ferme. Mais incapable de me décider à passer à la réalisation concrète de cette idée, je n'avais fait que repousser l'échéance jour après jour. *Je devais aller à l'hôtel du Dauphin.* C'était ça le point de départ.

Et là, je devais la rencontrer, elle, la call-girl qui m'avait conduit à l'hôtel du Dauphin. Parce que c'était elle, Kiki, qui me demandait de faire ça maintenant. (Notice au lecteur : elle a besoin d'un nom, dès le départ de l'histoire. Elle s'appelle donc Kiki. En fait, je ne devais apprendre ce nom que plus tard. Je raconterai plus loin en détail dans quelles circonstances. Pour l'instant je me contenterai de vous dire son nom : Kiki. Du moins, c'est le nom qu'on lui donnait dans un certain monde fermé et étrange.) Kiki avait entre les mains la clé du démarreur. Il fallait que je l'appelle à nouveau dans ma maison, que je la fasse revenir dans ce lieu où ne remettaient jamais les pieds ceux qui en étaient partis une fois. Je ne savais pas si c'était possible. Mais il fallait que j'essaye, je n'avais pas le choix. Un nouveau cycle commencerait à partir de là.

Je bouclai les articles dont le délai approchait, préparai mes bagages, puis annulai tous les projets notés dans mon agenda pour le mois à venir. Je téléphonai à chacun de mes commanditaires, leur expliquai que pour des raisons familiales je devais m'absenter de Tokyo pour un mois. Certains rédacteurs protestèrent, mais c'était la première fois que je faisais ce genre de choses et je les prévenais suffisamment à l'avance pour qu'ils aient le temps de trouver une solution. Finalement ils acceptèrent tous, et je leur promis de me remettre au travail dès mon retour à Tokyo dans un mois. Ensuite je pris l'avion pour le Hokkaido. Cela se passait début mars 83.

Bien entendu ma désertion allait durer plus d'un mois.

4

Avec le cameraman nous avions loué un taxi pendant deux jours pour pouvoir faire la tournée exhaustive des restaurants de la ville de Hakodate enfouie sous la neige.

Je menais mes reportages de façon systématique, et donc efficace. Le plus important dans ce genre de reportage, c'est la préparation, et l'élaboration minutieuse du programme. Tout repose là-dessus. Avant le reportage, je réunissais donc intégralement tous les documents sur le sujet. Il existe des organismes qui font des enquêtes approfondies destinées à des gens comme moi et mes confrères. Il suffit de devenir membre et de payer sa cotisation annuelle pour obtenir des renseignements sur tout ce que vous voulez. Par exemple, si je les préviens que je recherche de la documentation sur les restaurants de Hakodate, ils m'en trouvent en pagaille, c'est-à-dire qu'ils extraient avec une grande efficacité les informations nécessaires d'un labyrinthe de données rassemblées dans un énorme ordinateur. Ils en font des copies, constituent un dossier et me l'envoient. Évidemment ça coûte de l'argent, mais ça ne me paraît pas très cher en comparaison du temps que je gagne et des complications que j'évite.

À part ça, j'utilise mes jambes pour parcourir la ville et rassembler mes propres informations. Il y a des bibliothèques spécialisées dans la documentation de voyage, d'autres qui ont la collection complète des publications régionales. Au total ça représente déjà une sacrée masse d'informations, parmi lesquelles je sélectionne les adresses qui me paraissent intéressantes. Je téléphone à chacun de ces restaurants à l'avance, vérifie les heures et les jours d'ouverture. Si cette somme de préparatifs a été faite à l'avance, une fois sur place, on économise déjà pas mal de temps. Je trace des lignes dans mon carnet pour préparer mon emploi du temps de la journée. Je regarde un plan, et y trace mon itinéraire. Bref, je réduis au minimum les points d'incertitude.

Une fois sur place, je fais méthodiquement la tournée des restaurants sélectionnés, plus de trente au total, en compagnie du photographe. Bien entendu, nous goûtons à peine aux plats, et en laissons les trois quarts. Nous vérifions seulement le goût. Le raffinement de la consommation. À ce stade, nous préférons cacher qu'il s'agit d'un reportage. Nous ne prenons pas de photos. Une fois sortis du restaurant, nous discutons du goût, et évaluons notre satisfaction sur une échelle de dix. Si ça va, nous le gardons, sinon nous rayons l'établissement de la liste. En gros, nous prévoyons d'en supprimer à peu près la moitié. Nous nous mettons d'accord sur une liste commune, puis nous contactons des revues locales à petit tirage, et leur demandons de nous recommander cinq établissements qui ont pu échapper à notre liste. Nous allons rendre visite auxdits établissements, les sélectionnons. En dernier lieu, quand la présélection est terminée, nous téléphonons à chacun des restaurants, donnons le nom du journal qui nous envoie et sollicitons l'autorisation d'y faire un reportage avec photos. Tout ça est bouclé en deux jours. J'écris le plus gros du papier la nuit à l'hôtel.

Le lendemain, le photographe fait quelques clichés des plats pendant que je parle avec le patron. Brièvement. En trois jours tout est fini. Évidemment certains de mes confrères bouclent ce genre de travail en encore moins de temps. Mais ils ne font pas d'enquête préalable. Ils se contentent d'aller dans quelques-uns des restaurants les plus connus, choisis au hasard. J'en connais qui rédigent leur papier sans même avoir goûté la cuisine du restaurant.

C'est sûr que si on veut écrire quelque chose, on peut toujours. Mais, proportionnellement, il n'y a pas beaucoup de journalistes qui font ce genre de reportages aussi soigneusement que moi. Si on le fait sérieusement, c'est vraiment un travail fatigant, mais on peut aussi le faire à la légère en s'enquiquinant un minimum. Le pire, c'est qu'on ne voit pratiquement plus la différence une fois que l'article est sorti. En apparence, rien ne ressemble plus à un article préparé sérieusement qu'un article écrit à la va-vite. Mais si on regarde bien, on perçoit de légères différences.

Ce n'est pas pour me vanter que j'ai expliqué tout ça.

Je voudrais simplement qu'on comprenne bien les grandes lignes de mon travail. Qu'on comprenne bien quel genre d'énergie j'utilise pour ce travail.

Ce photographe et moi, on avait déjà eu plusieurs fois l'occasion de travailler ensemble. On s'entendait plutôt bien, et on était des pros tous les deux. Comme deux employés de la morgue portant des gants blancs immaculés, des tennis impeccables, un masque sur le visage, nous faisions le boulot diligemment et proprement, sans paroles inutiles, chacun respectant le travail de l'autre. Nous savions l'un comme l'autre que nous faisions ce travail fastidieux pour assurer notre survie, mais que, quel que soit le travail, quitte à le faire, autant le faire bien. Le soir du troisième jour j'avais bouclé mon article.

Nous avions gardé un quatrième jour libre, au cas où. Comme le travail était terminé et que nous n'avions rien de particulier à faire, nous louâmes une voiture et fîmes du ski de fond toute la journée. Le soir nous bûmes de l'alcool ensemble en savourant lentement un bon ragoût. C'était une journée tranquille. Je lui remis mon article. Comme ça, même si je n'étais plus là, il pourrait continuer à travailler avec quelqu'un d'autre. Avant de me coucher, j'appelai les renseignements à Sapporo et leur demandai le numéro du Dolphin Hotel. Ils le trouvèrent tout de suite. Je m'assis sur le lit en retenant mon souffle. C'était la preuve que l'hôtel n'était pas encore démoli.

Je me sentais rassuré, car quoi d'étonnant à ce qu'un hôtel pareil se soit écroulé depuis ma dernière visite? Je pris une inspiration profonde, et composai le numéro. On me répondit immédiatement. Comme si mon appel était attendu. Ça me troubla un peu. Il me semblait que tout marchait trop bien.

Une jeune fille à la voix suave m'avait répondu. Une jeune réceptionniste ? Ouh là, attention ! me dis-je, ça ce n'est pas le genre de l'hôtel du Dauphin.

–Bonsoir, ici le Dolphin Hotel, dit-elle.

Un peu troublé, je vérifiai l'adresse de l'hôtel. C'était bien la même qu'autrefois. Peut-être cette fille venait-elle d'être engagée. À la réflexion, il n'y avait pas de quoi s'affoler. Je demandai à réserver une chambre.

–Merci beaucoup. Un instant, je vous prie, je vous passe la réservation, répondit la voix limpide.

La réservation ? J'étais troublé à nouveau. Là, je n'avais plus aucune explication. Qu'était-il donc arrivé à l'hôtel du Dauphin ?

–Excusez-moi de vous avoir fait attendre, ici la réservation.

Cette fois c'était une voix d'homme, également jeune. La voix aimable et pleine d'entrain d'un professionnel de l'hôtellerie.

Je réservai une chambre simple pour trois nuits. Je leur laissai mon nom et mon adresse à Tokyo.

–Entendu. Trois nuits à partir de demain, en chambre simple, répéta-t-il.

Comme je ne trouvais rien à dire de plus, je pris congé poliment et raccrochai, toujours aussi troublé. De plus en plus troublé même. Je regardai fixement le téléphone pendant un moment, espérant vaguement que quelqu'un allait m'appeler pour me fournir une explication. Mais aucune explication ne vint. Allez, on verra bien, me résignai-je. Une fois sur place tout s'éclaircirait. Il fallait que j'y aille, et je saurai. De toute façon je n'avais aucune raison de ne pas y aller. Je n'avais pas une étendue de choix formidable.

J'appelai la réception de l'hôtel pour me renseigner sur les horaires des trains pour Sapporo. Il y avait un express juste à l'heure qu'il me fallait, avant midi. Ensuite j'appelai le room-service pour me faire monter une demi-bouteille de whisky avec de la glace, et regardai le film de minuit à la télé tout en sirotant un verre. C'était un western avec Clint Eastwood. On ne le voyait jamais rire, pas même esquisser un sourire ironique. Moi, je me mis à rire plusieurs fois, mais il resta impassible. Le film se termina, je bus mon whisky jusqu'à la dernière goutte, puis éteignis la lumière et dormis jusqu'au matin, d'un sommeil profond et sans rêves.

@@@@

Par la fenêtre de l'express, on voyait défiler le paysage enneigé. C'était un jour limpide, et les yeux me faisaient mal à force de regarder par la fenêtre. À part moi, aucun passager ne regardait au-dehors. Ils savaient tous que dehors, il n'y avait rien d'autre à voir que la neige.

Je n'avais pas pris de petit déjeuner, aussi je me rendis avant midi au wagon-restaurant pour y prendre une omelette accompagnée de bière. En face de moi était assis un quinquagénaire, en costume-cravate impeccable, qui buvait lui aussi de la bière en mangeant un sandwich au jambon. Il avait l'air d'un ingénieur en mécanique, et de fait c'en était un. En effet, il m'adressa la parole et se présenta : ingénieur en mécanique fabriquant des avions pour les forces d'autodéfense. Puis il m'apprit un tas de détails sur la violation de l'espace aérien japonais par les chasseurs-bombardiers soviétiques. Mais il n'avait pas l'air de s'inquiéter tant de la violation des territoires aériens que du manque d'économie des Fantome F4. Il me détailla la consommation en combustible d'une attaque en piqué. « ... Un terrible gaspillage de carburant. S'ils les faisaient faire par les usines aéronautiques japonaises, ça leur reviendrait beaucoup moins cher. Si on voulait, on pourrait construire immédiatement un avion de chasse aussi performant qu'un F4 mais pour un coût bien moindre. » Je lui expliquai que le gaspillage était une vertu primordiale pour une société de consommation à haut rendement. Le Japon achetait des Fantome aux Américains, leur faisait gaspiller du combustible avec des attaques en piqué, grâce à quoi l'économie mondiale continuait à tourner à un rythme effréné. Si personne ne gaspillait plus rien, l'économie mondiale connaîtrait une grande panique et une non moins grande confusion. Le gaspillage est le combustible qui entraîne la contradiction, la contradiction réactive l'économie, et cette réactivation entraîne à nouveau le gaspillage.

Peut-être, répondit-il après avoir réfléchi un instant. Mais, était-ce à cause de son enfance vécue pendant la guerre, en un temps d'extrême pénurie, il ne pouvait réellement saisir le fonctionnement de la société tel que je le lui décrivais.

– À mon âge, on n'est plus comme vous, les jeunes. On n'est pas vraiment amoureux des complications, dit-il avec un sourire ironique.

Je n'aimais pas vraiment les complications, mais ça m'embarrassait que cette conversation se prolonge trop longtemps, aussi arrêtai-je là la polémique. Je n'aimais pas les complications, j'étais seulement conscient de ce qui se passait, ce qui est fondamentalement différent. Cependant, au lieu d'argumenter, je me contentai de finir mon omelette et de quitter mon siège après un salut poli.

En attendant que l'express arrive à destination, je dormis une demi-heure, lus une biographie de Jack London que j'avais achetée dans une librairie près de la gare de Hakodate. Comparée à la vie tumultueuse de Jack London, la mienne avait l'air aussi paisible que celle d'un écureuil qui attend le printemps en somnolant, une noix pour oreiller, dans le creux d'un chêne. Du moins me semblait-il, provisoirement. C'est ça, les biographies. Qui irait lire la biographie d'un bibliothécaire né et mort dans la même ville de province sans que rien ne lui arrive ? Autrement dit, nous avons besoin d'actions de compensation.

En arrivant à la gare de Sapporo, je décidai de me rendre à l'hôtel à pied, en flânant. C'était un tiède après-midi sans un brin de vent, et je n'avais qu'un sac à bandoulière pour bagage. De la neige sale était amoncelée partout dans les rues. L'air était froid et sec, les passants avançaient à pas précautionneux en regardant leurs pieds. Les collégiennes avaient toutes les joues rouges et soufflaient énergiquement une haleine blanche, formant un petit nuage si blanc qu'on aurait presque pu écrire dessus. Je marchais lentement, en regardant les rues. Cela faisait quatre ans seulement que je n'étais pas venu à Sapporo, mais il me semblait que je n'avais pas revu ces rues depuis un temps infini. Je fis halte à mi-chemin dans un bistrot où je bus un café serré, brûlant et additionné de cognac. Autour de moi, tout le monde semblait continuer à s'activer comme d'ordinaire dans une grande ville. Les amoureux parlaient à voix basse, deux businessmen examinaient des chiffres sur des documents ouverts devant eux. Une petite bande d'étudiants parlaient de leurs vacances aux sports d'hiver ou du dernier disque de Police. C'était un spectacle familier qui se répétait quotidiennement dans n'importe quelle ville du Japon. On aurait facilement pu transposer l'intérieur de ce café à Yokohama ou à Fukuoka. Et pourtant, peut-être justement parce que ces scènes paraissaient superficiellement les mêmes partout, je me sentis accablé par un intense sentiment de solitude. Il me semblait que j'étais le seul dans ce café à ne pas être intégré au paysage. Je n'appartenais pas à cette ville, ni à la vie quotidienne de ses habitants.

Mais est-ce que je me sentais appartenir à un quelconque café de Tokyo ? Évidemment la réponse était non. Pourtant, dans un café de Tokyo je ne me sentais pas aussi solitaire. J'y buvais un café, lisais un livre, passais le temps on ne peut plus naturellement, parce que c'était une partie ordinaire de mon quotidien qui ne valait pas la peine que j'y réfléchisse profondément.

Dans les rues de Sapporo, je ressentais une violente solitude, une solitude de naufragé seul sur une île du bout du monde. Si je grattais la surface de ce paysage on ne peut plus commun, je voyais bien qu'il ne correspondait à aucun lieu connu de moi. Ça *ressemble* à ce que je connais. Mais ce n'est pas pareil. C'est comme une autre planète. La langue, les vêtements, les visages sont les mêmes, mais c'est une autre planète, il y a quelque chose de fondamentalement différent. Une autre planète où certains fonctionnements n'ont pas cours. Le seul moyen de vérifier quelles fonctions ont cours, et lesquelles ne sont pas valables, c'est de les essayer une à une. Et si on rate quelque chose, du coup on dévoile à tout le monde qu'on vient d'ailleurs. Nul doute, tout le monde se lèverait alors en fixant sur moi un index désapprobateur et en criant : tu n'es pas comme nous ! **Tu n'es pas comme nous, tu n'es pas comme nous, tu n'es pas comme nous !**

Je réfléchissais à ça en buvant mon café, les yeux dans le vague. Vaines spéculations.

Ma solitude, ça c'était une réalité. Je n'avais de lien avec personne. Voilà mon problème. Je revenais toujours à moi-même. Je n'avais de lien avec personne.

À quand remontait la dernière fois que j'avais aimé quelqu'un, vraiment sincèrement ?

Ça remontait à loin. Quelque part entre deux périodes de glaciation. Ça remontait à un passé historique et très lointain. Au jurassique. Ils avaient tous disparu maintenant. Les dinosaures, les mammouths, les tigres-sabres, et aussi les étudiants contestataires dans la fumée des gaz lacrymogènes. Ensuite était venue la société capitaliste hautement développée. Et dans cette société je m'étais retrouvé tout seul, abandonné.

Je payai ma note et sortis. Puis je marchai tout droit, sans penser à rien, jusqu'à l'hôtel du Dauphin. Je me faisais un peu de souci, me demandant si je saurais le retrouver tout de suite, car je ne me rappelai plus l'emplacement exact, mais j'avais tort de m'inquiéter : je trouvai tout de suite l'hôtel du Dauphin, car il s'était métamorphosé en un énorme building de vingt-cinq étages. Ces lignes modernes dans le plus pur style du Bauhaus, l'acier inoxydable encadrant les immenses vitres brillant au soleil, la rangée de mâts sur le porche, au sommet desquels flottaient des drapeaux de tous les pays, les préposés en uniforme impeccable qui vous appelaient un taxi d'un geste, l'ascenseur de verre qui vous menait directement au restaurant panoramique du dernier étage... Qui pouvait manquer de voir tout cela ? Sur le pilier de marbre de l'entrée, sous un dauphin en relief, était gravé ce nom : Dolphin Hotel.

Je restai figé sur place une vingtaine de secondes. Bouche bée, je contemplai l'hôtel de bas en haut. Puis je poussai un profond, un long soupir, si long qu'il aurait pu monter tout droit jusqu'à la lune. J'étais – c'est le moins qu'on puisse dire – *extrêmement surpris*.

5

Comme je ne pouvais pas rester indéfiniment planté devant cet hôtel, je décidai d'entrer pour voir. L'adresse était la même, le nom aussi. J'avais réservé une chambre. Je ne pouvais qu'entrer.

Je gravis à pied le porche à voitures en pente douce, entrai par une porte tournante astiquée à en être aveuglante. Le hall d'entrée faisait à peu près la taille d'un gymnase, et il n'y avait pas de plafond. Des murs de verre s'élevaient jusqu'en haut du bâtiment, d'où tombait à flots à travers des verrières la lumière du soleil. Au rez-de-chaussée étaient alignés de vastes et luxueux canapés entre lesquels étaient disposés avec goût des pots de plantes vertes. Au fond du hall d'entrée se trouvait un somptueux café. Le genre d'endroit où, si vous commandez un sandwich, on vous sert, empilés sur un grand plat en argent, quatre sandwiches au jambon de qualité supérieure de la taille d'un timbre-poste, entourés de chips et de cornichons disposés avec art. Et si vous prenez un café en plus, l'addition équivaut à peu près au prix d'un déjeuner complet pour une famille de quatre personnes. Au mur était accroché un immense tableau représentant des marais je ne sais où dans le Hokkaido. On ne pouvait pas dire que c'était vraiment une œuvre d'art mais, en tout cas, c'était certainement un tableau imposant. Il semblait y avoir une réunion ou un séminaire quelconque, car le hall d'entrée était passablement encombré. Un groupe d'élégants quinquagénaires étaient assis sur un canapé, hochant la tête et souriant abondamment. Ils tendaient tous le menton en avant de la même façon, croisaient les jambes de la même façon. Probablement un groupe de médecins ou de professeurs d'université. À part eux – ou faisaient-elles partie du même groupe ? – il y avait un cercle de jeunes femmes élégamment vêtues. La moitié en kimonos, l'autre moitié en robes. On voyait aussi quelques étrangers, et quelques hommes d'affaires en costumes et cravates discrètes qui semblaient attendre quelqu'un, leur attaché-case sous le bras.

En un mot, le nouvel hôtel du Dauphin était un établissement florissant. Capitaux bien investis, mise de fonds bien récupérée. Je savais comment cet hôtel avait été construit. J'avais déjà travaillé pour le magazine de communication d'une chaîne d'hôtels. Avant de construire un hôtel pareil, on faisait une étude complète du budget nécessaire. Une équipe de professionnels se réunissait pour balancer toutes les informations sur un ordinateur et calculer dans le moindre détail le coût de l'opération. Ils calculaient jusqu'au coût des factures de papier-toilettes, et la quantité utilisée. Ils faisaient également une enquête, utilisant pour ce job des étudiants, sur le nombre de passants dans chaque rue de Sapporo, et sur le nombre d'hommes et de femmes en âge de se marier à Sapporo, pour évaluer le nombre de banquets de mariage qui seraient éventuellement célébrés chez eux, bref ils enquêtaient intégralement sur tout, diminuant ainsi rapidement les risques de gestion. Ils prenaient tout leur temps pour établir un projet minutieux, mettaient au point une équipe, achetaient le terrain. Ils engageaient du personnel, faisaient une publicité tapageuse. Pour tout ce qui pouvait se résoudre avec de l'argent, ils injectaient des capitaux tant et plus – à condition d'avoir la certitude de rentrer un jour ou l'autre dans leurs fonds. Du *big business*. Et les seuls à pouvoir entreprendre ce genre de big business étaient de gros conglomérats rassemblant diverses branches industrielles. Car même en éliminant un maximum de risques, il restait toujours un risque potentiel difficile à évaluer, que seuls des conglomérats de cette sorte pouvaient éponger.

À franchement parler, on ne pouvait pas dire que le nouvel hôtel du Dauphin fût tout à fait à mon goût.

En tout cas, dans des circonstances normales, jamais je n'aurais dépensé mon argent personnel pour dormir dans ce genre d'hôtel. C'était trop cher, et il y avait trop de choses inutiles. Mais je n'avais pas le choix, car quoi qu'il en soit il s'agissait bien de *mon* hôtel du Dauphin, après métamorphose.

J'allai à la réception et déclinai mon identité. Trois hôtesses en blazer bleu pâle m'accueillirent avec des sourires de publicité pour dentifrice. Apprendre aux employés à sourire de cette façon fait aussi partie des investissements. Toutes ces filles avaient des chemisiers d'un blanc aussi étincelant que la reine des Neiges et des mises en plis impeccables. Sur les trois, seule celle qui s'adressa à moi portait des lunettes. Elle avait l'air sympathique, ses lunettes lui allaient bien. Je fus un peu soulagé de voir que c'était elle qui s'occupait de moi. C'était la plus jolie des trois, et elle m'avait plu au premier coup d'œil. Un je ne sais quoi dans son sourire m'attirait. Je me dis que cette fille incarnait l'esprit de l'hôtel. En agitant une petite baguette magique en or, dans un chatoiement d'étincelles digne des films de Walt Disney, elle allait faire apparaître la clé de ma chambre.

Mais elle utilisa un ordinateur à la place de la baguette magique. Elle enregistra avec dextérité mon nom et mon numéro de carte de crédit, me sourit à nouveau après avoir vérifié son écran, et me tendit une carte magnétique en guise de clé. Le numéro de ma chambre était 1523. Je lui demandai une brochure de l'hôtel, qu'elle me tendit aussitôt. Je lui demandai depuis quand il était ouvert. Depuis octobre dernier, me répondit-elle machinalement. Ce qui voulait dire depuis pas même cinq mois.

– Dites, je voudrais vous demander, fis-je, arborant moi aussi un sourire avenant et professionnel. (Même moi, je sais sourire comme ça.) Il y avait bien un petit hôtel du même nom autrefois, au même emplacement ? Vous savez ce qu'il est devenu ?

Son sourire se troubla à peine. Une espèce de frémissement parcourut son visage, comme si on avait jeté une capsule de bouteille de bière dans une paisible fontaine, puis disparut aussitôt. Elle reprit son sourire précédent, légèrement plus restreint. J'observai admirativement ces changements compliqués. Il me semblait presque que l'esprit de la fontaine allait apparaître et me demander si je venais de jeter une capsule d'or ou d'argent. Bien entendu, il ne se produisit rien de la sorte.

–Je me demande... dit-elle, en touchant légèrement de l'index sa monture de lunettes. C'était bien avant l'ouverture de cet hôtel, vous savez, alors ce genre de renseignement, je ne...

Sur ce, elle s'interrompit. J'attendais la suite, il n'y en eut pas.

–Désolée, dit-elle.

–Hmm, fis-je.

Plus le temps passait plus, je la trouvais sympathique. Moi aussi j'aurais voulu effleurer mes lunettes de l'index, mais malheureusement je n'en portais pas. À qui allais-je bien pouvoir demander des renseignements sur le quartier ?

Elle réfléchit un moment en retenant son souffle. Son sourire s'était effacé. Il est très difficile de retenir sa respiration en souriant. Essayez, vous verrez.

–Excusez-moi. Attendez un instant, dit-elle, puis elle disparut dans le fond.

Au bout de trente secondes elle revint accompagnée d'un quadragénaire en vêtements noirs. À vue de nez, il avait l'air d'un professionnel de l'hôtellerie. J'ai déjà rencontré plusieurs fois ce genre de personnages au cours de mon travail. Ce sont des gens étranges, qui en général sourient toujours, et ont à leur disposition une panoplie d'environ vingt-cinq sourires différents, en fonction des circonstances. Du sourire froid et poli au sourire de satisfaction réprimé. Cette gradation de sourires est numérotée de 1 à 25. Et ils les choisissent comme d'autres les clubs de golf, selon la circonstance. Voilà le genre d'homme que c'était.

– Bienvenue, monsieur, dit-il en inclinant poliment la tête et en m'adressant un sourire moyen.

Mes vêtements ne semblèrent pas lui faire très bonne impression, et son sourire baissa d'au moins trois degrés. Je portais une veste de chasse bien chaude doublée de fourrure, ornée sur la poitrine d'un badge de Keith Harring, un chapeau de laine (un bonnet de chasseur alpin de l'armée autrichienne), des pantalons de baroudeur avec des poches partout, et enfin des bottes robustes pour marcher dans la neige. Uniquement des choses aussi authentiques que magnifiques, mais qui faisaient un peu trop sport pour la réception de cet hôtel. Mais ce n'est pas ma faute. Différences de façon de vivre, différences de façons de penser.

Les deux mains posées sur le comptoir, je lui posai la même question qu'à la réceptionniste.

– Je souhaiterais vous poser quelques questions au sujet de l'ancien hôtel, dis-je sur un ton déférent.

Il jeta à ma montre Disney un coup d'œil aussi perçant que celui d'un vétérinaire examinant une entorse sur la patte antérieure d'un chat.

– Veuillez m'excuser, dit-il après une petite pause, mais puis-je savoir pourquoi vous vous intéressez à l'ancien hôtel ? Si je puis me permettre cette question.

Je lui expliquai succinctement que j'avais passé quelques jours, quelques années auparavant, dans cet hôtel et m'étais lié d'amitié avec le propriétaire. Je revenais pour la première fois depuis longtemps, et trouvais tout transformé. Je souhaitais savoir ce que cet homme était devenu. Pour des raisons entièrement personnelles. Il hocha plusieurs fois la tête.

– À dire vrai, je ne connais pas les détails, dit-il en choisissant soigneusement ses mots, mais pour vous expliquer simplement les choses, les propriétaires ont racheté le terrain sur lequel se trouvait l'ancien Dolphin Hotel, et ont fait construire ce nouvel établissement sur les ruines de l'ancien. Le nom est resté le même mais il est géré par des personnes entièrement différentes, si bien que je ne peux vous donner aucune information précise.

– Mais pourquoi a-t-il le même nom ? demandai-je.

– Je suis désolé, mais ce genre de détails...

– Je suppose que vous ignorez ce qu'est devenu l'ancien propriétaire ?

– En effet, vous m'en voyez désolé, dit-il en arborant le sourire numéro 16.

– À qui pourrais-je demander ce genre de renseignements ?

– Eh bien, voyons, fit-il en penchant la tête. Nous mêmes, qui travaillons ici, ignorons tout des antécédents de l'hôtel, si bien que vous indiquer à qui vous pourriez demander tout ça, comme ça, au pied levé...

Il y avait certainement un fond de vérité dans ses paroles, mais quelque chose me gênait. Dans ses réponses comme dans celles de la fille flottait un je ne sais quoi d'artificiel. Je n'aurais su dire ce qui clochait, mais je ne pouvais pas avaler leur réponse comme ça. Quand on fait des interviews, on finit par avoir ce genre d'instinct professionnel. Un certain ton quand l'interlocuteur vous cache quelque chose, une expression particulière quand il vous sert un mensonge. Ce n'est pas un soupçon fondé, juste une impression. On flaire la dissimulation, le non-dit.

Mais il était clair que j'aurais beau continuer à les presser de questions ici, je n'obtiendrais rien de plus. Je remerciai l'homme. Il me répondit par une formule de politesse et se retira. Quand il eut disparu, je m'informai auprès de la fille du fonctionnement du room-service et des repas. Elle me répondit poliment, et pendant qu'elle me parlait, je la regardai fixement au fond des yeux. C'étaient de très jolis yeux, et il me semblait qu'en les fixant ainsi, j'allai y découvrir quelque chose. En rencontrant mon regard, elle se mit à rougir. Elle ne m'en plut que davantage. Je me demandais pourquoi. Était-ce parce qu'elle avait l'air d'être la fée de l'hôtel ? Je la remerciai, quittai la réception, et pris l'ascenseur pour monter à ma chambre.

La chambre 1523 était plutôt splendide. Le lit comme la salle de bains étaient très spacieux pour une chambre simple. Le frigo était plein. Il y avait aussi tout un assortiment de papier à lettres et d'enveloppes. Le nécessaire à écrire, le bureau étaient luxueux. Dans la salle de bains, je trouvai un nécessaire de toilette complet, du shampooing au baume démêlant en passant par l'after-shave et la robe de chambre. Le placard était grand, la moquette moelleuse. J'enlevai mon manteau et mes bottes, m'installai sur le canapé et lus la brochure de l'hôtel. Une brochure de luxe. Je le savais parce qu'il m'était arrivé de fabriquer ce genre de choses. Celle-ci était impeccable.

L'hôtel du Dauphin était un hôtel citadin de grand luxe d'un style tout à fait nouveau, expliquait la brochure. Équipé en installations ultramodernes, et offrant un large éventail de services 24 heures sur 24 sans interruption. Toutes les chambres avaient été conçues dans un souci de confort et de délassement parfait pour le client. Proposant un séjour chaleureux et d'un calme inégalable, dans un cadre exclusif. « Un espace humain », disait la brochure. Autrement dit ça avait coûté de l'argent, et les tarifs étaient élevés.

En lisant la brochure, je m'aperçus que c'était effectivement un établissement assez complet. Au sous-sol il y avait un shopping-center. Il y avait une piscine couverte, mais aussi un sauna et un solarium. Un court de tennis couvert, un club de santé avec un entraîneur et des instruments de musculation, une salle de conférence équipée pour les traductions simultanées, cinq restaurants, trois bars.

Une cafétéria ouverte toute la nuit. Et même un service de limousines privées. Une salle d'étude équipée de tout le matériel de bureau et d'écriture possible, à la disposition de tous. Il y avait tout ce à quoi on pouvait penser. Même un héliport sur le toit.

Rien ne manquait.

Équipement ultramoderne. Décoration somptueuse.

Mais à quelle entreprise pouvait bien appartenir cet hôtel, qui en étaient les gestionnaires ? J'épluchai la brochure. Pas un mot au sujet de la structure de gestion mère. Bizarre, tout de même. Il était impossible qu'une entreprise autre qu'une chaîne d'hôtels professionnelle puisse construire et gérer un hôtel de catégorie aussi somptueuse, et si c'était le cas, ils n'auraient pas omis de citer leur nom et de faire de la pub pour d'autres hôtels appartenant à la même société. Par exemple si on dormait dans un Prince Hotel, on trouvait dans la brochure la liste de tous les Prince Hotel du pays, leur adresse et numéros de téléphone. Ça fonctionne comme ça.

Et pourquoi avoir repris exprès pour ce luxueux établissement le nom de l'hôtel miteux qui l'avait précédé ?

J'avais beau réfléchir, je ne trouvais pas le plus petit élément de réponse.

Je jetai la brochure sur la table, m'enfonçai dans le canapé, étendis mes jambes, et contemplai l'étendue de ciel tout bleu de l'autre côté de ma fenêtre du quinzième étage. En regardant fixement ce morceau de ciel, j'avais l'impression d'être transformé en milan.

Mais j'avais la nostalgie de l'hôtel du Dauphin d'autrefois. Là-bas au moins, par la fenêtre, on voyait plein de choses.

6

Je passai mon après-midi à visiter l'hôtel. J'inspectai les bars et les restaurants, jetai un œil sur la piscine, le sauna, le club de santé, le court de tennis, allai acheter des livres au shopping-center. Je traînai dans le hall d'entrée, fis plusieurs parties au *game-center*. Le soir arriva en un rien de temps. Un vrai parc d'attractions, me dis-je. Eh oui, on peut aussi passer le temps comme ça en ce monde.

Le soir venu, je sortis de l'hôtel et flânai dans les rues. Pendant que je marchais, la géographie des lieux me revenait peu à peu. À l'époque où j'avais séjourné à l'hôtel du Dauphin, je passais mes journées à traîner dans les rues jusqu'à l'écœurement. Je me rappelais en gros ce qu'il y avait à chaque coin de rue. Comme il n'y avait pas de restaurant à l'ancien hôtel du Dauphin – et même s'il y en avait eu un, on n'aurait probablement pas eu envie d'y consommer quoi que ce soit –, elle et moi (elle, c'est Kiki), nous allions toujours dîner dans un restaurant du quartier. Avec la sensation de me promener à nouveau dans un quartier où j'avais vécu autrefois, je marchai sans but pendant plus d'une heure dans le dédale des rues. Le soleil s'était couché et je pouvais sentir sur ma peau la fraîcheur nocturne. La neige collée aux trottoirs crissait sous les pas. Il n'y avait pas un souffle de vent, et il était plaisant de parcourir ainsi les rues, dans l'air translucide. L'éclairage nocturne donnait un air de propreté fantasmagorique aux tas de neige teintés de gris par les gaz d'échappement, disposés comme autant de fourmilières à chaque coin de rue.

Les terrains autour de l'hôtel du Dauphin avaient totalement changé. L'aspect des magasins, l'atmosphère des rues étaient sensiblement les mêmes que quatre ans plus tôt, mais on se rendait compte au premier coup d'œil que le quartier était en plein développement. Certains magasins, fermés, portaient des écriteaux annonçant des projets de construction. En fait, il y avait déjà de grands immeubles en cours de construction. Une architecture nouvelle d'un style inexistant autrefois dans le quartier – restaurants de fast-food avec service au volant, boutiques de grandes marques, halls d'exposition de voitures européennes, salons de thé au design moderne avec des cours intérieures ornées de plantes tropicales, immeubles de bureaux chics avec des vitres à profusion – s'était développée comme du chiendent, étouffant peu à peu les pâtisseries vieillottes où l'on voyait toujours un chat faire la sieste devant un poêle, les restaurants populaires avec de petits rideaux à pans à l'entrée, les immeubles de deux étages aux teintes fanées d'autrefois. Comme dans la bouche d'un enfant qui perd ses dents de lait et fait sa dentition définitive, les rangées de maisons du quartier arboraient temporairement un étrange alignement. Les banques avaient ouvert de nouvelles succursales. Tout cela était peut-être le résultat de l'influence du nouvel hôtel du Dauphin. L'apparition soudaine d'un aussi grand hôtel dans un quartier jusque-là parfaitement ordinaire – peut-être même légèrement laissé à l'abandon – ne peut qu'en transformer profondément l'équilibre. La population change, les activités se développent. Le prix du terrain augmente.

Ou peut-être le changement était-il plus général : ce n'était pas l'hôtel qui avait entraîné les transformations du quartier, mais il faisait partie d'un processus de transformation planifié, par exemple une revalorisation à long terme de la cité.

J'entrai dans un bistrot où j'étais déjà allé autrefois et y bus un peu de saké en grignotant. C'était sale, bruyant, bon marché et on y mangeait bien. Quand je dîne seul dehors, je choisis toujours l'endroit le plus animé possible. Ça me rassure : je ne me sens pas seul, et même si je parle tout seul, personne ne m'entend.

Le repas me laissa une légère insatisfaction, et je commandai à nouveau du saké pour combler ce manque. En sentant le saké tiède couler lentement dans mon estomac, je me demandais ce que j'étais venu faire ici. L'hôtel du Dauphin n'existait plus. Quoi que fût ce que j'étais venu y chercher, ce lieu avait complètement disparu de la surface de la terre. *Il n'existe plus.* A la place se dresse désormais ce stupide hôtel high-tech qui ressemble à la base secrète de la Guerre des Étoiles. Tout ça n'était qu'un rêve en retard sur l'époque. J'avais rêvé de l'hôtel du Dauphin, lieu en réalité démoli et anéanti, mais en fait c'était tout bonnement de Kiki, disparue en sortant de cet hôtel, que j'avais rêvé. Sûr, quelqu'un pleurait pour moi dans ce rêve. Mais ça aussi c'était fini. Il ne restait plus rien ici. Non mais, qu'est-ce que tu croyais trouver de plus ici, hein ?

Rien, pensais-je. (Ou peut-être avais-je parlé tout haut.) *Il ne reste plus rien ici. Il n'y a rien que je puisse trouver ici.*

Les lèvres serrées, je contemplai un long moment le verseur à sauce de soja posé sur le bar.

Quand on vit longtemps seul, c'est incroyable le nombre de choses qu'on finit par regarder fixement. On parle tout seul aussi de temps à autre. On dîne dans des endroits animés. On se met à éprouver de l'affection pour une vieille voiture. Et peu à peu on devient un ringard.

Je retournai à l'hôtel. Je m'étais pas mal éloigné mais il me fut facile de retrouver le chemin. Il suffisait de lever la tête pour le voir, de n'importe où. J'arrivai donc sans encombre à l'hôtel du Dauphin, comme les trois rois mages à Bethléem guidés par une étoile dans la nuit.

Une fois dans ma chambre je pris un bain, et contemplai la ville de Sapporo en contrebas en me séchant les cheveux. Je me disais qu'autrefois, quand je regardais par la fenêtre de ma chambre, je voyais une petite entreprise en face. Je ne sais pas de quoi, mais c'était une entreprise. Les gens avaient l'air de s'activer. J'avais regardé ce spectacle toute une journée depuis ma fenêtre. Qu'avait bien pu devenir cette société ? Il y avait une jolie fille dans le personnel. Qu'était-elle devenue ? Mais d'abord quelles étaient les activités de cette boîte ?

Comme je n'avais rien à faire, j'arpentai la chambre de long en large. Puis je m'assis dans un fauteuil et regardai la télé. Tous les programmes étaient nuls. J'avais l'impression qu'on me montrait des vomissements artificiels. Comme c'était artificiel, ce n'était pas vraiment sale, mais si on les regardait fixement ces vomissements prenaient un air réel. J'éteignis la télé et me rhabillai pour me rendre au bar du vingt-sixième étage. Je bus une vodka-tonic au comptoir. Les murs du bar étaient tous vitrés, si bien qu'on jouissait du spectacle nocturne de Sapporo. Tout ce qu'il y avait ici me faisait penser à la cité spatiale de la Guerre des étoiles. Mais ceci mis à part, c'était un bar agréable et tranquille. Ils savaient bien préparer les cocktails. Les verres étaient de qualité supérieure, quand ils s'entrechoquaient cela rendait un son agréable. À part moi, il n'y avait que trois clients. Deux hommes d'âge moyen discutaient à voix basse en buvant du whisky, assis à une table du fond. Je ne savais pas de quoi ils parlaient, mais à les voir ça avait l'air important. Peut-être qu'ils étaient en train de mettre au point l'assassinat de Dark Vador.

À une table juste à ma droite, il y avait une fillette de douze ou treize ans, les écouteurs d'un baladeur sur les oreilles, qui buvait avec une paille. Elle était ravissante. Ses longs cheveux, raides au point que ça n'en paraissait pas naturel, balayaient doucement le dessus de la table. Elle avait de longs cils, des pupilles d'une transparence presque poignante. Elle suivait le rythme de la musique en tapotant du bout des doigts, sur la table. Ces doigts, fins et délicats, avaient quelque chose de plus enfantin que le reste de sa personne. Ce n'est pas qu'elle avait l'air particulièrement adulte, mais on aurait dit qu'elle abaissait son regard sur le monde. Pas un regard condescendant ni sur la défensive, non, simplement un regard neutre. Elle regardait le monde comme on contemple un paysage la nuit par la fenêtre.

En fait elle ne voyait rien. Elle ne remarquait rien de ce qui se passait autour d'elle. Elle portait un jean, un sweat-shirt avec un dessin sur lequel se détachait le mot GENESIS, et était chaussée de tennis en toile blanche. Les manches remontées jusqu'aux coudes, tapotant des doigts sur la table, elle était entièrement concentrée sur la musique que son baladeur lui diffusait dans les oreilles. De temps en temps, ses lèvres formaient des bribes de mots.

Le barman s'approcha de moi et me dit d'un ton confidentiel :

– Elle attend que sa maman revienne.

– Hmm.

Telle fut ma réponse ambiguë. À la réflexion, il est vrai qu'une fillette de douze ou treize ans attablée dans un bar à onze heures du soir, en train de boire, des écouteurs sur les oreilles, était un spectacle inhabituel. Moi je la regardais comme si c'était tout à fait normal.

Je repris une vodka, et bavardai à bâtons rompus avec le barman, du temps qu'il faisait, de la conjoncture économique. Puis je déclarai, pour voir, que les environs avaient beaucoup changé. Il sourit d'un air gêné et me répondit que lui, avant, il travaillait dans un bar à Tokyo, si bien qu'il ne savait pas grand-chose de Sapporo. À ce moment-là un nouveau client entra, et notre conversation en resta là, sans porter de fruit.

En tout, je bus quatre vodka-tonic. Il me semblait que je pouvais en boire sans limite, mais comme ça aurait duré indéfiniment, je m'arrêtai à la quatrième et signai ma note. Quand je me levai et quittai le comptoir, la fillette au baladeur était toujours là, sa maman n'était pas revenue, et les glaçons avaient complètement fondu dans son jus de citron, mais elle n'avait absolument pas l'air de s'en faire. Au moment où je partais, elle leva les yeux, me regarda deux ou trois secondes à peine, et me fit un petit sourire. Peut-être ses lèvres avaient-elles juste tremblé un peu. Mais moi, il me sembla qu'elle s'était tournée vers moi pour me sourire. Et alors – c'est drôle à dire – mon cœur trembla un instant. C'était comme si elle m'avait choisi, en quelque sorte. Et j'eus ce drôle de tremblement de cœur, dont je n'avais jamais fait l'expérience jusqu'alors. Je me sentais flotter à cinq ou six centimètres au-dessus du sol.

Troublé, je pris l'ascenseur et redescendis au quinzième étage pour regagner ma chambre. Pourquoi étais-je aussi décontenancé ? Juste parce qu'une fillette de douze ans m'avait souri ! Une petite fille !

Genesis... Encore un nom de groupe ennuyeux à mourir. Cependant, ainsi imprimé sur son sweat-shirt, ce nom était devenu terriblement symbolique.

Genèse. Origine.

Mais pourquoi fallait-il que les groupes de rock choisissent des noms aussi grandiloquents ?

Je m'allongeai sur le lit sans enlever mes chaussures, fermai les yeux et essayai de repenser à elle. Des écouteurs. Des doigts blancs tapotant sur la table. Genesis. Glaçons fondus.

Genèse.

En fermant les yeux sans bouger, je pouvais sentir l'alcool tournoyer dans mes veines. Je défis les lacets de mes bottes, me déshabillai, m'enfonçai sous les draps. J'étais bien plus fatigué que je ne croyais, et apparemment complètement soûl. J'attendis qu'une fille à côté de moi me dise : « Dis, tu as un peu trop bu. », mais personne ne me dit rien : j'étais tout seul.

Genèse.

Je tendis la main et éteignis la lampe. Je me demandai un instant, dans l'obscurité, si j'allais rêver de l'hôtel du Dauphin. Mais finalement je ne fis pas de rêves du tout. Quand je me réveillai le lendemain matin, je me sentais désespérément vide. Zéro. Ni rêve ni hôtel. Je fais des choses déplacées, dans un lieu déplacé.

Mes bottes étaient allongées au pied de mon lit, comme deux chiots fatigués.

Je regardai par la fenêtre : le ciel était couvert de nuages bas et sombres. L'air humide sentait la neige. Regarder le ciel m'ôta l'envie de faire quoi que ce soit. Les aiguilles de ma montre indiquaient sept heures cinq. J'allumai la télé avec la télécommande, regardai un moment depuis mon lit les infos du matin. Le présentateur parla des prochaines élections. Au bout d'un quart d'heure, je renonçai et me levai, allai à la salle de bains me laver la figure et me raser. Pour me donner un peu d'entrain, j'allais jusqu'à fredonner l'ouverture des *Noces de Figaro*. Au bout d'un moment il me sembla qu'il s'agissait plutôt de l'ouverture de *La Flûte enchantée*. Plus je réfléchissais, moins je me rappelais la différence entre les deux. Lequel était-ce donc ? Bah, la journée s'annonçait comme un de ces jours où rien ne marche. Je me coupai le menton en me rasant, fis sauter un bouton de manchette de ma chemise en l'enfilant.

Au restaurant, je croisai à nouveau la fillette de la veille, accompagnée d'une femme, sa mère apparemment. Elle n'avait plus son baladeur mais elle portait le même sweat-shirt avec GENESIS imprimé dessus, et buvait son thé d'un air d'ennui profond. Elle ne toucha pratiquement pas à ses toasts ni à ses œufs brouillés. Sa mère – je crois bien que c'était sa mère – était une petite femme approchant la quarantaine. Les cheveux attachés, un pull en cachemire beige sur un chemisier blanc. La forme de ses sourcils était la même que ceux de sa fille. Elle avait un nez élégant, fin et droit, et une manière touchante de beurrer ses toasts d'un air las. Seules les femmes ayant l'habitude d'être remarquées et d'être l'objet du regard des autres peuvent avoir cette attitude parfaitement naturelle.

Je passai à côté de leur table pour aller m'asseoir, et la fillette leva les yeux et me fit un grand sourire. Un vrai sourire franc, comparé à celui de la veille.

Tout en déjeunant seul dans mon coin, j'essayais de réfléchir, mais le sourire de cette fillette avait annihilé mes facultés de penser. J'avais beau essayer, les mêmes mots revenaient tourner en rond dans ma tête. Finalement je pris mon petit déjeuner sans penser à rien, en regardant distraitement le poivrier.

7

Je n'avais rien à faire. Je n'étais rien *obligé* de faire, et je n'avais rien *envie* de faire. J'étais venu exprès jusqu'ici, à seule fin de dormir à l'hôtel du Dauphin. Et comme cet hôtel, composante initiale de l'histoire, n'existait plus, je n'avais rien à faire, à part baisser les bras.

Je décidai tout de même de mettre au point un plan d'action pour la journée, et pour ce faire, je descendis m'installer dans l'un des somptueux canapés du hall d'entrée. Je n'avais pas envie de visiter la ville, ni d'aller quelque part en particulier. Je pensais un moment tuer le temps au cinéma mais aucun film ne me tentait, et il me paraissait un peu stupide d'être venu jusqu'à Sapporo pour m'installer dans une salle de cinéma. *Mais qu'est-ce que je peux faire ?*

J'ai rien à faire.

Tiens, c'est ça, je vais aller chez le coiffeur ! À la réflexion, à Tokyo j'étais si occupé que je n'avais jamais le temps d'y aller, et cela faisait près d'un mois et demi que je ne m'étais pas fait couper les cheveux. Ça, c'était une idée raisonnable. Une façon de penser saine et réaliste. Maintenant que j'ai du temps devant moi, je vais chez le coiffeur. Logique. Une idée dont je pouvais parler sans honte devant n'importe qui.

Je me rendis au salon de coiffure de l'hôtel, un endroit propre et plaisant. Je m'attendais à devoir patienter, mais c'était une matinée de semaine, et évidemment il n'y avait pas un chat. Sur le mur gris-bleu était accrochée une peinture abstraite, et la stéréo diffusait un morceau de Jacques Rouche en fond sonore. C'était la première fois de ma vie que j'allais chez un coiffeur de ce genre. On ne pouvait plus vraiment appeler ça un salon de coiffure. Tant qu'on y était, on allait peut-être bientôt entendre des chants grégoriens dans un établissement de bains publics. Ou bien la musique de Ryûichi Sakamoto dans la salle d'attente du percepteur. Le jeune coiffeur d'une vingtaine d'années qui me coupa les cheveux ne connaissait pas très bien Sapporo. Quand je lui dis qu'il y avait eu ici autrefois un petit hôtel du même nom, il fit : « Ah ? », pas vraiment passionné. Avec son air *cool* et sa chemise à la dernière mode, il semblait se moquer pas mal de ce genre de détails. Mais il était plutôt bon coiffeur, et je ressortis satisfait de sa boutique.

Le tout n'avait pris que quarante-cinq minutes, et de retour dans le hall je m'interrogeai à nouveau : comment passer le reste de la journée ? Pas la moindre idée.

Faute de mieux, je restai un long moment à regarder distraitement les alentours, assis dans mon canapé. J'aperçus la fille à lunettes d'hier à la réception. Quand elle croisa mon regard, elle eut l'air légèrement tendu. Je me demandais bien pourquoi. Ma présence stimulait-elle par hasard quelque chose en elle ? Ma montre indiquait maintenant onze heures. À cette heure-ci, je pouvais commencer à penser au déjeuner. Je quittai l'hôtel, marchai dans les rues en me demandant dans quel restaurant j'allais déjeuner. Aucun ne m'attirait vraiment. L'appétit ne me venait pas. Du coup j'entrai dans le premier troquet venu et commandai des spaghettis et une salade. Je bus de la bière. Il faisait toujours un temps de neige, mais elle ne se décidait pas à tomber. Les nuages immobiles étaient tapis au-dessus de la ville, comme ce pays qui flotte dans le ciel dans *Les Voyages de Gulliver*. Tout ce qui se trouvait sur terre paraissait teinté de gris. Ma fourchette était grise, ma salade et ma bière aussi. On ne peut pas penser normalement par un temps pareil.

Finalement je décidai de passer le temps en faisant des courses dans les grands magasins. Je pris un taxi et me rendis dans le centre. J'achetai des chaussettes, des sous-vêtements, des piles de rechange, une brosse à dents de voyage et un coupe-ongles, ainsi que des sandwichs pour mon dîner, et une petite bouteille de cognac. Je n'avais besoin de rien de tout ça en particulier. C'était seulement pour tuer le temps. Ça me fit passer deux heures.

Ensuite je me promenai dans l'avenue principale du centre, regardant les vitrines, sans but particulier, et quand j'en eus assez, j'entrai dans un café. Je m'attablai devant un expresso et poursuivis la lecture de la biographie de Jack London. Ce faisant, le crépuscule de cette journée, pareille à un fastidieux navet au cinéma, arriva. C'est épuisant de passer le temps à ne rien faire.

Quand je revins à l'hôtel, quelqu'un m'appela au moment où je passai devant la réception. C'était la réceptionniste à lunettes. Je m'approchai et elle me guida vers un coin du comptoir un peu éloigné du panneau de la réception. C'était l'endroit réservé à la location de voitures, mais il y avait simplement un tas de brochures posées à côté d'un panonceau, et pas un employé en vue.

Elle commença par me regarder en faisant tourner son stylo dans ses mains d'un air gêné, hésitant visiblement à parler.

– Excusez-moi, mais prenez l'air d'un client qui veut louer une voiture, s'il vous plaît, dit-elle.

Puis elle jeta un coup d'œil de côté vers la réception.

« Le règlement nous interdit d'avoir des conversations personnelles avec les clients.

– Pas de problème, fis-je. Je vous demande les prix des locations de voitures et vous me répondez, ça n'a rien d'une conversation personnelle.

Elle rougit un peu :

– Excusez-moi, le règlement est sévère ici.

Je lui fis un grand sourire :

– Vos lunettes vous vont très bien.

– Pardon ?

– Ces lunettes te vont très bien, tu es très mignonne.

Elle toucha légèrement sa monture du doigt, puis se mit à tousser. Elle devait être du genre nerveux. Elle se reprit et déclara :

– En fait, je voulais vous demander quelque chose de personnel.

Si j'avais pu, je lui aurais caressé doucement la tête pour l'aider à reprendre son calme, mais comme je ne pouvais pas, je me contentai de la regarder en silence.

– C'est au sujet de l'ancien hôtel dont vous avez parlé hier, dit-elle d'une petite voix. Le Dolphin Hotel, du même nom... Quel genre d'hôtel était-ce ? C'était un hôtel, euh, normal ?

Je fis semblant d'étudier une des brochures de location de voitures.

– Qu'est-ce que tu veux dire, concrètement ?

Elle tira sur les deux pans de son chemisier banc, toussota à nouveau.

– Eh bien... Je ne sais pas comment dire, mais cet hôtel était lié à des drôles de trafics, non, vous voyez ce que je veux dire ? Je ne sais pas pourquoi, mais ça me tracasse, cet hôtel d'avant.

Je la regardai dans les yeux. Ainsi que je l'avais constaté plus tôt, elle avait de beaux yeux pleins de franchise. Elle rougit à nouveau.

– Je ne comprends pas très bien pourquoi ça te tracasse, mais de toute façon si je commence à te parler de cet hôtel, ça risque d'être une longue histoire. C'est impossible de parler ici, non ? Tu as l'air d'avoir beaucoup de travail et...

Elle jeta un coup d'œil du côté de ses collègues, occupés un peu plus loin derrière leur comptoir. Ses jolies dents mordirent légèrement sa lèvre inférieure. Elle parut hésiter un moment puis hocha la tête et se jeta à l'eau :

– On pourrait se retrouver quelque part après mon travail.

– Tu finis à quelle heure ?

– Huit heures. Mais on ne peut pas se voir dans le quartier. Le règlement est très strict.

– Si tu connais un endroit suffisamment éloigné pour qu'on puisse parler tranquillement, je viendrai.

Elle pencha la tête, réfléchit un peu puis inscrivit sur le bloc-notes préparé sur le comptoir le nom d'un bar, griffonna un plan.

– Attendez-moi là. J'y serai vers huit heures et demie.

Je mis la feuille dans la poche de mon manteau.

Cette fois, ce fut elle qui me regarda fixement :

– N'allez pas vous imaginer des choses. C'est la première fois que je désobéis au règlement. Mais il faut vraiment que je vous parle, je vous expliquerai pourquoi tout à l'heure.

– Je ne m'imagine rien du tout. Pas la peine de t'inquiéter. Je ne suis pas méchant. En général les gens ne m'aiment pas particulièrement, mais je ne fais jamais rien qui puisse nuire à mon prochain.

Elle réfléchit à ce que je venais de dire en faisant tourner son stylo entre ses doigts, mais apparemment elle ne saisissait pas très bien le sens de mes paroles. Un sourire indécis aux lèvres, elle toucha à nouveau sa monture de lunettes du bout de l'index.

– Bon, à tout à l'heure, fit-elle, puis après une salutation professionnelle, elle retourna à son poste.

Elle avait du charme, cette fille. Et une légère instabilité mentale.

De retour dans ma chambre, je mangeai la moitié des sandwichs au rôti de bœuf que j'avais achetés au rayon alimentation du sous-sol d'un grand magasin, arrosés d'une bière. Bon, me dis-je. Avec ça, la vitesse est enfin enclenchée. Même si je roule en seconde sans savoir où je vais, ça commence à bouger. Pas si mal.

Ensuite, je me lavai la figure, me rasai à nouveau, tranquillement, en silence, sans fredonner la moindre chanson. Je mis de l'after-shave, me brossai les dents, puis, pour la première fois depuis longtemps, je me regardai longuement dans le miroir. Je n'y découvris rien d'important. Je ne débordais pas de courage. J'avais mon air habituel.

Je descendis vers sept heures et demie, pris un taxi devant l'hôtel, montrai au chauffeur l'adresse qu'elle m'avait donnée. Le chauffeur hocha la tête en silence et me déposa bientôt devant l'endroit en question. C'était à une distance de mille yens en taxi. Je poussai la porte d'un petit bar tranquille au sous-sol d'un immeuble de cinq étages, et entendis aussitôt un vieux disque de Gerry Mulligan, juste au bon volume sonore. De l'époque où Gerry Mulligan portait une chemise ouverte et avait dans son groupe Chet Baker ou Bob Brookmeyer. Je l'avais beaucoup écouté autrefois. Je vous parle de ça, c'était bien avant les années 80 et des groupes comme Adam and the Ants.

Adam et les fourmis !

Mais où allaient-ils chercher des noms pareils ?

Je m'installai au comptoir et, tout en écoutant l'élégant solo de Gerry Mulligan, savourai lentement un J&B coupé d'eau avec des glaçons. À huit heures quarante-cinq, elle n'était toujours pas là, mais je ne m'inquiétais pas. Elle avait dû être retardée par son travail. Le bar était agréable, et j'étais habitué à passer le temps tout seul. Je sirotai mon whisky en écoutant la musique, et quand je l'eus fini j'en commandai un deuxième. Puis, comme je n'avais rien de particulier à regarder, je me mis à regarder le cendrier posé devant moi.

Elle arriva à neuf heures moins cinq.

– Désolée, fit-elle, j'ai fini plus tard que prévu. Il y avait foule et ma collègue est arrivée en retard.

– Ça ne fait rien. Il fallait bien que je passe le temps quelque part de toute façon.

Elle voulait s'asseoir à une table du fond. Je pris mon verre et changeai de place. Elle enleva ses gants de cuir, son écharpe à carreaux, son manteau gris, et apparut alors en pull jaune et jupe de laine vert foncé. En la voyant moulée dans ce pull fin, je remarquai que ses seins étaient plus gros que je ne l'avais cru. Elle portait d'élégantes boucles d'oreilles en or. Elle commanda un bloody mary.

Dès que sa boisson arriva, elle en aspira une gorgée. Je lui demandai si elle avait dîné. Pas encore, répondit-elle, mais elle avait grignoté à quatre heures et n'avait pas encore faim. Je bus une gorgée de mon whisky, elle reprit une gorgée de son bloody mary. Elle avait l'air de s'être dépêchée pour venir, et avait repris son souffle en silence pendant une trentaine de secondes en arrivant. Je pris une cacahuète, l'examinai avant de la croquer, et répétai ce geste en attendant qu'elle retrouve son calme.

Finalement, elle poussa lentement un soupir. Un long soupir, qu'elle dut elle-même trouver trop long car elle leva ensuite la tête pour me regarder d'un air nerveux.

– C'est dur, le travail ? demandai-je.

– Oui, assez. Je ne suis pas encore bien habituée, et comme l'hôtel n'est pas ouvert depuis très longtemps, nos chefs nous asticotent tout le temps.

Elle posa les deux mains sur la table et croisa les doigts. Elle portait un anneau minuscule au petit doigt. Un anneau d'argent tout simple, sans aucune décoration. Tous les deux nous regardâmes un moment cet anneau en silence.

– À propos de l'ancien Dolphin Hotel, dit-elle, j'espère que tu ne poses pas toutes ces questions pour un reportage ?

– Un reportage ? répliquai-je, surpris. Qu'est-ce qui te fait dire ça ?

– Je me demandais, c'est tout, dit-elle.

Je me tus. Elle fixait un point sur le mur en se mordant les lèvres.

– Il paraît qu'il y a eu quelques problèmes, alors nos supérieurs sont extrêmement méfiants. Vis-à-vis des médias. L'achat des terrains, les expropriations, tu comprends, tout ça ternirait l'image de l'hôtel auprès du public si les médias en parlaient. C'est mauvais pour le commerce.

– Il y a déjà eu des articles là-dessus ?

– Oui, une fois, dans un hebdomadaire. Des histoires

de corruption et de gens qui refusaient d'être expulsés et que l'entreprise a chassés en leur envoyant des voyous d'extrême-droite.

– Et l'ancien hôtel du Dauphin aurait un lien avec ces histoires ?

Elle haussa les épaules, but une gorgée de bloody mary.

– Peut-être. Ça expliquerait la méfiance du manager à ton égard quand tu as parlé de ce vieil hôtel. Il était méfiant, non ? Mais vraiment, moi, je ne sais rien de précis là-dessus. J'ai simplement entendu dire que cet hôtel s'appelait Dolphin Hotel comme celui d'avant parce qu'il y avait un lien entre les deux. C'est quelqu'un qui me l'a dit.

– C'est qui, ce quelqu'un ?

– Un de mes chefs.

– Je vois. Et à part ça tu as entendu dire autre chose au sujet de l'hôtel du Dauphin ?

Elle secoua plusieurs fois la tête, puis tripota de la main gauche l'anneau de son auriculaire droit.

– J'ai peur, murmura-t-elle, je crève de peur. Je ne sais plus quoi faire tellement j'ai peur.

– Tu as peur ? Qu'on fasse des articles dans les journaux ?

Elle fit un petit signe de dénégation de la tête. Puis laissa un moment ses lèvres posées sur le rebord de son verre, l'air de chercher comment elle pourrait expliquer sa peur.

– Non, ce n'est pas ça. Les journaux peuvent bien publier ce qu'ils veulent, ça ne me concerne pas. C'est vrai, non ? Il n'y a que mes supérieurs que ça peut déranger. Je parle de quelque chose d'autre. De l'ensemble de cet hôtel. Il y a quelque chose de bizarre dans cet hôtel, de, comment dire, pas tout à fait normal, une sorte de... distorsion.

Elle se tut. Je vidai mon verre, en commandai un autre, et commandai aussi un deuxième bloody mary pour elle.

– Quel genre de distorsion, concrètement parlant ? demandai-je. Si toutefois il y a quelque chose de concret là-dedans.

– Évidemment que c'est concret, dit-elle à regret. Mais ce qui est difficile, c'est de l'exprimer clairement. Voilà pourquoi je n'en ai jamais parlé à personne jusqu'à maintenant. Ce que j'ai ressenti est très réel, mais il me semble que si j'essaie de le mettre en mots, tout le caractère concret de la chose va disparaître. Alors j'ai du mal à en parler.

– C'est comme un rêve éveillé ?

– Ça n'a rien à voir avec un rêve. Je rêve souvent, mais les rêves, leur réalité je veux dire, s'effacent avec le temps. Mais *ça*, c'est différent. Le temps a beau passer, l'impression reste vivante. Ça garde toujours, toujours, toujours sa réalité. Ça revient flotter devant mes yeux.

Je me taisais.

– Bon, je vais essayer d'en parler, dit-elle.

Elle but une gorgée et s'essuya les lèvres avec une serviette en papier.

« C'était en janvier, début janvier. Juste un peu après le Nouvel An. Ce jour-là, je travaillais tard le soir – en général je ne le fais pas, mais ce jour-là je n'avais pas le choix. En tout cas, j'ai dû finir de travailler aux alentours de minuit. Quand on termine à cette heure-là, il n'y a plus de tram, aussi la direction nous paye un taxi, qui nous ramène tous chez nous un par un. Donc j'ai fini de travailler un peu avant minuit, je me suis changée et je suis montée au seizième par l'ascenseur de service. Je voulais aller à la salle de repos des employés parce que j'y avais oublié un livre. J'aurais pu attendre le lendemain, mais je voulais continuer à lire ce livre, et puis la fille qui devait rentrer en taxi avec moi était encore occupée, si bien que j'ai voulu passer chercher mon livre, tant qu'à faire. On a une salle pour nous au seizième, à l'écart des chambres des clients, où on peut faire un petit somme, boire un thé. J'y vais de temps en temps.

Donc, la porte de l'ascenseur s'est ouverte, et je suis sortie comme d'habitude, sans penser à rien. Hein, ça arrive, non ? Quand on fait quelque chose dont on a l'habitude, ou qu'on va dans un endroit qu'on connaît bien, on avance sans penser à rien, machinalement. Donc je marchais rapidement. J'ai sûrement pensé à un petit quelque chose, mais je ne sais plus quoi. Et tout d'un coup, au milieu du couloir, les deux mains enfoncées dans les poches, je me suis aperçue qu'il faisait tout noir. Surprise, j'ai regardé derrière moi : la porte de l'ascenseur s'était déjà refermée. J'ai pensé à une panne d'électricité, évidemment, mais c'était impossible : d'abord, l'hôtel possède son propre générateur, et en cas de panne il prend immédiatement la relève. C'est automatique, vraiment immédiat. Je le sais, c'est déjà arrivé. Donc la panne d'électricité, exclue. Si par extraordinaire, le générateur avait été lui aussi en panne, la lampe de secours du couloir se serait allumée. Donc, il n'y avait aucune raison pour que le couloir soit plongé dans le noir comme ça. Le couloir aurait dû être éclairé au moins par une lumière verte. Obligatoirement, même en pensant à toutes les possibilités.

« Et pourtant, à ce moment-là, le couloir était plongé dans une pénombre totale. Tout ce que je voyais comme lumière, c'étaient les boutons d'appel de l'ascenseur et un chiffre rouge indiquant l'étage. Évidemment j'ai appuyé sur le bouton. Mais l'ascenseur était reparti vers le bas, et ne remontait pas. Je me suis dit : « Allons bon, qu'est-ce qui se passe ? » en regardant autour de moi. Évidemment j'avais peur, mais en même temps j'étais vraiment ennuyée, tu devines pourquoi ?

Je secouai la tête.

« Eh bien, pour que tout soit plongé comme ça dans l'obscurité totale, il fallait qu'il y ait un problème de fonctionnement dans l'hôtel, une machine, ou une structure défectueuse. Ça allait sûrement causer de l'agitation. On nous ferait travailler les jours de congé, on aurait des entraînements du matin au soir, on se ferait asticoter par les chefs. J'en avais assez de tout ça, et ça commençait juste à se calmer.

– Je comprends, dis-je.

– Du coup, j'ai senti la moutarde me monter au nez. La colère était plus forte que la peur. Je me suis dit, essayons de voir un peu ce qui se passe. J'ai fait deux ou trois pas lentement. Et alors, c'était bizarre, mes pas ne faisaient plus le même bruit que d'habitude. J'avais des chaussures à talons plats ce jour-là, et je n'avais pas l'impression de marcher sur la même moquette que d'habitude. Elle était plus rêche. Je suis très sensible à ce genre de choses, alors je suis sûre de ce que je dis. Et l'air aussi était différent, comment dire ? Ça sentait un peu le moisi. Rien à voir avec l'atmosphère habituelle. L'état de l'air est entièrement contrôlé dans l'hôtel. Ils sont très pointilleux là-dessus. Ce n'est même pas un air normal, il est filtré de façon à être plus propre. Impossible qu'il y ait des odeurs de moisi ici. Mais l'air qu'il y avait à ce moment-là, en un mot, c'était de la vieille atmosphère, datant de plusieurs dizaines d'années. Une odeur comme celle que je respirais, petite, en ouvrant la vieille remise chez mon grand-père. Comme si tout un tas de vieilleries mélangées stagnaient là depuis des années.

« Je me suis retournée vers l'ascenseur. Mais même la lumière du bouton de l'ascenseur s'était éteinte. On n'y voyait plus rien. Et tout était mortellement calme. Alors là, j'ai eu peur. Normal, non ? Seule dans le noir, ça fait peur. Mais avec en plus ce silence mortel ! Pas un bruit. C'est bizarre, non ? Imagine, s'il y avait eu une panne d'électricité et que l'hôtel ait été plongé dans le noir, tout le monde se serait affolé, il y aurait eu du tapage. L'hôtel était presque complet, ça aurait du soulever un tollé. Pourtant, il régnait un calme sinistre. Du coup, je n'y comprenais plus rien.

Nos boissons arrivèrent. Nous bûmes chacun une gorgée, puis elle reposa son verre et remonta ses lunettes. J'attendis en silence la suite de son récit.

« Tu comprends dans quel état je me sentais ?

– En gros, oui, fis-je en hochant la tête. Tu es montée au seizième en ascenseur, il faisait tout noir, il n'y avait pas la même odeur que d'habitude, c'était trop calme. Il y avait quelque chose de bizarre.

Elle poussa un soupir.

– Je ne dis pas ça pour me vanter, mais je ne suis pas particulièrement trouillarde. Je me trouve même plutôt courageuse pour une fille. Je ne me mets pas à hurler comme une hystérique pour une simple panne d'électricité. J'ai peur comme tout le monde, mais je refuse de céder à la panique. Donc je voulais vérifier ce qui se passait. Alors j'ai avancé dans le couloir à tâtons.

– Dans quelle direction ?

– Vers la droite, dit-elle, puis elle leva la main droite, comme pour vérifier qu'elle ne se trompait pas.

– Oui, c'est ça, j'ai avancé vers la droite, lentement. Le couloir est tout droit. J'ai avancé un moment le long du mur, et après il y a eu un tournant sur la droite. Et là, au bout, j'ai vu briller une lumière. Une lumière très forte, comme s'il y avait une bougie allumée tout au fond du couloir. Je me suis dit, quelqu'un a dû trouver des bougies et est en train de les installer. Je suis allée voir en direction de la lumière, mais, en me rapprochant, je me suis aperçue que la lueur venait d'une porte entrouverte. Une drôle de porte. Je ne me rappelai pas l'avoir vue avant. Il n'y a pas de porte comme ça à l'hôtel. En tout cas la lumière venait de là. Debout devant la porte, je ne savais plus quoi faire. Si un type bizarre surgissait de l'intérieur je serais bien embêtée, et puis cette porte, je ne l'avais jamais vue avant. Finalement j'ai frappé un petit coup à la porte pour voir, un petit toc-toc presque inaudible. Mais le bruit a résonné bien plus fort que je ne m'y attendais, parce que les alentours étaient tellement silencieux. Il n'y a eu aucune réaction pendant environ dix secondes, et pendant ces dix secondes je suis restée pétrifiée devant la porte. Ensuite j'ai entendu des espèces de froissements à l'intérieur. Comment dire ? Comme si quelqu'un portant des vêtements pesants se relevait. Ensuite j'ai entendu des bruits de pas. Quelqu'un avançait très lentement, en traînant des pieds, et le bruit se rapprochait peu à peu de la porte.

Elle regardait dans le vide, comme si elle se remémorait ce bruit de pas. Puis elle secoua la tête.

– Dès que j'ai entendu ce bruit, j'ai été terrorisée. Ce n'était pas un bruit de pas humain. Je n'avais aucune base me permettant de penser ça, c'était juste une intuition. Mais j'ai compris à ce moment-là ce que voulait dire l'expression « sentir un frisson glacé courir le long de son épine dorsale ». Ce n'est pas une exagération rhétorique, on a vraiment le dos glacé. Je me suis enfuie en courant à toutes jambes. J'ai même dû tomber une fois ou deux en cours de route. Parce qu'après j'avais mes bas filés. Mais je ne me souviens de rien, à part que je me suis enfuie en courant de toutes mes forces. En courant je ne pensais qu'à une chose : qu'est-ce que je ferais si l'ascenseur était toujours en panne ? Mais l'ascenseur fonctionnait normalement. Le bouton indiquant les étages était allumé. Il était arrêté au rez-de-chaussée. J'ai appuyé de toutes mes forces sur le bouton, et l'ascenseur s'est mis à remonter, mais avec une lenteur ! Il était incroyablement lent. Deuxième... Troisième... Quatrième... Comme ça, tu vois. Je le suppliais mentalement. Dépêche-toi, dépêche-toi, je t'en prie ! Mais ça ne servait à rien, il a mis un temps incroyable à arriver. Comme s'il prenait plaisir à faire attendre les gens.

Elle poussa un soupir, but une autre gorgée, fit tourner sa bague autour de son petit doigt.

– J'entendais toujours les bruits de pas. Sshhh... sshhh...sshhh. Ils se rapprochaient lentement, inexorablement. La chose était sortie de la pièce, elle avançait dans le couloir, vers moi. J'étais morte de peur ! Non, ce n'était même pas de la peur : j'avais l'estomac qui me remontait dans la gorge, la sueur me sortait par tous les pores. Une sueur glacée et fétide. Et des frissons ! Comme si un serpent rampait sur ma peau. L'ascenseur n'arrivait toujours pas. Sept... huit... neuf... et les bruits de pas qui se rapprochaient toujours !

Elle se tut une trentaine de secondes. Elle continuait à faire tourner son anneau, comme si elle réglait le bouton de la radio. Au bar, une femme disait quelque chose à un homme qui riait. Ils vont se décider à remettre de la musique, oui ou non ? me demandai-je.

« Ce genre de peur, on ne peut la comprendre que si on en fait l'expérience soi-même, dit-elle d'une voix étranglée.

– Et alors, que s'est-il passé ? demandai-je.

– Tout à coup je me suis aperçue que la porte de l'ascenseur était ouverte, fit-elle avec un haussement d'épaules. Elle était ouverte, et la lumière nostalgique des ampoules électriques se déversait dedans à flots. Je me suis littéralement effondrée à l'intérieur. Et j'ai appuyé sur le bouton du rez-de-chaussée en tremblant de tous mes membres. Quand je suis arrivée dans le hall d'entrée, toute pâle, claquant des dents à ne pas pouvoir parler, tout le monde était très étonné. Le manager est arrivé, il m'a demandé ce que j'avais. Je lui ai expliqué en retenant mon souffle qu'il se passait des choses bizarres au seizième. Il a aussitôt appelé un employé et nous sommes montés là-haut tous les trois, pour vérifier ce qui s'était passé. Mais au seizième tout paraissait normal. Lampes allumées, pas d'odeur suspecte. Nous sommes allés à la salle de repos interroger les gens qui s'y trouvaient. Ils étaient réveillés, et n'avaient été témoins d'aucune panne. Nous avons fouillé l'étage dans les moindres recoins mais tout était parfaitement normal. Comme si j'avais été ensorcelée par une renarde !

« Quand nous sommes redescendus, le manager m'a fait appeler dans son bureau. Je pensais qu'il allait me tancer vertement, mais pas du tout. Il m'a demandé de lui expliquer en détail ce qui m'était arrivé. Alors je lui ai tout raconté. Jusqu'au bruit de pas. Ça me paraissait ridicule, je me disais qu'il allait éclater de rire en me demandant si j'avais rêvé.

« Mais il n'a pas ri. Au contraire, il avait l'air extrêmement sérieux. Et il m'a dit de ne parler de ça à personne. D'un ton très doux, très gentil. "Vous avez dû vous tromper, mais les autres employés pourraient prendre peur s'ils entendaient parler de ça, alors tenez votre langue." Pourtant le manager n'est pas du genre à prendre des pincettes, d'habitude. Et c'est à ce moment-là que je me suis dit que je n'étais peut-être pas la première à qui ce genre de mésaventure arrivait.

Elle se tut. Je mis son histoire en ordre dans ma tête. Il me sembla que l'atmosphère se prêtait à quelques questions.

– Tu as déjà entendu d'autres employés raconter des histoires similaires ? Des choses bizarres qui pourraient corroborer ton aventure, des anomalies quelconques ? Même une simple rumeur ?

Elle réfléchit un instant puis secoua la tête.

– Non. Mais je sens qu'il se passe quelque chose de pas normal. La réaction du gérant quand je lui ai raconté cette histoire par exemple, et puis il y a trop de conciliabules dans cet hôtel. Je ne peux pas expliquer quoi, mais il y a quelque chose de bizarre. Rien à voir avec l'hôtel où je travaillais avant. Évidemment ce n'était pas un établissement aussi important, alors la situation était différente, mais tout de même c'est trop différent. Dans l'hôtel où j'étais avant il y avait bien des histoires de fantômes – il y en a au moins une dans n'importe quel hôtel –, mais on en rigolait. Ici ce n'est pas le cas. L'atmosphère n'est pas à la rigolade. Alors j'ai d'autant plus peur. Si le gérant avait ri de mon histoire ce jour-là, ou s'il s'était mis en colère, j'aurais pu penser que je m'étais trompée.

Elle plissa les yeux en regardant fixement le verre qu'elle tenait à la main.

– Tu es retournée au seizième étage depuis ? demandai-je.

– Plusieurs fois, répondit-elle d'une voix égale. Je travaille dans cet hôtel, alors je suis bien obligée d'aller là-haut de temps à autre, hein, même si je n'en ai pas envie. Mais seulement dans la journée. Je n'y vais jamais la nuit. Je n'irais pour rien au monde. Je ne veux pas revivre une telle horreur. C'est pourquoi j'ai décidé de ne plus travailler de nuit. Je l'ai annoncé clairement à la direction.

– Et jusqu'ici tu n'as parlé de ça à personne ?

Elle secoua la tête une seule fois.

– Je te l'ai dit tout à l'heure, c'est la première fois que j'en reparle. Je n'avais personne à qui en parler, de toute manière. Mais je me suis dit que toi, tu aurais peut-être une idée sur cet incident.

– Moi ? Et pourquoi moi ?

Elle me regarda d'un air distrait.

– Je ne sais pas... Tu connaissais l'ancien hôtel et tu as posé des questions sur sa disparition... Et puis il me semblait que tu pourrais avoir une idée pour expliquer ce qui m'est arrivé.

– Je n'ai pas d'idée particulière, dis-je après avoir réfléchi un moment. Et je ne sais pas grand-chose sur l'hôtel du Dauphin. C'était un petit hôtel, qui n'avait pas beaucoup de succès. J'y ai dormi quand je suis venu ici il y a quatre ans, c'est comme ça que j'ai rencontré le patron, et je voulais le revoir, c'est tout. L'ancien hôtel était un endroit tout ce qu'il y a de plus ordinaire. Je n'y ai jamais entendu parler de « drôles de trafics » ou de choses comme ça.

On ne pouvait pas vraiment dire que l'hôtel du Dauphin d'autrefois était un endroit ordinaire, mais pour l'instant je n'avais pas envie de m'étendre sur le sujet.

– Pourtant cet après-midi, quand je t'ai demandé si cet ancien hôtel était un endroit normal, tu as dit que c'était une longue histoire. Pourquoi ?

– C'est très personnel, lui expliquai-je. Si je commence, ça risque d'être long. Mais je pense que ça n'a rien à voir directement avec l'histoire que tu viens de me raconter.

Déçue, elle regarda un moment les paumes de ses mains en faisant la moue.

– Désolé de ne pas pouvoir t'être utile, alors que tu m'as raconté ton histoire exprès, dis-je.

– Ça ne fait rien, ce n'est pas de ta faute. Et je suis contente d'avoir pu parler. Ça m'a soulagée. On se sent angoissé quand on garde une histoire comme ça pour soi pendant longtemps.

– Sans doute, dis-je. Quand on garde quelque chose pour soi sans en parler à personne, ça prend toujours des proportions énormes à l'intérieur de la tête, ça gonfle de plus en plus.

J'écartai les deux mains pour imiter un ballon en train de gonfler.

Elle hocha la tête en silence. Elle tritura à nouveau l'anneau autour de son doigt, finit par l'enlever, le remit.

– Tu y crois à mon histoire, dis ? Mon histoire du seizième étage ? fit-elle en regardant ses doigts.

– Évidemment, je te crois, répondis-je.

– Vraiment ? Tu ne trouves pas ça trop *bizarre* ?

– C'est bizarre, c'est sûr. Mais ce genre de choses arrive. Je le sais. Et je te crois. Il arrive que les événements s'enchaînent comme ça, à cause d'un détail qui les déclenche.

Elle réfléchit un moment à ça, puis me demanda.

– Tu as déjà eu ce genre d'expériences ?

– Oui, je crois.

– Et tu as eu peur à ce moment-là ?

– Non, ce n'était pas de la peur. Les choses peuvent s'enchaîner de différentes manières. Dans mon cas...

Mais les mots me manquèrent et je m'arrêtai tout à coup, comme si quelqu'un, au loin, avait arraché la ligne de téléphone. Je bus une gorgée de whisky et dis que je ne savais pas comment exprimer ça, mais que ce genre de choses arrivait, c'était sûr.

« ... C'est pour ça que je te crois. Même si personne d'autre ne te croit, moi je crois ce que tu me dis. Et je ne mens pas.

Elle leva la tête et me sourit. Ce sourire différait un peu de ceux qu'elle m'avait adressés jusque-là. C'est un sourire privé, me dis-je. Elle semblait un peu plus décontractée depuis qu'elle avait dit ce qu'elle avait sur le cœur.

– Je me demande pourquoi, quand je parle avec toi, on dirait que je suis plus calme. Je suis terriblement timide et d'habitude j'ai du mal à parler avec des gens que je rencontre pour la première fois, mais avec toi je peux parler sans problème.

– C'est sans doute parce que le courant passe entre nous, on se comprend, lui dis-je avec un large sourire.

Elle hésita un instant sur la réponse à faire, et finalement elle ne dit rien. Elle poussa seulement un grand soupir. Mais ce n'était pas un soupir triste. Simplement elle réajustait sa respiration.

– Tu ne mangerais pas quelque chose, j'ai faim tout à coup, fit-elle.

Je tentai de l'inviter à dîner dans un restaurant voisin mais elle voulait juste grignoter un petit quelque chose ici. J'appelai le serveur pour commander des pizzas et une salade.

Nous discutâmes de diverses choses en mangeant. De son travail à l'hôtel, de la vie à Sapporo. Elle me parla d'elle. Elle avait vingt-trois ans. Après le lycée, elle avait étudié deux ans dans une école d'hôtellerie, puis travaillé deux ans à Tokyo, et ensuite elle était venue à Sapporo après avoir été embauchée sur une petite annonce de l'hôtel du Dauphin recrutant du personnel. Cela lui convenait parfaitement de venir vivre à Sapporo. Parce que sa famille à elle tenait une auberge de style japonais, très chic et très ancienne, également dans le Hokkaido.

– Alors ici tu fais ton apprentissage ? Tu t'entraînes pour pouvoir reprendre plus tard l'auberge de tes parents ? demandai-je.

– Pas vraiment, fit-elle.

Elle remonta à nouveau ses lunettes.

« Je ne pense pas du tout à la succession de mes parents, ni à l'avenir en général. J'aime travailler dans l'hôtellerie, tout simplement. On voit passer plein de gens qui viennent juste dormir et puis repartent, ça me plaît. Ça me rassure de vivre dans cette ambiance. Ça calme mes angoisses. Je vis là-dedans depuis que je suis toute petite, tu comprends. J'y suis habituée.

– Je comprends, maintenant.

– Tu comprends quoi ?

– Pourquoi, debout derrière ton comptoir, tu as l'air d'être la fée de l'hôtel.

– La fée de l'hôtel ? répéta-t-elle en riant. Quelle jolie expression. J'aimerais bien l'être vraiment.

– Tu peux, avec un peu d'effort, dis-je en souriant. Mais dans un hôtel les gens ne font que passer, personne ne s'arrête longtemps. Ça ne te dérange pas ?

– Non. C'est vrai ce que tu dis, mais moi, quand les choses se figent, ça me fait peur. Je ne sais pas pourquoi, c'est peut-être de la lâcheté, mais les gens viennent et s'en vont, et ça me rassure. Je suis bizarre, non ? Je ne crois pas que les filles normales pensent comme ça. Normalement les filles cherchent la sécurité, non ? Moi, je suis différente, je ne sais pas pourquoi.

– Je ne te trouve pas bizarre. Tu manques encore de stabilité, c'est tout.

Elle me jeta un regard surpris :

– Comment se fait-il que tu comprennes ça ?

– Je ne sais pas. Mais il me semble que je comprends, un peu.

Elle resta songeuse un moment.

– Parle-moi de toi, fit-elle.

– Ce n'est pas très intéressant, répondis-je, mais elle insista.

Je lui racontai donc que j'avais trente-quatre ans, que j'étais divorcé, que je vivais plus ou moins de ma plume, et aussi que j'avais une Subaru d'occasion. Un vieux modèle, mais avec air conditionné et stéréo.

Autoportrait. Vérités objectives.

Ce qui l'intéressait, c'était mon travail, elle voulait en savoir plus. Comme je n'avais aucune raison de cacher ce que je faisais, je lui racontais l'interview que j'avais faite récemment d'une actrice, et le reportage sur les restaurants de Hakodate.

– Ça doit être passionnant comme travail, dit-elle.

– Je n'ai jamais trouvé ça passionnant. Ça ne m'est pas trop difficile d'écrire. Je ne déteste pas ça. Quand j'écris, ça me décontracte. Mais le contenu de ce que j'écris, c'est zéro. Ça n'a aucun sens.

– En quoi, par exemple ?

– Par exemple, faire le tour en une journée de quinze restaurants, et manger juste une bouchée à chaque endroit en laissant tout le reste. Je pense que ce genre de choses est une erreur fondamentale.

– Mais tu ne pourrais pas tout manger de toute façon, non ?

– Ça c'est sûr, sinon je serais mort au bout de trois jours ! Et si je mourrais comme ça, tout le monde me traiterait d'idiot, il n'y aurait personne pour me plaindre.

– Alors tu n'as pas le choix, dit-elle avec un sourire.

– Je sais bien. C'est comme de déneiger devant sa porte, on le fait parce qu'on n'a pas le choix, pas parce qu'on trouve ça intéressant.

– Déneiger ? fit-elle.

– Je fais du déneigement culturel, dis-je.

Après ça, elle voulut que je parle de mon divorce.

– Je n'ai pas divorcé parce que j'en avais envie. C'est elle qui est partie un beau jour. Avec un autre.

– Ça t'a blessé ?

– N'importe quel être humain normal dans la même situation serait blessé, non ?

Un coude sur la table, la main soutenant sa joue, elle me regardait dans les yeux.

– Excuse-moi, c'était une question idiote. Mais je n'arrive pas bien à imaginer comment tu peux être blessé. Comment tu souffres ? Qu'est-ce que tu fais quand tu souffres, je me demande.

– Je mets un badge de Keith Harring sur mon manteau.

Elle se mit à rire :

– C'est tout ?

– Tu sais, ça devient chronique, la souffrance. C'est absorbé dans la vie quotidienne, on finit par ne plus savoir où est la blessure exactement. Mais elle est là. C'est ça, souffrir. On ne peut pas montrer un endroit précis en disant : voilà ma blessure. Celles qu'on peut montrer ne sont pas les plus importantes.

– Je comprends exactement ce que tu veux dire.

– Ah bon ?

– Je n'en ai peut-être pas l'air, mais moi aussi j'ai été blessée dans la vie, et pas mal de fois, dit-elle d'une petite voix. J'avais tout un tas de raisons de quitter Tokyo et l'hôtel où je travaillais. J'ai beaucoup souffert. C'était dur. Il y a des choses que je ne sais pas gérer comme tout le monde.

– Hmm, fis-je.

– Même maintenant je souffre encore. Quand je pense à tout ça, même maintenant il y a des moments où j'ai envie de mourir.

Elle ôta son anneau, le remit en place. Puis elle finit son verre, remonta ses lunettes, et me fit un grand sourire.

Nous avions bu pas mal tous les deux. J'aurais été incapable de dire combien de verres nous avions commandés. Ma montre indiquait déjà onze heures. Elle regarda la sienne et dit qu'elle devait rentrer, qu'elle travaillait tôt le lendemain. Je payai la note, et proposai de la raccompagner en taxi. Son appartement était à dix minutes en voiture. En sortant, je vis qu'il avait neigé. Pas une chute de neige très importante, mais la surface de la rue était humide et glissait sous nos pieds, si bien que nous dûmes nous tenir par le bras pour marcher jusqu'à la station de taxis. Un peu soûle, elle vacillait légèrement.

– Au fait, l'hebdomadaire qui a fait un article sur les histoires de l'achat du terrain, dis-je, y repensant brusquement, tu te rappelles son nom, et la date approximative de parution ?

Elle me donna le nom du journal.

– Je crois bien que l'article est sorti vers l'automne, l'année dernière. Je ne peux pas te dire exactement.

Nous attendîmes cinq minutes l'arrivée d'un taxi, sous de petits flocons de neige tourbillonnants. Pendant tout ce temps, elle continua à tenir fermement mon bras. Elle était décontractée. Moi aussi.

–Ça faisait longtemps que je n'avais pas passé une soirée aussi reposante, dit-elle.

Moi aussi ça faisait longtemps que je n'avais pas passé une soirée aussi reposante. Je me dis à nouveau que le courant passait entre nous. C'est pour ça que dès le premier coup d'œil je l'avais trouvée sympathique.

Dans le taxi nous parlâmes de tout et de rien : de la neige, du froid, de ses horaires de travail, de Tokyo. Tout en bavardant, je me torturais la cervelle pour savoir comment je devais me comporter ensuite. Il suffisait d'un petit coup de pouce pour coucher avec elle, c'était clair. Je ne savais pas si elle avait vraiment envie de coucher avec moi ou pas, mais je savais qu'elle était prête à le faire, qu'elle en envisageait la possibilité. Je voyais ça à ses regards, à sa respiration, à sa façon de parler, d'agiter les mains. De mon côté, évidemment, j'avais envie de coucher avec elle. Je savais aussi que ça n'entraînerait sans doute pas de complications. « Les gens qui viennent et qui s'en vont, ça me rassure », avait-elle dit elle-même tout à l'heure. Mais je n'arrivais pas à me décider. Quelque part dans un coin de ma tête, la pensée que ce n'était pas très fair-play de coucher avec une fille comme elle ne me quittait pas. Elle avait dix ans de moins que moi, elle était instable, et si soûle qu'elle ne marchait même plus droit. C'était comme de jouer aux cartes avec un jeu truqué : ce n'était pas honnête.

Mais quel est le sens du mot honnêteté dans le domaine sexuel ? me demandais-je également. Il fallait être vraiment naïf pour chercher une quelconque équité dans ce domaine.

Je balançai un moment entre ces deux sens de valeurs, mais juste avant que le taxi s'arrête devant son immeuble, elle vint résoudre mon dilemme en m'annonçant tout de go qu'elle habitait avec sa sœur.

Je me sentis un peu soulagé, n'ayant plus à réfléchir au problème.

Quand le taxi s'arrêta en bas de l'immeuble, elle me demanda de l'accompagner jusqu'à la porte de son appartement. Elle avait peur. Tard le soir, m'expliqua-t-elle, il y avait parfois de drôles de types dans les couloirs. Je demandai au chauffeur de taxi de m'attendre cinq minutes, et la pris par le bras pour l'aider à marcher jusqu'à l'entrée de l'immeuble sur le trottoir gelé. Nous montâmes l'escalier jusqu'au deuxième. C'était un petit immeuble en béton armé tout simple, sans décoration superflue. Arrivée devant la porte 306, elle ouvrit son sac et fouilla dedans à la recherche de sa clé, puis elle se tourna vers moi en souriant d'un air maladroit et dit :

– Merci, je me suis bien amusée.

Je répondis que moi aussi je m'étais bien amusé.

Elle fit tourner la clé dans la serrure, ouvrit la porte puis remit la clé dans son sac. Quand elle claqua le fermoir, cela fit un petit bruit métallique qui résonna dans le couloir. Puis elle me regarda fixement, comme si elle inspectait les données d'un problème sur un tableau noir. Elle hésitait. Elle était perdue. Elle avait du mal à me dire au revoir.

Je m'appuyais d'une main au mur et attendis, mais elle n'arrivait pas à se décider.

– Bonne nuit. Dis bonsoir à ta sœur de ma part, dis-je.

Elle serra les lèvres durant quatre à cinq secondes.

– Je t'ai menti, dit-elle d'une petite voix. En fait je vis seule.

– Je sais, dis-je.

Son visage s'empourpra lentement.

– Comment le sais-tu ?

– Je ne sais pas, je l'ai deviné.

– Tu es bizarre, dit-elle calmement.

– Peut-être, dis-je. Mais je t'avais prévenu au début, je ne fais jamais de choses qui déplaisent aux gens. Je n'abuse jamais des situations. Ce n'était vraiment pas la peine de mentir.

Elle hésita un moment puis se mit à rire, comme si elle s'avouait vaincue :

– Tu as raison, ce n'était pas la peine de mentir...

– ... *Mais* ?

– ... Mais ça m'est venu naturellement. J'ai mes blessures, moi aussi, comme je te l'ai dit tout à l'heure. J'avais mes raisons.

– Moi aussi, j'ai mes blessures. D'ailleurs je porte un badge de Keith Harring à l'endroit du cœur.

Elle sourit.

– Tu ne veux pas entrer boire un thé ? J'aimerais bien bavarder encore un peu avec toi.

Je secouai la tête.

– Moi aussi j'ai envie de parler avec toi, mais aujourd'hui je vais rentrer. Je ne sais pas pourquoi, mais je pense que ce soir il vaut mieux que je reparte. Il me semble que toi et moi, on ne doit pas parler de trop de choses d'un seul coup.

Elle me regardait à nouveau fixement comme si elle déchiffrait de petits signes sur un tableau noir.

« Je ne saurais pas t'expliquer pourquoi, mais il me semble vraiment que c'est mieux comme ça, dis-je. Quand on a beaucoup de choses à se dire, il vaut mieux y aller petit à petit. Je le pense vraiment. Je peux me tromper, remarque.

Elle réfléchit un moment à ce que j'avais dit. Puis elle renonça.

– Bonne nuit, dit-elle avant de refermer doucement la porte.

Je fis une tentative pour la rappeler.

– Dis !

La porte s'entrebâilla de quinze centimètres, son visage apparut.

– Je pourrais t'inviter à nouveau dans les jours qui viennent ? demandai-je à tout hasard.

La main sur la poignée, elle poussa un profond soupir.

– Peut-être, dit-elle, puis elle referma la porte.

Le chauffeur de taxi avait déplié un journal de sport qu'il lisait d'un air d'ennui. Quand je revins m'asseoir et lui donnai l'adresse de l'hôtel, il parut surpris :

– Vous rentrez vraiment ? demanda-t-il. Je croyais que vous alliez revenir me dire que ce n'était pas la peine d'attendre. L'intuition. En général ça se termine comme ça.

– Peut-être, acquiesçai-je.

– Ça fait longtemps que je fais ce métier, d'habitude mon intuition ne me trompe pas.

– Si vous faites ça depuis longtemps, vous devez forcément vous tromper quelquefois, c'est statistique.

– C'est juste, dit-il, un peu troublé. Mais vous ne seriez pas un peu bizarre, vous ?

– Vous croyez ?

Étais-je donc bizarre à ce point ?

@ @ @ @

De retour dans ma chambre, je me lavai la figure, me brossai les dents. En me brossant les dents, je ressentis quelques regrets, mais finalement je m'endormis vite d'un sommeil profond. Mes regrets ne durent jamais longtemps.

@ @ @ @

La première chose que je fis le lendemain matin fut de téléphoner à la réception pour prolonger ma réservation de trois jours. Il n'y avait aucun problème, c'était la saison creuse.

Puis j'achetai un journal et entrai dans un café de la chaîne Dunkin'Donuts à côté de l'hôtel. Je pris deux brioches, bus deux grandes tasses de café. Les petits déjeuners d'hôtel, on s'en lasse au bout d'une journée. Rien de tel que les Dunkin'Donuts. C'est bon marché, et on vous ressert du café gratuitement.

Ensuite je pris un taxi pour aller à la bibliothèque. Je demandai au chauffeur de me conduire à la plus grande bibliothèque de Sapporo, et il s'exécuta aussitôt. Une fois sur place, je consultai les anciens numéros de l'hebdomadaire qu'elle m'avait cité. L'article concernant l'hôtel se trouvait dans le numéro du 20 octobre. J'en fis une photocopie et me rendis dans l'estaminet le plus proche, où je lus l'article, confortablement installé devant une tasse de café.

C'était un article assez ardu. Il me fallut le relire plusieurs fois avant de bien comprendre de quoi il s'agissait. Le journaliste avait visiblement fait tous ses efforts pour écrire de façon compréhensible, mais la complexité de l'affaire avait réduit à néant ses efforts. C'était horriblement compliqué, plein d'implications diverses. Mais enfin, en lisant lentement, on saisissait le contour général de l'affaire. L'article était intitulé: « Soupçons sur l'immobilier à Sapporo. Des manœuvres louches seraient à l'origine du nouveau développement de la ville ». Il y avait même une photo du nouvel hôtel du Dauphin, vu d'avion, juste avant l'achèvement de sa construction.

En résumé, voici ce dont il s'agissait. Dans une partie de Sapporo, les achats de terrain à grande échelle avaient pris de plus en plus d'essor. En deux ans à peine, il y avait eu un nombre incroyable de transferts en sous-main de noms de propriétaires. La valeur des terrains avait absurdement augmenté. Le journaliste avait commencé son enquête en partant de ces informations. Renseignements pris, les terrains avaient été rachetés par diverses sociétés immobilières dont la plupart n'était que des sociétés de papier sans aucune existence réelle. Elles étaient enregistrées comme sociétés, payaient des taxes, mais n'avaient ni locaux ni employés. Et ces sociétés fictives étaient liées à d'autres compagnies également fictives. En fait, des transferts de terrain avaient ainsi lieu grâce à des prête-noms, de façon extrêmement habile. Un terrain vendu deux millions de yens était revendu six millions, puis à nouveau deux cents millions. En remontant patiemment la filière de ces sociétés fictives, on arrivait au même endroit: la société de promotion immobilière B. Cette société-là existait réellement. Elle possédait à Akasaka un grand immeuble moderne et luxueux qui abritait ses bureaux. Elle n'était pas énorme, mais était liée à un consortium nommé A, une énorme entreprise qui regroupait sous son administration aussi bien des chemins de fer privés que des chaînes d'hôtels, de supermarchés, des grands magasins, des journaux, des organismes de crédit financiers, et même des compagnies d'assurances. À avait également d'importantes connexions avec le monde politique. Le journaliste, poursuivant son enquête plus avant, avait compris quelque chose d'encore plus intéressant. Les terrains que rachetait la compagnie B étaient les terrains destinés au plan de modernisation de Sapporo. Construction d'un métro, transfert de bâtiments administratifs : des investissements de l'État avaient lieu sur ces terrains, et la plupart des capitaux étaient fournis par l'État. Le gouvernement, en accord avec la préfecture du Hokkaido et la mairie de Sapporo, avait préparé un plan de rénovation et de développement de la ville, et pris toutes les décisions finales : emplacement, envergure, budget, etc. Mais en soulevant légèrement le couvercle de la marmite on s'apercevait que quelqu'un, la compagnie A, avait racheté au cours de ces dernières années tous les terrains inclus dans la zone du projet de rénovation. La compagnie A était au courant du projet, et les achats de terrain avaient progressé de façon souterraine bien avant que soit prise officiellement la décision finale du plan de réaménagement. Autrement dit, politiquement parlant, la décision était déjà prise depuis le début. La garde avancée de ces achats de terrain était l'hôtel du Dauphin. L'hôtel, construit dans la zone la plus rentable, était le quartier général de la compagnie A. Il remplissait un rôle prédominant dans le quartier, attirait l'œil, amenait une foule de gens nouveaux et devint vite le symbole de la métamorphose du quartier. Tout cela s'était déroulé selon un plan méticuleusement agencé. C'est ça, le capitalisme de pointe. Celui qui investit les capitaux les plus gigantesques s'empare des informations les plus utiles, et obtient un profit de la façon la plus efficace. Je ne critique personne. L'investissement de capitaux implique ce genre de manœuvres. L'investisseur attend un résultat proportionnel aux sommes qu'il a investies. Tout comme le type qui achète une voiture d'occasion regarde le moteur ou donne des coups de pied dans les pneus, celui qui investit cent millions de capitaux enquête sérieusement sur l'efficacité de l'usage de ces capitaux. Dans certains cas, il se livre même à certaines manœuvres visant à une meilleure rentabilité. Dans ce monde-là, le mot honnêteté n'a pas de sens. Le montant des capitaux investis est trop énorme pour qu'on puisse se permettre d'avoir des scrupules.

La coercition est une pratique courante dans ce monde-là. Supposons que quelqu'un refuse de vendre son terrain. Par exemple un vieux marchand de chaussures installé depuis longtemps dans le quartier. Des maîtres chanteurs surgissent alors de partout. Les grosses entreprises peuvent se permettre ce genre de pressions, parce qu'elles disposent du soutien aussi bien de politiciens, de romanciers que de chanteurs de rock ou de yakuzas [1]. Des bandes de voyous imposent leur loi à coups de sabres, et la police ne montre pas trop d'ardeur à enquêter sur ce genre d'incidents, parce qu'évidemment, en haut des services de police, il y des types à qui on a touché un mot. Ce n'est même pas de la corruption, c'est le système, tout simplement. C'est l'investissement de capitaux qui veut ça. Ce genre de pratiques a toujours plus ou moins existé, mais aujourd'hui le monde du gros capital a incroyablement raffiné et durci ses filets, grâce à l'arrivée d'énormes ordinateurs centralisant les informations. Désormais tout est pris dans les mailles de ce filet. Le concept de capital parcellisé à rendement intensif a atteint son apogée. C'est devenu quasiment une croyance religieuse. Les gens rendent un culte au dynamisme contenu dans le capital. Ils rendent un culte à la mythologie du capital. Ils rendent un culte au prix du terrain à Tokyo, et à ce que symbolise une Porsche rutilante. Tout ça parce qu'il ne reste plus aucun mythe dans le monde moderne.

C'est ça, la société capitaliste de pointe. Et que ça nous plaise ou non, nous vivons en plein dedans. Même l'échelle de jugement du bien et du mal s'est morcelée,

1. Membres de la mafia japonaise.

sophistiquée. Il y a le bien à la mode, et celui qui ne se porte plus. Tout comme il y a un mal au goût du jour, et un mal démodé. Dans le bien à la mode, on trouve du strict, du prêt-à-porter, de l'avant-garde, du cool, du snob, du branché. Comme dans la mode. Et on aime bien les mélanges aussi. On peut marier avec bonheur un pull fantaisie avec un pantalon ou des chaussures BCBG, et de même on peut apprécier de complexes mélanges de styles de morale. Dans un tel monde, la philosophie ressemble à de la théorie de gestion. La philosophie touche de près le dynamisme d'une époque.

En 1969, par exemple, le monde paraissait simple. Dans certains cas, lancer des pavés sur des gendarmes mobiles devenait une forme d'expression personnelle. Mais avec la philosophie sophistiquée d'aujourd'hui, qui irait lancer des pavés sur des policiers ? Qui voudrait avancer pour se faire asperger de gaz lacrymogène ? C'est comme ça, *maintenant*. Le filet s'étend partout, dans le moindre recoin. Et à l'extérieur de ce filet, il y en a encore un autre. On ne peut plus aller nulle part. Si vous lancez un pavé, il vous reviendra dans la figure en boomerang. C'est comme ça que ça se passe.

Le journaliste s'était efforcé d'aller jusqu'au bout de ses soupçons. Mais étrangement, plus il criait son indignation haut et fort, plus son article perdait sa force de persuasion. Il n'était pas capable de dénoncer vraiment ce qui se passait, parce qu'il n'avait pas encore saisi qu'il ne s'agissait pas de simples soupçons, mais que c'était le processus naturel du capitalisme de pointe qui était en cause. Tout le monde le sait, et personne n'y prête plus attention. D'énormes capitaux achètent des terrains en falsifiant les données, ou imposent des décisions aux politiciens, et à l'autre bout de la chaîne, des yakuzas menacent de petits marchands de chaussures, ou tapent sur des gérants de petits hôtels ringards, mais qui s'en soucie ? L'époque continue d'avancer, comme des sables mouvants. L'endroit où nous nous tenons aujourd'hui n'est plus celui où nous étions un instant plus tôt.

Cet article était pourtant excellent, à mon avis. Très bien documenté, débordant de bons sentiments et de la certitude de défendre une cause juste. Mais il n'était pas « branché ».

Je fourrai la photocopie de l'article dans ma poche, et bus un deuxième café.

Je pensai au patron de l'hôtel du Dauphin. À cet homme né sous le signe de l'échec. Un type comme lui n'avait aucune chance de s'adapter à l'époque.

– Il n'est pas branché, soupirai-je tout haut.

La serveuse qui passait à ce moment-là me regarda bizarrement.

Je pris un taxi et regagnai l'hôtel.

8

Une fois dans ma chambre, je téléphonai à mon ancien associé. Quelqu'un que je ne connaissais pas décrocha, me demanda mon nom puis me passa quelqu'un qui me demanda mon nom, et finalement je l'eus au bout du fil. Il avait l'air très occupé. Nous ne nous étions pas vus depuis près d'un an. Je ne l'avais pas évité sciemment, simplement je n'avais rien à lui dire. Mon amitié pour lui restait intacte, mais il appartenait maintenant pour moi – et moi pour lui – à un passé révolu. Nos routes avaient divergé, et nos chemins désormais différents ne se croisaient guère, voilà tout.

– Tu vas bien ? lui demandai-je.

Il me répondit qu'il allait bien.

Je dis que je l'appelais de Sapporo, il me demanda s'il faisait froid.

Je répondis que oui, et lui demandai comment marchait son travail.

Il répondit qu'il était très occupé.

Je lui recommandai de ne pas trop boire.

Il répondit qu'il ne buvait plus beaucoup.

Il me demanda s'il neigeait.

Je répondis que non.

Pendant un moment nous nous renvoyâmes ainsi poliment la balle. Je finis par interrompre le jeu :

– Je voudrais te demander un service.

Je lui avais prêté de l'argent autrefois. Il s'en souvenait, et moi aussi. En outre, ce n'est pas mon genre de demander des services à tout propos.

– D'accord, répondit-il simplement.

– On a travaillé ensemble pour une revue professionnelle de l'hôtellerie, il y a environ cinq ans, tu te rappelles ?

– Très bien.

– Il y avait un journaliste bien au courant des dessous de ce milieu, j'ai oublié son nom, un maigre qui portait toujours de drôles de chapeaux. Tu es toujours en contact avec lui ?

– Plus ou moins. Tu veux savoir quelque chose ?

Je lui résumai en deux mots l'article sur le scandale de l'hôtel du Dauphin. Il nota le nom de l'hebdomadaire et la date de parution de l'article. Puis je lui parlai du petit hôtel qui existait avant la construction du nouveau. Je lui dis que je voulais savoir d'abord pourquoi le nouvel hôtel avait gardé le nom de l'ancien, ensuite ce qu'était devenu le gérant de l'ancien hôtel du Dauphin, et enfin comment s'était terminé le scandale.

Il prit note de mes questions et me relut le tout au téléphone.

– C'est bien ça ?

– Exactement.

– Je suppose que ça urge ?

– Oui, désolé...

– Bon, je vais essayer de contacter le type d'ici ce soir. Tu me donnes un numéro où te joindre ?

Je lui communiquai les coordonnées de l'hôtel et mon numéro de chambre.

– À plus tard, dit-il avant de raccrocher.

Je déjeunai succinctement à la cafétéria de l'hôtel. En redescendant dans le hall, j'aperçus ma réceptionniste à lunettes derrière son comptoir. Je m'assis dans un coin et l'observai un moment. L'air très affairé, elle ne parut pas s'apercevoir de ma présence. Ou alors elle m'avait vu et m'ignorait sciemment. Mais peu m'importait. Tout ce que je voulais, c'était la regarder un peu. Et tout en la regardant, je me disais que si j'avais voulu j'aurais pu facilement coucher avec elle.

Ça fait du bien de se remonter le moral comme ça de temps en temps.

Après l'avoir observée une quinzaine de minutes, je remontai au quinzième en ascenseur, et restai à lire dans ma chambre. Ce jour-là encore, le ciel était couvert. J'avais l'impression d'habiter une boîte de papier mâché où la lumière pénétrait à peine. Comme le téléphone pouvait sonner n'importe quand, je ne voulais pas m'absenter, et dans la chambre je n'avais pas grand-chose à faire d'autre que de lire. Quand j'eus terminé la biographie de London, j'attaquai un livre sur la guerre d'Espagne.

Cette journée, dont rien ne vint égayer l'atmosphère, ressemblait à un interminable crépuscule. Du noir se mêla petit à petit au gris cendre du ciel, la nuit vint. Seule la qualité de la pénombre avait changé. Il semblait n'exister que deux couleurs au monde : gris et noir, se succédant tour à tour.

Je téléphonai au room-service et me fis monter des sandwichs, que je dégustai lentement, puis je pris une bière dans le frigo et la savourai tout aussi lentement, gorgée après gorgée. Quand on n'a rien à faire, on se met à faire un tas de choses patiemment, soigneusement. À sept heures et demie, je reçus enfin un coup de fil de mon ancien associé.

– J'ai contacté le type, dit-il.

– Ça a été difficile ?

– Pas trop, répondit-il après un instant de réflexion.

Je me dis que ça avait sans doute été difficile.

– Bon, je t'explique rapidement et simplement. D'abord, le couvercle a été hermétiquement refermé sur cette affaire. Refermé, bien ficelé, et le tout jeté dans une oubliette. Plus personne ne viendra fouiller là-dedans. Terminé, étouffé, le scandale. Peut-être y a-t-il eu quelques mutations, passées pratiquement inaperçues, dans les milieux du gouvernement ou de la préfecture, mais vraiment pas grand-chose. Quelques réajustements insignifiants. On ne peut toucher à personne en dehors de ça. Le parquet s'est un peu remué aussi mais n'a rien trouvé de décisif. Pas de preuves. Les interconnexions sont trop nombreuses et trop étendues. C'est chaud comme sujet, difficile à mettre sur le tapis.

– Tu sais, pour moi, c'est juste une question personnelle, je ne veux causer d'ennuis à personne.

– C'est ce que je lui ai dit.

Le combiné toujours sur l'oreille, j'avançai jusqu'au réfrigérateur, sortis une bière, la décapsulai d'une main et m'en versai un verre.

– Écoute, je ne voudrais pas avoir l'air d'insister, mais si tu manœuvres maladroitement, tu pourrais te faire mal, dit-il. C'est une affaire de très grosse envergure, tu sais. Je ne sais pas ce que tu fabriques au milieu de tout ça, mais en tout cas il vaudrait mieux ne pas y entrer trop profond. Tu as tes raisons, je suppose, mais à mon avis tu devrais mener une vie un peu plus pépère, convenant à ta condition. Je ne te dis pas de faire comme moi, mais...

– Merci, j'ai compris le message, dis-je.

Il toussota. Je bus une gorgée de bière.

– Le patron de l'ancien hôtel a refusé jusqu'au bout l'expulsion, si bien qu'il lui est arrivé des bricoles. Il aurait mieux valu qu'il s'en aille, mais il ne l'a pas fait. Il n'a pas vu à quel point les types en face étaient nombreux.

– C'est bien de lui, ça, dis-je, il n'a jamais été branché.

– Il lui est arrivé des petits ennuis. Par exemple des yakuzas qui venaient dormir dans son hôtel et ne délogeaient plus. Ils savaient s'arrêter juste là où ils ne risquaient pas d'ennuis avec la loi. Ou alors c'étaient des types rébarbatifs qui venaient s'affaler des journées entières dans le canapé de la réception par exemple. Et si quelqu'un entrait, ils le fixaient d'un œil méchant. Tu vois le genre ? Mais le patron de l'hôtel n'en a pas fait un plat.

– Je crois que je peux comprendre pourquoi, dis-je. C'était un type habitué à toutes sortes de malheurs dans la vie. Un peu plus, ça ne devait pas le surprendre.

– Mais finalement il a accepté de partir, à une condition, une condition bizarre. Devine un peu de quoi il s'agissait ?

– Je ne vois pas.

– Réfléchis un peu, c'est la réponse à une de tes questions.

– Il leur a demandé de garder le nom de Dolphin Hotel ?

– Exactement ! C'était ça, sa condition. Et les promoteurs ont accepté.

– Pourquoi ça ?

– Ce n'est pas si mal comme nom, Dolphin Hotel !

– Bof, dis-je.

– Et puis le consortium A avait l'intention de fonder une nouvelle chaîne d'hôtels. Une chaîne de toute première classe, encore mieux que la chaîne d'hôtels cinq étoiles qu'ils possédaient jusque-là. Et le nom n'était pas encore trouvé.

– La chaîne des hôtels du Dauphin, dis-je pour voir quel effet ça faisait.

– Exact. Une chaîne d'une classe comparable à celle des Hilton ou des Hyatt, mon vieux.

– La chaîne des hôtels du Dauphin, répétai-je.

Peut-être le rêve du gérant, démesurément agrandi...

« Et qu'est devenu le gérant de l'ancien hôtel ?

– Ça, personne ne sait, répondit-il.

J'avalai une nouvelle gorgée de bière, et me grattai le lobe de l'oreille avec un stylo.

– Quand il est parti, il a reçu une jolie petite somme, peut-être a-t-il démarré une autre affaire avec ça. Mais il n'y a aucun moyen de vérifier, ce n'est pas le genre de type qu'on voit se promener dans la rue comme tout un chacun.

– Ça, c'est vrai, reconnus-je.

– Voilà, en gros, c'est tout ce que j'ai appris. Le type n'en savait pas plus. Ça ira ?

– Je te remercie. Ça m'aide beaucoup.

– Hmm, fit-il puis il toussota à nouveau.

– Ça t'a coûté de l'argent ? demandai-je.

– Non. Je l'emmènerai dîner, finir la soirée dans un club à Ginza, et après je lui paierai le taxi pour rentrer, ça devrait aller. Ne t'en fais pas pour ça, je ferai tout passer dans les frais. Mon conseiller financier m'a recommandé de dépenser davantage en frais. Donc, ne t'en fais pas. D'ailleurs si tu as envie de faire un tour dans un club de Ginza un de ces jours, je t'y emmènerai volontiers. Ça passera dans les frais. Je parie que tu n'y es jamais allé ?

– Qu'est-ce que c'est, ces clubs de Ginza ?

– Eh bien, un endroit où on boit, et où il y a des hôtesses. Quand j'y vais mon percepteur me félicite.

– Tu n'as qu'à y aller avec lui.

– Ouais, on y est allé l'autre fois, fit-il d'un ton las.

Nous nous dîmes au revoir et je raccrochai.

Ensuite, je pensai un moment à mon ancien associé. Il avait le même âge que moi, mais commençait à avoir de la brioche. Il avait tout un assortiment de médicaments sur sa table de nuit, prenait les élections au sérieux, se rendait malade avec les problèmes d'école de ses enfants et se disputait sans cesse avec sa femme à ce sujet. Fondamentalement, c'était un type qui aimait la vie de famille. Il avait un côté un peu faible, et buvait à l'excès de temps en temps, mais pour l'essentiel il faisait bien son boulot. Un type régulier à tout point de vue.

À la sortie de l'université, nous avions monté une boîte ensemble et étions longtemps restés associés. Nous avions démarré avec une petite boîte de traduction, puis avions peu à peu élargi notre domaine d'activités. Au départ nous n'étions pas vraiment des amis intimes, mais on s'entendait bien. On se voyait tous les jours, et on ne se disputait jamais. C'était un type de caractère doux, bien élevé, et moi je n'aimais pas les discussions. Nous avions quelques divergences d'opinion, mais nous nous respections mutuellement, et continuions à travailler ensemble. Finalement nous nous étions séparés au moment où ça marchait le mieux. J'avais démissionné brusquement et il avait continué à faire tourner la boîte tout seul et, pour être franc, ça marchait sans doute encore mieux sans moi. La société s'était agrandie. Il avait engagé des gens nouveaux, dont il utilisait bien les compétences. Sur le plan psychologique aussi, il paraissait beaucoup moins angoissé qu'à l'époque où j'étais son associé.

Je pense que le problème venait de moi, de quelque chose en moi qui avait une influence pas très saine sur lui. C'est pourquoi, moi parti, il se trouva enfin à même de déployer ses activités au maximum. Il utilisait les gens au mieux en les flattant et les amadouant, racontait des blagues idiotes aux secrétaires, faisait des efforts pour dépenser plus en frais, invitait les gens dans des clubs de Ginza même si cela l'ennuyait. Sans doute qu'avec moi pour associé, il n'aurait jamais osé faire ça, il aurait été trop tendu. Il s'inquiétait toujours de mon opinion, et passait son temps à se demander ce que j'aurais pensé de ceci ou de cela. Il était comme ça. Moi, pour être franc, il pouvait bien faire ce qu'il voulait à côté de moi, je ne ressentais rien de particulier.

Ça lui réussit mieux d'être seul, me dis-je en conclusion.

Autrement dit, il avait réussi, grâce à mon départ, à se comporter en adulte raisonnable de son âge, me dis-je. En adulte raisonnable de son âge, dis-je tout haut pour voir. En prononçant ces mots, je ne sais pourquoi, j'eus l'impression que c'était quelqu'un d'autre qui parlait.

@ @ @ @

À neuf heures le téléphone sonna de nouveau. Je n'attendais aucun appel, et je ne saisis pas tout de suite la signification de la sonnerie. À la quatrième sonnerie, je compris que c'était le téléphone, et décrochai.

– Dis donc, tu m'as regardée un bon moment aujourd'hui dans le hall, non ? fit la voix de la fille de la réception.

Elle n'avait pas l'air particulièrement fâchée, mais pas particulièrement réjouie non plus, elle s'exprimait d'un ton détaché.

– Oui, je te regardais, admis-je.

Il y eut une pause.

–Ça me rend nerveuse quand on me regarde comme ça pendant que je travaille. À cause de toi, j'ai fait plein d'erreurs aujourd'hui. Parce que tu me regardais.

–Je ne te regarderai plus, dis-je. Je te regardais seulement pour me remonter le moral. Je ne pensais pas que ça te rendait nerveuse. Je ferai bien attention de ne plus te regarder. Où es-tu ?

–Chez moi. Je vais prendre un bain et me coucher, dit-elle. Au fait, tu as prolongé ta réservation, non ?

–Hmm. Ce que j'ai à faire ici va me prendre plus de temps que prévu.

–Mais ne me regarde plus comme ça, hein. C'est vraiment gênant pour moi.

–Je ne te regarderai plus.

Il y eut un petit silence.

–Dis, tu me trouves trop nerveuse ? Globalement parlant ?

–Je ne sais pas. Il y a des différences d'individu à individu dans ce domaine. Mais je pense que ça rend tout le monde plus ou moins nerveux d'être regardé fixement. Il n'y a pas de quoi t'en faire. Et puis, tu sais, j'ai tendance à avoir le regard fixe de temps à autre. C'est inconscient chez moi.

–D'où ça vient cette tendance ?

–Tu sais, les tendances, c'est difficile à expliquer. Mais je t'assure, je ferai attention à ne plus te regarder. Je n'ai pas envie que tu fasses des erreurs dans ton boulot à cause de moi.

Elle réfléchit un moment à ce que je venais de dire.

–Bonne nuit, dit-elle finalement.

Elle raccrocha. Je pris un bain, puis lus sur le canapé jusqu'à onze heures. Ensuite je me rhabillai et sortis dans le couloir. J'arpentai jusqu'au moindre recoin de ce long couloir plein de détours comme un labyrinthe. Dans le coin le plus reculé de l'étage se trouvait l'ascenseur de service. Il était situé de façon à être difficile à emprunter par les clients, sans être dissimulé pour autant. En marchant en direction de la flèche indiquant « sortie de secours », je découvris quelques portes sans numéros, et juste à côté l'ascenseur de service, avec un panneau indiquant « monte-charge » pour éviter que les clients ne l'empruntent par erreur. Je restai un moment devant à observer les boutons pour voir s'il se déplaçait, mais l'ascenseur ne bougea pas du rez-de-chaussée. À cette heure-ci presque personne ne devait l'utiliser. Les haut-parleurs du plafond diffusaient *L'amour est bleu* de l'orchestre Paul Moria.

J'appuyai sur le bouton d'appel, pour voir. Redressant la tête comme s'il s'était brusquement réveillé, l'ascenseur se mit à monter. Il s'approchait lentement, mais sûrement. Je contemplai les chiffres – 1, 2, 3, 4, 5, 6 – qui changeaient sur le bouton devant moi, tout en écoutant *L'amour est bleu*. S'il y avait quelqu'un dedans, je pourrais toujours dire que j'avais confondu cet engin avec l'ascenseur des clients. Les clients d'hôtels se trompent toujours. 11, 12, 13, 14. Je reculai d'un pas, fourrai les mains dans mes poches et attendis l'ouverture de la porte.

À 15, les chiffres s'immobilisèrent, puis il y eut un petit intervalle, pendant lequel le silence régna. Enfin, la porte s'ouvrit. L'ascenseur était vide.

Cet ascenseur est extrêmement silencieux, me dis-je. Rien à voir avec l'engin asthmatique de l'ancien hôtel du Dauphin. J'entrai, appuyai sur le bouton 16. La porte se referma sans bruit, je sentis une minuscule secousse, la porte s'ouvrit à nouveau. Le seizième étage n'était pas plongé dans le noir comme elle me l'avait dit. Il y avait de la lumière, l'air de *L'amour est bleu* tombait du plafond. Ça ne sentait rien de particulier. Pour vérifier, je fis le tour de l'étage. Il était exactement construit sur le modèle du quinzième. Les chambres se succédaient le long d'un couloir tortueux, avec des renfoncements aménagés par endroits pour des appareils de vente automatique de boissons ou de cigarettes et des ascenseurs à l'usage de la clientèle. Devant certaines portes étaient posés des plats vides commandés au room-service. La moquette d'un rouge intense, moelleuse et de qualité supérieure, étouffait le bruit des pas. Tout était calme et silencieux. La musique de fond avait changé : maintenant c'était *L'Amour un jour d'été* par l'orchestre Percy Face. Je marchai jusqu'au bout du couloir, fis le tour par la droite, et repris l'ascenseur jusqu'au quinzième. Puis je recommençai, pour voir. Je montai au seizième par l'ascenseur du personnel, sortis : la lumière était toujours allumée, tout était parfaitement normal, on entendait toujours *L'Amour un jour d'été*.

J'abandonnai la partie, redescendis au quinzième et bus deux gorgées de cognac avant de m'endormir.

@ @ @ @

Un jour gris succéda à nouveau au noir de la nuit. Il neigeait. Bon, me dis-je, qu'est-ce que je vais faire aujourd'hui ?

Je n'avais rien à faire. Comme d'habitude.

Je marchai dans la neige jusqu'au Dunkin'Donuts. Je mangeai un beignet, bus deux tasses de café, lus le journal. Il y avait un article sur les élections. Comme la veille, aucun des films proposés à la rubrique spectacles ne me tentait. Dans l'un, un de mes anciens camarades de lycée, devenu acteur, tenait le rôle principal. C'était un film pour la jeunesse intitulé *Amour sans espoir*, une histoire de lycéens où jouaient une actrice d'à peine quinze ans nouvellement lancée et un chanteur en vogue à peu près du même âge. Je savais d'avance le rôle que jouait mon ancien condisciple là-dedans. Pas besoin de réfléchir : à tous les coups, il faisait un rôle de professeur, jeune, beau et compréhensif. Il était grand et mince et doué en sport, et toutes les filles de mon lycée étaient amoureuses de lui au point de s'évanouir en entendant son nom. Évidemment, l'héroïne du film devait elle aussi être amoureuse de lui. Je connaissais l'intrigue d'avance : le dimanche, elle faisait des cookies qu'elle allait lui porter chez lui, et il y avait sûrement un garçon de sa classe, un peu timide et tout à fait ordinaire, qui était amoureux d'elle.

Quand j'avais appris qu'un de mes camarades de classe était devenu acteur, j'étais allé voir plusieurs de ses films, la curiosité et la solitude aidant. Mais ces derniers temps je n'allais plus en voir aucun. Ses films n'apportaient rien à l'art cinématographique, quant à lui, il jouait toujours les mêmes rôles. Des rôles de type beau, sportif, propre, avec de longues jambes. Au début de sa carrière il héritait surtout de rôles d'étudiant, puis peu à peu les rôles de professeur, médecin, ou jeune yuppie branché avaient augmenté. Mais il faisait toujours la même chose. Il y avait toujours une fille amoureuse de lui en secret dans l'histoire. Quand il souriait en montrant ses belles dents blanches, même moi je le trouvais séduisant, mais pas au point de gaspiller de l'argent à aller voir ses films. Je ne fais pas partie de ces cinéphiles snobs qui ne vont voir que des films de Fellini ou de Tarkowski, mais les films où il jouait étaient vraiment trop nuls. Je connaissais l'intrigue d'avance, les dialogues étaient plus que médiocres, le metteur en scène travaillait par-dessus la jambe.

Mais, à y réfléchir, mon ancien condisciple était déjà ce type d'homme, même avant de devenir acteur. Il était sympathique, mais on avait du mal à cerner sa personnalité. Au lycée, j'avais passé deux ans dans la même classe que lui. On partageait une table pendant les travaux pratiques de chimie. On discutait un peu de temps en temps. Depuis toujours, il était le type sympathique qu'il jouait au cinéma. À l'époque déjà, les filles tombaient amoureuses de lui comme des mouches. Il suffisait qu'il parle à une fille pour qu'elle roule des yeux blancs. Pendant les travaux pratiques de sciences, elles le buvaient toutes des yeux. Elles lui demandaient son aide dès qu'elles n'arrivaient pas à faire quelque chose. Quand il allumait le bec de leurs brûleurs à gaz d'un geste élégant, elles le regardaient comme s'il s'agissait de la cérémonie d'ouverture des Jeux olympiques. Aucune ne s'apercevait de mon existence.

C'était aussi le meilleur élève, toujours premier ou deuxième de la classe. Il était gentil, sincère, son succès ne lui montait pas à la tête. Il pouvait s'habiller n'importe comment, il avait toujours l'air net, élégant et bien élevé. Même quand il pissait, il restait élégant. (Et je vous garantis que pas un homme, à part lui, n'a l'air élégant dans cette situation.) Évidemment, il était aussi l'un des meilleurs en sport, et avait toutes les compétences requises pour être chef de classe. Les profs l'adoraient. Les jours de visites des parents, toutes les mères tombaient amoureuses de lui. Voilà comment il était. Mais je n'avais pas la moindre idée de ce qu'il pouvait penser vraiment.

Il était dans la vie comme dans ses films.

Quelle raison aurais-je pu avoir de payer pour aller le voir au cinéma ?

Je jetai mon journal dans la poubelle, et rentrai à l'hôtel. En passant devant le hall d'entrée, je jetai un coup d'œil à la réception, mais *elle* n'était pas là. C'était peut-être le moment de sa pause. J'allais dans le coin où se trouvaient les jeux vidéo, et fis plusieurs parties de Galaxy et de Packman. Ce genre de jeux me rendait nerveux et étaient trop militaristes à mon goût, mais enfin, ça passait le temps.

Ensuite je retournai lire dans ma chambre.

La journée promettait d'être sans intérêt. Quand j'en avais assez de lire, je regardais la neige par la fenêtre. Il en tombait sans discontinuer des quantités astronomiques qui suscitaient mon admiration. À midi, j'allais déjeuner à la cafétéria de l'hôtel. Puis je retournai lire dans ma chambre, et regardai à nouveau tomber la neige.

Mais finalement la journée ne fut pas sans intérêt, car, à quatre heures, on frappa à ma porte, et en allant ouvrir, je la trouvai, elle, sur le seuil, elle, la fille de la réception, avec ses lunettes et son blazer bleu pâle. J'eus à peine entrouvert la porte qu'elle se glissa dans l'interstice, comme une ombre sans épaisseur, puis referma vivement le battant derrière elle.

– Si on me surprenait à faire ça, je serais virée séance tenante ! Ils ne plaisantent pas avec ce genre de choses ici, tu sais.

Elle fit le tour de la pièce avant de s'asseoir sur le canapé. Elle tira sur sa jupe et soupira.

– C'est l'heure de ma pause.

– Tu veux boire quelque chose ? Je suis en train de boire de la bière.

– Non merci. Je n'ai pas beaucoup de temps. Dis, qu'est-ce que tu fais enfermé toute la journée ?

– Rien de spécial. Je passe le temps. Je bouquine, je regarde tomber la neige, répondis-je en sortant une bière du frigo et en remplissant un verre.

– Qu'est-ce que tu lis ?

– Un livre sur la guerre d'Espagne. Ça raconte tout en détail, du début à la fin. C'est très instructif.

La guerre d'Espagne est vraiment une guerre très instructive. Autrefois il y avait des guerres comme ça.

– Ne t'imagine surtout rien, hein.

– M'imaginer ?... répétais-je. Ah, tu veux dire au sujet de ta visite ici ?

– Mmh.

Je m'assis au bord du lit, mon verre à la main.

– Je ne m'imagine rien. Je suis un peu surpris mais je suis content que tu sois venue. Je m'ennuyais, et j'avais envie de parler à quelqu'un.

Elle se mit debout au milieu de la pièce et enleva son blazer en silence, puis l'accrocha au dossier de la chaise pour qu'il ne se froisse pas. Ensuite elle s'approcha et vint s'asseoir à côté de moi, jambes serrées. Sans sa veste, elle avait un petit air fragile, vulnérable. Je passai un bras autour de ses épaules. Elle posa la tête sur mon épaule. Elle sentait bon. Je gardai mon bras immobile autour d'elle, elle respirait tranquillement, les yeux fermés, la tête appuyée contre moi comme si elle dormait. La neige continuait à tomber sans cesse, étouffant tous les sons.

Peut-être qu'elle était fatiguée. Qu'elle cherchait un endroit où se reposer. J'étais une sorte de perchoir, en somme. Je la plaignais d'être aussi fatiguée. Il me paraissait absurde et injuste qu'une fille jeune et jolie soit fatiguée. Pourtant, réflexion faite, ce n'était ni absurde ni injuste. La fatigue, c'est quelque chose qui vous tombe dessus sans prévenir, ça n'a rien à voir avec l'âge ou la beauté. Comme la pluie, les tremblements de terre, la foudre et les inondations.

Au bout de cinq minutes, elle releva la tête et s'éloigna de moi pour remettre son blazer. Puis elle s'assit sur le canapé, tripota son anneau au petit doigt. On aurait dit qu'elle avait retrouvé sa nervosité en remettant sa veste.

– Dis-moi voir, à propos de ta mésaventure du seizième étage, dis-je, tu n'avais rien fait de différent de d'habitude ce jour-là ? Avant de monter dans l'ascenseur, ou une fois dedans ?

Elle réfléchit, la tête légèrement penchée.

– Voyons... je me demande... Non, je ne crois pas avoir rien fait de particulier. ... Je ne me rappelle plus.

– Il n'y avait pas un petit détail bizarre, quelque chose d'inhabituel ?

– Tout était normal, fit-elle en haussant les épaules. Absolument rien de bizarre. J'ai pris l'ascenseur exactement comme d'habitude, et quand la porte s'est ouverte il faisait tout noir. C'est tout.

Je hochai la tête.

– Dis donc, tu ne dînerais pas quelque part avec moi ce soir ?

Elle secoua la tête.

– Non, désolée, ce soir je suis prise.

– Et demain ?

– Demain j'ai un cours de natation.

– Un cours de natation ? répétais-je, puis je souris. Tu savais que dans l'Égypte ancienne il y avait des écoles de natation ?

– Non. Ce n'est pas vrai, je parie.

– Mais si, c'est vrai. J'ai dû faire des recherches là-dessus une fois pour un boulot.

Mais ça ne m'avançait à rien que ce soit vrai ou pas.

Elle regarda sa montre et se leva.

– Bon, merci, fit-elle, puis elle se glissa par la porte entrebâillée exactement comme elle était entrée. Ce fut le seul mérite de cette journée. Un détail. Mais sans doute que dans l'Égypte ancienne les gens passaient leurs journées en y découvrant de minuscules raisons de se réjouir. Ils vivaient ainsi, et puis mouraient. Ils apprenaient à nager, fabriquaient des momies. Et c'est cette accumulation de petits détails qu'on nomme civilisation.

9

Vers onze heures, je finis par n'avoir strictement plus rien à faire. J'avais fait tout ce que je pouvais faire. Je m'étais coupé les ongles, curé les oreilles, j'avais pris un bain, regardé les infos à la télé. J'avais également fait des pompes et des flexions-extensions, j'avais dîné, et terminé mon livre. Mais je n'avais pas sommeil. Je voulais examiner une fois de plus l'ascenseur du personnel, mais il était encore trop tôt pour ça. Il valait mieux attendre minuit, heure à laquelle plus personne ne l'utilisait.

Après avoir réfléchi à diverses possibilités, j'optai finalement pour le bar du vingt-sixième étage. J'y bus un Martini en regardant par la fenêtre la vaste étendue obscure sur laquelle tombait la neige, en pensant aux Égyptiens. Comment pouvaient bien vivre les habitants de l'Égypte ancienne ? Quelle sorte de gens allaient prendre des cours de natation ? La jet-set égyptienne la plus branchée, certainement. C'est certainement pour eux qu'une partie du Nil avait été séparée du reste et aménagée en bassin de natation. C'est là que de sympathiques maîtres nageurs, avec le physique de mon ami devenu acteur de cinéma, leur enseignait la dernière nage branchée. Je le voyais s'adresser d'un air imperturbable à ces gens de la haute société égyptienne : « Parfait, seigneur. Oserais-je cependant vous conseiller d'allonger davantage votre dextre quand vous nagez le crawl ? »

J'imaginais la scène. L'eau du Nil, d'un bleu épais comme de l'encre, l'éclat aveuglant du soleil (évidemment il devait y avoir au-dessus du bassin un toit de chaume ou quelque chose de ce genre en guise de protection), des soldats armés de perches pour chasser les crocodiles ou les manants. Les fils du pharaon s'entraînaient dans le bassin. Et ses filles alors ? Je me demandai si les princesses égyptiennes apprenaient ou non à nager. Cléopâtre, par exemple ? Une Cléopâtre toute jeune, avec un petit air de Jody Foster. Elle aussi, si elle avait eu mon ami comme maître nageur, serait-elle tombée folle amoureuse de lui ? Oui, sans doute, puisqu'elles tombaient toutes amoureuses de lui, il était né pour ça.

Ça ferait un bon scénario, me dis-je. Si ce film existait, j'irais le voir.

Ce maître nageur n'est pas un homme de basse naissance. C'est le fils d'un roi d'Israël ou d'Assyrie ou quelque chose comme ça, mais comme son pays a été vaincu il a été emmené en Égypte en esclavage. Mais, en devenant esclave, il n'a pas perdu une once de son élégance naturelle. (C'est là qu'il diffère de Charlton Heston ou de Kirk Douglas.) Il sourit en montrant ses belles dents blanches, il pisse avec distinction. Il pourrait même chanter debout sur le bord du Nil, en s'accompagnant au ukulele. Il n'y a que lui qui pourrait tenir ce rôle.

Un jour le pharaon et son escorte passent devant lui, alors qu'il est en train de couper des joncs au bord du Nil. Juste à ce moment le fleuve renverse la barque pharaonique. Sans la moindre hésitation, il plonge, nage jusqu'à la barque dans un crawl d'enfer, et revient sur la rive avec une petite fille dans les bras, tout en se battant avec les crocodiles. Le tout avec beaucoup d'élégance. La même élégance que quand il allumait pour les filles les becs Bunsen des travaux pratiques de sciences. Le pharaon, qui a vu la scène, admire le jeune homme et décide de faire de lui le professeur de natation de ses fils. Il n'aimait pas la façon de parler du maître nageur précédent et vient justement de le faire jeter dans un puits une semaine plus tôt. Mon ancien condisciple devient ainsi professeur à l'école pharaonique de natation. Mais là, comme il est sympathique, il se met à faire des ravages. Les dames d'honneur du palais attendent la nuit pour oindre leurs corps de parfums et se glisser dans son lit. Même les princes et les princesses l'adorent. Là, on pourrait introduire un petit spectacle du genre *Le Roi et Moi* et *La Princesse en maillot de bain* réunis. Lui et les princes et princesses se livreraient à un ballet de nage synchronisée pour célébrer l'anniversaire du pharaon, ou quelque chose dans ce goût-là. Le pharaon, fort réjoui, le fait encore monter en grade. Mais tout ça ne monte pas à la tête de notre héros. Il reste modeste. Il sourit toujours avec ses dents blanches, et pisse avec distinction. Quand les dames du palais se glissent dans son lit, il passe à peu près une heure en préliminaires, les fait jouir, et quand c'est fini, leur caresse les cheveux en disant : « C'était super. » Il est vraiment gentil.

Comment ça devait être, de coucher avec des dames d'honneur égyptiennes ? Je fis un effort d'imagination, mais aucune image concrète ne me venait. J'avais beau faire des efforts, les seules images qui me venaient étaient celles de l'horrible *Cléopâtre* tourné par la 20th Century Fox, avec Elizabeth Taylor, Richard Burton et Rex Harrison. Cet exotisme façon Hollywood, avec ces filles noires à longues jambes qui éventent Elizabeth Taylor avec des éventails à franges. Elles prennent donc des poses audacieuses pour plaire au maître nageur. Les Égyptiennes excellent à ce genre d'exercice.

Et évidemment Jody Cléopâtre tombe folle amoureuse de notre héros. Ce n'est peut-être pas très original comme idée, mais sinon, il n'y a pas de film.

Donc lui aussi est amoureux de Jody Cléopâtre.

Mais il n'est pas le seul. Un prince d'Abyssinie, à la peau d'un noir d'ébène, brûle également d'amour pour la belle. Il l'aime tellement que chaque fois qu'il pense à elle, inconsciemment, il se met à danser. Pour ce rôle-là, il faudrait Michael Jackson et personne d'autre. Par amour il traverse tous les déserts d'Abyssinie jusqu'en Égypte. En dansant et chantant *Billie Jean*, un tambourin à la main, devant les feux de bivouac de sa caravane. Ses yeux brillent d'un éclat surnaturel sous la lumière des étoiles. La discorde naît évidemment entre le maître nageur et Michael Jackson, rivaux en amour.

À ce moment-là, le barman vint vers moi et m'annonça avec un air désolé que le bar allait fermer. Je regardai ma montre : il était déjà minuit et quart. Il ne restait plus que moi comme client, et le barman avait presque fini de ranger la salle. Je me demandai comment j'avais fait pour penser si longtemps à des choses aussi stupides. Absurde, ridicule ! Je dois avoir quelque chose qui ne tourne pas rond. Je signai ma note, bus le fond de mon verre de Martini, me levai et quittai le bar. Puis, les deux mains dans les poches, j'attendis l'arrivée de l'ascenseur.

Mais, me dis-je, la loi pharaonique exige que Jody Cléopâtre épouse son frère cadet. Je n'arrivais plus à chasser ce scénario imaginaire de mon esprit, les scènes se présentaient les unes après les autres. Qui pourrait jouer le rôle du frère, un débile dégénéré ? Woody Allen ? Non, impossible. Le film tournerait à la comédie. Il déclamerait des plaisanteries stupides dans le palais, se taperait sur la tête avec un marteau en plastique. Non pas lui, ça ne marcherait pas.

Je réfléchirais au rôle du frère plus tard. Le pharaon, en tout cas, ce serait Laurence Olivier. Toujours en proie à de violentes migraines, il appuie les index sur ses tempes pour les calmer. Il jette les gens qui ne lui plaisent pas au fond de puits insondables ou bien leur fait faire la course avec les crocodiles du Nil.

J'en étais là quand la porte de l'ascenseur s'ouvrit. Sans le moindre bruit. J'entrai et appuyai sur le 16. Ensuite je pensai à la suite du film. Je n'avais plus envie d'y penser, mais je ne pouvais pas m'arrêter.

La scène change, et se situe maintenant dans le désert. Un oracle exilé par le pharaon vit dans une grotte au fin fond de ce désert aride, oublié du reste du monde. On lui a tranché les paupières, mais il a miraculeusement réussi à traverser le désert et à survivre. Il s'est mis une peau de mouton sur le dos pour éviter l'éclat trop fort du soleil, et vit dans la pénombre. Il mange des insectes, mâche des herbes. Ayant acquis la vision intérieure, il prédit l'avenir : la chute des pharaons, le crépuscule de l'Égypte, les changements du monde antique.

L'homme-mouton, me dis-je soudain. Qu'est-ce que l'homme-mouton vient faire dans cette histoire ?

La porte s'ouvrit à nouveau sans un bruit. Je sortis distraitement, tout à mes réflexions. L'homme-mouton. Il existerait donc depuis l'Égypte ancienne ? Ou tout cela n'était-il qu'affabulations de mon propre esprit ? Les mains dans les poches, je réfléchissais à tout cela dans le noir.

Dans le noir ? !

Je m'aperçus soudain que l'obscurité régnait autour de moi. Pas la moindre petite lueur. La porte de l'ascenseur se referma derrière moi et les ténèbres parurent s'épaissir encore. Je ne voyais pas ma propre main. Je n'entendais plus de musique. Plus d'*amour est bleu*, ni d'*amour un jour d'été*. Les ténèbres étaient totales, et ça sentait le moisi.

Je restai figé sur place dans le noir.

10

Les ténèbres étaient d'une densité terrifiante.

Impossible de discerner le moindre contour dans cette muraille d'encre. Je ne voyais pas mon propre corps. Il était difficile d'imaginer qu'il pût y avoir quoi que ce fût derrière ce néant noir.

Dans des ténèbres aussi totales, on ne peut envisager sa propre existence autrement que comme un pur concept. Mon corps s'était dissous dans les ténèbres, et ce concept de « moi » sans substance flottait dans l'air comme un ectoplasme. Libéré de mon corps physique mais sans nouveau lieu où m'incarner, j'errais dans un univers de néant, sur l'étrange frontière entre rêve et réalité.

Je restai un moment figé sur place. Privé de mes sens habituels, je me sentais paralysé. Brusquement plongé au fond de l'océan. J'essayai d'adapter un peu ma vision à l'obscurité, en vain. Les ténèbres auxquelles les yeux s'habituent ne sont pas de vraies ténèbres. Ici, j'avais à faire à des ténèbres totales, sans le moindre interstice lumineux, comme d'innombrables couches de peinture noire. Je fouillai inconsciemment mes poches. Dans la droite je trouvai mon porte-monnaie et mon porte-clés, dans la gauche, la carte magnétique ouvrant la porte de ma chambre, un mouchoir et quelques pièces de monnaie. Tout ça ne me servirait à rien dans le noir. Pour la première fois je regrettai d'avoir arrêté de fumer. Au moins, j'aurais eu un briquet ou des allumettes. Mais les regrets étaient inutiles. Je sortis les mains de mes poches, les tendis dans la direction où je pensais trouver le mur. Au fond des ténèbres je tâtais une surface verticale et dure. Il y avait bien un mur, un mur glacial et suintant. Trop froid pour être celui de l'hôtel du Dauphin : l'hôtel avait l'air conditionné et conservait sa chaleur ambiante. Réfléchissons calmement.

Réfléchissons calmement !

Mon aventure était calquée sur celle qui était arrivée à la fille de la réception. Ça n'avait rien de menaçant. Elle s'en était sortie toute seule, donc moi aussi je pouvais. Il n'y avait pas de raison. Je devais me calmer, et agir exactement comme elle l'avait fait. Il y avait un mystère dans cet hôtel, qui me concernait sans doute personnellement. C'était sûr, cet hôtel était relié quelque part à l'ancien hôtel du Dauphin. C'est pour ça que j'étais venu. Exact, ou pas ? Exact. Je devais donc faire comme elle, et voir ce qu'elle n'avait pas vu.

Tu as peur ?

Je suis **mort** de peur.

Allons, bon, me voilà bien ! Mais blague à part, j'avais vraiment peur. Cette impression de se retrouver tout nu tout d'un coup. C'était d'un désagréable ! Des ténèbres impénétrables refermaient autour de moi leurs atomes de violence, mais je ne pouvais même pas les voir s'approcher de moi en glissant comme des serpents de mer visqueux. J'étais en proie à un sentiment d'impuissance sans recours. Tous les pores de ma peau me semblaient bouchés, emplis de ténèbres. Ma chemise était trempée de sueur, mon gosier desséché. Je m'efforçai de déglutir.

Où suis-je, bon sang ? Une seule chose est sûre : ce n'est pas l'hôtel du Dauphin. Je suis ailleurs. Qu'ai-je donc traversé pour me retrouver dans ce lieu étrange ? Je fermai les yeux, pris plusieurs inspirations profondes.

Ça peut paraître idiot, mais j'aurais tout donné pour entendre à nouveau *L'amour est bleu* joué par le grand orchestre de Paul Moria. Comme je serais heureux si j'entendais cet air maintenant ! Ça me redonnerait une de ces santés ! Même Richard Claydermann, maintenant je serais capable de le supporter. Los Indios Tabaharas, José Feliciano, Julio Iglesias, Sergio Mendès, Partridge Family, 1910 Fruits Gum Company, tout ce que vous voudrez. Je pourrais supporter n'importe quoi. Je veux de la musique, n'importe quoi mais de la musique ! C'est trop silencieux ici. Même les chœurs Mitch Miller, je supporterais, même un duo d'Andy Williams et d'Al Martino. Arrête de penser à des trucs idiots, voyons. Mais je ne peux pas ne penser à rien. Tout est bon, du moment que ça remplit le vide de ma tête. À cause de la peur. La peur envahit plus vite un espace vide.

Michael Jackson en train de danser *Billie Jean* en frappant sur un tambourin devant un feu de camp. Même les chameaux l'écoutent avec extase...

Je commence à dérailler.

TU COMMENCES À DÉRAILLER !

L'écho répercute mes pensées dans les ténèbres. Mes pensées ont un écho ?

Je respirai profondément à nouveau, chassai ces images insensées de mon esprit. Ça ne pouvait pas continuer indéfiniment. Il fallait agir. C'est bien ça, non ? C'est bien pour ça que tu es venu ici ?

Ma décision prise, je me mis à marcher lentement à tâtons vers la droite. Mais mes pieds n'avançaient pas bien. J'avais l'impression que ce n'était plus les miens. Mes muscles et mes nerfs ne fonctionnaient pas normalement. J'avais l'intention de soulever les pieds, mais ils ne changeaient pas tout de suite de place. Comme une eau sombre, l'obscurité m'entourait, me retenant prisonnier. Les ténèbres se poursuivaient à perte de vue. Jusqu'au centre de la terre. J'avançais vers le centre de la terre. Mais une fois que j'y serais parvenu je ne pourrai plus jamais remonter à la surface. Non, essayons de penser à autre chose. Quand je ne pense à rien, la peur prend totalement contrôle de moi. Continuons l'intrigue du film. Où en étais-je déjà ? Au moment où l'homme-mouton apparaît. Pour l'instant la scène dans le désert s'arrête là.

La caméra revient au palais du pharaon, un somptueux palais où s'entassent toutes les richesses de l'Afrique. Des esclaves nubiens s'empressent autour du souverain, sur un fond musical genre Miklos Roza. Visiblement le pharaon est irrité. Il y a quelque chose de pourri au royaume d'Égypte, pense-t-il. Et à l'intérieur même de ce palais, une erreur monstrueuse est sur le point de se produire, je le sens. Il faut redresser la situation.

J'avançais les pieds l'un après l'autre précautionneusement, en me disant : elle s'en est très bien sortie, elle. Vraiment, je l'admire. Plongée brusquement dans une invraisemblable obscurité, elle s'en va voir toute seule ce qu'il y a au bout de cette nuit, alors que même moi, qui ai déjà entendu parler de l'existence de ces ténèbres, je suis terrorisé. Si je m'étais retrouvé plongé dans cette obscurité sans l'avoir prévu le moins du monde, je crois que je n'aurais pas eu la moindre velléité d'aller voir plus loin. Je serais sûrement resté figé sur place devant l'ascenseur.

Je pensai à elle. Je l'imaginais dans un maillot de compétition d'un noir luisant, en train de prendre son cours de natation. Mon camarade de collège devenu acteur est debout à côté d'elle. Elle aussi est folle amoureuse de lui. Il lui signale de faire attention à sa main droite quand elle crawle et elle le regarde avec des yeux blancs. La nuit venue, elle se glisse dans son lit. Je me sentis triste à cette idée. Blessé même. Ce n'est pas bien de faire ça. Tu n'as rien compris au jeu, ma petite. Il se contente d'être gentil et bien élevé, sans plus. Peut-être qu'il va te parler tendrement, peut-être qu'il va te faire jouir. Mais c'est uniquement par gentillesse. Simple question de préliminaires habiles.

Le couloir faisait un coude à droite.

Exactement comme elle l'avait dit. Mais dans ma tête, elle était en train de coucher avec mon ancien camarade de classe. Il lui enlevait doucement ses vêtements, puis lui faisait des compliments sur chaque partie de son corps. Des compliments sincères, en plus. Alors là, j'étais étonné. Mais je sentais la colère monter en moi. Tu as tort de faire ça, vraiment tort !

Le couloir faisait un coude à droite.

La main toujours posée sur le mur, je tournai à droite. J'aperçus une petite lueur au loin, une toute petite lueur, comme filtrée par plusieurs épaisseurs de verre.

Exactement comme elle me l'avait dit.

Mon ancien condisciple était en train de l'embrasser tendrement sur tout le corps. Lentement, du cou aux épaules puis aux seins. La caméra filmait son visage à lui et son dos à elle. La caméra pivota brusquement. Le visage de la fille apparut mais ce n'était plus la réceptionniste de l'hôtel du Dauphin. C'était Kiki. Kiki, la call-girl de luxe aux merveilleuses oreilles avec qui j'avais séjourné autrefois à l'hôtel du Dauphin, Kiki qui avait disparu de ma vie sans rien dire. Elle était là, au lit avec mon copain. On aurait dit une scène de film. Images nettes, bien cadrées, d'un film sans originalité. Un homme et une femme font l'amour dans la chambre d'un appartement. La lumière du jour pénètre à travers le store de la fenêtre. Kiki. Que vient-elle faire là tout à coup ? L'espace et le temps se confondent.

L'ESPACE ET LE TEMPS SE CONFONDENT.

J'avançai vers la lumière.

Tandis que je soulevais les pieds pour avancer, les images dans ma tête s'effacèrent.

Black out.

Je progressais le long du mur dans l'obscurité muette. Je décidais de ne plus penser à rien. Ça ne servait à rien de penser, sinon à allonger le temps. Je me concentrai sur ma progression. Avancer les pieds. Précautionneusement, sûrement. La lumière éclaire faiblement les environs. Il ne fait pas assez clair, je ne vois pas où je suis. J'aperçois juste une porte. *Une porte que je n'ai jamais vue.* Exactement comme elle a dit. Une vieille porte en bois, avec un numéro dessus. Mais je n'arrive pas à le déchiffrer. Il fait trop sombre et la pancarte est sale. Ce qui est sûr, c'est que je ne suis pas à l'hôtel du Dauphin. Il n'y a pas de portes aussi vétustes à l'hôtel du Dauphin. La qualité de l'air aussi est différente. Qu'est-ce que c'est que cette odeur ? Comme une odeur de vieux papier. La lumière tremblote de temps en temps. Sans doute la flamme d'une bougie.

Debout devant la porte, j'observe un moment cette lueur.

Puis je pense à nouveau à la fille de la réception. J'aurais dû coucher avec elle, l'autre jour. Je me demande si je pourrai revenir dans le monde réel ? Pourrais-je avoir un nouveau rendez-vous avec elle ? Je me sens jaloux du monde réel, jaloux de la piscine et du cours de natation. Ou peut-être n'est-ce pas vraiment de la jalousie, juste des regrets énormément déformés. Mais vu de l'extérieur, ça ressemble vraiment à de la jalousie. En tout cas, au milieu de ces ténèbres, ça me paraît être de la jalousie. Allons bon ! Pourquoi éprouver de la jalousie dans une situation pareille ? Ça fait si longtemps que je ne me suis pas senti jaloux. Je suis même un type qui n'a pratiquement jamais éprouvé de jalousie. Je suis peut-être trop individualiste pour être jaloux de quoi ou de qui que ce soit. Mais maintenant, je suis en proie à une jalousie d'une rare violence. Et envers une piscine en plus.

Jaloux d'une piscine ! Jamais entendu parler d'une chose aussi ridicule.

Je déglutis, et cela résonna très fort, comme une baguette de métal s'abattant sur la peau d'un tambour. Mais je n'avais fait qu'avaler ma salive.

Les sons résonnent étrangement. Exactement comme elle l'avait dit. Il faut que je frappe à cette porte. Allez, frappe. Et je frappai. Résolument, sans hésitation, toc-toc, un coup léger comme si je n'avais pas envie d'être entendu. Mais cela rendit un son terrible. Lourd et glacé comme la mort elle-même.

J'attendis en retenant mon souffle.

Il y eut un moment de silence. Exactement comme quand elle avait frappé. Je ne sais combien de temps dura ce silence. Peut-être cinq secondes, ou une minute. Dans l'obscurité, le temps est difficile à évaluer. Il vacille, se dilate démesurément, se rétrécit. Moi-même je vacillais, me dilatais, me rétrécissais dans ce silence. Je subissais les mêmes altérations que le temps. Comme mon image dans un miroir déformant de la galerie des glaces à la fête foraine.

C'est alors que j'entendis *le bruit*. Ce bruit de froissement amplifié. De frôlements soyeux. Quelque chose venait de se relever. Puis des bruits de pas se dirigèrent lentement vers moi. Sshhh, sshhh, comme un traînement de savates. *Quelque chose de pas humain,* avait-elle dit. C'était exactement ça. Ces bruits de pas n'étaient pas humains. C'était autre chose. Quelque chose qui n'existait pas dans la réalité – mais qui existait ici.

Je ne pris pas la fuite. Je sentais la sueur dégouliner dans mon dos. Mais étrangement, plus les bruits de pas se rapprochaient, plus la peur refluait en moi. Ça va aller, me disais-je. Ce n'est pas un esprit maléfique, je le sens clairement. Il n'y a rien à craindre. Il faut se laisser aller au cours des événements. Ça va aller. Je tournai fermement la poignée de la porte, fermai les yeux, retins mon souffle. Ça va, n'aie pas peur. Je me sentais au centre d'un tourbillon d'humeurs tièdes. J'entendais les battements de mon cœur, énormément amplifiés, dans les ténèbres. J'étais enveloppé, englobé dans mes propres battements de cœur. Il n'y a rien à craindre. Je suis simplement *connecté*.

Les bruits de pas cessèrent. La *chose* était juste à côté de moi. Elle me regardait. Moi, je fermais les yeux, en pensant : je suis connecté. J'étais relié à tous les lieux en même temps. Au rivage du Nil, à Kiki, à l'hôtel du Dauphin, au bon vieux rock-and-roll, à tout. Aux esclaves nubiennes du palais, ointes de parfums. Aux bombes qui cisaillaient le temps. À une lumière du passé, un son du passé, une voix du passé.

– Je t'attendais, dit la *chose*. Je t'ai attendu longtemps. Entre.

Je sus qui c'était avant même d'ouvrir les yeux.

L'homme-mouton.

11

Séparés par une vieille table, nous parlions. C'était une petite table ronde sur laquelle était posée une bougie, sur une simple soucoupe en terre cuite. C'était à peu près tout ce qu'il y avait comme meuble dans la pièce. Il n'y avait pas de chaises, et nous étions assis sur des livres empilés par terre.

C'était la chambre de l'homme-mouton. Une chambre longue et étroite. Les murs et le plafond évoquaient l'atmosphère de l'ancien hôtel du Dauphin, mais à bien regarder c'était entièrement différent. L'unique fenêtre était condamnée de l'intérieur par des planches, apparemment depuis bien des années, car une poussière grise était accumulée dans les interstices du bois et les têtes de clous étaient rouillées. À part ça il n'y avait rien dans la pièce. On aurait dit une simple boîte rectangulaire. Pas de lampe. Pas de placard. Pas de salle de bains. Pas de lit. Il devait dormir par terre, couvert de sa peau de mouton. Il restait juste assez d'espace au sol pour pouvoir passer, partout ailleurs étaient empilés de vieux livres, de vieux journaux, des dossiers débordant de vieux documents, brunis par le temps, certains irrémédiablement rongés par les vers, d'autres défaits, leurs feuillets éparpillés çà et là. J'y jetais un vague coup d'œil, il semblait s'agir de documents concernant l'élevage ovin dans le Hokkaido. Peut-être tous les documents autrefois conservés à l'hôtel du Dauphin avaient-ils été réunis ici. L'ancien hôtel du Dauphin comportait une sorte de salle de documentation sur les moutons, et c'était le père du patron de l'hôtel qui s'en occupait. Où avaient-ils bien pu passer tous les deux ?

L'homme-mouton m'observa un moment par-dessus la flamme tremblante de la bougie. Son ombre grotesquement agrandie vacillait sur le mur taché de moisissures.

– Voilà longtemps qu'on ne s'était vus, dit-il en me regardant du fond de son masque. Mais tu n'as pas changé. Un peu amaigri peut-être ?

– Oui. J'ai un peu maigri.

– Et alors, comment va le monde extérieur ? Rien de neuf ? Ici, tu sais, je ne sais rien de ce qui se passe.

Je croisai les jambes et secouai la tête :

– Non, rien n'a changé. Il ne se passe rien de bien important. Le monde devient de plus en plus compliqué, c'est tout. Et l'allure où vont les choses est de plus en plus rapide. Mais à part ça, tout est pareil.

L'homme-mouton hocha la tête :

– La guerre suivante n'a pas encore éclaté ?

J'ignorais quelle guerre était la dernière dans son esprit, mais je secouai la tête :

– Pas encore.

– Oui, mais elle va éclater un de ces jours, dit-il d'une voix normale, sans timbre particulier, tout en frottant l'une contre l'autre ses deux mains gantées. Fais attention, hein. Il vaut mieux faire attention si tu ne veux pas te faire tuer. Il y a toujours des guerres. Toujours. Il n'y a eu aucune époque sans guerre. On a beau croire qu'il n'y en aura jamais, un jour il y en a une. Les humains, au fond, aiment s'entre-tuer. Et ils s'entretuent jusqu'à ce qu'ils soient trop fatigués pour continuer. Quand ils sont fatigués, ils font la trêve un petit moment. Et ensuite le massacre recommence. C'est réglé d'avance. On ne peut faire confiance à personne, et rien ne change. Il n'y a rien à faire. Si on n'aime pas ça, il ne reste qu'à s'enfuir dans un autre monde.

La peau de mouton qu'il portait paraissait encore plus sale, plus usée qu'autrefois. Les poils étaient pleins de graisse durcie. Le masque noir qui couvrait son visage était encore plus miteux que dans mon souvenir. On aurait dit un vulgaire déguisement, tout rapiécé. Mais cette impression était peut-être due à la pénombre de cette pièce humide comme une grotte. Peut-être aussi parce que la mémoire humaine, si incertaine, nous joue des tours. Non seulement l'habit qu'il portait, mais l'homme-mouton tout entier paraissait plus accablé de fatigue qu'avant. Il me semblait qu'au cours de ces quatre années il avait considérablement vieilli et maigri. Il poussait de temps à autre un profond soupir, qui rendait un son étrangement douloureux, un son déplaisant de tuyau bouché.

– Je pensais que tu viendrais plus tôt, dit-il en me regardant. J'attendais tout le temps. Quelqu'un est venu avant toi. Je croyais que c'était toi, mais non. Cette personne s'était perdue sans doute. C'est étrange. Les autres ne devraient pas pouvoir venir s'égarer si facilement par ici. Mais en tout cas, j'attendais ta venue plus tôt.

Je haussai les épaules.

– Je savais que je devais venir ici. Mais je n'arrivais pas à prendre la décision. J'ai fait beaucoup de rêves. Des rêves de l'hôtel du Dauphin. Je refaisais toujours le même. Mais ça m'a pris du temps avant de me décider à venir jusqu'ici.

– Tu essayais d'oublier ?

– À moitié, oui, répondis-je franchement.

Puis je regardai mes mains à la lueur vacillante de la bougie. Je me demandai avec étonnement d'où pouvait venir ce vent qui faisait trembler la flamme de la bougie.

« Je pensais que si je pouvais oublier ça à moitié, je pouvais l'oublier complètement. Je voulais vivre sans avoir plus rien à faire avec ici.

– C'est à cause de ton ami mort que tu pensais ça ?

– Oui, c'est à cause de mon ami mort.

– Mais tu es venu finalement, dit l'homme-mouton.

– Oui, je suis revenu. Je ne pouvais pas oublier ici. Quand je m'efforçai d'oublier, chaque fois quelque chose venait m'y faire repenser. Peut-être que c'est un lieu fait exprès pour moi, ici. Que ça me plaise ou non, j'ai l'impression de faire partie d'ici. Je ne sais pas ce que ça peut vouloir dire concrètement, mais je le ressens. Je le sentais clairement dans mes rêves. Quelqu'un pleurait pour moi, quelqu'un avait besoin de moi. C'est comme ça que je me suis enfin décidé à venir. Mais dis-moi, où sommes-nous ?

L'homme-mouton me regarda fixement un long moment. Puis il secoua la tête :

– J'ignore les détails moi aussi. Tout ce que je connais, c'est cette chambre. Alors je ne peux pas te renseigner en détail. Mais en tout cas, si tu es venu ici, c'est que le moment en était venu pour toi. C'est ce que je pense. C'est pourquoi il ne faut pas trop te poser de questions. Peut-être que quelqu'un verse des larmes pour toi à travers ce lieu. Peut-être que quelqu'un a besoin de toi. Si tu le ressens, c'est sûrement vrai. Mais ceci mis à part, ton retour ici est parfaitement dans l'ordre des choses. Les oiseaux reviennent au nid. C'est naturel. Pour le dire autrement, si tu n'avais pas pensé à revenir ici, ce serait comme si ici n'existait pas.

L'homme-mouton s'était remis à se frotter les mains. Son ombre sur le mur vacillait fortement en reproduisant les mouvements qu'il faisait. Comme un fantôme noir au-dessus de ma tête prêt à fondre sur moi. Exactement comme les vieux dessins animés.

Comme un oiseau revient au nid, pensai-je. Depuis qu'il m'avait dit ça, je me rendais compte que c'était ce que je ressentais. J'avais simplement suivi le courant, et il m'avait ramené ici.

– Bon, raconte-moi un peu, dit tranquillement l'homme-mouton. Parle-moi un peu de toi. C'est ton monde ici, tu sais. Tu n'as pas à te gêner, tu peux parler en toute liberté de ce dont tu as envie, en prenant tout ton temps. Tu as sûrement beaucoup de choses à dire.

Les yeux rivés sur l'ombre sur le mur, je commençais à lui parler, dans la semi-pénombre, de la situation dans laquelle je me trouvais. Je parlais de moi-même pour la première fois depuis longtemps, franchement et en ouvrant mon cœur. Je racontai tout, en prenant mon temps, comme de la glace en train de fondre. Du fait que je me maintenais en vie tant bien que mal, mais que je ne pouvais plus aller nulle part. Que je vieillissais ainsi, sans pouvoir aller nulle part. Que je ne pouvais plus aimer personne sincèrement. Que j'avais perdu ce tremblement du cœur qui caractérise l'amour. Que je ne savais plus ce que je cherchais. Que je m'efforçais de mon mieux d'agir en fonction des circonstances. Mais que cela ne servait à rien. Il me semblait que je durcissais peu à peu ma carapace. J'avais peur. Le seul lieu avec lequel je sentais encore un lien, si ténu soit-il, c'était ici. Je sentais que je faisais partie d'ici. Je ne savais pas où était cet « ici ». Mais fondamentalement, voilà ce que je ressentais : je faisais partie d'ici.

L'homme-mouton m'écouta en silence, sans bouger. Il avait presque l'air de dormir. Mais quand j'eus fini, il rouvrit les yeux.

– Ça va, tu n'as pas à te faire de souci. Tu fais réellement partie de l'Hôtel du Dauphin, dit-il tranquillement. Tu en faisais partie jusqu'à maintenant et tu continueras à en faire partie. C'est ici que tout commence, et que tout finit. C'est ton lieu, ici. Et ça ne changera pas. Tu es relié à ce lieu. Et ce lieu est relié à tout. C'est ton nœud central, ici.

– À tout quoi ?

– À tout ce que tu as perdu. À ce que tu n'as pas encore perdu. À tout ça. Tout est lié à ici, ici c'est le centre.

Je réfléchis un peu à ce qu'il venait de dire. Mais je ne saisissais pas très bien. C'était trop vague, je n'arrivais pas à suivre. Je lui demandai s'il ne pouvait pas expliquer tout cela de façon plus concrète. Mais il ne me répondit pas. Il restait silencieux, immobile. Ce n'était pas quelque chose à expliquer concrètement. Il remua tranquillement la tête. Ce faisant, ses oreilles postiches tremblèrent, l'ombre sur le mur eut une vaste oscillation, comme si le mur lui-même allait s'effondrer.

– C'est maintenant que tu dois comprendre. Quand le moment sera venu de te l'expliquer, les explications se feront tout naturellement, dit-il.

– Dis-moi, ceci mis à part, il y a une chose que je n'arrive absolument pas à comprendre, dis-je. Pourquoi le patron de l'hôtel du Dauphin a-t-il autant insisté pour que le nouvel hôtel conserve ce nom ?

– À cause de toi, évidemment, dit l'homme-mouton. Il a voulu que le nom reste pour que tu puisses revenir ici à tout moment. Si le nom avait changé tu n'aurais pas su où aller, pas vrai ? L'hôtel du Dauphin se trouve bel et bien ici. L'immeuble peut changer, tout peut changer, ça n'a rien à voir. L'hôtel est ici, il t'attend, c'est pour ça qu'on a gardé le nom.

Je me mis à rire :

– À cause de moi ? C'est à cause de moi seul que cet hôtel s'appelle l'hôtel du Dauphin ?

– Eh oui. Pourquoi, c'est drôle ?

Je secouai la tête.

– Non, non, ce n'est pas drôle mais c'est surprenant. Toute cette histoire est tellement extravagante, j'ai l'impression que ce n'est pas tout à fait réel.

– Mais c'est réel, dit tranquillement l'homme-mouton. L'hôtel existe réellement. L'enseigne annonçant « Dolphin Hotel » existe réellement. Non, c'est la réalité, ça, non ? fit-il en tapotant du doigt sur la table.

La flamme de la bougie ondulait à chacun de ces gestes.

– Et moi aussi je suis là, pour de vrai. Je suis ici, et je t'attendais. Tout est bien en ordre. Ça a été pensé, réfléchi. Pour que tu puisses revenir. Tout est relié, tout se tient.

Je regardai un moment la flamme vacillante de la bougie. Je n'arrivais pas encore à le croire.

– Et pourquoi est-ce que tout ça est fait exprès pour moi ? Pour moi seul ?

– Mais parce que le monde d'ici est fait pour toi, répondit l'homme-mouton comme si cela allait de soi. Ce n'est pas la peine de chercher midi à quatorze heures. Si tu cherches quelque chose, c'est que cette chose existe. Cet endroit est fait pour toi, tu comprends ? C'est important que tu comprennes bien ça, tu vois. C'est quelque chose de vraiment particulier. C'est pourquoi nous avons fait tous nos efforts pour te permettre de revenir ici sans encombre. Pour que tu ne perdes pas de vue cet endroit. C'est tout.

– Alors je fais vraiment partie d'ici, hein ?

– Évidemment, toi aussi tu fais partie d'ici. Moi aussi. Tout fait partie d'ici. Et ici, c'est ton monde à toi, dit l'homme-mouton. Puis il pointa un doigt en l'air. Un doigt énorme se dressa aussitôt sur le mur.

– Mais qu'est-ce que tu fais ici ? Qui es-tu ?

– Moi ? Mais je suis l'homme-mouton, dit-il puis il eut un rire cassé. Comme tu peux le constater. Couvert d'une peau de mouton, je vis dans un monde qui échappe à la vue des humains. On m'a poursuivi et je me suis caché dans la forêt. Il y a bien, bien longtemps. Si longtemps que j'en ai perdu le souvenir. Et ce que j'étais avant ça, je ne me le rappelle plus. En tout cas depuis ce temps-là plus personne n'a pu me voir. Si on s'efforce de passer inaperçu, les gens finissent par ne plus vous voir naturellement. Et puis un jour je suis sorti de la forêt et suis venu vivre ici. On m'a mis ici pour y monter la garde. C'est que j'ai besoin d'un endroit à l'abri de la pluie et du vent. Même les bêtes sauvages de la forêt ont des terriers. Non ?

– Bien sûr, approuvai-je.

– Mon rôle ici consiste à relier les choses. Comme une station de distribution électrique. Je relie différents lieux les uns aux autres. Ici c'est le nœud central. Moi, je relie tout ensemble pour que les choses ne se dispersent pas dans tous les sens, tu vois. Une station de distribution électrique. Je connecte les fils, tu vois. Les choses que tu as cherchées, désirées, obtenues, c'est moi qui fais le lien entre elles. Tu saisis ?

– Un peu, dis-je.

– Bon, dit l'homme-mouton. Et maintenant tu as besoin de moi, parce que tu es en pleine confusion. Tu ne sais plus ce que tu cherches. Tu as perdu de vue ce que tu cherchais, tu t'es perdu de vue toi-même. Même si tu t'efforces d'aller quelque part, tu ne sais pas où tu dois aller. Tu as perdu tout un tas de choses. Tu as défait tout un tas de liens. Mais tu ne peux rien trouver pour remplacer tout ça. C'est pour ça que tu es confus. Tu as l'impression de n'être plus rattaché à rien. Et tu n'es plus rattaché à rien. Le seul lieu auquel tu restes attaché, c'est ici.

Je réfléchis un moment à tout ça.

–Oui, peut-être, oui, c'est bien ça. Tu as raison, j'ai tout perdu, et je suis perdu. En pleine confusion. Sans attache. Je ne suis plus rattaché qu'à ici.

Je m'interrompis pour regarder ma main éclairée par la bougie.

–Mais je sens que quelque chose essaie de se rattacher à moi. C'est pourquoi en rêve quelqu'un a besoin de moi, quelqu'un pleure pour moi. Je cherche à me rattacher à quelque chose, c'est sûr. Tu vois, j'ai envie de recommencer à zéro. Et c'est pour ça que j'ai besoin de ta force.

L'homme-mouton se taisait. Je n'avais plus rien à dire. Le silence était terriblement lourd, comme au fond d'un puits insondable. Le silence pesait de tout son poids sur mes épaules. Même mes pensées étaient sous l'emprise de ce silence pesant et poisseux, qui les enveloppait de son voile sinistre. De temps en temps la flamme de la bougie vacillait en crépitant. L'hommemouton gardait les yeux fixés sur la flamme. Le silence dura longtemps. Puis l'homme-mouton leva lentement la tête et me regarda.

–Je vais faire tout mon possible pour te rattacher à cette chose, dit-il, mais je ne sais pas si cela marchera ou non. J'ai un peu vieilli moi aussi. Je n'ai peut-être plus le même pouvoir qu'autrefois. Je ne sais pas très bien dans quelle mesure je vais pouvoir t'aider. Mais je ferai ce que je peux. Enfin, même si ça marche, je ne peux pas te garantir que tu seras heureux. Peut-être que tu n'as effectivement nulle part où aller dans le monde de là-bas. Je ne peux rien te dire de sûr à ce sujet. Mais comme tu l'as dit tout à l'heure, tu as déjà l'air de t'être pas mal endurci. Une fois durcies les choses ne redeviennent jamais comme avant. Et tu n'es plus si jeune que ça, toi non plus.

– Qu'est-ce que je dois faire, alors ?

– Tu as perdu beaucoup de choses jusqu'à présent. Beaucoup de choses importantes. Le problème n'est pas de savoir à qui la faute. Le problème, c'est que tu étais trop attaché à ces choses. Chaque fois que tu as perdu quelque chose, tu as laissé avec de petites parties de toi-même, qui y sont restées accrochées. Comme des marques. Et ça, tu n'aurais pas dû le faire. Tu as abandonné même des choses que tu aurais dû garder, en même temps que celles que tu perdais. Et ça t'a usé petit à petit. Pourquoi as-tu fait ça ?

– Je ne sais pas.

– Peut-être qu'il n'y avait rien d'autre à faire. Le destin, peut-être ? Je ne trouve pas les mots justes pour le dire mais...

– Une tendance ? suggérai-je.

– Oui, oui, c'est ça. Une tendance. Même si tu recommençais ta vie à zéro, tu referais sans doute exactement la même chose. C'est ça, les tendances. Et une fois passé un certain point, elles deviennent irréversibles. Si c'est trop tard, je ne peux rien faire pour toi. Moi, tout ce que je peux faire, c'est monter la garde ici, et connecter les fils les uns aux autres. C'est tout.

Je réitérai ma question.

– Qu'est-ce que je dois faire, alors ?

– Comme je te l'ai dit tout à l'heure, de mon côté, je ferai tout ce qui sera en mon pouvoir. Je ferai ce que je peux pour te mettre en relation. Mais ça ne suffira pas. Toi aussi il faudra que tu fasses tout ton possible. Si tu restes simplement assis à réfléchir, ça ne marchera pas. Tu n'aboutiras nulle part. Tu saisis ?

– Oui, je comprends, répondis-je. Mais alors qu'est-ce que je dois faire ?

– Danser, répondit l'homme-mouton. Continuer à danser tant que tu entendras la musique. Tu comprends ce que je te dis ? *Danse ! Continue à danser.* Ne te demande pas pourquoi. Il ne faut pas penser à la signification des choses. Il n'y en a aucune au départ. Si on commence à y réfléchir, les jambes s'arrêtent. Et si tes jambes s'arrêtent de danser, moi je ne pourrai plus rien faire pour toi. Tous tes liens disparaîtront. Pour toujours. Et tu ne pourras plus vivre que dans ce monde-ci, de ce côté. Tu seras aspiré par le monde d'ici. C'est pour ça qu'il ne faut pas t'arrêter. Même si tout te paraît stupide, insensé, ne t'en soucie pas. Tu dois continuer à danser en marquant les pas. Et dénouer peu à peu toutes ces choses durcies en toi, un tout petit peu au début. Ce n'est peut-être pas encore trop tard. Utilise tout ce que tu peux. Fais de ton mieux. Il n'y a rien dont tu doives avoir peur. Tu es fatigué, c'est sûr. Tu es fatigué et tu as peur. Ça arrive à tout le monde. Tu as l'impression que tout va de travers, que le monde entier se trompe. Et tu t'arrêtes de danser...

Je levai les yeux et contemplai à nouveau l'ombre sur le mur.

– Mais il n'y a rien d'autre à faire que danser, poursuivit l'homme-mouton. Et danser du mieux qu'on peut. Au point que tout le monde t'admire. Si tu fais ça, alors peut-être pourrai-je t'aider moi aussi. Voilà pourquoi il te faut danser. Danser tant que la musique durera.

DANSE. DANSE TANT QUE LA MUSIQUE DURERA.

Mes pensées se répercutaient à nouveau.

– Qu'est-ce que c'est, ce monde de ce côté-ci dont tu parles ? Tu as dit que si je me durcissais, je serais aspiré du monde de là-bas dans celui d'ici. Mais ici, c'est un monde fait pour moi, non ? Pourquoi cela serait-il un problème que je plonge dans un monde qui m'appartient ? Tu as bien dit qu'ici existait *réellement*, non ?

L'homme-mouton secoua la tête. Son ombre immense vacilla à nouveau.

– Ce qui existe ici, c'est une réalité complètement différente. Tu n'es pas encore capable de vivre ici. C'est trop sombre et trop vaste pour toi. C'est difficile de t'expliquer ça avec des mots. Je te l'ai déjà dit tout à l'heure, mais même moi, je ne connais pas les détails. Ici, bien sûr, c'est la réalité. Tu me rencontres et me parles réellement dans cet ici. C'est sûr. Mais la réalité n'est pas unique. Il y a plusieurs réalités possibles. Moi j'ai choisi cette réalité-ci. Parce qu'ici il n'y a pas de guerre. Et aussi parce qu'ici je n'avais rien à abandonner. Mais pour toi c'est différent. Il reste encore la chaleur de la vie en toi. C'est pourquoi il fait trop froid ici pour toi, pour l'instant. Il n'y a rien à manger. Ce n'est pas un endroit pour toi.

Pendant qu'il parlait, je m'étais aperçu que la température de la pièce baissait. Je fourrai mes mains dans mes poches, grelottant légèrement.

– Tu as froid ? demanda l'homme-mouton.

Je hochai la tête.

– Nous n'avons pas beaucoup de temps, poursuivit-il. La température baisse au fur et à mesure que le temps passe. Il vaudrait mieux que tu t'en ailles dans pas longtemps. Il fait trop froid pour toi ici.

– Il me reste une question. J'y ai pensé brusquement tout à l'heure. Il me semble que dans ma vie, jusqu'à présent, je te cherchais. Il me semble avoir aperçu ton ombre dans différents endroits jusqu'à présent. Il me semble que tu étais là tout le temps, sous diverses formes. Des formes très vagues. Ou peut-être était-ce seulement une petite partie de toi. Mais en y repensant maintenant il me semble que tout ça, c'était toi.

L'homme-mouton esquissa une forme avec ses deux mains.

– Tu dis vrai. Tu as raison, j'étais là tout le temps. Comme une ombre, un petit morceau, mais j'étais là.

– Je ne comprends pas. À présent je te vois en entier, ton visage, ta silhouette. Pourquoi puis-je voir maintenant quelque chose que je ne voyais pas autrefois ?

– Parce que tu as déjà perdu beaucoup de choses, répondit-il tranquillement. Parce que les endroits où tu peux aller sont moins nombreux qu'autrefois. C'est pour ça que maintenant tu peux me voir.

Je ne comprenais pas très bien le sens de ses paroles.

– Ici, c'est le monde de la mort ? demandai-je franchement.

– Non, c'est faux, répondit l'homme-mouton.

Puis il secoua les épaules et poussa un soupir.

« Ici, ce n'est pas le monde de la mort. Nous sommes bien vivants, toi et moi. Nous vivons, aussi clairement l'un que l'autre. Nous respirons, nous parlons. C'est ça, la réalité.

– Je n'arrive pas à comprendre.

– Danse. Il n'y a rien d'autre à faire. J'aimerais t'expliquer plus clairement un certain nombre de choses, mais je ne peux pas. Moi aussi, c'est tout ce qu'on m'a appris. Danser. Sans penser à rien. Danser du mieux que tu peux. Voilà ce que tu dois faire.

La température avait brutalement baissé. J'ai déjà connu un froid comme ça, me dis-je en grelottant. Oui, j'avais déjà fait l'expérience, quelque part, de ce froid humide pénétrant jusqu'aux os. Il y a bien longtemps, dans un lieu très éloigné d'ici. Mais je n'arrivais pas à me rappeler quand. J'avais l'impression que j'aurais pu m'en rappeler un peu mieux, mais je n'y arrivais pas. Mon cerveau était paralysé. Paralysé et durci.

PARALYSÉ ET DURCI.

– Il vaut mieux que tu partes, dit l'homme-mouton. Si tu restes ici, ton corps va geler. Tu me rencontreras à nouveau, si tu le souhaites. Je suis toujours ici. C'est ici que je t'attends.

Il m'accompagna jusqu'au coude du couloir, en traînant les pieds. Sshhh, sshhh, sshhh... Je lui dis au revoir. Sans lui serrer la main, sans autres mots d'adieu. Simplement « au revoir ». Puis nous nous séparâmes dans le noir. Il retourna à son petit réduit, et je me dirigeai vers l'ascenseur. J'appuyai sur le bouton d'appel, l'ascenseur monta doucement jusqu'à moi. La porte s'ouvrit, sa douce lumière se répandit dans le couloir et m'enveloppa. J'entrai dans l'ascenseur, et restai un moment adossé à la paroi. La porte se referma automatiquement, mais je restai appuyé contre la paroi sans bouger.

Bon, me dis-je. Mais rien ne vint après ce « bon ». J'étais au centre d'un énorme trou noir, vide de pensée. De quelque côté que je me tourne, c'était le vide. Je ne pouvais aller nulle part. Comme l'avait dit l'homme-mouton, j'étais fatigué et j'avais peur. Et j'étais seul. Comme un enfant perdu dans la forêt.

Danse, avait-il dit.

Danse, fit ma pensée en écho.

« Danse », répétai-je tout haut.

J'appuyai sur le bouton du quinzième.

En sortant de l'ascenseur, je fus accueilli par les sonorités de *Moon River* de Henri Mancini, diffusé par un haut-parleur dissimulé dans le plafond. Le monde de la réalité – un monde où je n'arrivais plus à être heureux, où je n'avais nulle part où aller.

Je regardai ma montre par habitude. Il était trois heures vingt du matin.

Bon, me dis-je. Bon, bon, bon, bon, bon, bon, bon, bon... fit ma pensée en écho. Je poussai un soupir.

12

Une fois de retour dans ma chambre, j'emplis la baignoire d'eau brûlante, me déshabillai et me plongeai lentement dedans. Mon corps ne se réchauffa pas facilement. J'étais glacé jusqu'à la moelle et, même plongé dans l'eau brûlante, j'avais toujours froid. J'aurais voulu rester plongé dans ce bain jusqu'à ce que cette sensation de froid disparaisse, mais comme le contact de l'eau chaude semblait ramollir ma conscience, je renonçai et sortis du bain. J'appuyai mon front contre la fenêtre pour le rafraîchir puis vidai un verre de cognac, et me mis au lit. J'avais l'intention de m'endormir sans penser à rien, le cerveau vide. Mais c'était impossible. Je n'arrivais pas à fermer l'œil. L'esprit tendu, je restai allongé dans le lit. Puis le matin arriva. Un matin gris et nuageux. Il ne neigeait pas, mais le ciel était couvert sans le moindre interstice de nuages cendrés, et la ville entière était teintée de gris. Tout ce que mes yeux percevaient était gris. Une ville grise et misérable hantée par une âme misérable.

Mon insomnie n'était pas due à une activité intense de ma pensée. Non. Je ne pensais à rien. J'avais le cerveau trop fatigué pour réfléchir à quoi que ce soit, mais le sommeil ne venait pas. Mon corps et mon esprit tout entiers le réclamaient désespérément. Mais une partie de mon cerveau était si tendue qu'elle le refusait obstinément, au point que je finis par atteindre un degré d'énervement douloureux. Le genre d'irritation qu'on peut éprouver en essayant de lire le nom des gares sur des panneaux indicateurs, depuis la fenêtre d'un train express lancé à pleine vitesse. Une gare approchait, cette fois j'allais concentrer mon regard et arriver à lire le nom de la ville, mais non, impossible. La vitesse était trop rapide. Je distinguais vaguement la forme des caractères, sans parvenir à les déchiffrer. Et en un instant la gare était dépassée. De petites gares de villes lointaines, aux noms inconnus se succédaient ainsi, au rythme des sifflements stridents du train qui vrillaient ma conscience comme autant de piqûres de guêpe.

À neuf heures, je vérifiai l'heure à ma montre et me levai, renonçant à essayer de dormir. De toute façon, je n'y serais pas arrivé. J'allai à la salle de bains, mais je dus me regarder plusieurs fois dans le miroir en me disant : « Maintenant je me rase la barbe » pour parvenir à finir de me raser. Puis je m'habillai, me brossai les cheveux, et allai déjeuner au restaurant de l'hôtel. Je pris place près de la fenêtre, commandai un petit déjeuner continental, bus deux tasses de café, mangeai un toast. Il me fallut pas mal de temps pour venir à bout de ce toast. Les nuages avaient teint en gris même les toasts. J'avais l'impression de mâcher de l'étoupe. Il faisait un temps à prédire la fin du monde. Tout en buvant mon café, je relus le menu au moins cinquante fois. Mais cela n'atténua pas la tension de mon esprit. L'express roulait toujours. J'entendais toujours le sifflet de la locomotive. Je me sentais durci comme de la pâte dentifrice séchée. Autour de moi, des gens se passionnaient pour leur petit déjeuner, mettaient du sucre dans leur café, du beurre sur leurs toasts, maniaient couteaux et fourchettes pour découper leurs œufs au bacon. Le bruit des assiettes et des couverts s'entrechoquant résonnait sans arrêt. C'est aussi bruyant qu'une gare, me dis-je.

Je repensai soudain à l'homme-mouton. Il existait, en ce moment même. Il était quelque part dans cet hôtel, dans un petit réduit situé en dehors de l'espace et du temps. Oui, il était là. Et il essayait de me communiquer quelque chose. Mais ça ne marchait pas. Je n'arrivais pas à déchiffrer le message. La vitesse était trop rapide. J'avais l'esprit trop tendu pour arriver à lire les caractères.

(A)
Continental breakfast,
Juice (orange, grapefruit, tomato)
Toasts...

Quelqu'un me parlait. Mais qui ? Je levai les yeux. C'était le serveur, vêtu d'une veste blanche, me tendant une cafetière à deux mains, comme un trophée. « Souhaitez-vous reprendre du café ? » me demanda-t-il fort poliment. Je secouai la tête. Dès qu'il eut disparu, je me levai et quittai le restaurant. Clic-clac, clic-clac, dans mon dos les bruits de couverts continuaient.

Je regagnai ma chambre, pris un bain. Cette fois, je n'avais plus froid. Je m'allongeai lentement dans la baignoire, réchauffai une à une en prenant mon temps les moindres fibres de mon corps. Je fis bouger le bout de mes doigts. Ça, c'est mon corps, me dis-je. Je suis là. Dans une pièce réelle, dans une baignoire réelle. Je ne suis pas en train de voyager dans un train express. Je n'entends pas siffler de locomotive. Je n'ai pas besoin de lire le nom des gares. Je n'ai besoin de penser à rien.

Je sortis du bain, me fourrai au lit et regardai ma montre : il était déjà dix heures et demie. Allons bon, me dis-je, songeant à renoncer à mon somme pour partir en promenade. Mais le sommeil me surprit pendant que je réfléchissais vaguement à cette éventualité. Un sommeil aussi soudain qu'un changement de décor sur une scène de théâtre. Je gardai un net souvenir de l'instant où je sombrai. Un énorme singe gris cendre fit irruption dans la pièce, un marteau à la main, et me frappa l'occiput de toutes ses forces. Je sombrai aussitôt dans un sommeil profond comme un évanouissement.

Un sommeil *hard* et *tight*. J'étais plongé dans le noir, je n'y voyais goutte. Pas la moindre note de musique. Pas de *Moon River*, ni d'*amour est bleu*. Un sommeil simple et sans décor. Quel chiffre vient après 16 ? demanda quelqu'un. 41, répondis-je. Il dort, dit le singe gris cendre. Oui, je dors. Je dors profondément, le corps roulé en boule comme un écureuil, à l'intérieur d'une boule de fer très très dure. Une de ces masses d'acier qu'on utilise pour détruire les immeubles. Elle est vide. Et je suis endormi à l'intérieur. *Hard, tight*, et *simple*....

Quelque chose m'appelait.

Un train ?

Non, non, ce n'est pas ça, dirent les mouettes.

Quelqu'un essayait d'ouvrir la boule avec un bec de gaz.

Non, non, ce n'est pas ça, fit le chœur des mouettes. Comme un chœur de théâtre grec.

C'est le téléphone !

Les mouettes n'étaient plus là. Personne ne me répondit. Pourquoi les mouettes sont-elles parties ?

Je tendis la main vers le téléphone au chevet du lit.

– Oui ?

Mais je n'entendais que la tonalité. Biiiiiip. Un autre son vibrait dans l'espace. La sonnette de la porte ! Quelqu'un sonnait à la porte. Biiiiiiip.

– C'est la sonnette ! dis-je tout haut.

Mais les mouettes n'étaient plus là et personne ne vint me dire « exact » ou me féliciter.

Biiiiip.

J'enfilai une robe de chambre, allai jusqu'à la porte, l'ouvris sans poser de questions. La fille de la réception entra en coup de vent, et referma la porte.

J'avais mal derrière la tête, à l'endroit où le singe m'avait frappé. Ce n'était pas la peine de taper si fort, me dis-je. Terrible. J'avais l'impression d'avoir un trou derrière la tête.

Elle regarda la robe de chambre, puis moi. Puis elle fronça les sourcils.

– Comment se fait-il que tu dormes à trois heures de l'après-midi ? me demanda-t-elle.

– Trois heures de l'après-midi, répétai-je.

Je n'arrivais pas très bien à me souvenir.

« Oui, pourquoi ? fis-je, me parlant à moi-même.

– À quelle heure t'es-tu donc couché ?

Je réfléchis. Je m'efforçai de réfléchir. Mais je n'y arrivai pas.

– Ça ne fait rien, ne cherche pas, dit-elle comme si elle renonçait à savoir. Puis elle s'assit sur le canapé, remonta ses lunettes, et me regarda d'un air sévère.

– Tu sais que tu as une mine affreuse ?

– Je crois bien, oui, fis-je.

– Tu es pâle, et tu es tout gonflé. Tu n'as pas de fièvre ? Ça va ?

– Ça va, il faut juste que je dorme, après ça ira mieux. Ne t'inquiète pas. Je suis solide. C'est ton heure de pause ?

– Oui. Je suis venue voir comment tu allais. Mais si je te dérange, je m'en vais.

– Tu ne me déranges pas, dis-je en m'asseyant sur le lit. J'ai envie de dormir à en mourir, mais tu ne me déranges pas.

– Tu ne feras rien ?

– Je ne ferai rien.

– Ils disent tous ça, mais ils essaient quand même.

– Les autres peut-être, mais pas moi.

Elle réfléchit un instant puis se pressa les tempes du bout des doigts comme pour vérifier le résultat de ses pensées.

– C'est vrai, tu as l'air un peu différent des autres.

– En plus, pour le moment j'ai tellement sommeil que je serai bien incapable de faire quoi que ce soit, ajoutai-je.

Elle se leva, ôta son blazer bleu ciel, le posa sur le dossier d'une chaise comme la veille. Mais cette fois-ci elle ne s'approcha pas de moi. Elle marcha jusqu'à la fenêtre, et resta debout à observer le ciel gris. Sans doute parce que j'étais seulement vêtu d'une robe de chambre, et que j'avais cette mine affreuse. Mais je n'y pouvais rien. Moi aussi je varie selon l'humeur du moment. Se montrer à autrui sous son meilleur jour n'est quand même pas le but de la vie.

– Je crois que je te l'ai déjà dit, mais il me semble qu'il y a un je ne sais quoi, même ténu, qui passe entre toi et moi.

– Ah ? fit-elle d'une voix dénuée d'émotion.

Puis elle se tut environ trente secondes, avant d'ajouter : « Comme quoi, par exemple ?

– Par exemple, commençai-je.

Mais les circuits de mon cerveau étaient complètement coupés. Je ne pouvais penser à rien. Aucun mot ne me venait. Il y a quelque chose de ténu, un je ne sais quoi qui passe entre cette fille et moi, voilà ce que je m'étais dit. Sans « par exemple », « mais » ou autre conjonction à la suite.

– J'en sais rien, fis-je. J'ai encore beaucoup de choses à remettre en ordre. Je dois réfléchir progressivement. Mettre de l'ordre.

– Super, dit-elle en s'adressant à la fenêtre. Ni ironie ni admiration dans son ton, c'était seulement neutre, détaché.

Je me remis au lit et, adossé, contemplai sa silhouette. Son chemisier blanc sans un pli. Son étroite jupe bleue foncé. Ses jambes élancées gainées de bas. Elle aussi était teinte en gris. C'est peut-être ça qui lui donnait l'air d'une image sortie d'une photo ancienne. C'était joli à regarder. Il me semblait que j'étais relié à quelque chose. J'avais même une érection. Ce n'était pas si mal. Un ciel gris cendre, une envie de dormir à en mourir, et une érection, tout ça à trois heures de l'après-midi.

Je la regardai pendant pas mal de temps. Elle se retourna pour me regarder à son tour mais même à ce moment-là, je ne la quittai pas du regard.

– Pourquoi tu me regardes fixement comme ça ? demanda-t-elle.

– Je suis jaloux de ton cours de natation, répondis-je.

Elle pencha un peu la tête puis sourit :

– Quel type bizarre tu fais !

– Je n'ai rien de bizarre, dis-je. Je suis un peu confus, c'est tout. Il faut que je remette de l'ordre dans mes pensées.

Elle s'approcha de moi, posa une main sur mon front.

– Tu n'as pas l'air fiévreux, dit-elle. Dors un bon coup, va. Et fais de beaux rêves.

J'avais envie qu'elle reste là. J'avais envie qu'elle reste près de moi tout le temps que je dormirai. Mais c'était impossible. C'est pourquoi je ne lui demandai rien. Je la regardai en silence remettre sa veste bleu ciel et quitter ma chambre. Quand elle fut sortie, le singe gris au marteau entra juste après elle. « Ça va, ça va, je vais dormir, pas la peine de me frapper », essayai-je de lui dire, mais je n'arrivais pas à parler. Puis le coup arriva.

Qu'y a-t-il après 25 ? demanda une voix. 71, répondis-je. Il dort, fit le singe gris cendre. Évidemment, me dis-je. Qui ne dormirait pas après avoir pris un coup pareil sur le crâne ? Coma serait un mot mieux approprié que sommeil. Puis vinrent les ténèbres.

13

Le nœud, me dis-je.

Il était neuf heures du soir, j'étais en train de dîner seul. J'avais émergé à huit heures d'un sommeil comateux, aussi soudainement que je m'étais endormi, sans aucun moment intermédiaire entre le sommeil et l'éveil. Dès l'instant où j'ouvris les yeux, je me sentis pleinement réveillé. Je sentais que j'avais récupéré toutes mes facultés mentales. La douleur à l'arrière de ma tête, là où le singe m'avait frappé, avait disparu. Je ne me sentais plus les membres alourdis, ni froids. Je me rappelai nettement de tout. J'avais recouvré l'appétit. Ou plutôt j'avais férocement faim. Je me rendis dans le troquet non loin de l'hôtel où j'étais allé le soir de mon arrivée, et bus un verre en grignotant du poisson grillé, des légumes mijotés, des patates douces, du crabe, toutes sortes de plats. Il y avait à peu près autant de monde et autant de bruit que la première fois. Le bar était plein de fumée et d'odeurs. Tout le monde se disputait ou hurlait à pleine voix.

Il faut que je remette de l'ordre, me dis-je.

Où est le nœud ? me demandai-je à moi-même au beau milieu de ce chaos. Puis je prononçai ce mot à voix haute. De ma propre volonté, je me reliais à l'homme-mouton.

Je ne saisissais pas bien moi-même ce que cela signifiait exactement. C'était une expression trop allégorique. Mais il s'agissait sans doute de quelque chose qui ne pouvait s'exprimer que métaphoriquement. Il était inimaginable que l'homme-mouton utilise des expressions métaphoriques seulement pour s'amuser. S'il le faisait, c'est qu'il ne pouvait s'exprimer autrement.

Il avait dit qu'à travers son monde – à travers sa centrale de distribution électrique – j'étais relié à différentes choses. Et il y avait de la confusion dans ces connexions. D'où venait ce désordre ? Je ne savais plus de quoi j'avais besoin, ni ce que je cherchais. C'est pour ça que le nœud ne fonctionnait plus bien.

Je bus un verre, regardai un moment fixement le cendrier en face de moi.

Ensuite je me demandai ce qu'était devenu Kiki. J'avais senti sa présence dans mes rêves. C'était elle qui m'avait appelé ici. Elle avait besoin de moi. C'est pour ça que j'étais venu à l'hôtel du Dauphin. Mais sa voix ne parvenait plus à mes oreilles. Le message s'était interrompu. Comme un appareil débranché.

Pourquoi les choses étaient-elles aussi vagues ?

Parce que les connexions étaient en désordre, peut-être ? Il fallait que je sache clairement ce que je cherchais. Puis, avec l'aide de l'homme-mouton, je rétablirai les connexions une à une. Même si la situation avait l'air complètement embrouillée, il fallait démêler les fils patiemment un à un. Démêler et relier. Il fallait que je révise toute la situation.

Où fallait-il commencer ? Je n'avais pas la moindre prise. J'étais plaqué contre un mur trop élevé. Les parois autour de moi étaient aussi lisses que des miroirs. Je ne pouvais étendre la main vers nulle part. Je ne pouvais rien agripper. Je ne savais plus quoi faire.

Je bus quelques flacons de saké, payai ma note et ressortis. De gros flocons de neige descendaient lentement du ciel en tourbillonnant. Ce n'était pas encore une véritable chute de neige, mais cela suffisait à étouffer les bruits de la ville. Je fis le tour du pâté de maisons pour calmer mon ivresse. Par où devais-je commencer ? Je marchai en regardant mes pieds. Rien à faire, je ne savais pas ce que je cherchais. Je ne savais même pas dans quelle direction me tourner. J'étais rouillé. Rouillé et durci. À rester seul ainsi, il me semblait que je me perdais de plus en plus. Allons bon, mais où fallait-il commencer ? Il fallait bien que je commence quelque part. Et si je commençais par la fille de la réception ? Je ressentais de la sympathie pour elle. Je sentais que le courant passait entre nous. Et il me semblait que si je voulais coucher avec elle, c'était possible. Mais que se passerait-il alors ? Où pourrais-je aller à partir de ça ? Je n'irais sans doute nulle part. Je ne ferais peut-être que me perdre davantage. Parce que je n'arrivais pas à saisir ce que je cherchais. Et tant que je ne saurais pas ce dont j'avais besoin, je ne ferais, comme disait mon ex-femme, que blesser mes différentes partenaires.

Je fis le tour du pâté de maison, puis décidai d'en faire un autre. La neige continuait à tomber tranquillement. Elle tombait sur mon manteau, hésitait un instant avant de disparaître. Tout en marchant, je continuais à mettre de l'ordre dans ma tête. Des gens me dépassaient, émergeant de l'obscurité nocturne en soufflant une haleine blanche. Le froid me tiraillait la peau, mais je continuais à tourner dans le sens des aiguilles d'une montre autour de mon pâté de maisons, en réfléchissant. L'avertissement de ma femme me collait à l'esprit comme une malédiction. Elle avait raison. Si je restais comme ça, je continuerais éternellement à blesser ceux qui entraient en relation avec moi et à les perdre, cela ne faisait aucun doute.

– Retourne dans la Lune, m'avait dit ma dernière girlfriend en partant.

Non, elle n'était pas partie. Elle était seulement revenue à ce gigantesque monde qu'elle nommait réalité.

Kiki, pensai-je. C'était elle qui devait être ma première prise pour escalader le mur. Mais son message s'était évanoui en fumée à mi-chemin.

Par où devais-je commencer ?

Je fermai les yeux et cherchai une réponse. Mais il n'y avait personne dans ma tête. Pas d'homme-mouton, pas de mouettes, pas de singe gris. C'était vide. Il n'y avait que moi, assis seul dans cette pièce vide. Personne ne me répondait. Et je vieillissais dans cette pièce vide, je me desséchais, m'exténuais. Je ne dansais plus. Quel triste spectacle !

Je n'arrivais pas à déchiffrer les noms des gares.

Réponse impossible pour cause de manque de données. Appuyez sur la touche « annulation ».

Mais la réponse vint le lendemain matin. Sans prévenir, comme d'habitude. Comme un coup sur la tête asséné par un singe gris.

14

Chose étrange – où peut-être n'y avait-il là rien de particulièrement étrange ? –, ce soir-là, je me mis au lit à minuit et m'endormis aussitôt profondément. Quand je me réveillai, il était huit heures du matin. C'est peut-être complètement fantaisiste comme horaires de sommeil, mais il était bel et bien huit heures du matin. Comme si j'avais fait un tour complet pour revenir au point de départ. Je me sentais de bonne humeur. J'avais faim. Je me rendis donc une fois de plus au Dunkin'Donuts où je bus deux tasses de café, mangeai deux beignets, après quoi j'errai sans but dans la ville. Les rues étaient verglacées, une neige légère continuait à tomber comme une averse de plumes. Le ciel était toujours couvert de nuages d'un bout à l'autre. On ne pouvait pas dire que c'était un temps idéal pour les promenades. Mais marcher ainsi dans la ville me détendait l'esprit. Le sentiment de douloureuse oppression que j'avais ressenti jusque-là avait disparu, remplacé par la sensation plaisante du froid vif sur ma peau. Que se passait-il donc ? me demandais-je, étonné, en marchant. Pourquoi me sentais-je d'aussi bonne humeur alors que je n'avais encore rien résolu ?

Après m'être baladé environ une heure, je rentrai à l'hôtel et aperçus derrière le comptoir la réceptionniste à lunettes. Il y avait une autre employée à côté d'elle, mais elle était occupée avec des clients. Quant à elle, le combiné coincé contre l'oreille, tournant inconsciemment un stylo entre ses doigts, un sourire professionnel aux lèvres, elle répondait au téléphone. En la voyant comme ça, je ne sais pourquoi, j'eus envie de lui parler. De n'importe quoi, comme ça. J'avais déjà trouvé un sujet de conversation idiot et anodin. Je m'approchai d'elle et attendis en silence qu'elle ait terminé son coup de fil. Elle me jeta un coup d'œil méfiant, mais le sourire attrayant conforme au manuel de l'employée modèle ne s'effaça pas de son visage.

– Puis-je vous être utile ? me demanda-t-elle poliment après avoir reposé le téléphone.

Je toussotai.

– En fait, l'autre soir, j'ai entendu parler de deux jeunes filles qui avaient été dévorées par un crocodile à l'école de natation, près d'ici, et je me demandais si c'était vrai ? lui dis-je de mon air le plus sérieux, débitant le premier mensonge qui me venait à l'esprit.

– Eh, bien, je ne saurais vous dire, répondit-elle toujours sans se départir de son sourire professionnel, qui la faisait ressembler à une magnifique fleur artificielle.

Mais en regardant ses yeux, je compris qu'elle était en colère. Ses joues avaient rosi, il me semblait que son nez s'était raidi.

« Je n'ai jamais entendu parler d'une chose pareille. Veuillez m'excuser, mais ne serait-ce pas vous qui faites erreur, monsieur ?

– Un crocodile énorme, gros comme un wagon, aux dires de ceux qui l'ont vu. Il paraît qu'il a surgi tout à coup en brisant les verrières du plafond et qu'il n'a fait qu'une bouchée de ces deux jeunes filles. Il aurait dévoré la moitié d'un palmier en dessert avant de s'enfuir. Je me demande si on l'a attrapé. Parce que si ce n'est pas encore fait, sortir maintenant me paraît...

– Veuillez m'excuser, interrompit-elle sans changer d'expression. Que pensez-vous d'appeler vous-même la police pour leur poser la question ? Ça me paraît plus sûr. Ou encore, vous pouvez aller les voir directement, il y a un poste juste au bout de la rue à droite en sortant.

– D'accord, c'est ce que je vais faire. Merci beaucoup. Merci de votre aide.

– Je vous en prie, répondit-elle d'un air cool, en remontant ses lunettes.

Je regagnai ma chambre et au bout d'un moment le téléphone sonna : c'était elle.

– Qu'est-ce que ça veut dire ? dit-elle d'une voix blanche de colère. Je t'ai déjà dit de ne pas venir m'embêter pendant que je travaille, non ? Je déteste qu'on fasse ce genre de blagues quand je travaille.

– Je suis désolé, dis-je en m'excusant platement. J'avais envie de te parler, quitte à dire n'importe quoi. J'avais envie d'entendre ta voix. C'était peut-être une blague idiote, mais le problème n'est pas le contenu de ce que je t'ai dit. Je voulais juste te parler, je ne pensais pas te déranger particulièrement.

– Ça me rend nerveuse. Je croyais te l'avoir déjà dit. Je suis extrêmement tendue quand je travaille. C'est pour ça que je ne veux pas être dérangée. Tu avais pourtant promis de ne pas me regarder fixement.

– Je ne t'ai pas regardée fixement, je t'ai juste adressé la parole.

– Alors ne m'adresse plus la parole comme ça désormais, s'il te plaît.

– Je te le promets. Je ne te parlerai plus. Je ne te regarderai plus et je ne te parlerai plus. Je serai silencieux comme un roc. À propos, tu es libre ce soir ? Ou bien c'est le jour de ton cours d'escalade ?

– Mon cours d'escalade ? fit-elle, puis elle soupira. C'est une blague, hein ?

– Oui, c'est une blague.

– Parfois j'ai du mal à suivre ce genre de plaisanteries. Cours d'escalade ! Ah ah ah !

Elle avait dit ah ah ah d'un ton plat et sec comme si elle lisait ces mots écrits sur un mur. Sur ce, elle raccrocha.

J'attendis une demi-heure devant le téléphone, mais il ne sonna pas. Elle était fâchée. Parfois mon sens de l'humour échappe complètement à mes interlocuteurs.

Tout comme mon sérieux d'ailleurs. Faute de meilleure idée, je décidai de ressortir me balader un moment. Si tout allait bien, je tomberais peut-être sur quelque chose. J'arriverais peut-être à découvrir quelque chose de nouveau. Il valait mieux bouger que de rester à ne rien faire. Il fallait tenter quelque chose. Que la force soit avec moi.

Je marchai une heure mais ne découvris rien, à part qu'il faisait froid. Il neigeait toujours. À midi j'entrai dans un Mc Donald, mangeai un cheese-burger et des frites, bus un Coca. Je ne suis absolument pas enclin à manger dans les fast-food mais je ne sais pourquoi de temps à autre j'y mange quand même. Peut-être que mon corps est structuré de manière à réclamer périodiquement une petite dose de fast-food.

Je ressortis du Mc Donald et marchai encore une demi-heure. Il ne se passait rien. Seule la neige augmentait d'intensité. Je remontai la fermeture Éclair de mon manteau le plus haut possible, enroulai mon écharpe sous mon nez. Mais j'avais quand même froid, et terriblement envie de pisser. Dire que j'avais bu du Coca, avec un froid pareil ! J'inspectai les environs en me demandant s'il n'y avait pas des toilettes quelque part. J'aperçus un cinéma de l'autre côté de la rue. Un cinéma plutôt minable, mais il devait bien y avoir des toilettes à l'intérieur. Et ce ne serait pas si mal de me réchauffer en jetant un coup d'œil au film après. J'avais trop de temps devant moi de toute façon. Je regardai les affiches pour voir ce qu'ils jouaient. Il y avait deux films japonais à la suite, et l'un d'eux était *Amour sans espoir*, celui où jouait mon ancien camarade de classe. Allons bon !

Après avoir longuement uriné, je pris un café brûlant dans une machine automatique, et entrai dans la salle mon gobelet à la main. C'était vide, ainsi que je le pensais, mais au moins il faisait chaud. Je m'assis et regardai le film en buvant mon café. Cela faisait déjà une demi-heure que c'était commencé, mais cela n'avait pas tellement d'importance, on pouvait se passer du début pour comprendre l'intrigue, d'une éclatante limpidité. Comme je l'avais imaginé, mon ami jouait un beau professeur de sciences aux longues jambes. L'héroïne était amoureuse de lui. Amoureuse à en tomber évanouie dès qu'elle l'apercevait, comme d'habitude. Et il y avait aussi un garçon qui faisait partie de l'équipe de kendo qui était amoureux d'elle. Un truc du style *déjà vu*[1]. Même moi j'aurais pu faire un film pareil. Le vrai nom de mon ami était Ryôichi Gotanda, mais évidemment il avait un pseudonyme bien ronflant pour le cinéma. (Ryôichi Gotanda n'étant malheureusement pas un nom à attirer la sympathie des jeunes filles.) Pour une fois, il avait un rôle un peu plus complexe que d'habitude. Non seulement il était beau et bien élevé, mais en plus il portait en lui une douloureuse blessure du passé. Un blessure assez banale : il avait mis sa petite amie enceinte à l'époque où il trempait dans des mouvements étudiants, ou quelque chose dans ce goût-là, mais c'était mieux que rien. De temps en temps ces souvenirs venaient l'interpeller maladroitement, et il y avait même quelques flash-backs avec de véritables extraits d'actualités de l'époque.

Toujours est-il que Gotanda jouait son rôle en supportant bravement sa blessure secrète. Il jouait même de son mieux. Mais le film était nul, le metteur en scène dénué de tout talent, la moitié des répliques d'une puérilité honteuse. Des scènes époustouflantes de bêtise se succédaient interminablement. Il y avait sans arrêt des gros plans sur le visage de l'héroïne sans aucune raison, si bien que Gotanda avait beau s'évertuer à jouer son rôle le mieux possible, il parvenait seulement à surnager au milieu de la débâcle générale. J'avais de la peine pour lui, il faisait mal à regarder. Mais en y réfléchissant il me semblait qu'il avait toujours eu une vie qui faisait mal à regarder, en un sens.

À un moment il y eut une scène d'amour. Un dimanche matin, l'héroïne se rendait chez Gotanda, sous prétexte

1. En français dans le texte.

de lui amener des petits gâteaux qu'elle avait préparés ou quelque chose comme ça, et elle le trouvait au lit avec une fille. Tiens, tiens, c'était exactement la scène que j'avais imaginée ! Comme prévu, même au lit Gotanda était doux et prévenant. S'ensuivait une scène de sexe propre et bien élevé. Des aisselles qui avaient l'air de sentir très bon, des cheveux savamment emmêlés par l'amour. Il caressait le dos nu d'une femme. La caméra pivota brusquement pour filmer le visage de la fille.

Déjà vu ! Je retins mon souffle. C'était Kiki. Je sentis mon corps se tétaniser sur le fauteuil. Derrière moi une bouteille roula bruyamment par terre. C'était Kiki. Comme dans cette scène que j'avais imaginée dans le couloir, dans le noir. Kiki couchait pour de bon avec Gotanda.

Je suis connecté, me dis-je.

@ @ @ @

C'était la seule scène où Kiki apparaissait. Ce dimanche matin où elle couchait avec Gotanda. C'était tout. Il l'avait draguée quelque part le samedi soir à un moment où il était soûl, et l'avait ramenée chez lui. Et le matin il avait fait l'amour encore une fois avec elle. C'est là qu'arrivait son étudiante, l'héroïne du film. Malchance, la porte n'était pas fermée à clé. Dans la scène, Kiki avait une unique réplique : « Non mais qu'est-ce qui te prend ? » disait-elle à Gotanda ébahi, après que son étudiante, choquée par ce qu'elle venait de voir, se fut enfuie en courant. Une réplique horriblement vulgaire. Mais c'était les seuls mots qu'elle prononçait.

« Non mais qu'est-ce qui te prend ? »

Était-ce vraiment la voix de Kiki ? Je n'avais aucune certitude. Je ne me rappelai pas sa voix si nettement que ça, et puis le haut-parleur du cinéma avait un son affreux. Mais je me rappelais nettement de son corps. La forme de son dos, sa nuque, ses seins lisses, c'était bien Kiki telle que dans mon souvenir. Figé sur place, je regardais fixement l'écran. La scène durait cinq ou six minutes.

Gotanda la prenait dans ses bras, la caressait, et elle fermait les yeux d'un air extatique, les lèvres légèrement tremblantes. Elle poussait de petits soupirs. Je n'arrivais pas à décider si elle jouait vraiment la comédie ou pas. Elle faisait sans doute semblant. C'était un film après tout. J'étais assez confus. Parce que si jamais elle ne jouait pas la comédie, cela voulait dire qu'elle prenait réellement du plaisir dans les bras de Gotanda, et si elle jouait la comédie, cela entrait en totale contradiction avec la conscience que j'avais de son existence. Elle n'était pas censée jouer ce genre de rôle au cinéma ! De toute façon, j'étais violemment jaloux de ce film.

Jaloux d'une piscine, et maintenant d'un film. J'étais jaloux de beaucoup de choses ces derniers temps. Était-ce bon signe ? L'héroïne ouvrait la porte, les voyait tous les deux nus, enlacés. Elle retenait son souffle sous le choc, fermait les yeux, puis partait en courant, laissant Gotanda bouche bée. Kiki disait : « Non mais qu'est-ce qui te prend ? » Gros plan sur le visage stupéfait de Gotanda qui se brouille et disparaît. Fondu enchaîné.

C'était le seul moment du film où Kiki apparaissait. Je regardai fixement et attentivement tout le reste du film sans me préoccuper de l'intrigue, mais Kiki ne réapparut pas. Elle avait rencontré Gotanda quelque part, couchait avec lui, apparaissant dans une seule et unique scène de sa vie avant de disparaître définitivement. Voilà le genre de rôle qu'elle avait. Un peu le rôle qu'elle avait joué dans ma vie, en somme. Elle était apparue, était montée sur scène un moment avant de disparaître à nouveau.

Le film terminé, la lumière revint dans la salle. On entendit de la musique mais, immuablement figé sur mon siège, je restai à regarder fixement l'écran blanc. Je me demandais si c'était ça, la réalité. Un fois le film fini, on pouvait penser qu'il n'avait jamais existé. Que faisait Kiki dans ce film ? Et avec Gotanda en plus. C'était ridicule. Je m'étais sûrement trompé d'aiguillage. Je m'étais trompé de voie. La réalité et mon imagination avaient dû s'emmêler quelque part, je ne voyais pas d'autre solution.

Je sortis du cinéma et arpentai les environs un moment. Je n'arrêtais pas de penser à Kiki.

« Non mais qu'est-ce qui te prend ? » continuait-elle à murmurer à mon oreille.

Non mais qu'est-ce qui me prenait ?

Mais c'était bien Kiki. C'était elle sans erreur possible. Elle avait les mêmes expressions dans mes bras, ses lèvres tremblaient comme ça, elle poussait les mêmes soupirs. Ce n'était pas de la comédie. C'était vraiment comme ça. Pourtant là il s'agissait d'un film.

Je ne comprenais plus.

Plus le temps passait, moins j'arrivais à croire mes souvenirs. C'était peut-être seulement une illusion.

Une heure et demie plus tard, je retournai au cinéma revoir *Amour sans espoir*. Un dimanche matin Gotanda était au lit, une fille dans les bras, vue de dos. La caméra tournait, on voyait enfin son visage, et c'était Kiki. Sans erreur possible. L'héroïne entrait, retenait son souffle, fermait les yeux, partait en courant. Gotanda restait stupéfait. Kiki disait : « Non mais qu'est-ce qui te prend ? » Fin de la scène.

La même chose se répétait exactement.

Pourtant, une fois le film fini, à nouveau je n'arrivais pas à y croire. Je me disais qu'il y avait une erreur quelque part. Pourquoi Kiki aurait-elle couché avec Gotanda ?

Le lendemain je retournai au cinéma et, figé sur mon siège, revis une fois de plus *Amour sans espoir*. Terriblement énervé, j'attendais sans bouger que la scène avec Kiki arrive. Enfin elle arriva. Un dimanche matin Gotanda était au lit, une fille dans les bras, vue de dos. La caméra tournait, on voyait enfin son visage, et c'était Kiki. Sans erreur possible. L'héroïne entrait, retenait son souffle, fermait les yeux, partait en courant. Gotanda restait stupéfait. Kiki disait : « Non mais qu'est-ce qui te prend ? » Fin de la scène.

Je soupirai dans le noir.

OK, c'est bien la réalité. Pas d'erreur possible. **J'étais connecté.**

15

Enfoncé dans mon fauteuil de cinéma, doigts croisés juste sous le nez, je me répétais indéfiniment la même question : qu'est-ce que je dois faire ?

Toujours cette question. Mais il fallait que je réfléchisse lentement, calmement. Il fallait que je remette mes idées en ordre pour savoir ce que je devais faire.

Réparer le désordre dans les connexions.

Quelque chose s'était déréglé, c'était sûr. Pas d'erreur possible. Kiki, Gotanda et moi, on était inextricablement liés. je n'avais pas la moindre idée de comment les choses en étaient arrivées là, mais c'était ainsi. Il fallait démêler tout ça. Me retrouver moi-même en retrouvant la réalité. Ou bien peut-être que ce n'était pas un dérèglement des connexions, mais de nouvelles connexions sans rapport les unes avec les autres qui surgissaient en permanence. Quoi qu'il en soit, je n'avais pas d'autre choix que de suivre cette ligne. La suivre lentement en faisant attention à ne pas couper le fil. C'était le seul indice que j'avais. Il fallait que je bouge de toute façon. Ne pas m'arrêter. Continuer à danser. Danser afin que tout le monde admire ma virtuosité.

Danse, avait dit l'homme-mouton.

Danse, fit ma pensée en écho.

Je vais rentrer à Tokyo, me dis-je. Ça ne sert à rien de rester davantage ici. J'avais atteint le but que je m'étais fixé en venant à l'hôtel du Dauphin. Je remontai la fermeture Éclair de mon manteau, mis mes gants, mon chapeau, enroulai mon écharpe jusque sous mon nez, et sortis du cinéma. La neige tombait de plus en plus violemment, on ne voyait presque plus devant soi. Toute la ville paraissait désespérément congelée, comme un cadavre à la morgue.

Je rentrai à l'hôtel et appelai le bureau de la compagnie aérienne pour réserver un aller simple pour Tokyo, le plus tôt possible dans l'après-midi.

– Il se peut que le vol soit retardé, avancé, ou même annulé, à cause de la tempête de neige, cela ne vous gêne pas ? me demanda la fille des réservations.

Je lui dis que ça m'était égal. J'avais décidé de rentrer et voulais rentrer au plus tôt. Je fis mes bagages, descendis payer ma note. Puis j'allais à la réception et fis venir la fille aux lunettes du côté du panneau « location de voitures ».

– Il faut que je rentre tout de suite à Tokyo, lui dis-je.

– Merci beaucoup. Nous espérons avoir à nouveau votre visite, répondit-elle en arborant un large sourire professionnel.

Ça l'avait peut-être un peu blessée que je reparte brusquement comme ça sans l'avoir prévenue. Elle était sensible.

– Je reviendrai bientôt, tu sais. On dînera tranquillement tous les deux à ce moment-là et on parlera de pleins de choses, d'accord ? J'ai pas mal de choses à te dire. Mais pour le moment, il faut que je regagne Tokyo, j'ai plein de choses à régler là-bas. Réflexion progressive. Position positive. Point de vue global. Voilà ce qui m'attend. Quand ça sera fini je reviendrai. Je ne sais pas combien de mois ça va prendre, mais je reviendrai, c'est sûr. Parce que de toute façon, ici, pour moi, c'est... enfin, il me semble que c'est un endroit particulier pour moi. C'est pour ça que je reviendrai, tôt ou tard.

– Mmh mmh, fit-elle d'un ton plutôt de dénégation.

– Mmh mmh, fis-je d'un ton plutôt affirmatif. Ce que je te dis doit te paraître idiot...

– Pas du tout, répondit-elle d'un air inexpressif. C'est juste que je ne peux pas penser à quelque chose qui doit se produire dans plusieurs mois d'ici.

– Je pense que ça sera dans moins longtemps que ça. Nous nous reverrons toi et moi parce que nous avons un je ne sais quoi de commun, dis-je comme pour la convaincre. Mais elle n'avait toujours pas l'air convaincue. Tu ne le ressens pas ? demandai-je pour voir.

Elle se contenta de tapoter la table du bout de son stylo sans répondre à ma question.

– Tu ne rentrerais pas par le prochain avion par hasard ? fit-elle.

– Oui, c'est ce que j'ai l'intention de faire, s'il veut bien décoller. Mais avec le temps qu'il fait, rien n'est moins sûr.

– Alors j'aurais quelque chose à te demander. Tu veux bien ?

– Évidemment.

– Il y a une fillette de treize ans qui doit rentrer seule à Tokyo. Sa mère a eu un truc urgent à faire et est partie je ne sais où avant elle. Elle a laissé sa fille seule ici à l'hôtel. Tu ne voudrais pas l'accompagner jusqu'à Tokyo ? Elle a pas mal de bagages et cela m'inquiète de la laisser prendre l'avion seule.

– Je ne comprends pas très bien, fis-je. Pourquoi une mère laisserait-elle sa fille toute seule pour aller je ne sais où ? C'est complètement absurde, non ?

Elle haussa les épaules.

– Mais cette femme est absurde. C'est une photographe célèbre, et elle est bizarre. Quand l'idée lui prend, elle part brusquement où ça lui chante. En oubliant complètement sa fille. Tu sais, comme c'est une artiste, quand elle a une idée, elle ne pense plus qu'à ça, le reste passe après. Elle s'est souvenue de sa fille après son départ et elle nous a téléphoné pour nous demander de la mettre dans un avion et de la renvoyer à Tokyo parce qu'elle l'avait oubliée chez nous.

– Elle ne ferait pas mieux de venir la chercher elle-même ?

– Elle dit qu'elle doit rester encore une semaine à Katmandou pour son travail. En plus elle est célèbre, c'est une cliente qu'on soigne particulièrement, on ne peut pas lui répondre brutalement de venir chercher sa fille elle-même. D'après la mère, si on se charge de l'amener à l'aéroport, après la gamine est capable de rentrer chez elle toute seule mais on ne peut pas faire ça, n'est-ce pas ? On culpabiliserait s'il lui arrivait quoi que ce soit. Et aussi il y aurait un problème de responsabilité légale.

– Bon bon bon, fis-je.

Une idée me vint à l'esprit et j'ajoutai :

« Dis-moi, cette gamine, elle n'aurait pas les cheveux longs, un sweat-shirt avec un nom de groupe de rock imprimé, et des écouteurs sur les oreilles en permanence ?

– Eh bien alors, tu la connais ?

– Bon, bon, bon, fis-je.

@ @ @ @

Elle appela la compagnie aérienne pour réserver une place pour la fillette sur le même vol que moi. Puis elle téléphona dans la chambre de l'enfant, la pria de faire tout de suite ses bagages et de descendre dans le hall, parce qu'elle avait trouvé quelqu'un pour l'accompagner. « Ça ira, c'est quelqu'un que tu connais et qui est très correct », ajouta-t-elle. Elle envoya un garçon d'étage prendre les bagages dans la chambre. Ensuite elle appela le service de limousine de l'hôtel. Elle était rapide et efficace. Je lui dis qu'elle était très habile dans son travail.

– Je te l'ai déjà dit, j'aime mon métier. Ça me correspond bien.

– Mais tu te vexes facilement quand on te fait des blagues, fis-je.

Elle tapota le comptoir avec son stylo.

– Ça, c'est différent. Je n'aime pas beaucoup qu'on fasse des plaisanteries ou qu'on se moque de moi. J'ai toujours été comme ça. Quand on plaisante avec moi, ça me rend extrêmement nerveuse.

– Tu sais, je n'avais absolument pas l'intention de t'énerver. Au contraire, quand je plaisante c'est pour mettre les gens à l'aise. Ce sont peut-être des blagues idiotes, mais je fais des efforts à ma façon pour être le plus drôle possible. Évidemment, par moments, ça n'amuse pas autant les gens que je l'aurais cru. Mais je fais ça sans mauvaise intention. Je ne voulais absolument pas me moquer de toi. Je fais des plaisanteries parce que c'est indispensable à mon équilibre.

Elle me dévisagea en serrant un peu les lèvres. Elle me regardait comme on regarde du haut d'une colline un paysage qui a subi une inondation. Puis elle fit un bruit étranglé, entre le soupir et l'éternuement.

– À propos, fit-elle, tu n'aurais pas une carte de visite, avec tes coordonnées ? Par respect des convenances, puisque nous te confions la fille de cette dame.

– Par respect des convenances, marmonnai-je en sortant de mon portefeuille une carte que je lui tendis.

Eh oui, même moi j'avais des cartes de visite. Autrefois au moins une douzaine de personnes m'avaient avisé de l'utilité d'en avoir toujours sur soi. Elle regardait en ce moment la mienne comme elle aurait regardé un torchon.

– Et toi, à propos, comment tu t'appelles ? demandai-je.

– Je te le dirai la prochaine fois que nous nous verrons, dit-elle. Puis elle effleura sa monture de lunettes de son majeur. Si on se revoit...

– Bien sûr qu'on se reverra, fis-je.

Elle eut un sourire léger et serein comme la lune nouvelle.

Dix minutes plus tard, la fillette descendait dans le hall d'entrée en compagnie du garçon d'étage. Il portait à la main une énorme Samsonite. Cette valise était si grosse qu'elle aurait pu contenir un berger allemand debout. C'était sûr, il était impossible de faire voyager seule une fillette de treize ans avec un bagage de cette taille. Ce jour-là elle portait un sweat-shirt dont l'inscription annonçait *Talking Heads*, un jean serré et des bottines, avec par-dessus le tout un manteau de fourrure qui avait l'air de qualité supérieure. En la voyant, je fus frappé comme la première fois par son étrange beauté transparente. Une grâce délicate qui paraissait prête à s'évanouir le lendemain même. Mais il me semblait que la vue de sa beauté délicate pouvait déstabiliser celui qui l'admirait. *Talking Heads*, têtes qui parlent. Ce n'était pas mal pour un nom de groupe. On aurait dit une expression tirée d'un roman de Kerouac.

« Une tête parlante buvait de la bière à côté de moi. J'avais une terrible envie de pisser. Je vais pisser et je reviens dis-je à la tête parlante... »

Ce bon vieux Kerouac. Je me demandai ce qu'il était devenu.

La fillette me regarda. Cette fois elle ne me souriait pas. Les sourcils froncés, son regard allait de la fille aux lunettes à moi.

– Ça ira. Il n'est pas méchant, tu sais, fit celle-ci.

– Pas aussi méchant qu'il en a l'air, ajoutai-je.

La fillette me regarda à nouveau. Puis elle secoua la tête d'un air de dire, bah, on n'y peut rien s'il est comme ça, ce n'est pas le moment de faire la difficile.

– Ne t'inquiète pas, ça ira, lui dit la réceptionniste. Tonton aime bien plaisanter, mais il dit aussi des choses intelligentes, et puis il est gentil avec les demoiselles. Et c'est un ami à moi. Alors tu vois, tu n'as pas à t'inquiéter.

– Tonton ? fis-je d'un air stupéfait. Non mais, je ne suis pas encore un tonton, j'ai trente-quatre ans. Tonton ? Quelle horreur !

Mais personne n'écoutait mes protestations. La réceptionniste avait pris la main de la fillette et se dirigeait à grands pas vers la limousine garée devant l'entrée. Le garçon d'étage avait déjà rangé la Samsonite dans le coffre de la voiture. Je leur emboîtai le pas, mon sac à la main. Tonton ? Quelle horreur !

La fillette et moi étions seuls dans la navette pour l'aéroport. Il faisait trop mauvais pour prendre l'avion. Sur la route, on ne voyait de tous côtés que neige et glace. On se serait cru au pôle Nord.

– Comment tu t'appelles ? lui demandai-je.

Elle me regarda fixement, secoua légèrement la tête puis elle inspecta les alentours comme si elle cherchait quelque chose dans le paysage. Mais il n'y avait que de la neige à l'horizon.

– Yuki [1], fit-elle.

– Yuki ?

– Oui, c'est mon nom. Yuki.

Puis elle sortit son baladeur de sa poche et se plongea dans son univers musical personnel. Jusqu'à l'aéroport, elle ne m'adressa plus le moindre regard.

Quelle horreur, me dis-je. Je ne compris que par la suite que Yuki était son vrai nom. Mais à ce moment-là je m'imaginais que c'était un surnom qu'elle venait de s'inventer en regardant le paysage. Je me sentais un peu vexé. De temps en temps elle sortait un chewing-gum de sa poche et le fourrait dans sa bouche, sans faire mine de m'en proposer un. Je n'avais aucune envie de mâcher du chewing-gum, mais elle aurait pu m'en proposer un par politesse. Tout à coup j'eus l'impression d'être un vieux schnock. N'ayant rien de mieux à faire, je m'enfonçai dans mon siège et fermai les yeux en songeant au passé. À l'époque où j'avais eu son âge. À cette époque, je collectionnais les disques de rock. Des 45 tours. *Hit the road Jack* de Ray Charles, *Travellin'Man* de Ricky Nelson, *All alone am I* de Brenda Lee, j'avais au moins une centaine de singles de ce genre. Je les écoutais tous les jours jusqu'à savoir les paroles par cœur. Ça peut paraître incroyable, mais aujourd'hui encore je me rappelle les paroles. Si j'essayais de chanter à nouveau ces tubes, leurs paroles absurdes me revenaient toutes seules. La puissance des souvenirs de jeunesse, quand même ! On se rappelle avec une incroyable netteté des détails complètement inutiles.

And the China doll
down in old Hongkong
waits for my return

1. *Yuki* signifie « neige » en japonais.

Les chansons des Talking Heads étaient sûrement très différentes. Les temps changent. *Tiiiimes they are a-chaaangin'...*

@ @ @ @

Je laissai Yuki seule dans la salle d'attente, allai au comptoir prendre nos billets. Je payai les deux avec ma carte de crédit, dans l'intention de calculer après combien elle me devait. Il restait une heure avant le décollage, mais il se pouvait que l'avion ait davantage de retard, me dit l'employée. « Écoutez bien les annonces, on vous indiquera l'heure exacte de décollage, dit-elle. En tout cas pour l'instant la visibilité est trop mauvaise. »

– Vous croyez que le temps va s'arranger ? demandai-je.

– C'est ce que dit la météo, mais on ne sait pas combien de temps ça va prendre, répondit-elle d'un air écœuré.

Elle avait déjà dû répéter la même phrase au moins deux cents fois. N'importe qui serait écœuré à ce compte-là.

Je retournai auprès de Yuki, et lui expliquai que l'avion aurait sûrement du retard à cause de la neige. Elle me regarda sans répondre, bien que ses traits aient esquissé une moue signifiant « Humm ».

– Il vaut mieux attendre pour enregistrer les bagages, on ne sait même pas si on va pouvoir partir, et c'est compliqué de les récupérer une fois qu'ils sont enregistrés.

Comme tu veux, semblait dire son expression. Mais elle ne parlait toujours pas.

– Il ne nous reste qu'à attendre ici. Ce n'est pas très drôle comme endroit, mais on n'a guère le choix. À propos, tu as déjeuné ?

Elle hocha la tête.

– Tu n'irais pas au café avec moi ? Tu n'as pas envie de boire quelque chose ? Du café, du chocolat, du thé, un jus de fruits, je ne sais pas, moi ?

Bof, pourquoi pas ? semblait dire son visage. Elle avait vraiment des traits expressifs.

– Bon, alors allons-y, dis-je en me levant.

Je poussai sa Samsonite jusqu'au café. Il était noir de monde. Tous les vols avaient dû être retardés, les passagers en attente avaient tous des mines fatiguées. Je commandai un café et un sandwich en guise de déjeuner, et Yuki but un chocolat chaud.

– Combien de temps as-tu passé dans cet hôtel ? lui demandai-je.

– Dix jours, répondit-elle après avoir un instant de réflexion.

– Quand est-ce que ta mère est partie ?

Elle regarda un moment la neige derrière la fenêtre, puis répondit :

– Il y a trois jours.

On aurait dit qu'elle faisait ses premiers pas en cours de conversation anglaise.

– C'est les vacances de printemps à l'école ?

– Je ne vais pas à l'école, laisse tomber, fit-elle, puis elle sortit son baladeur de sa poche et se plaqua les écouteurs sur les oreilles.

Je bus le reste de mon café en lisant le journal. Ces derniers temps je n'avais pas beaucoup de succès avec les filles, et je me demandais pourquoi. Simple question de chance, ou bien y avait-il une raison plus fondamentale ? Je conclus que je ne devais pas avoir de chance en ce moment. Quand j'eus fini mon journal, je sortis *Le Bruit et la Fureur* de Faulkner de mon sac. Si on lit les romans de Faulkner ou de Philip K. Dick quand on est fatigué nerveusement, on comprend très bien de quoi ça parle. Quand je suis dans un de ces moments je choisis invariablement un de ces deux auteurs. Je ne les lis jamais à d'autres moments. Pendant que je lisais, Yuki se leva une fois pour aller aux toilettes. Puis elle changea les piles de son baladeur. Au bout d'une demi-heure, il y eut une annonce. Le vol pour Haneda partirait avec quatre heures de retard. On attendait une amélioration du temps. Je soupirai. Allons bon, encore quatre heures ici !

Mais je n'y pouvais rien. On m'avait prévenu du risque dès le départ. Voyons les choses de façon plus positive, regardons de l'avant, me dis-je. *Power of positive thinking.* Au bout de cinq minutes de pensée positive, une brillante idée me vint. Peut-être que cela se passerait bien, et peut-être pas, mais en tout cas ça valait mieux que d'attendre encore quatre heures dans un endroit enfumé et bruyant. Priant Yuki de m'attendre un instant, je me rendis au bureau de location de voitures de l'aéroport. L'hôtesse me fit remplir immédiatement un formulaire, et m'alloua une Carolla Sprinter équipée d'une stéréo. On m'emmena en minibus jusqu'au garage, à dix minutes de là, et les clés de la voiture me furent confiées. Je pris le volant de la Carolla blanche aux pneus-neige flambant neufs, et retournai à l'aéroport. Je repassai au coffee-shop annoncer à Yuki que nous allions faire une balade en voiture pendant environ trois heures.

– Mais tu as vu ce qui tombe ? fit-elle d'un air stupéfait. On ne verra rien. Et puis où on va d'abord ?

– Nulle part, on va juste faire une balade. On pourra écouter la musique à fond. Je suis sûre que tu as envie d'écouter de la musique. Je t'en ferai écouter de la bonne. Sinon tu vas finir par t'abîmer les oreilles avec ce baladeur.

Elle secoua la tête d'un air de doute. Mais quand je me levai en disant : « Allons-y », elle ne se fit pas prier pour me suivre.

Je soulevai sa valise, la fourrai dans le coffre, puis conduisis lentement sur la route enneigée, sans but particulier. Elle sortit des cassettes de son sac à bandoulière, les mit dans le radio-cassette de la voiture, appuya sur le bouton. David Bowie chantait *China girl*. Puis Phil Collins. Starship. Tomas Dolby. Tom Petty and Heartbreakers. Hall and Oates. Thompson Twins. Iggy Pop. Banana Rahm. Le genre de musique qu'écoutent habituellement les teen-agers. Les Rolling Stones chantèrent *Going to a go-go*.

– Je connais ce morceau, dis-je à Yuki. Les Miracles le chantaient autrefois. Smokey Robinson et les Miracles. Quand j'avais quinze ou seize ans.

– Ah ? fit-elle d'un ton dénué d'intérêt.

– *Going to a go-go*, me mis-je à chanter avec les Stones.

Ensuite Paul Mc Cartney et Michael Jackson chantèrent *Say say say* en duo. Il n'y avait pas beaucoup de circulation. En fait il n'y avait pratiquement pas de voitures. Les essuie-glaces, à leur vitesse maximum, chassaient les flocons de neige avec un bruit mouillé. Il faisait chaud dans la voiture, le rock-and-roll était agréable à écouter. Même Duran Duran rendait un son agréable. Décontracté, chantant de temps à autre en accord avec la musique, je conduisais droit devant moi. Yuki avait l'air elle aussi de s'amuser un peu plus qu'avant. Quand sa cassette de quatre-vingt-dix minutes fut finie, elle regarda celle que j'avais empruntée au bureau de location de voitures.

– Qu'est-ce que c'est que ça ? fit-elle.

C'était une cassette du bon vieux temps, que j'avais écoutée pour passer le temps en retournant la chercher à l'aéroport.

– J'aimerais bien écouter ça, fit-elle.

– Je ne sais pas si ça te plaira, ce sont des vieux tubes, fis-je.

– Ça m'est égal, fit-elle. Ça fait dix jours que j'écoute la même chose.

Je mis la cassette dans l'appareil. Pour commencer Sam Cooke chanta *Wonderful World*. Une merveilleuse chanson. Sam Cooke, il était mort assassiné quand j'étais encore au collège. Buddy Holly, *Oh Boy*. Buddy Holly était mort lui aussi. Bobby Darin, *Beyond the sea*. Encore un qui était mort. Puis Elvis chanta *Hound Dog*. Elvis aussi était mort. D'overdose. Ils étaient tous morts. Ensuite Chuck Berry chanta *Sweet Little Sixteen*. Eddie Cochran : *Summertime Blues*. Everly Brothers : *Wake up little Susie*. Debout Susie !

Je chantais seulement quand je me rappelai les paroles.

–Tu t'en souviens bien, dis donc, fit Yuki, admirative.

–Oui. Moi aussi à ton âge j'adorais écouter du rock. J'étais collé à la radio tous les jours, tout mon argent de poche passait dans des disques. Je pensais qu'il n'y avait rien de plus merveilleux au monde que le rock. Ça me rendait heureux d'en écouter.

–Et maintenant ?

–Maintenant j'en écoute encore. Il y a des morceaux que j'aime bien. Mais je ne me les repasse pas au point de retenir des morceaux entiers par cœur. Ça ne m'émeut pas autant qu'autrefois.

–Pourquoi ?

–Je me demande.

–Dis-le-moi, fit Yuki.

–Sans doute parce que je sais qu'il n'y a pas beaucoup de vraiment bons morceaux. Il y en a très peu de vraiment bons. C'est comme ça pour tout. Les livres, les films, les concerts, il y en a toujours très peu de vraiment bons. Pour le rock aussi, c'est comme ça. Si tu écoutes la radio une heure entière, tu en entends à peine un de bon. Tout le reste, c'est du rebut de production de masse. Autrefois je ne réfléchissais pas sérieusement à ça. J'aimais tout ce que j'écoutais. J'étais jeune, j'avais le temps, et puis j'étais amoureux. N'importe quel truc sans intérêt, sans importance était prétexte à faire vibrer mon cœur. Tu comprends ?

–Un peu, fit Yuki.

Je fredonnais un moment en accord avec *Come go with me* de Del Vikings, qui passait juste à ce moment.

–Tu ne t'ennuies pas ? demandai-je.

–Non. C'est pas mal.

–C'est pas mal, hein.

–Et maintenant tu n'es plus amoureux ? demanda Yuki.

Je réfléchis sérieusement quelques instants.

–C'est une question difficile, fis-je. Et toi, il y a un garçon que tu aimes bien ?

– Non, fit-elle. Mais il y en a plein que je déteste.

– Je te comprends, dis-je.

– Je préfère écouter de la musique.

– Là aussi, je te comprends.

– Tu comprends vraiment ? demanda Yuki en me regardant d'un œil méfiant, les yeux rétrécis.

– Je comprends vraiment. « Tout le monde appelle ça la fuite, mais pourquoi pas ? Ma propre vie m'appartient, et ta propre vie t'appartient. Si tu sais avec certitude ce que tu veux, tu peux vivre comme ça te plaît. Les gens peuvent dire ce qu'ils veulent. Tous ces types peuvent bien mourir dévorés par des crocodiles. » C'est ce que je pensais quand j'avais ton âge. Je pense toujours comme ça d'ailleurs. Peut-être parce que je n'ai pas grandi, humainement parlant. Ou peut-être que j'ai toujours eu raison. Je ne sais pas encore. Je n'arrive pas à trouver la réponse.

Je conduisais en sifflotant un air de Jimmy Gilmar entre mes dents. À gauche de la route s'étendait une plaine toute blanche. « Un petit coffee-shop en bois, où l'expresso vous plaira... » Une bonne chanson ça, qui datait de 1964.

– Dis donc, fit Yuki, tu as l'air un peu bizarre. On doit te le dire souvent, non ?

– Nnnh nnnh, répondis-je sur un ton de dénégation.

– Tu es marié ?

– Je l'ai été.

– Divorcé ?

– Oui.

– Pourquoi ?

– Ma femme a pris la fuite.

– C'est vrai ?

– Oui. Elle a trouvé un autre type dont elle est tombée amoureuse et est partie je ne sais où avec lui.

– Je te plains, fit-elle.

– Merci, dis-je.

– Mais il me semble que je comprends ta femme.

– Comment ça ?

Elle haussa les épaules sans répondre. Je n'osai pas insister.

– Tu veux un chewing-gum ? demanda-t-elle.

– Non merci.

Petit à petit nos rapports s'amélioraient, et nous entonnâmes en chœur *Surfin'USA* avec les Beach Boys. Des phrases simples comme *« Inside Outside USA »,* c'était agréable. Nous chantâmes aussi ensemble le refrain de *Help me Rhonda.* Je n'étais plus un laissé-pour-compte, je n'étais plus un vieux schnock. Pendant ce temps la neige avait diminué d'intensité. Je retournai à l'aéroport, rendis les clés de la voiture. Puis j'enregistrai les bagages, et une demi-heure plus tard nous nous dirigions vers la porte d'embarquement. Finalement l'avion partit avec cinq heures de retard. Dès qu'il eut décollé, Yuki s'endormit. Son visage était merveilleusement beau quand elle dormait. Elle était belle comme une délicate sculpture faite dans une matière irréelle. Si quelqu'un appuyait trop fort dessus, elle allait peut-être se casser. Voilà le genre de beauté qu'elle avait. L'hôtesse de l'air vint nous apporter des jus de fruits, et parut éblouie à la vue de Yuki. Puis elle se tourna vers moi en souriant. Je lui rendis son sourire et commandai un gin-tonic. Puis je pensais à Kiki. Je revivais sans cesse en esprit la scène où on la voyait au lit dans les bras de Gotanda. La caméra pivotait. C'était Kiki ! « Non mais qu'est-ce qui te prend ? »

Non mais qu'est-ce qui te prend ? faisait ma pensée en écho.

16

Après avoir récupéré nos bagages à l'aéroport d'Haneda, je demandai à Yuki où elle habitait.

– À Hakone, répondit-elle.

– C'est plutôt loin, fis-je.

Il était huit heures du soir passées, et même en taxi ça paraissait un peu compliqué de regagner Hakone maintenant.

– Tu ne connais personne à Tokyo ? Des parents, des amis proches ?

– Non, personne de ce genre, mais on a un appartement à Akasaka. Il est minuscule, mais maman l'utilise chaque fois qu'elle vient à Tokyo. Je peux dormir là-bas, il n'y a personne.

– Tu n'as pas de famille à part ta mère ?

– Non, fit-elle. Seulement moi et maman.

– Hmm, fis-je. Allons d'abord chez moi en taxi, je t'invite à dîner, et après le dîner, je te ramènerai en voiture à ton appartement d'Akasaka. Qu'est-ce que tu en dis ?

– Ça m'est égal, répondit-elle.

J'arrêtai un taxi et lui indiquai mon adresse à Shibuya. Puis je fis attendre Yuki dans l'entrée, entrai seul dans l'appartement, posai les bagages, changeai de vêtements. Abandonnant mon équipement pour les grands froids, j'enfilai un pantalon normal, un blouson de cuir normal et un pull normal. Puis je fis monter Yuki dans ma Subaru, et l'emmenai dîner dans un restaurant italien à un quart d'heure en voiture de chez moi. Je pris des raviolis et une salade, elle des spaghetti et des épinards. Puis je commandai une assiette de beignets de poisson que nous partageâmes. Le plat était copieux mais Yuki avait si faim qu'elle commanda encore un tiramisu en dessert, pendant que je buvais un expresso.

– C'était délicieux, fit-elle.

Je dis que s'il y avait une chose que je connaissais bien, c'était l'emplacement des bons restaurants. Puis je lui parlai de mon travail consistant à découvrir de bonnes adresses de restaurants.

Yuki m'écoutait en silence.

– C'est pour ça que je m'y connais, dis-je, c'est comme les cochons en France qui sont dressés à chercher des truffes en reniflant le sous-sol.

– Tu n'aimes pas ton travail ?

Je secouai la tête.

– Non, rien à faire, je ne m'y fais pas. Ce que je fais n'a aucun sens. Je découvre un bon restaurant, je le présente à tout le monde dans un magazine. Allez à tel endroit, choisissez tel plat. Mais pourquoi faudrait-il que les gens se déplacent exprès pour ça ? Ils n'ont qu'à goûter eux-mêmes et choisir ce qui leur plaît. Non ? Pourquoi faut-il dire aux gens ce qu'ils doivent manger ? Pourquoi faut-il leur apprendre même la façon de lire un menu et de choisir leurs plats ? Et en plus, dès qu'un restaurant est rendu célèbre par un article dans les journaux, la qualité de la cuisine et du service se mettent à baisser. C'est le cas pour neuf établissements sur dix. L'équilibre de l'offre et de la demande est détruit. À cause de gens comme moi. On découvre quelque chose, et après on le détruit systématiquement. On trouve quelque chose d'immaculé et on le rend plein de taches. Les gens appellent ça de l'information. On passe au peigne fin tous les espaces de la vie et de l'intimité des gens, et on appelle ça le raffinement de l'information. Ce genre de choses me dégoûte au plus haut point. Alors que je le fais moi-même.

De l'autre côté de la table, Yuki me regardait fixement. Comme un spécimen d'animal rare

– Mais tu le fais quand même ?

– C'est le boulot, dis-je, puis je me rappelai que mon interlocutrice n'était qu'une petite fille de treize ans.

Allons bon, qu'est-ce que je suis en train de raconter à cette gamine ?

– Allons-y, dis-je. Il est tard, je te ramène chez toi.

Une fois dans ma Subaru, Yuki ramassa une cassette qui avait roulé au fond de la voiture et la mit dans l'appareil. C'était un mélange de vieux tubes que j'avais enregistré. Je l'écoutais souvent quand je roulais seul. *Reach out I'll be there* par les Four Tops... Les rues étaient vides et nous arrivâmes à Akasaka en un rien de temps. Je demandai à Yuki l'adresse de l'appartement.

– Je n'ai pas envie de te le dire, fit-elle.

– Et pourquoi ça ?

– Parce que je n'ai pas envie de rentrer.

– Dis donc, tu sais qu'il est dix heures passées ? Ça a été une journée longue et difficile. Moi je suis claqué, j'ai envie de dormir.

Sur le siège à côté de moi, Yuki me regardait fixement. Moi je regardais la route, mais je sentais son regard fixé sur mon profil gauche. Un étrange regard, dépourvu de toute émotion mais qui me faisait battre le cœur. Après m'avoir fixé comme ça un moment, elle finit par détourner les yeux vers la fenêtre du côté opposé.

– Je n'ai pas sommeil. Si je rentre maintenant à l'appartement je vais me retrouver toute seule, et puis j'ai envie de me balader encore un peu dans ta voiture, en écoutant de la musique.

Je réfléchis un peu.

– D'accord, encore une heure. Mais après tu rentres dormir, ça marche ?

– Ça marche, dit Yuki.

Toujours en écoutant de la musique, nous fîmes un tour en voiture dans les rues de Tokyo. Je me disais : c'est parce qu'on fait ce genre de choses que l'air est pollué, la couche d'ozone détruite, les décibels trop nombreux, les gens stressés, les richesses souterraines épuisées. Yuki regardait distraitement le spectacle nocturne de la ville, en silence, la tête appuyée au dossier.

– Alors ta mère est à Katmandou, il paraît ? demandai-je.

– Oui, fit-elle d'une voix lasse.

– Tu vas être seule jusqu'à son retour ?

– Quand je serai rentrée à Hakone il y aura la vieille domestique avec moi.

– Hmm. Et ça arrive souvent ce genre de choses ?

– De m'oublier quelque part ? Ah oui, tout le temps. Elle ne pense qu'à ses photos. C'est sans mauvaise intention, mais elle est comme ça. Elle ne pense qu'à elle, quoi. Elle oublie mon existence. Comme elle oublierait son parapluie. Elle m'oublie tout simplement. Et elle s'en va toute seule quelque part, tout d'un coup. Si elle se dit qu'elle doit aller à Katmandou, elle ne pense plus qu'à ça. Évidemment, après, elle réfléchit à ce qu'elle a fait et elle me demande pardon, mais elle recommence tout de suite après. Sur un caprice, elle a voulu m'emmener avec elle dans le Hokkaido, c'était une bonne idée, mais une fois là-bas, j'ai passé presque toutes mes journées seule dans la chambre d'hôtel à écouter mon baladeur, elle, elle ne rentrait jamais, je devais même manger toute seule... Tant pis, moi je renonce. Cette fois elle a dit qu'elle serait de retour dans une semaine mais rien n'est moins sûr. Je ne sais pas où elle ira encore après Katmandou.

– Comment s'appelle ta mère ? demandai-je par curiosité.

Elle me dit son nom mais il m'était parfaitement inconnu. Je le lui dis.

– Elle a un autre nom pour le travail, dit Yuki. Son pseudonyme, c'est Ame [1]. C'est pour ça qu'elle m'a appelée Yuki. Tu ne trouves pas ça idiot ? Elle est comme ça, maman.

1. *Ame* (prononcer Amè) signifie « pluie » en japonais.

Je connaissais bien Ame. Tout le monde la connaissait. C'était une photographe extrêmement célèbre, mais on ne la voyait jamais dans les médias. Elle ne se montrait jamais en public. Personne ne connaissait son vrai nom. Elle ne faisait que ce qu'elle aimait comme travail. Elle était connue pour ses excentricités. Ses photos étaient frappantes, incisives. Je secouai la tête.

– Alors ton père, c'est ce fameux écrivain ? Hiraku Makimura, c'est bien ça ?

Yuki fronça les sourcils.

– Il n'est pas aussi nul qu'on le dit. Il n'a aucun talent, mais...

Autrefois j'avais lu quelques-uns des romans du père de Yuki. Les deux romans et le recueil de nouvelles qu'il avait publiés dans sa jeunesse n'étaient pas mauvais. Son style et son regard sur les choses avaient une certaine fraîcheur. Ses livres étaient devenus des best-sellers, et lui, le favori des cercles littéraires. On l'avait vu à la télé, dans différents magazines, il donnait son avis sur tous les phénomènes de société. Puis il avait épousé Ame, photographe débutante à l'époque. Ça avait été son apogée. Mais la chute avait été terrible. Sans aucune raison particulière, il s'était mis à écrire des nullités. Ses deux ou trois romans suivants étaient vraiment minables. Les critiques l'avaient violemment attaqué, ses livres ne s'étaient pas vendus. Puis Hiraku Makimura avait complètement changé de style. L'auteur de romans naïfs de jeunesse s'était métamorphosé en écrivain expérimental d'avant garde. La seule chose qui ne changeait pas, c'était le vide de ce qu'il écrivait. Même son style était devenu une horreur, on aurait dit des extraits de romans d'avant-garde français assemblés au petit bonheur. Quelques critiques sans un brin d'imagination, amateurs de ce genre de nouveautés, chantèrent ses louanges. Mais deux ans plus tard – s'étaient-ils lassés de ce nouveau style ? – les mêmes critiques avaient totalement cessé de parler de lui. Je ne sais comment ce genre de choses s'explique, mais son talent semblait s'être complètement épuisé après ses trois premiers romans. Pourtant il savait toujours tourner des phrases. C'est pourquoi on l'avait vu rôder autour des cercles littéraires, comme un chien castré qui vient renifler le derrière des chiennes simplement parce que sa mémoire garde des traces du passé. À cette époque, Ame et lui avaient déjà divorcé. Pour être exact, elle avait fait une croix sur son talent d'écrivain. Du moins était-ce l'opinion communément admise.

Mais Hiraku Makimura n'était pas encore fini. Il étendit son travail à un nouveau domaine, et se prétendit auteur de romans d'aventures. C'était au début des années 70. Adieu à l'avant-garde, place à l'action et à l'aventure. Il parcourut les régions inexplorées de la planète et écrivit à ce sujet. Il mangea du phoque avec les esquimaux, vécut avec les nomades en Afrique, fit des reportages sur les guérillas en Amérique du Sud. Puis il critiqua violemment les « écrivains ronds-de-cuir ». Au début ce n'était pas si mal, mais après dix ans de la même chose, le public se lassa (normal, me direz-vous). Sans compter qu'il ne reste plus tellement d'aventures possibles en ce monde. On n'est plus à l'époque de Livingstone ou d'Amundsen. Ses aventures avaient donc rétréci, tandis que ses phrases enflaient. En fait la plupart de ses « aventures » étaient orchestrées et menées avec cameraman, rédacteur en chef, accompagnateurs, etc. Quand la télé s'en mêlait, il partait accompagné d'une équipe d'au moins dix personnes, sans compter les sponsors. Il y avait toute une mise en scène. Plus le temps passait, plus les mises en scène augmentaient. Dans le métier, tout le monde était au courant.

Il n'était peut-être pas si nul que ça. Mais il n'avait aucun talent. Comme le disait sa propre fille.

Nous n'en dîmes pas plus au sujet de son écrivain de père. Elle ne semblait pas très désireuse de parler de lui, et moi pas davantage.

Nous écoutâmes un moment la musique en silence. Je serrais le volant en contemplant les feux arrière d'une

BMW devant moi. Yuki marquait le rythme de Solomon Back avec sa bottine, et regardait la ville.

– C'est une bonne voiture ça, fit-elle au bout d'un moment. Comment ça s'appelle ?

– Une Subaru d'occasion, ancien modèle. Il n'y a pas beaucoup de gens qui prennent la peine de me faire des compliments sur ma voiture.

– Je ne sais pas, mais on éprouve un sentiment d'intimité dedans.

– Oui, je crois que c'est parce que j'aime cette voiture.

– C'est pour ça qu'on se sent intime avec elle ?

– En harmonie, si tu veux.

– Je ne comprends pas très bien, fit Yuki.

– On se soutient mutuellement, moi et ma voiture. Elle m'accepte dans son espace. Je crois que je l'aime d'amour, cette voiture. C'est de là que vient l'atmosphère d'intimité. La voiture sent que je l'aime. Je me sens bien. Et la voiture aussi se sent bien.

– Comment une machine peut-elle se sentir bien ?

– C'est évident. Je ne sais pas comment, mais les machines se sentent bien, s'énervent. Je ne peux pas t'expliquer ça logiquement, mais je parle par expérience. Pas d'erreur possible.

– Tu l'aimes comme une personne ?

Je secouai la tête.

– Non, les gens ce n'est pas pareil. C'est un sentiment limité au cas de ma voiture. Les sentiments envers les humains, c'est différent. Le sentiment amoureux change toujours légèrement selon la personne à laquelle il s'adresse. Ça bouge, ça hésite, ça gonfle, ça disparaît, ça se renie, ça fait du mal. Dans la plupart des cas, on ne peut pas le contrôler consciemment. Non, ce que je ressens pour ma Subaru, c'est très différent.

Yuki réfléchit un moment.

– Tu ne t'entendais pas bien avec ta femme ?

– J'ai toujours cru qu'on s'entendait bien. Mais elle, elle ne le pensait pas. Différence de points de vue. C'est pour ça qu'elle est partie. Plutôt que de réviser nos différences de points de vue, elle a trouvé plus expéditif de partir avec un autre.

– Ça n'allait pas aussi bien qu'avec ta Subaru, hein ?

– Oui c'est ça, fis-je. (Allons bon, qu'est-ce qui te prend, c'est un sujet à aborder avec une fille de treize ans, ça ?)

– Dis-moi, qu'est-ce que tu penses de moi ? demanda Yuki.

– Je ne sais encore pratiquement rien de toi.

Elle contemplait à nouveau fixement mon profil gauche. J'allais bientôt avoir un trou dans la joue si elle continuait, tellement son regard était intense. Bon ça va, j'ai compris, me dis-je.

– Je pense que tu es sans doute la plus jolie fille avec laquelle je sois sorti jusqu'à présent, dis-je en regardant la route devant moi. Non, pas sans doute, c'est sûr, tu es la plus jolie. Si j'avais quinze ans, je tomberais amoureux de toi. Mais comme j'en ai trente-quatre, je ne peux pas tomber amoureux si facilement que ça. Je n'ai pas envie de devenir plus malheureux que je ne suis. Je préfère ma Subaru. Ça te va comme réponse ?

Cette fois Yuki me lança un regard plat, puis elle dit :

– Tu es bizarre.

Ça me donna vraiment l'impression d'avoir raté ma vie. Sans doute n'avait-elle aucune mauvaise intention. Mais quand c'était elle qui disait ça, les mots résonnaient fort en moi.

@ @ @ @

À onze heures cinquante, je repris la direction d'Akasaka.

Cette fois elle me donna l'adresse de l'appartement. Je me garai devant le petit immeuble de brique rouge qu'elle m'indiqua, dans une rue tranquille pas loin du sanctuaire de Yogi, coupai le moteur.

– À propos, pour l'argent, fit-elle tranquillement, en restant assise dans la voiture. Le billet d'avion, le restaurant, tout ça.

– Pour l'avion, ta mère pourra me rembourser à son retour. Quant au reste ne t'en fais pas, c'est pour moi. Quand j'invite une fille, je tiens à payer.

Yuki haussa les épaules sans répondre, ouvrit la portière, jeta le chewing-gum qu'elle mâchait dans un pot de fleurs voisin.

– Merci.

– De rien, fis-je.

Puis je sortis une carte de visite de mon portefeuille et la lui tendis.

« Donne ça à ta mère quand elle rentrera. Et d'ici là, téléphone si tu as un ennui quelconque. Si je peux faire quoi que ce soit pour t'aider, je le ferai.

Elle regarda un moment ma carte, puis la fourra dans une poche de son manteau.

– Drôle de nom, fit-elle.

J'enlevai sa lourde valise du siège arrière, puis la montai en ascenseur au troisième étage. Yuki sortit une clé de son sac et ouvrit la porte. Je déposai la valise dans l'appartement. C'était un petit deux-pièces avec coin cuisine-salle à manger, chambre et salle de bains. L'immeuble était neuf, l'appartement aussi impeccable qu'un appartement témoin. Meubles, vaisselle, appareils électriques, rien n'y manquait, et tout avait l'air luxueux et de qualité supérieure, mais on n'y sentait aucune vie. Comme si tout avait été acheté en trois jours sans lésiner sur le prix. Un appartement de bon goût. Mais avec un je ne sais quoi d'irréel.

– Maman ne se sert pas souvent de cet appartement, dit Yuki après avoir suivi mon regard. Elle a son studio-photo près d'ici, et elle vit pratiquement tout le temps dedans quand elle est à Tokyo. Elle dort là-bas, mange là-bas. Elle rentre seulement de temps en temps ici.

– Je vois, fis-je. Elle a une vie très occupée.

Elle enleva son manteau de fourrure, l'accrocha à un cintre, alluma le poêle à gaz. Puis elle sortit de je ne sais où un paquet de Virginia Slim et une pochette d'allumettes, mit une cigarette dans sa bouche, l'alluma tranquillement. Je désapprouve qu'une fille de treize ans fume, et s'abîme la peau et la santé. Mais quand elle fumait elle avait un charme qui m'empêchait de lui dire quoi que ce soit. Alors je me tus. Elle avait rétréci ses lèvres aux contours aigus, comme dessinés au couteau, pour maintenir la cigarette en place, avait lentement baissé ses longs cils touffus comme du feuillage pour l'allumer. La frange fine qui lui tombait sur le front ondula délicatement en accord avec ses gestes aériens. C'était parfait. Si j'avais quinze ans, je tomberais amoureux, me dis-je à nouveau. Un amour fatal comme une avalanche de printemps. Et ne sachant comment le lui avouer, j'aurais été terriblement malheureux. Elle me rappelait une fille que j'avais connue autrefois. Une fille que j'avais aimée quand j'avais treize ou quatorze ans. Cet instant avait soudain fait revivre tout mon chagrin de cette époque.

– Tu veux un café ? demanda-t-elle.

Je secouai la tête.

– Non, il est tard, je rentre.

Elle posa sa cigarette dans un cendrier, se leva pour m'accompagner jusqu'à la porte.

– Attention à ta cigarette et au poêle, lui recommandai-je.

– On dirait mon père ! fit-elle.

C'était pertinent, comme observation.

@ @ @ @

Je rentrai chez moi à Shibuya, m'allongeai sur le canapé, bus une bière. Puis je jetai un coup d'œil aux quatre ou cinq lettres que j'avais trouvées dans la boîte. Uniquement des lettres peu importantes concernant mon travail. Je remis leur lecture à plus tard, me contentant d'ouvrir les enveloppes et de les jeter sur la table. J'étais épuisé, je n'avais envie de rien faire. Mais j'étais nerveusement agité et je ne pourrais sans doute pas m'endormir. Cette journée s'était vraiment éternisée. Il me semblait que j'avais passé la journée sur les montagnes russes à la fête foraine. J'en avais encore le corps qui tremblait.

Combien de jours avais-je finalement passé à Sapporo ? Je n'arrivais pas à m'en souvenir. Il s'était passé trop de choses, et mon temps de sommeil était perturbé. Le ciel était gris sans un interstice entre les nuages. Les événements et les dates se mélangeaient. D'abord j'avais eu ce rendez-vous avec la fille de la réception. J'avais téléphoné à mon ancien associé pour avoir des renseignements sur l'hôtel du Dauphin. J'avais rencontré l'homme-mouton et discuté avec lui. J'étais allé au cinéma et avais vu ce film avec Kiki et Gotanda. J'avais chanté en chœur avec les Beach Boys et une ravissante gamine de treize ans. Puis j'étais rentré à Tokyo. Combien de jours en tout ?

Je n'arrivais pas à compter.

On verra ça demain, me dis-je. Remettons à demain tout ce qu'on peut remettre à demain. J'allai à la cuisine, me versai un whisky, et le bus sec. Puis je mangeai quelques crackers, le reste d'un paquet à moitié vide. Ils étaient un peu ramollis, spongieux, comme l'intérieur de ma tête. Je mis tout bas un vieux disque des Modernes, chantant de vieilles chansons nostalgiques de Tomy Doshi. Un peu en retard sur l'époque, comme mon cerveau. Mais ça ne dérangeait personne. C'était achevé, terminé. Ça n'allait plus nulle part. Comme mon cerveau.

Non mais qu'est-ce qui te prend ? répétait Kiki à l'intérieur de ma tête.

La caméra pivote. Les doigts élégants de Gotanda parcourent tendrement son dos. Comme s'ils cherchaient une source cachée.

Non mais qu'est-ce qui me prend, Kiki ? C'est sûr, je suis un peu perturbé. Je n'ai plus la confiance en moi que je possédais autrefois. L'amour et une Subaru d'occasion, ce n'est quand même pas comparable. Je suis jaloux des doigts distingués de Gotanda. Je me demande si Yuki a bien éteint sa cigarette ? Un vrai papa. Je n'ai plus confiance en moi. Est-ce que je vais continuer à dépérir en parlant tout seul dans ce cimetière d'éléphants de la société de consommation à haut rendement ?

On verra tout ça demain.

Je me brossai les dents, mis mon pyjama, bus ce qui restait de whisky au fond de mon verre. Au moment où j'allais me mettre au lit, le téléphone sonna. Je restai un moment figé au milieu de la pièce à regarder le téléphone, mais finis par décrocher.

– Je viens d'éteindre le poêle, dit Yuki. Et j'ai aussi éteint ma cigarette. Ça ira ? Tu es tranquillisé ?

– Ça ira, dis-je.

– Bonne nuit, dit-elle.

– Bonne nuit.

– Dis... À l'hôtel à Sapporo, tu as vu un type couvert d'une peau de mouton, non ?

Je m'assis sur le lit, serrant le combiné du téléphone sur ma poitrine comme si je couvais un œuf d'autruche fêlé.

– Je sais que tu l'as vu. Tu n'as rien dit, mais je le sais. Je le sais depuis le début.

– Tu as rencontré l'homme-mouton ? demandai-je.

– Hnnn, fit-elle d'un ton ambigu, puis elle fit claquer sa langue. Je t'en parlerai la prochaine fois, d'accord ? La prochaine fois qu'on se verra, je t'en parlerai tranquillement. Maintenant j'ai trop sommeil.

Puis elle raccrocha.

J'avais mal aux tempes. J'allais à la cuisine me servir un autre whisky. Mon corps était secoué de tremblements irrépressibles. Les montagnes russes s'étaient bruyamment remises en marche. *« Tout est lié »,* avait dit l'homme-mouton.

Tout est lié, fit ma pensée en écho.

Petit à petit, le lien se faisait entre pas mal de choses.

17

Dans la cuisine, appuyé contre l'évier, je bus encore un whisky en réfléchissant à ce qui venait de se passer. J'envisageai de rappeler Yuki, mais je me sentais un peu trop fatigué, la journée avait été longue. Comme elle avait raccroché en disant : « A la prochaine fois », je n'avais sans doute plus qu'à attendre la prochaine fois. D'ailleurs, je ne connaissais pas son numéro de téléphone.

Je me mis au lit, et restai assis dix bonnes minutes à regarder fixement le téléphone à mon chevet avant de m'allonger. J'étais sûr qu'elle allait me rappeler. Ou peut-être quelqu'un d'autre allait-il m'appeler. Dans ces moments-là, le téléphone me rappelle irrésistiblement une bombe à retardement. Personne ne sait quand il va se mettre à sonner. Seule cette éventualité rythme le temps. Quand on le regarde bien, un téléphone, ça a vraiment une drôle de forme. En temps normal on ne s'en aperçoit pas, mais si on le regarde fixement, cette masse compacte prend une étrange profondeur. Le téléphone a l'air de vouloir s'exprimer, et il semble également détester être enfermé dans cette forme appelée téléphone. On dirait un pur concept revêtu par erreur d'une forme physique maladroite.

Je pensai au principe des télécommunications. Toutes les lignes sont reliées. Une ligne part de cette pièce même et va partout dans le monde. En principe je peux être relié à n'importe qui de mon choix. Je peux téléphoner à

Anchorage si je veux, ou à l'hôtel du Dauphin, ou à mon ex-femme. Il y a des possibilités innombrables, dont le nœud central est mon poste téléphonique. C'est un ordinateur qui gère ce nœud. Les nœuds varient en fonction de chiffres déterminés, et la communication s'établit. Nous sommes reliés par des cordons, des câbles souterrains, des tunnels sous la mer, des satellites de télécommunications, le tout sous contrôle d'énormes ordinateurs. Mais si parfaite et si raffinée que soit la technique, sans la volonté de communiquer, tout cela ne nous relie nullement. Et en sens inverse, même avec la volonté de communiquer, si on ne possède pas le numéro de téléphone de l'interlocuteur potentiel (comme c'est mon cas en ce moment), on n'a aucun moyen de communiquer. En outre, même si on s'est informé de ce numéro, il arrive qu'on oublie de le noter ou qu'on le perde. Et même en connaissant le numéro, on peut se tromper en le composant. Dans ce cas-là on n'est plus relié à rien. La race humaine est vraiment extrêmement imparfaite et irréfléchie. Et je peux en rajouter : par exemple même si je remplis toutes les conditions nécessaires et que je téléphone, mettons à Yuki, elle peut toujours me répondre : « Je n'ai pas envie de te parler maintenant, salut » et crac, me raccrocher au nez. Dans ce cas-là aucune conversation ne peut s'établir. Il s'agit seulement d'une manifestation d'intérêt à sens unique.

Le téléphone a l'air énervé par cet ensemble de circonstances.

La machine téléphonique (je pourrais dire « téléphone » comme tout le monde, mais je choisis arbitrairement d'y voir une entité féminine) est énervée de ne pouvoir exister en tant que concept pur. Ça la met en colère de voir que la communication est basée sur quelque chose d'aussi imparfait et d'incertain. C'est trop imparfait, trop hasardeux, trop passif pour elle.

Un coude posé sur l'oreiller, je restai un moment à regarder la machine s'énerver. Mais je n'y pouvais rien. Ce n'est pas de ma faute, lui dis-je. C'est comme ça, la communication. Imparfait, hasardeux et passif. Elle s'énerve parce qu'elle comprend la communication comme un pur concept. Mais ce n'est pas de ma faute. Elle peut aller où elle veut, ce sera pareil. Mais peut-être cette machine est-elle encore plus énervée du fait d'être placée chez moi. En ce sens je me sens légèrement responsable. Il me semble qu'inconsciemment je stimule la passivité, le hasard et l'imperfection.

À ce moment-là, je pensai soudain à mon ex-femme. La machine me regardait en silence avec reproche. Comme ma femme. Je l'aimais, ma femme. Nous avions eu des moments de bonheur ensemble. Nous avions plaisanté ensemble, nous avions fait l'amour des centaines de fois. Nous avions aussi beaucoup voyagé. Mais de temps en temps elle me regardait avec ce même air de reproche. Au beau milieu de la nuit, tranquillement, fixement. Elle me reprochait mon imperfection, ma passivité, mon fatalisme. Ça l'énervait. Ça marchait bien entre nous pourtant, mais entre ce dont elle avait besoin, ce qui était dessiné d'avance dans sa tête, et moi, il y avait une énorme différence. Elle réclamait une vraie communication. Des scènes où la Communication brandissant un drapeau immaculé conduisait le peuple vers une étincelante révolution sans effusion de sang. Des circonstances où la Perfection venait à bout de toutes les imperfections. C'était ça pour elle, l'amour. Pas pour moi, bien entendu. Pour moi, l'amour, c'était un pur concept doté d'un physique mal adapté, quelque chose de terriblement imparfait qui arrivait à grand-peine à se connecter, en rampant péniblement à travers des câbles souterrains ou des lignes téléphoniques. De temps en temps les lignes s'emmêlaient, on ne savait plus le numéro. Ou alors on faisait une erreur de correspondant. Ce n'était pas de ma faute. Dans la mesure où notre existence était assujettie à ce corps physique, ce serait éternellement comme ça. C'était comme ça, fondamentalement. C'est ce que j'avais essayé d'expliquer à ma femme à plusieurs reprises.

Mais un jour elle était partie. Peut-être l'avais-je incitée à partir, à force d'attiser les imperfections.

Tout en regardant le téléphone, je me rappelais le temps lointain où j'avais des rapports physiques avec ma femme. Pendant les trois mois qui avaient précédé son départ, elle n'avait pas couché une seule fois avec moi. Parce qu'elle couchait avec un autre. À cette époque-là, je n'avais aucune idée de qui était son partenaire.

– Excuse-moi de te dire ça comme ça, mais pourquoi ne vas-tu pas voir ailleurs ? Si tu couches avec une autre femme, ça ne me fâchera pas, tu sais, m'avait-elle déclaré.

J'avais d'abord cru qu'elle plaisantait. Mais elle parlait sérieusement. Je lui dis que je n'avais aucune envie de coucher avec une autre femme. Et c'était vrai, je n'en avais aucune envie. Mais elle me rétorqua qu'elle, elle avait envie que je couche avec une autre. Et aussi que nous devrions réfléchir tous les deux à l'avenir de notre relation.

Finalement, je ne couchai avec personne. On ne peut pas dire que je sois vraiment intègre sur le plan sexuel, mais en tout cas je ne couche pas avec une femme pour réfléchir à ma relation avec la mienne. Je couche avec une femme parce que je la désire.

Peu de temps après, elle quitta le domicile conjugal. Je me demande si elle serait restée si j'avais fait comme elle le voulait, si je m'étais trouvé une autre femme pour coucher avec. Voulait-elle par ce biais s'affranchir de toute communication avec moi ?

Non, c'était ridicule. Moi, à ce moment-là, je n'avais vraiment aucune envie de coucher avec une autre femme. Mais je ne comprenais pas très bien ce qu'elle avait en tête. Parce qu'elle ne m'avait rien dit de concret là-dessus. Même après notre divorce, elle ne m'avait rien dit. Elle avait parlé très symboliquement. Elle parlait toujours symboliquement des choses les plus importantes.

Même à minuit passé, le vrombissement de l'autoroute ne cessa pas. De temps en temps on entendait rugir un pot d'échappement de moto. Le bruit était légèrement étouffé par les doubles vitrages, mais je sentais peser sur ma vie la présence de cette autoroute à proximité immédiate de chez moi, circonscrivant mon espace.

Las de regarder le téléphone, je fermai les yeux.

À peine eus-je clos mes paupières qu'un sentiment d'impuissance en profita pour prendre possession sans bruit de tout l'espace environnant. Habilement, rapidement. Puis vint le sommeil.

@ @ @ @

Après le petit déjeuner, je cherchai dans mon carnet d'adresses les coordonnées d'une de mes relations, sorte d'agent artistique que mon travail de reporter free-lance m'avait donné l'occasion de connaître. Quand je l'appelai, il dormait encore, évidemment, car il n'était que dix heures du matin. Je m'excusai de l'avoir réveillé puis lui demandai les coordonnées de Gotanda. Il protesta un peu pour la forme avant de me communiquer le numéro de l'agence de production à laquelle Gotanda était attaché. Une production de moyenne envergure. Je composai le numéro, tombai sur le manager, et lui donnai le nom d'un journal en disant que je voulais contacter Gotanda.

– Pour une interview ? me demanda-t-il.

– Pas exactement, répondis-je.

– Pourquoi alors ? rétorqua-t-il avec une suspicion bien naturelle.

Je répondis que je voulais lui parler à titre privé.

– À quel sujet ?

J'expliquai que c'était un de mes anciens camarades de lycée et qu'il fallait absolument que je lui parle de certaines choses. Il me demanda mon nom, que je lui donnai volontiers. Pendant qu'il le notait, j'ajoutai que c'était très important, et il me répondit qu'il pouvait transmettre le message à Gotanda. Je tiens à lui parler personnellement, répondis-je. Il dit qu'il y avait beaucoup de gens dans mon cas, et que les camarades de lycée de Gotanda se comptaient par centaines.

– Mais c'est très important, insistai-je. Si vous me mettez en rapport avec lui, je pense que je pourrais vous faciliter le travail avec la presse à l'avenir.

Il réfléchit un peu. Évidemment je bluffais. Il n'était pas en mon pouvoir d'offrir ce genre de compensations. Mon travail consistait seulement à aller interviewer qui on me disait d'interviewer. Mais le manager l'ignorait, bien entendu. S'il l'apprenait, ça me causerait quelques problèmes.

– Ce n'est pas pour un article, hein ? fit-il. Si c'était pour un article, il faudrait absolument passer par moi, sinon j'aurais des ennuis. Il faut faire les choses officiellement.

– Non, c'est cent pour cent personnel, affirmai-je.

Il me demanda mon numéro de téléphone, je le lui donnai.

– Un camarade de lycée, hein, fit-il en soupirant. Très bien, je ferai mon possible pour qu'il vous appelle ce soir ou demain. Ça dépend de lui, évidemment.

– Évidemment, dis-je.

– Vous savez, il est très occupé, et n'a peut-être aucune envie de discuter avec un ancien copain de lycée. Ce n'est pas un enfant, je ne peux pas l'obliger à prendre son téléphone pour vous appeler.

– Évidemment.

Puis il raccrocha en bâillant. Rien à faire. Il n'était que dix heures du matin.

Avant midi, je partis faire des courses en voiture au supermarché Kinokuniya d'Aoyama. Je garai ma Subaru au parking entre une Saab et une Mercedes. Ma pauvre vieille Subaru, elle manque d'envergure pour le quartier, comme ma position sociale. Mais je n'y peux rien, j'aime faire mes courses à Kinokuniya. Ça peut paraître idiot, mais leurs laitues se conservent plus longtemps que n'importe quelles autres. Peut-être qu'après la fermeture, ils rassemblent leurs laitues pour un entraînement spécial. Ça ne m'étonnerait pas du tout. Tout est possible dans une société capitaliste à haut rendement.

J'avais branché mon répondeur avant de partir, mais je n'avais pas de messages. Personne ne m'avait téléphoné.

J'emballai soigneusement un à un mes légumes et les mis au frigo.

Ensuite j'allais au cinéma à Shibuya et revis *Amour sans espoir* pour la quatrième fois. Il fallait que je revoie cette scène. J'entrai dans le cinéma approximativement un peu avant l'apparition de Kiki, attendis distraitement l'arrivée de cette scène dans le film, puis je me concentrai dessus. J'essayai de ne pas laisser échapper le moindre détail. La scène était immuable. Un dimanche matin. La lumière paisible d'un dimanche comme il y en a partout. Le store de la fenêtre. Un dos nu de femme. Les doigts de l'homme qui le caressent. Une peinture de Le Corbusier au mur. Une bouteille de Cutty Sark au chevet du lit. Deux verres, un cendrier. Un paquet de Seven Star. Une chaîne stéréo. Un vase, avec un genre de marguerites dedans. Sur le sol, des vêtements enlevés et jetés à la hâte. On aperçoit aussi des étagères avec des livres. La caméra pivote lentement. Kiki ! Je fermai les yeux inconsciemment. Puis les rouvris. Gotanda enlaçait Kiki. Lentement, tendrement. Tu te trompes, pensai-je, puis je le répétai tout haut. Un jeune type assis quatre places plus loin jeta un coup d'œil dans ma direction. L'héroïne arrive, en queue de cheval, vêtue d'une parka et de blue-jeans. Chaussée d'Adidas rouges. Elle porte un gâteau ou des biscuits, ou quelque chose comme ça. Elle fait irruption dans la chambre, puis s'enfuit. Gotanda, l'air hagard, se dresse sur le lit, et regarde fixement l'espace d'où elle vient de s'enfuir, comme s'il cherchait à regarder en face une lumière aveuglante. Kiki pose la main sur son épaule, et fait d'un air alangui :

« Non mais qu'est-ce qui te prend ? »

Je sortis du cinéma, errai un moment sans but dans les rues de Shibuya.

C'était déjà les vacances de printemps, et les rues grouillaient de lycéens, se rendant au cinéma, mangeant fatalement dans des fast-food, dépensaient leur argent de poche dans les salles de jeux. Les haut-parleurs de tous les magasins du quartier diffusaient de la musique à flots. Stevie Wonder, Hall and Oates, le bruit des billes de patchinko [1], les chants guerriers crachés par les camions de propagande d'extrême-droite, tout ce vacarme contribuait à former un espèce de chaos sonore homogène. Devant la gare de Shibuya avait lieu un meeting préélectoral.

Tout en me remémorant les doigts élancés de Gotanda qui caressaient le dos de Kiki, je continuai ma promenade dans la ville. Je marchai jusqu'à Harajuku, puis de là je traversai Setagaya jusqu'au stade de base-ball, marchai depuis l'avenue Aoyama en direction du cimetière, allai vers le musée Nezu, passai devant le bistro français « Figaro », marchai à nouveau jusqu'à Kinokuniya. Puis je passai devant l'immeuble Jintan pour revenir à Shibuya. Ça faisait une certaine distance. Le soleil se couchait quand je parvins enfin à Shibuya. Du haut de la côte, on voyait commencer à clignoter des néons multicolores sur l'avenue principale du quartier et les employés de bureau aux traits inexpressifs, vêtus de costumes sombres, semblaient tous remonter la rue à contre-courant et à la même vitesse, comme un banc de saumons de l'Antarctique.

En arrivant chez moi, je vis clignoter le signal d'appel de mon répondeur. J'allumai la lumière, enlevai mon manteau, sortis une bière du frigo et en bus une gorgée. Ensuite seulement je m'assis sur le lit, appuyai sur le bouton d'écoute des messages. La cassette se rembobina, et une voix se fit entendre :

– Salut mon vieux, ça faisait longtemps, dis donc... disait Gotanda.

1. Sorte de flipper qui se joue avec de petites billes de fer, divertissement très populaire au Japon *(NdT)*.

18

– Salut mon vieux, ça faisait longtemps, dis donc, disait Gotanda d'une voix claire et agréable.

Ni trop lente, ni trop rapide, ni trop forte, ni trop faible, ni tendue, ni trop décontractée, un voix parfaite en un mot. Je compris instantanément que c'était la voix de Gotanda. C'est le genre de voix qu'on n'oublie pas aisément quand on l'a entendue une fois. On n'oubliait pas plus facilement sa voix que son sourire, ses dents régulières et éclatantes, son nez droit. Jusqu'alors je n'avais jamais fait particulièrement attention à la voix de Gotanda, et n'avais jamais cherché à m'en souvenir. Pourtant, pareille au tintement clair d'une cloche au cœur de la nuit, elle fit instantanément renaître les souvenirs subliminaux qui étaient restés accrochés quelque part dans un coin de ma tête. J'en fus abasourdi.

– Je suis chez moi ce soir, tu peux me rappeler quand tu veux, disait la voix. Je ne me couche jamais avant le matin de toute façon.

Puis il répétait deux fois son numéro de téléphone.

« À tout à l'heure, ajoutait-il avant de raccrocher.

D'après les premiers chiffres, il ne devait pas habiter très loin de chez moi. Je notai le numéro puis le composai lentement. À la sixième sonnerie, l'annonce du répondeur se fit entendre. « Je suis absent pour le moment, mais vous pouvez me laisser un message. » Je laissai mon nom, mon numéro de téléphone ainsi que l'heure de mon appel, ajoutant que je ne bougeais pas de chez moi. Quel monde compliqué ! Je raccrochai, allai à la cuisine, lavai du céleri, le coupai en petits dés, ajoutai de la mayonnaise, et le dégustai en buvant de la bière. À ce moment le téléphone sonna. C'était Yuki.

– Qu'est-ce que tu fais en ce moment ? me demanda-t-elle.

– Je suis dans la cuisine en train de grignoter du céleri en buvant de la bière, répondis-je.

– Quelle tristesse ! fit-elle.

– Pas tant que ça, dis-je, il y a beaucoup de choses bien plus tristes.

Il est vrai qu'elle ne les connaissait pas encore.

– Et toi, où es-tu ? demandai-je.

– Toujours à Akasaka. Tu n'as pas envie d'aller faire un tour en voiture quelque part ?

– Je suis désolé, mais aujourd'hui je ne peux pas. J'attends un coup de fil très important. La prochaine fois, d'accord ? Dis au fait, à propos de ce que tu m'as dit hier, tu as vraiment vu un homme vêtu d'une peau de mouton ? Je voudrais que tu me racontes cette histoire, c'est très important pour moi.

– La prochaine fois, d'accord ? fit-elle avant de raccrocher brutalement.

Allons bon, me dis-je, puis je restai un moment à regarder le combiné que je tenais encore à la main.

@ @ @ @

Quand j'eus fini de grignoter mon céleri, je réfléchis à ce que j'allais préparer pour le dîner. J'optai pour des spaghettis. Je couperai deux gousses d'ail en gros morceaux que je ferai revenir dans de l'huile d'olive. Ensuite je rajouterai des graines de moutarde, les ferai revenir également. Je les enlèverai en même temps que l'ail juste avant que l'amertume se dégage, ça c'est assez difficile, il faut trouver le bon moment. Ensuite je ferai frire de petits bouts de jambon jusqu'à ce qu'ils soient bien croustillants. Là je rajouterai les spaghettis égouttés, mélangerai vivement le tout. Avec un soupçon de persil haché saupoudré dessus, servi avec une salade de tomates et de mozarella bien fraîche, ce ne serait pas mauvais.

Mais au moment où je faisais bouillir de l'eau pour préparer mes spaghettis, le téléphone sonna à nouveau. J'éteignis le gaz, me rapprochai du téléphone.

– Ah ça faisait longtemps, dis donc, dit Gotanda. Ça m'a fait penser au bon vieux temps. Tu vas bien ?

– Ça va à peu près, répondis-je.

– Mon manager m'a dit que tu avais quelque chose d'important à me dire ? Tu ne vas tout de même pas me dire que tu voudrais à nouveau disséquer des grenouilles avec moi ? fit-il avec un gloussement joyeux.

– Non, j'ai juste quelque chose à te demander. C'est pour ça que je t'ai appelé, tout en me disant que tu devais être très pris, mais... c'est une drôle d'histoire. En fait...

– Dis donc, tu es occupé là, maintenant ? demanda-t-il.

– Pas spécialement. J'allais me préparer à dîner.

– Ça tombe bien. Tu ne veux pas dîner dehors quelque part avec moi ? J'étais justement en train de chercher quelqu'un avec qui dîner. Je n'aime pas dîner seul en silence, ça me gâche le goût des aliments.

– Mais ça ne te dérange pas ? Je t'ai téléphoné si brusquement. Je veux dire...

– Non, tu n'as pas à te sentir gêné. De toute façon, on a faim tous les jours à un certain moment, et que ça nous plaise ou non, il faut bien manger. Je ne me force pas à aller dîner à cause de toi, tu sais. Allez, dînons ensemble tranquillement en buvant et en parlant du bon vieux temps, hein ? Ça fait longtemps que je n'ai pas revu quelqu'un de cette époque-là. Si de ton côté ça ne te dérange pas, moi, j'ai vraiment envie de te voir. Ou bien, ça te dérange ?

– Absolument pas. C'est moi qui t'ai sollicité, de toute façon.

– Bon, alors je viens te chercher. Où habites-tu ?

Je lui donnai l'adresse et le nom de l'immeuble.

–Hmm, ce n'est pas très loin de chez moi. Je peux arriver en vingt minutes. Sois prêt à sortir quand j'arriverai, hein. Je suis déjà pas mal affamé, je ne pourrai pas attendre trop longtemps.

J'acquiesçai et raccrochai. Puis je penchai la tête d'un air dubitatif. Le bon vieux temps ?

Je ne voyais absolument pas ce que Gotanda et moi pourrions nous raconter comme histoires du bon vieux temps. On n'était pas spécialement liés tous les deux à l'époque, et on ne parlait pas tellement ensemble. Lui, il faisait partie de la brillante élite de notre classe, quant à moi, ma présence passait plutôt inaperçue. Le fait qu'il se rappelle encore mon nom m'apparaissait déjà comme un miracle. Histoires du bon vieux temps ? Mais de quoi parlait-il ? De quoi pourrions-nous bien parler ? Enfin bon, cet accueil valait évidemment mieux qu'une réponse froide et dédaigneuse.

Je me rasai en vitesse, enfilai une veste en tweed de Calvin Klein sur une chemise à rayures orange, mis la cravate tricotée d'Armani que ma précédente girl-friend m'avait offerte pour mon anniversaire. Puis j'enfilai un jean fraîchement lavé, mis mes tennis blanches Yamaha achetées récemment. C'était la tenue la plus chic de ma garde-robe. Et j'espérais que mon partenaire partagerait ma vision des choses. C'était bien la première fois de ma vie que j'allais dîner avec un acteur de cinéma. Je n'avais aucune idée de ce qu'il convenait de porter en pareille occasion.

Il arriva exactement vingt minutes plus tard. Un chauffeur autour de la cinquantaine qui s'exprimait fort poliment sonna à ma porte et m'annonça que monsieur Gotanda m'attendait en bas. S'il était venu avec un chauffeur, il devait avoir au moins une Mercedes, me dis-je, et comme prévu c'en était une. Et qui plus est une énorme Mercedes argent métallisé. On aurait dit un bateau à moteur. Les vitres étaient teintées et on ne voyait rien de l'extérieur. Le chauffeur m'ouvrit la portière qui fit entendre un agréable claquement. Gotanda m'attendait dans la voiture.

– Tu me rappelles le passé ! dit-il en souriant.

Il ne me serra pas la main, et je me sentis soulagé.

– Ça fait vraiment un bail qu'on ne s'est pas vus, hein ? fis-je.

Il portait un coupe-vent bleu marine sur un pull extrêmement ordinaire à col en V, et un pantalon en velours crème à l'air fatigué, ainsi que des chaussures de jogging. Mais tel quel il était splendide. Portés par lui, ces vêtements sans prétention devenaient extrêmement élégants. Il observa ma tenue en souriant.

– Très chic, fit-il, tu as du goût.

– Merci, répondis-je.

– On dirait une star de cinéma, fit-il.

Ce n'était pas de l'ironie, juste une blague. Je me mis à rire et lui aussi. Après ça, nous nous sentîmes un peu plus décontractés tous les deux. Gotanda fit le tour de la voiture des yeux.

– Terrible, cette voiture, non ? Mon producteur me la prête quand j'en ai besoin. Avec le chauffeur. Comme ça, aucun risque d'accident, et on ne conduit jamais en état d'ivresse. C'est rassurant. Pour eux et pour moi. Tout le monde est content.

– En effet, fis-je.

– Je ne conduirais pas une voiture comme ça moi-même. Je les préfère plus petites.

– Porsche ? demandai-je.

– Maserati, répondit-il.

– Moi j'aime les voitures encore plus petites que ça, fis-je.

– Civic ? demanda-t-il.

– Subaru.

– Subaru ? répéta Gotanda.

Puis il hocha la tête.

« Ah oui, j'en ai eu une aussi autrefois. C'est la première voiture que j'ai achetée, pas à crédit, avec mon propre argent. J'en avais acheté une d'occasion avec le cachet de mon premier film. J'adorais cette voiture. Je la prenais toujours pour aller sur les lieux de tournage. On m'a tout de suite prévenu : si tu veux devenir une star, ne conduis pas une Subaru. Et j'ai changé de voiture. C'est ce milieu-là qui veut ça. Mais c'était une bonne voiture. Pratique, pas chère. Je l'aimais bien.

– Moi aussi j'aime bien la mienne, fis-je.

– Pourquoi crois-tu que je roule en Maserati ?

– Je ne sais pas.

– Parce qu'il faut que j'aie des frais, dit-il en fronçant le sourcil comme s'il me révélait un secret. Mon manager dit qu'il faut davantage de frais. Je ne dépense pas assez. C'est pour ça que j'achète des voitures chères. Une voiture chère, ça fait beaucoup de frais et tout le monde est content.

Allons bon. Tout le monde n'avait donc que les frais en tête ?

– J'ai faim, dit Gotanda. J'ai envie d'un gros steak bien épais. Tu m'accompagnes ?

Je lui dis que je me fiais à lui, et il indiqua une adresse au chauffeur. Puis il me regarda en souriant :

– Je sais que je suis indiscret, mais si tu prépares tes repas tout seul, ça veut dire que tu es célibataire ?

– C'est ça. Je me suis marié, et j'ai divorcé.

– Comme moi, alors. Tu payes une pension alimentaire ?

– Non, fis-je.

– Rien du tout ? !

Je secouai la tête :

– Elle n'en veut pas.

– Tu es un homme heureux, fit-il en souriant largement. Moi je n'en paye pas mais le divorce m'a ruiné. Tu as entendu parler de mon divorce ?

– Vaguement, dis-je.

Il n'ajouta rien.

Quatre ou cinq ans plus tôt, il avait épousé une actrice en vogue, et avait divorcé au bout de deux ans. Ça avait fait couler beaucoup d'encre. Comme toujours dans ces cas-là, personne ne savait ce qu'il en était réellement, mais apparemment il était en mauvais terme avec la belle-famille. L'actrice en question avait plein de parents qui comptaient, tant dans le domaine privé que public. Lui il était plutôt du genre self-made man, et s'était toujours débrouillé seul. Ça ne pouvait pas coller entre eux.

– C'est bizarre. Jusqu'à présent je pensais à toi comme à quelqu'un qui a suivi les mêmes travaux pratiques de chimie que moi, et maintenant tu es un type qui a divorcé. Tu ne trouves pas ça bizarre ? dit-il d'un air affable.

Puis il se caressa légèrement un sourcil du bout des doigts.

« À propos, pourquoi as-tu divorcé ?

– C'est très simple. Un beau jour ma femme est partie.

– Sans prévenir ?

– Oui, elle est partie brusquement sans rien dire. Je n'en avais pas la moindre prémonition. Un jour je suis rentré à la maison et elle n'était pas là. Je la croyais partie faire des courses. J'ai préparé le dîner et je l'ai attendue. Mais elle n'est pas revenue, même pas le lendemain matin. Même pas au bout d'une semaine, ni d'un mois. Après, elle m'a envoyé un formulaire de demande de divorce.

Gotanda réfléchit un moment, puis poussa un soupir.

– Ma façon de le dire va peut-être te blesser, mais je te crois plus heureux que moi, fit-il.

– Pourquoi ? demandai-je.

– Dans mon cas, ma femme n'est pas partie. Elle m'a mis dehors à coups de pied. Littéralement jeté dehors, un beau jour.

Il regarda au loin à travers la vitre.

– Affreux, comme histoire. Tout était prévu du début à la fin. Tout a été planifié. Comme pour une escroquerie. Avant que je ne m'en aperçoive, les titres de propriété et diverses choses avaient changé de main. Une splendide organisation. Je ne me suis vraiment aperçu de rien. Nous avions le même comptable tous les deux et c'est lui qui s'occupait de tout. J'avais totalement confiance en lui. Je ne suis pas très fort pour m'occuper des détails matériels, et je lui confiais tout ce que je pouvais. Mais en fait il était de mèche avec les parents de ma femme. Quand je m'en suis aperçu, j'avais été proprement dépouillé. Sucé jusqu'à la moelle. Et après elle m'a fichu dehors comme un chien dont on n'a plus besoin. Ça m'a été utile comme expérience. (Il sourit à nouveau.) Ça m'a rendu un peu plus adulte.

– Mais on a trente-quatre ans. On est déjà devenus adultes, qu'on le veuille ou non, dis-je.

– C'est sûr. Tu as raison. Parfaitement raison. Mais les êtres humains, c'est bizarre. Ça vieillit d'un coup. Autrefois je croyais qu'on vieillissait petit à petit, année après année, répondit Gotanda en me fixant dans les yeux, mais ce n'est pas vrai. Les êtres humains vieillissent d'un seul coup.

@ @ @ @

Gotanda m'avait emmené dans un restaurant de luxe situé dans un coin tranquille du quartier de Roppongi. Dès que la Mercedes se gara devant l'entrée, le gérant et un serveur se précipitèrent pour nous accueillir. Gotanda dit au chauffeur de revenir dans une heure environ. Comme un énorme poisson obéissant, la Mercedes disparut lentement sans bruit dans les ténèbres. Nous fûmes conduits vers une table du fond un peu à l'écart, près du mur. Le restaurant était plein de clients habillés à la dernière mode, mais c'était Gotanda avec son pantalon de velours râpé et ses tennis qui paraissait le plus chic. Je ne sais pas pourquoi, mais on ne remarquait que lui. Quand nous entrâmes dans le restaurant, tous les clients levèrent les yeux et tous les regards se tournèrent un instant vers lui. Deux secondes après, les regards s'éloignèrent. Sans doute aurait-il été impoli de le regarder plus longtemps. Quel monde compliqué !

Nous nous assîmes et commandâmes avant tout des whiskies à l'eau avec des glaçons.

– À nos ex, fit-il, et nous levâmes nos verres.

– C'est idiot, poursuivit-il, mais je l'aime toujours. Malgré tout ce qu'elle m'a fait, je l'aime encore. Je n'arrive pas à l'oublier. Je ne peux aimer personne d'autre.

Je hochai la tête tout en regardant, à l'intérieur de mon verre en cristal, les glaçons taillés de manière raffinée.

–Et toi ?

–Ce que je pense de mon ex-femme ? Je ne sais pas, répondis-je sincèrement. Je n'avais pas envie qu'elle s'en aille. Mais elle est partie. Je ne sais pas qui de nous deux avait tort. Mais de toute façon ça a eu lieu, c'est un fait indéniable. Et avec le temps, j'ai fini par m'y habituer. J'ai fait en sorte de penser uniquement à ça : m'y habituer. Alors, je ne sais pas.

–Hmm, fit-il. C'est douloureux pour toi de parler de ça ?

–Pas spécialement. C'est la réalité. On ne peut pas y échapper. Ce n'est pas douloureux. C'est une sensation que je ne comprends pas bien.

Il claqua légèrement dans ses doigts.

–C'est ça, c'est exactement ça. Une sensation que je ne comprends pas bien. Comme si la gravitation de la terre avait changé. Mais ce n'est pas douloureux.

Le serveur arriva et nous commandâmes des steaks à point, accompagnés de salade, ainsi qu'un deuxième whisky.

–Au fait, dit-il, tu avais quelque chose à me demander Commence donc par me parler de ça, avant que je sois soûl.

–C'est une histoire un peu bizarre, dis-je.

Il tourna vers moi un visage amène. Il était bien discipliné : il n'y avait pas la moindre trace de dégoût sur son visage souriant.

–J'adore les histoires bizarres, dit-il.

–L'autre jour, j'ai vu un de tes films.

–*Amour sans espoir*, marmonna-t-il en fronçant le sourcil. Horrible film. Horrible metteur en scène. Scénario débile. Toujours la même chose. Tous les gens qui ont participé à la fabrication de ce film aspirent à une seule chose : l'oublier.

–Je l'ai vu quatre fois, dis-je.

Il me contempla comme si j'étais une apparition.

– Je suis prêt à parier avec toi qu'il n'y a pas une seule personne qui ait vu ce film quatre fois. Pas dans tout l'univers. Je parie tout ce que tu veux.

– Il y avait une personne que je connaissais qui jouait dans ce film, dis-je. En dehors de toi.

Gotanda se gratta légèrement la tempe du bout de l'index. Puis il me regarda en rétrécissant les yeux.

– Qui ?

– Je ne sais pas son nom. La fille qui couche avec toi un dimanche matin.

Il but une gorgée de whisky et hocha la tête

– Kiki.

– Kiki, répétai-je. Quel drôle de nom. On dirait un autre personnage.

– C'est comme ça qu'elle s'appelle. Du moins, c'est sous ce nom que tout le monde la connaît. Elle est passée sous le nom de Kiki dans notre petit monde étrange, et ça suffisait.

– Est-ce qu'on peut la joindre ?

– Impossible, fit-il.

– Pourquoi ?

– Je vais tout t'expliquer depuis le début. Point numéro un, Kiki n'est pas une actrice professionnelle, ce qui complique les choses. Tous les acteurs, connus ou inconnus, appartiennent à une boîte de production. Et on peut les joindre immédiatement par l'intermédiaire de leur maison de production. La plupart passent d'ailleurs leur temps assis devant le téléphone à attendre qu'on les contacte. Mais pas Kiki. Elle ne fait partie d'aucune maison de production. Elle a eu un petit rôle dans ce film uniquement par hasard. Du véritable temps partiel.

– Comment se fait-il qu'elle ait joué dans ce film, alors ?

– Sur ma suggestion, avoua-t-il franchement. J'ai demandé à Kiki si ça lui disait de jouer dans un film, et ensuite je l'ai proposée au metteur en scène.

– Pourquoi ?

Il but une gorgée de whisky, grimaça un peu.

– Parce qu'elle avait une sorte de talent. Comment dire, une présence. Ça se sent. Ce n'est pas vraiment une beauté à tomber par terre, elle ne joue pas non plus à merveille, mais elle illumine l'écran. C'est une forme de talent. C'est pour ça que je lui ai fait jouer un rôle. Elle a plu à tout le monde. Ce n'est pas pour me vanter, mais cette scène est parfaitement bien sortie. Ça fait vrai. Tu ne trouves pas ?

– Oui, ça fait vrai, c'est sûr.

– Alors, j'ai voulu l'introduire dans le monde du cinéma. Parce que je pensais qu'elle pouvait y faire son chemin. Mais ça n'a pas marché. Elle a disparu. Ça, c'est le deuxième point. Elle a disparu. Comme une fumée. Comme la rosée du matin.

– Disparu ?

– Hmmm. Littéralement disparu. Il y a environ un mois de ça, elle ne s'est pas présentée à une audition. J'avais tout préparé pour que, en se présentant à l'audition, elle obtienne un rôle dans mon prochain film. Je l'ai appelée la veille, lui ai donné rendez-vous à une heure précise. Je lui ai dit de ne pas être en retard. Mais finalement je ne l'ai même pas vue. Voilà. Je n'ai aucune idée de l'endroit où elle est.

Il leva un doigt pour appeler le serveur, demanda deux autres whiskies.

– J'ai une question à te poser, fit-il. Est-ce que tu as couché avec elle ?

– Oui, répondis-je.

– Et, euh, si je te dis que moi aussi j'ai couché avec elle, ça te blessera ?

– Non.

– Parfait, fit Gotanda d'un air soulagé. Je ne sais pas très bien mentir. Aussi je te le dis franchement, j'ai couché plusieurs fois avec elle. Une fille super, un peu bizarre parfois, mais personne n'est irréprochable. Elle aurait pu devenir actrice. Elle aurait pu aller jusqu'au sommet. Quel dommage.

– Tu n'as pas ses coordonnées ? Son vrai nom, par exemple ?

– Non. Il n'y a aucun moyen de faire des recherches. Personne ne sait rien. « Kiki », voilà tout ce qu'on sait d'elle.

– Il doit bien y avoir une fiche de paye à son nom à la comptabilité de la société du film, un reçu. Il faut un vrai nom et une adresse pour être payé. À cause des retenues à la source.

– Évidemment j'ai cherché de ce côté-là aussi, mais elle n'a pas perçu son cachet. Elle n'a pas retiré son argent, donc il n'y a pas de reçu. Zéro.

– Pourquoi n'a-t-elle pas touché son cachet ?

– Je serais bien embêté pour te répondre, fit Gotanda en buvant son troisième whisky. Peut-être qu'elle ne voulait pas qu'on sache son nom et son adresse ? C'est une énigme, cette fille. En tout cas, toi et moi, ça nous fait trois points communs. 1, on a suivi les mêmes travaux pratiques de chimie, 2, on est divorcés et 3, on a couché tous les deux avec elle.

Les steaks et les salades ne tardèrent pas à arriver. Des steaks splendides. Un vrai rêve de steak à point. Gotanda mangeait avec un plaisir visible. Ses manières de table étaient plus qu'ordinaires, il n'aurait sans doute pas été bien noté à un cours de bonne éducation, mais en sa compagnie et en le regardant dévorer, le repas paraissait délicieux. Si une fille avait été là, elle l'aurait sans doute trouvé charmant. Et puis ce n'est pas parce qu'on veut bien se tenir à table qu'on y arrive dans l'instant. On a ça de naissance ou on ne l'a pas.

– À propos, où as-tu rencontré Kiki ? m'enquis-je tout en découpant mon steak.

– Où était-ce donc ? Il réfléchit un instant. C'est ça, j'avais fait venir une fille chez moi, et elle est venue avec elle. Ces filles qu'on appelle par téléphone, tu vois ce que je veux dire ?

Je hochai la tête.

– Après mon divorce, je n'ai couché qu'avec ce genre de filles. Ça évite les complications. Un simple coup de téléphone, et tu en as une. C'est cher. Mais ils gardent le secret. C'est un type de ma boîte de production qui m'a introduit dans ce club. Les filles sont toutes très bien. C'est simple comme bonjour. Ce sont des professionnelles, mais pas le genre blasé. Elles s'amusent autant que toi.

Il coupa un morceau de viande, le savoura lentement, but une gorgée de whisky.

– Pas mauvais, ce steak, hein ? fit-il.

– Pas mauvais. Rien à redire. C'est une bonne adresse.

Il hocha la tête.

– Mais si tu venais six fois par mois comme moi tu t'en lasserais.

– Pourquoi six fois ?

– Parce que c'est intime. Personne ne se met à hurler quand j'arrive. Les employés ne se mettent pas à chuchoter entre eux. Même les clients sont habitués à voir des célébrités, et ils ne me fixent pas sans arrêt. Personne ne vient me demander un autographe pendant que je coupe mon steak. C'est un des rares endroits où je peux dîner tranquillement. Sérieusement.

– Ta vie n'est pas facile, on dirait. Et puis il faut que tu aies des frais.

– Exactement. Où en étions-nous ?

– À ton histoire de call-girls.

– Ah oui, fit Gotanda en s'essuyant le coin des lèvres avec une serviette en papier. Donc un jour j'ai appelé une fille dont j'étais un habitué. Mais elle n'était pas là. Et deux autres sont venues à sa place. Sans doute pour que je choisisse entre les deux. Je suis bien servi parce que je suis un de leurs meilleurs clients. L'une des filles était Kiki. Comme c'était compliqué de choisir, j'ai couché avec les deux.

– Hmm, fis-je.

– Je ne te choque pas ?

– Ça va. Si on était encore au lycée ça m'aurait sûrement choqué, mais...

– Mais au lycée je ne faisais pas ce genre de choses, répondit Gotanda en riant. Bon, en tout cas, j'ai donc couché avec les deux. Ça faisait une drôle de paire.

L'autre fille était vraiment splendide. Belle à te faire monter la tension, mon vieux. Une beauté incroyable ! Chaque recoin de son corps valait de l'or. Je ne te mens pas, hein. J'ai eu l'occasion de voir pas mal de jolies filles dans ce monde, et celle-là est une des plus belles que j'aie jamais vues. Bon caractère aussi. Pas idiote. Plein de sujets de conversation. Mais Kiki, c'était différent. Elle n'est pas si belle que ça. Jolie, d'accord. Mais les filles de ce club sont toutes des beautés à tomber par terre. Elle, elle était, comment dire...

– Ordinaire ?

– Oui, oui, c'est ça, ordinaire. Vraiment. Des vêtements ordinaires, elle ne disait pas un mot, se maquillait à peine. L'air de s'en ficher complètement. Mais c'est bizarre, peu à peu, c'est vers elle que je me suis senti attiré. Oui, vers Kiki. On l'a donc fait à trois, et après on a écouté de la musique en buvant de l'alcool et discuté, assis tous les trois sur le lit. Ça faisait longtemps que je ne m'étais pas amusé comme ça. Comme quand j'étais étudiant. Depuis, je ne m'étais jamais senti détendu à ce point. Après ça on a encore couché quelques fois ensemble tous les trois.

– Ça se passait quand ?

– À peu près six mois après mon divorce, il y a donc à peu près un an et demi de ça. Je pense qu'on a dû coucher cinq ou six fois ensemble comme ça tous les trois. Je n'ai jamais couché avec Kiki toute seule. Je ne sais pas pourquoi. Ça aurait été bien pourtant.

– Pourquoi alors ? demandai-je pour voir.

Il posa son couteau et sa fourchette sur son assiette, appliqua à nouveau son index sur sa tempe, apparemment un tic quand il réfléchissait. Charmant, aurait sûrement dit n'importe quelle fille présente.

– Peut-être que j'avais peur, dit-il.

– Peur ?

– D'être seul avec elle, dit-il, puis il reprit ses couverts en main. Il y avait chez Kiki quelque chose qui stimulait, provoquait les gens. En tout cas, moi, c'est le sentiment que j'avais. Très vaguement, mais... Ce n'était pas exactement de la provocation, je ne sais pas comment dire.

– Elle suggère et elle dirige.

– Oui, c'est peut-être ça. Je ne sais pas. Ce que je ressentais restait très vague. Je ne pourrais rien dire de façon certaine. Mais je ne sais pas pourquoi, j'hésitais à l'idée de me retrouver seul avec elle. Alors qu'en fait c'est vers elle que je me sentais attiré. Tu comprends à peu près ce que je veux dire ?

– Je crois que oui.

– Autrement dit, je me disais que si je couchais seulement avec elle, je n'arriverais pas à me détendre. Quand je faisais l'amour avec elle il me semblait que j'allais être entraîné dans un lieu très profond. Mais ce n'était pas ce que je cherchais. Ce que je cherchais en couchant avec des filles, c'était uniquement à me détendre. C'est pour ça que je n'ai jamais couché avec elle toute seule. Je l'aimais beaucoup mais...

Ensuite nous mastiquâmes un moment en silence.

– Le jour où elle ne s'est pas présentée à l'audition, j'ai appelé le club de call-girls, dit Gotanda au bout d'un moment comme si ça venait de lui revenir, et j'ai demandé Kiki. Elle n'était pas là. On m'a dit qu'elle n'était plus là. Disparue. Pffuitt, envolée. Ou peut-être était-ce préparé d'avance ? Je n'en sais rien, je n'ai aucun moyen de vérifier. De toute façon, elle a disparu de ma vie à moi.

Le serveur vint enlever nos assiettes, et nous proposa du café.

– Je voudrais bien encore un peu d'alcool, plutôt que du café, dit Gotanda.

– Je t'accompagne, dis-je.

On nous apporta notre quatrième whisky à l'eau.

– Que crois-tu que j'ai fait aujourd'hui ? demanda Gotanda.

Je répondis que je n'en avais aucune idée.

– J'ai servi d'assistant à un dentiste toute la journée. Pour me préparer à mon prochain rôle. Je joue un dentiste dans un feuilleton-télé. Je joue un rôle de dentiste et

Yoshiko Nakano celui d'une ophtalmo. Nos cliniques respectives sont dans la même ville et nous sommes des amis d'enfance, mais nous avons du mal à nous retrouver... ce genre d'histoires, tu vois, c'est fréquent dans les feuilletons-télé. Tu en as déjà regardé ?

– Jamais, répondis-je. Je ne regarde pas la télé. Juste les infos. Et encore, à peine deux fois par semaine.

– C'est sage, dit Gotanda en hochant la tête. Il n'y a que des feuilletons mortels. Moi-même, je ne les regarderais jamais si je n'étais pas dedans. Mais c'est populaire, très populaire. Les histoires les plus ordinaires sont les plus soutenues par la masse des spectateurs. Je reçois des tonnes de courrier toutes les semaines. Pour me dire que je me suis trompé dans le maniement des instruments de chirurgie ou le traitement des malades, ce genre de petits détails, tu vois. Ils disent que ça les énerve de regarder un feuilleton aussi bourré de négligences. Mais si ça ne leur plaît pas, ils n'ont qu'à ne pas regarder, tu ne crois pas ?

– Peut-être.

– Tu sais, dès qu'il y a un rôle de médecin ou de prof, on vient me chercher. J'ai joué d'innombrables rôles de médecin. Le seul que je n'ai pas dû faire, c'est un rôle de spécialiste du rectum. Ça ne rend pas bien à la télé. J'ai déjà joué les vétérinaires, les gynécos. J'ai fait toutes les catégories de profs aussi. Tu ne me croiras peut-être pas mais j'ai même joué un prof d'enseignement ménager. Je me demande pourquoi ?

– Parce que tu inspires confiance, peut-être ?

Gotanda hocha la tête.

– Peut-être. Oui, c'est peut-être ça. Autrefois, j'ai aussi joué un vendeur de voitures d'occasion véreux. Il avait un œil de verre. J'ai adoré ce rôle, ça valait la peine de le jouer. Je pense m'en être bien tiré. Mais ça n'a pas marché. J'ai reçu un tas de lettres de protestation disant que c'était terrible, quelle horreur de me faire jouer des rôles pareils ! Si on continuait à me donner ce genre de rôle, ils arrêteraient d'acheter les produits des sponsors de cette émission. C'était sponsorisé par qui déjà, ce truc ? Le dentifrice Lion, ou Sunstar, je ne sais plus. En tout cas mon rôle a disparu en cours de route. Complètement effacé du scénario. C'était un rôle assez important dans le feuilleton, mais il s'est naturellement effacé. C'était pourtant un rôle génial... Depuis c'est une suite sans fin de médecins, professeurs, médecins, professeurs...

– Ta vie a l'air compliquée.

– Ou bien toute simple, fit-il en riant. Aujourd'hui donc, je suis allé chez un dentiste, et en jouant les assistants j'ai appris pas mal de choses sur les techniques de soins dentaires. J'y suis déjà allé plusieurs fois. J'ai plutôt progressé dans la technique. C'est vrai, hein. Le professeur m'a félicité. À vrai dire, j'en suis arrivé au point où je suis capable de donner de véritables soins de base. Personne ne sait que c'est moi. Je porte un masque. Mais quand ils parlent avec moi, les patients sont très détendus.

– Tu inspires confiance.

– C'est ce que je pense aussi. Et pendant que je fais ça, je me sens très détendu moi même. Il m'arrive souvent de penser qu'en fait j'aurais peut-être dû être médecin ou prof. Je me demande si je n'aurais pas mené une vie bien plus heureuse avec ce genre de métier. Ce n'était pas impossible au départ, hein. Si j'avais voulu faire ça comme métier, je pouvais parfaitement.

– Tu n'es pas heureux maintenant ?

– C'est une question difficile, fit-il. (Cette fois il posa son index au milieu de son front.) Autrement dit une question de sentiment de confiance. Comme tu dis. Est-ce que je peux me faire confiance à moi-même ? Les spectateurs me font confiance. Mais c'est une illusion, une simple image. Quand on éteint le poste, les images disparaissent, et moi, je ne suis plus qu'un zéro. Non ?

– Hmm.

– Mais si j'étais vraiment devenu médecin ou professeur, il n'y aurait plus de bouton pour éteindre. Je serais toujours moi-même.

– Pourtant même maintenant, en tant qu'acteur, tu continues à exister.

– Oui, mais de temps en temps ça me fatigue terriblement, terriblement. Ça me donne mal à la tête. Je ne sais plus qui je suis. Qui est moi, et qui est le personnage. Il m'arrive de m'y perdre. Je n'arrive plus à discerner les frontières entre moi-même et mon ombre.

– Mais tout le monde est plus ou moins comme ça, dis-je, tu n'es pas le seul.

– Bien sûr, je le sais. Il arrive à tout le monde de se perdre de temps en temps. Mais dans mon cas, cette tendance est trop forte. Elle est, comment dire, fatale. Depuis toujours. Oui, ça a toujours été comme ça. À franchement parler, je t'enviais, tu sais.

– Moi ? m'exclamai-je, surpris. Je ne vois pas ce que tu pouvais m'envier. Aucune idée, vraiment.

– Tu avais l'air de toujours faire ce que tu voulais, tout seul, sans te soucier de ce que les autres pouvaient penser, de leur jugement, tu avais l'air de toujours faire avec facilité uniquement ce que toi-même avais envie de faire. Tu avais l'air de maintenir bien droit quelque chose qui était toi-même, dit-il en soulevant légèrement son verre de whisky, et en regardant le liquide par transparence. Hein, moi, j'étais toujours le chouchou de tout le monde. Depuis que je suis tout petit, ça a toujours été comme ça. J'avais de bonnes notes, j'étais populaire, je faisais bonne impression. Les profs me faisaient confiance, les parents aussi. J'étais toujours le leader de la classe. Je savais aussi faire du sport. Quand c'est moi qui maniait la batte de base-ball, je mettais toujours au but. Je ne sais pas pourquoi, mais je mettais toujours au but. Toi, tu ne sais pas ce que c'est que d'être comme ça.

Je dis que je ne savais pas.

– Quand il y avait un match de base-ball, on venait toujours me chercher. Je ne pouvais pas refuser. Quand il y avait un concours d'éloquence, on me prenait comme représentant de la classe. Les professeurs me demandaient d'y aller, et je ne pouvais pas refuser. J'y allais, et je gagnais. Quand on élisait le représentant des élèves, c'était toujours moi qui étais choisi. Je faisais ce que les autres attendaient de moi. Ils s'attendaient aussi à ce que j'aie les meilleures notes quand il y avait un contrôle. En classe, s'il y avait une question difficile, c'était toujours moi que le prof interrogeait en premier. Je n'étais jamais en retard. C'était comme si « je » n'existais pas moi-même. Simplement je me contentais de faire ce que les autres trouvaient bon pour moi. Au lycée aussi, c'était comme ça. La même chose. Mais, après la troisième, toi et moi on a changé de lycée. Toi, tu es allé dans un établissement public et moi j'ai été privé de préparation aux examens. Au lycée, j'étais en section football. C'était une grande école de préparation aux examens, mais on était très forts en foot. On a failli être sélectionnés pour les rencontres nationales.

« En gros, c'était la même chose qu'au collège. J'étais la cible de l'amour de toutes les filles de mon entourage. J'avais une petite amie. Une jolie fille. Elle venait toujours soutenir les matchs de foot, c'est comme ça qu'on s'est rencontrés. Mais on n'a jamais fait l'amour ensemble, on ne faisait que flirter. J'allais lui rendre visite chez elle, et quand ses parents n'étaient pas là, on se masturbait mutuellement. En vitesse. Mais c'était agréable. On se donnait des rendez-vous à la bibliothèque. J'étais le lycéen idéal. Un vrai feuilleton de la NHK sur la jeunesse.

Gotanda but une gorgée de whisky et secoua la tête.

« À l'université, ça a un peu changé. C'était la grande époque de la contestation. Évidemment, j'ai à nouveau hérité du rôle de chef. Dès qu'il y avait un mouvement quelque part je devenais invariablement le leader. J'ai fait les barricades, j'ai vécu en concubinage avec une fille, j'ai fumé de la marijuana, j'écoutais Deep Purple. Tout le monde faisait ça à l'époque. Les gendarmes mobiles sont venus me chercher, j'ai été un peu en prison. Après, comme je n'avais plus rien à faire, je me suis mis à faire du théâtre, sur les suggestions de la fille avec qui je vivais. D'abord j'ai fait ça sans conviction, et puis peu à peu ça m'a intéressé. J'étais débutant, mais on me donnait de bons rôles. J'ai fini par comprendre que j'étais doué. Je peux tout jouer, tu sais. C'est naturel chez moi. Au bout de deux ans, j'étais devenu assez populaire. Je faisais un peu n'importe quoi à l'époque. Je buvais pas mal, je couchais avec plein de filles. Mais tout le monde faisait ça. Un jour on m'a proposé de faire du cinéma. Ça m'intéressait, alors j'ai essayé. Ce n'était pas un mauvais rôle. Un rôle de lycéen sensible. Après j'ai eu tout de suite un autre rôle. La télé m'a fait des propositions. Ensuite, ça s'est fait tout seul. J'étais trop occupé, j'ai laissé tomber le théâtre. Quand j'ai arrêté, naturellement ça a fait quelques histoires. Mais il n'y avait rien à faire. On ne peut pas continuer toute sa vie à faire du théâtre dans l'ombre. Je m'intéressais à un monde plus vaste. Mais ça a toujours été pareil : je suis devenu un spécialiste des rôles de prof et de médecin. J'ai fait deux films de pub. Pour un médicament pour l'estomac et pour une marque de café instantané. C'était ça, le vaste monde !

Gotanda poussa un soupir. Un soupir tout à fait charmant, mais ça restait un soupir.

« Tu ne trouves pas que c'est une vie exemplaire ?

– Il y a beaucoup de gens qui ne réussissent pas aussi bien.

– Bof, fit-il. Je reconnais que j'ai eu de la chance. Mais à la réflexion, j'ai l'impression de ne jamais rien avoir choisi moi-même. Et puis quand je me réveille au milieu de la nuit, je suis submergé d'angoisse. Je me demande où est ma place exactement. Où est mon véritable moi. Il me semble que je n'ai fait que jouer avec facilité, les uns après les autres, tous les rôles qui me sont échus. Je n'en ai jamais choisi un seul, subjectivement.

Je ne savais que répondre. Tout ce que j'aurais pu dire semblait inutile.

– Je parle peut-être trop de moi ?

– Pas à ce point, répondis-je. Tu peux parler tant que tu en as envie. Je n'irai pas le crier sur les toits.

– Ce n'est pas ça qui m'inquiète, dit-il en me regardant dans les yeux. J'ai eu confiance en toi depuis le début. Je ne sais pas pourquoi, mais c'est comme ça. Je sais que je peux te parler en toute tranquillité. Je ne parle pas comme ça à tout le monde. À presque personne en fait. Je parlais à mon ex-femme. Nous parlions beaucoup et très franchement. Ça marchait bien entre nous, on se comprenait, et on s'aimait. Jusqu'à ce que notre entourage s'en mêle et fiche tout en l'air. Si on était restés seuls tous les deux, ça aurait continué à marcher, ça marcherait encore aujourd'hui. Mais elle avait un côté très instable psychiquement. Elle avait été élevée dans une famille trop dure, elle était trop dépendante d'eux. Elle ne savait pas vivre par elle-même. Et moi... Non, je saute trop du coq à l'âne. Ça, c'est encore une autre histoire. Tout ce que je voulais dire, c'est qu'avec toi je pouvais parler en toute quiétude. Mais je me demande si ça ne te gêne pas de m'entendre raconter tout ça.

Je répondis que ça ne me gênait pas.

Ensuite, il me parla des travaux pratiques de sciences. Il dit qu'il était toujours tendu. Qu'il essayait de faire bien comme il faut tous ses travaux pratiques. Qu'il devait toujours expliquer aux filles qui ne comprenaient pas ce qu'il fallait faire. Qu'il m'enviait parce que pendant ce temps j'avais l'air de faire mon travail sans me presser, à mon propre rythme. Mais moi, il m'était impossible de me souvenir de ce que j'avais bien pu faire au cours de ces travaux pratiques. Je ne comprenais donc absolument pas ce qu'il avait pu m'envier. Je me rappelais seulement la façon rapide et habile dont il menait ses expériences à lui. L'élégance de ses gestes quand il allumait le brûleur ou réglait le microscope. La façon dont les filles observaient ses moindres gestes comme si elles avaient assisté à un miracle. Si je prenais mon temps et avais l'air décontracté, l'unique raison en était probablement qu'il faisait pour moi tout ce qui paraissait trop difficile.

Mais je ne lui dis rien de tout ça, je me contentai de l'écouter en silence.

Un petit moment plus tard, un type à la quarantaine élégante, apparemment une de ses relations, entra dans le restaurant et vint lui taper sur l'épaule en disant : « Cela fait longtemps que je ne t'ai pas vu, dis donc ! » Il portait au poignet une Rolex si rutilante qu'inconsciemment on était tenté de détourner les yeux devant son éclat aveuglant. Il me jeta un coup d'œil pendant environ un cinquième de seconde, puis oublia aussitôt ma présence. Il m'avait regardé exactement comme un paillasson. J'avais beau porter une cravate Armani, il pouvait juger en un cinquième de seconde que je n'étais personne de connu. Il discuta un moment de choses et d'autres avec Gotanda... « Comment ça se passe ces temps-ci ? », « Accablé de boulot, mon vieux ! », « Je retournerais bien faire du golf », etc. Puis, sur un « à bientôt » et une dernière bourrade sur l'épaule de Gotanda, l'homme à la Rolex s'éloigna.

Après son départ, Gotanda fronça les sourcils d'à peine cinq millimètres, et leva deux doigts pour demander la note, qu'il signa sans regarder.

– Ne te sens pas gêné, ça passera dans les frais, dit-il Ce n'est même pas de l'argent. Juste des frais.

Je le remerciai de son invitation.

– Ce n'est pas une invitation. Juste des frais, dit-il d'une voix sans timbre particulier.

19

Gotanda et moi remontâmes dans sa Mercedes pour aller boire dans un bar situé dans une rue arrière d'Azabu. Assis à un bout du comptoir, nous ingurgitâmes quelques cocktails. Il avait l'air de bien tenir l'alcool, et buvait des quantités impressionnantes sans paraître soûl le moins du monde. Ni sa façon de parler ni son expression ne subissaient la moindre altération. Il me parla de diverses choses tout en buvant. De la bêtise des bureaux de télévision. De la stupidité du metteur en scène du feuilleton. Des vedettes du petit écran, de leur vulgarité à vomir. D'un critique hypocrite qui passait aux actualités. Ses anecdotes étaient plutôt drôles, son expression animée, ses observations mordantes.

Ensuite il dit qu'il voulait que je lui raconte quelque chose moi aussi. Le genre de vie que j'avais. Je lui résumai donc ma vie. Lui dis qu'à la sortie de l'université j'avais ouvert avec un ami une petite agence de pub... Que je m'étais marié, puis avais divorcé. Que la boîte marchait bien, mais qu'à cause de certaines circonstances j'avais mis un terme à mon association avec cet ami et travaillais maintenant comme reporter free-lance. Que je ne gagnais pas beaucoup d'argent, mais que de toute façon je n'avais pas le temps d'en dépenser... Résumée de la sorte, ma vie paraissait simple et tranquille. Comme si ce n'était pas vraiment ma vie.

Le bar s'était rempli peu à peu, et il devint vite difficile de soutenir une conversation. Il y avait des gens qui le dévisageaient.

– Allons chez moi, fit Gotanda en se levant. On est tout près, et il n'y a personne. J'ai même de quoi boire.

Son appartement était seulement à deux ou trois pâtés de maison du bar. Il dit au chauffeur qu'il pouvait s'en aller. C'était un immeuble magnifique. Il y avait deux ascenseurs, et pour l'un d'eux il fallait une clé personnelle.

« C'est mon agence de production qui a acheté cet immeuble au moment de mon divorce. Ça aurait fait mauvais genre qu'un acteur connu soit mis dehors par sa femme et se retrouve sans un sou, obligé de vivre dans un petit appartement pas cher. Ça aurait cassé mon image. Je paye un loyer, bien entendu. Officiellement mon agence me prête cet appartement, et le loyer passe dans les frais. Ça tombe bien.

Son appartement, situé au dernier étage, se composait d'une vaste salle de séjour, de deux chambres et d'une cuisine. Il y avait une véranda d'où on apercevait la tour de Tokyo, se découpant nettement. Il n'avait pas mauvais goût en matière de mobilier. C'était simple, net, et à vue d'œil avait coûté beaucoup d'argent. Le luxueux plancher de la salle à manger était jonché de tapis persans de diverses tailles. Le canapé était vaste, ni trop dur ni trop mou. Plusieurs grands pots contenant des plantes d'appartement étaient installés ça et là avec goût. La suspension au plafond et la lampe posée sur la table étaient des modèles italiens contemporains. Il y avait peu de décoration Sur une étagère étaient alignées des assiettes, apparemment de l'époque Ming, et c'était tout. L'appartement était d'une propreté impeccable. Peut-être une femme de ménage venait-elle le nettoyer tous les jours. Une revue d'architecture était posée sur la table.

– Joli appartement, fis-je.

– On pourrait y tourner un film, tu ne trouves pas ?

– Tout à fait, dis-je après avoir refait du regard le tour de la pièce.

– Voilà le résultat quand tu demandes les services d'un décorateur. On dirait un lieu de tournage. C'est bien pour faire des photos. De temps en temps je tape sur les murs pour vérifier que ce n'est pas un décor de cinéma. Comment dire, on ne sent aucune vie ici. C'est juste de la frime.

– Tu n'as qu'à y mettre l'odeur de ta propre vie.

– Le problème, c'est que je n'ai pas de vie, dit-il d'une voix sans expression.

Il mit un vieux disque de Bob Cooper sur sa platine.

– Qu'est-ce que tu veux boire ?

– La même chose que toi.

Il alla dans la cuisine, revint avec un plateau chargé d'une bouteille de vodka, plusieurs bouteilles de Schweppes, un bac à glaçons, trois citrons coupés en deux. Puis nous bûmes nos vodkas-tonic arrosées de jus de citron, en écoutant le jazz cool et clean de la côte ouest. C'est sûr que le parfum de la vie était plutôt ténu dans cet appartement. Je n'aurais pas su expliquer pourquoi ni comment, mais ça manquait singulièrement de vie. Enfin, ça ne me paraissait pas bien gênant. Pour moi, cette pièce respirait le calme. Je savourais ma vodka, décontracté, installé sur le confortable canapé, en écoutant Gotanda.

– Il y avait de nombreuses possibilités, disait-il en levant son verre au-dessus de sa tête pour le regarder par transparence à la lumière du plafonnier. Si j'avais voulu, j'aurais pu être médecin. À l'université j'avais commencé des études pour être prof. J'aurais aussi pu faire carrière dans une entreprise de premier ordre. Mais finalement voilà ce que je suis devenu. La vie que j'ai. C'est étrange. J'avais toutes les cartes étalées sous les yeux. J'aurais pu prendre n'importe laquelle. Je pensais que quelle que soit celle que je choisirais, ça marcherait. J'étais libre. Tellement libre que je n'ai pas pu choisir !

– Moi je n'ai jamais vu aucune carte, dis-je. Sincèrement.

Il me regarda en rétrécissant les yeux, puis me fit un large sourire. Sans doute avait-il cru que je plaisantais. Il se resservit un verre, pressa un citron dedans, jeta l'écorce à la poubelle.

– Même mon mariage s'est déroulé comme ça. J'ai joué dans un film avec ma future femme, on est devenus amis pendant le tournage. On buvait de l'alcool ensemble, on louait des voitures pour aller se balader. On s'est revus plusieurs fois quand le film a été fini. Notre entourage pensait qu'on formait un couple bien assorti, et qu'on se marierait sûrement. Finalement, on s'est mariés comme on se laisse emporter par le courant. Sans doute que tu ne comprendras pas ça, mais ici c'est un monde vraiment étroit. Comme si on vivait dans une baraque en planches au fond d'une ruelle. Une fois que le courant est là, il se charge d'une force réelle. Pourtant je l'aimais vraiment. Elle est l'une des choses les plus vraies de ma vie. Je me suis rendu compte de ça après l'avoir épousée. Alors j'ai essayé de la rendre vraiment mienne. Mais ça n'a pas marché. Quand j'essaye de choisir quelque chose sérieusement, cela s'échappe hors de ma portée. Que ce soit une femme ou un rôle. Je peux faire les choses si elles m'arrivent de l'extérieur, mais toutes celles que je choisis de ma propre volonté, elles m'échappent, me coulent entre les doigts.

Je me taisais.

« Ne crois pas que je sois pessimiste. Je l'aime toujours, c'est tout. De temps en temps je me dis que ce serait chouette si je pouvais arrêter d'être acteur, et qu'elle s'arrête aussi, et qu'on mène tous les deux une petite vie tranquille. Pas besoin d'appartement *high tech*. Pas besoin de Maserati, ni de quoi que ce soit. Un travail ordinaire, une petite maison ordinaire, ça suffirait. J'aimerais avoir des enfants aussi. En rentrant du travail, je m'arrêterais chez des copains pour boire un verre et je me plaindrais un peu. Et puis je rentrerais à la maison et elle serait là. J'achèterais une Civic ou une Subaru à crédit avec remboursements mensuels. Voilà le genre de vie que je voudrais. En réfléchissant, je me rends compte que c'est ça la vie que j'aurais désiré avoir. Si seulement elle voulait bien rester près de moi, ça me suffirait. Mais c'est impossible. Elle, c'est autre chose qu'elle cherche. Toute sa famille attend quelque chose d'elle. Sa mère est une femme de scène typique, son père un esclave de l'argent. Son frère aîné s'occupe de management. Le petit frère cause des problèmes de temps à autre, mais les scandales sont étouffés avec de l'argent. La petite sœur est chanteuse, ses disques se vendent très bien. Impossible d'échapper à ce milieu, dont le sens des valeurs est enraciné en elle aussi depuis l'âge de trois ou quatre ans. Depuis toute petite, elle vit dans ce monde-là. Rien à voir avec toi ou moi. Elle ne comprend absolument pas le monde réel. Elle vit dans sa bulle. Mais elle a un cœur magnifique. Elle a quelque chose de merveilleusement pur en elle. Je le sais. Mais ça ne marche pas. Rien à faire. Au fait, j'ai couché avec elle le mois dernier.

– Avec ton ex-femme ?

– Oui. Tu trouves ça choquant ?

– Pas particulièrement.

– Elle est venue ici. Je ne sais pas pourquoi elle est venue me voir. Elle a juste téléphoné avant en me demandant si elle pouvait venir. J'ai dit oui, évidemment. On a bu un verre ensemble comme autrefois, bavardé, et ensuite on a couché ensemble. C'était super. Elle m'a dit qu'elle m'aimait encore. Moi, je lui ai dit à quel point je trouverais merveilleux qu'on puisse tout recommencer tous les deux. Elle n'a rien dit. Elle m'a seulement écouté en souriant. Je lui ai parlé de mon idée de foyer ordinaire. Comme je viens de t'en parler. Elle a continué à m'écouter en souriant. Mais en fait elle ne m'écoutait pas. Depuis le début elle ne m'écoutait pas. J'avais beau parler, elle ne manifestait aucune réaction. Strictement rien à faire. Elle se sentait seule et avait envie d'être dans les bras de quelqu'un, c'est tout. Et cette fois-là, c'était moi. C'est affreux à dire, mais c'est la vérité. Elle est complètement différente de toi ou moi. La solitude, pour elle, c'est un sentiment qui peut être effacé par quelqu'un. Quelqu'un l'efface, et après ça va mieux. C'est fini. Elle ne va pas plus loin que ça. Moi, c'est différent.

Le disque était terminé, et le silence régnait. Il souleva l'aiguille, réfléchit un moment à quelque chose.

« Dis, ça te dirait qu'on invite des filles ?

– Ça ne me dérange pas. Fais comme tu as envie, répondis-je.

– Tu as déjà couché avec une fille en la payant ?

Je répondis que non.

« Pourquoi ?

– Je n'y ai jamais pensé, répondis-je honnêtement.

Il haussa les épaules, réfléchit un instant. Puis il dit :

– Eh bien ce soir tu ferais mieux de rester avec moi. Je vais appeler la fille qui venait avec Kiki. Elle saura peut-être quelque chose à son sujet.

– Je me fie à toi, dis-je. Mais tu ne fais tout de même pas passer ça dans les frais ?

Il mit des glaçons dans son verre en souriant.

– Tu ne me croiras peut-être pas, mais pourtant si, ça passe dans les frais. C'est le système qui veut ça. Ils ont une façade d'organisateurs de réceptions et de soirées, et nous fournissent des factures bien propres et bien brillantes. Même s'il y avait des recherches, c'est une société organisée de manière si compliquée que ce n'est pas facile à suivre. Et quand on couche avec une fille, on obtient de magnifiques notes de frais de réception. On vit dans un monde merveilleux !

– C'est la société capitaliste de pointe, dis-je.

@ @ @ @

En attendant l'arrivée des deux filles, je repensai aux oreilles de Kiki, et demandai à Gotanda s'il les avait déjà regardées.

– Ses oreilles ? fit-il en me regardant d'un air d'incompréhension totale. Non, je ne les ai jamais vues. Ou peut-être que si. Mais je ne m'en rappelle pas. Elles avaient quelque chose de particulier, ses oreilles ?

– Non, rien...

@ @ @ @

Les deux filles arrivèrent un peu après minuit. L'une d'elles était la compagne de Kiki, celle que Gotanda avait qualifiée de « splendeur ». Et elle était effectivement splendide. Le genre de fille dont on se souvient longtemps, même si on ne fait que la croiser dans la rue. Le genre de fille qui réveille les fantasmes éternels des hommes. Pas du tout tapageuse. Distinguée. Elle portait un pull en cachemire vert sous son trench-coat. Et une jupe de laine tout ce qu'il y a de plus simple. Pour seul bijou, de petites boucles d'oreilles toutes simples. On aurait dit une étudiante en fin de cycle à l'université de filles de Tokyo.

L'autre fille portait des lunettes et une robe dans un assortiment de couleurs douces. J'ignorais jusque-là qu'il existait des prostituées portant des lunettes. Mais il semblait que si. On ne pouvait pas dire qu'elle était splendide, mais elle avait beaucoup de charme. Ses jambes et ses bras sveltes étaient dorés par le soleil. Elle nous dit qu'elle était partie nager à l'île de Guam la semaine précédente. Elle avait les cheveux courts, retenus par des barrettes, un bracelet d'argent au poignet, des gestes vifs, et une peau ferme et élégante, souple comme celle d'un fauve.

En les regardant, je repensai soudain à nos années de collège. Il y avait dans notre classe une fille de chacun de ces deux types : la fille jolie et distinguée, et la fille piquante, active, pleine de charme. On dirait une réunion d'anciens élèves, me dis-je. La même ambiance que si les camarades les plus proches avaient prolongé la soirée pour se retrouver et boire un verre ensemble, au moment où les tensions se dénouent, à la fin de la réunion officielle. C'était un peu idiot comme association d'idées, mais c'est vraiment l'impression que ça me faisait. Il me semblait comprendre ce que disait Gotanda en parlant de se décontracter. Apparemment, il avait déjà couché avec chacune des deux filles, car ils se saluèrent simplement d'un : « Salut, ça va ? » Gotanda me présenta comme un de ses amis de collège qui vivait maintenant de sa plume. Enchantée, dirent les filles avec de grands sourires. Ça va, on est tous copains, semblaient dire ces sourires, d'un genre qui se rencontre rarement dans le monde réel. « Enchanté », dis-je. Nous nous assîmes sur le lit, ou nous allongeâmes sur les canapés, bûmes des whisky-sodas, écoutâmes Joe Jackson, Chic, Alan Parsons Project, tout en discutant. L'atmosphère était très décontractée. Nous en profitions, et les filles aussi. Gotanda nous fit une démonstration de son rôle de dentiste en prenant la fille aux lunettes comme cobaye. Pas de doute, il avait du talent. Il faisait plus vrai que nature en dentiste.

Assis à côté de la fille à lunettes, il lui parlait à voix basse, et elle gloussait de rire de temps à autre. Pendant ce temps, la beauté splendide avait appuyé sa tête sur mon épaule et m'avait pris la main. Elle sentait délicieusement bon. Un parfum à vous serrer le cœur et vous empêcher de respirer. On dirait vraiment une réunion d'anciens élèves, me dis-je. À cette époque-là, je ne savais pas comment te le dire, mais j'étais vraiment amoureux de toi, tu sais. Pourquoi tu ne m'as jamais invitée, alors ? Rêves de jeunesse. Images. J'enlaçai ses épaules. Elle ferma les yeux, chercha mes oreilles avec le bout de son nez. Puis elle m'embrassa dans le cou, aspirant doucement. Je m'aperçus alors que la fille à lunettes et Gotanda avaient disparu. Ils avaient dû aller s'isoler dans la chambre. « Tu ne baisserais pas un peu la lumière ? » demanda-t-elle. Je cherchai l'interrupteur mural, éteignis, allumai une petite lampe posée sur la table. Une cassette de Dylan avait remplacé le disque de tout à l'heure. *It's all over now, Baby blue.*

– Déshabille-moi lentement, me murmura-t-elle à l'oreille.

J'obéis et lui enlevai lentement son pull, sa jupe, son chemisier, ses bas. Par habitude, j'allais plier ses vêtements, mais je me rappelai que ce n'était pas la peine et arrêtai. Elle m'enleva à son tour mes vêtements. Ma cravate d'Armani, mon Levis, mon tee-shirt. Puis elle fut debout devant moi, vêtue seulement d'une petite culotte et d'un soutien-gorge soyeux.

– Qu'en penses-tu ? dit-elle en souriant.

– Très joli.

Elle avait un très joli corps. Ravissant, plein de vie, propre et sexy.

– Joli comment ? fit-elle. Exprime-toi avec plus de détails. Si tu sais bien le dire, je serai très gentille avec toi.

– Tu me rappelles le passé. Mes années de lycée, dis-je sincèrement.

Elle me regarda un moment avec une drôle de mimique en plissant les yeux.

– Dis donc, tu es unique en ton genre, toi !

– J'ai mal répondu ?

– Pas du tout, dit-elle, puis elle s'approcha de moi et me fit des choses qu'en trente-quatre années de vie aucune fille ne m'avait jamais faites.

Des choses délicates, hardies, et imaginatives. Je fermai les yeux, abandonnant mes forces, et me laissai aller au gré du courant qui m'emportait. C'était différent de tout ce que j'avais connu jusque-là.

– Pas mal, hein ? murmura-t-elle à mon oreille.

– Pas mal, répondis-je.

Cela me caressait le cœur comme une délicieuse musique, me délassait la chair, anesthésiait ma sensation du temps, me faisant goûter une pure intimité, une douce harmonie, une parfaite communication entre des formes limitées par l'espace et le temps. Et en plus ça passait dans les frais. « Pas mal », dis-je. Bob Dylan chantait quelque chose. Qu'est-ce que c'était déjà ? *Hard Rain*. Je l'enlaçai doucement. Elle se laissa couler sans forces entre mes bras. Cela paraissait légèrement incongru de faire l'amour à une femme aussi belle en écoutant du Dylan, et en sachant que ça passait dans les notes de frais. Dans les bonnes vieilles années soixante, jamais je n'aurais pu imaginer une chose pareille.

Ce n'est qu'une image, me dis-je. Si j'éteins le bouton, tout va s'effacer. Un fantasme en trois dimensions. Un parfum érotique d'eau de Cologne, le contact d'une peau douce, un souffle chaud.

Quand j'eus éjaculé, après avoir suivi le parcours fixé jusqu'au bout, nous allâmes tous deux à la salle de bains nous laver. Puis, enveloppés de grandes serviettes de bain, nous revînmes au salon boire du cognac à petites gorgées en écoutant des disques de Dire Straits.

Elle me demanda quel genre de choses j'écrivais pour mon travail. Je lui expliquai en gros. Ça n'a pas l'air passionnant, dit-elle. Je lui dis que ça dépendait du sujet. Je lui dis que je faisais du déneigement culturel, Elle répondit qu'elle, elle faisait du déneigement sensuel. Puis elle se mit à rire et me proposa de recommencer à déneiger. Nous fîmes l'amour sur le tapis. Très simplement cette fois, et très lentement. Mais si simples que fussent les positions qu'elle prenait, elle savait toujours exactement comment me donner le maximum de plaisir. Je me demandais avec étonnement comment elle s'y prenait.

Ensuite, allongés tous les deux dans la grande et longue baignoire, je la questionnai au sujet de Kiki.

– Kiki, fit-elle. Un nom qui me rappelle des souvenirs. Tu la connais ?

Je hochai la tête.

Elle pressa les lèvres dans une moue enfantine, poussa un soupir.

« Elle n'est plus là. Elle a disparu sans crier gare. On s'entendait bien toutes les deux. De temps en temps on allait faire des courses ensemble, ou boire un verre. Mais elle est partie brusquement, sans rien me dire, il y a un mois ou deux. Ce genre de choses n'est pas rare dans notre métier, tu sais. Pas besoin de préavis quand on veut démissionner, on s'arrête discrètement sans rien dire à personne. Mais c'est dommage qu'elle soit partie. Parce qu'on s'entendait plutôt bien. Mais bon, tant pis, il n'y a rien à faire. Nous ne sommes pas dans un club de scouts, après tout.

Elle me caressait le bas-ventre de ses doigts longs et délicats, et effleura doucement mon sexe.

« Tu as couché avec elle ?

– On a vécu ensemble un moment autrefois, il y a quatre ans de ça à peu près.

– Quatre ans ? fit-elle avec un sourire. Ça me paraît il y a très longtemps. Moi, il y a quatre ans, j'étais encore une lycéenne plutôt calme.

– Il n'y a aucun moyen d'arriver à la voir ? lui demandai-je.

– C'est difficile. Je ne sais vraiment pas où elle est. Je viens de te le dire, elle a disparu du jour au lendemain. Comme si elle avait été aspirée par les murs. Je n'ai aucun indice, et même si je voulais la retrouver, je ne saurais pas de quel côté chercher. Tu es toujours amoureux d'elle ?

Je m'étirai lentement dans l'eau chaude, levai les yeux vers le plafond. Est-ce que j'étais encore amoureux d'elle ?

– Je n'en sais rien. Mais ceci mis à part, il faut que je la voie. Je crois qu'elle cherche à me retrouver, cette impression ne me quitte pas. Je n'arrête pas de rêver d'elle.

– C'est bizarre, dit-elle en me regardant dans les yeux, moi aussi, il m'arrive de rêver d'elle.

– Quel genre de rêve ?

Elle ne répondit pas, elle se contenta de sourire d'un air songeur. Elle dit qu'elle avait envie de boire un verre. Nous retournâmes dans le salon, et assis sur le lit, écoutâmes de la musique en buvant de l'alcool. J'enlaçai ses épaules nues. Gotanda et sa compagne avaient dû s'endormir car ils ne ressortaient toujours pas de la chambre.

– Tu sais, tu ne me croiras peut-être pas, mais je prends beaucoup de plaisir à être comme ça avec toi. C'est vrai, hein. Je n'ai pas l'impression de travailler ou de jouer un rôle, je suis bien, c'est tout. Tu me crois ? demanda-t-elle.

– Je te crois. Moi aussi je me sens bien. Je suis décontracté. Ça me fait penser à une réunion d'anciens élèves.

– Tu es vraiment unique ! dit-elle en riant.

– Dis-moi, à propos de Kiki. Il n'y a vraiment personne qui ait une idée ? Je veux dire, qui connaisse son adresse ou son vrai nom ?

Elle secoua lentement la tête.

– Tu sais, entre nous, on ne parle jamais de ce genre de choses. Chacune prend le nom qu'elle veut. Kiki. Ou May, comme moi. L'autre fille s'appelle Mamy. On a toutes des surnoms de une ou deux syllabes. Personne ne sait rien de la vie privée des autres, et on ne pose pas de questions. Dans la mesure où l'autre n'en parle pas d'elle-même. C'est une règle de savoir-vivre. On s'entend bien entre nous. On va s'amuser ensemble quelquefois. Mais ce n'est pas la réalité, tout ça. On ne sait pas qui est vraiment l'autre. Moi, je suis May, elle c'est Kiki. Nous n'avons pas de vraie vie. Nous sommes des images, sans plus. Nous flottons dans l'espace. Donner un nom à une illusion, c'est juste lui mettre une marque. Même entre nous, nous respectons nos images respectives, dans la mesure du possible. Tu comprends ce que je veux dire ?

– Je comprends, dis-je.

– Il y a des clients qui ont pitié pour nous, mais ce n'est pas la question. Nous ne faisons pas ça seulement pour l'argent. Nous aussi, nous nous amusons en faisant ça. Pour appartenir à ce club il y a une sélection sévère, tous les clients sont des hommes de qualité, et ils nous traitent bien, nous font plaisir aussi. En fait, tu vois, nous prenons plaisir à vivre dans ce monde d'images.

– Le déneigement dans la joie, en somme.

– Oui, le déneigement dans la joie, fit-elle, puis elle posa un baiser sur ma poitrine. Et, de temps en temps, on lance des boules de neige.

– May, dis-je. Autrefois, j'ai connu une fille qui s'appelait vraiment May. Elle était réceptionniste chez un dentiste à côté de mon bureau. Elle était née dans une ferme dans le Hokkaido. Tout le monde l'appelait May la biquette. Elle était mince, le teint foncé. Une fille sympa.

– May la biquette, répéta-t-elle. Et toi, comment tu t'appelles ?

– Winnie l'ourson, répondis-je.

– On dirait un conte de fées ! Génial. May la biquette et Winnie l'ourson.

– On dirait un conte de fées, répétai-je.

– Embrasse-moi, dit May.

Je l'enlaçai et l'embrassai. Un baiser agréable. Un baiser qui remuait des souvenirs lointains. Puis nous bûmes notre énième verre de cognac en écoutant un disque de Police. Police, encore un nom de groupe ridicule. Pourquoi donner un nom pareil à un groupe de rock ? Mais pendant que je réfléchissais à ça, elle s'assoupit doucement dans mes bras. Endormie ainsi entre mes bras, May n'avait plus l'air d'une somptueuse créature, mais d'une jeune fille tendre et sensible comme il y en a partout. Réunion d'anciens élèves, me dis-je. Ma montre indiquait déjà quatre heures du matin. Les alentours étaient mortellement calmes. May la biquette et Winnie l'ourson. Une image de conte de fées qui passait dans les frais. Police. Encore une drôle de journée. Les choses avaient l'air sur le point de se relier, et puis rien ne se reliait. Je suivais le fil, et presque aussitôt il était brutalement tranché. Après ma longue conversation avec Gotanda, je commençai à éprouver de la sympathie pour lui. J'avais rencontré May la biquette et couché avec elle. C'était fantastique. J'étais devenu Winnie l'ourson. Déneigement sensuel. Mais tout ça ne menait nulle part.

Je me faisais du café dans la cuisine quand les trois autres se levèrent. Il était six heures et demie du matin. May portait une robe de chambre, Mamy le haut de pyjama de Gotanda, et Gotanda le bas. Moi, j'étais en jean et tee-shirt. Nous nous mîmes tous les quatre à table pour boire le café, accompagné de pain grillé. On se passa le beurre, la marmelade. La radio diffusait du Henry Purcell dans le cadre d'« une heure de musique baroque avec vous ». On aurait dit une matinée de colonie de vacances.

– On dirait une matinée de colonie de vacances, dis-je.

– Coucou les amis ! fit May.

À sept heures, Gotanda appela un taxi pour raccompagner les deux filles. Au moment de partir, May m'embrassa.

– Si tu arrives à retrouver Kiki, dis-lui bonjour de ma part, hein, fit-elle.

Je lui passai discrètement une carte de visite et lui dis de m'appeler si jamais elle apprenait quoi que ce soit. Elle hocha la tête, dit qu'elle n'y manquerait pas. Puis elle me fit un clin d'œil et ajouta :

« J'espère qu'on aura à nouveau l'occasion de déneiger ensemble.

– Déneiger ? fit Gotanda.

Seuls à nouveau tous les deux, nous bûmes une autre tasse de café. C'est moi qui le préparai. Je fais très bien le café. Le soleil s'était levé tranquillement, sans bruit, et la tour de Tokyo brillait d'un éclat aveuglant. Ça me rappelait une ancienne publicité pour Nescafé. Il me semblait bien que la tour de Tokyo apparaissait dans cette pub. Le matin à Tokyo commence avec un café... Non, ce n'était pas ça. Enfin, peu importe : la tour de Tokyo étincelait au soleil matinal, et nous buvions du café, voilà.

C'était l'heure où les gens normaux se pressent pour aller au bureau ou à l'école. Mais pas nous. Nous, nous nous étions divertis toute la nuit avec de somptueuses créatures, et buvions un café, les yeux dans le vague. Peut-être allions-nous après ça faire un bon petit somme. Que cela me plaise ou non, et même s'il y avait une différence de niveau, nous – Gotanda et moi – nous étions extraits du mode de vie des gens ordinaires.

– Qu'est-ce que tu fais aujourd'hui ? me demanda Gotanda en tournant la tête vers moi.

– Je vais rentrer dormir chez moi, dis-je. Je n'ai rien prévu de particulier.

– Moi, je vais dormir un peu. À midi, j'ai un rendez-vous, dit-il.

Ensuite nous regardâmes la tour de Tokyo un moment en silence.

– Alors, ça t'a plu ? demanda Gotanda.

– Ça m'a plu, dis-je.

– Et pour Kiki, tu as appris quelque chose ?

Je secouai la tête.

– Non, elle a seulement disparu du jour au lendemain. Comme tu me l'as dit. Pas la moindre piste. Je ne sais même pas son vrai nom.

– Je me renseignerai de mon côté auprès de ma boîte de production, dit-il. On apprendra peut-être quelque chose de plus.

Puis il tordit un peu les lèvres, se gratta la tempe avec le bout de sa petite cuillère. Charmant ! se seraient sûrement exclamé les filles.

– À propos, si jamais tu retrouves Kiki, tu as l'intention de faire quoi ? demanda-t-il. Tu veux lui proposer de recommencer à zéro, ou c'est seulement pour évoquer le passé ?

Je répondis que je n'en savais rien.

Je n'en avais aucune idée. Je penserais à ça une fois que je l'aurais retrouvée.

Après le café, Gotanda me raccompagna chez moi dans son impeccable Maserati beige. Je lui avais dit que je pouvais rentrer en taxi, mais il avait insisté pour me raccompagner, disant que ce n'était pas loin.

– Je pourrai te rappeler pour t'inviter à nouveau ? demanda-t-il. J'ai été si heureux de pouvoir parler avec toi. Il n'y a pas tellement de gens à qui je peux parler franchement. Si ça ne te dérange pas, moi, j'aimerais qu'on se revoie bientôt. Tu es d'accord ?

– Évidemment, dis-je.

Puis je le remerciai pour le steak, l'alcool et les filles.

Il secoua tranquillement la tête en silence. Il n'avait pas besoin de parler, je savais très bien ce qu'il aurait pu me dire.

20

Quelques jours paisibles s'écoulèrent, sans événement marquant. J'avais tous les jours quelques appels d'ordre professionnel mais je ne répondais pas, laissant le répondeur branché en permanence. Apparemment ma popularité n'avait pas encore baissé. Je me faisais à manger et allais au moins une fois par jour à Shibuya voir *Amour sans espoir*. Comme c'était les vacances de printemps, le cinéma était, sans être bondé, raisonnablement fréquenté. La plupart des spectateurs étaient des lycéens ou des collégiens. Le seul véritable adulte de la salle, c'était moi. Comme ils venaient voir ce film uniquement pour la fille qui jouait le rôle principal et le chanteur qui était l'idole du moment, la qualité comme l'intrigue du film leur importaient peu. Dès que la star qu'ils étaient venus voir apparaissait sur l'écran, ils se mettaient à pousser des hurlements. Il y avait autant de vacarme que dans un chenil de la SPA. En l'absence de leur idole, ils mastiquaient avec force bruits et froissements de papier, ou conspuaient le film avec des hurlements aigus. « C'est nuuul ! » Certains devaient même envisager d'incendier le cinéma comme palliatif à leur frustration.

Au début du film, j'examinai avec une attention soutenue le générique, et découvris bel et bien dedans en tout petit le nom de « Kiki ».

Après la scène où elle apparaissait, je quittais le cinéma et me promenais sans but dans les rues, toujours selon le même parcours. De Shinjuku au stade de base-ball, puis le cimetière d'Aoyama, l'immeuble de Jintan, et Shibuya. Je m'arrêtai de temps en temps en route pour boire un café et faire une pause. Sur terre, le printemps était arrivé, répandant dans l'air son parfum nostalgique. La Terre continuait patiemment et scrupuleusement ses révolutions autour du Soleil. Les mystères de l'univers... Chaque fois que l'hiver se terminait et que le printemps arrivait, je songeais aux mystères de l'univers. Pourquoi le printemps a-t-il toujours le même parfum ? Chaque année, sans coup férir, à chaque renouveau de la nature, cette odeur était là, impalpable, délicate, mais toujours exactement semblable.

Les rues étaient pleines d'affiches de campagne électorale. Les candidats étaient tous plus laids les uns que les autres, des voitures vomissant des discours parcouraient les rues. Je ne comprenais pas bien de quoi ils parlaient. Ça faisait du bruit, c'était tout. Moi, je continuais à arpenter les rues en pensant à Kiki. Petit à petit, je m'aperçus que mes jambes avaient commencé à retrouver leur mouvement. Mes pas, d'abord légers, avaient pris de l'assurance, tandis que parallèlement ma tête me semblait fonctionner avec une acuité qu'elle ne possédait pas auparavant. C'était vraiment imperceptible, mais j'avançai, pas après pas. J'avais un but, et en fonction de ce but, je m'étais mis en marche. Ce n'était pas mauvais comme symptôme. Danser, me dis-je. Ça ne sert à rien de penser ceci ou cela. Mais placer ses pieds comme il faut, maintenir son propre système. Continuer à observer attentivement où me mène le courant. Continuer à être dans *ce monde-ci*. Les quatre ou cinq derniers jours de mars s'écoulèrent ainsi. En façade, aucun développement. Je faisais mes courses, me préparais de petits dîners dans la cuisine, allais au cinéma revoir *Amour sans espoir*, faisais de longues promenades. En rentrant à la maison, j'écoutais les messages du répondeur, mais c'était toujours des appels professionnels. La nuit, seul, je lisais ou buvais un verre. La même chose se répétait chaque jour. Ainsi vint le mois d'avril, célèbre par le poème d'Eliot et les morceaux de Count Basie. La nuit, en buvant seul, je repensais incidemment à la nuit passée avec May la biquette sauvage. Déneigement. C'était un souvenir étrangement indépendant, en relation avec rien. Ni avec Gotanda ni avec Kiki, rien. Comme un rêve avec un sentiment aigu de réalité. Un rêve réel qui finalement n'était lié à rien, bien que je m'en souvienne dans les moindres détails et que dans un certain sens il soit plus clair que la réalité. Une plaisante parenthèse dans ma vie. La rencontre de deux cœurs limités par une forme matérielle. Respecter l'image, l'illusion, en rassemblant nos forces à tous les deux. Ce sourire qui semblait dire : « Nous sommes tous des copains. » Un matin de colonie de vacances. Coucou les amis !

J'essayai d'imaginer Kiki couchant avec Gotanda. Lui avait-elle accordé le même genre d'attentions érotiques que celles que May avait eues pour moi ? Ces petites attentions constituaient-elles un savoir-faire particulier, une technique de base que toutes les filles appartenant à ce club devaient avoir assimilés, ou bien était-ce un talent particulier que May possédait ? Je n'en savais rien. Je ne pouvais pas non plus poser la question à Gotanda. À l'époque où elle vivait avec moi, Kiki se montrait plutôt passive dans le domaine sexuel. Quand je la prenais dans mes bras, elle réagissait avec chaleur, mais elle ne prenait jamais l'initiative de nos ébats, ne se montrait jamais entreprenante. Quand je lui faisais l'amour, elle s'abandonnait complètement entre mes bras, et je pensais qu'elle y prenait plaisir. Jamais je n'avais ressenti la moindre insatisfaction envers sa façon de se comporter pendant l'amour. C'était merveilleux pour moi de la tenir ainsi, complètement abandonnée dans mes bras. Son corps tendre, sa respiration paisible, son sexe chaud. J'étais parfaitement satisfait avec ça. Aussi avais-je du mal à l'imaginer se livrant à des manœuvres sexuelles actives et professionnelles, par exemple sur la personne de Gotanda. Peut-être que je manquais simplement d'imagination ?

Comment les prostituées faisaient-elles la différence entre le sexe dans la vie privée et dans la vie professionnelle ? Je n'avais pas le moindre élément de réponse à cette question. Ainsi que je l'avais dit à Gotanda, je n'avais jusque-là jamais utilisé les services d'une professionnelle. J'avais couché avec Kiki. Et Kiki était une prostituée. Certes. Mais à ce moment-là, cela va sans dire, je couchais avec Kiki en tant que femme, pas en tant que prostituée. Inversement, c'était avec une prostituée que j'avais couché quand j'étais avec May, et j'ignorais tout de la femme May. Même en comparant ces deux cas, il n'y avait pas grand sens à tout cela. Plus je réfléchissais en comparant, plus la question m'apparaissait compliquée. En matière de sexe, où s'arrêtait l'activité mentale, où commençait la technique ? Où s'arrêtait la réalité, où commençaient le fantasme et le jeu ? Des préliminaires suffisants relevaient-ils du domaine du mental ou de la technique ? Kiki avait-elle vraiment éprouvé du plaisir au cours de ses rapports sexuels avec moi ? Jouait-elle vraiment un rôle dans cette scène au cinéma ? Ou bien les doigts de Gotanda caressant son dos la plongeaient-ils vraiment dans l'extase ?

Image et réalité se mélangeaient.

Gotanda, par exemple. En tant que médecin, il n'était qu'une simple image. Pourtant il avait plus l'air d'un médecin qu'un véritable praticien. Parce qu'il inspirait confiance.

Et moi, quelle image pouvais-je bien avoir ? En avais-je même une ? *Danse*, avait dit l'homme-mouton. *Danse, au point de susciter l'admiration de tous*. Si tout le monde devait pouvoir m'admirer, c'est donc que j'avais bel et bien une image. Et si j'en avais une, tout le monde pourrait-il l'admirer ? Sans doute, me dis-je. Car qui admirerait la réalité de ce que j'étais ?

Comme j'avais sommeil, je rinçai mon verre, me lavai les dents et allai me coucher. Je m'éveillai le lendemain matin. Les jours passaient trop vite. On était déjà en avril. Début avril. Ces délicates journées de début avril, changeantes, sensibles, et si belles, comme des phrases de Truman Capote. J'achetai à nouveau les légumes dressés à conserver leur fraîcheur de chez Kinokuniya, une douzaine de boîtes de bière et trois bouteilles de vin en promotion. J'achetai aussi du café en grains. Et du saumon fumé pour me faire des sandwichs. Ainsi que de la pâte de soja et du tofu. En rentrant à la maison je trouvai un message de Yuki sur mon répondeur. D'une voix plutôt sombre et sérieuse, elle me demandait d'être chez moi vers midi parce qu'elle allait me rappeler. Puis elle avait raccroché brutalement, ce qui devait être une forme d'expression corporelle qui lui était propre. La montre indiquait onze heures vingt. Je me fis un café serré dans la cuisine, le bus brûlant, assis sur le lit en lisant un magazine de BD. Cela faisait bien dix ans que je me promettais d'abandonner ce genre de lecture, mais je finissais toujours par replonger. Dix ans, c'est une période trop longue pour attribuer cette habitude simplement à ma force d'inertie. À midi cinq, le téléphone sonna. C'était Yuki.

– Ça va ? fit-elle.

– Très bien, répondis-je.

– Tu fais quoi, là, maintenant ?

– J'allais me préparer des sandwichs avec de la laitue spécialement dressée et du saumon fumé que je vais couper en tranches fines comme des lames de sabre et assaisonner de raifort et d'oignons frais rincés à l'eau glacée. Sans compter le beurre français de chez Kinokuniya qui se marie parfaitement avec les sandwichs au saumon fumé. Si j'arrive bien à les préparer, le goût est assez proche des sandwichs au saumon fumé que j'ai mangés au *Delicatessen Sandwich-Stand* de Kobe. Mais je n'y parviens pas toujours. Pour arriver à créer quelque chose dans la vie, il faut un but, ensuite on progresse à coups d'essais et d'erreurs.

– C'est nul, ton truc !

– Oui, mais c'est bon. Si tu crois que je mens, demande à l'abeille, demande au roseau. C'est vraiment un délice.

– C'est quoi cette histoire ? À l'abeille et au roseau ?

– Juste un exemple.

– Allons, allons, fit-elle en soupirant. Tu ne crois pas qu'il serait temps pour toi de devenir un peu adulte ? Tu as trente-quatre ans, non ? Même de mon point de vue à moi, ça paraît un peu ridicule, ton histoire.

– Tu veux dire que je devrais être plus sociable, c'est ça ?

– J'ai envie de faire une balade en voiture, dit-elle en ignorant ma question. Tu as le temps ce soir ?

– Je pense que oui, dis-je après un instant de réflexion.

– Tu viens me chercher à cinq heures à Akasaka alors ? Tu te rappelles l'adresse ?

– Oui, fis-je. Mais dis donc, tu es restée toute seule là-bas depuis l'autre fois ?

– Hmm. Je n'avais pas envie de rentrer à Hakone, c'est juste une grande maison vide en haut d'une colline. Je n'ai pas envie de m'y retrouver toute seule. Ici c'est bien plus amusant.

– Et ta mère ? Toujours pas rentrée ?

– Je n'en sais rien, je suis sans nouvelles. Elle doit toujours être à Katmandou. On ne peut pas compter sur elle, je te l'ai déjà dit, non ? Je ne sais absolument pas quand elle va revenir.

– Et pour l'argent, tu fais comment ?

– Oh, ça va, je peux me servir de sa carte de crédit. J'en avais pris une dans son portefeuille, elle ne s'est même pas aperçue qu'elle en avait une en moins. Il faut que je me débrouille toute seule, tu comprends, sinon je meurs. C'est normal, non, puisqu'elle ne se conduit pas honnêtement avec moi. Tu ne trouves pas ?

Je fis une réponse vague pour esquiver la question.

– Et tu te nourris, au moins ? demandai-je à tout hasard.

– Mais oui, je mange, qu'est-ce que tu crois, si on ne se nourrit pas, on meurt, hein.

– Je te demande si tu te nourris *correctement* !

Elle toussota.

– Ben je vais au Kentucky Fried Chicken, au Mc Do, ce genre de trucs quoi. Et il y a aussi les nouilles-minute....

Rien que des cochonneries !

– Je viens te chercher à cinq heures, et je t'emmènerai faire un repas normal. Tes habitudes alimentaires sont vraiment déplorables. Une adolescente comme toi devrait manger de façon un peu mieux équilibrée. Si tu continues comme ça, quand tu seras grande tu auras des règles irrégulières. Évidemment, tu peux me répondre que c'est toi qui choisis ce que tu veux devenir plus tard. Mais si tu as des règles irrégulières, ça posera des problèmes à ton entourage. Il faut penser un peu aux autres aussi.

– C'est complètement nul, ton histoire ! fit-elle d'une petite voix.

– Au fait, ça ne te dérangerait pas de me donner le numéro de téléphone de ton appartement à Akasaka ?

– Pourquoi ?

– Ce genre de communication à sens unique ne me paraît pas juste. Toi, tu connais mon numéro. Et moi, je ne connais pas le tien. Tu peux me téléphoner quand tu en as envie, mais moi, si j'ai envie de t'appeler, je ne peux pas. C'est injuste. Et puis, quand on a un rendez-vous, comme aujourd'hui, si jamais il y a une urgence, et que je sois obligé de changer l'heure, je ne sais pas où te joindre, ce n'est pas très pratique.

Elle souffla un peu comme si elle hésitait, puis finit par m'indiquer le numéro. Je le notai sur mon carnet d'adresses, sur la ligne juste en dessous des coordonnées de Gotanda.

– Mais tâche de ne pas changer le rendez-vous sans raison sérieuse, hein ? dit Yuki. J'ai assez de maman pour me faire ce genre de plans.

– Ne t'en fais pas. Je ne changerai pas mon rendez-vous avec toi, sauf cas de force majeure. Je ne te mens pas. Demande à la piéride du chou, demande à la luzerne. Il n'y a pas beaucoup de gens aussi capables de tenir leurs promesses que moi. Mais il existe en ce monde ce qu'on appelle « l'inattendu ». Des événements totalement imprévus qui se produisent soudain. Le monde étant vaste et complexe, il peut arriver des choses dont l'issue ne dépend pas de moi. Si je ne pouvais pas te prévenir en temps voulu dans ce genre de cas, cela m'ennuierait beaucoup. Tu comprends ce que je te dis ?

– « L'inattendu », dit-elle.

– Un coup de tonnerre dans un ciel bleu, dis-je.

– Ça serait bien que ça n'arrive pas, dit-elle.

– Exact, dis-je.

Mais cela arriva quand même.

21

Ils arrivèrent un peu après trois heures de l'après-midi. Ils étaient deux. La sonnette de la porte résonna pendant que j'étais sous la douche, puis à nouveau huit fois pendant que je mettais une robe de chambre et allais ouvrir. Une façon de sonner chez les gens qui a le don de me faire passer des frissons d'irritation sur la peau. En ouvrant la porte, je me trouvai face à deux hommes, l'un d'environ quarante-cinq ans, l'autre à peu près de mon âge. Le plus âgé était grand, avec une cicatrice sur le nez, le teint bien hâlé pour un début du printemps. Ce bronzage naturel et profond lui donnait un air buriné de pêcheur, loin des couleurs obtenues sur les plages de Guam ou des pistes de ski. Il avait les cheveux raides et des mains désagréablement larges. Il était vêtu d'un imperméable gris. Le plus jeune était petit de taille. Avec ses cheveux longs, ses yeux étroits et son regard perçant, il évoquait un jeune homme de quelques générations plus tôt rêvant de se consacrer à la littérature. Je l'aurais très bien vu relever la frange sur son front au cours d'une réunion d'un cercle littéraire en disant : « On reconnaît là le style de Mishima. » J'en avais eu quelques-uns de ce genre autrefois comme condisciples à l'université. Celui-là portait un imper bleu marine. Tous deux avaient des chaussures de cuir noir pas franchement à la dernière mode. Plutôt des chaussures bon marché et usées jusqu'à la corde que personne ne se baisserait pour ramasser s'il les trouvait dans un caniveau. Aucun de ces deux messieurs n'avaient un physique propre à m'inspirer la sympathie, et je les baptisai illico « le pêcheur » et « le plumitif » en mon for intérieur.

Le plumitif sortit de sa poche une carte de police qu'il brandit sous mes yeux en silence. On se serait cru dans un film. Je n'avais jamais vu de carte de police jusqu'ici, mais au premier coup d'œil je sentis que ce n'était pas une imitation. Elle avait l'air aussi fatiguée que leurs chaussures. Pourtant, quand il la tendit vers moi, j'eus l'impression qu'il venait me vendre la revue de son cercle littéraire.

– Commissariat d'Akasaka, annonça le plumitif.

Je hochai la tête. Le pêcheur n'avait pas encore ouvert la bouche. Il se contentait, l'air de rien, de bloquer la porte avec un pied. Non mais je rêve, me voilà en plein polar !

Le plumitif remit sa carte dans sa poche, puis m'examina des pieds à la tête. J'avais encore les cheveux mouillés et étais seulement vêtu de ma robe de chambre. Une robe de chambre verte de chez Renoma. Fabriquée au Japon évidemment, avec la marque sous licence, mais il y avait dans le dos une étiquette Renoma. Et la marque de mon shampooing, c'était Wella. Je n'avais à éprouver de honte pour rien. Aussi attendis-je tranquillement ce qu'ils allaient me dire.

– On a quelques questions à vous poser, dit le plumitif. Désolés de vous déranger, mais auriez-vous l'obligeance de nous suivre au poste ?

– C'est à quel sujet ? demandai-je à tout hasard.

– On vous expliquera ça en temps voulu, mais pour vous interroger il faut remplir des papiers officiels, c'est pourquoi, si possible, nous aimerions que vous nous suiviez au poste.

– Je peux m'habiller d'abord ? demandais-je.

– Bien entendu, répondit le plumitif sans changer d'expression.

Je me dis à part moi que Gotanda aurait fait plus vrai dans le rôle d'un inspecteur de police. C'est ça, le monde de la réalité.

Pendant que je me changeais dans la pièce du fond, ils attendirent à l'intérieur, debout devant la porte ouverte. J'enfilai mon jean habituel, un pull gris, une veste en tweed. Je me séchai les cheveux, me peignai, mis mon portefeuille, mon carnet d'adresses et mon trousseau de clés dans ma poche, fermai la fenêtre, le robinet du gaz, éteignis la lumière, branchai mon répondeur, mis mes baskets bleu marine. Ils me regardèrent mettre mes chaussures comme si c'était un spectacle rare. Le pêcheur avait toujours un pied dans la porte.

Leur voiture était garée dans un coin discret, pas loin de l'entrée de l'immeuble. C'était une voiture de police tout à fait banale, avec un flic en uniforme à la place du chauffeur. Le pêcheur monta en premier, puis moi, suivi du plumitif. Ça aussi, ça ressemblait à un film. Le plumitif referma la portière et la voiture démarra sans qu'un seul mot soit prononcé.

Il y avait de la circulation, mais la voiture resta dans sa file et avança lentement sans mettre la sirène en marche. C'était à peu près aussi confortable qu'un taxi, la seule différence étant l'absence de compteur. On s'arrêtait plus souvent qu'on n'avançait, ce qui permettait aux conducteurs des véhicules voisins de me regarder fixement. Personne ne pipait mot. Le pêcheur, bras croisés, regardait droit devant lui, tandis que le plumitif regardait par la fenêtre avec un air aussi tourmenté que s'il était en train de s'exercer à décrire le paysage. Je me demandais quel genre de description il aurait fait. Sûrement un truc sombre et incompréhensible plein de mots compliqués, du genre : « La notion de printemps était arrivée violemment avec sa marée de ténèbres. Sa visite ébranlait les passions de tous les inconnus englués dans les moindres recoins de la ville, les entraînant silencieusement vers d'arides sables mouvants. »

J'avais envie d'effacer ces phrases de bout en bout et de recommencer. Qu'était-ce donc que la notion de printemps ? Et les sables mouvants arides ? Mais je m'arrêtai au beau milieu devant l'absurdité de l'entreprise. Les rues de Shibuya grouillaient comme d'habitude de collégiens à l'air abruti vêtus d'habits de clowns aux couleurs vives. Pas les moindres sables mouvants de passions en vue.

Arrivé au poste de police, je fus conduit à une salle d'interrogatoire au premier étage. Une petite pièce de quatre nattes et demie de superficie pourvue d'une minuscule fenêtre qui ne laissait quasiment pas pénétrer la lumière, sans doute bloquée par le bâtiment d'en face trop proche. Il y avait une table au milieu de la pièce, deux chaises de bureau, plus deux sièges de secours en vinyle. Une horloge, d'une sobriété difficile à surpasser, était accrochée au mur. C'était tout. Rien d'autre. Pas un calendrier. Pas un tableau. Pas d'étagères pour les dossiers. Pas un vase. Pas un slogan. Pas un service à thé. Une table, des chaises et une horloge, c'était strictement tout. À un bout de la table, un cendrier, une coupelle à stylos, et des classeurs empilés. Une fois dans la pièce, les deux inspecteurs ôtèrent leurs impers, les plièrent et les posèrent sur les sièges supplémentaires, puis m'invitèrent à m'asseoir sur une des chaises de bureau en acier. Le pêcheur s'assit en face de moi. Le plumitif resta debout un peu plus loin, et se mit à feuilleter des dossiers. Tous deux gardèrent le silence un moment. Moi aussi.

– Que faisiez-vous la nuit dernière? demanda le pêcheur au bout d'un certain temps.

À la réflexion, c'était la première fois que j'entendais le son de sa voix.

La nuit dernière... La nuit dernière, c'était quelle nuit, déjà? Je ne faisais pas bien la différence entre la nuit dernière et celle d'avant. C'était la triste vérité. Je réfléchis un moment en silence. Il me fallait du temps pour me souvenir.

– Dites donc, fit le pêcheur, puis il toussota, il me semble je vous pose une question toute simple. Que faisiez-vous la nuit dernière, entre hier soir et ce matin. C'est simple, non ? Vous n'avez rien à perdre en répondant, non ?

– Je suis en train de réfléchir, dis-je.

–Vous ne pouvez pas vous rappeler sans réfléchir? Il s'agit d'hier, hein. Je ne vous demande pas ce que vous avez fait en août l'année dernière. Vous devriez pouvoir répondre tout de suite, dit le pêcheur.

Je faillis lui dire que justement je ne me rappelais pas, mais je me retins. Ils ne pouvaient sans doute pas comprendre ce genre de défaillance temporaire de la mémoire. À tous les coups, ils m'auraient trouvé bizarre,

« J'attends, reprit le pêcheur, alors prenez votre temps.

Puis il sortit un paquet de Seven Star de la poche de sa veste, et en alluma une avec un briquet Bic.

« Cigarette ?

–Non merci, répondis-je.

J'avais lu dans le magazine *Brutus* que les citadins à l'avant-garde de la mode ne fumaient pas. Mais ces deux-là n'avaient pas l'air de se soucier de ce genre d'affirmation et tiraient sur leurs cigarettes avec un air de délectation. Le pêcheur fumait des Seven Star et le plumitif des Short Hope. Tous deux étaient gros fumeurs et allumaient cigarette sur cigarette. Ils ne lisaient sûrement pas *Brutus* Pas du tout branchés, ces types.

–Je vous donne cinq minutes, dit le plumitif d'une voix toujours aussi dénuée d'émotion. J'espère que ça suffira pour que vous vous rappeliez où vous étiez la nuit dernière, et ce que vous faisiez.

–C'est un intellectuel, ce type, dit le pêcheur à son collègue. Je me suis renseigné, il est connu de nos services. Ses empreintes digitales sont enregistrées chez nous. Mouvements étudiants. Insultes aux forces de l'ordre. Dossier envoyé au parquet en tant que suspect. Il a l'habitude de tout ça. C'est un dur-à-cuire, il n'aime pas la police et il s'y connaît en droit aussi. Il connaît sur le bout des doigts tous les droits d'un citoyen protégé par la Constitution, et tu vas voir que dans cinq minutes il va vouloir appeler un avocat.

–Mais il nous a accompagné de sa propre volonté, et on lui pose juste une petite question toute simple, fit le plumitif à son collègue d'un air surpris. On ne dit pas qu'on va l'arrêter ou quoi que ce soit de ce genre. Je ne comprends pas bien. Il n'a aucune raison d'appeler un avocat ! Pourquoi tu penses toujours à des trucs compliqués ? Ça me fait mal à la tête d'essayer de te comprendre.

– Non, moi, je dis simplement que ce type n'aime pas la police. C'est physiologique chez lui, dès qu'il entend le mot police, ça lui devient insupportable. Que ce soit les agents de la circulation ou les voitures de police, il ne peut pas supporter. Il préférerait mourir plutôt que de coopérer avec nous.

– Mais non, ça va. Plus vite il répondra, plus vite il rentrera chez lui. S'il est tant soit peu réaliste, il va se dépêcher de nous répondre. Et puis un avocat ne va pas se déplacer dès qu'on demande à quelqu'un son emploi du temps de la veille. Les avocats sont des gens très occupés. Si c'est vraiment un intello, il doit au moins savoir ça.

– Mouais, fit le pêcheur. S'il voulait bien comprendre ça, ça nous économiserait du temps à tous. Nous aussi on a du boulot, et lui aussi, il a sûrement plein de trucs à faire. Si ça s'éternise on perd tous notre temps, lui et nous, et puis c'est fatigant. Moi ça me fatigue, ce genre de trucs.

Pendant qu'ils se livraient à leur duo de comiques, les cinq minutes s'étaient écoulées.

« Bon, alors, fit le pêcheur, ça vous revient ?

Non seulement je ne me rappelais rien, mais je n'avais même pas envie d'essayer. J'allais sûrement me rappeler, mais pour l'instant rien ne me venait. Mes souvenirs défaillants refusaient de se manifester.

– Je voudrais d'abord savoir de quoi il s'agit, dis-je. Je ne peux rien dire tant que je ne sais pas de quoi il s'agit. Je n'ai pas envie de dire des choses qui pourraient tourner à mon désavantage parce que j'ignore de quoi il s'agit. Et puis la politesse veut qu'on explique aux gens de quoi il retourne avant de leur poser des questions. Ce que vous êtes en train de faire va à l'encontre des règles élémentaires de savoir-vivre.

– Il n'a pas envie de dire des choses à son désavantage, répéta le plumitif comme s'il corrigeait une phrase. À l'encontre des règles élémentaires...

– Je t'avais bien dit que c'était un intello, fit le pêcheur. Il a un point de vue tordu. Il ne supporte pas la police. Il est abonné à l'*Asahi*[1] et il lit *Le Monde*.

– Je ne suis abonné à rien du tout et je ne lis pas *Le Monde*, dis-je. En tout cas, je ne veux rien dire tant que vous ne m'aurez pas expliqué pourquoi vous m'avez amené ici. Si vous avez envie de me faire tourner en bourrique, allez-y, ne vous gênez pas. Moi j'ai le temps. Tout le temps que vous voudrez.

Les deux inspecteurs échangèrent un regard.

– Si on vous explique, vous répondrez ? demanda le pêcheur.

– Peut-être.

– C'est un pince-sans-rire, dit le plumitif en regardant le mur, les bras croisés. Peut-être, qu'il dit !

Le pêcheur frotta la cicatrice qu'il avait sur le nez avec le gras du doigt. On aurait dit une blessure au sabre. Assez profonde, avec des bourrelets de chair autour.

– Écoutez, dit-il, nous, on a beaucoup de travail. Et on est sérieux. On voudrait en finir vite avec cette affaire. On ne fait pas ça par plaisir, vous savez. Si possible, on aimerait bien rentrer à la maison à six heures ce soir et dîner tranquillement en famille. On ne vous en veut pas particulièrement, on n'a rien contre vous. Si vous nous dites simplement où vous étiez hier soir et ce que vous faisiez, on ne vous en réclamera pas plus. Si vous n'avez rien à vous reprocher, vous ne risquez rien à nous dire votre emploi du temps d'hier, non ? Ou alors vous ne pouvez pas le dire parce que vous n'avez pas la conscience nette ?

Je regardai fixement le cendrier en verre sur la table.

Le plumitif fit claquer son carnet en le refermant et le remit dans sa poche. Pendant une trentaine de secondes,

1. Grand quotidien japonais.

personne ne dit rien. Le pêcheur se mit une Seven Star à la bouche et l'alluma.

– C'est un dur-à-cuire, dit-il.

– Vous comptez appeler la commission de protection des droits de l'homme ? fit le plumitif.

– Écoutez, tout ça, ça n'a rien à voir avec les droits de l'homme, dit le pêcheur, mais plutôt avec le devoir du citoyen. C'est écrit noir sur blanc dans les textes de loi, le citoyen doit coopérer aux investigations de la police. C'est écrit dans ces codes de loi qui vous plaisent tant. Mais pourquoi est-ce que vous haïssez la police comme ça ? Il vous est bien arrivé de demander votre chemin à un policier, non ? Si un cambrioleur entre chez vous, vous téléphonez aux flics, non ? Pourquoi est-ce que vous refusez de collaborer pour quelque chose d'aussi simple ? Où étiez-vous hier soir, et que faisiez-vous ? Allez, finissons-en rapidement et sans complications. Comme ça nous on pourra avancer dans notre enquête, vous, vous pourrez rentrer chez vous, et tout ira bien. Vous ne trouvez pas ?

– Je veux d'abord savoir de quoi il s'agit, répétai-je.

Le plumitif sortit un mouchoir en papier de sa poche, et se moucha bruyamment. Le pêcheur sortit une règle en plastique d'un tiroir de la table et se mit à en tapoter la paume de sa main.

– Je me demande si vous vous rendez compte, dit le plumitif en jetant son mouchoir en papier dans la corbeille à côté de la table, que vous êtes en train de vous mettre en mauvaise posture ?

– Les années 70, c'est fini, hein. Ce n'est plus le moment de faire des discours sur le contre-pouvoir, fit le pêcheur d'un air dégoûté. Cette époque-là, c'est terminé. Vous et moi et tout le monde, on est dans le système jusqu'au cou. Il n'y a plus de pouvoir ou de contre-pouvoir. Personne ne pense plus comme ça aujourd'hui. On vit dans une grande société. On a beau faire éclater de petits orages, il n'en sort jamais rien de bon. Le système est bien fait. Si cette société ne vous plaît pas, il n'y a qu'à attendre le grand tremblement de terre du Japon sans rien faire. Ou en creusant des abris. Mais à vous obstiner comme ça, vous n'avez rien à gagner, et nous non plus. C'est s'épuiser inutilement. Un intellectuel comme vous doit comprendre ça, non ?

– Bah, nous aussi on est un peu fatigués, alors de temps en temps on s'exprime peut-être de façon un peu brusque, si c'est le cas, on s'en excuse, dit le plumitif en feuilletant à nouveau son carnet. Mais on n'arrête pas de travailler, vous savez. On n'a pas fermé l'œil depuis deux jours. Ça fait cinq jours que je n'ai pas vu mes gosses. On n'a même pas le temps de manger. Peut-être que vous n'êtes pas d'accord, mais nous on travaille pour la société, à notre façon. Et voilà que vous arrivez, vous nous tenez tête et vous refusez de répondre à notre question. Ça se comprend que ça nous énerve, non ? En faisant ça, vous aggravez votre situation, parce que nous, plus on est fatigués, plus on est de mauvaise humeur. On ne peut pas en finir avec un truc qui devrait être de la simple routine et prendre à peine cinq minutes. La situation se complique. Évidemment, il y a la loi sur laquelle vous pouvez vous appuyer. Les droits du citoyen, ça existe. Mais pour mettre tout ça en application, il faut du temps. Pendant ce temps, vous pourriez vous retrouver dans une situation désagréable. La loi, c'est très compliqué, difficile à appliquer sur place. Vous saisissez le message ?

– Ça nous ennuierait qu'il y ait un malentendu, on n'est pas en train de vous menacer, hein, fit le pêcheur. C'est juste un conseil qu'il vous donne là. On n'a pas du tout dans l'idée de vous faire passer un sale quart d'heure, pas du tout.

Je contemplais le cendrier en silence. C'était juste un vieux cendrier de verre, sans marque distinctive, tout sale. Il devait être transparent à l'origine, mais plus maintenant. Il avait des traces de crasse et de la nicotine collée aux coins. Je me demandais depuis combien d'années il était posé sur cette table. Au moins dix ans.

Le pêcheur tripota un moment sa règle en plastique.

– Bon, dit-il d'un air résigné. Je vais vous expliquer les circonstances. D'habitude nous procédons aux questions dans un certain ordre. Mais comme apparemment vous avez un avis différent, pour cette fois on va suivre le vôtre. Pour cette fois, hein.

Il posa sa règle sur la table, prit un dossier qu'il feuilleta bruyamment avant d'en extraire une enveloppe dont il sortit des agrandissements qu'il posa devant moi. Je pris les trois photos et les regardai. C'était du noir et blanc, très réaliste. Visiblement ces photos n'avaient pas été prises dans un but artistique. Sur les trois on voyait la même femme. Sur le premier cliché, elle était à plat ventre sur un lit, montrant un dos nu. Elle avaient de longs membres, des fesses fermes. Ses cheveux répandus en éventail cachaient son visage à partir du cou. Ses jambes étaient légèrement écartées, on entrevoyait son sexe. Ses bras pendaient sur le côté. Elle avait l'air endormie. Sur le lit, il n'y avait rien de particulier.

La deuxième photo faisait encore plus vrai. Cette fois la femme était sur le dos. On voyait ses seins, ses poils pubiens, et son visage. Ses bras et ses jambes avaient été soigneusement repliés. Pas besoin d'en expliquer davantage : elle était morte, les yeux grands ouverts, les coins de la bouche durcis par un étrange rictus. C'était May.

Je regardai le troisième cliché, un gros plan du visage. C'était May, sans erreur possible. Mais elle n'était plus splendide. Elle était recouverte d'un tissu neutre et glacé. On voyait des marques autour de son cou. L'intérieur de ma bouche était desséché, j'avais du mal à avaler ma salive. La peau de mes paumes me picotait. May. Sa façon merveilleuse de faire l'amour. Nous avions déneigé dans la joie jusqu'au matin, écouté Dire Straits et bu du café. Et elle était morte. Elle n'existait plus. J'avais envie de secouer la tête. Mais je ne le fis pas. Je reposai les trois photos l'une sur l'autre, et les rendis au pêcheur d'un air indifférent. Les deux inspecteurs n'avaient pas cessé de m'observer pendant que je regardais les photos. Je jetai un coup d'œil au pêcheur d'un air de dire : et alors ?

– Vous connaissez cette femme ? demanda-t-il.

Je secouai la tête.

– Non.

Si je disais oui, Gotanda serait aussi impliqué dans cette histoire. Il était le chaînon manquant entre May et moi. Mais je n'allais pas l'impliquer là-dedans. Ou peut-être l'était-il déjà, impliqué. Je n'en savais rien. Si c'était le cas, s'il avait déjà parlé de moi, raconté que j'avais couché avec May, j'étais effectivement en mauvaise position. Ça me rendait coupable de fausse déposition, et ce n'était pas une plaisanterie. Mais je devais accepter le pari. De toute façon, je ne pouvais pas, *moi*, prononcer le nom de Gotanda ici. Nous n'avions pas la même position sociale. Si je parlais de lui, ça allait faire du bruit. Tous les magazines allaient se précipiter sur une affaire pareille.

– Regardez encore une fois, dit lentement le pêcheur d'un ton plein de sous-entendus. Regardez-les bien, c'est très important, et répondez après seulement. Vous ne vous rappelez pas avoir déjà vu cette femme ? Surtout n'essayez pas de mentir. Vous avez affaire à des professionnels : si quelqu'un ment, nous le détectons immédiatement. Quand on ment à la police, on s'expose à de terribles ennuis. Je suis assez clair ?

Je regardai à nouveau les photos en prenant bien mon temps. J'avais envie de détourner les yeux, mais je ne le fis pas. Je ne devais pas les détourner.

– Je ne la connais pas, dis-je. Mais elle est morte.

– Elle est morte, répéta le plumitif d'un ton littéraire. Très morte. Complètement morte. Tout ce qu'il y a de plus morte. Ça se voit, non ? Nous, on l'a vue en vrai. Une belle fille. On l'a trouvée morte toute nue. Ça se voyait que c'était une belle fille. Mais une fois morte, belle fille ou pas, ça ne fait pas grande différence. Nue ou pas, ça ne fait pas de différence non plus. Ce n'est plus qu'un cadavre. Si on le laisse comme ça, il pourrit. La peau se déchire et il en sort de la viande pourrie. Ça pue horriblement. Ça grouille de vers. Vous avez déjà vu ça, vous ?

– Non, répondis-je.

– Nous, ça nous est arrivé plein de fois. À ce stade-là, on ne sait plus si c'était une belle fille ou pas. C'est juste de la viande pourrie. Comme un steak avarié, voyez. Si vous respirez cette puanteur, ça vous coupe l'appétit pour quelque temps. Nous, on a beau être des professionnels, l'odeur, on ne s'y fait pas. Impossible de s'y habituer. Si on laisse passer encore plus de temps, il ne reste que les os. Là, ça ne sent plus rien. Tout est complètement desséché. C'est bien les squelettes, c'est tout blanc tout propre. Mais en tout cas, cette fille-là, on n'a pas attendu que ce soit un squelette. Elle n'a même pas commencé à se putréfier. Elle est morte, c'est tout. Juste raidie. On voit bien que c'était une belle fille. Ça doit être bien de baiser tout son soûl avec une fille comme ça vivante, mais une fois morte, vous la voyez nue, ça ne vous fait plus rien. Un cadavre, c'est très différent de nous, c'est comme une statue de pierre, voyez. Il y a une ligne de partage des eaux, et quand vous passez un pied de l'autre côté, vous devenez un zéro. Un zéro absolu, qui n'a plus qu'à attendre la crémation. Mais c'était une beauté, cette fille, quand même. Quel dommage. Si elle était encore vivante, elle serait toujours belle. Mais quelqu'un l'a tuée. Elle avait le droit de vivre pourtant, cette fille. Elle avait à peine un peu plus de vingt ans. Elle a été étranglée avec un bas. Ce n'est pas une mort rapide. Ça met du temps et c'est très douloureux. On se voit mourir. On se dit : mais pourquoi est-ce que je dois mourir comme ça ? Je veux vivre ! L'oxygène commence à manquer, on se voit étouffer. La tête tourne. On se pisse dessus. On se débat pour essayer de s'enfuir, mais on manque de forces. C'est une mort lente. Pas une belle façon de mourir. Nous, on veut attraper le criminel qui lui a fait subir ça. Il faut qu'il soit arrêté. C'est un crime, un crime vraiment vicieux. Un fort qui assassine un faible, en usant de violence, c'est impardonnable. Si on pardonne des choses pareilles, c'est la base de la société tout entière qui est ébranlée. Non, arrêter le criminel, et le punir, c'est notre devoir. Si on ne fait pas ça, il va peut-être en tuer une autre.

– Cette femme a réservé une chambre double dans un hôtel de luxe à Akasaka, hier à midi, et elle est arrivée seule vers cinq heures, dit le pêcheur. Elle a dit que son mari la rejoindrait un peu plus tard. Son nom et son numéro de téléphone étaient faux. La chambre était payée d'avance. À six heures elle a appelé le room-service et a commandé un repas pour une personne. Elle était seule à ce moment-là. À sept heures le plateau était posé dans le couloir devant sa porte. Et il y avait une pancarte *Do not disturb* accrochée à la poignée de sa chambre. Le lendemain à midi, c'était l'heure du check-out. À midi et demi, un réceptionniste a téléphoné dans sa chambre, mais personne ne répondait. La pancarte *Do not disturb* était toujours sur sa porte. Un employé est venu frapper, pas de réponse. Il a ouvert la porte avec son passe, et l'a trouvée nue, et morte. Dans la position que montre la première photo. Personne n'a vu monter qui que ce soit chez elle. Au dernier étage il y a un restaurant, tout le monde entre et sort en ascenseur. Ça fait beaucoup d'allées et venues, c'est pour ça que cet hôtel est souvent utilisé pour des réunions secrètes. Personne n'y fait attention aux autres.

– Dans son sac à main, on n'a rien trouvé qui puisse servir d'indice. Pas de papier d'identité, pas de carnet d'adresses, pas de carte de crédit, rien du tout. Pas d'initiales sur ses vêtements. Il y avait seulement une trousse à maquillage, un porte-monnaie, une plaquette de pilules contraceptives. Rien d'autre. Ah, si : tout au fond de son porte-monnaie, dans un endroit un peu difficile à trouver, il y avait une carte de visite. La vôtre.

– Vous ne la connaissez vraiment pas ? insista le pêcheur.

Je secouai la tête.

J'aurais aimé aider la police à retrouver le meurtrier. Mais je devais d'abord penser aux vivants.

– Bon, alors maintenant, tu veux bien nous dire où tu étais hier et ce que tu faisais ? Tu as compris pourquoi on t'a fait venir exprès pour te poser des questions maintenant ? dit le plumitif.

– J'ai dîné seul chez moi à six heures, puis j'ai lu un livre, bu quelques verres, et je me suis couché avant minuit, dis-je.

J'avais enfin retrouvé la mémoire. Peut-être parce que j'avais vu le cadavre de May sur les photos.

– Tu as vu quelqu'un pendant ce temps ?

– Non, j'étais seul tout le temps, répondis-je.

– Des coups de fil ?

– Quelqu'un a appelé aux alentours de neuf heures, mais comme le répondeur était branché je n'ai pas répondu. J'ai écouté après, c'était une communication professionnelle.

– Pourquoi as-tu mis le répondeur alors que tu étais chez toi ? demanda le pêcheur.

– Parce que je suis en vacances en ce moment et je n'ai pas envie de parler avec les gens avec qui j'ai des relations de travail.

Ils me demandèrent le nom et l'adresse de la personne qui m'avait téléphoné, et je le leur communiquai.

– Donc tu as dîné seul et après tu as lu, tout le temps ? demanda le pêcheur.

– D'abord j'ai débarrassé la table, et après j'ai lu.

– Quel livre ?

– Vous n'allez pas me croire, je lisais *Le Procès* de Kafka.

Le pêcheur nota « Procès de Kafka » sur un papier. Le plumitif lui indiqua les caractères composant le mot « procès ». Comme je m'y attendais, lui, au moins, avait entendu parler du *Procès* de Kafka.

– Alors ensuite tu as lu jusqu'à minuit. Et tu as bu de l'alcool, dit le pêcheur.

– De la bière en début de soirée, et après du cognac.

– Quelle quantité ?

J'essayai de me souvenir.

– Deux bières. Et environ un quart de la bouteille de cognac. J'ai aussi mangé des pêches en conserve.

Le pêcheur notait tout sur son papier. « Mangé des pêches en conserve. »

– Tu te rappelles autre chose ? Même un petit détail, ça n'a pas d'importance.

Je réfléchis encore un moment, mais je ne me rappelais rien de plus. C'était vraiment une soirée ordinaire sans aucune particularité. J'avais lu tranquillement, seul chez moi. Et pendant cette nuit calme et sans aucune particularité, quelqu'un étranglait May avec un bas. Je dis que je ne me rappelais rien de plus.

– Il vaut mieux réfléchir sérieusement, tu vois, dit le plumitif après avoir toussoté. Tu es dans une position très désavantageuse, tu sais.

– Écoutez-moi, je n'ai rien fait, alors je ne vois pas où est le désavantage, dis-je. Je travaille en free-lance si bien que des cartes de visite, j'en distribue un peu partout. Je n'ai pas la moindre idée de la raison pour laquelle cette fille avait ma carte sur elle, mais ce n'est pas pour ça que c'est moi l'assassin.

– Si c'était une carte de visite sans importance particulière pour elle, je ne vois pas pourquoi elle l'aurait gardée si soigneusement au fond de son porte-monnaie, dit le pêcheur. Nous, on a deux hypothèses. La première, c'est que cette fille a un quelconque rapport de travail avec toi. Elle avait rendez-vous avec un homme dans cet hôtel et il l'a assassinée. Le type a pris dans son sac tout ce qui pouvait permettre d'identifier la fille. Simplement il a oublié ta carte, qu'il n'a pas vue tout au fond du porte-monnaie. Deuxième hypothèse, cette fille était une professionnelle. Une prostituée de luxe. Le genre qui utilise les hôtels de luxe. Ce genre de poule n'a jamais rien sur elle qui puisse permettre de connaître son identité. Pour une raison quelconque, elle a été assassinée par un client. Comme on ne lui a pas volé d'argent, l'assassin est peut-être un pervers. Ces deux hypothèses te paraissent plausibles ?

J'inclinai la tête sans répondre.

« Dans un cas comme dans l'autre, la clé c'est ta carte de visite. C'est le seul indice qu'on a pour l'instant en tout cas, dit le pêcheur en tapant avec le bout de son stylo sur la table, comme pour appuyer son discours.

– Une carte de visite, ce n'est qu'un bout de papier avec un nom imprimé dessus, dis-je. Ça ne peut pas servir de preuve ni de quoi que ce soit. Vous ne pouvez rien prouver à partir d'une simple carte de visite.

– Pour l'instant, dit le pêcheur. (Il continuait à marteler la table avec son stylo.) On ne peut rien établir avec ça, tu as raison. En ce moment l'identité judiciaire est en train d'examiner la chambre et les indices qui ont pu y rester. Le cadavre est en cours d'autopsie. Dès demain, on en saura sûrement beaucoupplus. On trouvera le lien dans tout ça. Pour l'instant on ne peut qu'attendre. Alors attendons. Pendant qu'on attend, j'aimerais bien que tu essaies de t'en rappeler un peu plus. Ça prendra peut-être toute la nuit, mais ce sera fait, radicalement. En y mettant le temps qu'il faut, peut-être que quelques souvenirs te reviendront. Reprenons au début. Je voudrais que tu te rappelles tout ce que tu as fait hier. Dans l'ordre, depuis le matin.

Je regardai l'horloge au mur. De la façon la moins intéressante qui soit, elle annonçait cinq heures dix. Je me rappelai tout à coup mon rendez-vous avec Yuki.

– Est-ce que je peux téléphoner ? demandai-je au pêcheur. J'avais un rendez-vous à cinq heures. Un rendez-vous important. Il faut absolument que je prévienne.

– Une fille ?

– Oui.

Il hocha la tête et me tendit le téléphone. Je sortis mon carnet, composai le numéro de Yuki. Elle décrocha à la troisième sonnerie.

– Je suis sûre que tu vas me dire que tu ne peux pas venir, commença-t-elle.

– C'est un accident, lui expliquai-je. Ce n'est pas de ma faute. Je suis vraiment désolé, mais je ne peux rien faire. J'ai dû aller au commissariat et ils sont en train de m'interroger. Je suis au poste d'Akasaka. Ce serait trop long à t'expliquer, mais je ne crois pas qu'ils vont me relâcher tout de suite.

– Au commissariat ?! Mais qu'est-ce que tu as fait ?

– Je n'ai rien fait. Mais je dois déposer comme témoin dans une affaire de meurtre. Je me suis retrouvé impliqué là-dedans par hasard.

– Mais c'est complètement nul ! dit-elle.

– Ça tu peux le dire, acquiesçai-je.

– Dis donc, ce n'est pas toi l'assassin au moins ?

– Évidemment non. Je me trompe souvent, je commets beaucoup d'erreurs, mais je n'ai jamais tué personne. On me pose plein de questions, c'est tout. En tout cas, je suis désolé vis-à-vis de toi. Je me rattraperai la prochaine fois.

– C'est vraiment nul, cette histoire, dit Yuki.

Puis elle raccrocha violemment.

Je reposai le combiné, et rendit le téléphone au pêcheur. Lui et son collègue avaient écouté attentivement ma conversation, essayant de saisir ce que disait Yuki, mais apparemment ils n'avaient pas entendu grand-chose. Je m'imaginais sans peine que s'ils avaient su que j'avais rendez-vous avec une gamine de treize ans, leurs soupçons à mon égard se seraient approfondis. Ils m'auraient pris pour un obsédé sexuel, un pervers. La plupart des types normaux de trente-quatre ans n'ont pas rendez-vous avec des filles de treize ans.

Ensuite ils me questionnèrent en détail sur mon emploi du temps de la veille, en prenant des notes. Ils remplirent au stylo d'une écriture régulière des feuillets entiers d'un genre de papier à lettres, posé sur une épaisse liasse en guise de sous-main. C'était un document absurde, ridicule. Pur gaspillage de temps et d'énergie. Ils notaient consciencieusement ce que j'avais mangé, où j'étais allé. Les notes contenaient même l'explication détaillée de la façon de faire le ragoût d'ignames que j'avais mangé au dîner. Je leur expliquai même en plaisantant à demi la façon de couper la bonite séchée. Mais mon humour ne les atteignait pas. Ils écrivaient scrupuleusement tout ce que je leur disais. Cela fit au bout du compte un document assez épais. À six heures et demie ils allèrent me chercher un casse-croûte chez un traiteur voisin. Ce n'était pas fameux comme casse-croûte, c'était même assez proche des cochonneries de fast-food. Des boulettes de viande, une salade de pommes de terre, des rouleaux de pâte de poisson. Ni l'assaisonnement ni les ingrédients n'étaient dignes d'admiration. C'était huileux et trop épicé. Les légumes en saumure étaient visiblement pleins de colorants artificiels. Mais comme le pêcheur et le plumitif mangeaient la même chose et avaient l'air de se régaler, je mangeai tout moi aussi sans rien laisser. Ça m'aurait agacé qu'ils s'imaginent que la nervosité empêchait toute nourriture de passer mon gosier.

Après le dîner, le plumitif nous apporta un thé trop fort et tiédasse. Les deux acolytes fumèrent à nouveau comme des pompiers en buvant leur thé. La petite pièce en était tout embrumée. Les yeux me piquaient, ma veste était imprégnée d'odeur de nicotine. Une fois la pause-thé terminée, l'interrogatoire reprit. Une accumulation d'absurdités sans fin. De quelle page à quelle page avais-je lu *Le Procès*, à quelle heure avais-je mis mon pyjama, ce genre de détails ineptes. J'expliquai le sujet du roman de Kafka au pêcheur, mais cela n'eut pas l'air de susciter son intérêt. Peut-être cela ressemblait-il trop à son quotidien. Je me demandai avec inquiétude si les romans de Franz Kafka survivraient jusqu'au XXIe siècle. Toujours est-il que l'inspecteur nota le résumé du roman dans ses notes. Je n'arrivais vraiment pas à comprendre pourquoi il leur fallait noter tous ces détails un par un. C'était vraiment kafkaïen. Ça me paraissait stupide jusqu'à l'écœurement. Et puis j'étais fatigué. Mon cerveau ne fonctionnait plus très bien. C'était trop mesquin, trop absurde. Mais ils continuaient patiemment à m'interroger sur les moindres détails et à noter toutes mes réponses sur leur papier pelure. De temps en temps, le pêcheur demandait à son acolyte comment s'écrivait tel ou tel mot. Ils n'avaient absolument pas l'air dégoûtés par leur tâche. Ils étaient sûrement épuisés, mais ne donnaient aucun signe de vouloir abandonner la partie.

N'importe quel détail leur faisait briller les yeux par anticipation dès qu'ils croyaient pouvoir y déceler une faille. De temps en temps, l'un ou l'autre sortait puis revenait au bout de dix minutes. Ils étaient solides, ces gars.

À huit heures, le pêcheur arrêta de me questionner et passa la main à son collègue. Il avait l'air d'avoir mal au poignet et se mit debout, s'étira, secoua la main, fit des rotations de la tête. Puis il se remit à fumer. Le plumitif fuma lui aussi une cigarette avant de se remettre à m'interroger. Dans la pièce mal aérée flottait un nuage blanc et cotonneux comme pour une mise en scène destinée au bulletin météo télévisé. Gavé de nourriture industrielle et de fumée de tabac, j'avais vraiment envie de sortir respirer une bouffée d'air frais.

Je dis que je voulais aller aux toilettes. À droite et au bout du couloir à gauche, me dit le plumitif. Je pris mon temps pour pisser, aspirai une bonne bouffée d'air et revins. C'était bizarre de prendre une inspiration profonde dans des toilettes et à vrai dire pas très agréable. Mais en pensant à la pauvre May assassinée, je ne pouvais pas me plaindre. Moi au moins, j'étais vivant.

Dès mon retour dans la pièce, le feu des questions reprit. Le plumitif me questionna en détail sur la personne qui m'avait appelé la veille. Quels étaient mes rapports avec cet homme, dans quelle branche travaillait-il ? Pourquoi m'avait-il appelé, pourquoi ne l'avais-je pas rappelé aussitôt ? Pourquoi avais-je pris des vacances aussi longues ? Avais-je suffisamment d'économies pour me permettre de ne pas travailler ? Faisais-je mes déclarations d'impôts comme il se doit ? Il me demanda divers détails de ce genre. À chacune de mes réponses, il prenait des notes comme le pêcheur, d'une belle écriture. J'avais du mal à discerner si ce qu'il faisait avait un sens quelconque à ses yeux. Il va sans dire que pour eux c'était sans doute une tâche quotidienne. Kafkaïen ! Ou peut-être faisaient-ils exprès de prolonger indéfiniment cet interrogatoire administratif pour me faire craquer et me faire dire la vérité ? Si c'était le cas, ils avaient atteint leur objectif. J'étais épuisé, écœuré, et je répondais avec précision à chacune de leurs questions. Je me fichais de tout, je voulais simplement en terminer avec ça.

Mais à onze heures du soir, ce n'était toujours pas fini. Je ne voyais pas le moindre signe indiquant que ça allait se terminer bientôt. À dix heures le pêcheur était sorti, à onze il était de retour. Apparemment il avait dû piquer un petit somme, car ses yeux étaient légèrement rougis. Il vérifia les notes prises en son absence, puis il remplaça le plumitif. Le plumitif amena trois tasses de café. Instantané, plein de sucre et de crème. De l'industriel.

J'étais vraiment écœuré.

À onze heures et demie, épuisé, ensommeillé, je leur avouai que j'étais incapable de dire un mot de plus.

– Ça, c'est ennuyeux, dit le plumitif, bras croisés sur la table, en émettant un petit claquement de lèvres soucieux. C'est une affaire urgente, et c'est très important pour l'enquête. Je suis désolé, mais il faudrait tenir le coup un petit moment encore jusqu'à ce qu'on ait vraiment fini.

– Je ne vois vraiment pas en quoi ces questions pourraient faire avancer l'enquête. À vrai dire ça me paraît vraiment être des vétilles.

– Mais il est déjà souvent arrivé que des vétilles se révèlent en fait très utiles par la suite. Il y a de nombreux exemples d'affaires résolues grâce à des détails apparemment stupides. Et inversement de nombreux cas où on a regretté d'avoir négligé des détails insignifiants. Il s'agit d'un meurtre, hein, une femme est morte ! Et nous, on est sérieux. Je suis désolé, mais sois patient, et coopérant. Pour être franc, si on voulait, on pourrait te mettre en garde à vue en tant que témoin principal, mais ça ne ferait qu'augmenter nos ennuis à tous, pas vrai ? Il faut remplir plein de paperasserie pour ça. Et on devient moins accommodants. C'est mieux pour tout le monde de procéder en douceur, hein. Si tu coopères, on évitera ce genre de mesures brutales.

– Si tu as sommeil, tu peux dormir dans la salle de repos, intervint le pêcheur. Si tu t'allonges et que tu dors un peu, tu te rappelleras peut-être autre chose.

Je hochai la tête. N'importe où. N'importe où serait toujours mieux que cette pièce enfumée.

Le pêcheur m'accompagna jusqu'à la salle de repos. Nous parcourûmes un couloir sombre, descendîmes un escalier encore plus sombre, suivîmes encore un couloir. Un endroit complètement sinistre. La salle de repos dont il parlait, c'était le dépôt !

– Si je ne fais pas d'erreur d'interprétation, il me semble qu'on est dans un lieu de détention ici, dis-je avec un sourire très sec.

– Désolé, c'est le seul endroit dont on dispose, dit le pêcheur.

– Bon, assez plaisanté, je rentre chez moi, dis-je. Je reviendrai demain matin.

– Mais non, je ne fermerai pas à clé, dit le pêcheur. Allez, s'il te plaît, juste un peu de patience. Si on ne ferme pas à clé, le dépôt, c'est une pièce normale, non ?

Il m'était peu à peu devenu compliqué de soutenir ce chassé-croisé de questions et de réponses. Tout m'était égal. Après tout, me dis-je, c'est vrai que si ce n'est pas fermé à clé, c'est une pièce comme une autre. J'étais épuisé, j'avais terriblement sommeil. Je n'avais plus envie de parler à qui que ce soit. Je n'avais pas envie d'ouvrir la bouche. Je secouai la tête, entrai sans rien dire dans la pièce, m'allongeai sur la dure couchette. Une sensation oubliée depuis longtemps me revint. Un matelas humide et une couverture bon marché, une odeur de latrines. Le désespoir total.

– Je ne ferme pas à clé, hein, dit le pêcheur en refermant la porte.

Il y eut un bruit sec. Clé ou pas clé, ça faisait un bruit sec.

Je poussai un soupir, étendis une couverture sur moi. J'entendis quelqu'un ronfler bruyamment. Le bruit me paraissait en même temps lointain et très proche. Le monde semblait s'être divisé sans que je m'en sois aperçu en strates de désespoir coupées les unes des autres, et ce ronflement me semblait parvenir d'un compartiment de désespoir à proximité du mien. C'était si triste, si hors de portée, et pourtant réel. May ! C'est vrai, hier soir, je pensais à toi. Je ne sais pas si à ce moment-là tu étais encore vivante ou si tu étais déjà morte. Mais en tout cas j'ai pensé à toi. Au moment où nous avons couché ensemble. Au moment où je t'ai lentement déshabillée. C'était vraiment, comment dire, vraiment comme une réunion d'anciens élèves, tu sais. J'étais parfaitement détendu, comme si les écrous du monde s'étaient un peu desserrés. Cela faisait vraiment longtemps que je n'avais pas ressenti ça, tu sais. Mais tu vois, May, je ne peux plus rien faire pour toi maintenant. Je suis navré, mais je ne peux rien faire. Je pense que tu comprends ça, mais nous menons tous des vies extrêmement dangereuses. Moi je ne peux pas compromettre Gotanda dans un scandale, tu comprends. C'est un homme qui vit dans un monde d'images. Si le public apprenait qu'il a couché avec des prostituées et qu'il est appelé comme témoin dans une affaire de meurtre, son image en sortirait vraiment ternie. Peut-être que ses feuilletons ou même ses publicités seraient retirés des circuits. C'est nul, c'est vrai. Des images nulles, un monde nul. Mais il a confiance en moi, il m'a traité en ami. C'est pourquoi, moi aussi, je le considère comme un ami. C'est une question de loyauté. May, ma petite chèvre sauvage, ça a été une joie d'être avec toi. Ça a été un bonheur de pouvoir coucher avec toi. C'était comme un conte de fées. Je ne sais pas si ça pourra te consoler, mais je pense que je ne t'oublierai jamais. Nous avons déneigé ensemble jusqu'au matin. Déneigement charnel. Dans un monde d'images, nous avons fait l'amour pour remplir des notes de frais. Winnie l'ourson et May la biquette. Tu as dû beaucoup souffrir en mourant étranglée. Tu n'avais pas envie de mourir déjà. Peut-être. Mais moi, je ne peux rien faire pour toi. Franchement, je ne sais pas si ce que je fais est juste ou non. Mais c'est la seule chose que je puisse faire. C'est ma façon de vivre. Mon système à moi. C'est pour ça que je me tais et que je ne dirai rien. Bonne nuit, ma brave petite chèvre, toi au moins tu n'auras plus à te réveiller. Tu n'auras pas à mourir deux fois.

« Bonne nuit », dis-je.

BO-NNE-NUIT ! fit ma pensée en écho.

Coucou les amis ! fit May.

22

La même chose se répéta le lendemain. Le matin, réunis dans la même pièce que la veille, nous bûmes en silence un infâme café, accompagné de croissants qui, eux, n'étaient pas mauvais. Ensuite le plumitif me prêta son rasoir électrique. Je n'aime pas trop les rasoirs électriques, mais je me résignai à l'utiliser. Comme je n'avais pas de brosse à dents, je fus obligé de me gargariser. Puis l'interrogatoire reprit. Des questions stupides et insignifiantes. De la torture légalisée. La matinée se traîna mollement comme un escargot. Vers midi, ils m'avaient posé toutes les questions possibles et imaginables. Ils semblaient avoir épuisé leur réserve.

– Bon, on s'arrête là, dit le pêcheur en reposant son stylo sur la table.

Les deux inspecteurs soupirèrent de concert. Je soupirai moi aussi. Il me vint soudain à l'esprit qu'ils m'avaient peut-être seulement gardé ici pour gagner du temps en attendant les résultats des analyses. Il leur était certainement impossible d'obtenir un mandat d'arrêt sous le simple prétexte qu'on avait trouvé ma carte de visite dans le porte-monnaie d'une fille assassinée. Même si je n'avais pas d'alibi très solide. C'est pour ça qu'ils m'avaient gardé au frais dans ce labyrinthe kafkaïen. En attendant de s'assurer si j'étais ou non l'assassin, grâce à l'examen des empreintes digitales et des indices trouvés sur place. Quelle stupide mésaventure !

En tout cas, l'interrogatoire était fini. Je vais rentrer chez moi ! Je vais prendre un bain, me brosser les dents, et me raser correctement. Je vais boire un café normal. Faire un repas normal.

– Bon, dit le pêcheur en s'étirant la colonne vertébrale et en se tapotant les hanches. Si on déjeunait ?

– Si vous avez fini vos questions, moi je rentre chez moi, dis-je.

– Ce n'est pas si simple, dit le pêcheur d'un air ennuyé.

– Et pourquoi ? m'enquis-je.

– Il faut que tu signes ta déposition.

– D'accord, donnez-la moi, je la signe.

– Il faut d'abord que tu la relises pour vérifier qu'il n'y a pas d'erreurs. Ligne par ligne, hein. C'est très important.

Je lus lentement et soigneusement la quarantaine de feuillets couverts d'une écriture serrée. Tout en relisant je me disais que d'ici deux cents ans ce texte aurait peut-être une valeur documentaire sur les mœurs de notre époque. C'était détaillé avec un réalisme presque maniaque. Ce serait utile aux chercheurs. On voyait apparaître à la lecture de ce document une description vivante de la vie d'un célibataire tokyoïte de trente-quatre ans à l'aube du XXIe siècle. Même si on ne pouvait pas dire qu'il s'agissait d'un spécimen très représentatif, c'était un enfant de son temps. Mais pour l'instant, lue dans la salle d'interrogatoire d'un commissariat, cette prose était tout bonnement écœurante. Il me fallut vingt-cinq minutes pour tout relire. Mais bon, c'était fini. Je lisais, je signais, et je pourrais enfin rentrer à la maison. Quand je fus venu à bout de ma lecture, je reposai le tout en bloc sur la table.

– Parfait, dis-je. Très bien, je n'ai aucune objection sur le contenu. Je vais signer. Dites-moi où je dois signer.

Tout en faisant tournoyer le stylo au bout de ses doigts, le pêcheur regarda le plumitif. Le plumitif prit son paquet de Hope posé sur le radiateur, en sortit une, l'alluma, suivit la fumée des yeux en fronçant les sourcils. J'eus un pressentiment extrêmement désagréable. Mon cheval était agonisant, j'entendais les tam-tams résonner au loin.

–Ce n'est pas si simple, dit le plumitif d'une voix traînante, avec le ton appuyé d'un professionnel expliquant quelque chose à un amateur. Il faut que cette déposition soit écrite de ta main.

–De ma main ? !

–Oui, il faut tout réécrire. De ta main. Toi-même. Sinon, cela n'a aucune valeur légale.

Je jetai un coup d'œil au papier administratif. Il ne me restait même pas la force de me mettre en colère. J'avais pourtant envie de me fâcher. De hurler que c'était une erreur. De taper sur la table en criant : « Vous n'avez pas le droit de faire ça, je suis un citoyen protégé par la loi ! », puis de me lever et rentrer chez moi en les plantant là. Je savais parfaitement qu'ils n'avaient aucun droit de m'en empêcher. Mais j'étais trop fatigué. J'étais épuisé, je n'avais plus envie de rien faire, plus envie de m'affirmer. Si j'avais quoi que ce soit à affirmer, c'était ma volonté de faire tout ce qu'on voudrait que je fasse. C'était tellement plus simple. Tu es une chiffe molle, me dis-je. La fatigue fait de toi une vraie chiffe. Tu n'étais pas comme ça autrefois. Autrefois, j'étais capable de me mettre sérieusement en colère. Autrefois, je me serais fichu éperdument de la nourriture industrielle, de la fumée de tabac, du rasoir électrique et de ce genre de choses. J'avais vieilli. J'étais devenu un mou.

–Non, dis-je. Je suis fatigué. Je rentre chez moi. J'ai le droit de m'en aller. Personne ne peut m'en empêcher.

Le plumitif eut une espèce de gémissement, comme s'il bâillait. Le pêcheur tapotait sur la table avec son stylo en regardant le plafond. Toctoctoc, toc, toctoc, toctoc, toc, il changeait de rythme sans arrêt.

–En nous parlant comme ça, tu rends les choses difficiles, dit le pêcheur d'un ton sec. Très bien, dans ce cas, on va lancer un mandat d'arrêt contre toi. On t'enfermera de force pour t'interroger. Dans ces cas-là on n'est pas aussi gentils que maintenant. Remarque, c'est plus simple pour nous comme ça, hein, pas vrai ? dit-il à l'adresse de son collègue.

– Sûr, c'est plus facile pour nous. Allez, d'accord, on fait comme ça, répondit celui-ci.

– Comme vous voudrez, fis-je. Mais en attendant le mandat d'arrêt, je suis libre. Je resterai chez moi, alors venez me chercher quand vous aurez le mandat. Pour l'instant, tout ce que je veux c'est rentrer chez moi. Ça me déprime de rester ici.

– On peut te mettre en garde à vue provisoire en attendant le mandat, dit le plumitif, c'est prévu par la loi.

Je pensai lui demander de m'amener le Code pénal et de me montrer l'article en question, mais mon énergie était épuisée. J'étais trop fatigué pour les affronter.

– D'accord, fis-je, compris, je vais tout réécrire de ma main. Mais laissez-moi donner un coup de fil d'abord.

Le pêcheur me tendit le téléphone. Je rappelai Yuki.

– Je suis toujours au commissariat, dis-je. Je crois que ça va prendre jusqu'à ce soir, je ne pourrai sans doute pas venir te voir aujourd'hui. Désolé.

– Tu y es encore ? fit-elle d'une voix stupéfaite.

– Complètement nul, cette histoire, dis-je pour la devancer.

– C'est pas normal, fit-elle. (Il y a vraiment diverses façons d'exprimer les choses.)

– Qu'est-ce que tu fais en ce moment ? demandai-je.

– Rien de spécial, je traîne. Je m'allonge, j'écoute de la musique ou je lis des magazines, je mange des gâteaux.

– Mouais, fis-je. En tout cas, je te rappelle dès que je sors d'ici.

– Si tu sors, fit Yuki d'une voix dénuée d'émotion.

Les deux flics avaient cette fois encore tendu l'oreille pour suivre la conversation. Mais apparemment ils n'en avaient pas entendu plus que la dernière fois.

– Bon, en tout cas, commençons par déjeuner, dit le pêcheur.

Le déjeuner était composé de nouilles au sarrasin. Trop cuites, on aurait dit de la bouillie pour malade. Ça sentait la maladie incurable. Mais eux avaient l'air de se régaler, je fis donc comme eux, et quand nous eûmes terminé, le plumitif nous apporta à nouveau des thés tiédasses. L'après-midi s'écoula lentement, pareil à une profonde rivière stagnante. Seul le tic-tac de l'horloge résonnait dans la pièce, tandis que j'alignais les caractères sur le papier administratif. Les deux inspecteurs prirent des pauses à tour de rôle. De temps en temps ils sortaient dans le couloir et tenaient des conciliabules. Assis à la table, je faisais courir mon stylo, alignant des phrases plus inintéressantes les unes que les autres. « Vers six heures cinquante, j'ai pensé me préparer à dîner et à cette intention ai sorti des ignames du Frigidaire. » Gaspillage d'énergie pur et simple. **Tu es une vraie chiffe molle** ! Tu te laisses mener par le bout du nez. Tu ne leur réponds rien.

Mais ce n'est pas tout. C'est sûr que tu deviens un peu chiffe molle. Mais le plus gros problème, c'est que tu n'as plus confiance en toi. C'est pour ça que tu ne peux pas leur tenir tête fermement. Est-ce que ce que je fais est vraiment juste ? Est-ce qu'au lieu de continuer à couvrir Gotanda je ne devrais pas tout leur avouer franchement et collaborer à l'enquête ? J'ai menti aux flics. Un mensonge, de quelque sorte qu'il soit, c'est toujours désagréable. Même si on ment pour sauver un ami. Je peux toujours me donner à moi-même comme argument que la vérité ne ramènera pas May à la vie. Je peux me convaincre comme ça. Mais je ne peux pas leur tenir tête. C'est pour ça que je continue à rédiger ce document sans rien dire.

Vers le soir, j'avais recopié une vingtaine de pages. C'était épuisant d'écrire de petits caractères fins pendant des heures sans s'arrêter. J'avais le poignet ankylosé. Le coude lourd. Le majeur de la main droite commençait à me faire mal. Dès que je me déconcentrais un peu, je faisais des fautes. Et quand je faisais une faute, je devais rayer le mot et apposer l'empreinte de mon pouce. C'était déprimant.

Le soir venu, on mangea à nouveau un morceau. Je n'avais pas très faim. Boire du thé me donnait des hautle-cœur. J'allai aux toilettes et en me voyant dans le miroir je me trouvais vraiment une sale bobine.

– Vous n'avez toujours pas les résultats des analyses ? demandai-je au pêcheur. Les empreintes, les indices, l'autopsie, tout ça ?

– Pas encore, fit-il. Ça va prendre encore un peu de temps.

Je parvins péniblement à rédiger cinq pages de plus mais vers dix heures du soir, j'avais atteint les limites de mes capacités. Je n'écrirai pas un mot de plus, me dis-je. Puis je le dis tout haut. Le pêcheur m'accompagna à nouveau au dépôt. Je m'y endormis à nouveau comme une masse. Je m'en moquais pas mal, maintenant, de me laver les dents ou pas, de me changer ou pas.

Le lendemain matin, je me rasai au rasoir électrique, bus du café, mangeai un croissant. Allez, plus que cinq pages, me dis-je. Je les rédigeai en deux heures. Puis je signai proprement chaque page, et y apposai l'empreinte de mon pouce. Le plumitif vérifia le tout.

– Bon, vous me libérez maintenant ? fis-je.

– Tu réponds encore juste à une ou deux petites questions, et tu pourras rentrer chez toi, dit le plumitif. Des petites questions toutes simples. Je viens de me rappeler certains détails que je voudrais compléter.

Je poussai un soupir.

– Et évidemment il faudra rédiger ça aussi ?

– Évidemment, répondit le plumitif.

Malheureusement, c'est comme ça dans l'administration. Il n'y a que les papiers qui comptent. Sans documents, sans tampons, c'est du vent.

Je me pressai les tempes du bout des doigts. Il me semblait qu'il y avait des choses bizarres durcies dans mes tempes. Quelque chose qui était entré je ne sais par où et avait gonflé à l'intérieur de ma tête. Maintenant je ne pouvais plus l'enlever. Dommage, c'est trop tard, un tout petit peu plus tôt, on aurait pu l'enlever facilement.

– Ça va, ne t'inquiète pas, il n'y en a pas pour longtemps. Ça sera fini tout de suite.

Pendant que je répondais à nouveau à des questions stupides, le pêcheur revint dans la pièce, et appela son collègue. Puis ils parlèrent longuement à voix basse, debout devant la porte. Pendant ce temps, j'appuyais ma tête au dossier de la chaise, levais le cou, et observais les taches de moisissure noires accrochées au plafond. Ces taches de moisissure me rappelaient les poils pubiens du cadavre sur la photo. Ensuite, suivant les fissures du mur, des taches sinistres s'étendaient vers le bas. Il me semblait que cette moisissure avait été formée par les odeurs corporelles et la sueur des innombrables personnes qui étaient passées dans cette pièce. En plusieurs dizaines d'années, cela avait dû former ces sinistres taches de moisi. À ce propos, ça fait bien longtemps que je n'ai pas vu le paysage extérieur, me dis-je soudain. Et que je n'ai pas écouté de musique. Quel endroit horrible ! Ici tous les moyens sont bons pour écraser la confiance en soi, la fierté, les sentiments et la conscience d'autrui. On est brutalisé psychologiquement, de façon à ne laisser aucune marque visible de brutalités physiques, promené dans la toile d'araignée d'un labyrinthe bureaucratique. Ici notre sentiment fondamental d'insécurité est titillé jusqu'à la plus extrême limite. La transpiration des prévenus, tenus à l'écart de la lumière du soleil, nourris de fast-food, finit par devenir fétide, et c'est ainsi que les taches de moisi apparaissent au plafond.

Je posai les deux mains l'une à côté de l'autre sur la table, fermai les yeux et songeai à la ville de Sapporo sur laquelle tombait la neige. À l'énorme hôtel du Dauphin et à la fille de la réception. Que pouvait-elle bien faire en ce moment ? Était-elle debout derrière le comptoir, son étincelant sourire professionnel aux lèvres ? J'avais envie de lui téléphoner tout de suite, de parler avec elle. J'avais envie de lui dire des plaisanteries stupides. Mais je ne savais même pas son nom. *Je ne sais même pas son nom !* Je ne peux pas l'appeler. Elle était mignonne, pourtant. Je la trouvais ravissante, surtout quand elle travaillait. La fée de l'hôtel ! Elle aime ça, travailler dans un hôtel. Moi ce n'est pas pareil. Moi, aucun travail ne m'a jamais plu. Je fais bien mon travail. Mais je ne l'ai jamais *aimé*. Elle, c'est le travail en soi qu'elle aime. Et quand elle s'en éloigne, elle manque de sécurité. Elle a l'air instable et vulnérable. Si j'avais voulu coucher avec elle à ce moment-là, j'aurais pu. Mais je ne l'ai pas fait.

J'avais envie de lui parler encore une fois.

Avant qu'elle se fasse assassiner.

Avant qu'elle disparaisse je ne sais où.

23

Les deux inspecteurs réintégrèrent enfin le bureau, mais cette fois aucun des deux ne s'assit. Je contemplais toujours distraitement les taches de moisi.

– Tu peux t'en aller, me dit le pêcheur d'une voix sans émotion particulière. Merci de ta coopération.

– Je peux m'en aller ?! répétai-je, abasourdi.

– On n'a plus de questions à te poser. Fini, terminé, dit le plumitif.

– Les circonstances ont changé, dit le pêcheur. On ne peut pas te garder ici plus longtemps. Tu peux t'en aller. Allez, merci encore.

Je mis ma veste complètement imprégnée d'une désagréable odeur de nicotine, me levai. Je ne comprenais pas très bien, mais en tout cas, il me paraissait préférable de filer rapidement avant que les deux compères changent d'avis. Le plumitif me raccompagna jusqu'à l'entrée.

– Tu sais, on savait déjà depuis hier soir que tu étais blanc dans cette affaire, me dit-il. Les résultats de l'expertise et de l'autopsie étaient négatifs : aucun lien avec toi. L'empreinte génétique du sperme prélevé sur la fille n'était pas la tienne. Tes empreintes digitales ne sont pas apparues non plus. Mais tu nous as caché quelque chose. C'est pour ça qu'on t'a gardé. On voulait te secouer encore un peu jusqu'à ce que tu craches le morceau. Nous, on sait que tu nous caches quelque chose. Par intuition, tu vois. Intuition professionnelle. Tu dois avoir au moins une idée de qui est cette fille, non ? Mais pour je ne sais quelle raison, tu ne veux pas nous le dire. C'est pas bien, ça ! Nous, on n'est pas si gentils que ça, tu sais. On est des professionnels. Et une femme a été assassinée.

– Désolé, je ne sais pas de quoi vous parlez, dis-je.

– On te demandera peut-être de revenir, dit-il en sortant une allumette de sa poche et en se la passant sous les ongles. On peut être collants quand on s'y met, tu sais. Cette fois, on préparera tout si bien que tu auras beau avoir un avocat sorti de je ne sais où, il ne pourra rien faire pour toi.

– Un avocat ? fis-je.

Mais il avait déjà disparu à l'intérieur du bâtiment. Je pris un taxi et rentrai chez moi. Puis je me fis couler un bain brûlant, m'y immergeai longuement. Je me brossai les dents, me rasai, me lavai les cheveux. Quel endroit affreux, ce commissariat. Beurk, un vrai nid de vipères. Après le bain, je bus de la bière en mangeant du chou-fleur bouilli et en écoutant un disque où Asa Prisocke chantait sur fond de Count Basie Orchestra. Un disque incontestablement splendide. Je l'avais acheté seize ans auparavant. En 1967. Je l'écoutais depuis seize ans et je ne m'en lassais pas.

Ensuite je dormis un peu. J'eus un sommeil agité, je me tournais sans arrêt. Je dormis à peine une trentaine de minutes. Je regardai ma montre en me réveillant : il était déjà une heure. Je mis mon maillot de bain et une serviette dans un sac, montai dans ma Subaru et allai à la piscine couverte de Setagaya, où je nageai une heure. Après ça, je me sentis enfin redevenu un être humain. J'avais même faim. J'appelai Yuki. Elle était chez elle. Je lui dis que la police m'avait relâché. « Parfait », dit-elle nonchalamment. Je lui demandai si elle avait déjà déjeuné. Elle me dit qu'elle avait seulement mangé deux choux à la crème depuis le matin. Elle se nourrit toujours aussi mal, constatai-je intérieurement.

– Je viens te chercher et on va manger quelque chose, d'accord ? proposai-je.

– Mouais, répondit-elle.

Je pris ma voiture, fis le tour du parc du palais impérial, pris la route bordée d'arbres devant le cinéma, pris par Aoyama Itchôme pour sortir au sanctuaire de Nogi. L'atmosphère printanière s'accentuait de jour en jour. Au cours des deux journées que j'avais passées au commissariat d'Akasaka, le vent s'était fait plus doux, les feuilles avaient poussé sur les arbres, le soleil s'était fait plus chaud. Même le vacarme de la ville me paraissait aussi doux que le flugel horn de Art Farmer. Le monde était beau, et j'avais faim. La bosse qui déformait mes tempes avait disparu sans même que je m'en aperçoive.

Yuki descendit dès que j'eus sonné chez elle. Ce jour-là elle portait une chemise avec une photo imprimée de David Bowie, sur lequel elle avait enfilé un blouson de cuir froissé brun. Elle avait aussi un sac à bandoulière en toile. Sur son sac étaient accrochés des badges des Stray Cats, Steely Dan et Culture Club. Drôle de mélange, mais bon, elle faisait ce qu'elle voulait.

– Tu t'es bien amusé au commissariat ? demanda-t-elle.

– Horrible, répondis-je. Aussi horrible qu'une chanson de Boy George.

– Hein ? fit-elle d'un air pas particulièrement ému.

– Si tu changeais un peu tes badges, hein ? dis-je. Je vais t'en offrir un d'Elvis Presley pour mettre à la place de celui-là, dis-je en désignant le badge de Culture Club sur son sac.

– T'es un drôle de type.

(Il y a différentes façons de dire la même chose.)

Je commençai par l'emmener dans un restaurant normal, où je lui fis manger des sandwichs à la viande de bœuf et une salade, et lui fis boire du lait. Frais. Je pris la même chose, et un café. Les sandwichs étaient délicieux, avec une sauce un peu épicée à base de vrai raifort, de la viande tendre. Bon au goût et énergétique, c'est ça, un vrai repas.

– Et maintenant où on va ? demandai-je à Yuki.

– À Tsujidô, dit-elle.

– D'accord, si tu veux. Mais pourquoi Tsujidô ?

– Parce que papa y a une maison, et il a dit qu'il aimerait te rencontrer.

– Moi ?

– Tu sais, il n'est pas aussi nul qu'on le dit.

Je secouai la tête en avalant une gorgée de mon deuxième café.

– Je ne dis pas ça, mais je me demande simplement pourquoi ton père voudrait me voir, moi. Tu lui as parlé de moi ?

– Oui, je lui ai téléphoné. Je lui ai dit que tu m'avais ramenée du Hokkaido et que tu étais au commissariat et que tu étais embêté parce qu'ils ne te laissaient pas repartir. Alors papa a appelé un avocat qu'il connaît pour qu'il se renseigne à ton sujet auprès de la police, il a le bras long, tu sais, papa. C'est un type plutôt réaliste, lui.

– Je vois, dis-je. C'était donc ça !

– Ça t'a aidé, non ?

– Ça, c'est sûr.

– Papa a dit que la police n'avait pas le droit de te garder. Si tu avais voulu, tu aurais pu repartir n'importe quand. Légalement.

– Je le savais.

– Pourquoi tu n'es pas reparti, alors ? Tu n'avais qu'à leur dire « salut, les gars, je m'en vais ».

– C'est une question difficile, dis-je après avoir réfléchi un moment. Peut-être que je me punissais moi-même.

– Tu es un original, toi, dit-elle.

(Il y a différentes façons de dire la même chose.)

@ @ @ @

Nous partîmes dans ma Subaru pour Tsujidô. L'après-midi était déjà bien avancé et la route peu encombrée. Elle sortit de son sac diverses cassettes qu'elle nous fit écouter en chemin. D'*Exodus* de Bob Marley à Sting, l'intérieur de la voiture retentit de musiques vraiment variées. Il y en avait d'intéressantes et de profondément ennuyeuses aussi. Mais la musique, c'est comme les paysages. Ça défile à toute vitesse des deux côtés de la route. Yuki écoutait ses cassettes pratiquement sans ouvrir la bouche, confortablement appuyée contre son dossier. Elle prit mes lunettes sur la tablette, les mit sur son nez et fuma une Virginia Slim en cours de route. Moi, je me concentrais sur mon volant, silencieux également. Je changeais de vitesse et regardais la route, loin devant moi. Je vérifiais soigneusement tous les panneaux de signalisation que je rencontrais.

De temps en temps, je l'enviais. Elle n'avait encore que treize ans. Beaucoup de choses se reflétaient comme de fraîches nouveautés dans son regard. Les musiques, les paysages, les gens. Sans doute voyait-elle les choses d'une façon entièrement différente de moi. Moi aussi, j'étais comme ça autrefois. Quand j'avais treize ans, le monde était plus simple. Il y avait des choses qui valaient la peine de faire des efforts, les mots valaient la peine d'être sincères, le monde était empli de beauté. Pourtant, à treize ans, je n'étais pas un adolescent particulièrement heureux. J'aimais la solitude, je pouvais avoir confiance en moi quand j'étais seul, mais naturellement la plupart du temps je ne pouvais pas être seul. J'étais enfermé dans deux cadres rigides : ma famille et l'école, et cela m'agaçait. C'était l'âge de la révolte. J'étais amoureux d'une fille, et évidemment ça ne marchait pas. Parce que je ne savais même pas ce que c'était que l'amour. J'arrivais à peine à lui parler normalement. C'était l'âge de la timidité et des maladresses. J'essayais d'élever des objections et de protester contre le sens des valeurs que les professeurs et mes parents tentaient de m'inculquer, mais je n'arrivais pas à trouver les mots pour défendre mes arguments. Quoi que je fasse, je le ratais. J'étais dans la position inverse de Gotanda à qui tout réussissait. Mais je pouvais voir la fraîcheur des choses. Ça, c'était merveilleux. Les odeurs étaient de vraies odeurs, les larmes étaient vraiment tièdes, les filles d'une beauté de rêve, et le rock-and-roll éternel. L'obscurité des salles de cinéma était douce et intime, les nuits d'été avaient une profondeur et une langueur infinies. Les livres, les films et la musique accompagnaient les jours de révolte. J'apprenais par cœur les paroles des chansons de Sam Cooke et de Ricky Nelson. Je m'étais construit un monde à moi, et je vivais dans ce monde-là. C'était ça, mes treize ans. Et j'allais aux mêmes travaux pratiques de sciences nat que Gotanda. Il frottait une allumette sous le regard brûlant des filles de la classe, et allumait avec élégance leurs becs Bunsen.

Pourquoi m'enviait-il, lui ?

Je ne comprenais pas.

– Yuki, tu ne veux pas me parler de cet homme couvert d'une peau de mouton ? Où l'as-tu rencontré ? Et comment sais-tu que je l'ai vu moi aussi ?

Elle tourna la tête vers moi, enleva mes lunettes et les remit sur le tableau de bord. Puis elle haussa légèrement les épaules :

– Tu peux répondre à ma question à moi d'abord ?

– Si tu veux, dis-je.

Elle fredonna un moment, en accord avec une chanson de Phil Collins sombre et mélancolique comme un lendemain de cuite, puis reprit mes lunettes de soleil et les tripota un moment.

– Tu te rappelles ce que tu m'as dit quand on était dans le Hokkaido ? Que tu n'étais jamais sorti avec une fille aussi jolie que moi ?

– Oui, je me rappelle l'avoir dit.

– C'était vrai ? Ou bien tu as seulement dit ça pour me mettre de bonne humeur ? J'aimerais que tu me répondes franchement.

– C'était vrai. Je n'ai pas menti, dis-je.

– Et tu es sorti avec combien de filles ?

– Un tas.

– Deux cents ?

– Quand même pas ! répondis-je en riant. Je ne suis pas si populaire que ça. Non pas que je n'aie aucun succès, mais j'ai des goûts très restreints. Je manque d'envergure... Disons plutôt une quinzaine.

– C'est tout ?

– Eh oui, j'ai une vie misérable. Sombre, humide, étroite.

– Restreinte ? fit Yuki.

Je hochai la tête.

Elle réfléchit un moment à ce que pouvait être une vie de ce genre. Apparemment, elle avait du mal à comprendre. Tant pis. Elle était trop jeune.

– Quinze filles, dit-elle.

– À peu près, dis-je, puis je fis à nouveau un retour en arrière sur mes trente-quatre années de vie. En gros. Disons vingt, tout au plus.

– Vingt ? fit-elle d'un ton résigné. Bon, alors en tout cas, c'est moi la plus jolie ?

– Oui, dis-je.

– Tu sors avec des filles plutôt ordinaires, non ? demanda-t-elle, puis elle alluma sa deuxième cigarette.

Comme je venais de voir un policier au carrefour, je la lui enlevai et la jetai par la fenêtre.

– Non, je suis sorti avec des filles plutôt jolies, dis-je. Mais toi, tu l'es encore plus. Je ne te mens pas. Je ne sais pas si tu peux comprendre cette façon de dire, mais toi tu as une beauté indépendante et fonctionnelle. Les autres filles sont complètement différentes. Mais, s'il te plaît, arrête de fumer dans la voiture. On te voit de dehors, et ma voiture va sentir le tabac. Je crois t'avoir déjà dit que les filles qui fument dès leur jeune âge s'arrêtent de grandir et ont des problèmes de règles plus tard.

– C'est nul, dit-elle.

– Parle-moi de l'homme à la peau de mouton.

– L'homme-mouton ?

– Comment connais-tu ce nom ?

– C'est toi qui l'as prononcé l'autre jour au téléphone. « L'homme-mouton », tu as dit.

– Ah, bon ?

– Mais oui, dit Yuki.

Il y avait des embouteillages, et je dus attendre deux fois que le feu passe au vert.

– Parle-moi de l'homme-mouton. Où l'as-tu rencontré ?

Elle haussa les épaules.

– Mais je ne l'ai jamais vu. J'ai juste pensé à lui comme ça, en te regardant, dit-elle, puis elle enroula une fine mèche de ses cheveux raides autour de ses doigts. J'ai juste eu l'impression, comme ça, qu'il existait un homme couvert d'une peau de mouton. Une sensation comme ça. Chaque fois que je t'ai croisé dans cet hôtel, je ressentais cette impression. C'est pour ça que j'en ai parlé, pour voir ta réaction. Je ne sais rien de particulier à ce sujet, en fait.

Je réfléchis un moment à ce qu'elle venait de me dire, en attendant que le feu passe au vert. J'avais besoin de réfléchir. J'avais besoin de resserrer les boulons de ma tête. De bien les serrer.

– Tu as *pensé* à lui, cela veut dire que tu l'as vu en toi, tu as imaginé la silhouette de l'homme-mouton ? demandai-je à Yuki.

– J'ai du mal à l'expliquer, répondit-elle. Comment pourrais-je dire ? Ce n'est pas que j'aie vu précisément à quoi il ressemblait, tu comprends ? C'est comme si l'émotion ressentie par la personne qui l'a vu réellement s'était transmise à moi, comme un courant d'air. Ce n'est pas quelque chose qu'on voit vraiment avec les yeux. Je ne l'ai pas vu mais je l'ai *ressenti*, et je peux transformer cette impression, lui donner une forme, mais pas une forme précise. Une sorte de forme. Si je pouvais montrer à quelqu'un exactement ce que j'ai vu, il ne comprendrait probablement pas de quoi il s'agit. Autrement dit, c'est une forme que moi seule peut comprendre. Je n'arrive pas bien à expliquer, c'est vraiment nul. Tu comprends ce que je veux dire ?

– Vaguement, répondis-je sincèrement.

Yuki fronçait les sourcils en mordillant une branche de mes lunettes de soleil.

« Dis-moi si je me trompe, mais tu veux dire que tu ressens intuitivement les pensées ou les émotions qui existent en moi ou qui m'obsèdent et qu'ils se reflètent en toi comme, disons, une espèce de rêve symbolique, c'est ça ?

– Oui, peut-être. Tes pensées obsédantes, oui, mais ce n'est pas que ça. Il y a quelque chose qui fabrique ces pensées qui t'obsèdent. Quelque chose de très fort. Une force qui fabrique les pensées, on peut exprimer ça comme ça. Moi, c'est cette force que je ressens. Je subis son influence. Et je la vois, à ma façon. Mais pas comme un rêve. C'est un rêve vide. Oui, c'est ça, *un rêve vide*. Il n'y a personne dedans. On ne voit aucune forme. Comme, tu sais, comme une télé avec un contraste mal réglé, trop sombre ou trop clair. On ne distingue plus rien. Mais on sait qu'il y a quelqu'un sur l'écran. Quand on concentre bien son regard, on le *sent*. Il y a un type qui porte une peau de mouton sur le dos. Il n'est pas méchant. Non, ce n'est pas un homme, en fait, mais ce n'est pas une entité mauvaise. Il est là, comme un dessin à l'encre sympathique. Je ne le vois pas, mais je sais qu'il est là. Je peux le voir comme quelque chose d'invisible. C'est une forme sans forme. Quelle explication affreusement embrouillée ! ajouta-t-elle en claquant la langue.

– Mais non, tu expliques très bien.

– C'est vrai ?

– Bien sûr, dis-je. Je crois très bien comprendre ce que tu veux dire, mais il me faut un peu de temps pour intégrer tout ça.

Nous traversâmes la ville et arrivâmes enfin au bord de la mer, à Tsujidô où je garai ma voiture dans une des places de parking délimitées par des traits blancs en bordure d'une forêt de pins. Il n'y avait guère de voitures. Je proposai à Yuki de marcher un peu. C'était un agréable après-midi d'avril, sans un souffle de vent. La mer était calme et de toutes petites vagues couraient vers le rivage, puis se retiraient comme si quelqu'un au large avait doucement secoué un drap. C'était des vagues paisibles et régulières. Les surfers avaient renoncé à mettre leurs planches à l'eau et étaient remontés sur le rivage, où ils fumaient des cigarettes, toujours en combinaison. La fumée blanche de feux de camps allumés pour brûler des ordures s'élevait droit vers le ciel, et à gauche au loin on apercevait la forme embrumée de l'île d'Enoshima, comme un mirage. Un grand chien noir nous dépassa, traversant la plage de droite à gauche au petit trot. Plusieurs bateaux de pêche flottaient paisiblement en haute mer, survolés par le tourbillon blanc et silencieux des nuées de mouettes. On sentait le printemps même sur la mer.

Nous nous promenâmes lentement le long de la digue, en suivant le rivage, croisant des lycéennes à vélo, des sportifs qui faisaient leur jogging. Puis nous trouvâmes un endroit pour nous asseoir sur le sable et regarder la mer.

– Tu ressens souvent ce genre d'impressions ? lui demandai-je.

– Pas tout le temps, répondit-elle. De temps à autre. Il n'y a pas tellement de gens avec qui je peux ressentir ça. Quelques-uns seulement. Mais de toute façon, j'essaie d'éviter cette sensation. Même si je ressens quelque chose de ce genre, j'essaie de ne pas trop y réfléchir. Je me ferme dès que je sens que ça va m'arriver. En général, je le sens intuitivement avant que ça se produise. Si je me ferme, j'arrive à ne pas ressentir les choses trop profondément. Comme quand on ferme les yeux. Moi, je ferme mes sensations. À ce moment-là je ne vois plus rien. Je sais qu'il y a quelque chose, mais je ne le vois pas, et si je reste immobile sans bouger, ça se termine sans que je ressente quoi que ce soit. C'est comme, tu sais, au cinéma, quand on ferme les yeux pour ne pas voir une scène qui fait peur. On ferme les yeux jusqu'à ce que la scène soit finie. Sans bouger.

– Pourquoi tu te fermes ?

– Parce que sinon c'est désagréable. Autrefois, quand j'étais plus petite, je ne me fermais pas. Même à l'école, quand je ressentais quelque chose, je le disais. Mais ça mettait tout le monde mal à l'aise. Par exemple, je sentais à l'avance si quelqu'un allait se blesser. Je disais à une amie : « Tiens, regarde celui-là, il va se faire mal », et la personne en question se faisait effectivement mal peu après. C'est arrivé plusieurs fois et après ça, ils se sont tous mis à me considérer comme une espèce de sorcière. On m'a même vraiment traitée de sorcière. C'est la réputation que j'avais. Et ça m'a terriblement blessée. Alors j'ai décidé de ne plus rien dire à personne. Je n'en parle à personne, et dès que je sens que je vais voir ou ressentir quelque chose de cet ordre, je me ferme complètement.

– Mais dans mon cas tu ne t'es pas fermée ?

Elle haussa les épaules.

– Avec toi, c'est arrivé si soudainement. Je n'ai pas eu le temps de me prévenir. Tout d'un coup, cette image a surgi. La première fois que je t'ai rencontré. Au bar de l'hôtel, tu sais. J'écoutais du rock... peu importe quoi, Duran Duran ou David Bowie... Mais quand j'écoute ma musique, je ne fais plus que ça. Je ne me méfie pas. Ça me détend. C'est pour ça que j'aime tant la musique.

– Tu as peut-être un don de prémonition, fis-je, puisque tu peux savoir à l'avance que quelqu'un va avoir un accident ?

– Je ne sais pas. Mais je pense que c'est un peu différent de la prémonition. Je ne prévois rien à l'avance, simplement je sens ce qu'il y a là. Comment dire, il doit y avoir une atmosphère propice pour que telle ou telle chose se passe. Tu comprends ? Par exemple, quelqu'un qui se blesse en faisant des exercices à la barre fixe, c'est qu'il a fait une faute d'inattention, ou alors qu'il s'est surestimé, non ? Ou bien il s'amuse comme un fou et se laisse entraîner par l'atmosphère. Et moi j'arrive à ressentir très précisément ces espèces de vagues émotionnelles qui passent. Et ce flux d'émotions devient comme une espèce de boule d'air. Et je me dis, ah, attention, là c'est dangereux. Et c'est là que survient cet espèce de rêve vide dont je t'ai parlé. Et quand j'ai ce genre de rêve, la chose dont j'ai « rêvé » arrive réellement. Ce n'est pas de la voyance, c'est quelque chose de bien plus vague. Mais ça arrive pour de bon. Je le vois toujours mais je ne dis plus rien. Si je dis quelque chose, tout le monde va me prendre pour une sorcière, alors... je me contente de regarder. Je me dis, tiens, cette personne va sans doute se brûler. Et hop, la personne se brûle. Mais je ne peux rien dire. C'est terrible, non ? Je ne peux plus supporter ça, c'est pour ça que je me ferme. Si je me ferme, ça devient plus supportable.

Elle joua un moment avec le sable entre ses doigts.

– Il existe vraiment, cet homme-mouton ?

– Oui, fis-je. À l'intérieur de l'hôtel où nous étions se trouve un endroit où il vit. Et dans l'hôtel il y a encore un autre hôtel. Un lieu qu'on ne voit pas d'ordinaire. Mais qui est resté là-bas. Il est resté pour moi. Parce que c'est un endroit qui n'existe que pour moi. L'homme-mouton vit là-bas, et il relie des gens, des événements. Ce lieu n'existe que pour moi, et l'homme-mouton travaille pour moi. Sans lui, je ne peux pas me relier comme il faut à tout ce qui compose ma vie. C'est lui qui dirige tout ça. Comme un standardiste.

– Relier ?

– Oui. Moi, j'ai besoin de quelque chose. Je voudrais me relier à ce quelque chose, et c'est lui qui me relie à ça.

– Je ne comprends pas très bien.

Je pris comme elle du sable dans ma main et le laissai s'écouler entre mes doigts.

– Moi non plus. C'est l'homme-mouton qui m'a expliqué ça.

– Il existe depuis longtemps, cet homme-mouton ?

Je hochai la tête.

– Très longtemps. Depuis que je suis enfant. J'ai toujours senti sa présence. Je savais qu'il y avait quelque chose, mais cela ne fait pas si longtemps que j'ai pu lui donner la forme précise de l'homme-mouton. Peu à peu sa forme s'est précisée, ainsi que celle du monde où il vit. Au fur et à mesure que je vieillissais. Je me demande pourquoi. Je ne sais pas. C'était peut-être une nécessité. C'est devenu inévitable, parce qu'en vieillissant j'ai perdu tellement de choses que cette aide m'est devenue nécessaire pour survivre. Mais je ne comprends pas avec certitude. Peut-être qu'il y a une autre raison à tout ça. Ça fait un moment que j'y réfléchis. Mais je ne comprends pas. C'est vraiment nul, hein.

– Tu en as parlé à quelqu'un d'autre que moi ?

– Non, à personne. Même si j'en parlais, je suppose que personne ne me croirait. Personne ne comprendrait. Et moi, je ne saurais pas bien expliquer. C'est la première fois que j'en parle. Il m'a semblé qu'à toi, je pouvais en parler.

–Moi aussi, c'est la première fois que j'essaye de bien expliquer à quelqu'un ce que je ressens. Je me suis toujours tue. Papa et maman sont au courant dans une certaine mesure, mais ce n'est pas moi qui leur en ait parlé. Depuis que je suis toute petite, je sais qu'il vaut mieux ne pas parler de ça. Instinctivement.

–C'était bien de se parler, dis-je.

–Toi aussi, tu es un sorcier, dit Yuki en jouant avec le sable.

En retournant au parking, Yuki me parla de l'école. Elle me raconta quel horrible endroit était un collège.

–Je n'y suis pas retournée depuis les vacances d'été, dit-elle. Ce n'est pas que je n'aime pas les études, c'est l'endroit qui me déplaît. Je ne peux pas le supporter. Aller à l'école, ça me rendait malade à vomir. Je vomissais tous les jours. Et quand je vomissais, tout le monde se moquait de moi. Ils me faisaient tous des misères. Même les profs.

–Moi, si j'étais dans ta classe, jamais je ne ferais de misères à une fille jolie comme toi.

Yuki regarda la mer un long moment.

–Mais tu ne crois pas qu'on peut aussi m'embêter justement parce que je suis jolie ? Et en plus je suis la fille de gens célèbres. Dans ces cas-là, soit on prend excessivement soin de toi, soit on t'embête plus que quiconque, c'est l'un ou l'autre. Et puis je suis toujours dans les derniers. Je n'arrive pas à m'entendre avec les autres. Je suis toujours tendue. Tu sais, je t'ai dit, je suis obligée de fermer mon cœur sans arrêt. Mais personne ne le sait. Et personne ne sait pourquoi je suis obligée d'avancer en boitant derrière les autres. Et quand je boite, j'ai l'air d'un canard. Alors on m'embête. De façon très méchante, tu sais. Tu n'imagines pas à quel point ils sont méchants. Ils devraient avoir honte. Tu ne me croirais même pas si je te disais de quoi ils sont capables. Tiens, tu sais...

Je pris sa main et la serrai dans la mienne.

– Ça va, dis-je. Oublie ce genre de choses, ça ne vaut pas la peine d'y penser. Ce n'est pas la peine de se forcer à aller à l'école quand on n'en a pas envie. Moi aussi, je sais que c'est un endroit affreux. Des types infects qui prennent de grands airs. Des profs ennuyeux à mourir qui font les arrogants. Pour te dire franchement, je pense que 80 % des profs sont des sadiques ou des incapables. Ou les deux à la fois. Ils sont bourrés de stress qu'ils transmettent à leurs élèves de la façon la plus vicieuse qui soit. Il y a trop de règles absurdes à respecter. C'est un système destiné à écraser l'individu, et ceux qui ont les meilleures notes ne sont que des idiots sans la moindre parcelle d'imagination. À mon époque, c'était déjà comme ça. Ça n'a pas dû changer. Ce genre de choses ne change jamais.

– Tu le penses vraiment ?

– Évidemment. Je pourrais te parler pendant au moins une heure de tous les côtés ennuyeux de l'école.

– Mais l'éducation est obligatoire jusqu'à seize ans.

– Ça, c'est quelqu'un qui l'a décrété, tu as le droit de penser différemment. Il n'y a aucune obligation à fréquenter quotidiennement un endroit où tout le monde te fait des misères. *Absolument aucune obligation.* Tu as le droit de dire que ça ne te plaît pas. Tu as le droit de crier : « Ça ne me plaît pas ! »

– Mais mon avenir ? Ça va être une répétition de ce genre de choses tout le temps.

– Moi aussi, quand j'avais treize ans, il m'arrivait de me dire ça. Ma vie va être perpétuellement comme ça. Mais ce n'est pas vrai. Il se passe des choses. Si tu ne t'en sors pas, il est toujours temps d'y réfléchir sur le moment. Encore un peu de temps et tu vas commencer à tomber amoureuse. Tu pourras t'acheter des soutiens gorge et ta vision du monde changera.

– Tu es vraiment bête, dit-elle d'un air résigné. Tu ne sais pas que, de nos jours, toutes les filles de treize ans portent des soutiens-gorge ? Tu es en retard d'à peu près un demi-siècle.

– Hein ? fis-je.

– Mais oui, dit Yuki, puis elle répéta son assertion : tu es bête !

– Peut-être.

Elle marcha devant moi jusqu'à la voiture sans ajouter un mot.

24

Le soleil déclinait déjà quand nous arrivâmes à la maison du père de Yuki, située près du bord de mer. C'était une vieille et vaste maison avec un jardin presque trop plein d'arbres, dont un coin évoquait encore le paysage de l'époque où Tsujidô était un lieu de villégiature résidentiel. C'était calme, silencieux, et le crépuscule printanier seyait bien à l'ensemble. Les cerisiers disséminés dans le jardin étaient pleins de fleurs en bouton. Quand les cerisiers finissaient de fleurir, ce devait être au tour des magnolias. On devait sentir les changements de saison aux légers changements quotidiens des parfums et des couleurs du jardin. Il existait donc encore des endroits comme ça.

La maison de Hiraku Makimura était entourée d'une haute palissade, et le portail était construit à l'ancienne, avec un toit au-dessus. Seul l'écriteau était désagréablement neuf, et portait, inscrit en gros caractères noirs se détachant distinctement, le nom de « Makimura ». Notre coup de sonnette fit surgir un grand jeune homme d'environ vingt-cinq ans, aux cheveux courts et à l'air engageant, qui nous pria d'entrer. Il se montrait aussi accueillant envers moi qu'envers Yuki qui semblait l'avoir déjà rencontré plusieurs fois. Il avait une façon nette et sympathique de sourire qui m'évoquait Gotanda. Mais évidemment, Gotanda était beaucoup plus élégant. Tout en nous guidant vers le fond du jardin, il m'expliqua qu'il était le secrétaire de maître Makimura.

– Je fais le chauffeur, j'envoie ses manuscrits, je fais des recherches pour lui, je l'accompagne au golf, je joue au mah-jong avec lui, je l'accompagne dans ses voyages à l'étranger, je fais tout, m'expliqua-t-il, tout guilleret, sans que je lui aie rien demandé. Autrefois on m'aurait appelé « secrétaire à demeure ».

– Ah ? fis-je.

Yuki parut sur le point de dire : « Vraiment nul, ce type », mais elle se retint. Finalement, elle regardait à qui elle avait affaire avant de parler.

Maître Makimura s'entraînait au golf dans le fond du jardin. Un filet vert était tendu entre deux troncs de pin, et il frappait la balle de toutes ses forces en visant la cible du milieu. On entendait siffler sa canne chaque fois qu'elle fendait l'air. Or c'est là un des sons que je hais le plus au monde. Le sifflement d'une canne de golf me paraît pitoyable et triste au possible. Pourquoi ? La raison en est simple : j'ai un préjugé contre le golf. C'est un sport que je hais, sans raison particulière.

À notre arrivée, l'homme de lettres se tourna vers nous et posa sa canne de golf. Puis il prit une serviette et s'épongea soigneusement le visage en s'adressant à Yuki :

– Ah, je suis content que tu sois venue !

Elle fit mine de ne pas avoir entendu, détourna les yeux et sortit un chewing-gum de la poche de son blouson, enleva le papier d'emballage, fourra la gomme dans sa bouche et se mit à mâcher à grand bruit. Puis elle roula le papier d'emballage en boule et le jeta dans le pot de fleurs le plus proche.

– Si tu me disais au moins bonjour ? dit Makimura.

– Bonjour, fit Yuki à regret.

Puis elle fourra les deux mains dans les poches de son blouson et partit faire un tour dans le jardin.

– Eh, apporte-nous de la bière, dit Makimura à son secrétaire d'un ton rude.

– Bien, répondit ce dernier d'une voix claire avant de foncer vers la maison.

Maître Makimura eut une quinte de toux, cracha par terre, s'épongea de nouveau la figure avec sa serviette. Ensuite, ignorant complètement ma présence, il contempla fixement un long moment la cible blanche et le filet vert, comme s'il était en train de réfléchir en faisant une synthèse. Moi, pendant ce temps, je regardais d'un œil vague les pierres couvertes de mousse du jardin.

L'atmosphère de ce lieu me paraissait artificielle et légèrement ridicule. Je n'aurais pas su dire ce qui clochait, ni s'il y avait une erreur quelque part. Mais je sentais une espèce de parodie. Chacun semblait jouer à la perfection un rôle assigné d'avance. L'écrivain et son secrétaire. Gotanda aurait mieux joué ce rôle, et de façon plus charmante, me disais-je. Gotanda était encore capable de jouer à la perfection n'importe quel rôle. Même avec un mauvais scénario.

– Je vous remercie de vous être occupé de Yuki, me dit le Maître.

– Ce n'est pas grand-chose, dis-je. J'ai juste pris l'avion avec elle. Je n'ai rien fait. C'est plutôt moi qui dois vous remercier pour l'histoire avec la police. Ça m'a vraiment rendu service.

– Ah oui, oh, ce n'est rien. Comme ça au moins nous sommes quittes. Ne vous en faites pas pour ça. Et puis c'est tellement rare que ma fille me demande quelque chose. Ce n'est rien, vraiment. J'ai toujours détesté la police. Dans les années soixante ils m'en ont fait voir des vertes et des pas mûres. J'étais pas loin du Parlement le jour de la manifestation où Michiko Kamba a été tuée, il y a longtemps de cela, il y a bien longtemps...

Puis il se baissa, ramassa son club de golf, se tourna vers moi et me regarda tout en se tapotant légèrement les jambes avec son club, regarda mon visage, mes pieds, puis à nouveau mon visage. Comme s'il cherchait le lien entre mon visage et mes pieds.

– Il y a longtemps de ça, autrefois, je comprenais ce qui était juste et ce qui ne l'était pas, déclara Hiraku Makimura.

J'acquiesçai sans grand enthousiasme.

–Vous jouez au golf ?

–Non, répondis-je.

–Vous n'aimez pas ?

–Je ne sais pas si j'aime ou pas, je n'ai jamais essayé.

Il se mit à rire.

–Vous ne savez pas ! Je n'en crois rien. La plupart des gens qui ne jouent pas au golf détestent ce sport. C'est toujours comme ça. Vous pouvez me parler franchement. J'aimerais entendre une opinion sincère.

–Pour être franc, je n'aime pas le golf.

–Pourquoi ?

–Je ne sais pas pourquoi, ça me paraît ridicule. Rien ne me plaît dans ce sport, ni le matériel emphatique, ni les drapeaux, ni les caddies prétentieux, ni les vêtements qu'on porte, ni les chaussures, ni le regard des gens qui s'accroupissent pour observer la pelouse, ni la façon dont ils dressent l'oreille.

–Leur façon de dresser l'oreille ? répéta-t-il d'un air intrigué.

–C'est une image. Ça n'a pas de sens. Je veux simplement dire que je déteste intégralement tout ce qui a rapport au golf. Quand je parle de dresser l'oreille, c'est une blague.

Hiraku Makimura me fixa à nouveau d'un regard vide.

–Vous ne seriez pas un peu bizarre ? dit-il

–Je n'ai rien de bizarre, dis-je. Je suis parfaitement normal. C'est juste que mes plaisanteries ne sont pas drôles.

Le secrétaire revint bientôt avec deux verres et deux bouteilles de bière sur un plateau. Il posa le plateau dans le couloir, ouvrit les deux bouteilles, versa la bière dans les verres. Puis il s'en alla aussi rapidement qu'il était venu.

–Allez, buvez, dit le Maître en s'asseyant.

Je le remerciai et bus ma bière. J'avais très soif, et la bière me parut délicieuse. Mais je ne pouvais pas boire plus d'un verre d'alcool : je conduisais.

Quel âge avait donc Hiraku Makimura ? Je lui donnais dans les quarante-cinq ans. Il n'était pas très grand mais son impressionnante musculature le faisait paraître plus grand que sa taille réelle. Sa poitrine était large, ses bras ronds et son cou épais. Un peu trop épais même. Un cou un peu plus fin n'aurait pas porté préjudice à son allure de sportif, alors que cet épaississement reliant directement la mâchoire au cou ainsi qu'un fatal relâchement des chairs sous les oreilles signalaient une mauvaise hygiène de vie durant de longues années. Il aurait beau faire du golf, il n'arriverait jamais à se débarrasser de ça. Et puis les gens vieillissent. Le temps prélève sa part sur les êtres. Le Hiraku Makimura que j'avais vu en photo était un svelte jeune homme au regard perçant, pas particulièrement beau mais avec un je-ne-sais-quoi qui attirait le regard. Une physionomie d'écrivain d'avant-garde à l'avenir prometteur. C'était il y a combien d'années ? Sans doute quinze ou seize ans. Son regard avait conservé une certaine acuité. De temps à autre, selon la lumière et l'angle de son regard, ses yeux prenaient une belle transparence. Ses cheveux courts étaient parsemés de blanc. Il était bronzé, grâce à la pratique du golf sans doute, et le rouge lie-de-vin de sa chemise Lacoste lui seyait au teint. Bien entendu, sa chemise était largement déboutonnée, à cause de ce cou trop épais. C'est difficile de bien porter un polo Lacoste lie-de-vin. Si on a le cou trop fin, ça fait minable, et si on a le cou trop gros, on a l'air d'étouffer dedans. Difficile de remplir les bonnes conditions. Gotanda, lui, c'est sûr, aurait bien porté ce polo. Bon, tu arrêtes un peu de penser à Gotanda, dis ?

– Il paraît que vous travaillez dans le domaine littéraire ? demanda Makimura.

– Littéraire, c'est beaucoup dire. Je fournis la presse en phrases bouche-trous. N'importe quoi, du moment que j'écris des caractères. Mais il faut bien que quelqu'un le fasse, hein. Et c'est moi qui le fais. Comme déneiger, quoi. C'est du déneigement culturel.

– Déneigement culturel, fit Makimura.

Puis il jeta un coup d'œil furtif sur son club de golf.

« Intéressant, comme expression.

– Merci beaucoup, dis-je.

– Vous aimez écrire ?

– Je ne peux pas dire que j'aime ou que je déteste ce que j'écris en ce moment. Ce n'est pas un travail de ce niveau-là. Mais il y a des méthodes de déneigement efficaces, c'est sûr. Question de tour de main, de position, de savoir-faire, de façon d'utiliser son énergie. Je ne déteste pas réfléchir à ça.

– Voilà une réponse claire, fit-il d'un air admiratif.

– Quand le niveau est bas, c'est plus facile, dis-je.

– Mouais, fit-il.

Il se tut une quinzaine de secondes.

« C'est vous qui avez eu l'idée de cette expression, "déneigement" ?

– Oui, je crois bien.

– Je pourrais la réutiliser quelque part ? Déneigement, je trouve ça intéressant comme expression. Déneigement culturel.

– Je vous en prie. Je n'ai pas déposé de brevet d'exclusivité pour utiliser ce mot.

– Je comprends ce que vous voulez dire, dit Hiraku Makimura en se triturant un lobe d'oreille. De temps en temps, je ressens ça moi aussi. Je me dis : « Quel sens y a-t-il à écrire ces phrases ? » Ça m'arrive de temps en temps. Autrefois je n'étais pas comme ça. Le monde était plus petit. Je réagissais. Je savais ce que j'étais en train de faire. Tout le monde savait ce qu'il cherchait. Même les médias étaient moins développés. Le monde était un petit village où tout le monde se connaissait.

Il finit son verre d'un coup, prit une autre bouteille, versa de la bière dans les deux verres. Je tentai de refuser, mais il m'ignora.

– Maintenant ça a changé. Personne ne sait plus ce qui est juste. Personne. Alors on fait ce qui se présente. Du déneigement, comme vous dites si bien.

En parlant il regardait le filet tendu entre les deux troncs de pin. Il y avait trente ou quarante balles de golf blanches disséminées sur la pelouse.

Je bus une gorgée de bière.

Hiraku Makimura réfléchissait à la suite de sa phrase. Il lui fallait du temps pour réfléchir, mais il n'avait pas l'air de s'en soucier. Il était habitué à ce que les gens attendent la suite de ce qu'il avait à dire. N'ayant guère le choix, j'attendis moi aussi qu'il veuille bien se remettre à parler. Il continuait à se triturer le lobe, comme s'il était en train de compter des liasses de billets neufs.

– Ma fille s'est attachée à vous, dit-il. Elle n'est pas du genre à s'attacher à n'importe qui. À presque personne, en fait. Moi, par exemple, elle ne m'adresse jamais la parole. À sa mère non plus d'ailleurs, mais au moins sa mère, elle la respecte. Tandis que pour moi elle n'a aucun respect, elle me tourne même en dérision. Elle n'a pas le moindre ami. Depuis quelques mois, elle ne va même plus à l'école. Elle reste enfermée à la maison à écouter de la musique tonitruante. On pourrait presque dire que c'est une adolescente à problèmes et, à vrai dire, c'est ce que m'a dit le principal de son collège. Elle n'arrive pas à entrer en relation avec les autres. Pourtant elle s'est attachée à vous. Je me demande pourquoi.

– Je me le demande aussi, dis-je.

– Vous vous comprenez tous les deux ?

– Peut-être.

– Que pensez-vous de ma fille ?

Je réfléchis un peu avant de répondre. J'avais l'impression de passer un oral d'examen. Je me dis que je devais lui répondre franchement.

– Elle est à un âge difficile. Et non seulement c'est un âge difficile, mais elle vit dans des conditions familiales vraiment affreuses, tellement dures qu'elle ne peut pas s'en sortir. Personne ne s'occupe d'elle. Personne ne veut assumer cette responsabilité. Elle n'a personne à qui parler. Personne à qui elle puisse ouvrir son cœur. Elle est vraiment blessée, et il n'y a personne pour l'aider à soigner cette blessure. Ses parents sont trop célèbres, elle est trop jolie. Ça fait des bagages trop lourds à porter. Et puis, ce n'est pas une fille ordinaire. Elle est trop sensible... d'une sensibilité particulière. Mais c'est une enfant d'un naturel adorable. Si quelqu'un s'occupe vraiment bien d'elle, elle grandira normalement.

– Mais personne ne s'en occupe, c'est ça ?

– Exact.

Il poussa un long et profond soupir. Puis il ôta sa main de son oreille et contempla un long moment le bout de ses doigts.

– Vous avez raison. Entièrement raison. Mais moi, je ne peux absolument rien faire. Premièrement, quand nous avons divorcé, sa mère et moi, nous avons rempli des documents en bonne et due forme. Elle m'a fait promettre de ne pas intervenir dans l'éducation de Yuki. J'ai été obligé d'accepter. À cette époque j'étais un mari plutôt volage, je n'étais pas en position d'exiger quoi que ce soit. À vrai dire, pour faire les choses dans les règles, j'aurais même normalement besoin d'une autorisation d'Ame pour voir Yuki, comme aujourd'hui. Quels noms stupides, hein ? Yuki et Ame. Neige et pluie. Enfin, c'est comme ça. Deuxièmement, comme je vous l'ai dit tout à l'heure, Yuki n'éprouve pas la moindre affection pour moi. Quoi que je lui dise, elle ne m'écoute jamais. Voilà pourquoi je me sens complètement impuissant. J'aime ma fille, je la trouve adorable, c'est ma seule enfant. Mais je ne peux rien faire, je n'ai aucun moyen de faire quoi que ce soit pour elle.

Puis il regarda à nouveau le filet vert. L'obscurité du crépuscule s'était accentuée. Les balles de golf blanches sur la pelouse ressemblaient à un panier d'osselets renversé.

– Mais ce n'est pas une raison pour rester les bras croisés, vous ne trouvez pas ? demandai-je. Sa mère passe son temps à courir le monde pour son travail, et n'a pas le temps de penser à sa fille. Elle oublie même qu'elle en a une. Elle la laisse seule sans argent dans une chambre d'hôtel du Hokkaido, et ne s'en rappelle que trois jours après ! Trois jours, vous vous rendez compte ? Et depuis que je l'ai ramenée à Tokyo, votre fille reste enfermée seule chez elle sans sortir, à écouter du rock et se nourrir uniquement de poulet frit et de gâteaux. Elle ne va pas à l'école. Elle n'a pas d'amis. Quelle que soit la façon dont on l'envisage, cette situation n'est pas normale. Peut-être que tout cela ne me regarde pas, après tout, ce n'est pas ma famille, mais c'est vraiment trop dur. Ou bien, est-ce ma façon de penser à moi qui est trop terre à terre, trop ordinaire et trop bourgeoise ?

– Non, non, vous avez raison à cent pour cent, dit Makimura en hochant lentement la tête. C'est vraiment comme ça. Je n'ai rien à objecter. Vous avez raison à deux cents pour cent. Mais j'ai quelque chose à vous demander. C'est même pour ça que je vous ai demandé exprès de venir jusqu'ici.

J'eus un pressentiment désagréable. Mon cheval était mort. Les tam-tams des Indiens avaient cessé de résonner. Tout était trop calme. Je me grattai la tempe du bout de l'auriculaire.

« Autrement dit, je voulais vous demander si vous accepteriez de vous occuper de Yuki, dit-il. S'occuper d'elle, enfin, il n'y aurait pas grand-chose à faire, en fait. Il suffirait d'aller la voir deux ou trois heures par jour. Parler avec elle, l'emmener faire des repas normaux. Ça suffirait. Je vous paierais naturellement pour ce travail. Autrement dit, vous seriez un genre de précepteur mais qui ne lui ferait pas faire de devoirs, on peut voir les choses comme ça. Je ne sais pas combien vous gagnez actuellement, mais je pense pouvoir vous garantir un salaire équivalent. Et le reste du temps, vous pouvez faire ce que vous voulez. Je voudrais seulement que vous consacriez quelques heures par jour à voir Yuki. C'est intéressant comme conditions, non ? J'en ai même parlé à Ame au téléphone. Elle est à Hawaii en ce moment. Elle fait des photos là-bas. Je lui ai rapidement expliqué la situation, et elle a approuvé que je vous fasse cette demande. Elle aussi, à sa façon, se fait sérieusement du souci pour sa fille. Mais elle est un peu bizarre. Malade des nerfs. Elle a du talent, beaucoup de talent, mais de temps en temps elle disjoncte complètement. Les plombs sautent. Et à ce moment-là elle oublie tout. Elle est incapable de s'occuper de choses concrètes, réalistes. Elle est incapable de faire une soustraction, par exemple.

– Je ne comprends pas très bien, dis-je en souriant faiblement. Ce dont cette enfant a besoin, c'est de l'amour de ses parents. De la certitude que quelqu'un l'aime du fond du cœur, gratuitement. Moi, je ne peux pas lui donner ça. Il n'y a que des parents qui peuvent faire ça. Vous et votre femme devez en prendre conscience. Ça, c'est le premier point. Le deuxième, c'est qu'une fille de son âge a besoin d'amis du même sexe et du même âge. Une amie qui la comprenne et avec qui elle puisse parler librement de ce qui lui tient à cœur, ça la soulagerait déjà pas mal. Moi, je suis un homme et on a trop de différence d'âge. Et puis, que savez-vous de moi ? Rien ou presque. Une fille de treize ans, c'est déjà une adulte en un sens. Elle est très jolie, et en outre psychiquement instable. Et vous trouvez normal de la confier à un homme dont vous ignorez tout ? Mais qu'est-ce que vous savez de moi, hein ? Dernièrement, j'ai été arrêté par la police dans le cadre d'une affaire de meurtre ! Que feriez-vous si j'étais un criminel ?

– C'est vous qui l'avez tuée ?

– Mais non, voyons, dis-je en poussant un soupir. (Voilà que le père me posait la même question que la fille.) Je n'ai tué personne.

– Eh bien alors, où est le problème ? Moi, j'ai confiance en vous. Si vous me dites que ce n'est pas vous l'assassin, je vous crois.

– Comment pouvez-vous me faire confiance ?

– Ce n'est pas votre genre d'assassiner les gens. Ni de violer les jeunes filles. Ça se voit, ça, il suffit de regarder les gens, dit Hiraku Makimura. En plus, j'ai confiance dans l'intuition de Yuki. Elle a toujours eu beaucoup d'intuition, depuis qu'elle est toute petite. Des intuitions si fortes que, comment dire, ça vous met presque mal à l'aise. Plus fortes que des intuitions ordinaires, hein. Quelque chose comme les médiums, vous voyez. Ça vient de l'hérédité de sa mère. Moi, je n'ai rien qui ressemble à ça. Rien du tout. Je ne suis pas un excentrique, C'est pour ça que ni elle ni sa mère ne me considèrent comme un interlocuteur valable. Ça m'a épuisé de vivre avec elles deux, vous savez. Je n'ai pas eu envie de voir une femme pendant un certain temps. Je suis sûr que vous ne pouvez pas comprendre ce que c'est que de vivre avec des femmes comme Yuki et Ame. Neige et pluie, non mais, quels noms stupides, hein ! On dirait un bulletin météo. Mais je les aime toutes les deux, évidemment. Encore maintenant il m'arrive d'appeler Ame pour discuter avec elle. Mais je ne voudrais pas revivre avec elle, ça non, jamais. C'était l'enfer. Même si j'avais du talent en tant qu'écrivain – et j'en avais –, il s'est complètement évanoui à cause de cette vie que je menais avec elle. Je vous parle franchement, hein. Mais je trouve que je me suis pas mal débrouillé pour quelqu'un qui avait perdu tout son talent. J'ai fait du déneigement. Du déneigement efficace comme celui dont vous parliez tout à l'heure. Bonne expression, ça. De quoi parlions-nous, déjà ?

– De savoir si vous pouviez me faire confiance ou pas.

– Ah oui. Je fais confiance aux intuitions de Yuki. Et elle a confiance en vous. Moi aussi, par conséquent. Et vous aussi, vous pouvez me faire confiance. Je ne suis pas un mauvais bougre. De temps à autre j'écris des phrases qui ne valent pas un clou, mais je ne suis pas un mauvais bougre. (Il toussa et cracha à nouveau par terre.) Alors vous ne voulez pas vous occuper d'elle ? Vous avez parfaitement raison, c'est aux parents de le faire. Mais elle n'est pas ordinaire, vous savez. Moi je ne peux rien faire, je vous l'ai dit tout à l'heure, vous êtes le seul sur qui je peux compter.

Je contemplai un moment la mousse dans mon verre. Je ne savais plus ce que je devais faire. Drôle de famille. Trois dérangés, et Vendredi, le secrétaire. Des Robinsons de l'espace...

– Ça ne me gêne pas de la voir de temps en temps, dis-je, mais je ne peux pas la voir tous les jours. J'ai des choses à faire moi aussi, et je n'aime pas voir les gens par obligation. Je les vois quand j'ai envie de les voir. Je n'ai pas besoin d'argent. Je n'ai pas de problème d'argent en ce moment, et quand je la vois c'est en tant qu'ami, je peux dépenser un peu d'argent pour ça. Je ne peux accepter que sous ces conditions. Moi aussi je l'aime bien, et si je peux la voir, ce sera agréable pour moi aussi. Mais je ne peux prendre aucune responsabilité vis-à-vis d'elle. C'est bien clair ? Quoi qu'elle devienne par la suite, la responsabilité finale ne peut en incomber qu'à vous, ses parents. Pour que tout ça reste bien clair, je ne peux pas accepter d'argent.

Hiraku Makimura hocha la tête plusieurs fois. Ses bajoues tremblotèrent. Ce n'est pas en faisant du golf qu'il pourrait s'en débarrasser. Il lui faudrait un changement de vie beaucoup plus radical. Mais il ne pouvait sans doute pas. S'il avait pu, il l'aurait sans doute déjà fait.

– Je comprends très bien ce que vous voulez dire, et c'est logique comme raisonnement, dit-il. Je n'essaie pas de vous imposer une quelconque responsabilité. Vous n'avez pas à vous sentir responsable. Si nous vous demandons humblement cette faveur, c'est que nous n'avons pas d'autre choix. Il n'est pas question de responsabilité. Pour ce qui est de l'argent, on en reparlera une autre fois, en temps voulu. Je suis quelqu'un qui n'oublie pas ses dettes et les rembourse toujours. Rappelez-vous bien ça. Mais vous avez peut-être raison, je m'en remets à votre jugement, faites comme bon vous semblera. Si vous avez besoin d'argent, vous pouvez en demander soit à moi, soit à Ame en nous téléphonant. Nous n'avons aucun problème de ce côté-là ni l'un ni l'autre. Ne vous gênez pas.

Je ne répondis rien.

– Il semble que vous soyez assez têtu, dit Makimura.

– Je ne suis pas têtu, j'ai un système de pensée bien à moi, c'est tout.

– Un système ? fit-il, puis il se remit à triturer son oreille. Ce genre de mot n'a plus guère de sens. C'est comme de fabriquer un ampli à la main avec un vieux tube électronique. On a plus vite fait d'aller dans un magasin et d'acheter un ampli neuf, ça coûte moins cher et le son est meilleur. S'il s'abîme, on vient vous le réparer tout de suite. Si vous en rachetez un neuf, ils vous reprennent l'ancien. Le système de pensée, ça ne vaut plus rien à notre époque. Ça a eu une certaine valeur, c'est sûr. Mais maintenant, c'est différent.

Tout s'achète avec de l'argent maintenant. Même les systèmes de pensée. On achète celui qui convient et on le connecte. C'est simple. Utilisable le jour même. Il suffit de brancher les prises A et B. C'est instantané. Quand l'appareil est trop vieux, on le change. C'est plus pratique comme ça. Si on se préoccupe de choses comme les systèmes de pensée, on risque de devenir un vieux ringard. On n'arrive plus à prendre les tournants. Et on n'intéresse plus personne.

– Société capitaliste de pointe, résumai-je.

– Exactement, fit Makimura, puis il se plongea dans un long silence.

Les alentours s'étaient assombris. Un chien aboyait rageusement pas très loin. Quelqu'un jouait une sonate de Mozart. Hiraku Makimura, assis dans le couloir, jambes croisées, buvait sa bière en méditant. Depuis mon retour à Tokyo, je n'avais fait que rencontrer des gens bizarres. Gotanda, les deux call-girls (dont l'une était morte), les deux inspecteurs de police, Hiraku Makimura et son secrétaire Vendredi. Tendant l'oreille aux aboiements du chien, aux notes du piano, les yeux fixés sur le jardin plongé dans la pénombre, il me semblait que le monde se désagrégeait lentement et était aspiré par les ténèbres. Toutes choses, perdant leur forme originelle, se mélangeaient, perdaient leur sens, sombraient dans une sorte de magma. Les doigts élégants de Gotanda caressant le dos de Kiki, la ville de Sapporo sous la neige, May la petite chèvre faisant « Coucou les amis ! », la règle de plastique frappant à petits coups la paume de l'inspecteur, l'homme-mouton m'attendant, immobile, au fond d'un couloir sombre, tout se fondait pour devenir un. Fondait et devenait une unique boule ronde de chaos. Une sorte de corps céleste. Les notes de piano, les aboiements du chien, un bruit de voix... Quelqu'un me parlait. Hiraku Makimura. Je levai la tête et le regardai.

– Tu la connaissais, cette fille, non ? Celle qui s'est fait assassiner. Je l'ai lu dans le journal, elle a été tuée dans un hôtel. Non identifiée, disaient-ils. Il y avait juste une carte de visite dans son portefeuille et la personne concernée a été entendue par la police. C'était dans le journal aussi, mais ils n'ont pas donné ton nom. D'après l'avocat tu as maintenu ne rien savoir, mais tu devais quand même la connaître, cette fille, non ?

– Qu'est-ce qui vous fait penser ça ?

– Une impression, dit-il en ramassant son club de golf.

Il le tint droit devant lui comme un sabre et le regarda fixement.

« Il me semblait que tu cachais quelque chose. Juste comme ça. Et parler avec toi n'a fait qu'accentuer cette impression. Tu fais des histoires pour de petits détails, mais pour les choses importantes tu deviens étrangement arrogant. Je peux voir ce schéma de comportement se dessiner peu à peu. Intéressant comme caractère. Tu ressembles à Yuki, en ce sens. Tous les deux, vous faites des efforts pour survivre. Vous êtes difficile à comprendre pour autrui. La moindre chute vous est fatale. Vous êtes de la même race, tous les deux. Et la police n'est pas toujours tendre, tu sais. Cette fois tu t'en es tiré, mais la prochaine fois ça ne se passera peut-être pas aussi bien. Tenir à un système, c'est bien, mais quand on s'obstine trop on peut se blesser. On a changé d'époque, je te dis.

– Ce n'est pas de l'obstination. C'est plutôt comme des pas de danse. Une vieille habitude dont mon corps se souvient, si bien qu'il se met naturellement à bouger dès qu'il entend la musique. Le monde peut changer autour de moi, ça ne fait rien. Ça n'a rien à voir. Ce sont des pas de danse très compliqués, et on n'a pas le temps de penser à ce qui se passe autour. Si on réfléchit trop, on se trompe dans les pas. Alors on devient maladroit, et on n'est plus branché.

Hiraku Makimura continuait à méditer sur son club de golf en silence.

– Tu es bizarre, dit-il. Tu me fais penser à quelque chose, mais à quoi ?

– À quoi ? demandai-je.

Oui, à quoi donc ? Peut-être au tableau de Picasso *Trois Chevaliers aux cheveux longs et un vase de Hollande* ?

– Mais tu me plais, et je te fais confiance. Je suis désolé, mais sois gentil, occupe-toi de Yuki. Je te remercierai un jour comme il convient. Je suis un type qui rembourse toujours ses dettes. Je te l'ai dit tout à l'heure, non ?

– Oui, j'ai déjà entendu ça.

– Bon, ça va alors, dit-il en posant son club de golf debout le long de la véranda. Ça va.

– Qu'est-ce qu'ils disaient d'autre dans le journal ?

– Presque rien. Qu'on l'a étranglée avec un bas. Ils n'ont pas dit de quel hôtel il s'agissait. On ne sait ni le nom de la fille, ni rien sur elle. Ils font une enquête pour découvrir son identité, c'est tout. C'est fréquent, ce genre de faits divers. Tout le monde les oublie tout de suite.

– Sans doute, dis-je.

– Mais il y a aussi des gens qui n'oublient pas.

– Peut-être, dis-je.

25

Yuki revint à l'improviste vers sept heures. Elle me dit qu'elle était allée se promener au bord de la mer. Hiraku Makimura nous proposa de dîner avec lui. Yuki refusa, disant qu'elle n'avait pas faim et rentrait chez elle.

– Bon, alors reviens quand ça te dit, dit son père. Je serai au Japon tout ce mois-ci.

Puis il se tourna vers moi et me remercia de ma visite, ajoutant qu'il était désolé que je me sois dérangé pour rien. Le secrétaire Vendredi nous raccompagna. Dans le parking au fond du jardin on apercevait une Jeep Cherokee, une Honda 750 et une autre moto tout terrain.

– Monsieur Makimura a l'air de mener une vie plutôt sportive, dis-je à Vendredi.

– Ce n'est pas une mauviette, répondit Vendredi. Je veux dire, ce n'est pas le genre écrivain. C'est quelqu'un qui place l'action avant tout.

– Il est vraiment nul, fit Yuki d'une petite voix.

Vendredi et moi fîmes semblant de n'avoir rien entendu. À peine montée dans ma Subaru, Yuki déclara qu'elle était affamée. J'arrêtai ma voiture devant le Hungry Tiger, un restaurant de bord de mer, et nous mangeâmes des steaks. Puis je pris une bière sans alcool.

– De quoi vous avez parlé ? demanda Yuki en attaquant sa crème-dessert.

Comme je n'avais aucune raison de le lui cacher, je lui

expliquai en gros le contenu de ma conversation avec son père.

– C'est bien ce que je pensais, dit-elle en fronçant les sourcils. C'est bien de lui, ce genre d'idées. Et qu'est-ce que tu as répondu ?

– J'ai refusé, évidemment. Ce n'est pas mon style, ce n'était pas net. Mais ceci mis à part, je pense que ça serait bien qu'on se voie de temps en temps. Ça nous ferait du bien réciproquement. On a pas mal de différence d'âge, on ne vit pas de la même façon, on ne ressent pas les choses de la même façon, on ne pense pas de la même façon et on ne vit pas dans le même environnement, mais il me semble qu'on peut parler de plein de choses, toi et moi. Tu ne crois pas ?

Elle haussa les épaules.

« Tu n'auras qu'à me téléphoner toi quand tu auras envie de me voir. Personne n'a aucune obligation à voir quelqu'un s'il n'en a pas envie. Il suffit de se voir quand on en a envie. Toi et moi, on s'est dit des choses qu'on n'avait dites à personne avant, on a un secret ensemble, non ?

– Mouais, fit-elle après une légère hésitation.

– Les secrets, si on les laisse comme ça, ça enfle à l'intérieur, et il arrive qu'on ne puisse plus les porter. Si on ne laisse pas entrer un peu d'air de temps en temps, ça finit par exploser. Boum ! Tu saisis ? Et là, ça devient difficile de continuer à vivre. C'est dur de porter quelque chose tout seul. C'est dur pour toi, et moi aussi je sens que c'est trop dur parfois. Je ne peux le dire à personne, et personne ne me comprend. Mais nous deux, on se comprend, on peut se parler franchement.

Elle hocha la tête.

« Je n'exige rien de toi. Si tu veux me parler, tu n'as qu'à me téléphoner, c'est tout. Ça n'a rien à voir avec ce que m'a dit ton père. Et ne crois pas non plus que je veuille jouer au grand frère ou au tonton compréhensif avec toi. Nous sommes à égalité dans un sens. Nous pouvons nous aider réciproquement. C'est pour ça que ce serait mieux qu'on se revoie tous les deux.

Elle termina son dessert sans répondre, but un verre d'eau à grands traits. Puis elle jeta un coup d'œil de côté aux membres d'une famille bien en chair installée à la table voisine, tous passionnément concentrés sur le contenu de leurs assiettes. Elle est vraiment jolie, me dis-je. Quand je la regardais longtemps, j'avais l'impression d'avoir reçu une pierre au plus profond du cœur. Voilà le genre de beauté qu'elle avait. Le chemin vers le fond de mon cœur était tortueux et compliqué, et tellement long que normalement personne ne pouvait l'atteindre, mais elle, elle avait le pouvoir de viser juste et d'envoyer ses petits cailloux tout droit au fond. « Si j'avais quinze ans, je tomberais amoureux fou d'elle », me répétai-je pour la vingtième fois au moins. Mais si j'avais eu quinze ans, je n'aurais sans doute rien compris à ce qu'elle ressentait. Alors que maintenant je pouvais, dans une certaine mesure. Et je pouvais la protéger à ma façon. Mais j'avais trente-quatre ans, et je ne pouvais pas tomber amoureux d'une gamine de treize ans. C'est voué à l'échec, ce genre de choses.

Je comprenais bien ce qui poussait ses camarades de classe à la tourmenter. Elle était trop belle, elle dépassait leur quotidien. Elle avait un tranchant trop aiguisé pour eux, et elle ne faisait jamais un pas vers eux. Alors ils avaient peur d'elle, et la tourmentaient de façon hystérique. Ils avaient l'impression que leur communauté d'amis était injustement dédaignée. C'était là qu'elle différait de Gotanda. Gotanda, lui, reconnaissait la force de l'impression qu'il produisait sur autrui, et la contrôlait soigneusement. Il ne faisait pas peur à ses camarades. Quand son existence prenait à son insu trop d'importance, il faisait un grand sourire et disait une blague. Même pas une excellente plaisanterie. Une blague quelconque avec un grand sourire avenant suffisait à désarmer les autres et les mettre de bonne humeur. Quel chic type ! pensait tout le monde. C'était ça, Gotanda – d'ailleurs c'était peut-être vraiment un chic type. Mais Yuki, elle, était trop occupée à essayer de vivre, toute seule. Elle y consacrait toutes ses forces, elle n'avait pas le temps d'affronter en détail les sentiments de son entourage ni de penser à eux. Résultat, elle faisait du mal aux autres, les laissait tomber, et se faisait du mal à elle aussi. Elle était fondamentalement différente de Gotanda. Une vie dure. Un peu trop dure pour une gamine de treize ans. Ç'aurait été dur même pour un adulte.

Je n'avais pas la moindre idée de ce que l'avenir lui réservait. Si tout allait bien pour elle, peut-être parviendrait-elle comme sa mère à découvrir un moyen d'expression et à se l'approprier de manière à gagner sa vie dans un domaine artistique. Quel que soit le domaine de son travail, s'il correspondait à la direction de sa force intérieure, elle saurait y trouver une reconnaissance. Je n'avais aucune base réelle pour imaginer son avenir de la sorte, mais c'est ce que je ressentais. Comme l'avait dit son père, elle avait une force en elle. Une aura, et du talent. Elle avait quelque chose d'exceptionnel en elle. Ce n'était pas de l'ordre du déneigement.

Ou peut-être qu'à dix-huit ou dix-neuf ans elle se transformerait en une jeune fille ordinaire. J'avais connu quelques exemples de ce genre. Des fillettes d'une beauté transparente et d'une intelligence aiguë à treize ou quatorze ans, qui perdaient tout leur éclat à la fin de l'adolescence. Ce côté aiguisé qui faisait craindre de se couper rien qu'en les touchant s'émoussait peu à peu. Et elles devenaient des filles jolies mais pas vraiment impressionnantes. Et elle avaient l'air heureuses comme ça.

Évidemment, je n'avais pas la moindre idée de la façon dont elle allait évoluer en grandissant. Tous les êtres humains connaissent une apogée à un moment donné. Une fois qu'ils l'ont atteinte, ils ne font plus que redescendre. On n'y peut rien. Et on ne peut pas savoir non plus à quel endroit de la vie se trouve cette apogée. On se dit que ça devrait encore aller un moment, et tout à coup on se retrouve au niveau de la ligne de flottaison. Personne ne peut savoir. Certains atteignent leur apogée à l'âge de douze ans, et après mènent des vies sans éclat. D'autres continuent à grimper jusqu'à leur mort. D'autres encore meurent au moment de leur apogée. Beaucoup de poètes ou d'écrivains sont des malades chétifs, et meurent avant trente ans parce qu'ils ont grimpé trop vite. Mais Pablo Picasso a continué à peindre des tableaux pleins de force jusqu'à plus de quatre-vingts ans, et est mort paisiblement. Jusqu'à la fin, on ne peut pas savoir.

Et moi ? Je me demandais...

J'avais beau regarder en arrière, je ne voyais rien dans ma vie qui ressemblât à un sommet. Ça me paraissait à peine être une vie. Il y avait bien quelques ondulations de terrain çà et là, des montées et des descentes. Mais c'était tout. Je n'avais rien fait. Je n'avais rien créé. J'avais aimé et j'avais été aimé. Mais il n'en restait rien. Le paysage était étrangement plat, j'avais l'impression de marcher à l'intérieur d'un jeu vidéo. Un game-boy. Je grignotais une ligne à l'intérieur d'un labyrinthe où j'avançais sans but. Et un jour ou l'autre j'allais mourir, à coup sûr.

« Peut-être que tu ne seras jamais heureux, avait dit l'homme-mouton. Alors danse, danse jusqu'à forcer l'admiration de tous. »

Je m'arrêtai de réfléchir et fermai un instant les yeux.

Quand je les rouvris, Yuki était de l'autre côté de la table et me regardait fixement.

– Ça va ? demanda-t-elle. On dirait qu'il y a quelque chose qui ne va pas. J'ai dit quelque chose qu'il ne fallait pas ?

Je secouai la tête en souriant.

– Non, tu n'as rien dit.

– Tu pensais à quelque chose de triste ?

– Peut-être.

– Ça t'arrive souvent ?

– De temps en temps.

Elle poussa un soupir et s'amusa un moment à faire des pliages avec sa serviette en papier.

– Ça t'arrive de te sentir vraiment triste ? En pensant à des choses, la nuit ?

– Bien sûr, répondis-je.

– Dis, pourquoi tu t'es mis à penser à ça, ici, tout d'un coup ?
– Peut-être parce que tu es trop belle.
Elle me fixa un moment du même regard vide que son père, puis secoua tranquillement la tête en silence.

@ @ @ @

Yuki insista pour payer la note du restaurant. « Papa m'a donné plein d'argent », dit-elle. Elle prit la note, se leva pour aller à la caisse, sortit cinq ou six billets de dix mille yens[1] de sa poche, paya avec l'un d'eux, remit la monnaie en vrac dans la poche de son blouson de cuir sans compter.
– Il pense que s'il me donne de l'argent, ça suffit, dit-elle. Complètement nul. Voilà pourquoi je t'invite aujourd'hui. *On est à égalité dans un sens,* non ? C'est toi qui l'as dit. Tu m'invites tout le temps, ça peut bien être mon tour de temps en temps.
– Merci, alors, dis-je. Mais je te signale pour ton instruction personnelle que c'est contraire aux règles classiques du rendez-vous amoureux.
– Ah bon ?
– Oui, une jeune fille invitée à dîner par un homme ne doit pas se lever à la fin du repas pour aller à la caisse payer la note. Elle laisse l'homme payer d'abord, et le rembourse après. C'est ça les bonnes manières. Sinon, tu blesses l'homme dans sa fierté masculine. Moi, ça ne me blesse pas, évidemment. Parce que de quelque manière qu'on regarde les choses, je n'ai rien d'un macho. Donc, avec moi, ça va, mais j'en connais plein qui se vexeraient. Les machos, ce n'est pas ça qui manque !
– C'est nul, dit-elle. Moi, je ne sortirai pas avec ce genre d'hommes, voilà tout.
– Évidemment, c'est un point de vue, dis-je, en manœuvrant pour sortir la Subaru du parking. Mais il arrive qu'on

1. 10000 yens sont l'équivalent de 400 francs français environ.

tombe amoureux de façon complètement déraisonnable. On ne choisit pas toujours. C'est ça, l'amour. Tu comprendras peut-être ça quand tu commenceras à porter des soutiens-gorge.

– Mais je t'ai déjà dit que j'en portais, non ! dit-elle en me donnant un grand coup de poing dans l'épaule, si bien que je faillis emboutir une grande poubelle peinte en rouge.

– Je plaisantais, dis-je en arrêtant la voiture. Dans le monde des adultes, on se dit des blagues et on en rit ensemble. Ou peut-être que ce n'était pas très drôle comme plaisanterie, mais il faut que tu t'habitues.

– Mouais, dit-elle.

– Mouais, fis-je.

– C'est nul, fit-elle.

– C'est nul, fis-je.

– Arrête de m'imiter !

J'arrêtai de l'imiter. Puis je sortis la voiture du parking.

– Mais, blague à part, il ne faut pas donner de coups de poing comme ça à quelqu'un au volant, dis-je. Si tu fais ça, il risque d'emboutir quelque chose, et vous y restez tous les deux. Ça c'est le principe numéro deux des bonnes manières en amour : on ne meurt pas, on continue à vivre.

– Mouais, fit Yuki.

@ @ @ @

Sur le chemin du retour, Yuki n'ouvrit pratiquement pas la bouche. Elle se laissa complètement aller contre le dossier, plongée dans ses pensées. De temps en temps elle avait l'air de s'endormir, mais il n'y avait pas grande différence entre les moments où elle dormait et ceux où elle était réveillée. Elle n'écoutait plus de cassettes. Je mis *Ballade* de John Coltrane pour voir, mais elle ne protesta même pas. Elle n'avait même pas l'air de se rendre compte qu'il y avait de la musique. Moi je conduisais en fredonnant en accord avec le solo de Coltrane.

La route de Tsujido à Tokyo de nuit est plutôt monotone. Je me concentrais sur les feux arrière de la voiture devant moi. Je n'avais rien à dire de particulier. Une fois sur le périphérique, Yuki se réveilla et se mit à mâcher du chewing-gum. Puis elle fuma une cigarette. Elle tira trois ou quatre bouffées puis la jeta par la fenêtre. Je pensai lui faire une remarque si elle en fumait une deuxième, mais elle s'arrêta là. Elle avait de l'intuition. Elle sait ce que je pense et sait où elle doit s'arrêter.

Je me garai devant son immeuble à Akasaka.

– On est arrivés, princesse !

Elle roula son chewing-gum dans le papier d'emballage et le posa sur le tableau de bord. Puis elle ouvrit la portière d'un air las, descendit, et disparut dans l'immeuble. Sans dire au revoir, sans refermer la portière, sans se retourner. Quel âge compliqué. Ou alors elle avait ses règles, tout simplement. On dirait une scène d'un film de Gotanda, me dis-je. Une jeune fille à un âge compliqué et vulnérable. Mais Gotanda se débrouillerait certainement plus habilement que moi avec elle. De toute façon, avec lui comme partenaire à ma place, elle serait déjà tombée éperdument amoureuse. Il fallait bien ça pour faire un film. Et puis... Allons bon, voilà que je me remettais à penser à Gotanda. Je secouai la tête, me glissai vers le siège du passager pour refermer la portière, la claquer plutôt. Puis je rentrai chez moi en fredonnant *Red Clay* de Freddy Havard.

@ @ @ @

Le lendemain matin, à peine levé, je sortis acheter le journal. Il n'était pas encore neuf heures et, devant la gare de Shibuya, cela grouillait de gens partant travailler. En dépit du printemps, on pouvait compter sur les doigts le nombre de sourires. Et encore, peut-être que ces gens ne souriaient pas mais grimaçaient seulement. J'achetai deux journaux, mangeai deux beignets au Dunkin'Donuts, lus mes journaux en buvant du café. Dans aucun des deux je ne trouvai d'article sur la mort de May. On parlait de l'ouverture du nouveau Disneyland, de la guerre entre le Vietnam et le Cambodge, de l'élection du préfet de Tokyo, de la délinquance dans les lycées. Mais plus une ligne sur la mort par étranglement d'une ravissante jeune femme dans un hôtel d'Akasaka. Comme l'avait dit Hiraku Makimura, c'était un fait divers banal. Rien de comparable en importance avec l'ouverture de Disneyland, par exemple. Tout le monde avait déjà oublié cet incident. Sauf bien entendu quelques personnes, dont je faisais partie. Ainsi que l'assassin. Et sans doute les deux inspecteurs qui m'avaient interrogé.

J'ouvris le journal à la page spectacles, dans l'idée d'aller voir un film. On ne jouait plus *Amour sans espoir*. Cela me fit repenser à Gotanda. Il fallait que je lui dise, pour May. Si par un hasard quelconque il était lui aussi interrogé par la police et que mon nom était cité, cela me mettrait dans une position vraiment inconfortable. La seule idée d'un nouvel interrogatoire avec ces deux inspecteurs me donnait mal au crâne.

J'appelai Gotanda à partir du poste téléphonique rose bonbon de Dunkin'Donuts. Évidemment je tombai sur le répondeur. Je dis que je cherchais à le contacter pour une affaire urgente. Puis je jetai les journaux à la poubelle et rentrai chez moi. Tout en marchant, je me demandai pourquoi diable le Cambodge et le Vietnam étaient en guerre. Quel monde compliqué !

Ce fut une journée consacrée au rangement.

J'avais tout un tas de trucs à régler, et ce fut une journée réaliste où je dus me coltiner avec une réalité bien réelle.

Je commençai par apporter quelques chemises au pressing, et en récupérer quelques-unes. Puis je passai à la banque retirer un peu de liquide, payai ma facture de téléphone et de gaz. Je fis également un virement pour mon loyer. Je passai chez le cordonnier, fis changer les talons de mes chaussures. J'achetai huit cassettes vierges et une pile pour mon réveil. Puis je rentrai à la maison et rangeai en écoutant la radio. Je nettoyai la baignoire, vidai le frigo, en nettoyai l'intérieur, inspectai les provisions, les rangeai. Je frottai la cuisinière à gaz, nettoyai le ventilateur, les fenêtres, balayai le plancher, rassemblai les ordures. Je changeai les draps et le traversin, passai l'aspirateur. Tout cela me prit deux heures. Pendant que j'essuyai les stores au chiffon en chantant *Mister Robot*, le téléphone sonna. C'était Gotanda.

– On ne pourrait pas se voir ? C'est difficile à expliquer au téléphone, dis-je.

– D'accord. Mais c'est vraiment urgent ? Parce qu'en ce moment j'ai un travail fou, je fais un film et un tournage vidéo pour la télé en même temps, je serai plus libre d'ici deux ou trois jours...

– Je suis désolé de t'ennuyer avec ça alors que tu es si occupé. Mais il y a quelqu'un de mort dans cette histoire, quelqu'un qu'on connaît tous les deux, et la police est sur le coup.

À l'autre bout du fil, il se taisait. Un silence paisible et éloquent. Jusque-là, je pensais que le silence consistait uniquement à se taire. Mais pas le silence de Gotanda. C'était un silence *smart*, *cool* et intelligent, comme toutes les autres qualités naturelles de Gotanda. C'est étrange à dire, mais il me semblait qu'en tendant l'oreille je pouvais entendre son cerveau tourner à plein régime.

– Compris. Alors on se voit ce soir, mais tard. Je t'appellerai vers une heure ou deux du matin. Je suis désolé, mais je n'aurai vraiment pas le temps avant.

– Ça ne fait rien. J'attendrai.

Après avoir raccroché, j'essayai de me remémorer l'ensemble de notre conversation.

« Il y a quelqu'un de mort dans cette histoire, quelqu'un qu'on connaît tous les deux, et la police est sur le coup. »

On se croirait dans un film policier ! Dès que Gotanda entre en scène, ça se transforme en film. Je me demande bien pourquoi... J'avais l'impression que la réalité battait en retraite peu à peu. L'impression de jouer un rôle imposé. Cela tenait peut-être à l'aura particulière de Gotanda. Je l'imaginai descendant de sa Maserati en trench-coat et lunettes noires. Charmant. Une vrai pub pour pneu Radial. Je secouai la tête, finis d'épousseter les stores. Allez ça suffit, aujourd'hui est une journée réaliste.

@ @ @ @

À cinq heures, je partis faire un tour à Harajuku, et cherchai un badge d'Elvis Presley dans l'avenue Takeshita. Ce n'était pas facile à trouver. Il y avait pleins de badges de Kiss, d'Iron Maiden, AC/DC, Motorhead, Michael Jackson, Prince, mais pas d'Elvis. Finalement, dans la troisième boutique, je découvris un badge « Elvis The King » que j'achetai. Pour plaisanter, je demandai à la vendeuse si elle n'avait pas un badge de Sly and The Family Stone. La vendeuse – dix-sept ou dix-huit ans, cheveux ornés d'un ruban de la taille d'un foulard – me regarda d'un air stupéfait.

– C'est quoi ? Jamais entendu parler. C'est punk ou new-wave ?

– Entre les deux, je dirais.

– Il y a tout le temps des nouveaux trucs qui sortent. C'est vrai, hein, sérieux, dit-elle en claquant la langue. Même nous, on n'arrive plus à suivre.

– C'est sûr, approuvai-je.

Ensuite je bus une bière, et mangeai des beignets *tempura*. Ainsi la journée finit de s'écouler, et le crépuscule arriva. Sunrise. Sunset. Tel un petit game-boy tout plat, j'avançai sans but en continuant à grignoter ma ligne. La situation ne progressait pas. Je ne m'approchais de nulle part. Des épisodes secondaires se multipliaient en cours de route, tandis que le fil qui me liait à Kiki s'était complètement évanoui. Je m'étais fourvoyé, mais je continuais à avancer dans la mauvaise voie. J'avais l'impression de gaspiller du temps et de l'énergie pour un programme en première partie avant le spectacle principal. Mais où se donnait donc le vrai spectacle principal ? Est-ce qu'on le jouait seulement ?

Comme je n'avais rien à faire pendant la soirée, j'allai voir *Le Verdict* de Paul Newman dans un cinéma de

Shibuya. Ce n'était pas mal, mais comme je me mis à penser plusieurs fois à autre chose au cours du film, je perdis vite le fil de l'intrigue. Je voyais le dos nu de Kiki se refléter sur l'écran, et je me mettais à penser à elle. Kiki ? ! Mais qu'est-ce que tu voulais de moi ?

À l'apparition du mot « Fin » sur l'écran, je me levai et sortis sans avoir rien compris. Je marchai un peu, puis entrai dans un bar où j'allais quelques fois et y bus deux vodkas gimlett en grignotant des noix. À dix heures passées je rentrai à la maison, et attendis le coup de fil de Gotanda en lisant. Je jetais de temps en temps un coup d'œil sur le téléphone : il me semblait qu'il me regardait fixement. C'était névrotique.

Je lançai mon livre par terre, m'allongeai sur le lit et pensai à Sardine, mon chat, que j'avais enterré dans la forêt. Il ne devait rester que ses arêtes à l'heure qu'il était. Ce devait être calme sous la terre. Son squelette aussi reposait tranquillement. Les os, c'est blanc, c'est propre, avait dit l'inspecteur. Et ça ne parle pas. Moi je les avais enterrés dans la forêt, dans un sac de supermarché.

Ça ne parle pas.

Quand je revins à moi, un sentiment d'impuissance, paisible et silencieux, emplissait la pièce comme de l'eau stagnante. Pour me défaire un peu de cette sensation, j'allai à la salle de bains, pris une douche en sifflotant Red Clay, bus une bière debout dans la cuisine. Puis je fermai les yeux, comptai de un à dix en espagnol, criai : « Terminé ! », claquai dans mes mains, et le sentiment d'impuissance disparut comme emporté par le vent. C'était ma formule magique personnelle. Les gens qui vivent seuls finissent par acquérir sans s'en rendre compte de nombreux pouvoirs. Sinon, impossible de survivre.

26

Gotanda m'appela à minuit et demi.

– Excuse-moi, dit-il, mais tu ne viendrais pas me chercher chez moi en voiture ? Tu te rappelles où j'habite ?

Je répondis que oui.

– J'ai été tellement débordé que je n'ai pas pu garder une minute de libre pour moi. Mais on peut parler en voiture. C'est mieux que ce soit la tienne, je suppose qu'il vaut mieux que mon chauffeur n'entende pas la conversation.

– Oui, sans doute. Je pars maintenant, je serai chez toi dans vingt minutes.

– Bon, à tout à l'heure alors, fit-il avant de raccrocher.

Je sortis ma Subaru du parking d'à côté, et me rendis jusque chez lui, à Azabu. Cela me prit à peine un quart d'heure. Je sonnai à l'interphone, et il descendit tout de suite.

– Je suis désolé qu'il soit si tard. J'ai été vraiment débordé. Une journée terrible, dit-il. Et maintenant il faut encore que j'aille à Yokohama. J'ai une prise de vues là-bas, très tôt demain matin. D'ici là je voudrais dormir un peu, j'ai une chambre d'hôtel réservée.

– Bon, je t'emmène à Yokohama alors. On pourra parler en roulant et ça te fera gagner du temps.

– Si tu veux bien, ça m'arrangerait, dit-il.

Il monta dans ma voiture, et regarda l'intérieur comme s'il s'agissait d'une rare merveille.

– C'est apaisant, dit-il.

– C'est parce que je m'entends parfaitement avec cette voiture.

– Effectivement.

Chose étrange, il portait vraiment un trench-coat. Et ça lui allait très bien. Il n'avait pas de lunettes noires, des lunettes tout ce qu'il y a d'ordinaire, avec des verres blancs, qui lui allaient également très bien. Ça lui donnait l'air intelligent. Je pris l'autoroute déserte à cette heure tardive en direction de Yokohama.

Il prit la cassette des Beach Boys posée sur le tableau de bord, et la regarda un moment.

« Ça me rend nostalgique, dit-il. J'écoutais beaucoup les Beach Boys autrefois. Quand j'étais lycéen. C'est particulier comme son, doux et intime. Cette musique te donne l'impression que le soleil brille, que ça sent la mer et qu'il y a une jolie fille allongée à côté de toi. En écoutant ces disques, j'avais vraiment l'impression que ce monde-là venait à l'existence. Un monde de légende où tout le monde serait toujours jeune, où le soleil brillerait toujours. Une adolescence éternelle. Un conte de fées.

Je hochai la tête :

– C'est exactement ça.

Il avait posé la cassette à plat sur sa main comme pour la soupeser.

– Mais évidemment, ça ne dure pas toujours. On vieillit. Le monde change. Un jour, tous les contes de fées meurent. Rien ne dure éternellement.

– Exact.

– En fait, je n'ai écouté aucun morceau des Beach Boys depuis *Good Vibrations*. Je n'avais plus envie d'écouter ce genre de musique, j'avais besoin de quelque chose de plus violent. Les Cream, les Who, Led Zeppelin, Jimi Hendrix. L'époque était devenue plus dure, ce n'était plus le moment d'écouter les Beach Boys. Mais je me rappelle très bien. *Surfer Girl*, ce genre de tubes. Un vrai conte de fées ! Mais ce n'est pas mal.

– Oui, ce n'est pas mal, dis-je. Mais même après *Good Vibrations*, ils ont fait des trucs pas mal, tu sais. Ça vaut la peine d'écouter. *20/20, Wild Honey, Holland, Surf's up*, ce sont des disques pas mal réussis. Moi j'aime bien. Peut-être pas aussi brillants que les premiers, un peu éparpillé comme contenu, mais on sent une force de volonté évidente. Brian Wilson a perdu peu à peu la boule, et à la fin il ne contribuait plus du tout au groupe, mais malgré cela ils se sont tous efforcés de maintenir l'existence et la cohésion du groupe, et on sent cette volonté désespérée dans leurs albums. C'est certain qu'ils n'étaient plus adaptés à l'époque, comme tu dis, mais ce n'est pas mal quand même.

– Je vais écouter pour voir.

– Ça ne te plaira pas, c'est sûr.

Il mit la cassette en marche. On entendit *« fun fun, fun »*. Gotanda sifflota un moment avec la musique.

– Ce que c'est nostalgique ! dit-il. C'est incroyable, hein, quand tu penses que cet air-là était à la mode il y a plus de vingt ans.

– Eh oui, on croirait que c'était hier.

Gotanda me regarda un moment comme s'il hésitait, mais finit par se mettre à rire.

– Tu fais des plaisanteries compliquées de temps en temps, dit-il.

– Je sais, personne ne comprend jamais mes plaisanteries. Tout le monde prend ce que je dis au sérieux même quand c'est une blague. Ah, quel monde affreux. On ne peut même pas plaisanter.

– Pourtant je pense que ton monde à toi est dix mille fois préférable à celui où je vis, dit-il en souriant. Chez moi, par exemple, on pense que mettre de faux excréments de chien dans une boîte à pique-nique est la plaisanterie la plus raffinée qui soit.

– Ce serait pourtant bien plus drôle d'en mettre de vrais.

– Exact !

Nous roulâmes un moment sans parler, en écoutant les Beach Boys. *California Girls, 409, Catch a*, ce genre d'innocentes musiques d'autrefois. Une pluie fine s'était mise à tomber. J'actionnais les essuie-glaces par intermittence. Ce n'était pas grand-chose comme pluie, juste une douce bruine printanière.

– Qu'est-ce qui te reste comme souvenirs du collège ? me demanda-t-il.

– La laideur et la bêtise de mon existence.

– Et à part ça ?

Je réfléchis un moment.

– À part ça, je me rappelle de la façon dont tu allumais les brûleurs à gaz pour les travaux pratiques de sciences.

– Tiens ? Pourquoi donc ?

– Ta façon d'allumer le gaz était, comment dire, tellement chic. On aurait dit que tu accomplissais une œuvre capitale pour l'histoire de l'humanité.

– Tu exagères un peu, non, fit-il en riant. Mais je comprends ce que tu veux dire. Tu veux dire... que c'était ostentatoire, non ? On me l'a dit je ne sais combien de fois. Autrefois ça me blessait, parce que je n'avais absolument pas l'intention de m'afficher, mais je le faisais quand même, naturellement. Tout le monde m'a toujours regardé, depuis que je suis tout petit. J'attirais l'attention. J'en ai pris conscience, naturellement. Tout ce que je faisais, je le faisais un peu comme un acteur. Ça vous marque, ce genre de choses. Autrement dit, je jouais un rôle tout le temps. C'est pour ça que quand je suis vraiment devenu acteur, je me suis senti comme soulagé. Là je pouvais me laisser aller à ma tendance à jouer mes rôles un peu outrageusement. (Il posa les mains sur les genoux, paume contre paume, les regarda un moment.) Mais je ne suis pas quelqu'un de si affreux au fond. Au fond, vraiment, je ne suis pas si horrible, je suis honnête à ma façon, et sensible. Je ne vis pas toujours en portant un masque.

– Bien sûr, dis-je. Ce n'est pas dans ce sens-là que je disais ça. Moi, tout ce que je voulais dire, c'est que je trouvais élégante ta façon d'allumer le gaz, c'est tout. J'aimerais bien te revoir le faire.

Il eut un rire plein de gaieté, ôta ses lunettes et les essuya avec un mouchoir. Il avait une façon charmante d'essuyer ses lunettes.

– Si tu veux, je le referai pour toi la prochaine fois qu'on se verra. Je préparerai un réchaud et des allumettes.

– Et moi un oreiller pour le moment où je m'évanouirai, dis-je.

– Bonne idée, fit-il en pouffant de rire, puis il remit ses lunettes.

Il réfléchit un peu puis baissa le volume de la stéréo.

« Bon, maintenant tu ne voudrais pas me parler un peu de cette histoire de mort ?

– C'est May, dis-je en regardant la route derrière les essuie-glaces. Elle est morte. Assassinée. Dans un hôtel d'Akasaka. Étranglée avec un bas. On ne sait pas qui a fait ça.

Gotanda me regarda un moment d'un œil vague. Il lui fallut trois ou quatre secondes pour comprendre ce que je disais. Mais quand il eut compris, son visage se déforma comme le cadre d'une fenêtre tordu par un grand tremblement de terre. J'observai plusieurs fois ses changements d'expression en donnant des coups d'œil en biais dans sa direction. Il avait visiblement reçu un choc.

– C'était il y a combien de jours ? fit-il.

Je comptai les jours. Gotanda resta silencieux un moment pour récupérer ses esprits.

– Quelle horreur ! dit-il puis il secoua plusieurs fois la tête. C'est trop horrible, il n'y avait aucune raison pour qu'elle meure assassinée. C'était une chic fille. En plus...

Il secoua à nouveau la tête.

– Oui, c'était une chic fille. Une fille de conte de fées, dis-je.

Il poussa un profond soupir. La fatigue avait brusquement envahi son visage. Comme s'il ne pouvait en supporter davantage. Jusque-là il avait enfoui sa fatigue quelque part en lui pour que les gens ne puissent pas la voir. Quel drôle de type, me dis-je. Arriver à faire ça ! Tout à coup, il avait l'air beaucoup plus vieux que d'habitude. Mais même la fatigue était charmante chez lui. Comme un accessoire de sa vie. Bien entendu cette façon de m'exprimer est injuste, car il était vraiment fatigué, et vraiment blessé. Je le sentais. Mais quoi qu'il fasse, cela devenait charmant chez lui. Comme un roi de légende transformant en or tout ce qu'il touche.

– On discutait souvent jusqu'au matin, May, Kiki, et moi, dit-il doucement. On s'amusait bien ensemble, on se sentait intimes. Toi, tu dis que c'était un conte de fées, mais les contes de fées ça ne se rencontre pas si facilement. C'est pour ça que j'en prends soin, mais ils disparaissent tout de même, un à un.

Ensuite, nous restâmes longtemps silencieux. Je fixais la route droit devant moi, lui regardait le dessus du tableau de bord. J'actionnais les essuie-glaces de temps en temps. Les Beach Boys susurraient un vieux tube, une chanson qui parlait de soleil, de surf et d'une course de voitures.

– Comment as-tu appris sa mort ? me demanda-t-il.

– J'ai été convoqué par la police. Elle avait ma carte de visite sur elle. Je la lui avais passée l'autre jour, pour qu'elle puisse me joindre si elle apprenait quelque chose à propos de Kiki. Elle l'avait mise au fond de son sac. Pourquoi l'avait-elle gardée sur elle ? Mystère. En tout cas, elle l'avait. Et malheureusement, c'est devenu le seul indice permettant de l'identifier. Donc la police m'a fait venir, ils m'ont montré une photo de son cadavre, m'ont demandé si je la connaissais. Deux inspecteurs, des durs. Mais j'ai menti, j'ai dit que je ne la connaissais pas.

– Pourquoi ?

– *Pourquoi ?* J'aurais peut-être dû dire que c'est toi qui me l'avais présentée avec sa copine et qu'on avait couché avec elles ? Que crois-tu qu'il se serait passé si je leur avais dit ça ? Tu as perdu tes facultés d'imagination ou quoi ?

– Pardon, s'excusa-t-il, l'air sincèrement désolé. Je suis troublé. Je n'aurais pas dû te demander ça. C'est facile à comprendre. C'était idiot de ma part. Mais qu'est-ce qui s'est passé ensuite ?

–La police ne m'a pas cru. Ce sont des pros, ils ont du flair pour se rendre compte si quelqu'un ne leur dit pas la vérité. Ils m'ont questionné pendant trois jours. Ils m'ont pressé comme un citron, mais sans me laisser de traces sur le corps, sans contrevenir à la loi. C'était plutôt dur. C'est que je ne suis plus tout jeune, moi, ce n'est plus comme autrefois. J'ai dormi au dépôt parce qu'il n'y avait pas d'autre endroit. Ils n'ont pas fermé à clé mais enfin, une prison c'est une prison, hein. Déprimant.

–Je comprends, moi ça m'est arrivé une fois d'y passer deux semaines. Je n'ai pas dit un mot. Enfin, je me suis tu parce qu'on m'avait dit de me taire. Mais je n'ai pas vu le soleil pendant deux semaines, et j'ai cru que je ne ressortirais jamais. C'est ce qu'on se dit quand on y est, hein ? Ils savent s'y prendre pour écrabouiller un type. Comme s'ils te tapaient dessus avec des bouteilles de bière. Ils savent s'y prendre pour rendre un type dingue. (Il regardait fixement le bout de ses ongles.) Alors ils t'ont gardé trois jours et tu n'as rien dit ?

–C'est normal, non ? je ne pouvais pas tout d'un coup leur dire : eh bien, en fait, vous savez... Là ils m'auraient gardé pour de bon. Dans ce genre d'endroit il faut toujours s'en tenir à sa première version. Quoi qu'il arrive, il faut rester sur la même route.

Gotanda grimaça à nouveau.

–Je suis désolé, vraiment. Tu as eu des ennuis uniquement parce que je te l'avais présentée.

–Tu n'as pas à t'excuser. J'ai eu beaucoup de plaisir à la connaître. Et ce qui se passe maintenant, c'est autre chose. Ce n'est pas de ta faute si elle est morte.

–Ça, c'est sûr. Mais tu as menti à la police à cause de moi. Tu t'es retrouvé seul dans une situation horrible juste pour m'éviter des ennuis. Ça, c'est de ma faute. Parce que je suis lié à tout ça.

Pendant que j'attendais que le feu passe au vert, je lui expliquai en le regardant dans les yeux la partie de l'affaire qui me tenait le plus à cœur.

– Non, écoute, ça ne fait rien, ce n'est pas important. Tu n'as pas besoin de t'excuser, ni de m'être reconnaissant. Tu as ta propre position, et je le comprends. Le problème, c'est plutôt que je n'ai pas pu les aider à l'identifier. Elle doit bien avoir des parents, et puis j'aurais voulu que cet assassin soit arrêté. J'avais envie de tout leur dire à cause de ça. Mais je n'ai pas pu. C'est ça qui me fait mal. Ça doit être dur pour elle aussi, d'être morte comme ça sans nom, toute seule.

Il réfléchit un long moment, les yeux fermés. Si longtemps que je me demandai s'il ne s'était pas endormi. Une face des Beach Boys s'était terminée, et je sortis la cassette. Tout redevint soudain silencieux. On n'entendait plus que les pneus faisant gicler une légère pellicule d'eau. On est en pleine nuit, me dis-je.

– Je vais téléphoner à la police, dit tranquillement Gotanda en rouvrant les yeux. Un coup de téléphone anonyme. Pour leur dire le nom du club dont elle faisait partie. Comme ça, ils arriveront à l'identifier, et ça sera utile à l'enquête.

– Magnifique. Tu es vraiment intelligent, toi, au moins. Grâce à cette façon de procéder, la police fera une descente au club, et pourra constater que, quelques jours avant sa mort, May est venue chez toi à ta demande. Et naturellement tu seras convoqué à la police. Alors tu peux me dire quel sens ça aura que je me sois tu pendant trois jours ?

Il hocha la tête.

– C'est vrai, tu as raison. Non, je suis vraiment bizarre. Je suis sous le choc, tu sais.

– C'est sûr, tu as reçu un choc, et dans ces cas-là il vaut mieux ne rien faire. Tout finit par passer, c'est juste une question de temps. Une fille a été étranglée dans un hôtel ? Et alors ? Ça arrive tous les jours et tout le monde aura oublié en moins de deux. Tu n'as aucune raison de te sentir responsable. Tu n'as qu'à baisser la tête et attendre tranquillement que ça se passe. Ne fais rien. Si tu te mets à faire des choses inutiles, tu vas tout compliquer.

Peut-être que mon ton était un peu trop froid, ma façon de parler un peu trop dure. Mais après tout, moi aussi j'éprouvais des sentiments. Moi aussi...

– Désolé, dis-je. Je ne te blâme pas. Mais c'était dur pour moi. Je n'ai rien pu faire pour elle. C'est tout. Ce n'est pas de ta faute.

– Si, c'est de ma faute, dit-il.

Comme le silence se faisait pesant, je mis une nouvelle cassette. Ben E. King chantait *Spanish Harlem*. Nous gardâmes le silence jusqu'à l'entrée dans la ville de Yokohama. Mais ce silence me rapprocha plus de Gotanda que nos conversations les plus longues. J'avais envie de poser ma main sur son dos et de lui dire : « Allez, ça va, c'est fini maintenant. » Mais je ne le dis pas. Quelqu'un était mort. Elle était enterrée, seule, sous la terre glacée. Ce poids dépassait mes forces.

– Qui a bien pu la tuer ? dit-il au bout d'un certain temps.

– Ça ! fis-je. Avec le métier qu'elle faisait, elle a dû rencontrer toutes sortes de gens. C'est le genre de choses qui peut arriver. Ce n'est pas toujours un conte de fées.

– Mais dans ce club les filles n'ont que des clients dont on a vérifié l'identité. Et c'est l'organisation qui sert d'intermédiaire, ils savent toujours quel client est avec elles.

– Mais ce jour-là elle n'est pas passée par le club, semble-t-il. Soit elle retrouvait un partenaire personnel en dehors du travail, soit elle travaillait un peu de son côté en dehors du club. De toute façon elle avait choisi la mauvaise personne.

– Malheureusement.

– Elle croyait trop aux contes de fées. Elle croyait à un monde d'illusion. Mais ça ne peut pas durer toujours. Il faut des règles fixes pour que ça puisse continuer, mais tout le monde ne les respecte pas. Si on se trompe de partenaire, c'est terrible.

– C'est étrange, dit Gotanda. Pourquoi une fille aussi jolie et intelligente se prostituait-elle ? C'est bizarre. Une fille comme elle aurait certainement pu vivre mieux que ça. Elle aurait pu travailler normalement ou trouver un homme riche pour l'entretenir. Ou même devenir mannequin. Pourquoi était-elle prostituée ? Ça doit rapporter gros, c'est sûr. Mais elle ne s'intéressait pas à ce point à l'argent. Peut-être qu'elle cherchait à vivre un conte de fées, comme tu dis.

– Peut-être, dis-je. Comme toi. Comme moi. Comme tout le monde. On cherche tous à notre façon. C'est comme ça que de temps en temps on se croise, ou qu'il y a des malentendus. Ou que les gens meurent.

J'arrêtai la voiture devant le New Ground Hotel.

– Tu ne veux pas dormir ici cette nuit ? demanda Gotanda. Je pense qu'on m'a réservé une chambre double. On pourrait se faire servir du saké et boire un peu ensemble. Je ne crois pas que je vais m'endormir tout de suite, de toute façon.

Je secouai la tête.

– Je préférerais boire une autre fois avec toi. Je suis un peu fatigué. Je voudrais rentrer chez moi et m'endormir sans plus penser à rien.

– Compris, fit-il. Merci de m'avoir amené jusqu'ici. On dirait que je ne dis que des bêtises aujourd'hui.

– Toi aussi, tu es fatigué. Rien ne presse, elle est morte de toute façon, on pourra réfléchir à ce qu'il faut faire quand on ira un peu mieux. Elle, elle est bel et bien morte. Tu comprends ce que je te dis ? Morte, complètement, définitivement morte ! Autopsiée, congelée ! Tu auras beau te sentir responsable, ou tout ce que tu voudras, ça ne la ramènera pas à la vie.

Gotanda hocha la tête.

– Je comprends ce que tu veux dire.

– Bonne nuit.

– Merci pour tout, dit-il.

– Pour me remercier, tu n'auras qu'à allumer un réchaud à gaz la prochaine fois qu'on se verra.

Il sourit et s'apprêtait à descendre de voiture quand il me regarda comme s'il venait de se rappeler quelque chose.

– C'est bizarre, mais je ne connais personne en dehors

de toi que je puisse appeler un ami. Alors qu'on ne s'était pas vus depuis vingt ans, et encore, aujourd'hui ce n'est que la deuxième fois qu'on se revoit. Bizarre.

Il s'en alla sur ces mots, et disparut dans l'entrée du New Ground Hotel, le col de son imper relevé, sous la pluie fine de printemps. On se serait cru dans *Casablanca*. Le début d'une belle amitié...

Mais moi aussi je ressentais la même chose. Je comprenais très bien ce qu'il voulait dire. Moi aussi il me semblait qu'il était la seule personne au monde que je puisse appeler mon ami. Et moi aussi cela me semblait bizarre. Ce n'était pas sa faute si la scène évoquait *Casablanca*.

@ @ @ @

Je rentrai à Tokyo en écoutant Sly and the Family Stone et en tapotant le volant au rythme de la musique. C'était *Everyday People*, un tube du bon vieux temps.

La pluie continuait à tomber paisiblement. Une pluie douce et aimable qui faisait germer les plantes dans la nuit. Complètement, définitivement morte ! me dis-je à moi-même. Puis je me demandai si j'aurais dû rester à l'hôtel avec Gotanda et boire avec lui. Lui et moi, on avait quatre points communs. On avait suivi les mêmes cours de travaux pratiques, on était divorcés et on vivait seuls, on avait tous les deux couché avec Kiki, et enfin on avait tous les deux couché avec May. Et May était morte. Complètement, définitivement. Ça valait la peine de boire ensemble, non ? J'aurais pu rester lui tenir compagnie. J'avais du temps libre, rien de particulier à faire le lendemain. Qu'est-ce qui m'avait arrêté ? J'en vins à la conclusion que ce qui m'avait déplu était que tout ça faisait trop scène de cinéma. C'était plutôt triste pour lui, en fait. Il était trop charmant. Ce n'était pas de sa faute. Peut-être.

De retour chez moi, à Shibuya, je bus un whisky en regardant l'autoroute entre les persiennes. Un peu avant quatre heures du matin, le sommeil venant, je me mis au lit et m'endormis.

27

Une semaine passa. Une semaine où le printemps gagna rapidement du terrain. C'était complètement différent du mois de mars. Les cerisiers avaient fleuri, et la pluie nocturne dispersait les pétales. Les élections étaient enfin terminées et le nouveau trimestre scolaire avait commencé. Le Disneyland de Tokyo avait été inauguré. Bjorn Borg avait arrêté le tennis. Michael Jackson se maintenait à la première place au hit-parade de la radio. Les morts restaient des morts.

Pour moi, ce fut une semaine interminable. Une suite de jours sans but, sans nulle part où aller. Cette semaine-là, j'allai deux fois à la piscine. J'allai chez le coiffeur. De temps en temps j'achetais un journal, mais sans rien y trouver au sujet de May. Sans doute son identité n'était-elle pas encore découverte. J'achetais toujours mon journal devant la gare de Shibuya, puis le lisais au Dunkin'Donuts, et quand j'avais fini le jetais à la poubelle. Les articles n'étaient pas passionnants. Cette semaine-là je vis Yuki le mardi et le jeudi et parlai avec elle, l'emmenai dîner. Le lundi suivant je l'emmenai se balader en voiture en écoutant de la musique. Je m'amusais toujours bien avec elle. On avait des points communs. On avait le temps. Sa mère n'était toujours pas rentrée de l'étranger. Elle me dit que quand elle ne me voyait pas, elle sortait rarement dans la journée, sauf le dimanche, parce que quand elle se promenait seule dans la journée les passants la croyaient perdue et voulait l'aider à retrouver son chemin.

– Dis, tu n'irais pas à Disneyland la prochaine fois ? proposai-je.

– Je n'ai aucune envie d'aller dans ce genre d'endroits, dit-elle avec une grimace. Je déteste ça.

– Tu veux dire que tu détestes les lieux enfantins et commerciaux à la Mickey Mouse, mous, à la gaieté forcée ?

– Exactement, répondit-elle simplement.

– Mais rester chez soi sans rien faire, ce n'est pas bon pour la santé, dis-je.

– Dis, tu n'irais pas à Hawaii ? fit-elle.

– Hawaii ? m'exclamai-je.

– Maman m'a appelée et m'a proposé de venir passer un peu de temps là-bas. C'est là qu'elle est en ce moment. Elle fait des photos. Elle a dû se faire du souci tout d'un coup pour moi, parce qu'elle m'a laissée tomber depuis si longtemps. Et c'est là qu'elle m'a téléphoné. Elle ne va pas rentrer au Japon avant un certain temps, et moi de toute façon je ne vais pas à l'école, alors ! Hein, c'est pas mal Hawaii, non ? Et elle a dit que si jamais tu pouvais venir aussi, elle était prête à payer ton billet. Je ne peux pas y aller toute seule de toute façon, non ? Allez, on y va une semaine, d'accord ? C'est sûr qu'on va bien s'amuser !

– Je ne vois pas où est la différence entre Hawaii et Disneyland ! dis-je en riant.

– Au moins, à Hawaii il n'y a personne pour te dire où marcher dans la rue.

– Ce voyage n'est pas une mauvaise idée, reconnus-je.

– Alors tu viens avec moi ?

Je réfléchis un peu. Plus je réfléchissais, plus il me semblait que j'avais tout intérêt à aller à Hawaii. J'avais envie de quitter les rues de Tokyo et de me retrouver sans transition dans un autre environnement. À Tokyo je ne savais plus comment faire avancer les choses. Aucune bonne idée ne me venait. Le fil était coupé et rien n'indiquait qu'une nouvelle piste allait se présenter. Il me semblait que je faisais des choses déplacées dans un endroit déplacé. Quoi que j'entreprenne, je n'arrivais pas à me familiariser avec. J'avais le sentiment légèrement déprimant de ne pas manger ce qu'il fallait, de faire des achats erronés. Et la morte était complètement, définitivement morte. En un mot, j'étais fatigué. Je ressentais toujours la fatigue de mes trois jours consécutifs d'interrogatoire.

J'étais déjà allé une fois à Hawaii. En me rendant à Los Angeles pour mon travail, le moteur de l'avion avait eu des problèmes et nous avions été retenus à Hawaii, il avait fallu passer une nuit à Honolulu. J'avais acheté des lunettes et un maillot de bain à la boutique de l'hôtel que nous avait retenu la compagnie aérienne, et avais passé la journée allongé sur la plage. Une merveilleuse journée. Ce n'était pas mal, Hawaii.

J'allais y passer une semaine de détente et de natation à outrance et boire de la pinacolada. Ça m'enlèverait la fatigue. Je retrouverais ma joie de vivre. Je bronzerais aussi. Ainsi je changerai ma vision des choses et ma façon de penser aussi. Et à la fin je me dirais : « Mais oui, voyons, bien sûr, voilà ce que j'aurais dû faire ! » Pas mal.

– Pas mal, dis-je.

– Alors, c'est décidé, hein. Allons acheter les billets.

Avant cela, je lui demandai le numéro de téléphone de son père et l'appelai. Vendredi le secrétaire décrocha, mais quand je lui dis mon nom il me passa aimablement Hiraku Makimura.

Je lui expliquai la situation, lui demandai s'il ne voyait pas d'inconvénient à ce que j'accompagne sa fille à Hawaii. Il me répondit qu'il n'avait pas osé en espérer autant.

– Cela te fera du bien d'aller te reposer un peu à l'étranger, me dit-il. Les gens qui travaillent dans le déneigement doivent se reposer de temps en temps. Et comme ça tu ne seras pas trop bousculé par la police. L'affaire n'est toujours pas résolue, n'est-ce pas ? Alors c'est sûr qu'ils vont revenir te voir.

– Peut-être.

– Pas la peine de t'inquiéter pour l'argent, reste là-bas autant de temps que tu veux.

Décidément, chaque fois que je parlais avec lui, l'argent revenait sur le tapis. C'était un type réaliste.

– Autant que je voudrais, là, vous me gênez ! Ce sera une semaine au plus. C'est que j'ai plein de choses à faire, moi aussi.

– Comme tu voudras, moi ça m'est égal. Alors, quand partez-vous ? Le plus tôt sera le mieux, hein. C'est comme ça, les voyages. Dès qu'on a l'idée d'aller quelque part, il faut partir aussitôt. C'est ça le secret. Pour les bagages, vous n'avez pas besoin de grand-chose. Vous n'allez pas en Sibérie, hein. S'il vous manque quelque chose, vous l'achèterez sur place. On vend de tout là-bas. Bon, je pense qu'on peut encore avoir des billets pour après-demain, ça vous irait ?

– Oui, mais je tiens à payer mon propre billet, aussi...

– Ne m'ennuie pas avec ce genre de bêtises ! Avec le métier que je fais, je pense que je peux trouver des billets bon marché. J'aurais de bonnes places tout de suite. Alors tu me laisses faire. Chacun ses compétences, n'est-ce pas. Pas la peine de dire des choses inutiles. Pas la peine d'épiloguer sur le système. Pour l'hôtel, c'est moi qui m'occupe des réservations aussi. Deux chambres. Une pour Yuki, une pour toi. Vous voulez une kitchenette aussi ?

– Oui, si on peut faire la cuisine nous-mêmes, c'est préférable.

– J'en connais un très bien. Près de la plage, tranquille, joli, tout. J'y ai déjà séjourné. Je vais réserver pour deux semaines, et tu resteras le temps que tu veux, d'accord ?

– Mais écoutez...

– Pas de paroles. Pas de *pensées* inutiles ! Tu me laisses faire. Ça ira. C'est moi qui vais appeler sa mère pour régler les détails avec elle. Toi, tu vas à Honolulu, tu te poses sur une plage avec Yuki et tu la nourris bien. De toute façon sa mère doit courir partout à cause de son travail. Quand elle travaille, elle ne se soucie plus de rien ni de personne, pas même de sa fille. Ne te fais pas de souci, repose-toi et veille à ce que Yuki se nourrisse bien, ce sera suffisant. Laisse-toi aller, relaxe-toi. C'est tout. Ah, au fait, tu as un visa ?

– Oui, mais...

– Alors, après-demain, hein. Tu emmènes juste ton maillot de bain, tes lunettes de soleil et ton passeport. Le reste tu l'achèteras là-bas. Simple, non ? Tu ne vas pas en Sibérie, hein. La Sibérie, ça c'était dur, quelle horreur ! L'Afghanistan, c'était à peu près pareil. Mais Hawaii, c'est Disneyland ! Tout ce que tu as à faire là-bas, c'est dormir et ouvrir la bouche de temps en temps. Au fait, tu parles anglais ?

– Je me débrouille.

– Parfait. C'est suffisant. Rien à redire. J'enverrai Nakamura t'apporter les billets demain. Et en même temps je te rembourserai le billet de retour de Sapporo de l'autre fois. Je t'appelle avant le départ.

– Nakamura ?

– Mon secrétaire. Tu l'as rencontré l'autre fois. Le jeune homme qui vit à la maison. Des questions ?

Il me semblait que j'en avais un tas, mais pas une ne me vint à l'esprit sur le moment. Je répondis que je n'en avais pas particulièrement.

« Parfait, fit-il. Tu comprends vite. Ça me plaît ça. Ah, au fait, j'ai un autre cadeau pour toi. Accepte-le, s'il te plaît. Tu verras ce que c'est en arrivant là-bas. Je suis sûr que tu seras content d'ôter les rubans. Hawaii ! Super, cet endroit. Un vrai parc d'attractions. Relax. Pas de déneigement. Ça sent bon. Allez, amuse-toi bien, et à bientôt.

Puis il raccrocha.

Un écrivain qui menait une dure vie de sportif.

Je retournai à ma place au restaurant, et annonçai à Yuki que le départ serait sans doute pour le surlendemain.

– Génial, fit-elle.

– Tu pourras faire tes préparatifs toute seule ? Ton sac, ton maillot de bain, tout ça ?

– Mais on va à Hawaii, non ? fit-elle d'un air de doute. C'est comme si on allait à Ôiso[1]. On ne va pas à Katmandou.

– Ma foi non, dis-je.

Elle avait peut-être raison, mais moi, j'avais quelques petits préparatifs à accomplir avant le départ. Le lendemain, j'allai à la banque et transformai ce qui restait sur mon compte en traveller's cheques. Il me restait encore pas mal d'argent de côté. Comme j'avais reçu un virement pour mon article du mois précédent, mon épargne avait même plutôt augmenté. Ensuite j'allai dans une librairie et achetai plusieurs livres. En revenant, je pris mes chemises propres au pressing. De retour à la maison, je fis un peu de rangement dans les provisions. À trois heures, Vendredi m'appela pour me dire qu'il se trouvait à Marunouchi et me demander s'il pouvait m'amener les billets maintenant. Nous nous donnâmes rendez-vous dans un café. Il me tendit une enveloppe, contenant nos billets, deux vols *open* en première classe sur Japan Air Lines, et deux liasses de traveller's cheques de l'American Express, ainsi que l'argent du billet de Sapporo. Il y avait en outre un plan de la résidence hôtelière où nous irions à Honolulu.

– Vous n'aurez qu'à donner votre nom, ils sont au courant, me dit Vendredi. Les chambres sont réservées pour deux semaines, mais votre séjour peut être plus court ou plus long, cela n'a pas d'importance. N'oubliez pas de signer les chèques à votre nom. Utilisez-les comme vous voudrez. Surtout ne vous gênez pas, cela passera dans les frais de toute façon, voilà ce que je suis chargé de vous dire.

– Tout passe vraiment dans les frais ! m'exclamai-je avec stupéfaction.

– Ce sera sans doute impossible pour toutes vos dépenses, mais demandez des reçus dans la mesure du possible,

1. Une des plages les plus proches de Tokyo, à côté de Yokohama.

cela me rendra les choses plus faciles ensuite, pour la comptabilité, me dit Vendredi en souriant d'un sourire qui n'avait rien de sardonique.

Je dis que je n'y manquerais pas.

– Bon voyage, et faites attention à vous, dit-il.

– Merci.

– Enfin, ça devrait aller, vous allez à Hawaii, pas au Zimbabwe !

(Il y a différentes façons d'exprimer les choses.)

@ @ @ @

Après le coucher du soleil, je me concoctai un petit repas avec ce qui restait dans le réfrigérateur. Il y avait de quoi faire une omelette, une salade de légumes, et de la soupe au miso. Ça me faisait tout drôle de me dire que le lendemain je serai à Hawaii. Pour moi, c'était à peu près aussi étrange que si j'allais au Zimbabwe, peut-être parce que je n'étais jamais allé au Zimbabwe.

Je sortis du placard un sac en vinyle de taille moyenne, où je mis ma trousse de toilette, des livres, des sous-vêtements et des chaussures. J'y ajoutai un maillot de bain, des lunettes de soleil et de la crème solaire, ainsi que deux tee-shirts, un polo, un short et un couteau suisse. Je pliai soigneusement une veste d'été en coton à carreaux et la mis sur le dessus. Puis je fermai le sac, vérifiai que j'avais bien mon passeport, mes traveller's, mon permis de conduire, nos billets d'avion et ma carte de crédit. De quoi d'autre avais-je besoin ? Rien ne me vint à l'esprit.

C'était vraiment simple d'aller à Hawaii. C'est vrai que c'était presque la même chose que d'aller à Ôiso. J'avais davantage de bagages quand j'étais parti dans le Hokkaido.

Je posai mon sac prêt sur le lit, et préparai ma tenue pour le voyage. Je pliai et empilai un blue-jeans, un tee-shirt, une parka de marin et un léger coupe-vent. Une fois ces préparatifs terminés, je me sentis désœuvré. Comme je n'avais plus rien à faire, je pris un bain, puis bus une bière en regardant les informations. Il n'y avait rien de bien intéressant. Le présentateur prédit une dégradation du temps pour le lendemain. Parfait. Nous, demain, on serait à Honolulu ! J'éteignis la télé et me couchai avec ma bière. Puis je pensai à nouveau à May. May qui était morte, complètement, définitivement, et reposait dans un endroit glacé. Personne ne savait qui elle était. Personne ne viendrait réclamer son corps. Elle ne pouvait plus écouter Dire Straits ni Bob Dylan. Et moi, demain, je partais pour Hawaii. Avec l'argent d'un autre, et ça passerait dans les frais. Vraiment, le monde était-il bien fait ?

Je secouai la tête, chassai l'image de May de mon esprit. J'y penserais plus tard. Pour l'instant, c'était un sujet un peu trop dur. Trop dur, trop chaud.

Je me mis à penser à la fille de l'hôtel du Dauphin. La réceptionniste à lunettes. Je ne savais même pas son nom. Cela faisait plusieurs jours que j'avais terriblement envie de lui parler. J'avais même rêvé d'elle. Mais je ne savais pas comment m'y prendre. Qui pouvais-je demander au téléphone ? Allô, passez-moi la fille à lunettes de la réception. Non, ça ne marcherait jamais, on refuserait de me la passer. Un hôtel, c'est un endroit sérieux.

Je réfléchis un moment à la question. Il devait bien y avoir un moyen. Là où était la volonté, le moyen finissait par apparaître. En dix minutes j'avais trouvé. Je n'étais pas sûr du résultat, mais ça valait la peine d'essayer.

J'appelai Yuki, lui donnai rendez-vous le lendemain matin. Je viendrais la chercher en taxi à neuf heures et demie. Puis je lui demandai comme ça en passant si elle connaissait le nom de la réceptionniste. Tu sais bien, celle qui t'a confiée à moi à la réception de l'hôtel ? Elle avait des lunettes.

– Oui, je crois que je sais. Elle avait un nom tellement bizarre que je l'ai noté dans mon journal. Je ne me rappelle plus ce que c'était, mais il est dans mon journal.

– Tu veux bien regarder maintenant ? demandai-je.

– Mais maintenant je suis en train de regarder la télé, ça ne peut pas attendre ?

– Désolé de t'embêter, mais c'est urgent.

Elle protesta un peu puis alla consulter son journal.

– Yumiyoshi, dit-elle.

– Yumiyoshi ? Ça s'écrit comment ?

– Je n'en sais rien. Je t'avais bien dit qu'elle avait un nom bizarre. Elle vient peut-être d'Okinawa, on dirait un nom de là-bas, non ?

– Jamais entendu ce nom-là à Okinawa.

– En tout cas, c'est comme ça qu'elle s'appelle. Bon, ça te va, maintenant ? Je regardais la télé, moi.

– Tu regardes quoi ?

Elle me raccrocha au nez sans répondre.

Je parcourus l'annuaire de Tokyo de bout en bout pour voir si ce nom existait quelque part. Chose incroyable, il y avait deux Yumiyoshi rien qu'à Tokyo. Il existe vraiment beaucoup de noms en ce monde.

Sur ce, j'appelai l'hôtel du Dauphin et demandai poliment si Yumiyoshi-san[1] était là. Je ne m'attendais pas à grand-chose comme résultat, mais on me la passa tout de suite. Elle se souvenait de moi. Ce n'était déjà pas si mal.

– Je travaille, là, dit-elle d'une petite voix cool et laconique. Je te rappelle plus tard.

– D'accord, à plus tard alors, dis-je.

En attendant le coup de téléphone de Yumiyoshi-san, j'appelai Gotanda et lui laissai un message pour dire que je partais le lendemain à Hawaii. Apparemment il était chez lui, car il me rappela aussitôt.

– Tu as de la chance, dis donc, fit-il. C'est bien pour se changer les idées. Si je pouvais, je partirais avec toi.

– Mais toi, tu peux y aller quand tu veux, non ?

– Ce n'est pas si simple. J'ai fait un emprunt à mon agence. Des sommes assez importantes, entre mon mariage, mon divorce, tout ça. Je crois que je t'ai déjà

1. *San*, suffixe de politesse qui s'ajoute aux noms de famille ou prénoms, correspond ici à « mademoiselle », mais est employé indifféremment en japonais pour désigner un homme ou une femme, marié ou non *(NdT)*.

raconté que je n'ai plus un sou, non ? Pour l'instant, je travaille comme un dingue pour rembourser mes dettes. Je suis obligé de tourner des pubs qui ne me disent absolument rien. Drôle d'histoire, tu sais. Je peux faire passer un maximum dans les frais, mais je n'arrive pas à rembourser ce que je dois. Le monde devient de plus en plus compliqué. Je ne sais même plus si je suis pauvre ou si je suis riche. J'ai de tout en abondance, je n'ai envie de rien de plus. Je peux utiliser tout l'argent que je veux, mais pas pour ce que je voudrais. Je peux acheter toutes les jolies filles que je veux, mais je ne peux pas coucher avec celle que j'aime. Drôle de vie, hein.

– Tu leur dois beaucoup d'argent ?

– Pas mal, oui. En fait, même moi, le principal intéressé, je ne sais pas exactement combien. Tiens, ce n'est pas pour me vanter, je suis meilleur que la moyenne pour pas mal de choses, mais en ce qui concerne la finance, je n'ai jamais su compter. Dès que je vois des chiffres sur un registre de comptes, ça me donne des frissons, c'est physiologique. Il faut que j'écarte ça de ma vue. Ma famille était du genre plutôt traditionnel et j'ai été élevé comme ça. On m'a appris que les gens élégants ne parlaient pas d'argent. Ne t'inquiète pas des chiffres, me disait-on, si tu travailles comme il faut tu auras de quoi vivre largement. Ne t'inquiète pas pour les détails. Vis ta vie, sois déterminé sur les grandes lignes. C'est une façon de penser comme une autre, hein. En tout cas, à l'époque c'était comme ça. Mais de nos jours, où cette vie de largesse a disparu du paysage, cette façon de penser n'a plus aucun sens. Les choses sont devenues plus compliquées. Les grandes lignes ont disparu, il ne reste que les petits détails mesquins pleins de chiffres. C'est alarmant. Je ne sais pas ce que l'avenir me réserve. L'agent fiscal de ma boîte m'explique les choses en détail, mais c'est trop compliqué pour moi, je n'y comprends rien. L'argent se balade ici et là. Il y a des emprunts nominaux, des prêts nominaux, des maniements de frais, c'est affreusement compliqué. Je leur dis que je voudrais que les choses soient plus nettes, mais je ne trouve personne pour m'écouter. Alors finalement je leur ai dit de m'expliquer seulement le résultat. C'est ce qu'ils ont fait. Ça, c'est simple : j'ai encore un gros emprunt à rembourser. Ça a passablement diminué, mais enfin il reste une somme conséquente. Donc je dois continuer à travailler, et dépenser tout ce que je peux en frais. Voilà. Quel ennui ! Je veux bien travailler, moi. Je ne déteste pas le boulot. Mais ça m'ennuie de ne pas comprendre le mécanisme. De temps en temps, ça me fait presque peur. Ah, je suis trop bavard, une fois de plus. Excuse-moi, quand je parle avec toi, je ne m'arrête plus.

– Ça ne fait rien, ça ne me dérange pas.

– Enfin, ça ne te concerne pas directement, et puis je pourrai t'en parler tranquillement à notre prochaine rencontre. Bon voyage, et sois prudent, hein. Tu vas me manquer. Ça fait un moment que je me dis que dès que j'aurais un peu de temps j'aimerais bien qu'on se voie et qu'on aille boire ensemble.

– Je vais seulement à Hawaii, dis-je en riant. Je serai de retour dans une semaine.

– Ah oui, c'est vrai. Tu m'appelles à ton retour ?

– Promis.

– Pendant que tu te prélasseras sur la plage de Waikiki, moi je vais imiter un dentiste pour rembourser mes dettes.

– Eh oui, il y a des façons de vivre différentes en ce monde. Les gens sont différents et mènent des vies différentes. *Different strokes for different folks.*

– Sly and the Family Stone ! fit Gotanda avec un claquement de doigts.

Yumiyoshi-san m'appela peu avant deux heures du matin. Elle venait de rentrer du travail et m'appelait de chez elle. Je me rappelai son appartement, ce jour de neige. Un immeuble très simple. Des escaliers simples. Une porte simple. Son sourire nerveux. Tout cela me rendait nostalgique. Je fermai les yeux, imaginai la neige tourbillonnant paisiblement dans l'obscurité de la nuit. On dirait que je suis amoureux, me dis-je.

– Comment as-tu su mon nom ? demanda-t-elle d'entrée de jeu.

Je lui expliquai que je tenais le renseignement de Yuki.

– Je n'ai rien fait d'illégal, dis-je. Je n'ai corrompu personne, je ne l'ai pas appris en écoutant derrière une porte, je n'ai pas tué quelqu'un pour le lui faire dire. J'ai seulement demandé poliment à cette gamine et elle me l'a dit, voilà.

Il y eut un petit silence soupçonneux.

– Ça s'est passé comment avec elle ? Vous êtes rentrés sans encombre ?

– Sans problème. Je l'ai ramenée chez elle, et on se voit encore de temps en temps. Elle va bien. Elle est un peu étrange mais...

– Elle te ressemble alors, dit Yumiyoshi-san sans émotion particulière.

On aurait dit qu'elle énonçait une vérité évidente que personne au monde n'était censé ignorer. Comme si elle avait dit : « les singes aiment les bananes », ou bien : « il ne pleut pas dans le désert », ou quelque assertion de ce genre.

– Au fait, pourquoi m'as-tu caché ton nom ?

– Mais je ne t'ai rien caché. Je t'ai dit que je te le dirais la prochaine fois qu'on se verrait, répondit-elle. C'est plutôt que ça me paraissait compliqué de te le dire. Quand je dis mon nom, on me demande toujours comment ça s'écrit, si c'est un nom courant, de quelle origine je suis, si bien que je n'aime pas trop le donner aux gens. C'est plus ennuyeux que tu ne crois, hein, ce genre de choses. Il faut sans cesse répondre aux mêmes questions.

– C'est un joli nom, pourtant. J'ai regardé dans l'annuaire tout à l'heure, figure-toi que même à Tokyo il y a deux Yumiyoshi.

– Mais je le sais. Je t'ai déjà dit que j'avais habité Tokyo, non ? J'ai regardé dans l'annuaire moi aussi. C'est une habitude de gens qui ont un nom pas très commun, tu sais, où qu'ils aillent, il faut qu'ils regardent dans l'annuaire pour voir s'il y en a d'autres qui s'appellent comme eux. Moi, où que j'aille, je feuillette l'annuaire.

Voyons, Yumiyoshi, Yumiyoshi... Il y en a même un à Kyoto. Et au fait, pourquoi m'appelais-tu ?

– Pour rien de particulier, répondis-je sincèrement. Je pars en voyage demain et je ne serai pas là pendant quelque temps. Et j'avais envie d'entendre ta voix avant de partir. C'est tout. De temps en temps, j'ai terriblement envie d'entendre ta voix.

Il y eut à nouveau un silence. Il y avait des parasites sur la ligne du téléphone. Une voix de femme me parvenait, de très loin, comme de l'autre bout d'un long couloir. Une voix brève et sèche, avec un étrange écho. Je n'arrivais pas à saisir les mots, mais cette voix semblait souffrir. Péniblement, entrecoupée de pauses, la voix poursuivait son discours.

– Au fait, je t'avais raconté, la fois où je me suis retrouvée dans le noir en sortant de l'ascenseur ? demanda Yumiyoshi-san.

– Oui.

– Ça m'est arrivé de nouveau, dit-elle.

Je restai silencieux. Elle aussi. Au loin, la voix douloureuse de la femme nous parvint à nouveau. De temps en temps son interlocuteur semblait approuver ce qu'elle disait. Sa voix étouffée et difficile à saisir donnait des réponses brèves de temps à autre : « Ah bon, hmm, ah ? » La femme continuait à parler avec difficulté, comme si elle gravissait lentement une échelle. Je me dis soudain : on dirait une morte qui parle. Une morte me parlait du bout d'un long, long couloir. Elle racontait à quel point c'était pénible d'être mort...

– Tu m'écoutes ? fit Yumiyoshi-san.

– Oui, bien sûr, répondis-je. Vas-y, raconte.

– Tu m'as vraiment crue quand je t'ai raconté ça la dernière fois ? Ou tu m'as juste écoutée avec patience ?

– Non, je t'ai crue. Je ne te l'avais pas dit, mais j'ai suivi exactement le même parcours que toi. L'ascenseur, l'obscurité, tout. Et il m'est arrivé la même chose que toi. Voilà pourquoi je te crois, entièrement.

– Tu es allé là-bas ?!

– Écoute, on reparlera tranquillement de tout ça. Pour l'instant, je ne peux pas t'en parler clairement comme il faudrait. De nombreux points ne sont pas encore résolus. Mais la prochaine fois que je te verrai, je t'expliquerai tout dans l'ordre, du début à la fin. C'est pour ça qu'il faut absolument que je te revoie. Mais tu ne veux pas me raconter ce qui t'est arrivé la deuxième fois ? C'est important pour moi.

Le silence dura un moment. Je n'entendais plus la conversation parasite. Il ne restait qu'un silence téléphonique normal.

– Il y a quelques jours, commença-t-elle enfin, une dizaine de jours je crois, j'ai pris l'ascenseur pour descendre au parking dans le sous-sol. Vers huit heures du soir. Et là je me suis retrouvée au même endroit que la dernière fois. Je suis sortie de l'ascenseur et je me suis retrouvée là d'un seul coup. Cette fois il n'était pas minuit et ce n'était pas le quinzième étage, mais c'était exactement la même obscurité, la même odeur de moisi, la même humidité, exactement pareil. Cette fois-ci, je n'ai pas bougé. J'ai attendu, immobile, que l'ascenseur revienne. Il m'a semblé que cela mettait longtemps. Mais enfin il a fini par arriver, je suis montée dedans et j'ai quitté cet endroit. C'est tout.

– Tu en as parlé à quelqu'un ?

– À personne. C'est la deuxième fois, non ? Je me suis dit que cette fois mieux valait ne pas en parler.

– Tu as raison. Il ne faut plus en parler à qui que ce soit.

– Et qu'est-ce que je dois faire, alors ? Maintenant j'angoisse dès que je monte dans un ascenseur. Mais dans un hôtel aussi grand que celui où je travaille, on le prend plusieurs fois par jour. Qu'est-ce que je dois faire à ton avis ? Je ne peux parler de ça à personne à part toi.

– Écoute, Yumiyoshi-san, dis-je, pourquoi ne m'as-tu pas appelé plus tôt ?

– Je t'ai appelé je ne sais combien de fois, murmura-t-elle d'une petite voix. Mais tu n'étais jamais là.

– J'ai un répondeur.

– Je déteste les répondeurs, ça me rend nerveuse.

– Compris. Bon, alors je vais t'expliquer simplement. Ces ténèbres n'ont rien de maléfique. Tu n'as pas à avoir peur, parce qu'elles n'ont aucune mauvaise intention à ton égard. Il y a une entité qui vit là-dedans – tu as entendu ses pas, non ? –, mais il ne te fera aucun mal. Il ne fait aucun mal aux humains. Alors, si tu te retrouves à nouveau dans ces ténèbres, tu fermes les yeux, et tu attends que l'ascenseur revienne. OK ?

Elle digéra un moment mes paroles en silence.

– Je peux te dire ce que je ressens sincèrement ? fit-elle.

– Bien sûr.

– Je ne te comprends pas très bien, fit-elle tranquillement. De temps en temps je pense à toi. Et je me demande qui tu es vraiment.

– Je comprends ce que tu veux dire, fis-je. J'ai trente-quatre ans, mais malheureusement par rapport à l'âge que j'ai il me reste de nombreuses parties de moi-même à éclairer. Il y a trop de points dans l'ombre. Je suis en train de les réduire petit à petit. Je fais des efforts à ma façon. Avec un peu de temps je pense que je pourrai t'expliquer beaucoup de choses, et nous pourrons mieux nous comprendre, toi et moi.

– Ce serait souhaitable, dit-elle comme s'il s'agissait d'une tierce personne.

Elle me faisait penser à une présentatrice de télé : « la situation va-t-elle s'améliorer ? Ce serait souhaitable. Et maintenant venons-en aux nouvelles suivantes... »

Je lui annonçai mon départ pour Hawaii.

– Ah bon, fit-elle laconiquement.

Cela mit un terme à notre conversation. Nous nous dîmes au revoir là-dessus. Je bus un seul verre de whisky, éteignis la lumière et m'endormis.

28

Et maintenant venons-en aux nouvelles suivantes. Je venais de prononcer cette phrase tout haut, allongé sur la plage de Fort Delassy, les yeux levés vers le ciel bleu, les feuilles des cocotiers, et les mouettes. Yuki était allongée à côté de moi. J'étais à plat dos sur la natte, elle à plat ventre, les yeux fermés. Un nouveau morceau d'Eric Clapton s'écoulait d'un énorme radiocassette Sanyo posé à côté de nous. Yuki portait un petit bikini vert olive, et était enduite d'huile de noix de coco jusqu'au bout des doigts de pieds. Elle était aussi luisante qu'un mince bébé dauphin. Un jeune Polynésien passa devant nous, une planche à surf sous le bras, sous l'œil placide du surveillant de la plage assis sur son estrade, un pendentif brillant paisiblement au bout d'une chaîne en or sur son torse noirci au soleil. Les rues embaumaient les fleurs, les fruits et la crème solaire. Hawaii.

Et maintenant venons-en aux nouvelles suivantes...

Il s'est passé beaucoup de choses, de nombreux personnages sont apparus sur scène, les décors ont changé les uns après les autres. Récemment encore, je marchais sans but sous la neige dans les rues de Sapporo. Et maintenant, allongé sur une plage à Honolulu, je regarde le ciel. Tel est le cours des événements. Voilà ce qui m'est arrivé à force d'avancer en grignotant ma ligne de pointillés. J'en suis arrivé là. En dansant au rythme de la musique. **Mais est-ce que je danse bien** ? Je suivis point par point en esprit le développement des événements, et réexaminai un par un tous les actes que j'avais accomplis jusque-là. Ce n'est pas si mal, me dis-je. Peut-être pas si bien que ça non plus. Mais ce n'est pas si mal. Si je me trouvais à nouveau dans la même situation, je réagirais encore de même. C'est ça, un système. Les pieds se mettent en mouvement. Et les pas continuent d'eux-mêmes.

Et maintenant, me voici à Honolulu. C'est l'heure de la pause.

– L'heure de la pause, dis-je tout haut pour voir.

Je croyais parler à voix basse, mais apparemment Yuki m'avait entendu. Toujours allongée de tout son long à plat ventre, elle tourna la tête vers moi, enleva ses lunettes de soleil et plissa les yeux d'un air soupçonneux en me regardant fixement.

– Dis donc, à quoi tu penses depuis tout à l'heure ? dit-elle d'une voix cassante.

– Rien d'important, des détails.

– Pense à ce que tu voudras mais arrête de parler tout seul à côté de moi. Tu n'as qu'à le faire quand tu es seul dans ta chambre.

– Excuse-moi, je me tais maintenant.

Elle me regarda d'un œil apaisé.

– T'es vraiment nul. Ça fait vieux garçon.

Puis elle se tourna de l'autre côté.

Une fois parvenus en taxi depuis l'aéroport jusqu'à l'appartement-hôtel qui nous attendait à Honolulu, notre toute première action, après avoir posé les bagages et enfilé un short et un tee-shirt, avait été l'achat d'un gros radiocassette au centre commercial le plus proche, à la demande de Yuki.

– Le plus gros et le plus bruyant possible, avait-elle précisé.

J'avais donc acheté le plus gros modèle de chez Sanyo à l'aide des chèques de voyage que m'avait donné Makimura. J'avais aussi acheté une provision de piles et de cassettes, puis lui avais demandé si elle voulait autre chose.

Des vêtements, un maillot de bain ? Pas la peine, avait-elle dit en secouant la tête. Et maintenant, chaque fois qu'elle allait à la plage elle emportait avec elle le gros Sanyo. Enfin, c'est moi qui le portais, évidemment. Je la suivais, l'appareil posé sur mon épaule comme un de ces indigènes comiques qu'on voit dans les films de Tarzan (« maître, moi plus continuer, démons là-bas dans jungle »). Je faisais aussi le disc-jockey, veillant à ce que la pop-music coule en permanence. Grâce à quoi j'appris le nom de tous les tubes de l'été. Les chansons de Michael Jackson avaient envahi la planète comme une épidémie inoffensive. Encore plus banal, Hall and Oates luttaient courageusement pour se frayer un chemin. Duran Duran manquait toujours autant d'imagination, Joe Jackson, tout en possédant un certain éclat, manquait de capacités pour obtenir un succès universel (du moins c'est ce que je pensais). Pretenders, sans avenir de toute façon, les Cars et Supertramp prêtaient plutôt à sourire... Et d'autres innombrables chanteurs pop, d'autres innombrables chansons pop.

Nos chambres n'étaient pas mal, comme l'avait dit Hiraku Makimura.

Bien entendu, les meubles, la décoration et les peintures au mur étaient très loin de la notion d'élégance (je me demande bien de toute façon où, à Hawaii, on pourrait trouver quelque chose d'élégant), mais c'était étonnamment confortable, pratique, à deux minutes de la plage. Les chambres étaient situées au neuvième étage, au calme, avec une belle vue. On pouvait aussi se faire bronzer sur la terrasse en contemplant la mer. La cuisine était grande, fonctionnelle et propre. Entièrement équipée, de la cuisinière électrique au lave-vaisselle. À côté se trouvait la chambre de Yuki, légèrement plus petite que la mienne, avec une petite kitchenette d'appoint à la place de ma grande cuisine. Tout les gens que nous croisions dans l'ascenseur ou dans le hall d'entrée étaient distingués et bien vêtus.

Après avoir acheté le radiocassette, je m'étais rendu seul au supermarché voisin, pour y faire des emplettes :

bière, vin de Californie, fruits en quantité, et de quoi confectionner des sandwichs sans prétention. Puis j'allai à la plage avec Yuki, m'allongeai à côté d'elle, et nous passâmes le reste de la journée à regarder la mer et le ciel. Nous ne parlions presque pas. Nous nous retournions seulement de temps en temps sur le ventre ou sur le dos, et à part ça laissions s'écouler le temps, tranquillement, sans rien à faire. Les rayons du soleil se déversaient avec une libéralité presque écœurante, brûlant le sable. Le vent venu de la mer, empli de douceur et de chaude humidité, secouait nonchalamment de temps à autre les feuilles de cocotiers. Plusieurs fois je me mis à somnoler, puis, réveillé par les bruits de voix des gens qui passaient devant mes pieds ou le bruissement du vent, me demandais où j'étais. À chaque fois, il me fallait un petit moment avant de me rappeler que je me trouvais à Hawaii. Une sueur mêlée d'huile solaire coulait le long de ma joue, puis goutte à goutte de derrière mes oreilles jusque dans le sable. Des bruits variés s'approchaient et refluaient comme des vagues, et de temps à autre mes battements de cœur se mêlaient à tous ces sons. Il me semblait que mon cœur avait lui aussi sa place dans l'immense machine de la planète.

Je décompressais, je me décontractais. C'était l'heure de la pause.

Yuki donnait elle aussi des signes de changement très nets. Cela avait commencé à l'aéroport dès la descente d'avion, quand elle avait humé pour la première fois la douceur et la tiédeur particulières de l'air à Hawaii. À peine descendue de la passerelle, elle s'était arrêtée, avait fermé les yeux, comme éblouie par le soleil, en respirant profondément, puis m'avait regardé. Déjà à ce moment-là j'avais pu constater que la fine membrane de tension qui recouvrait jusqu'alors ses traits s'était évanouie. Il n'y avait plus ni angoisse ni colère sur son visage. Ses gestes les plus anodins et coutumiers, passer la main dans ses cheveux, rouler son chewing-gum en boule pour le jeter ou hausser les épaules sans raison, paraissaient plus naturels, plus lents. Cela m'aida à comprendre à quel point sa vie avait dû être dure jusque-là. Non seulement dure, mais sans aucun doute erronée.

Maintenant, allongée sur la plage, les cheveux relevés sur le sommet du crâne, une paire de lunettes foncées sur le nez, et revêtu d'un bikini, on ne savait plus très bien quel âge lui donner. Elle avait encore un corps d'enfant mais sa nouvelle attitude, qui indiquait un certain achèvement de personnalité, la faisait vraiment paraître plus adulte que son âge. Ses bras et ses jambes fins et élancés, loin de paraître fragiles, vibraient d'une force inconnue Quand elle s'étirait de tout son long, on avait l'impression qu'elle étendait bras et jambes jusqu'au ciel. Elle en était sans doute au stade le plus dynamique de sa croissance, et devenait adulte, rapidement, violemment.

Nous nous enduisions réciproquement le dos d'huile solaire. Elle me dit que j'avais un dos très large. C'était bien la première fois qu'on me disait ça. Quand ce fut mon tour de lui masser le dos, elle se mit à gigoter comme si je la chatouillais. Sous ses cheveux relevés, on apercevait une nuque et une petite oreille blanche qui me firent sourire. De loin, allongée sur la plage, elle avait parfois un air d'une surprenante maturité, mais la ligne de sa nuque correspondait bien à son âge, et gardait les traces de l'enfance avec tant d'évidence que cette partie du corps semblait presque déplacée par rapport à sa nouvelle apparence. C'est encore une gamine ! me dis-je. C'est étrange, mais la nuque d'une femme vieillit en même temps qu'elle. Je ne saurais ni expliquer pourquoi ni dire clairement où réside la différence, mais une nuque de jeune fille ressemble à une nuque de jeune fille, tandis que la nuque d'une femme mûre indique la maturité.

–Il faut bronzer lentement au début, dit Yuki en me regardant. D'abord se mettre à l'ombre, puis un peu au soleil, et retourner à l'ombre. Sinon on risque des brûlures, tu vois, des coups de soleil qui laissent des traces. C'est très laid.

– Ombre, soleil, ombre, répétai-je en lui étalant de l'huile sur le dos.

Ainsi, nous passâmes l'après-midi de cette première journée hawaïenne à l'ombre des cocotiers à écouter le hit-parade de la radio. De temps en temps je me levai pour aller nager, ou buvais une pinacolada bien frappée sur le comptoir du bar au bord de la plage. Yuki ne nageait pas. Je me relaxe d'abord, disait-elle. Elle but un jus d'ananas et mangea lentement, en prenant tout son temps, un hot-dog plein de moutarde et de condiments. Puis elle resta allongée jusqu'à ce qu'un énorme soleil rouge barbouille la ligne d'horizon de sauce tomate, et que les bateaux proposant des croisières au coucher du soleil commencent à allumer les lanternes de leurs mâts. Elle profita du soleil jusqu'à son dernier rayon.

– Rentrons, dis-je alors. Le soleil s'est couché et j'ai faim. Allons faire une petite promenade et manger un vrai hamburger. Un vrai de vrai, avec de la viande bien grillée et juteuse à l'intérieur, du ketchup à volonté et pleins d'oignons dorés.

Elle acquiesça mais, au moment de se lever, resta un moment accroupie dans la même position. Exactement comme si elle regrettait la fin de cette première journée. Je roulai la natte, mis la radio sur mon épaule.

– Ne t'en fais pas, il y a encore demain. Et quand demain sera fini, il y aura encore un autre jour. Ne pense pas, petite fille, dis-je.

Elle leva la tête vers moi et me sourit. Je lui tendis la main, elle la prit pour s'aider à se relever.

29

Le lendemain matin, Yuki m'annonça qu'elle voulait rendre visite à sa mère. Elle n'avait qu'un numéro de téléphone pour la joindre, aussi appelai-je pour demander à sa mère, après des salutations succinctes, la route exacte pour aller chez elle. Elle louait un bungalow à côté de Makaha, à une trentaine de minutes d'Honolulu. Je lui annonçai notre arrivée aux alentours d'une heure. Puis je me rendis à l'agence de location de voitures la plus proche et louai une Lansa Mitsubishi. Le voyage fut d'un confort parfait. Fenêtre grande ouverte et radio à fond, je longeai la côte par l'autoroute à 120 à l'heure. Le soleil, la brise de mer, le parfum des fleurs étaient partout.

Je demandai à Yuki si sa mère vivait seule.

– Quelle idée ! s'exclama-t-elle en faisant la grimace. Elle ne resterait pas si longtemps à l'étranger toute seule. Elle est complètement irréaliste, et incapable de s'en sortir si quelqu'un ne s'occupe pas de tout pour elle. Je parie ce que tu veux qu'elle a un boy-friend. Jeune et beau de préférence. Comme papa. Tu te rappelles le boy-friend de papa, non ? Un homo à la peau lisse et à l'air sinistre ? Je suis sûre que ce type prend un bain au moins trois fois par jour et change de slip au moins deux fois.

– Homo ? !

– Tu ne savais pas ?

– Ben non.

– T'es nul ! Il suffit de le regarder pour comprendre. Je ne sais pas si papa a vraiment ce genre de goûts ou pas, mais je peux te dire que son secrétaire est un homo complet. Sûr et certain à deux cents pour cent.

Un morceau de Roxy Music passait juste à ce moment, et Yuki augmenta le volume de la radio.

– Maman, elle, elle aime les poètes. Les jeunes poètes ou les futurs poètes. Ce qui lui plaît, c'est qu'ils restent derrière elle à lui lire des poèmes quand elle développe ses photos. Drôles de goûts, hein ? Du moment que c'est un poète, tout passe. Une sorte d'attraction fatale, tu vois. Dommage que papa n'ait pas su écrire de poèmes ! Enfin, il en est bien incapable, le pauvre.

Étrange famille. Une famille du cosmos. Un écrivain-aventurier, une photographe au talent reconnu, une fille médium, un secrétaire homosexuel, un petit ami poète. Allons bon ! Et moi, quel rôle je jouais là-dedans, quelle était ma place dans cette vaste famille psychédélique ? Intervention d'un personnage comique qui prend la jeune déboussolée sous son aile protectrice, peut-être ? Je me rappelai le sourire avenant de Vendredi. C'était peut-être un sourire de solidarité ? Allons, pas d'affolement. Tout cela est passager. Quand l'heure de la pause sera terminée, je retournerai à mon déneigement habituel, et je n'aurai plus le temps de m'amuser avec vous autres. C'est vraiment passager. Une sorte de conte qui n'a rien à voir avec l'intrigue principale. Ça va se terminer tout de suite, et après vous vous débrouillerez tout seuls, sans moi. Et moi, je me débrouillerai de mon côté. J'aime les mondes plus simples, plus faciles à comprendre que celui où vit votre famille.

Je tournai à droite juste avant Makaha selon les indications d'Ame, et pris la route des collines. Des maisons peu rassurantes quant à la solidité, dont le toit paraissait prêt à s'envoler au prochain typhon, s'alignaient ça et là des deux côtés de la route, puis ces constructions disparurent, et le portail d'entrée d'un lotissement apparut ainsi qu'elle me l'avait annoncé. Dans une baraque à l'entrée, un gardien au visage d'Indien me demanda où j'allai. Je lui donnai le numéro du bungalow d'Ame, et après avoir téléphoné il me laissa passer sur un hochement de tête.

Dans l'enceinte de cet ensemble résidentiel, une pelouse bien entretenue s'étendait à perte de vue. Plusieurs jardiniers circulant dans de petits engins motorisés s'activaient en silence, taillant les arbres et entretenant les pelouses. Des groupes d'oiseaux au bec jaune sautillaient sur le gazon comme des moucherons. Je montrai l'adresse de la mère de Yuki à l'un des jardiniers et lui demandai où se trouvait la maison. « Là-bas », répondit-il succinctement en m'indiquant la direction du doigt. Au bout de son doigt, j'aperçus une piscine, un massif d'arbustes et une pelouse. Un chemin asphalté faisait une vaste courbe en direction de l'arrière de la piscine. Je le remerciai et poursuivis ma route. Après une descente et une montée, nous arrivâmes devant le bungalow maternel. C'était un bâtiment moderne, mais de style colonial. Il y avait une véranda devant l'entrée, et une clochette à vent suspendue sous l'auvent. Tout autour poussaient des arbres fruitiers dont j'ignorais le nom, portant des fruits que je ne connaissais pas plus.

J'arrêtai la voiture, et en compagnie de Yuki montai les cinq marches menant à l'entrée et à la sonnette. La petite clochette à vent émettait de temps en temps un son sec, à l'invite d'un souffle de vent paresseux, qui se mêlait agréablement aux notes de Vivaldi s'échappant de la fenêtre ouverte. Au bout de quinze secondes, la porte s'ouvrit, et un homme apparut. Un Américain bien bronzé, pas très grand, auquel manquait le bras gauche à partir de l'épaule. Il était assez trapu et portait une barbe qui lui donnait un air réfléchi. Il était vêtu d'une chemise hawaïenne aux couleurs défraîchies et d'un pantalon de jogging, chaussé de tongs. Sensiblement du même âge que moi, il n'était pas vraiment beau, mais d'un physique agréable. Peut-être légèrement trop musclé pour un poète, mais il devait bien y avoir quelques poètes musclés en ce monde. Le monde est si vaste.

Il me regarda, regarda Yuki, me regarda à nouveau, la mâchoire légèrement pendante, puis nous adressa un tranquille « hello ». Il ajouta « bonjour » en japonais et nous serra la main à Yuki et à moi. Sa poignée de main manquait de vigueur. « Donnez-vous la peine d'entrer », ajouta-t-il dans un japonais du meilleur effet.

Nous pénétrâmes dans un vaste salon. Il nous invita à prendre place sur un grand canapé, apporta de la cuisine deux bouteilles de bière et une de Coca accompagnés de trois verres sur un plateau. Je bus une bière avec lui, mais Yuki ne toucha pas à son verre de Coca. Puis il se leva, alla jusqu'à la chaîne stéréo baisser le volume de Vivaldi. La pièce aurait pu servir de décor à un roman de Somerset Maugham, avec ses immenses fenêtres, le ventilateur au plafond, les objets d'artisanat des mers du Sud décorant les murs.

– Ame est en plein travail de développement de photos, elle sera là d'ici dix minutes, dit-il, attendez un peu ici, je vous prie. Je m'appelle Dick. Dick Nose. Je vis avec elle.

– Enchanté, fis-je.

Yuki ne dit rien, elle regardait le paysage par la fenêtre. Entre les branches des arbres fruitiers, on entrevoyait une mer bleue et étincelante. Au-dessus de la ligne d'horizon était posé un unique nuage, dont la forme rappelait celle d'un crâne de pithécanthrope. Ce nuage complètement immobile avait un air entêté, décidé à ne pas bouger de là. Blanc comme s'il avait été passé à l'eau de Javel, ses contours étaient étonnamment nets. De temps en temps, un oiseau au bec doré passait en gazouillant devant le nuage. Quand la musique de Vivaldi s'arrêta, Dick Nose s'approcha du pick-up pour soulever l'aiguille, et enleva habilement d'une seule main le disque qu'il remit dans sa pochette et rangea sur une étagère.

« Vous parlez bien japonais, déclarai-je, n'ayant rien d'autre de particulier à dire.

Dick Nose hocha la tête, remua un sourcil, ferma les yeux, puis sourit.

– J'ai passé beaucoup de temps au Japon, dit-il. (Il lui

avait fallu un certain temps pour ouvrir la bouche.) Dix ans. Je suis d'abord venu pendant la guerre – celle du Vietnam bien sûr –, le pays m'a plu, et après la guerre j'y suis revenu, je me suis inscrit à l'université. et maintenant j'écris des poèmes.

Et voilà ! me dis-je. Il n'est pas très jeune, pas vraiment beau, mais il est poète.

« Je traduis aussi des poèmes japonais en anglais, des *tanka*, des *haiku*, ajouta-t-il. C'est très difficile.

– J'imagine, répondis-je.

Il sourit à nouveau et me proposa une autre bière. J'acceptai. Il alla chercher deux autres bouteilles, les décapsula avec une aisance étonnante pour un manchot, versa le liquide dans nos verres et but une gorgée avec régal. Puis il reposa son verre, secoua la tête plusieurs fois, les yeux fixés sur un poster d'Andy Warhol collé au mur.

– C'est bizarre, dit-il, il n'existe aucun poète manchot à part moi. Je me demande pourquoi. Il y a bien des peintres manchots, des pianistes manchots. Même des joueurs de base-ball manchots. Alors pourquoi pas de poètes ? Qu'on ait un seul bras ou trois ne paraît pas avoir grand-chose à voir avec la poésie, vous ne trouvez pas ?

Il avait certainement raison. Le nombre de bras qu'un homme possédait n'avait rien à voir avec la qualité des poèmes qu'il pouvait écrire.

« Tenez, pourriez-vous me citer un seul poète manchot ? me demanda Dick Nose.

À franchement parler, je n'y connaissais pas grand-chose en poésie et n'aurais même pas pu citer un seul poète à deux bras.

« Je connais quelques surfers manchots, continua-t-il, ils sont excellents. Moi-même, je pratique un peu le surf.

Yuki se leva, fit le tour de la pièce, jeta un coup d'œil aux disques rangés sur l'étagère, mais apparemment il n'y avait rien à son goût, car elle détourna la tête d'un air écœuré avec la même expression que quand elle disait : « C'est nul. » Depuis que la musique avait cessé, un calme profond s'était établi, troublé seulement de temps à autre par le ronflement d'une tondeuse à gazon. On entendit quelqu'un appeler, la clochette à vent tinta, un oiseau pépia, mais le silence restait oppressant. Le moindre bruit était aussitôt étouffé sans laisser de trace par le silence ambiant. Il me semblait qu'une armée transparente de muets encerclait la maison, aspirant le moindre bruit à l'aide d'aspirateurs silencieux également transparents. Au moindre bruit, ces soldats de verre se précipitaient tous ensemble pour le faire disparaître aussitôt.

– C'est calme, ici, fis-je.

Dick Nose acquiesça, regarda la paume de sa main comme s'il y voyait quelque chose d'important, puis hocha à nouveau la tête.

– Oui. La tranquillité, c'est primordial. Il faut du calme, spécialement aux gens qui font un métier comme le mien ou celui d'Ame. L'être humain a besoin de calme. Moi, je n'aime pas le *hustle-bustle*. Le... comment dire ? Tohu-bohu, c'est ça ? Les endroits agités, je ne peux pas supporter. Honolulu, c'est bruyant, non, qu'en pensez-vous ?

Je ne trouvais pas Honolulu particulièrement bruyant mais j'acquiesçai, pour éviter que la conversation ne se prolonge et ne se complique. Yuki regardait toujours par la fenêtre avec son air de dire : « C'est nul ! »

« L'île de Kauai, c'est bien. Tranquille, peu fréquenté. Moi en fait je voudrais vivre à Kauai. Ici, sur l'île d'Oahu, c'est trop touristique. Trop de voitures, trop de criminalité. Je reste ici à cause du travail d'Ame. Il lui faut pas mal de matériel et puis c'est pratique pour téléphoner ici, et on rencontre plein de gens différents. Elle fait des photos de gens en ce moment. Elle photographie la vie des gens. Des pêcheurs, des jardiniers, des agriculteurs, des cuisiniers, des cantonniers, des poissonniers... tout ce qu'elle peut. C'est une excellente photographe. Ses photos sont pleines de talent, au sens le plus pur du terme.

Je n'avais jamais regardé les photos d'Ame avec une telle passion, mais j'acquiesçai à nouveau. Yuki fit un drôle de bruit avec son nez.

Il me demanda ce que je faisais dans la vie.

Je lui dis que j'étais écrivain free-lance.

Il parut s'intéresser à mon travail. Sans doute pensait-il que nous étions un genre de cousins éloignés. Il me demanda ce que j'écrivais.

– N'importe quoi, répondis-je. Tout ce qu'on veut du moment qu'on me passe une commande. Autrement dit, je fais du déneigement...

– Déneigement, fit-il, puis il réfléchit un moment d'un air sérieux.

Sans doute ne comprenait-il pas bien ce que cela voulait dire. J'hésitais à continuer mes explications plus avant quand Ame arriva, ce qui mit un terme à notre échange de vues sur le déneigement.

Ame portait une chemise à pans, et des shorts blancs très très courts. Elle n'était pas maquillée et avait les cheveux emmêlés comme si elle sortait du lit. Malgré cela, elle restait une femme charmante, avec la même élégance légèrement arrogante que lorsque je l'avais aperçue à une table de restaurant à Sapporo. Dès qu'elle entrait dans une pièce, toutes les personnes présentes pouvaient se rendre compte instantanément qu'elle était d'une autre espèce qu'eux. Instantanément, sans explications superflues, sans ostentation de sa part.

Elle alla droit à Yuki sans mot dire, la décoiffa en lui passant longuement la main dans les cheveux, puis frotta son nez sur ses tempes. Yuki n'eut pas trop l'air d'apprécier, mais elle ne se défendit pas non plus. Elle secoua simplement deux ou trois fois la tête pour que ses cheveux reprennent leur mouvement d'origine et retombent tout droit. Puis elle regarda calmement un vase posé sur une étagère. Mais ce calme apparent était bien différent de l'indifférence qu'elle manifestait à son père, car on sentait trembler derrière une émotion maladroite. Il y avait sans aucun doute une communication entre ces cœurs de mère et de fille.

Ame et Yuki. Pluie et neige. Vraiment, quels noms ridicules ! Comme disait Hiraku Makimura, un vrai bulletin météo. S'ils avaient eu un autre enfant, comment l'auraient-ils appelé ?

Elles n'échangèrent pas un mot. Pas même : « Ça va ? » Non, simplement elle ébouriffa les cheveux de sa fille et frotta son nez sur ses tempes. Puis elle vint s'asseoir à côté de moi, sortit de la poche de sa chemise un paquet de Seilam, frotta une allumette. Le poète apporta un cendrier, le posa élégamment sur la table. Ame y jeta son allumette, se mit à fumer, renifla.

– Excusez-moi, fit-elle, je ne pouvais pas interrompre mon travail. C'est dans mon caractère. Une fois que j'ai commencé il faut que je termine.

Le poète lui apporta une bière et un verre. Puis il décapsula à nouveau habilement la bouteille d'une seule main, en versa le contenu dans le verre. Ame attendit que la mousse retombe puis but la moitié de sa bière d'un trait.

– Jusqu'à quand restez-vous à Hawaii ? me demanda-t-elle.

– Aucune idée, dis-je. Je n'ai rien décidé. Environ une semaine. Pour l'instant je suis en vacances. En rentrant au Japon, je vais devoir me remettre au travail.

– Vous devriez rester plus longtemps. On est bien ici.

– C'est sûr.

Allons bon ! Elle n'écoute rien de ce que je lui dis.

– Vous avez déjeuné ? demanda-t-elle.

– On a mangé un sandwich en route, répondis-je.

– Qu'est-ce qu'on fait pour le déjeuner ? demanda-t-elle au poète.

– Je me rappelle avoir fait des spaghettis, on les a mangés il y a une heure, fit le poète d'une voix lente et posée. Il était midi et quart, donc c'est ce que les gens appellent normalement un déjeuner.

– Ah, bon ? fit Ame d'un air distrait.

– Mais oui, fit le poète. Puis il se tourna vers moi en souriant. Quand elle travaille comme ça, elle perd tout sens des réalités. Elle oublie complètement si elle a mangé ou non, où elle est allée, ce qu'elle a fait juste avant. Elle a une force de concentration si violente que ça efface tout le reste.

Je me demandais si, en fait de concentration, ça ne relevait pas plutôt du domaine de la maladie mentale, mais bien entendu je me gardai d'exprimer cette pensée, me contentant de sourire poliment sur mon canapé.

Ame regarda son verre de bière un moment d'un air distrait, puis le souleva et but une nouvelle gorgée.

– Bon, d'accord, mais maintenant, j'ai faim, moi. On n'a pas pris de petit déjeuner ce matin, fit-elle.

– Écoute, je vais encore faire le rabat-joie, mais pour être exact, ce matin à sept heures et demie tu as mangé un toast, un pamplemousse et du yaourt. Tu as même dit que c'était délicieux. Tu as dit que faire un bon petit déjeuner était un des plaisirs de l'existence.

– Ah vraiment ? fit Ame en se grattant l'aile du nez, puis elle réfléchit en regardant dans le vide.

On dirait une scène d'un film d'Hitchcock, me dis-je. Peu à peu le spectateur ne comprend plus où est la vérité. Il n'est plus à même de discerner ce qui est normal de ce qui déraille.

– Bon, mais de toute façon j'ai faim, dit Ame. Ce n'est pas grave si j'ai déjà mangé, si ?

– Bien sûr que non, fit le poète en riant. Mais c'est toi qui as faim, pas moi. Tu peux manger ce que tu voudras. C'est bien d'avoir de l'appétit. Tu en as toujours quand tu as bien travaillé. Tu veux que je te prépare un sandwich ?

– Merci, et encore une bière s'il te plaît.

– *Certainly*, fit-il en disparaissant dans la cuisine.

– Vous avez déjeuné ? me demanda Ame.

– J'ai mangé un sandwich en route, répétai-je.

– Et toi, Yuki ?

Yuki répondit qu'elle ne voulait rien.

– J'ai rencontré Dick à Tokyo, dit Ame en me regardant, les jambes croisées sur le canapé, mais ses explications avaient l'air destinées à Yuki. C'est lui qui m'a encouragée à aller à Katmandou. Il m'a dit que c'était un endroit qui m'inspirerait. C'était bien, Katmandou. Dick a perdu un bras pendant la guerre du Vietnam, une mine, le genre qui saute et explose en l'air dès qu'on marche dessus. Le type à côté de lui a marché dessus, et lui, il a perdu un bras. C'est un poète. Il parle bien japonais, non ? On est resté un moment à Katmandou puis on est partis à Hawaii. Au bout d'un certain temps à Katmandou, on a envie de partir pour un pays chaud. C'est Dick qui a trouvé cette maison, elle appartient à un de ses amis. J'ai transformé la salle de bains de la chambre d'amis en chambre noire. On est bien ici.

Elle soupira comme si elle avait dit tout ce qu'elle avait à dire, et s'étira. Puis elle se tut. Le silence de l'après-midi était profond, derrière la fenêtre des particules de lumière poussiéreuse flottaient çа et là. Le nuage blanc en forme de crâne de pithécanthrope était toujours à la même place au-dessus de l'horizon, l'air toujours aussi obstiné. La cigarette qu'Ame avait posée dans le cendrier se consumait toute seule, elle l'avait à peine touchée.

Je me demandai comment faisait Dick Nose pour faire des sandwichs d'une seule main. Comment coupait-il le pain ? Il tenait le couteau de la main droite. Naturellement. Mais comment tenait-il le pain alors ? Avec les pieds ? Je n'en avais pas la moindre idée. Ou bien le pain se coupait-il tout seul s'il trouvait les bonnes rimes ? Et pourquoi n'avait-il pas de prothèse ?

Il réapparut un peu plus tard avec une assiette de sandwichs élégamment empilés. Des sandwichs au jambon et au concombre, taillés petits à la mode anglaise, et accompagnés d'olives. Ils avaient l'air délicieux. Mais comment a-t-il fait pour réussir aussi bien ? me demandai-je, admiratif. Il décapsula une bière et remplit un verre.

– Merci, Dick, fit Ame, puis elle se tourna vers moi. Il cuisine très bien, vous savez.

– S'il y avait un concours de cuisine pour poètes manchots, je serais sûr d'arriver premier, fit le poète en clignant de l'œil.

Ame me proposa de goûter un sandwich. Je m'exécutai. Il était effectivement excellent. Un je ne sais quoi de poétique dans le goût. Les ingrédients étaient frais, c'était préparé proprement, la rime était juste.

– Délicieux, dis-je.

Mais je ne savais toujours pas comment il coupait le pain. J'avais envie de le lui demander, mais naturellement cela ne se faisait pas.

Dick Nose était un homme actif. Pendant qu'Ame mangeait ses sandwichs il alla à la cuisine préparer du café pour tout le monde. Du café délicieux.

– Dites-moi, fit Ame, ça ne vous dérange pas d'être seul avec Yuki ?

– Ça n'a rien de pénible, dis-je.

– Mais moi, la musique qu'elle écoute me donne mal à la tête. Je ne peux pas supporter ça même trente secondes. Être avec Yuki, ça va, mais cette musique ! dit-elle en pressant ses tempes avec le bout de ses doigts. Mes goûts musicaux sont très limités : la musique baroque, une certaine sorte de jazz. Et la musique folklorique. Uniquement des musiques apaisantes. C'est ça que j'aime. Et la poésie bien sûr. L'harmonie et le calme.

Elle sortit une autre cigarette du paquet, l'alluma, en tira une bouffée et la posa dans le cendrier. Je m'imaginai qu'elle allait l'oublier là et c'est effectivement ce qu'elle fit. Je trouvais remarquable qu'elle n'ait pas encore mis le feu à la maison. Il me semblait maintenant comprendre ce qu'avait voulu dire Makimura en disant qu'il avait usé sa vie et son talent en vivant avec elle. Elle n'était pas du genre à donner quoi que ce soit à son entourage. C'était même plutôt le contraire. Elle était du genre à prendre peu à peu aux autres tout ce qui pouvait s'ajuster à sa propre existence, et les gens ne pouvaient s'empêcher de lui donner ce qu'elle voulait, parce qu'elle possédait cette force d'attraction appelée talent. Et parce qu'elle pensait que c'était son droit le plus naturel. Harmonie et calme. Pour obtenir cela, il fallait que les gens autour d'elle lui sacrifient leurs bras ou leurs jambes.

Mais moi je n'ai rien à voir là-dedans ! avais-je envie de hurler. Moi, je suis là uniquement parce que je suis en vacances. C'est tout. Une fois les vacances finies, je retourne à mon déneigement. Cette situation inédite ne va pas tarder à disparaître de ma vie. D'abord, je n'ai absolument rien à offrir en sacrifice à son talent éclatant. Si j'avais quelque chose, je l'aurais déjà utilisé pour moi-même. Je suis ici seulement pour un instant – dans cet endroit absurde où m'ont poussé les aléas de la destinée. Voilà ce que j'avais envie de crier. Mais sans doute personne ne m'aurait-il écouté. Je n'étais qu'un citoyen de deuxième classe qui n'avait pas droit à la parole dans cette vaste famille.

Le nuage flottait toujours juste au-dessus de la ligne d'horizon, sans changer de forme, donnant l'impression qu'en allant jusque-là en barque et en tendant une perche on aurait pu le toucher. Un énorme crâne de pithécanthrope. De quelles lointaines couches de l'histoire humaine avait-il émergé pour venir flotter dans le ciel d'Honolulu ? Toi et moi, on est peut-être de la même espèce, dis-je au nuage.

Quand elle eut fini ses sandwichs, Ame s'approcha à nouveau de sa fille et lui passa les doigts dans les cheveux. Yuki regardait sa tasse de café sur la table, le visage sans expression.

– Quels jolis cheveux tu as, dit Ame. Moi aussi j'aurais voulu des cheveux comme ça. Toujours lisses et brillants et raides. Les miens s'emmêlent tout de suite. Je ne peux rien en faire. Hein, ma princesse ?

Puis elle posa le bout du nez sur la tempe de Yuki.

Dick Nose enleva l'assiette et la bouteille de bière. Puis il mit de la musique de chambre de Mozart, et me proposa une autre bière. Je refusai.

– Dites, il faut que je parle à Yuki d'histoires de famille, fit Ame. Une conversation entre mère et fille. Dick, tu ne veux pas emmener monsieur au bord de la mer pour une heure environ ?

– Bien sûr, dit le poète en se levant.

Je me levai également. Le poète posa un léger baiser sur le front de sa muse, se coiffa d'une casquette blanche d'étudiant de campus, mit des Ray-ban vertes.

« Nous allons nous promener une petite heure pendant

que vous discutez tranquillement toutes les deux, dit-il, puis il me prit par le coude.

– Allons-y, vous verrez, la plage est très belle ici.

Yuki eut un petit haussement d'épaule et leva vers moi un regard inexpressif, tandis qu'Ame sortait une troisième cigarette de son paquet. Les laissant derrière nous, le poète manchot et moi ouvrîmes la porte et sortîmes dans la lumière suffocante de l'après-midi.

@ @ @ @

Je pris le volant de la Mitsubishi et conduisis jusqu'à la plage. Le poète m'expliqua qu'avec une prothèse il aurait pu facilement conduire, mais qu'il n'en voulait surtout pas.

– Ce n'est pas naturel, m'expliqua-t-il. Ça me rendrait nerveux d'avoir ça. Bien sûr c'est pratique, mais c'est dysharmonieux. Ce n'est pas naturel, ça se sent. C'est pour ça que je me suis entraîné pour vivre avec un seul bras. De façon à tout pouvoir faire avec mon corps tel qu'il est, même s'il y a des insuffisances.

– Comment coupez-vous le pain ? demandai-je sans hésiter.

– Le pain ?

Il réfléchit un moment. Il n'avait pas l'air de comprendre de quoi je parlais. Puis son visage s'éclaira.

« Ah oui, quand je coupe le pain. Oui, c'est bien naturel comme question. Les gens normaux ont du mal à comprendre ça. Mais c'est très simple, je le coupe d'une seule main. Si je tiens le couteau normalement, ça ne coupe pas. Il y a un truc pour le tenir. Je maintiens le pain d'une main, la lame en même temps et je coupe comme ça, rapidement.

Il imita le mouvement pour me montrer, mais j'avais du mal à comprendre comment il pouvait le faire en réalité. Le pain que j'avais vu était encore mieux découpé que par une personne disposant de ses deux mains.

« Mais j'y arrive ! dit-il en souriant après avoir jeté un

coup d'œil sur mon visage. On peut faire la plupart des choses avec une seule main. Sauf applaudir bien entendu, mais même les pompes ou les exercices à la barre fixe, on peut le faire. Question d'entraînement. Comment pensiez-vous que j'avais coupé le pain ?

– Je me demandais si vous ne vous étiez pas servi de vos pieds...

Il rit joyeusement.

– Ce que c'est drôle, fit-il. J'aimerais en faire un poème. Le poète manchot qui faisait des sandwichs avec ses pieds ! Ce serait amusant comme poème.

Je ne l'approuvai pas, mais ne le dissuadai pas non plus.

Après avoir roulé un moment le long de la côte, je garai la voiture et nous achetâmes six bouteilles de bière (il insista pour payer), puis marchâmes jusqu'à une plage un peu isolée et presque déserte, où nous restâmes allongés à boire de la bière. Il faisait si chaud que j'avais beau boire je ne ressentais pas la moindre ivresse. Cette plage là ne faisait pas très hawaïenne. Il y avait de petits buissons d'arbustes irréguliers, un sable peu uniforme et rocailleux, mais au moins ce n'était pas touristique. Des vans étaient garés non loin, et des familles s'ébattaient dans l'eau. Un peu plus loin en mer, une dizaine de surfers s'adonnaient à leur sport favori. Le nuage en forme de crâne était toujours au même endroit, des nuées de mouettes tournoyaient dans le ciel comme un tourbillon dans le tambour d'une machine à laver. Nous regardions distraitement le paysage en buvant nos bières et en discutant à bâtons rompus. Dick Nose me parla de l'admiration sans bornes qu'il avait pour Ame.

– C'est une véritable artiste, me dit-il.

En parlant d'Ame, il passa tout naturellement du japonais à l'anglais, s'exprimant lentement. Il ne pouvait pas bien exprimer ses sentiments en japonais, dit-il.

« Même ma conception de la poésie a changé depuis que je la connais. Ses photos, comment dire, mettent la poésie à nu. Ses photos expriment instantanément ce que nous, poètes, nous efforçons d'exprimer en choisissant les mots un par un. Ses photos sont l'*embodiment*, l'incarnation du poème. Elle saisit un intervalle de temps, une lumière, une atmosphère, et en fait surgir le paysage intérieur qui se trouve au plus profond de l'être humain. Vous comprenez ce que je veux dire ?

– Vaguement, répondis-je.

– Quand je regarde ses photos, il m'arrive d'en être effrayé. Ma propre existence devient incertaine, tellement c'est oppressant. Connaissez-vous le mot anglais *dissilient* ?

Je répondis que non.

« Comment dit-on ça en japonais ? Quelque chose se brise et la lumière jaillit brusquement. Le monde s'ouvre, se révèle, sans aucune prévision. Le temps, la lumière, en un instant. C'est du génie. C'est différent de moi, de vous. Excusez-moi de dire ça, je ne vous connais pas très bien.

Je secouai la tête.

– Ne vous en faites pas, je comprends ce que vous voulez dire.

– Le génie, vous comprenez, c'est extrêmement rare. Un talent de premier ordre, ça ne se trouve pas n'importe où, et en rencontrer un sur son chemin, voir cela sous ses yeux, c'est une chance inouïe, vous comprenez. Cependant...

Il se tut un moment, puis étendit son bras droit vers l'extérieur, comme s'il avait voulu ouvrir les deux bras.

« ... c'est une expérience douloureuse en un sens. Par moments, mon ego est comme aiguillonné.

Je contemplais le nuage au-dessus de l'horizon, sans vraiment l'écouter, tendant simplement l'oreille vers lui. Les vagues étaient assez fortes et se brisaient violemment sur le rivage. Je mis mes doigts dans le sable brûlant, en gardai une poignée que je laissais s'écouler entre mes doigts. Je répétai ce geste indéfiniment. Les surfers attendaient la vague, puis la prenaient pour la suivre jusqu'au rivage et repartaient ensuite vers le large à la nage.

– Mais je suis plus attaché à son talent qu'à mon ego et tout le reste et, qui plus est, je l'aime, dit-il.

Puis il claqua des doigts.

« C'est comme si j'étais emporté dans une tornade. Je suis marié, vous savez. À une Japonaise. J'ai des enfants. J'aime ma femme, je l'aime sincèrement. Même maintenant. Mais dès la première fois que j'ai rencontré Ame, je me suis senti irrésistiblement attiré par elle. Comme une tornade. Je ne pouvais pas résister. J'ai compris que ce genre de choses n'arrive qu'une fois dans une vie. Ce genre de rencontre ne se produit qu'une fois. On le sait, quand ça arrive. Et alors j'ai pensé que si je me mettais avec elle, je le regretterais peut-être toute ma vie. Mais si je ne le faisais pas, mon existence perdrait son sens. Ça vous est déjà arrivé de vous dire ça ?

– Je pense que non, répondis-je.

– C'est étrange, poursuivit Dick Nose. J'ai fait tous les efforts possibles pour avoir une vie calme et stable. Une femme, des enfants, une petite maison, un travail. Pas avec un salaire faramineux, mais enfin, j'arrivais à vivre avec. J'écrivais des poèmes, je faisais des traductions. Je pensais que c'était la meilleure vie que je pouvais avoir. J'avais perdu un bras à la guerre, mais je pensais que j'avais une vie qui compensait bien ça. Il m'avait fallu du temps avant d'arriver à construire une vie comme ça. Des efforts. L'harmonie de l'esprit. C'est ça le plus difficile à obtenir. Et j'y étais arrivé. Mais...

Il leva la paume de la main et la bougea lentement à l'horizontale.

« Un instant a suffi pour tout perdre. Je n'ai plus nulle part où aller. Je ne peux pas rentrer chez moi au Japon, et je n'ai pas d'endroit où aller en Amérique. J'ai quitté mon pays depuis trop longtemps.

J'aurais voulu dire quelque chose pour le consoler, mais je ne trouvais pas les mots. Je me contentais de laisser glisser des poignées de sable entre mes doigts. Il se leva, alla soulager sa vessie derrière un maigre buisson à cinq ou six mètres de là, et revint à pas lents.

« Je vous ai fait des confidences, dit-il en riant, mais j'avais envie de le dire à quelqu'un. Qu'en pensez-vous ?

Je n'avais rien à en penser, bien entendu. Nous avions l'un et l'autre trente ans passés, nous étions des adultes. On avait le choix, du moins en ce qui concerne les personnes avec qui l'on couche, et que ce soit un ouragan, une tornade ou une tempête de sable, comme on l'avait choisi soi-même il fallait bien vivre avec. Ce Dick Nose m'avait fait plutôt bonne impression. Toutes les choses difficiles qu'il arrivait à faire d'une seule main m'inspiraient même du respect, mais comment aurais-je pu répondre à sa question ?

– Vous savez, moi, je ne suis pas un artiste, dis-je, aussi je ne comprends pas ce genre de relations inspirées par l'art. Ça dépasse mon imagination.

Il regardait la mer d'un air un peu triste. Il semblait vouloir dire quelque chose, mais finalement il garda le silence.

Je fermai les yeux. Au début, j'avais juste l'intention de les fermer un petit moment, mais je m'endormis complètement. Peut-être à cause de la bière. Quand je me réveillai, le soleil avait changé de direction et l'ombre des arbres recouvrait mon visage. La tête me tournait un peu à cause de la chaleur. Ma montre indiquait deux heures et demie. Je secouai la tête et me levai. Dick Nose s'amusait sur le rivage avec un chien. J'espérai que je ne l'avais pas blessé. Je m'étais endormi au beau milieu de notre conversation. Alors qu'il me parlait de choses qui lui tenaient à cœur.

Mais qu'est-ce que j'aurais pu lui dire ?

Je pris de nouveau du sable entre les doigts, et le regardai jouer avec le chien. Le poète tenait la tête du chien entre ses jambes. Les vagues se brisaient avec fracas, puis se retiraient violemment, dans un éclat aveuglant d'écume blanche. Je me demandai si j'étais trop froid. Ce n'est pas que je ne comprenais pas ses sentiments. Qu'on ait un bras ou deux, qu'on soit poète ou qu'on déteste la poésie, on vivait dans un monde dur. On avait tous nos problèmes. Mais nous étions des adultes. Nous étions arrivés jusque-là. Il fallait éviter de poser à quelqu'un qu'on rencontrait pour la première fois une question à laquelle il était trop difficile de répondre. Question de politesse élémentaire. Tu es trop froid, me dis-je. Puis je secouai la tête. Mais secouer la tête n'avait jamais rien résolu, je le savais.

@ @ @ @

Nous regagnâmes le bungalow. Dick sonna à la porte, et Yuki vint nous ouvrir, l'air de s'ennuyer ferme. Ame était assise en tailleur sur le canapé et fumait une cigarette, fixant un point dans l'espace comme si elle pratiquait le zen. Dick Nose s'approcha d'elle et lui posa un baiser sur le front.

– Vous avez fini de parler ? demanda-t-il.

– Hmm, répondit-elle, la cigarette toujours dans la bouche.

C'était une réponse affirmative.

– Nous sommes allés à la plage et avons pris le soleil en regardant tranquillement le bout du monde, c'était très agréable, dit-il.

– On s'en va ? me dit Yuki d'une voix plate.

J'étais d'accord. Je commençai à avoir envie de retrouver un endroit touristique, réaliste et bruyant, comme Honolulu.

Ame se leva.

– Revenez nous voir. J'aimerais bien vous parler, me dit-elle, puis elle s'approcha de sa fille et lui caressa doucement la joue.

Je remerciai Dick Nose pour la bière et pour tout. Il me fit un grand sourire. Et répondit :

– De rien.

Une fois Yuki installée sur le siège avant de la Mitsubishi, sa mère me retint par le coude et me tira en arrière.

– J'ai à vous parler, fit-elle.

Nous marchâmes côte à côte jusqu'à un petit parc tout proche. Elle alluma une cigarette.

– Vous êtes quelqu'un de bien, ça se voit, me dit-elle. C'est pourquoi je veux vous demander quelque chose. Amenez-la ici souvent. Je l'aime, j'ai envie de la voir, vous comprenez ? De lui parler. De devenir amie avec elle. Je pense que nous pourrions être de bonnes amies toutes les deux. Avant d'être mère et fille. Pendant votre séjour ici, j'aimerais la voir et parler avec elle le plus souvent possible.

Elle se tut et me regarda longuement.

Je ne trouvais rien à dire. Mais je devais répondre quelque chose, pourtant.

– C'est votre problème à toutes les deux, pas le mien, dis-je.

– Évidemment, fit-elle.

– Si elle me dit qu'elle veut venir vous voir, je l'amènerai, bien évidemment. Ou bien si en tant que mère vous me dites de vous l'amener, je le ferai également. En dehors de ça, je ne peux rien dire. L'amitié, si mes souvenirs sont bons, c'est un sentiment spontané qui ne nécessite pas l'intervention d'une tierce personne.

Ame médita un moment sur ça.

« Vous dites que vous voulez être amie avec elle. Très bien. Parfait. Mais rappelez-vous une chose : avant d'être son amie, vous êtes sa mère. C'est clair ? Que cela vous plaise ou non, c'est comme ça. Et puis, elle n'a que treize ans. Elle a encore besoin de sa mère. Elle a besoin de la présence de quelqu'un qui la prenne dans ses bras et la protège inconditionnellement dans cette nuit froide et dure. Vous saisissez ? Moi, je suis un étranger complet, donc, ce que je vous dis est sans doute déplacé, mais ce dont elle a besoin ce n'est pas d'un semblant d'amie, c'est d'un monde dans lequel elle puisse s'intégrer. C'est cela qu'il faut éclaircir en tout premier lieu.

– Vous ne comprenez pas, dit Ame.

– Exact. Je ne comprends pas. Mais c'est une enfant, et elle est hypersensible. Il faut la protéger. C'est compliqué, mais quelqu'un doit le faire. C'est une responsabilité. Vous comprenez ?

Mais bien entendu elle ne comprenait pas.

– Je ne vous demande pas de me l'amener tous les jours, dit-elle. Seulement quand elle en aura envie. Moi aussi je téléphonerai de temps en temps. Je n'ai pas envie de la perdre, vous comprenez. Il me semble que si les choses continuent comme ça elle va grandir et s'éloigner de moi. Ce dont j'ai envie, c'est d'un lien spirituel avec elle. Peut-être que je n'ai pas été une très bonne mère. Mais il y a plein de choses que je peux faire, en dehors du rôle maternel. Je n'y peux rien. Même elle, elle comprend ça. Tout ce que je demande, c'est une relation autre que celle de mère et de fille. Une amie du même sang, si l'on peut dire.

Je poussai un soupir et secouai la tête. Secouer la tête n'avait jamais rien résolu, il est vrai.

@ @ @ @

Sur le chemin du retour, Yuki et moi gardâmes le silence, écoutant la radio. De temps à autre je me mettais à siffloter, mais à part ça le silence persista. Yuki tournait la tête de l'autre côté et regardait par la fenêtre, et moi je n'avais rien de particulier à dire. Je conduisis ainsi une quinzaine de minutes. Mais j'avais une espèce d'intuition, qui traçait rapidement à l'intérieur de mon cerveau comme une petite balle silencieuse. Et cette balle portait inscrit en petits caractères : « Tu ferais mieux d'arrêter la voiture quelque part. »

Je suivis mon intuition et m'arrêtai au premier parking que je trouvais devant une plage, et lui demandai si elle se sentait mal.

– Tu n'as rien ? Ça va ? Tu veux boire quelque chose ?

Son silence me paraissait suggestif. Je m'arrêtai de parler et regardai où me menait cette suggestion. En vieillissant, on comprend de mieux en mieux les suggestions. Et on apprend à attendre qu'elles prennent forme. Comme on attend que la peinture sèche.

Deux filles en petits maillots de bain noirs identiques se promenaient lentement sous les cocotiers. Elles avançaient leurs pieds comme des chats marchant sur une barrière. Elles étaient pieds nus, et leurs maillots de bain format mouchoir de poche paraissaient prêts à s'envoler à la première bourrasque. Toutes deux, avec une sensation d'irréalité étrangement réelle, comme un rêve refoulé, traversèrent mon champ de vision de droite à gauche, avant de disparaître.

Bruce Springsteen chantait *Hungry Heart*. Une belle chanson. Le monde n'était pas si mal. Le disc-jockey déclara lui aussi que c'était une belle chanson. Je me mordillai les ongles, et regardai le ciel. Le nuage en forme de crâne était toujours là, comme une fatalité. Hawaii, me dis-je. On se croirait au bout du monde. Une mère voulait devenir amie avec sa fille. La fille avait plutôt besoin d'une mère que d'une amie. Elles se croisaient. Cela ne menait à rien. La mère avait un petit ami. Un poète manchot qui n'avait plus nulle part où aller. Le père avait également un petit ami. Vendredi, le secrétaire homosexuel. Tout ça ne menait nulle part.

Au bout de dix minutes Yuki posa sa tête sur mon épaule et se mit à pleurer. D'abord tranquillement, puis en sanglotant de plus en plus fort. Elle avait posé ses deux mains côte à côte sur ses genoux, et pleurait, le nez enfoui dans mon épaule. C'est normal, me dis-je. Si j'étais à ta place, je pleurerais aussi. C'est normal. J'entourai ses épaules de mon bras et la laissais pleurer tout son soûl. Les manches de ma chemise ne tardèrent pas à être trempées. Elle pleura pas mal de temps. Ses épaules tremblaient violemment. Je me taisais, gardant mon bras autour de ses épaules.

Deux policiers portant des lunettes de soleil, leurs pistolets à répétition étincelant à leurs côtés, traversèrent le parking. Un berger allemand passa en tirant péniblement la langue puis disparut je ne sais où. Les feuilles de cocotiers bruissaient. Un camion Ford s'arrêta non loin, un Polynésien de grande taille en descendit et se dirigea vers la plage, tenant par la main une jolie fillette. Le J. Geils Band chantait un nostalgique *Paradis de la danse*.

Après avoir pleuré un moment, elle parut calmée.

–Ne m'appelle plus jamais princesse, s'il te plaît, dit-elle, la tête toujours contre mon épaule.

– Moi, je t'ai appelée comme ça ?
– Oui.
– Je ne me rappelle pas.
– Quand on est revenus de Tsujido, ce soir-là. En tout cas, ne me le redis pas.
– Plus jamais, je te le promets. Je te le jure sur la tête de Boy George et de Duran Duran.
– Maman m'appelait tout le temps comme ça.
– Je ne te le dirai plus.
– Elle m'a toujours fait du mal, toujours. Seulement elle ne s'en rend même pas compte. Et elle m'aime quand même, tu ne crois pas ?
– C'est exactement ça.
– Qu'est-ce que je peux faire ?
– Grandir, c'est tout.
– Je ne veux pas grandir !
– Tu n'as pas le choix. Tout le monde grandit, même ceux qui n'en ont pas envie. Après on vieillit, avec toujours les mêmes problèmes, et finalement on meurt même si on n'en a pas envie. Ça a toujours été comme ça, et ça continuera comme ça. Tu n'es pas la seule à avoir des problèmes, tu sais.

Elle leva vers moi un visage plein de traînées de larmes.
– Dis donc, on ne t'a jamais appris à consoler quelqu'un ?
– Ben, c'est ce que j'essayais de faire.
– Tu es complètement à côté de la plaque, dit-elle, puis elle enleva ma main de ses épaules, prit un mouchoir en papier à l'arrière et se moucha le nez.
– Bon, dis-je d'un ton terre à terre.

Et je sortis la voiture du parking.

« Rentrons à l'hôtel. On nagera un peu et après je ferai un bon repas que nous dégusterons tous les deux.

Nous nageâmes une heure. Yuki était plutôt bonne nageuse. Elle s'amusait à foncer vers le large ou à plonger sous l'eau pour m'attraper les jambes par surprise. Ensuite nous prîmes une douche, allâmes faire les courses au supermarché. J'achetai des steaks et des légumes. Puis je fis cuire la viande avec des oignons et de la sauce de soja, et préparai une salade de légumes. Je fis aussi de la soupe au miso avec du tofu et des oignons. C'était un repas agréable, que j'accompagnai pour ma part de vin de Californie. Yuki but la moitié de mon verre.

– Tu fais bien la cuisine, me dit-elle, admirative.

– Pas spécialement. Mais je la fais avec amour et soigneusement. Ça fait déjà une différence. Tout est question de point de vue. Si on s'efforce d'aimer ce qu'on fait, on finit par y arriver dans une certaine mesure. Si l'on s'efforce de vivre agréablement, on y parvient dans une certaine mesure.

– Sans plus ?

– Après, c'est une question de chance.

– Tu as une vision de la vie plutôt pessimiste. Pourtant, tu es un adulte, dit-elle d'un air surpris.

Après avoir fait et rangé ensemble la vaisselle, nous sortîmes nous promener dans l'avenue Karakahua pleine d'animation, qui commençait à être éclairée. Nous regardâmes les gens qui se pressaient dans les rues, regardant et jugeant les marchandises exposées dans diverses boutiques à l'air je ne sais pourquoi déplacé, puis fîmes une pause sur la plage au bar bondé du Royal Hawaïan Hotel. Je bus une pinacolada, elle un jus de fruits. Puis je me mis à penser à Dick Nose, qui détestait certainement ce genre de rues animées la nuit. Moi, je ne détestais pas ça.

– Au fait, comment trouves-tu ma mère ? demanda Yuki.

– À vrai dire, j'ai du mal à comprendre les gens que je rencontre pour la première fois, dis-je après avoir réfléchi un moment. Il me faut relativement de temps pour mettre mes pensées en ordre, ou porter un jugement sur quelqu'un. Parce que je ne suis pas très intelligent.

– Mais tu étais un peu en colère contre elle, non ?

– Ah, tu crois ?

– Hmm, je l'ai vu tout de suite à ta tête.

– Peut-être bien, reconnus-je.

Puis je savourai une gorgée de pinacolada en regardant la mer dans la nuit.

« Tu as raison, je crois que j'étais un peu en colère.

– À cause de quoi ?

– Parce que pas une seule des personnes qui devraient se sentir responsables de toi ne veut prendre ses responsabilités au sérieux. Mais ça ne sert à rien, ce n'est pas dans mon caractère de me mettre en colère, et quand je me fâche, ça ne sert à rien.

Yuki prit un bretzel sur une assiette et commença à le grignoter.

– Sans doute qu'ils ne savent pas comment faire. Ils se disent qu'ils doivent faire quelque chose, mais ils ne savent pas comment s'y prendre.

– Peut-être. Personne ne sait, apparemment.

– Et toi, tu comprends ?

– Je pense qu'il faut attendre que les suggestions prennent forme et y faire face à ce moment-là.

Yuki réfléchit un moment à cela en tripotant le col de son tee-shirt. Mais apparemment elle ne comprenait pas, car elle demanda bientôt :

– Et ça veut dire quoi ?

– Ça veut dire qu'il suffit d'attendre, expliquai-je. Attendre patiemment que le moment soit prêt. Ne pas essayer de changer les choses de force, mais regarder la direction du courant. Et aussi s'efforcer de voir les choses d'un œil juste. À ce moment-là, on peut comprendre naturellement ce qu'il convient de faire. Mais ils sont tous trop occupés pour ça. Ils ont trop de talent, trop de choses à faire. Ils s'intéressent trop à eux-mêmes pour avoir le temps de réfléchir sérieusement à ce qui est juste.

Yuki posa les deux coudes sur la table, la tête entre les mains. Puis elle épousseta les miettes de bretzel tombées sur la nappe rose. À la table voisine était installé un vieux couple d'Américains en chemises hawaïennes assorties, buvant tous deux un cocktail tropical aux couleurs voyantes servi dans un grand verre. Ils avaient l'air parfaitement heureux. Dans le jardin intérieur de l'hôtel, une autre femme en tenue locale jouait *Song for you* au piano électrique. Elle ne jouait pas très bien, mais la mélodie était reconnaissable. Ça et là, dans le jardin, tremblaient des flammes de gaz imitant des torches. La chanson récolta deux ou trois applaudissements. Yuki prit mon verre de pinacolada et en but une gorgée.

– C'est bon, fit-elle.

– Proposition retenue, fis-je, deux voix pour.

Elle me regarda fixement un moment, l'air abasourdie.

– Je n'arrive pas à comprendre quel genre de type tu es. Tu as l'air si honnête et sérieux, et en même temps tu es fondamentalement givré.

– Ça arrive qu'on soit sérieux et givré en même temps. Pas la peine de t'en faire pour ça, dis-je, puis je passai aussitôt commande d'une autre pinacolada à la charmante serveuse. Elle m'apporta prestement ma boisson en balançant les hanches, griffonna la note, et repartit après avec un sourire aussi large que celui du chat de Cheshire dans *Alice au pays des merveilles*.

– Alors qu'est-ce que je dois faire ? fit Yuki.

– Ta mère a envie de te voir. Je ne comprends pas bien les détails, ce n'est pas ma famille, et puis il s'agit d'un personnage assez unique en son genre. Mais, en un mot, elle voudrait dépasser vos rapports mère-fille qui ont jusqu'ici fait naître pas mal de frictions et devenir ton amie.

– Moi je pense que c'est très difficile d'être ami avec qui que ce soit.

– Approuvé. Deux voix pour.

Les deux coudes sur la table, elle me considérait d'un œil légèrement hagard.

– Qu'est-ce que tu en penses, toi, de l'idée de maman ?

– Le problème n'est pas ce que j'en pense moi, mais ce que tu en penses, toi. On peut penser « elle a vraiment du culot », ou bien « c'est une position constructive qui vaut la peine d'être prise en considération ». C'est à toi de décider laquelle de ces tendances tu vas suivre. Rien ne presse. Tu peux y réfléchir calmement et trouver ta conclusion.

Le visage toujours entre les mains, elle hocha la tête. Au comptoir, quelqu'un rit bruyamment. La pianiste était revenue et s'était mise à jouer *Blue Hawaii* en accompagnant la musique de paroles : « La nuit vient de commencer, nous sommes jeunes. Allez viens, pendant que la lune flotte au-dessus des flots... »

– On était dans une situation assez terrible, toutes les deux. Même avant ce voyage à Sapporo. On s'était disputées pour savoir si je devais ou non continuer l'école, c'était vraiment tendu. On ne se parlait plus, on ne se voyait pratiquement pas. Ça a duré pas mal de temps. Elle est incapable de penser sérieusement quelque chose. Elle dit ce qu'elle pense sur le moment, et elle l'oublie aussitôt. Quand elle le dit, elle le pense vraiment, mais elle ne s'en rappelle plus après. De temps en temps elle se réveille et, par pur caprice, se rappelle qu'elle est ma mère. Ça m'énerve au plus haut point.

– Mais... fis-je. (Je jouais le rôle des conjonctions de coordination.)

– Oui, je sais, elle a quelque chose de merveilleux, elle n'est pas une personne ordinaire. C'est la pire mère qui soit et j'en ai souvent souffert mais, ceci mis à part, elle a quelque chose de fascinant, inexplicablement. Là elle diffère complètement de papa. Je ne sais pas, elle m'annonce subitement qu'elle veut devenir mon amie, mais nous sommes de forces trop inégales. Moi je suis encore une enfant, elle c'est une adulte avec beaucoup de pouvoir. En réfléchissant un peu, n'importe qui se rend compte de ça, non ? Mais elle, maman, elle ne comprend pas ça. Alors même si elle veut vraiment devenir amie avec moi, même si elle fait tous les efforts possibles, elle m'aura fait du mal avant même de s'en rendre compte. Pour Sapporo, par exemple, ça a été le cas. À un moment elle essaie de se rapprocher de moi. Alors moi aussi je me rapproche. Je fais des efforts de mon côté, moi aussi. Et à ce moment-là, voilà qu'elle passe à autre chose. Elle a déjà la tête complètement ailleurs et elle m'oublie complètement. Elle ne suit que son caprice, dit Yuki en effritant le bretzel qu'elle avait à moitié mangé. Elle m'a emmenée à Sapporo, d'accord. Mais finalement, regarde ce qui s'est passé. Elle s'est envolée tout à coup pour Katmandou en oubliant complètement ma présence. Et elle à mis trois jours à se rappeler qu'elle m'avait laissée seule à l'hôtel. C'est vraiment n'importe quoi, non ? En plus, elle ne se rend même pas compte que cela m'a blessée. Moi, je l'aime, maman. Je crois que je l'aime. Ce serait bien qu'on soit amies, mais je n'ai pas envie qu'elle abuse de ma confiance encore une fois. Je n'ai pas envie d'être trimballée à droite à gauche comme ça. J'en ai marre de ce genre de plans !

– Tu as parfaitement raison, dis-je. Tes arguments sont extrêmement clairs, et je te comprends très bien.

– Mais maman, elle ne comprend pas. J'ai beau essayer de lui expliquer, je crois qu'elle ne comprend même pas de quoi je parle.

– C'est aussi ce qu'il me semble.

– Alors ça m'énerve.

– Ça aussi, je comprends très bien, fis-je. Dans ces cas-là, nous les adultes, on boit de l'alcool.

Elle but la moitié de ma pinacolada d'une traite. Cela faisait une quantité assez impressionnante, car elle était servie dans un verre de la taille d'un bocal de poisson rouge. Un petit moment plus tard, toujours les deux coudes sur la table et la tête entre les mains, elle leva vers moi un regard assez trouble.

– Ça me fait bizarre, fit-elle. J'ai chaud, et sommeil.

– C'est parfait, fis-je. Tu n'as pas mal au cœur ?

– Non, je me sens bien.

– Parfait. On a eu une longue journée. Qu'on ait treize ans ou trente-quatre, on a le droit de se sentir un peu bien à la fin d'une journée pareille, non ?

Je payai la note, pris Yuki par le bras et rentrai à l'hôtel en marchant le long de la mer. Puis je lui ouvris la porte de sa chambre.

– Dis, fit-elle.

– Quoi ? demandai-je.

– Rien, bonne nuit.

Le lendemain fut une journée splendidement hawaïenne. Après le petit déjeuner nous enfilâmes nos maillots de bain et courûmes à la plage. Yuki voulait s'initier au surf, aussi je louai deux planches, et nous partîmes nager au large du Sheraton. Comme un ami m'avait autrefois enseigné la technique de base, je lui appris à mon tour ce que je savais. La façon de prendre la vague, la position des pieds. Elle apprenait vite. Elle était souple et avait de l'intuition pour saisir le moment. Au bout d'une demi-heure elle savait déjà beaucoup mieux s'y prendre que moi.

Après le déjeuner je l'emmenai dans une boutique et achetai deux planches d'occasion pour surfers moyens. Le vendeur nous demanda combien on pesait, et choisit nos planches en fonction de notre poids. « Vous êtes frère et sœur ? » nous demanda-t-il. Comme c'était plus simple que de lui expliquer la vérité, je répondis oui. Je me sentis rassuré de voir qu'on ne me prenait pas encore pour son père.

À deux heures, nous retournâmes à la plage, pour prendre un bain de soleil, allongés sur le sable. Nous nageâmes un peu, fîmes un peu la sieste, mais la majeure partie du temps passa à ne rien faire, à écouter la radio, feuilleter des livres, regarder les gens, écouter le bruit du vent dans les branches de cocotiers. Le soleil descendait peu à peu selon sa courbe habituelle. Quand il fut couché, nous rentrâmes nous doucher, et après avoir mangé des spaghettis allâmes voir un film de Spielberg. À la sortie du cinéma, nous nous promenâmes un peu au hasard des rues, puis allâmes à l'élégant bar de la piscine de l'hôtel Harekurani. Là, je bus une nouvelle pinacolada, tandis qu'elle commandait un jus de fruits.

– Dis, je pourrais en reboire un peu ? dit-elle en montrant mon verre du doigt.

– Je t'en prie, répondis-je, et nous échangeâmes nos verres.

Elle fit baisser le niveau du mien d'environ deux centimètres à l'aide de sa paille.

– C'est bon, mais il me semble que le goût est un peu différent d'hier.

J'appelai le serveur et en commandai une autre. Puis je la tendis à Yuki.

– Tu peux la boire en entier, dis-je. Si tu sors tous les soirs avec moi, tu va devenir la collégienne japonaise la plus calée en pinacolada.

Au bord de la piscine, un véritable orchestre de danse jouait *Frenesy*. Le vieux clarinettiste fit un long solo au milieu. Un solo de qualité qui me rappelait Artie Shaw. Puis une dizaine de couples âgés se mirent à danser. La lumière tamisée venant du fond de la piscine éclairait leurs visages de façon fantasmagorique. Ils avaient l'air heureux. Au bout de longues années de vie, ils étaient parvenus à Hawaii. Ils déplaçaient leurs pieds avec élégance, faisant les pas de danse selon les règles. Les hommes se tenaient bien droits, le menton en avant, les femmes tournaient, traçant des cercles tandis que le bord de leurs robes longues voltigeaient. Nous les regardions danser. Je ne sais pourquoi, la vue de ces vieillards dansant d'un air satisfait avait le don de m'apaiser. Quand l'orchestre attaqua le morceau suivant, *Moon Glow*, ils se mirent à danser joue contre joue.

– J'ai sommeil, dit Yuki.

Cette fois elle arriva à marcher toute seule pour rentrer. Elle faisait des progrès tous les jours.

@ @ @ @

Je regagnai ma chambre et m'installai devant la télé avec un verre et la bouteille de vin à côté pour regarder un film de Clint Eastwood, *Pendez-les haut et court*. Toujours fidèle à lui-même, Clint Eastwood n'esquissait pas le moindre sourire. Je regardai le film le temps de trois verres de vin, puis j'éteignis le poste, cédant à mon envie de dormir. Encore une journée finie. Avait-elle été instructive ? Pas tellement. J'avais appris le surf à Yuki, nous avions vu *ET* au cinéma, bu de la pinacolada ensemble en regardant danser des vieillards. Yuki s'était un peu soûlée. Moyen, en somme Une journée hawaïenne, ni bonne ni mauvaise. En tout cas, elle était terminée, cette journée, me dis-je.

Mais ce n'était pas si simple. La journée n'était pas encore finie.

Ne gardant que mon tee-shirt et mon slip, je m'étais mis au lit, et avais éteint la lumière depuis cinq minutes à peine quand la sonnette de la porte retentit. Ah, non, quoi encore ? Ma montre indiquait presque minuit. J'allumai ma lampe de chevet, enfilai mon pantalon et allai ouvrir. Le temps que j'arrive à la porte, et la sonnette avait encore retenti deux fois. Ce doit être Yuki, me dis-je. Je ne pouvais pas imaginer quelqu'un d'autre me rendant visite. J'ouvris donc la porte sans demander qui c'était. Mais ce n'était pas Yuki. C'était une jeune inconnue.

– *Hi !* fit-elle en anglais.

– *Hi !* répondis-je.

À première vue, elle devait être originaire du Sud-Est asiatique. Thaïlande, Philippines, ou Vietnam. Elle était ravissante. Petite, hâlée, de grands yeux. Elle portait une robe d'un rose lumineux, taillée dans un tissu soyeux. Son sac et ses chaussures étaient également roses. Elle portait enroulé au poignet gauche un ruban rose, attaché comme sur un cadeau. On aurait vraiment dit un paquet-cadeau. Pourquoi diable a-t-elle un ruban au poignet ? me demandai-je. La main posée sur la porte, elle me regardait avec un grand sourire.

– Je m'appelle June, dit-elle en anglais avec un léger accent.

– *Hi* June, fis-je.

– Je peux entrer ? demanda-t-elle un doigt pointé vers la pièce derrière moi.

– Attendez un peu, me hâtai-je de dire, vous ne vous seriez pas trompée de porte ? Vous cherchez qui exactement ?

– Mmm, attendez, fit-elle en sortant une feuille de bloc-notes de son sac, monsieur...

C'était moi.

– C'est moi, dis-je.

– Alors je ne fais pas erreur.

– Une minute. C'est mon nom, pas d'erreur. Mais je ne comprends rien à ce qui se passe. Qui êtes-vous ?

– Vous ne voulez pas me laisser entrer un petit instant ? C'est mauvais pour ma réputation de discuter comme ça dans l'entrée, non ? Les gens vont s'imaginer des choses. Ne vous inquiétez pas, je ne vais pas vous dire « haut les mains, c'est un hold-up » dès que je serai entrée.

Effectivement, cela m'aurait ennuyé que Yuki, réveillée par les bruits de voix, sorte de sa chambre et me trouve devant la porte en compagnie de cette jeune personne. Je la fis donc entrer. Advienne que pourra.

À peine entrée, elle alla se lover sur le canapé sans attendre d'y être invitée. Je lui demandai si elle voulait boire quelque chose et elle me répondit : « La même chose que vous. » J'allai à la cuisine préparer deux gins-tonic, puis je m'assis en face d'elle. Les jambes hardiment croisées, elle but une gorgée de gin avec une évidente satisfaction. Elle avait de jolies jambes.

– Dites-moi, June, je peux savoir pourquoi vous êtes venue me voir ? demandai-je.

– Parce qu'on m'a dit de le faire, répondit-elle comme s'il s'agissait d'une évidence.

– Qui ça, on ?

Elle haussa les épaules :

– Un monsieur célèbre qui a de la sympathie pour toi. Il a payé d'avance, du Japon. Tu comprends de quoi il s'agit, non ?

Hiraku Makimura, me dis-je. C'était le « cadeau » dont il avait parlé ! Voilà pourquoi elle avait un ruban rose au poignet. Peut-être s'était-il dit que s'il me fournissait une femme, sa fille serait plus en sécurité. C'était réaliste comme idée, vraiment réaliste. Plus que de colère, je me sentais plein d'une admiration sincère. Quel monde ! Tout le monde voulait acheter des femmes pour moi !

« Il a payé le tarif pour toute la nuit. On va pouvoir s'amuser ! J'ai un très joli corps, tu sais.

June leva les jambes, enleva ses sandales roses à talons, et s'étendit sur le lit dans une pose sexy.

– Je suis désolé, je ne peux pas.

– Pourquoi ? Tu es pédé ?

– Non, ce n'est pas ça, mais je n'ai pas la même façon de penser que le monsieur qui t'a payée pour moi, donc je ne peux pas coucher avec toi. Question de logique.

– Mais il m'a déjà payée, je ne peux pas le rembourser, hein. Et que tu couches avec moi ou pas maintenant, il n'en saura rien de toute façon. Je ne vais pas l'appeler au Japon pour lui donner les nouvelles et lui dire combien de fois on l'a fait. Alors qu'on couche ensemble ou pas, ça revient au même, je ne vois pas où est ta logique.

Je poussai un soupir, puis bus mon gin-tonic.

– Allez ! Ça fait du bien, tu sais.

Je ne savais plus très bien où j'en étais. Ça me paraissait fastidieux de me lancer dans des explications et des réflexions compliquées. La journée enfin terminée, je m'apprête à me mettre au lit, à éteindre la lumière et à m'endormir. Et voilà qu'une inconnue débarque et me demande de faire l'amour avec elle. Quel monde épouvantable !

– Tu ne boirais pas un autre gin-tonic avec moi ? demanda-t-elle.

Je hochai la tête, retournai à la cuisine et refis deux gins-tonic. Puis j'allumai la radio. C'était du hard-rock. Elle se mit à l'aise comme chez elle.

– Génial ! dit-elle.

Puis elle vint s'asseoir à côté de moi, appuya sa tête sur mon épaule, et bus son gin.

« Ne pense pas à des choses compliquées. Tu vas voir, je suis une vraie pro. Je m'y connais mieux que toi en la matière. Il n'y a pas de question de logique ni rien dans tout ça. Laisse-moi faire. Maintenant, le monsieur japonais n'a plus rien à voir là-dedans. Les choses lui ont échappé. Il ne s'agit plus que de toi et moi...

Elle me caressa lentement la poitrine du bout des doigts. Je commençais à avoir du mal à réfléchir. Après tout, si ça pouvait rassurer Hiraku Makimura que je couche avec une prostituée, pourquoi pas ? Il serait plus simple et plus rapide de coucher avec elle que de discuter à n'en plus finir, puisqu'elle était là de toute façon. L'important, c'était le sexe. Érection, pénétration, éjaculation, et après, terminé, on n'en parle plus.

– OK, allons-y, dis-je.

– J'en étais sûre, fit-elle.

Puis elle finit son gin-tonic d'un trait et posa le verre vide sur la table.

– Seulement je suis très fatigué aujourd'hui, ne t'attends pas à des performances, dis-je.

– Laisse-moi faire. C'est moi qui ferai tout du début à la fin. Toi, tu ne bouges pas. Mais avant de commencer, j'ai deux choses à te demander.

– Quoi donc ?

– Éteins la lumière et dénoue ce ruban.

Je m'exécutai. Puis nous nous dirigeâmes vers la chambre. Depuis que j'avais éteint la lumière, on voyait la tour de la radiodiffusion par la fenêtre, avec une lampe rouge allumée tout en haut. Je m'allongeai sur le lit, regardant vaguement cette lumière. La radio diffusait toujours du hard-rock. On ne se serait pas crus dans la réalité, et pourtant c'était la réalité. Baignant dans d'étranges nuances de couleur, mais c'était bien la réalité, sans doute aucun. June enleva rapidement sa petite robe courte, puis m'ôta mes vêtements. Sans arriver à la hauteur de May, elle avait une technique éprouvée et semblait en tirer fierté. À l'aide de ses mains, de sa langue et de tout ce qu'elle pouvait, elle me fit bander efficacement puis me conduisit à l'éjaculation, au rythme d'un morceau de rock endiablé. La nuit ne faisait que commencer et la lune flottait au-dessus de la mer.

– Alors, c'était bon ?

– Oui, répondis-je. Vraiment très très bon.

Nous bûmes un autre gin-tonic.

« Au fait, June, fis-je saisi d'une idée subite. Tu ne t'appelais pas May le mois dernier, par hasard ?

Elle éclata d'un rire joyeux.

– Ce que tu es drôle ! Moi, les blagues, ça me plaît. Pourquoi pas July le mois prochain tant que tu y es !

Je songeai à lui expliquer que je ne plaisantais pas. Que le mois dernier j'avais couché avec une fille qui s'appelait May. Mais évidemment ça n'aurait servi à rien, et je gardai le silence. Elle me fit à nouveau bander à sa façon de professionnelle. Et nous recommençâmes. Je n'avais vraiment rien à faire, je me contentais de rester allongé sur le lit. C'est elle qui faisait tout. C'était comme une station-service bien tenue : il suffisait d'arrêter la voiture et de donner la clé au pompiste, et il s'occupait de tout, mettre de l'essence, laver la voiture, vérifier la pression des pneus, l'huile, l'eau, laver les vitres, vider les cendriers. Je me demandais si on pouvait encore appeler ça « faire l'amour ». En tout cas, quand tout fut terminé, il était plus de deux heures du matin. Ensuite je me mis à somnoler et me réveillai à six heures. La radio marchait toujours. Dehors il faisait jour, les camions des surfers les plus matinaux étaient déjà alignés le long de la mer. À côté de moi, June, roulée en boule, dormait profondément. Ses vêtements roses, ses chaussures et son ruban roses étaient tombés par terre. J'éteignis la radio et la secouai pour la réveiller.

– Lève-toi ! Il y a une petite fille de treize ans qui vient prendre son petit déjeuner ici. Je n'ai pas envie qu'elle te trouve là.

– OK, OK, fit-elle en se levant. Toujours toute nue, elle prit son sac, alla à la salle de bains se laver les dents, se recoiffer, puis elle s'habilla.

– C'était bien avec moi, non ? fit-elle en se mettant du rouge à lèvres.

– Oui, c'était bien, dis-je.

Elle me fit un grand sourire, mit son rouge à lèvres dans son sac à mains, claqua le fermoir, et fit :

– Alors on se revoit quand ?

– Quand ?...

– Je suis payée pour trois nuits. Il en reste encore deux. Qu'est-ce que tu préfères ? Tu veux changer et essayer avec une autre fille ? C'est comme tu veux, hein. Moi, je ne me vexerai pas. Les hommes ont envie de coucher avec plein de filles différentes, non ?

– Non, non, avec toi ça ira très bien, dis-je, ne sachant que répondre d'autre.

Trois nuits ! Hiraku Makimura avait sans doute l'intention de me vider de mon sperme jusqu'à la dernière goutte.

– Merci. Tu ne le regretteras pas, tu verras. La prochaine fois, je te ferai un truc encore mieux. Tu peux en être sûr. *You can rely on me*. Après-demain, ça t'irait ? Moi, je suis libre. Je m'appliquerai, tu verras.

– D'accord, dis-je. Puis je lui donnai dix dollars pour payer son taxi.

– Merci. Bon, à après-demain alors. Bye bye !

Puis elle ouvrit la porte et disparut.

@ @ @ @

En attendant l'arrivée de Yuki, je rinçai les verres et nettoyai la pièce, vidai le cendrier, refis le lit, jetai le ruban rose à la poubelle. Normalement ça aurait dû suffire, mais dès que Yuki entra dans la pièce elle fronça le sourcil. Elle avait vraiment de l'intuition, cette gamine. Elle subodorait quelque chose. Moi, je préparais le petit déjeuner en sifflotant comme si de rien n'était. Je fis le café, fis griller les toasts, pelai les fruits, portai le tout sur la table. Yuki but du lait froid en jetant des regards soupçonneux autour d'elle, et sans répondre quand je lui adressais la parole. Mauvais, mauvais, me disais-je. Une atmosphère trop sérieuse pesait sur la pièce.

Après ce petit déjeuner tendu, Yuki posa les deux mains sur la table, et me regarda dans les yeux d'un air grave.

– Une femme est venue ici hier soir, non ?

– Tu sens bien les choses, toi ! fis-je d'un ton léger comme si de rien n'était.

– Qui est-ce ? Tu es ressorti pour draguer après m'avoir ramenée ici ?

– Absolument pas ! Je ne suis pas du genre entreprenant. C'est elle qui est venue sans que je le lui demande.

– Ne mens pas ! C'est impossible, ça.

– Mais je ne mens pas. Je ne te mens jamais d'ailleurs. Je t'assure, c'est elle qui est venue me trouver.

Puis je lui expliquai tout. Comment son père avait payé une prostituée pour moi. Comment elle était arrivée sans crier gare, à ma grande surprise. Que son père voulait sans doute que je sois comblé sexuellement pour éviter tout risque à sa fille.

– Ah non, c'est pas vrai ! fit Yuki en soupirant, les yeux fermés. Pourquoi faut-il toujours qu'il ait ce genre d'idées stupides ? Pourquoi est-il toujours à côté de la plaque ? Il ne comprend rien de ce qui est important, il ne ressent rien, mais il faut qu'il s'occupe de choses qui ne le regardent pas ! Maman est comme elle est, mais lui aussi il est vraiment bizarre, à sa façon. Toujours à côté de la plaque, et il détruit tout sans arrêt.

– Tu as raison, il est vraiment à côté de la plaque.

– Mais toi, pourquoi l'as-tu laissée entrer ? Tu l'as laissée entrer, cette fille, non ?

– Oui, je ne comprenais pas bien la situation, il fallait que je m'explique avec elle.

– Mais tu n'as rien fait avec elle, si ?

– Ce n'est pas si simple.

– Ah non, c'est pas vrai ! s'exclama-t-elle.

Puis elle se tut, cherchant une façon appropriée de s'exprimer. Ses joues rosirent.

– Si. Écoute, ce serait un peu long de tout t'expliquer en détail, mais ça m'était difficile de refuser.

Elle ferma les yeux, se prit la tête à deux mains.

– Je ne peux pas le croire, fit-elle d'une petite voix sèche. Je ne peux pas croire que tu aies fait ça.

– Je voulais refuser, évidemment, répondis-je sincèrement, mais je ne sais pas pourquoi, au bout d'un moment, je me suis dit que ça n'était pas grave, ça me paraissait trop compliqué de réfléchir. Ce n'est pas pour me trouver des excuses, mais tes parents ont un certain pouvoir. Chacun à leur manière, ils influencent les gens. Ils ont un style particulier. Même si on ne les admire pas particulièrement, il est difficile de les ignorer. Bref, je me suis dit qu'après tout si ça pouvait rassurer ton père, pourquoi pas. Et puis elle était gentille, cette fille.

– Mais c'est horrible, dit-elle de la même voix sèche. Mon père a payé une fille pour coucher avec toi, et toi, tu trouves ça normal ? Ça ne va pas, ça, c'est... c'est honteux, vraiment, tu ne trouves pas ?

– Tu as raison.

– C'est vraiment, vraiment honteux, répéta-t-elle.

– Oui.

Après le déjeuner nous prîmes nos planches de surf et allâmes à la plage, et nous entraînâmes à prendre les vagues à nouveau devant le Sheraton. Mais pendant tout ce temps elle n'ouvrit pas la bouche. Elle hochait ou secouait la tête pour me répondre si nécessaire, et c'était tout.

Quand je lui proposai de retourner vers le rivage et d'aller déjeuner, elle hocha la tête. Quand je lui proposai de rentrer et de faire la cuisine à l'hôtel, elle secoua la tête. La hocha à nouveau quand je dis : « Eh bien, allons manger un morceau quelque part. » Assis sur la pelouse de Fort Delassy, nous mangeâmes des hot-dogs, en buvant moi une bière et elle un Coca, toujours sans mot dire. Cela faisait trois heures qu'elle n'avait pas dit un mot.

– La prochaine fois je refuserai, dis-je.

Elle enleva ses lunettes et me regarda comme si elle regardait le ciel ouvert en deux. Elle me fixa comme ça pendant trente secondes, puis elle passa sa main joliment hâlée sur sa frange.

– La prochaine fois ? De quoi tu parles ? fit-elle, sidérée.

Je lui expliquai que j'avais encore droit à deux nuits payées par son père, et que j'avais pris rendez-vous pour le surlendemain. Elle tapa plusieurs fois du poing sur la pelouse.

–Je n'ai pas l'intention de le défendre, mais ton père se fait du souci pour toi à sa façon. Après tout je suis un homme, et toi une femme, tu comprends ?

–Non, mais c'est vraiment, vraiment nul, cette histoire ! dit-elle comme si elle allait fondre en larmes.

Puis elle retourna à sa chambre et n'en sortit pas jusqu'au soir.

Je fis une petite sieste, pris un bain de soleil sur la véranda en feuilletant le *Play-boy* que j'avais acheté au supermarché voisin. Vers quatre heures des nuages apparurent, puis couvrirent le ciel, et vers cinq heures un grain s'abattit sur nous. La pluie était si violente qu'il me semblait que si elle durait seulement une heure, l'île tout entière allait être entraînée par les eaux jusqu'au pôle Sud. Jamais de ma vie je n'avais vu une pluie si violente. On n'y voyait plus à cinq mètres. Les branches de cocotiers s'agitaient comme atteintes de folie, la route d'asphalte s'était transformée en fleuve en un clin d'œil. Plusieurs surfers passèrent sous mes fenêtres en courant, la tête couverte de leur planche en guise de parapluie. Le tonnerre grondait. On voyait des éclairs courir au-dessus de la mer vers la tour d'Aloha. Aussitôt après, un bruit violent faisait trembler l'atmosphère comme si on avait passé le mur du son. Je fermai la fenêtre, fis du café dans la cuisine. Puis je réfléchis à ce que je préparerais pour le dîner.

Au deuxième coup de tonnerre, Yuki entra doucement dans la pièce, et me regarda, appuyée au mur dans un coin de la cuisine. Ma tasse de café à la main, je l'emmenai avec moi dans le salon et m'assis près d'elle. Elle n'avait pas très bonne mine. Elle devait avoir peur du tonnerre. Pourquoi toutes les filles ont-elles peur du tonnerre et des araignées ? Le tonnerre n'est qu'un phénomène de décharge électrique dans le ciel, un peu bruyant il est vrai. Et les araignées, mis à part certaines espèces bien particulières, ne sont que de petits insectes inoffensifs. Un nouvel éclair blanc zébra le ciel, et elle s'accrocha à mon bras droit de ses deux mains.

Pendant une dizaine de minutes, nous restâmes dans cette position, observant l'orage et le tonnerre. Elle s'agrippait à mon bras droit, et moi je buvais mon café. Le tonnerre finit par s'arrêter, la pluie aussi. Les nuages se dissipèrent et le soleil réapparut vers le crépuscule. Il ne restait plus de cet orage que des flaques d'eau grandes comme des étangs un peu partout, et les gouttes brillant sur les feuilles des cocotiers. Les mêmes vagues blanches se succédaient sur l'océan, comme si rien ne s'était passé, et les touristes qui s'étaient abrités pendant l'orage commencèrent à réapparaître petit à petit sur la plage.

– J'ai eu tort de faire ça, dis-je. J'aurais dû refuser et la renvoyer. Mais j'étais fatigué, mon cerveau ne fonctionnait pas très bien. Je suis un homme très imparfait, tu sais. Et il m'arrive de me tromper. Mais j'apprends. Je décide de ne plus faire deux fois la même erreur. Pourtant il m'arrive quand même de la refaire. Pourquoi ? C'est très simple : parce que je suis stupide et imparfait. Dans ces cas-là, je me déteste, bien sûr. Et je me jure de ne pas faire trois fois la même erreur. Je progresse peu à peu. Mais, lent ou pas, le progrès, c'est le progrès.

Yuki ne manifesta aucune réaction pendant un long moment. Elle avait lâché mon bras, et regardait par la fenêtre sans rien dire. Je n'aurais pas même pu dire si elle avait entendu ce que je disais ou pas. Le soleil était couché, et les réverbères alignés le long de la plage allumaient peu à peu leurs lueurs blanches. L'air de ce crépuscule après la pluie était neuf, la lumière incomparablement lumineuse, l'antenne de transmission de la radio s'élevait haut dans le ciel bleu foncé et la lumière rouge au sommet clignotait régulièrement comme un cœur qui bat. J'allais à la cuisine, pris une bière dans le réfrigérateur et me mis à boire. Je grignotais quelques crackers en même temps tout en me demandant si réellement j'avais fait le moindre progrès. Je n'avais pas trop confiance en moi, et même pas du tout, à bien y réfléchir. Il me semblait que j'avais bien fait au moins seize fois la même erreur sans pouvoir m'arrêter. Mais ce que je lui avais dit n'était pas un mensonge : c'était la position que j'avais fondamentalement adoptée. Ce n'était pas un mensonge, et je n'avais pas d'autre façon de lui expliquer les choses.

Quand je retournai au salon, je trouvai Yuki toujours dans la même position, regardant toujours par la fenêtre. Assise sur le canapé, jambes croisées et mains autour des genoux, elle tendait le menton d'un air buté. Je me rappelai subitement ma vie de couple. Oui, quand j'étais marié, ce genre de scènes s'étaient produites je ne sais combien de fois. Je faisais du mal à ma femme, et après je m'excusais. Elle aussi, elle était capable de ne pas me parler pendant des heures et des heures. Je me demandais souvent pourquoi elle était si facilement blessée. Ce n'était pas des choses très importantes, me semblait-il, mais dans ces cas-là je m'excusais longuement et patiemment, et il me semblait que nos rapports progressaient grâce à ce genre de faits accumulés. Mais en fait, comme la suite l'avait prouvé, sans doute qu'on ne progressait pas vraiment.

Elle, elle ne m'avait fait du mal qu'une seule fois. C'était quand elle était partie avec un autre. La vie de couple, quelle chose étrange, me dis-je. Une tornade, comme aurait dit Dick Nose.

Je m'assis auprès de Yuki, et au bout d'un moment elle me tendit la main. Je la pris.

– Mais ne crois pas que je te pardonne, dit-elle. C'est une réconciliation, c'est tout. Ce que tu as fait, c'était vraiment mal, et ça m'a blessée, tu comprends ?

– Je comprends, dis-je.

Ensuite nous dînâmes. J'avais préparé un riz pilaf avec des crevettes et des haricots verts, et une salade avec des tomates, des olives et des œufs durs. Je bus du vin, et elle aussi, un peu.

– Quand je te regarde, de temps en temps tu me fais penser à ma femme, lui dis-je.

– Celle qui t'a plaqué pour un autre ? demanda-t-elle.

– Oui.

30

Hawaii. Ensuite se succédèrent quelques journées paisibles. Peut-être pas paradisiaques, mais enfin paisibles. Je déclinai poliment la visite de June. Je lui dis que j'avais attrapé un rhume, j'avais de la fièvre, je toussais (bruit de toux), je n'étais pas en état pour ce genre de choses. Je lui donnai dix dollars pour son taxi, et elle me dit de l'appeler quand j'irais mieux, et sortit un crayon noir avec lequel elle nota son numéro de téléphone sur la porte.

– Bye ! fit-elle, puis elle s'en alla en ondulant des hanches.

J'emmenai plusieurs fois Yuki chez sa mère. Pendant qu'elles bavardaient toutes les deux, je me promenais avec le poète manchot sur la plage, ou nageais avec lui dans la piscine. Il était plutôt bon nageur. Je ne sais pas de quoi elles parlaient. Yuki ne me le disait pas, et moi, je ne posais pas de questions. Je me contentais de louer une voiture pour l'amener chez sa mère, de discuter ou de nager avec Dick Nose, de boire de la bière en regardant les surfers ou d'aller vider ma vessie, puis de la ramener à l'hôtel, c'était tout.

Une fois, Dick Nose me lut un poème de Robert Frost, auquel bien sûr je ne compris rien, mais il me sembla qu'il lisait très bien. Le rythme était beau, l'émotion passait. Une autre fois, je regardai des photos d'Ame tout juste développées, encore humides. C'étaient des portraits de gens d'Hawaii. Ces gens ordinaires, photographiés par elle, rayonnaient de vie, on aurait cru voir en condensé le noyau de leurs vies. Les photos transmettaient directement toute la gentillesse des gens qui vivent dans les îles méridionales, leur vulgarité, leur brutalité, leur joie de vivre. C'étaient des images fortes, et en même temps paisibles. Le talent, me dis-je. « Ce n'est pas comme vous ou moi », avait dit Dick Nose. Il avait raison, il suffisait de regarder pour comprendre.

Dick Nose s'occupait d'Ame de la même façon que moi de Yuki. Lui de façon beaucoup plus authentique. Il faisait le ménage, la lessive, la cuisine, les courses, lui lisait des poèmes, faisait des blagues, éteignait les cigarettes dans les cendriers, lui demandait si elle s'était brossé les dents, l'approvisionnait en Tampax (je l'accompagnai un jour faire les courses), classait ses photos, tapait des inventaires de ses œuvres. Tout cela avec un seul bras. Une fois qu'il s'était acquitté de toutes ses tâches, je pense qu'il ne devait pas lui rester beaucoup de temps à consacrer à ses propres créations. Le pauvre, me disais-je. Mais à la réflexion je n'étais pas en position de compatir à son sort. Moi, en échange de m'occuper de Yuki, son père m'avait payé mon billet d'avion et même une prostituée. Ça se valait.

@ @ @ @

Les jours où nous n'allions pas chez sa mère, nous nous entraînions au surf, nagions, faisions des courses, louions une voiture pour nous balader sur l'île, ou restions simplement allongés sur la plage à ne rien faire. Le soir, nous nous promenions, allions au cinéma, allions boire de la pinacolada dans les bars des hôtels de luxe. Je prenais le temps de faire la cuisine. Nous étions décontractés et bronzés jusqu'au bout des doigts. Yuki s'était acheté un bikini à motifs de fleurs tropicales à la boutique du Hilton, et là-dedans elle avait l'air d'une vraie petite Hawaïenne. Elle était devenue très bonne en surf et arrivait à tenir sur de petites vagues que je n'aurais jamais pu prendre. Elle avait acheté plusieurs cassettes des Stones et les passait plusieurs fois par jour. Quand je m'absentais pour aller acheter à boire, et la laissais seule un moment sur la plage, elle se faisait aborder par des hommes. Mais comme elle ne parlait pas anglais, elle les ignorait à cent pour cent. Quand ils me voyaient revenir, ils s'en allaient en disant : « Excusez-moi », ou parfois des choses bien pires. Elle était bronzée, belle, en parfaite santé, relax, et elle s'amusait tous les jours comme une folle.

Un jour où nous étions allongés sur la plage, elle me demanda subitement :

– Dis, les hommes désirent les femmes tant que ça ?

– Oui. Plus ou moins fort selon les gens, mais fondamentalement les hommes éprouvent une forte envie physique pour les femmes. Tu as déjà entendu parler de sexe, en gros ?

– En gros, oui.

– Il y a ce qu'on appelle le désir sexuel, expliquai-je. On a envie de coucher avec une fille. C'est un instinct naturel, à cause de la préservation de l'espèce...

– Je ne t'ai rien demandé sur la préservation de l'espèce ! Ne me parle pas comme si tu faisais un cours d'hygiène. Parle-moi plutôt du désir, qu'est-ce que c'est ?

– Imagine que tu es un oiseau. Tu aimes voler dans le ciel, c'est ce que tu connais de plus agréable. Mais à cause de circonstances diverses, tu ne peux voler que de temps en temps. En fonction du temps qu'il fait, de la direction du vent, ou des saisons, tu peux t'envoler certaines fois, et d'autres non. Mais quand tu ne peux pas voler, ton énergie s'accumule en vain, tu es énervé. Il te semble qu'on te méprise injustement. Tu t'énerves, en te demandant pourquoi tu ne peux pas voler. Tu comprends ce genre de sentiments ?

– Oui, dit-elle. Je me sens toujours comme ça.

– Alors ça va être facile à expliquer. Le désir, tu vois, c'est pareil.

– C'est quand la dernière fois que tu as volé dans le ciel ? Je veux dire, avant ce... cette... avant la fille payée par papa.

– À la fin du mois dernier.

– C'était agréable ?

Je hochai la tête.

– C'est toujours agréable ?

– Non. Quand deux personnes imparfaites se réunissent pour faire quelque chose, il n'y a aucune raison que ça marche à tous les coups. Quelquefois c'est même désespérant. On vole dans le ciel, on se laisse distraire, et boum ! on rentre dans un arbre.

– Mouais, fit Yuki.

Puis elle réfléchit un instant. Peut-être était-elle en train d'imaginer la scène, un oiseau volant sans regarder devant lui et qui percutait un arbre. Je m'inquiétais un peu : avais-je vraiment bien fait de lui expliquer les choses comme ça ? N'avais-je pas dit exactement le contraire de ce qu'il aurait fallu à une adolescente vulnérable ? Bah, après tout, en grandissant elle découvrirait bien tout ça par elle-même.

– Mais au fur et à mesure qu'on avance en âge, les chances que ça se passe bien augmentent, dis-je, poursuivant mon exposé. On arrive à prévoir le temps qu'il va faire, la direction du vent, etc., mais d'habitude le désir baisse proportionnellement à l'âge. C'est comme ça que ça marche.

– C'est malheureux, dit-elle.

– Comme tu dis.

@ @ @ @

Hawaii. Depuis combien de jours étions-nous sur cette île ? La notion de jours s'était complètement effacée de mon cerveau. Aujourd'hui suivait hier, demain suivrait aujourd'hui. Le soleil se levait et se couchait, la lune se levait et se couchait, la marée montait et descendait. Je sortis mon agenda et calculait le nombre de jours écoulés. Cela faisait dix jours que nous étions là. Le mois d'avril tirait à sa fin. Le mois de congé que je m'étais octroyé était écoulé. Et que s'était-il passé ? J'avais décompressé, mon esprit s'était relâché. Ces journées de surf et de pinacolada n'étaient pas mauvaises en soi. Mais j'étais parti pour retrouver Kiki. C'est là que tout avait commencé. Suivant ce fil conducteur, j'avais vogué selon le courant. Pourtant, en un rien de temps, sans que je m'en aperçoive, j'en étais arrivé là. Des personnages étranges étaient apparus les uns après les autres, et grâce à eux j'étais maintenant en train de boire des boissons tropicales à l'ombre des palmiers. Mais il fallait redresser la barre. May était morte. Assassinée. La police était intervenue. Où en était cette affaire maintenant ? Le plumitif et le pêcheur avaient-ils découvert son identité ? Et Gotanda, qu'était-il devenu ? Je l'avais quitté extrêmement fatigué. De quoi diable voulait-il parler avec moi ? En tout cas j'avais tout laissé en plan, les choses à moitié résolues. Je devais rentrer au Japon.

Mais je n'arrivais pas à bouger. Il en allait de même pour Yuki. Ces journées de vacances nous avaient libérés de nos tensions, ce dont elle et moi avions grand besoin. Je ne pensais à rien toute la journée qu'à me faire bronzer, nager, boire de la bière, me balader dans l'île en voiture en écoutant les Stones ou Bruce Springsteen. Nous nous promenions sur la plage au clair de lune, allions boire dans les bars des hôtels de luxe.

Bien entendu, je savais que cette vie ne pouvait durer éternellement. Mais simplement je n'arrivais pas à m'en arracher. J'étais parfaitement décontracté, et Yuki aussi. En la regardant, je n'arrivais pas à prononcer le mot fatidique de départ, et cela me servait d'excuse envers moi-même.

Deux semaines s'étaient écoulées.

@ @ @ @

Je me baladais en voiture avec Yuki au crépuscule. Il y avait des embouteillages, mais nous n'étions pas particulièrement pressés, et je conduisais calmement, en contemplant le paysage le long du chemin. Des cinémas pornos, des sex-shops, des magasins de vêtements vietnamiens, des restaurants chinois, des boutiques de disques ou de livres d'occasion se succédaient le long des rues. Devant une boutique, deux marchands chinois avaient sorti des chaises et jouaient au go sur une table. C'était Honolulu *downtown*, fidèle à elle-même. De temps en temps, au coin d'une rue, on voyait un type debout, l'œil vague, complètement désœuvré. C'était une ville intéressante. Avec de bons restaurants pas chers. Mais les filles ne pouvaient pas s'y balader toutes seules.

Quand, quittant le centre-ville, on se dirigeait vers le port, les bureaux et entrepôts d'import-export se faisaient plus nombreux, et les rues beaucoup moins animées et accueillantes. Des gens pressés de rentrer chez eux à la sortie des bureaux attendaient leurs bus, ça et là brillaient les néons d'enseignes de café aux lettres manquantes.

– J'aimerais bien revoir *ET*, dit Yuki.

– D'accord, on ira le voir après dîner, répondis-je.

– Quel dommage que tu ne sois pas comme *ET*, dit-elle en me caressant le nez avec le bout de son index.

– Arrête, tu ne me guériras pas même en faisant ça, dis-je.

Elle pouffa de rire.

Et c'est à ce moment-là que ça arriva.

À ce moment-là, quelque chose me frappa. Oui, comme un coup violent à l'intérieur du crâne. Crac ! Mais à cet instant-là je ne compris pas ce qui venait d'arriver.

Mû par une sorte de réflexe, j'appuyai sur la pédale de frein. Le conducteur de la voiture qui me suivait klaxonna violemment plusieurs fois, et m'abreuva d'injures en me dépassant. Je venais de voir quelque chose. Là, maintenant, quelque chose de très important.

– Hé, dis donc, qu'est-ce qui t'arrive, c'est dangereux ! fit Yuki.

Du moins me sembla-t-il, car je n'entendais pas vraiment ce qui se passait autour de moi.

Kiki ! Je venais de voir Kiki à l'instant, ici, à Honolulu *downtown*. Je n'avais pas la moindre idée de ce qu'elle faisait là, mais je venais de la croiser, j'en aurais juré. Elle était passée à pied à côté de ma voiture, à portée de ma main.

– Écoute, ferme toutes les fenêtres et les portes à clé. Surtout ne sors pas, et n'ouvre pas la portière même si quelqu'un te parle. Je reviens tout de suite ! dis-je en sautant de la voiture.

– Eh, attends, tu ne vas pas me laisser toute seule dans un endroit pareil !

Mais je courais déjà sur la chaussée sans m'occuper d'elle. Je bousculai quelques passants, mais je n'avais pas le temps de me soucier de ce genre de détails. Il fallait que je retrouve Kiki ! Je ne savais même pas pourquoi. Mais il fallait que je la rattrape, que je lui parle. Je m'élançai le long des rues, suivant le flot de la foule. Pendant que je courais, les détails de ses vêtements me revinrent en mémoire. Une robe bleue, un sac en bandoulière blanc. Loin devant moi j'entrevis une robe bleue et un sac blanc. Le sac se balançait au rythme de ses pas, tache blanche dans le crépuscule. Elle se dirigeait vers les rues animées du centre-ville. Je débouchai sur une grande avenue, le nombre de passants augmenta soudain, entravant ma course. Une femme énorme, qui devait faire trois fois le poids de Yuki, me bloquait le chemin. Cependant la distance qui me séparait de Kiki restait égale. Elle continuait à marcher à une allure normale et régulière, sans se retourner, sans regarder sur les côtés, sans faire mine de vouloir monter dans un bus, elle marchait simplement droit devant elle. Il me semblait que j'allais pouvoir la rattraper d'une minute à l'autre, pourtant, étrangement, la distance entre elle et moi se réduisait à peine. Les feux rouges ne l'arrêtèrent pas une seule fois. On aurait dit que son rythme de marche était prévu pour la faire arriver aux feux au moment où ils passaient au rouge pour les piétons. De mon côté, j'étais obligé de courir pour ne pas la perdre de vue et dus une fois traverser au vert au risque de me faire écraser par une voiture.

Quand je fus parvenu à une vingtaine de mètres d'elle, elle tourna subitement au coin gauche d'une rue. Je tournai au même endroit pour continuer à la suivre, et débouchai dans une étroite ruelle déserte. Des deux côtés s'élevaient de vieux immeubles de bureaux plutôt sordides, et des fourgonnettes sales et des camions de livraison encombraient le bord de la chaussée. Je ne voyais plus Kiki. Essoufflé, je m'arrêtai pour la chercher des yeux. Hé, Kiki, où es-tu, tu as disparu en fumée ? Elle n'avait pas disparu en fumée : l'ombre d'un gros camion de livraison me l'avait cachée un instant. Elle continuait à marcher sur le trottoir à la même allure que précédemment. La nuit était tombée, mais je distinguais clairement le sac à bandoulière blanc, balancé régulièrement sur ses hanches, comme un pendule rythmant sa marche.

– Kiki ! hurlai-je.

Apparemment, elle m'avait entendu, car elle se retourna légèrement dans ma direction. C'est Kiki, c'est elle ! m'exclamai-je intérieurement. Évidemment, j'étais relativement loin d'elle, c'était le soir, la rue était sombre et sans éclairage. Mais j'aurais juré que c'était elle, j'en aurais donné ma main à couper. Tout comme elle savait que c'était moi. Je la vis même sourire en se retournant dans ma direction.

Mais elle ne s'arrêta pas. Elle se retourna l'espace d'un bref instant, sans même ralentir l'allure. Elle continua à avancer et pénétra dans l'un des immeubles de bureaux qui bordaient la rue. J'y entrai à mon tour, environ vingt secondes après elle. Trop tard ! La porte de l'ascenseur au fond du hall d'entrée venait de se refermer, et l'aiguille à l'ancienne mode indiquant les étages avait commencé à tourner. Je repris mon souffle, regardant à quel étage s'arrêtait l'aiguille. Elle progressa avec une énervante lenteur, vacilla un instant sur le chiffre 8, puis s'immobilisa. J'appuyai à mon tour sur le bouton d'appel, puis, me ravisant, empruntai l'escalier situé juste à côté. À mi-chemin je croisai un vieux Polynésien aux cheveux blancs, un seau à la main, apparemment le gardien de l'immeuble. Je manquai le renverser.

– Hé, vous, où allez-vous ?! me lança-t-il.

Mais je continuai à grimper l'escalier quatre à quatre, me contentant de répondre :

– Plus tard, plus tard !

Le vieil immeuble paraissait désert. Seules mes semelles résonnaient dans le grand couloir désagréablement silencieux, où l'on ne sentait pas la moindre présence humaine. Je déboulai dans le couloir du huitième étage, et commençai par jeter un coup d'œil sur la droite et sur la gauche. Rien, personne. Je longeai le couloir, et vis seulement un alignement de portes banales, toutes semblables, visiblement des portes de bureaux, portant des numéros et des pancartes annonçant le nom et la raison sociale des occupants. Je m'arrêtai devant chacune, mais aucun nom ne me disait rien. Toutes les pancartes – société d'import-export, cabinet juridique, salle de consultation de dentiste... – étaient vétustes, et sales. Même les noms inscrits dessus paraissaient vétustes et poussiéreux. Aucun de ces bureaux ne pouvait connaître la faveur d'une clientèle, c'était inimaginable. Des bureaux quelconques, le long d'un couloir quelconque, dans un immeuble quelconque d'une rue tout à fait quelconque. Je relus une fois de plus lentement tous les noms, mais n'en vis aucun qui puisse avoir un rapport avec Kiki. Déconcerté, je restai planté là, tendant l'oreille. Pas un son. C'était aussi silencieux qu'un champ de ruines.

Puis j'entendis le bruit. Un claquement de hauts talons sur un sol dur, résonnant avec une ampleur étrange sous la haute voûte de ce couloir désert. Ce bruit de pas dont la résonance sèche et pesante rappelait un tambour ébranla un instant ma conscience du temps. Soudain, il me sembla que j'errais, comme dans un labyrinthe, à l'intérieur du corps fossilisé d'un énorme organisme préhistorique. Je ne sais par quel mystère, un trou s'était creusé dans le temps et j'étais tombé au fond du gouffre.

Ce claquement de chaussures résonnait si fort, emplissant tout l'espace, que j'eus du mal à localiser sa direction. Enfin, je me rendis compte qu'il venait du bout du couloir de droite. Étouffant le chuintement de mes semelles de tennis, je me dirigeai rapidement vers la dernière porte au fond du couloir. Le bruit de pas semblait venir d'assez loin, mais en tout cas de derrière cette porte nue, sans aucune indication. Curieux, me dis-je, tout à l'heure quand j'ai inspecté les portes, il y avait bien un écriteau sur celle-ci aussi. Je ne me rappelais plus de quel bureau il s'agissait mais j'étais sûr, sans erreur possible, qu'il y avait une pancarte. S'il y avait eu une porte sans nom, je l'aurais remarqué.

Je me demandai soudain si je n'étais pas en train de rêver. Mais non, impossible. Les événements se déroulaient dans une indéniable réalité. Un par un, se succédant en ordre. J'étais dans le centre animé d'Honolulu, et m'étais retrouvé ici en suivant Kiki. Ce n'étais pas un rêve, c'était bien la réalité. Il y avait quelque chose qui ne tournait pas rond dans tout ça, mais pourtant c'était la réalité.

Je frappai à la porte.

Le bruit de talons hauts s'arrêta aussitôt. Un silence total recouvrit à nouveau les environs, comme si le dernier claquement de talon avait été aspiré par l'atmosphère du lieu.

J'attendis devant la porte une trentaine de secondes, mais il ne se passa rien. Le bruit avait cessé, c'était tout. Je tournai résolument la poignée. La porte n'était pas fermée à clé. La poignée pivota doucement et la porte s'ouvrit vers l'intérieur avec un petit grincement. Il faisait sombre à l'intérieur de la pièce, le sol dégageait un léger parfum de lessive. La salle, faiblement éclairée par les dernières lueurs bleuâtres du crépuscule, paraissait entièrement nue : pas de meubles, ni d'éclairage. De vieux journaux jaunis par le temps jonchaient le sol. Il n'y avait pas âme qui vive.

J'entendis à nouveau claquer les hauts talons. Quatre fois, exactement, puis le silence retomba.

Le son venait d'un peu plus haut sur ma droite. Je m'avançai jusqu'au fond de la pièce, et découvris une autre porte près de la fenêtre. Elle n'était pas non plus fermée à clé, et en poussant la poignée je découvris un escalier derrière. Je saisis la rampe de métal glacé et entrepris de monter une à une les marches de l'escalier plongé dans la pénombre. Il était très raide, ce devait être une échelle de secours qui ne servait pratiquement jamais. Pourtant j'étais sûr que le bruit de pas provenait de là-haut. Mais une fois en haut, je trouvai une nouvelle porte. Mes doigts tâtonnèrent à la recherche d'un interrupteur, mais ne trouvèrent que la poignée. J'ouvris cette nouvelle porte.

La pièce était sombre, pas totalement cependant car je discernai vaguement un espace assez vaste, un appentis ou un grenier aménagé en entrepôt. Il n'y avait pas une seule fenêtre, ou bien elles étaient closes. Très haut, au milieu du plafond, je distinguai quelques lucarnes laissant filtrer un peu de lumière. La lune n'était pas encore levée, et seule une vague lueur provenant des réverbères de la ville se réfléchissait jusqu'aux lucarnes, pour éclairer la pièce sans grande efficacité.

Passant la tête à l'intérieur de cette inquiétante obscurité, je hurlai : « Kiki ! » puis j'attendis, en vain, une réponse.

Il faisait trop sombre pour que je me hasarde à entrer. Ne sachant que faire, je décidai d'attendre un moment : peut-être mes yeux s'habitueraient-ils à la pénombre, peut-être quelque chose de nouveau se produirait-il.

J'ignore combien de temps je restai ainsi, immobile, l'oreille aux aguets, ouvrant grands les yeux dans l'obscurité. Bientôt la lumière qui filtrait dans la pièce sembla augmenter de clarté. La lune s'était-elle levée ? Les réverbères étaient-ils plus lumineux ? J'ôtai ma main de la poignée, et avançai lentement vers le milieu de la pièce, attentif aux endroits où je posais les pieds. Le crissement de mes semelles sur le plancher résonnait de façon étrange et irréelle, amplifié comme le bruit de pas entendu plus tôt.

« Kiki ! » hurlai-je à nouveau. Pas de réponse.

Ainsi que je l'avais senti intuitivement en ouvrant la porte, c'était une pièce immense et vide, à l'atmosphère stagnante. Planté au milieu, je regardai autour de moi et distinguai quelques vagues meubles, entassés dans les coins. Je n'y voyais pas très clair mais devinai dans cette masse grise un canapé, des chaises, une table, une commode. Sous l'étrange éclairage, ces meubles n'avaient pas l'air de vrais meubles. Tout ici manquait de réalité. La pièce était trop vaste, et les meubles pas assez nombreux en comparaison. Un espace de vie irréellement élargi à partir du centre.

Je focalisai mon regard, cherchant à distinguer le sac blanc de Kiki dans la pénombre. Sa robe bleue devait de toute façon se confondre avec l'obscurité de la pièce, mais si elle était assise dans un de ces fauteuils ou sur le canapé, j'aurais remarqué son sac.

Il me sembla voir des espèces de housses blanches froissées sur les chaises et sur le canapé. Mais en m'approchant, je m'aperçus que ce n'était pas du tissu, mais des os : deux squelettes humains étaient assis côte à côte sur le canapé. Des squelettes complets, auxquels pas une articulation ne manquait. L'un de grande taille, l'autre petit, assis dans la même position que s'ils étaient encore vivants. L'un avait le bras appuyé au dossier du canapé, et le plus petit les deux mains posées sur les genoux, comme s'ils étaient morts sans même s'en rendre compte, avaient perdu leur enveloppe charnelle, ne gardant que leur ossature, sans même s'en apercevoir. Ces deux squelettes, d'une blancheur surprenante, semblaient sourire.

Je ne sais pourquoi, je ne ressentais aucune peur. Toute vie semblait arrêtée ici, immobilisée dans son élan. Comme l'avait dit l'inspecteur, un squelette, c'était propre et calme. Vraiment mort. Cela n'avait rien d'effrayant.

Je fis le tour de la pièce : sur chaque chaise reposait un squelette. Six en tout. À part l'un d'eux, c'était tous des squelettes humains complets, ayant apparemment rendu l'âme il y a très longtemps, dans une posture très naturelle, comme sans s'en apercevoir. L'un d'eux fixait un écran de télévision, éteint bien entendu. Mais lui – je supposais d'après la taille qu'il s'agissait d'un homme – continuait à fixer cet écran brun, son regard vide cloué à une image vide. Un autre était mort attablé, devant des plats dont le contenu s'était transformé en poussière blanche. Celui-ci était le seul squelette incomplet : il lui manquait tout le bras gauche, à partir de l'articulation de l'épaule.

Je fermai les yeux.

Kiki, que signifie tout cela ? Qu'est-ce que tu veux me montrer ?

J'entendis à nouveau les hauts talons claquer. Cette fois cela venait d'ailleurs, mais je ne savais pas de quelle direction. J'avais l'impression que ce bruit ne venait de nulle part. Cette pièce semblait pourtant être la dernière de la série. D'ici on ne pouvait plus aller nulle part. Les bruits de pas continuèrent un moment, puis s'éteignirent, suivis par un silence oppressant. J'essuyai la sueur qui poissait mes paumes. Kiki avait à nouveau disparu.

J'ouvris la porte par laquelle j'étais entré, mais avant de quitter la pièce, je me retournai pour jeter un dernier regard aux six squelettes dont la blancheur ressortait vaguement dans la pénombre bleutée. Ils avaient l'air de n'attendre que mon départ pour se lever et se mettre à marcher. Le poste de télévision allait peut-être se rallumer dès que j'aurais le dos tourné, des mets fumants réapparaître dans les assiettes. Je refermai doucement la porte pour ne pas les déranger plus longtemps, et redescendis l'escalier, regagnant le grand bureau vide dont j'étais parti. Les vieux journaux étaient toujours étalés par terre, à la même place.

Je m'approchai de la fenêtre et jetai un coup d'œil en contrebas, dans la rue. Les réverbères diffusaient une lumière blanchâtre, fourgonnettes et camions étaient toujours garés à la même place. Pas âme qui vive dans la rue, et la nuit était complètement tombée.

C'est alors que je découvris, sur le rebord poussiéreux de la fenêtre, un bout de papier de la taille d'une carte de visite, portant sept chiffres écrits au stylo, composant selon toute apparence un numéro de téléphone. Le papier pas encore jauni, l'encre pas encore pâlie semblaient indiquer qu'il avait été déposé récemment. Je ne me rappelais pas avoir déjà vu ce numéro ailleurs. Je retournai le papier, mais il ne portait rien au verso.

Je le mis dans ma poche et sortis dans le couloir.

Puis je restai un moment immobile, tendant à nouveau l'oreille.

Plus un son.

Tout semblait mort. Silence total, comme au bout d'une ligne de téléphone coupée. Je redescendis l'escalier. Dans le hall d'entrée, je cherchai le gardien aperçu tout à l'heure, pour lui demander quelle société occupait les locaux que j'avais visités, mais je ne le trouvai nulle part. J'attendis un peu, puis, repensant enfin à Yuki, je commençai à m'inquiéter pour elle. Depuis combien de temps l'avais-je laissée seule ? J'étais incapable de dire depuis quand j'étais là. Vingt minutes, une heure ? La nuit noire avait remplacé le crépuscule, et je l'avais laissée dans un quartier plutôt mal famé. Vite, je devais partir d'ici, de toute façon je n'avais plus rien à y faire.

Je retins le nom de la rue, et me hâtai de retourner à la voiture. Yuki, l'air boudeur, allongée sur le siège avant, écoutait de la musique. Quand je frappai à la vitre, elle leva la tête et m'ouvris la portière.

– Désolé, dis-je.

– Plein de types sont venus me crier des choses, taper sur les vitres, essayer de bouger la voiture, dit-elle d'une voix inexpressive avant d'éteindre la radio. J'ai eu très peur.

– Désolé.

Puis elle me regarda. Son regard me parut un instant glacé, les prunelles sans le moindre éclat, puis son expression s'altéra légèrement, comme une chute de feuilles tourbillonnant sur la surface calme d'un étang. Ses lèvres bougèrent à peine, formant les mots qui n'étaient pas encore sortis de sa bouche :

– Où étais-tu ?

– Je ne sais pas, fis-je.

Ma voix sortait d'un lieu inconnu de moi, amplifiée comme le bruit de pas dans les ténèbres. Je sortis un mouchoir de ma poche, essuyai l'épais rideau de sueur glacée sur mon visage.

–Je ne comprends pas. Je ne sais pas ce que j'ai fait pendant tout ce temps.

Yuki plissa les yeux, puis tendit la main et toucha ma joue. Ses doigts doux et tièdes posés sur ma joue, elle renifla doucement. Son petit nez parut se gonfler un peu et durcir. Elle me regardait fixement, depuis un kilomètre de distance.

–Mais tu as vu quelque chose?

Je hochai la tête.

–Quelque chose que tu ne peux pas dire, que tu ne peux expliquer à personne, même si tu essayais? Moi je comprends, va, dit-elle en appuyant sa joue contre la mienne comme si elle voulait appuyer son corps tout entier contre moi.

Puis elle resta immobile dans cette position durant quinze ou vingt secondes.

« Mon pauvre! dit-elle.

–Pourquoi? fis-je en souriant. (Je n'avais pas vraiment envie de sourire mais je m'y sentais obligé.) Pourquoi est-ce qu'il m'arrive sans cesse des choses bizarres comme ça? Pourtant je suis quelqu'un de tout à fait ordinaire, de plutôt réaliste même.

–Eh oui, pourquoi? Ne me demande pas ça à moi. Moi je suis une enfant, et toi un adulte.

–C'est sûr, dis-je.

–Mais je comprends ce que tu ressens.

–Moi je ne comprends pas bien.

–Un sentiment d'impuissance. Tu es entraîné par quelque chose qui te dépasse, et tu as l'impression que tu ne peux rien faire contre ça.

–Peut-être.

–Dans ces cas-là, les adultes boivent de l'alcool.

–Argumentation exacte, dis-je.

Nous allâmes au bar du Harekurani. Le vrai bar, en salle, pas celui au bord de la piscine. Je bus un Martini, elle un soda-citron. Un pianiste quinquagénaire à la Rachmaninov, visage grave et cheveux rares, jouait quelques airs célèbres. Yuki et moi étions les seuls clients. Le pianiste joua successivement *Star Dust, But not for me, La Lune du Vermont*. Techniquement il n'y avait rien à redire, pourtant il jouait d'une façon assez ennuyeuse. En dernier lieu il joua un prélude de Chopin. Ce fut son meilleur morceau. Yuki applaudit et il sourit, sa bouche s'étira de deux millimètres environ, puis il disparut.

Je bus trois Martini. Ensuite je fermai les yeux, essayant de me rappeler le paysage de cette pièce étrange. Cela me faisait penser à un rêve éveillé. Le genre de paysage que le dormeur entrevoit dans ces rêves dont il se réveille trempé de sueur, en se disant avec un soupir de soulagement : « Ouf, ce n'était qu'un rêve ! » Mais dans ce cas précis, je savais qu'il ne s'agissait pas d'un rêve, et Yuki le savait aussi. Elle savait que j'avais vu « cela », ces six squelettes en désagrégation. Qu'est-ce que cela voulait dire ? Le squelette sans bras gauche, était-ce celui de Dick Nose ? Mais alors qui étaient les cinq autres ?

Qu'est-ce que Kiki pouvait bien chercher à me dire ?

Me rappelant le bout de papier trouvé sur le rebord de la fenêtre, je le sortis dans ma poche, me rendis à la cabine téléphonique et composai le numéro, mais personne ne répondit. La sonnerie continua indéfiniment, comme un fil à plomb plongé dans un néant sans fond. Je regagnai ma place et soupirai.

– Si je trouve une place, je prends l'avion demain pour rentrer, dis-je. Je suis resté un peu trop longtemps ici. C'était des vacances agréables, mais il me semble que je dois m'en aller maintenant. J'ai plein de choses à régler au Japon.

Yuki hocha la tête, comme si elle savait déjà tout cela avant que je lui dise.

– Très bien, ne t'inquiète pas pour moi. Si tu as envie de rentrer, c'est ton droit.

– Et toi ? Tu restes ici ? Ou tu rentres avec moi ?

Elle hocha légèrement les épaules.

– Je me ferai inviter quelques jours chez maman. Je n'ai pas envie de rentrer tout de suite au Japon. Si je lui demande l'hospitalité, je ne pense pas qu'elle refusera.

Je hochai la tête et bus ce qui restait de Martini dans mon verre.

–Je t'accompagnerai là-bas demain en voiture. Comme ça je verrai aussi ta mère avant de repartir.

Pour notre dernier dîner ensemble à Hawaii, je choisis un restaurant de fruits de mer du côté de la tour Aloha. Je bus du whisky et mangeai des huîtres frites. Ni elle ni moi ne parlions beaucoup. J'avais la tête plutôt vide. Il me semblait que j'allais m'endormir en mangeant mes huîtres, et me transformer en squelette.

Yuki me regardait de temps en temps. À la fin du repas, elle me dit :

–Tu ferais mieux de rentrer te coucher, tu sais, tu as vraiment une drôle de tête.

Je regagnai ma chambre, allumai la télé, bus du vin. La télé retransmettait un match de base-ball. Mais je ne le regardais pas vraiment, je voulais seulement mettre la télé, histoire d'avoir un signe que j'étais bien relié au monde réel.

Je bus du vin jusqu'à ce que je me sente ensommeillé. Puis je repensai au numéro de téléphone, et essayai d'appeler une nouvelle fois. Il n'y avait toujours personne. Je laissai sonner une quinzaine de fois avant de raccrocher. Je me rassis sur le canapé et regardai à nouveau l'écran gris de la télé. Tout à coup quelque chose me frappa. Les yeux fixés sur la télé, je continuai à penser à ce « quelque chose ».

Ça ressemblait à autre chose que j'avais déjà vu. C'était lié. Non, impossible ! Pourtant cela valait la peine de vérifier. Je repris le morceau de papier, m'approchai de la porte et comparai avec le numéro que June avait inscrit dessus.

C'étaient les mêmes.

Tout est lié, me dis-je. Tout est lié. Et je suis le seul à ne pas saisir où est le lien.

@ @ @ @

Le lendemain matin je me rendis à l'agence Japan Air Lines et réservai une place dans le vol de l'après-midi. Puis je réglai la note d'hôtel, et emmenai Yuki en voiture chez sa mère à Makaha, après avoir appelé Ame pour lui expliquer la situation. Elle ne manifesta aucune surprise, me dit qu'elle avait de la place pour Yuki, que je pouvais l'amener quand je voulais. Ce jour-là, chose rare, le temps était couvert depuis le matin. Un orage paraissait prêt à éclater à n'importe quel moment. Comme d'habitude je longeai la côte à 120 à l'heure par l'autoroute, en écoutant la radio, dans ma Mitsubishi de location.

– Tu as l'air d'un petit robot de game-boy, dit soudain Yuki.

– D'un quoi ?

– Il y a un robot en toi qui te dévore le cœur, crr crr crr...

– Je ne comprends pas très bien la comparaison, dis-je.

– Il y a quelque chose qui te ronge.

Je conduisis un moment en réfléchissant à ce qu'elle venait de dire.

– De temps en temps il m'arrive de sentir quelque chose comme l'ombre de la mort sur moi, dis-je. Elle étend les bras, il me semble qu'elle va agripper mes chevilles à tout moment. Mais je n'ai pas peur, car ce n'est jamais ma mort à moi. Elle attrape toujours les chevilles de quelqu'un d'autre. Mais chaque fois que quelqu'un meurt près de moi, j'ai l'impression que la vie se détourne un peu plus de moi. Je me demande pourquoi.

Yuki haussa les épaules sans répondre.

« Je ne sais pas pourquoi, mais j'ai l'impression que la mort est toujours à côté de moi. Et dès qu'elle a une chance elle se montre par un petit interstice.

– C'est peut-être ça, la clé que tu cherches, dit Yuki. Tu es relié au monde par la mort.

Je réfléchis un moment à cela.

– Tu me déprimes, dis-je.

Le chagrin sincère de Dick Nose à l'annonce de mon départ me toucha. Nous n'avions guère de points communs, lui et moi, mais partagions au moins une sorte de légèreté. J'avais même de l'estime pour son réalisme poétique. Nous nous serrâmes la main pour nous dire adieu, et à ce moment-là je repensai au squelette manchot. Était-ce le sien ou non ?

– As-tu déjà pensé à la façon dont tu mourras ? lui demandai-je.

Il réfléchit en souriant.

– J'y ai souvent pensé pendant la guerre. Là-bas, il y avait de nombreuses façons de mourir. Mais je n'y pense plus beaucoup maintenant. Je n'ai pas le temps de penser à des choses aussi compliquées. La paix, c'est bien plus triste que la guerre. Pourquoi me demandes-tu ça ?

– Juste une idée...

– J'y réfléchirai et te dirai ça la prochaine fois qu'on se verra, fit-il.

Puis Ame m'invita à faire une promenade avec elle. Nous marchâmes lentement côte à côte le long d'un parcours de santé.

– Merci pour tout, dit-elle. Je vous dois une fière chandelle. Je ne sais pas très bien comment dire ce genre de choses mais enfin, voilà. Il me semble que, grâce à votre présence, tout s'est bien passé. Les choses se passent mieux quand vous servez de médiateur. J'ai beaucoup parlé avec Yuki et il semble qu'elle et moi on se comprenne un peu mieux désormais. Elle a choisi de venir s'installer ici, j'en suis bien heureuse.

– Eh bien tant mieux, fis-je, faute de formule plus appropriée, mais sentant qu'il était dangereux de me taire.

Bien entendu Ame ne se rendit compte de rien et poursuivit.

– Mentalement elle est beaucoup plus calme depuis qu'elle vous connaît. Elle est beaucoup moins irascible. Je crois que votre compagnie lui fait beaucoup de bien. Je ne sais pas pourquoi, peut-être avez-vous des points communs tous les deux. Qu'en pensez-vous ?

Je répondis que je ne savais pas trop.

Elle me demanda ce qu'il convenait de faire pour l'école.

Je dis que si elle n'avait vraiment pas envie d'y aller, il me paraissait inutile de le lui imposer.

– Elle est difficile, et très vulnérable, je ne pense pas qu'on arrive à quoi que ce soit avec elle par l'autorité. Il vaudrait mieux lui payer un professeur particulier pour lui enseigner le minimum nécessaire. Le bourrage de crâne pour les examens, les activités obligatoires, la compétition absurde, la pression du groupe, les règles hypocrites, tout ça ne correspond guère à son caractère. Elle s'en sortira mieux toute seule. Il vaudrait mieux chercher à l'aider à développer son talent propre. À mon avis, elle a quelque chose en elle qui, correctement développé, peut l'emmener dans la bonne direction. Ou peut-être que d'ici quelque temps elle aura d'elle-même envie de retourner à l'école, et dans ce cas, vous pourrez la laisser faire. De toute façon, c'est à elle seule d'en décider, non ?

– Tout à fait, dit Ame après avoir réfléchi un instant en silence. Vous avez raison. Moi non plus je ne supporte pas la vie de groupe, et je ne suis jamais allée à l'école, je comprends très bien ce que vous voulez dire.

– Si vous comprenez, ce n'est plus la peine d'y réfléchir, je ne vois pas où est le problème.

Elle secoua plusieurs fois la tête.

– Il n'y a pas particulièrement de problème, mais simplement je n'ai pas tellement confiance en mes compétences de mère. Voilà pourquoi je ne peux pas me montrer aussi déterminée que vous quand vous dites : « Eh bien si elle n'a pas envie d'aller à l'école, pourquoi l'y obliger ? » Le manque de confiance en moi me pousse à des pensées lâches, du type : « Socialement, ce n'est pas bien vu de ne pas aller à l'école. »

Socialement ! pensai-je.

– Évidemment, je ne peux pas dire que mes conclusions soient les bonnes. Personne ne peut prédire l'avenir. Peut-être qu'en définitive ça ne marchera pas, mais il me semble que si vous restez attentive, si vous lui montrez que vous êtes liée à elle dans sa vie – en tant que mère ou en tant qu'amie –, si vous manifestez votre estime pour elle, pour le reste, avec son intuition, elle saura faire son chemin toute seule.

Les mains enfoncées dans les poches de sa chemise à pans, Ame marcha un moment en silence.

–Je me demande comment il se fait que vous la compreniez aussi bien, dit-elle.

« Parce que je m'efforce de la comprendre », avais-je envie de répondre, mais bien entendu je gardai cette réflexion pour moi.

Elle voulait faire quelque chose pour me remercier de m'être occupée de sa fille, ajouta-t-elle. Je lui répondis que Makimura m'ayant déjà abondamment remercié, elle n'avait pas à s'inquiéter, il me restait encore une partie de l'argent qu'il m'avait donné.

–Mais lui, c'est lui, et moi, c'est moi, dit-elle, et je tiens moi aussi à vous remercier. D'ailleurs si je ne le fais pas maintenant je vais complètement oublier.

–Ce n'est pas grave si vous oubliez, dis-je en riant.

Elle s'assit sur un banc au bout du chemin et sortit d'une poche de sa chemise une Seilam qu'elle alluma. Le paquet bleu était tout ramolli, détrempé par la sueur. Un oiseau tropical fit entendre son cri étrange.

Elle fumait en silence. Ou plutôt elle tira deux ou trois bouffées, après quoi la cigarette se consuma entre ses doigts, la cendre tombant sur la pelouse. Cette cigarette consumée m'évoquait le cadavre du temps. Le temps, mourant entre ses doigts, se muait en cendres blanches. J'écoutais les cris des oiseaux, et le ronflement des petites voitures des jardiniers sur le chemin en contrebas. Depuis que notre arrivée à Makaha, le temps avait l'air de vouloir se mettre au beau. J'entendis un unique coup de tonnerre, au loin. Les gros nuages gris, comme poussés par une force impérieuse, se dissipèrent et la bonne lumière du soleil revint réchauffer la terre de ses chauds rayons. Ame restait assise en plein soleil, dans sa chemise à manches courtes (apparemment c'était sa tenue de travail, car elle avait toujours dans les poches de poitrine un stylo, un feutre, un briquet et son paquet de cigarettes), sans même penser à mettre ses lunettes de soleil. Elle ne paraissait aucunement se soucier de la chaleur accablante ni des rayons aveuglants. À preuve, la sueur dégoulinait dans son cou, tachant de noir sa chemise par endroits. Mais elle ne le sentait même pas. Je n'arrivais pas à juger si c'était à cause d'un surcroît de concentration, ou au contraire par distraction. Toujours est-il que dix minutes s'écoulèrent ainsi. Elle n'avait cure de ce phénomène naturel qu'est l'écoulement du temps, cela n'entrait sans doute pas dans les éléments constitutifs de sa vie. Ou alors à un rang très secondaire. Pour moi, il en allait tout autrement : j'avais réservé une place dans un avion.

– Rentrons, dis-je en consultant ma montre. Il faut que je rende la voiture et que je paye ma note de location, si possible j'aimerais avoir un peu d'avance.

Elle me regarda avec un œil vague mais qui tentait de focaliser sa vision. Cela ressemblait beaucoup à l'expression qu'avait Yuki de temps en temps. L'expression de quelqu'un qui cherche un compromis avec la réalité. Je me dis une fois de plus que la mère et la fille avaient sinon des traits de caractères, du moins des tendances communes.

– Ah oui, vous n'avez pas le temps, excusez-moi, je pensais à quelque chose, dit-elle, puis elle tourna lentement la tête de droite à gauche.

Nous nous levâmes et prîmes le chemin du retour.

Lors de mon départ, tous trois sortirent devant la maison pour me dire au revoir. Je dis à Yuki de ne pas trop manger de fast-food. Elle me répondit par une petite moue. Avec Dick Nose à la maison, ça devrait aller, me dis-je.

C'était étrange de voir leurs trois silhouettes côte à côte dans mon rétroviseur. Dick Nose agitait vigoureusement une main en l'air, Ame regardait devant elle dans le vague, bras croisés, et Yuki, de profil, faisait rouler un caillou du bout de sa chaussure. On aurait vraiment dit une étrange famille égarée dans le cosmos. Je n'arrivais pas à croire que jusqu'à un instant plus tôt je faisais partie de leur petit groupe. Je tournai le volant à gauche pour prendre le virage, et leurs silhouettes disparurent. Je me retrouvais tout seul, pour la première fois depuis longtemps.

Ça faisait du bien de se retrouver seul. Bien sûr, ce n'était pas désagréable d'être en compagnie de Yuki, mais ceci mis à part, j'étais content de me retrouver seul. Je n'avais pas besoin de consulter qui que ce soit avant de prendre une décision, et même si je me trompais je n'avais à m'excuser auprès de personne. Si quelque chose me paraissait drôle, je pouvais plaisanter dessus et rire tout seul. Personne ne viendrait me dire que mes plaisanteries n'étaient pas drôles. Si je m'ennuyais, je pouvais regarder un cendrier fixement, sans que personne ne vienne me demander pourquoi je faisais ça. J'étais habitué à vivre seul, avec les bons et les mauvais côtés que ça comporte.

Une fois seul, il me sembla que le parfum du vent, la nuance de la lumière autour de moi avaient légèrement mais nettement changé. Je pris une bonne bouffée d'air, et le sentis gonfler à l'intérieur de moi. Je conduisis tranquillement jusqu'à l'aéroport, écoutant la radio, fréquence FM, qui diffusait du jazz de Coleman Hawkins ou Lee Morgan. Les nuages qui couvraient le ciel s'étaient presque tous dispersés, il en subsistait juste un ou deux dans les coins. Le vent secouait les palmes des cocotiers, poussant vers l'ouest ces ultimes lambeaux de nuage. Un Boeing 747 filait droit dans le ciel à angle aigu comme une flèche d'argent.

Une fois seul, je n'arrivai plus à penser à rien. La pesanteur avait changé trop rapidement dans ma tête, et mes pensées avaient du mal à suivre ce brusque changement. Mais c'était agréable de ne penser à rien. Qu'est-ce que ça peut faire ? Laisse-toi aller, ne pense à rien. *Tu es à Hawaii, espèce d'idiot, quel besoin as-tu de réfléchir ?!* Faisant le vide dans ma tête, je me concentrai sur la conduite. Tandis que je descendais les côtes à 160 à l'heure, le vent sifflait tout autour de moi. Une nouvelle montée se présenta, et le bleu brillant de l'océan Pacifique s'offrit soudain à ma vue,

Bon, maintenant, les vacances sont finies. Tout a une fin.

Je rendis la voiture à l'agence de location de l'aéroport, accomplis mes formalités d'embarquement au comptoir de la JAL, puis composai une dernière fois le mystérieux numéro à partir d'une cabine de l'aéroport. Comme prévu, personne ne répondit. La sonnerie retentissait à l'infini.

Je raccrochai, et debout dans la cabine, regardai l'appareil. Puis j'abandonnai la partie et me rendis à la salle d'attente des premières classes, où je bus un gin-tonic.

Tokyo... Je n'arrivais pas bien à me rappeler comment c'était, Tokyo.

31

Je rentrai à mon appartement de Shibuya, jetai un coup d'œil au courrier arrivé pendant mon absence, écoutai les messages téléphoniques. Il n'y avait rien d'important, seulement des appels pour des petits détails de boulot comme d'habitude. Des questions à propos du papier qui devait sortir dans le prochain numéro, des gens vexés que je sois parti sans leur dire où j'allais, de nouvelles commandes. Je décidai de tout ignorer en bloc, ça me paraissait trop compliqué de rappeler tous ces gens. Trouver des excuses pour chacun d'eux me paraissait une perte de temps inutile, et si je devais faire une chose pareille, il était plus expéditif de m'acquitter des tâches qu'on me proposait que de chercher des prétextes pour ne pas les faire. Je décidai donc de tout ignorer en bloc. Évidemment, je manquais un peu à mes obligations en me comportant ainsi, mais heureusement je n'avais pas de problèmes d'argent en ce moment, et pour l'avenir on verrait après. Jusqu'ici j'avais toujours fait mon boulot en silence et docilement. J'avais bien le droit de vivre un peu comme je l'entendais !

Ensuite je téléphonai chez Hiraku Makimura. Le fidèle Vendredi décrocha et me passa aussitôt son maître. Je lui expliquai comment s'étaient passées les vacances, que Yuki s'était bien reposée, qu'il n'y avait pas eu de problèmes.

– Parfait, dit-il. Je te suis très reconnaissant. Je l'appellerai demain. À propos, tu as eu assez d'argent ?

– Trop même, il en reste.

– Sers t'en comme tu l'entendras, ça n'a aucune importance.

– Je voudrais vous demander quelque chose, à propos de cette fille...

– Ah, la fille, dit-il d'un ton indifférent.

– De quelle genre de filière venait-elle ?

– Une organisation de call-girls. Tu aurais pu trouver ça tout seul, non ? Tu n'as pas passé la nuit à jouer aux cartes avec elle, je suppose ?

– Non, je veux dire, comment peut-on payer à Tokyo pour acheter une fille à Honolulu ? Je voulais savoir comment ça fonctionnait. Par curiosité.

Hiraku Makimura réfléchit un instant. Sans doute réfléchissait-il au genre de curiosité qui m'habitait.

– Ça fonctionne un peu comme un système d'envoi postal international. Tu téléphones à l'organisation de Tokyo et tu demandes à être livré à tel endroit à telle heure, eux contactent leur homologue à Honolulu pour trouver la fille adéquate. Le paiement s'effectue à l'agence de Tokyo, qui prélève sa commission et envoie le reste à Honolulu. Honolulu prélève à son tour sa commission et donne ce qui reste à la fille. Simple, non ? Le monde est plein de systèmes de ce genre.

– Je vois. Le paquet-poste international, en somme.

– Oui. Ça coûte un peu cher, mais c'est pratique. On peut coucher avec des filles super n'importe où dans le monde. Il suffit de réserver à Tokyo. Une fois sur place dans le pays, plus besoin de se fatiguer à chercher, et on a la sécurité en plus. Pas de lézard. En outre tout ça passe dans les frais.

– Vous ne pourriez pas me donner les coordonnées de cette organisation ?

– Non, désolé. Secret absolu. Seuls les membres du club ont le numéro, et pour devenir membre il faut se soumettre à une enquête très serrée. Il faut avoir de l'argent, une haute position sociale, et être digne de confiance. Tu ne seras jamais accepté, alors autant renoncer tout de suite. Le simple fait de t'expliquer tout ça constitue déjà une rupture de la règle de préservation absolue du secret du club. C'est par pure sympathie envers toi que je viens de te donner ces renseignements, tu vois.

Je le remerciai de la pure sympathie qu'il me portait.

– Elle était bien, cette fille, non ?

– Bien sous tous rapports, dis-je.

– Parfait. Je leur avais demandé de te trouver une fille bien. Comment s'appelait-elle ?

– June, comme le mois de juin en anglais.

– June comme le mois de juin, répéta-t-il. Une Blanche ?

– Ah, non, plutôt Asie du Sud-Est.

– Je l'essaierai la prochaine fois que j'irais à Honolulu.

Comme je n'avais rien d'autre de particulier à lui dire, je le remerciai de ses attentions et raccrochai.

Ensuite j'appelai Gotanda. Comme d'habitude je tombai sur le répondeur. Je laissai un message disant que j'étais rentré et que j'attendais son coup de fil. Pendant ce temps, le soir était tombé, et je montai dans ma Subaru pour aller faire quelques courses à Aoyama. J'achetai comme d'habitude les légumes spécialement entraînés à garder leur fraîcheur de Kinokuniya. Peut-être y avait-il quelque part dans les montagnes du côté de Nagano un camp d'entraînement de légumes destinés à Kinokuniya. Un grand champ entouré de barbelés, aussi impressionnants que ceux de *La Grande Évasion*. Rien d'étonnant à ce qu'il y ait aussi des tours de guet avec des mitrailleuses autour. Et là-dedans il se passe des choses contre nature pour les laitues et les céleris, c'est sûr. Un entraînement antilégumes défiant l'imagination. Tout en me livrant à ces songeries, j'achetai mes légumes, de la viande, du poisson, du tofu et des condiments, puis je rentrai chez moi.

Gotanda ne m'appela pas.

Le lendemain matin, je pris mon petit déjeuner au Dunkin'Donuts, puis allai à la bibliothèque consulter les journaux des quinze derniers jours, afin, bien entendu, de suivre les développements de l'enquête sur la mort de May. Je parcourus soigneusement les éditions de l'*Asahi*, du *Mainichi* et du *Yomiuri* [1], mais ne trouvai pas une seule ligne sur cette affaire. Les résultats des élections, les déclarations de Revtchenko et le problème de la délinquance lycéenne occupaient toute la place. Il y avait aussi un article sur l'annulation du concert des Beach Boys à la Maison-Blanche sous prétexte que cette musique était peu convenable. Quelle erreur ! Car si les Beach Boys étaient chassés de la Maison-Blanche pour leur musique peu convenable, alors Mick Jagger aurait dû être brûlé vif au moins trois fois. En tout cas, il n'y avait pas le moindre article concernant une jeune femme étranglée avec un bas dans une chambre d'hôtel d'Akasaka.

Je consultai également les hebdomadaires des semaines passées. Dans l'un d'eux je découvris un article d'une page intitulé : « Le mystère de la belle femme nue retrouvée étranglée dans un hôtel d'Akasaka ». Quel titre horrible ! À la place d'une photo, il y avait un portrait peint de May, œuvre d'un spécialiste en tableaux de cadavres. Sans doute était-il interdit de reproduire dans les journaux la photo d'un cadavre d'une affaire en cours. En le regardant bien, ce portrait ressemblait à May, mais c'était sans doute parce que je savais déjà qu'il s'agissait d'elle, et je ne l'aurais peut-être pas reconnue si j'étais tombé sur ce dessin par hasard. Certainement, ce visage ressemblait à celui de May dans le moindre détail, mais le plus important manquait. Ce portrait était celui d'une morte, et ne transmettait rien de la profondeur d'où émanait ses expressions. May vivante était chaleureuse, active, elle avait des espoirs, des illusions, des idées. Elle était experte en déneigement sensuel, merveilleusement tendre. Grâce à tout cela nous étions entrés dans l'illusion, et au matin elle avait dit : « Coucou les amis ! » Mais ce portrait la représentait appauvrie, salie par rapport à la réalité. Je

1. Les trois plus grands quotidiens japonais.

secouai la tête, puis fermai les yeux et poussai un long soupir. La vue de ce tableau avait ravivé mon sentiment de la réalité de sa mort. Ce portrait éveillait en moi la sensation de sa mort ou plutôt de son manque d'existence, avec un impact bien plus puissant que les photos de son cadavre. Elle était vraiment, complètement, définitivement morte. Elle ne reviendrait plus jamais. Sa vie avait été aspirée dans un néant ténébreux. À cette idée, je ressentis un pincement sec de tristesse au cœur.

L'article était écrit dans un style misérabiliste et sale, comme le portrait tracé d'elle. Une jeune femme qu'on supposait avoir autour de vingt-cinq ans avait été découverte étranglée avec un bas dans une chambre du cinq étoiles Q. à Akasaka. Elle était nue, et rien ne permettait de l'identifier. Elle avait donné un faux nom à la réception, etc. Tout était du même acabit et je n'appris rien de plus que ce que m'avaient déjà dit les deux inspecteurs, si ce n'est un petit détail à la fin de l'article, signalant que la police poursuivait ses investigations et pensait l'affaire liée à une organisation de prostitution – et même à une certaine organisation de call-girls qui opérait dans les hôtels de luxe.

Comment avaient-ils pu diriger leur enquête vers les milieux de la prostitution ? Avaient-ils des preuves tangibles ? Je ne pouvais tout de même pas appeler le plumitif et le pêcheur pour leur demander comment progressait l'enquête. Je ressortis de la bibliothèque, mangeai un morceau sur le pouce, puis me promenai au hasard des rues. J'espérais qu'une balade me donnerait peut-être une idée lumineuse, mais ce fut sans succès. L'air printanier était lourd et me rendait la peau moite. Je n'arrivais pas à rassembler mes pensées, je n'avais pas la moindre idée sur la bonne marche à suivre. J'allai jusqu'au sanctuaire Meiji, m'allongeai sur la pelouse et contemplai le ciel. Puis je réfléchis au problème de la prostitution. Paquet-poste international. On passe la commande à Tokyo et on couche avec une fille à Honolulu. Un système bien étudié, adroit et sophistiqué. On ne se salit pas les mains, on fait du *business*. Même pour les activités les plus louches, passé un certain point, la question ne se pose plus en termes de bien ou de mal, parce qu'une illusion indépendante de soi-même est née. Et une fois l'illusion créée, elle commence à fonctionner comme n'importe quelle marchandise. Le capitalisme de pointe découvre des marchandises dans tous les recoins. Illusion, c'est ça le mot clé. Que ce soit la prostitution, l'esclavage, les discriminations sociales, les attaques personnelles, les perversions sexuelles, ou autre chose, avec un bel emballage et un joli nom, cela devient une splendide marchandise. Peut-être que dans pas si longtemps on pourra commander un catalogue de call-girls dans les grands magasins.

You can rely on me.

Je regardai le ciel printanier un peu brouillé, en me disant que je coucherais bien avec une fille. De préférence avec celle de Sapporo, Yumiyoshi-san, tiens, si je pouvais. Mais ce n'était pas impossible, ça. Je m'imaginai bloquant du pied la porte entrouverte de son appartement – comme avait fait ce lourdaud d'inspecteur chez moi – pour l'empêcher de me fermer la porte au nez. Et puis je lui dirais : « Toi et moi, il faut qu'on couche ensemble. » Et on coucherait ensemble. Tendrement, comme si je dénouai les rubans d'un cadeau, je la déshabillerai. Je lui enlèverai son manteau, ses lunettes, son pull. Mais une fois la fille nue, ce fut May qui apparut. « Coucou les amis ! fit-elle. Tu le trouves joli, mon corps ? »

Avant que j'aie eu le temps de répondre, l'aube se leva, avec Kiki à mes côtés. Les doigts élégants de Gotanda couraient sur son dos nu. La porte s'ouvrit et Yuki apparut, nous surprenant, Kiki et moi, enlacés. Ce n'était pas Gotanda, mais moi qui tenais Kiki dans mes bras. Les doigts étaient ceux de Gotanda, mais c'était moi qui faisais l'amour avec elle. « Je n'arrive pas à le croire, disait Yuki, je n'arrive vraiment pas à le croire ! » « Ce n'est pas ce que tu crois », dis-je. « Non mais qu'est-ce qui te prend ? » fit Kiki.

Fantasme.

Fantasme sauvagement désordonné et complètement absurde.

« Ce n'est pas ce que tu crois, dis-je, ce n'est pas avec elle, mais avec Yumiyoshi-san que j'ai envie de coucher. » Mais ça ne marchait plus. J'étais confus. Les fils étaient enchevêtrés, il fallait avant tout que je trouve une solution quelconque pour les démêler. Si je ne commençais pas par ça, je n'arriverais à rien.

Je sortis du sanctuaire Meiji, bus un café dans un endroit que je connaissais et où il était excellent, dans une rue derrière Harajuku, puis je rentrai chez moi à pas lents.

Gotanda m'appela en fin d'après-midi.

– Dis, je n'ai pas trop le temps juste maintenant, dit-il. On ne pourrait pas se voir ce soir ? Vers huit ou neuf heures ?

– Si tu veux, répondis-je. J'ai tout mon temps libre.

– Allons dîner ensemble, et boire un coup, alors. Je viendrai te chercher.

Je rangeai mon sac, rassemblai toutes les factures de mon voyage, séparai celles destinées à Makimura de celles que je devais payer de ma poche. Je pouvais sans doute lui faire payer la moitié des notes de restaurants, la location de la voiture, ainsi que les achats personnels de Yuki (sa planche à surf, le radio-cassette, le maillot de bain, etc.). Je rédigeai une petite note détaillée et mis le tout dans une enveloppe, ainsi que ce qui restait des travellers, de façon à pouvoir lui envoyer le tout. Je m'acquitte généralement très vite de ce genre de tâche administrative. Non que j'aime le travail administratif, personne n'aime ça, mais j'aime que les choses soient claires avec l'argent. Ensuite je fis bouillir des épinards, les mélangeai avec du poisson séché, saupoudrai de vinaigre et mangeai le tout accompagné d'une bière Kirin bien fraîche. Puis je relus des nouvelles de Haruo Satô [1], auteur que je n'avais pas lu depuis longtemps. C'était une agréable soirée printanière. Le bleu du crépuscule s'approfondissait d'instant en instant, se changeant peu à peu, à coups de pinceau invisibles, en bleu nuit. Quand je fus fatigué de lire,

1. Haruo Satô (1892-1964), célèbre auteur de romans policiers *(NdT)*.

j'écoutai le trio numéro cent de Schubert sous la direction de Stan Jose Istomin. C'était une vieille habitude, j'écoutais toujours ce disque au printemps. Le ton de cette musique correspondait pour moi à la mélancolie de cette nuit printanière où les douces ténèbres bleues semblaient teindre jusqu'au fond de mon âme. Dans ces ténèbres se détachait un squelette blanchi. Des ossements blancs, souvenir minéralisé d'une vie qui avait sombré dans le néant, vinrent flotter devant mes yeux.

32

Gotanda arriva à huit heures quarante dans sa Maserati. Cette voiture faisait plutôt déplacé devant l'entrée de mon immeuble, mais ce n'était la faute de personne. Certaines choses sont fatalement en dysharmonie avec certaines autres. Une énorme Mercedes ne convenait pas à mon style de vie, mais une Maserati non plus. Rien à faire. À chacun son style.

Gotanda était vêtu d'un pull gris à col en V tout à fait banal, d'une chemise bleue quelconque, et d'un pantalon de coton ordinaire. Et pourtant on le remarquait à peu près autant qu'Elton Jones en veste de daim et chemise orange en train de faire des bonds sur scène. Il vint frapper à ma porte et me fit un large sourire quand je lui ouvris.

– Tu veux entrer un moment ? proposai-je en voyant le coup d'œil plein de curiosité qu'il jetait vers l'intérieur de mon appartement.

– Je veux bien, dit-il en souriant d'un air vaguement honteux.

Un sourire si sympathique que j'eus presque envie de lui dire qu'il pouvait passer une semaine chez moi si ça lui disait.

L'exiguïté de mon appartement sembla l'impressionner profondément.

– Ça me rappelle le passé, dit-il. Moi aussi j'ai habité un appartement de ce genre à l'époque où mes films ne se vendaient pas.

Prononcée par un autre, cette phrase m'aurait vexé, mais dans sa bouche, elle semblait être un compliment sincère.

Mon appartement était divisé en quatre parties : cuisine, salle de bains, salon, chambre à coucher, chaque pièce étant plutôt petite. La cuisine ressemblait plutôt, à proprement parler, à un couloir un peu large. Elle était équipée d'une table pour deux personnes, d'une longue étagère à provisions, et ne pouvait en contenir davantage. Un lit, une armoire et un petit bureau occupaient toute la place dans la chambre, tandis que le salon préservait à grand-peine un peu d'espace libre, parce qu'il n'y avait strictement rien dedans, hormis quelques étagères à livres et à disques et une mini-chaîne stéréo. C'était tout. Ni chaises ni table. Deux gros coussins contre le mur suffisaient à mon confort. Quand j'avais besoin d'une table, il suffisait de sortir une petite table basse pliante rangée dans le placard.

J'appris à Gotanda comment se servir du coussin pour s'installer à l'aise, puis je remis le trio de Schubert.

– Fantastique, fit-il.

Ce n'était pas par politesse, il avait l'air de penser sincèrement ce qu'il disait.

– Je vais préparer un truc à grignoter avec les boissons, fis-je.

– Tu es sûr que ça ne te dérange pas ?

– Non, ce sera prêt en une minute. Je n'ai rien d'extraordinaire à te proposer, mais je devrais arriver à préparer un petit quelque chose pour accompagner les boissons.

– Je peux regarder à côté ? demanda-t-il.

– Je t'en prie.

Je préparai une salade de poireaux assaisonnée de prunes salées et de bonite séchée, des crevettes et des algues *wakame* assaisonnées au vinaigre, fis frire des pommes de terre avec un peu d'huile d'olive, de salami et d'ail, coupai un concombre en tranches fines. Il me restait aussi des algues *hijiki* préparées la veille, et du tofu. Je mis du gingembre en quantité pour assaisonner.

–Fabuleux, dit Gotanda en soupirant. C'est du génie.

–Mais non, rien de tout ça n'est compliqué à préparer. Question d'habitude. J'ai utilisé ce que j'avais sous la main.

–C'est du génie. Moi j'en serai incapable.

–Et moi je serai incapable d'imiter un dentiste. Chacun a sa façon de vivre. *Different strokes for different folks!*

–Exact. Dis, si au lieu de sortir ce soir on restait tranquillement ici ? Ça ne te dérange pas ?

–Ça m'est égal.

Nous dégustâmes mes préparations en buvant de la bière brune. Puis, quand la bière fut épuisée, nous passâmes au Cutty Sark, en écoutant les disques de Sly and the family Stone, et également *Surf's up* des Beach Boys. C'était une soirée dédiée aux années soixante. Nous écoutâmes également Rubin Spoonful et Three Dog Night. Si un extraterrestre sérieux s'était trouvé là, il se serait cru dans *Retour vers le futur.*

Aucun extraterrestre ne vint nous rendre visite, mais à partir de dix heures il se mit à pleuvoir doucement. Une pluie légère qui ne manifestait sa présence que par le bruit des gouttes coulant du rebord du toit. Une pluie paisible comme une morte.

Quand la soirée fut un peu plus avancée, j'arrêtai la musique. Mon immeuble ne possédait pas de murs épais comme celui de Gotanda, et quand on écoutait de la musique après onze heures du soir, on pouvait s'attendre à des ennuis. Une fois la musique arrêtée, nous nous mîmes à parler d'une amie morte en écoutant les gouttes de pluie tomber du toit. Je dis que l'enquête sur la mort de May ne semblait pas avoir beaucoup progressé depuis la dernière fois, et Gotanda me répondit qu'il était au courant. Ainsi, lui aussi suivait le déroulement de l'enquête dans les journaux.

J'ouvris la deuxième bouteille de Cutty Sark et nous trinquâmes à la mémoire de May.

–Les recherches se sont tournées vers les clubs de call-girls, dis-je. La police a dû découvrir un indice qui les a dirigés là-dessus. Et à partir de là il y a une possibilité qu'ils remontent la filière jusqu'à toi.

– Il y en a une, en effet, fit-il en fronçant légèrement les sourcils. Mais je pense que ça ira. Justement, comme je me faisais un peu de souci à ce sujet, j'ai demandé à quelqu'un de ma boîte de production, l'air de rien, si la réputation de secret absolu de ce club était vraiment fondée. Il m'a répondu que l'organisation avait des liens avec la politique. Certains politiciens importants sont impliqués dedans, si bien que même si la police mettait son nez dans leurs affaires, elle ne pourra jamais accéder très loin. Et mon agence elle-même a une certaine influence politique, parce que quelques imitateurs célèbres en font partie. Et elle a aussi certains liens avec le milieu yakuza. Je pense donc que les choses n'iront pas très loin, et que ma boîteme protègera. Ce seraient eux les plus ennuyés si un scandale faisait de moi une marchandise invendable. La boîte a investi pas mal de capitaux sur moi... Évidemment, si tu avais parlé de moi aux flics, là, j'aurais forcément été impliqué, puisque tu es l'unique lien direct entre moi et cette affaire. Dans ce cas-là, on n'aurait pas eu le temps de faire intervenir nos influences politiques, mais maintenant je n'ai plus de souci à me faire, c'est une question de rapport de forces entre deux systèmes.

– Quel monde pourri ! dis-je.

– Vraiment oui, fit Gotanda, vraiment pourri.

– Deux voix pour « pourri », fis-je.

– Pardon ?

– Deux voix. Motion approuvée.

Il hocha la tête et sourit.

– Oui, tu as raison, tout est pourri parce que personne ne pense à la fille qui est morte. On ne pense qu'à protéger sa propre réputation. Je parle de moi aussi, bien entendu.

J'allai chercher des glaçons à la cuisine, et ramenai également des crackers et du fromage.

– J'ai quelque chose à te demander, dis-je. Je voudrais que tu téléphones à ce fameux club et que tu leur demandes quelque chose pour moi.

Il se pinça un lobe d'oreille.

–Que veux-tu savoir ? Si c'est en rapport avec cette affaire d'assassinat, ce sera impossible. Ils ne me diront rien.

–Non, ça n'a rien à voir. Je voudrais juste savoir quelque chose à propos d'une call-girl d'Honolulu. J'ai entendu dire qu'on pouvait acheter une fille à l'étranger en passant par l'organisation d'ici.

–Qui t'a dit ça ?

–Quelqu'un qui n'a pas de nom. Et j'imagine que l'organisation dont m'a parlé cette personne et celle dont tu parles toi sont une seule et même chose. Parce que sans position sociale, sans garantie et sans argent, on ne peut pas en faire partie. Il m'a dit qu'un type comme moi n'avait aucune chance.

Gotanda sourit.

–Il est certain qu'on doit pouvoir acheter une fille à l'étranger sur un simple coup de téléphone. Personnellement je n'ai jamais essayé, mais ça existe. Il s'agit sûrement du même club. Et que veux-tu savoir au sujet du club d'Honolulu ?

–Je veux savoir s'il y a chez eux une fille nommée June, originaire d'Asie du Sud-Est.

Gotanda resta songeur un moment, mais ne me posa plus de questions. Il sortit un carnet, nota le nom de la fille.

–June. Et son nom de famille ?

–Arrête, c'est une call-girl, je te dis ! June, c'est tout. Comme le mois de juin.

–D'accord, j'appellerai demain pour leur demander.

–Je t'en suis reconnaissant.

–Il n'y a pas de quoi. Ce n'est vraiment rien en comparaison de ce que tu as fait pour moi. À propos, ajouta-t-il en plissant les yeux, tu es parti seul à Hawaii ?

–Personne ne va seul à Hawaii, voyons ! J'y suis allé avec une fille, évidemment. Une fille incroyablement belle. Mais elle n'a que treize ans.

–Tu couches avec une fille de treize ans ?!

– Mais non ! C'est une gamine, elle n'a même pas encore de poitrine.

– Ben, qu'est-ce que tu es allé faire à Hawaii avec elle, alors ?

– Je lui ai appris à se tenir à table, lui ai expliqué comment fonctionnait le désir sexuel, dit du mal de Boy George, l'ai emmenée voir *ET*, etc.

Gotanda me regarda fixement un moment puis se mit à rire, en se forçant légèrement.

– Tu es bizarre, fit-il, tu ne fais jamais rien comme tout le monde, je me demande pourquoi.

– Eh oui, pourquoi ? Moi-même je ne fais pas ça vraiment parce que j'en ai envie. Ce sont les circonstances qui m'y amènent. Pour May, c'était pareil. Ce n'est de la faute de personne. Mais voilà le résultat.

– Mmouais. Et tu t'es bien amusé à Hawaii ?

– Évidemment.

– Tu as bronzé.

– Évidemment.

Il but son whisky, grignota un cracker.

– Moi, pendant ton absence, j'ai revu ma femme plusieurs fois. Ça marche bien entre nous. C'est curieux à dire, mais c'est bien de coucher avec sa femme.

– Je comprends ce que tu ressens.

– Si tu revoyais un peu ton ex, toi aussi ?

– Impossible. Elle s'est remariée aussitôt après notre séparation. Je ne te l'avais pas dit ?

Il secoua la tête.

– Non, je ne savais pas. C'est dommage, ça, hein.

– Mais non, c'est mieux ainsi, au contraire. Et toi, que penses-tu faire, avec ta femme ?

Il secoua à nouveau la tête.

– C'est désespérant, vraiment désespérant, je ne trouve pas d'autre qualificatif. Ça ne mène nulle part, quelle que soit la façon dont on retourne le problème. Ça marche mieux que jamais entre nous. On se retrouve dans un motel où personne ne peut nous reconnaître et on couche ensemble. On se sent soulagés, l'un comme l'autre, quand on se voit. Et c'est agréable de coucher avec elle, comme je te l'ai dit tout à l'heure. On se comprend, la communication passe sans besoin de paroles. On se comprend bien plus profondément qu'à l'époque où on était mariés. On s'aime, quoi, pour parler franchement. Mais ça ne peut pas continuer indéfiniment comme ça. C'est usant de se retrouver toujours en cachette dans un motel. Un de ces jours, les médias vont découvrir le pot aux roses, et ça fera un beau scandale. Et alors là, ils nous suceront jusqu'à la moelle. En fait, ils ne nous laisseront même pas la moelle des os. On est dans une passe dangereuse. C'est extrêmement fatigant. Mais moi, ce que je voudrais, c'est vivre au grand jour avec elle. C'est mon plus profond souhait. Manger ensemble tranquillement, aller se promener. Avoir des enfants. Mais tout ça, c'est impossible. Entre sa famille et moi, la réconciliation est impossible. Ils m'ont fait des choses horribles, et moi je ne leur ai pas caché ce que je pensais d'eux. On ne peut pas revenir en arrière. Le plus simple serait qu'elle rompe avec eux, mais elle ne peut pas. C'est vraiment une famille horrible, qui la manipule totalement. Elle le sait, mais elle est incapable de rompre. Ma femme et sa famille, c'est comme des frères siamois, ils sont inséparables. Non, il n'y a pas d'issue.

Il fit tourner la glace dans son verre en le remuant.

« C'est étrange, hein, fit-il en souriant. Je peux me procurer la plupart des choses dont j'ai envie mais ce que je désire le plus au monde m'est refusé.

– Oui, j'imagine, fis-je. Moi, ce que je peux me procurer est assez limité, alors je ne peux pas dire grand-chose sur le sujet, mais...

– Non, ce n'est pas ça. Dans ton cas, c'est plutôt qu'il n'y a pas tant de choses que ça dont tu aies envie, je crois. Par exemple est-ce que tu aurais envie d'une Maserati, ou d'un appartement comme le mien ?

– Non, pas vraiment. Je n'ai pas besoin de tout ça pour l'instant. Je me satisfais de ce petit appartement et de ma Subaru. Satisfait est peut-être un peu exagéré, mais disons que ça me convient, c'est pratique, et je ne suis pas insatisfait. Mais si le besoin de tout ça se faisait sentir, sans doute que j'en aurais envie.

– Non, le besoin, ce n'est pas ça. Ça ne naît pas naturellement. Ça se construit artificiellement. Moi, par exemple, je peux habiter n'importe où, ça m'est égal. Dans les quartiers populaires ou les plus huppés, ça m'est vraiment égal. Du moment que j'ai un toit, je me satisferais de n'importe quel environnement. Mais les gens de ma boîte ne pensent pas de la même façon. Comme je suis une star, ils veulent que je vive dans Minato-ku. Et ils m'ont trouvé cette maison à Azabu sans me demander mon avis. Quel ennui ! Qu'est-ce qu'il y a de plus dans les quartiers chics comme Minato-ku, hein, je te demande un peu ? Des femmes qui rôdent jusqu'au petit matin, de mauvais restaurants hors de prix gérés par des stylistes de mode, cette affreuse tour de Tokyo, C'est tout. La Maserati, c'est pareil. Moi, une Subaru me conviendrait très bien. Du moment que ça roule, ça suffit. Une Maserati, ça sert à quoi dans les rues de Tokyo ? C'est complètement ridicule. Mais ce sont les types de ma boîte qui me l'ont dénichée. Une star ne peut pas rouler en Subaru, en Blue-bird ou en Corona, tu comprends. Ma Maserati, elle est d'occasion, pourtant, elle a coûté assez cher. Avant moi elle appartenait à un chanteur.

Il se reversa du whisky, en but une gorgée, puis il resta un moment les sourcils froncés.

– Voilà le monde dans lequel je vis. Un maison à Minato-ku, une bagnole européenne, une Rolex au poignet, si tu te procures tout ça tu passes pour un type de première classe. Quelle ineptie ! Enfin, ce que je veux dire, c'est que tous ces besoins sont artificiellement créés. Ça ne te vient pas naturellement, c'est fabriqué de toutes pièces. On crée l'illusion que des choses complètement inutiles sont indispensables. C'est très simple, il suffit de produire rapidement des informations, du genre : l'endroit où il faut habiter, c'est Minato-ku, la voiture à avoir, une BMW, la montre, une Rolex, et on répète ça tellement de fois que tout le monde finit par y croire. Une certaine catégorie de gens se persuade que toutes ces choses vont les différencier des autres. Ils ne seront plus comme tout le monde. Et ils ne se rendent pas compte qu'au contraire ils deviennent exactement comme tout le monde ! Ils manquent totalement d'imagination. C'est une simple information artificiellement créée. Une illusion totale. Moi je suis profondément écœuré par tout ça. Je suis écœuré par ma propre vie. Je voudrais avoir une vie plus normale, mais c'est impossible, tout m'est imposé par mes producteurs. Je suis une poupée qu'on habille. Mais je leur dois de l'argent, alors je ne peux rien dire. Même si je donne mon avis sur ce que je voudrais faire, personne ne m'écoute. J'habite un immeuble chic à Minato-ku, je roule en Maserati, je porte une montre Patek Philippe, je couche avec des call-girls de luxe. Certaines personnes doivent m'envier tout ça. Mais ce n'est pas ça que je cherche. Ce que je cherche, c'est quelque chose que je ne pourrai pas obtenir tant que je mènerai ce genre de vie.

– L'amour, par exemple ?

– Oui, par exemple l'amour. Et la paix. Un foyer normal. Une vie simple, fit Gotanda, puis il joignit les mains devant son visage. Tu comprends ? Ce n'est pas pour me vanter, mais si j'avais voulu, j'aurais pu avoir tout ça.

– Je sais. Tu ne te vantes pas, tu as raison.

– J'aurais pu faire n'importe quoi, simplement en le voulant. J'avais toutes les possibilités ouvertes devant moi. Les occasions, et les capacités aussi. Mais finalement je suis devenu un simple pantin. Je peux coucher facilement avec n'importe quelle femme qui traîne dans le quartier, mais je ne peux pas vivre avec la seule dont j'ai vraiment envie.

Il avait l'air passablement ivre. Cela ne se voyait pas sur son visage, mais il était inhabituellement volubile. Je comprenais pourquoi il avait envie de se soûler. Comme ma montre indiquait minuit, je lui demandai si l'heure ne lui posait pas de problème.

« Ça va, répondit-il, demain je ne travaille pas avant midi. J'ai tout mon temps. Mais toi, je te dérange peut-être ?

– Non, moi, je n'ai rien à faire de particulier, comme d'habitude.

– Je suis désolé, mais je n'ai personne d'autre à qui dire tout ça. Si je disais aux autres que je préférerais rouler en Subaru plutôt qu'en Maserati, ils me prendraient pour un dingue. Ils m'emmèneraient chez un psychiatre. C'est à la mode. Il y a des psychiatres spécialisés pour les artistes, spécialisés dans le nettoyage des déjections.

Il ferma les yeux un moment.

« Il me semble que depuis que je suis ici je ne fais que me plaindre.

– Tu as dit au moins vingt fois : « C'est insupportable. »

– Vraiment ?

– Si ça ne suffit pas, tu peux le dire encore, ne te gêne pas.

– Non, ça ira, merci. Je suis désolé de ne te faire entendre que des jérémiades, mais vraiment, tout ce qui m'entoure, tout, intégralement tout, n'est qu'une insupportable merde ! De la merde séchée ! Ça donne purement et simplement envie de vomir. Une envie de vomir désespérée qui me monte à la gorge.

– Tu n'as qu'à vomir, alors.

– Ça grouille de types abjects autour de moi, éructa-t-il. Des espèces de vampires qui vivent des désirs que suscitent les villes, tu vois. Ils ne sont pas tous aussi horribles, évidemment, il y a quelques types honnêtes dans le tas. Mais il y a trop d'affreux. Des types qui utilisent leur position sociale pour se procurer des femmes, de l'argent. Des minables qui s'engraissent en suçant la frange des désirs du monde. Des gros pleins de soupe, et qui en veulent. C'est dans ce monde-là que je vis. Tu ne le sais sans doute pas, mais c'est un milieu plutôt abject, crois-moi. Et de temps à autre, il faut même que j'aille boire avec eux. Et je dois sans arrêt me répéter que ce serait une perte d'énergie que de les étrangler pour me débarrasser d'eux, je dois sans arrêt me retenir, en me disant : « Mais non, ça ne servirait à rien. »

– Pourquoi tu ne les tuerais pas à coups de barre de fer, plutôt ? Étrangler, ça prend du temps.

– Exact, fit Gotanda. Mais, si possible, je préférerais les étrangler. Ce serait dommage de les tuer d'un seul coup.

– Exact, fis-je à mon tour. Nos opinions concordent.

– Vraiment... commença-t-il puis il se tut en soupirant.

Il joignit à nouveau les mains devant son visage, et ajouta :

« Je me sens pas mal soulagé.

– Tant mieux. Ça soulage de s'exprimer. Tu ne mangerais pas de la soupe de riz aux algues ?

– Si, je veux bien.

Je fis bouillir de l'eau, préparai un bouillon simple à base d'algues *nori*, de prunes salées et de raifort, que je versai sur le riz. Nous mangeâmes en silence.

– Il me semble que de ton côté tu profites bien de la vie, me dit Gotanda.

Je m'adossai au mur et écoutai un moment en silence le bruit de la pluie.

– Dans une certaine mesure, oui. Peut-être que j'en profite à ma façon. Mais je ne suis pas heureux pour autant. De la même façon qu'il te manque quelque chose pour être heureux, à moi aussi il me manque quelque chose. C'est pourquoi je ne peux pas mener une vie normale. Je me contente de continuer à esquisser des pas de danse. Je peux continuer à danser, parce que mon corps connaît bien les pas. Il arrive même que des gens admirent ma façon de danser. Mais socialement je suis un zéro complet. À trente-quatre ans je n'ai pas de femme, et même pas un travail stable. Je vis au jour le jour. Aucune banque ne m'accorderait un prêt immobilier. En ce moment, je n'ai même pas de partenaire en amour. Comment crois-tu que sera ma vie dans trente ans ?

– Tu arriveras bien à quelque chose.

– Peut-être, fis-je. Et peut-être pas. Personne n'en sait rien. Mais c'est pareil pour tout le monde.

– Mais moi, en ce moment je ne profite absolument pas de la vie, même pas « dans une certaine mesure » comme toi.

– Peut-être, mais tu te débrouilles très bien.

Il secoua la tête.

– Tu crois que quelqu'un qui se débrouille bien se plaindrait sans arrêt comme moi ? Et te ferait supporter ses plaintes comme je suis en train de le faire ?

– Ça peut arriver. On parle de personnes humaines, pas de quotients géométriques.

Vers une heure et demie du matin, Gotanda parla de s'en aller.

– Tu peux dormir ici si tu veux. J'ai un matelas pour les invités, et quand il fera jour je te ferai un délicieux petit déjeuner.

– Je te remercie, mais je me sens un peu dessoûlé, je crois que je vais rentrer chez moi, répondit-il en secouant plusieurs fois la tête.

Il avait effectivement l'air moins ivre.

« Mais j'ai quelque chose à te demander, ajouta-t-il, tu vas trouver ça bizarre, mais tu ne me prêterais pas ta Subaru quelque temps ? Je te laisserais ma Maserati en échange. À vrai dire, la Maserati, c'est un peu trop voyant quand je dois rencontrer ma femme en cachette. Où que j'aille tout le monde me reconnaît grâce à cette voiture.

– Je te prête la mienne le temps que tu veux, répondis-je. Je ne travaille pas en ce moment, je n'ai pas vraiment besoin de voiture. Mais, à vrai dire, ça me gênerait plutôt que tu me laisses cette super-bagnole en échange. Je loue une place de parking découvert au mois, et j'aurais peur que ta Maserati soit endommagée pendant la nuit. En plus, s'il arrivait quoi que ce soit pendant que je conduis, je n'aurais jamais les moyens de payer une réparation. Je ne peux pas prendre la responsabilité d'une pareille voiture.

– Mais non, ça ne fait rien, c'est ma boîte qui s'occupe de tous ces détails. Elle a une assurance en béton, tu n'as pas à t'inquiéter. Si tu en as envie, tu peux même la jeter à la mer, pas de problème, comme ça ils m'achèteront une Ferrari à la place. Il y a justement un écrivain de littérature porno qui a une Ferrari à vendre.

– Ferrari ? dis-je.

– Écoute, je comprends ce que tu veux dire, mais laisse tomber. Tu ne peux pas en avoir idée, mais dans le monde où je vis les gens qui ont du goût ont du mal à survivre. Dans ce monde-là, un homme de goût, c'est un pauvre teigneux. Tout le monde le plaint, personne ne le félicite de son bon goût.

Finalement il partit dans ma Subaru, et je mis sa Maserati dans le parking à la place. C'était une voiture sensible et nerveuse, aux réactions rapides et au moteur puissant. On avait l'impression qu'il suffirait d'une petite impulsion sur l'accélérateur pour s'envoler vers la lune.

– Pas la peine de s'emballer comme ça, allons-y doucement, dis-je gaiement en tapotant le tableau de bord.

Mais apparemment elle n'écoutait pas un mot de ce que je disais. Même une voiture se rend compte à qui elle a affaire. Allons bon ! Moi avec une Maserati !

33

Le lendemain matin, je me rendis au parking voir comment se portait la Maserati. Je me demandai si elle n'avait pas été volée ou détériorée pendant la nuit. Mais tout allait bien.

Cela faisait tout drôle de voir une Maserati à l'endroit où ma Subaru était habituellement garée, mais je n'étais pas à mon aise. Ça me faisait à peu près la même impression que si je me réveillais brusquement auprès d'une fille que je ne connaissais pas. Une très jolie fille certes, mais cela ne m'empêchait pas d'être un brin tendu. Je suis du genre plutôt lent à m'habituer aux nouveautés.

Ce jour-là, finalement, je ne conduisis pas la voiture. Je me promenai en ville, allai au cinéma, achetai quelques livres. Gotanda me téléphona dans la soirée. Il me remercia pour la veille, je lui répondis qu'il n'y avait vraiment pas de quoi.

– À propos d'Honolulu, fit-il, j'ai demandé ce que tu voulais à l'organisation. Effectivement, on peut payer d'avance d'ici pour une fille là-bas, c'est très pratique. C'est comme une réservation de train : fumeur, non-fumeur, on te demande tes préférences. Et donc, j'ai demandé s'il y avait une fille d'Asie du Sud-Est nommée June. J'ai dit qu'ils l'avaient présentée à un ami à moi il y a quelque temps et qu'il m'avait recommandé de l'essayer. Ils ont mis un peu de temps pour se renseigner, normalement ils ne font pas tant d'efforts pour leurs clients mais à moi, ils ne me refusent rien. Ce n'est pas pour me vanter, mais j'ai droit à un traitement de faveur. Effectivement, il y avait une fille appelée June. Des Philippines. Mais ça fait trois mois qu'elle n'est plus là. Elle ne travaille plus.

– Plus là ? Elle a arrêté ?

– Hé, laisse tomber. Ils ne vont quand même pas faire une enquête de police. Les call-girls, ça entre, ça sort, ça change sans arrêt. Ils ne peuvent pas les suivre à la trace pour savoir ce qu'elles deviennent. Elle ne travaille plus chez eux, ils ne l'ont pas vue depuis trois mois, point. Désolé, vieux, mais....

– Trois mois ?

– C'est ça.

J'avais beau réfléchir, je n'arrivais à aucune conclusion. Je le remerciai et raccrochai.

Puis je partis à nouveau me promener en ville.

Cela faisait trois mois que June était partie. Pourtant, moi, j'avais couché avec elle deux semaines auparavant. Elle m'avait même laissé son numéro de téléphone, un numéro auquel personne ne répondait. Étrange. Cela faisait trois call-girls disparues. Kiki, May, et puis June. L'une assassinée, les deux autres évaporées. Comme aspirées de l'autre côté d'un mur. Toutes liées à moi d'une façon ou d'une autre. Et entre elle et moi, il y avait toujours Gotanda et Hiraku Makimura.

J'entrai dans un café et entrepris de tracer le schéma

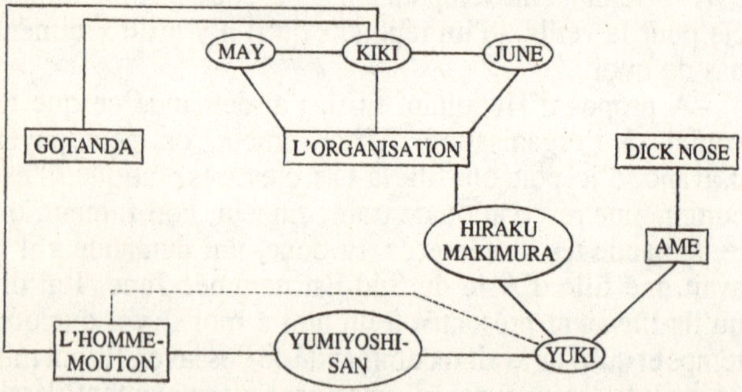

de mon réseau de relations sur mon carnet. Ça donnait quelque chose d'assez compliqué. Ça ressemblait à un plan des relations entre grandes puissances juste avant la Première Guerre mondiale.

Mi-admiratif, mi-écœuré, je contemplai mon croquis.

Mais j'avais beau le regarder, aucune idée ne me venait. Trois prostituées disparues, trois artistes, un acteur, une jolie jeune fille, une réceptionniste maladivement nerveuse. Même vues sous l'angle le plus bienveillant qui soit, ce n'était pas des fréquentations banales. On aurait dit un roman d'Agatha Christie.

– J'ai compris ! Le coupable, c'est le steward ! m'écriai-je, mais personne ne rit. (La plaisanterie n'était pas très drôle.)

En fait, j'étais vraiment coincé. Où que je tire un fil, cela ne faisait que tout embrouiller davantage. Rien ne s'éclaircissait. Au début, il ne s'agissait que d'une ligne menant de Kiki à May et à Gotanda. Maintenant une autre ligne s'était surajoutée, allant de Makimura à June. Et June et Kiki devaient aussi être liées, puisque le numéro de téléphone que m'avait donné June et celui laissé derrière elle par Kiki était le même. La connexion tournait en rond.

– Compliquée cette affaire, mon cher Watson, fis-je, m'adressant au cendrier posé sur la table.

Mais le cendrier ne me répondit pas. Et pour cause : il était intelligent et savait qu'il valait mieux rester en dehors de toute cette histoire. Le cendrier, la tasse de café, le sucrier, la note, tous devaient être intelligents car aucun d'eux ne me répondit. Ils feignirent même de ne pas m'entendre. Il n'y avait que moi d'idiot là-dedans. Je me trouvais toujours mêlé à de drôles d'histoires. Et ça me fatiguait. Par ce beau soir de printemps, je n'avais même pas rendez-vous avec une fille.

Je rentrai chez moi et appelai Yumiyoshi-san. Mais Yumiyoshi-san était absente. Ce soir-là elle avait dû terminer tôt son travail. C'était peut-être le soir de son cours de natation. Comme toujours, je me sentis jaloux de la piscine. J'étais jaloux de la scène que j'imaginais : un beau maître nageur avec le physique de Gotanda la prenait gentiment par la main pour lui apprendre à faire les mouvements corrects. Uniquement à cause de Yumiyoshi-san, je m'étais mis à haïr tous les clubs de natation du monde, de Sapporo au Caire. Merde ! pensai-je.

Tout est insupportable. Une merde totale. De la merde séchée. Ça donne purement et simplement envie de vomir.

Je parlais tout haut, essayant d'imiter Gotanda. Je ne m'y attendais absolument pas, mais le fait de prononcer ces mots me soulagea étrangement. Gotanda aurait dû être un religieux. Matin et soir, il aurait prononcé des sermons devant une vaste assemblée.

–Mes frères, tout est insupportable. Tout n'est que merde séchée. Ça donne purement et simplement envie de vomir.

Il aurait sans doute eu beaucoup de succès.

Ceci mis à part, j'avais terriblement envie de voir Yumiyoshi-san. J'avais la nostalgie de sa façon de parler pleine de nervosité et de la vivacité de ses manières. J'aimais la façon dont elle touchait sa monture de lunettes du bout des doigts, son expression sérieuse quand elle entrait dans ma chambre en catimini, son attitude quand elle s'asseyait à côté de moi après avoir enlevé son blazer. Quand je repensais à sa silhouette, ça me réchauffait le cœur. J'étais fortement attiré par un je-ne-sais-quoi de franc en elle. Est-ce que ça pourrait marcher entre nous ?

Elle avait découvert une certaine joie dans son travail de réceptionniste à l'hôtel, et elle fréquentait un club de natation plusieurs soirs par semaine. Moi je faisais un travail de déneigement, j'aimais les Subaru et les vieux disques. J'avais découvert une modeste source de joie dans l'habitude de me faire des repas équilibrés. Entre deux personnalités pareilles, ça pouvait coller, comme ça pouvait ne pas coller du tout. Je n'avais pas assez d'éléments d'information, et ne pouvais absolument présager de rien.

Si elle avait une histoire avec moi, serait-elle fatalement blessée elle aussi ? Toutes les femmes avec qui j'avais des relations devaient-elles en sortir finalement blessées, comme me l'avait prédit mon ex-femme ? Était-il vrai que je ne pensais qu'à moi, et que j'étais incapable d'aimer ?

Mais à force de penser à Yumiyoshi-san, l'envie me prenait de sauter dans le premier avion pour Sapporo, de la prendre dans mes bras et de lui dire que je manquais d'éléments d'information, mais que j'étais amoureux d'elle. Mais non, impossible. Avant ça, il fallait que je défasse tous ces nœuds inextricables. Je ne pouvais pas abandonner la situation à moitié résolue. Si je faisais ça, toutes ces choses abandonnées sans être réglées glisseraient de toute façon progressivement jusqu'à moi. Où que j'aille, toutes ces choses à moitié réglées projetteraient leur ombre sur ma vie. Et ça ne correspondait pas à l'idéal de vie que je m'étais fixé.

Le problème, c'était Kiki. Kiki était au centre de tout. Sous diverses formes, elle essayait de prendre contact avec moi. Des cinémas de Sapporo aux rues d'Honolulu, sa silhouette était passée sous mes yeux. Elle essayait de me délivrer un message. C'était clair. Mais ce message était trop suggéré, je n'arrivais pas à le comprendre. Que me voulait-elle donc ?

Que devais-je faire ?

Je n'en savais rien.

Je n'avais qu'à attendre.

Attendre que quelque chose se passe. C'est toujours comme ça. Quand on est coincé, pas la peine d'entreprendre des actions précipitées. Il suffit d'attendre et quelque chose finit par arriver. Il suffit de concentrer son regard et d'attendre pour voir quelque chose commencer à bouger dans la pénombre. Je savais ça par expérience. Quelque chose allait se mettre en route à un moment donné. *Si un événement était nécessaire, il allait forcément se produire.*

Bon, alors attendons tranquillement.

@ @ @ @

De temps en temps je retrouvais Gotanda et nous allions boire ou dîner ensemble. Très vite, nos rendez-vous devinrent un rite. Chaque fois que je le voyais, il s'excusait de m'emprunter si longtemps ma voiture, et chaque fois, je lui répondais qu'il n'y avait pas de problème, qu'il pouvait la garder aussi longtemps qu'il le voulait.

– Tu n'as pas encore balancé ma Maserati à la mer ?

– Non, malheureusement, je n'ai pas le temps d'aller à la mer.

Ce soir-là, lui et moi buvions des vodkas-tonic, accoudés au bar. Il buvait toujours un peu plus vite que moi.

– Pourtant, ça doit être un sentiment agréable de balancer réellement cette voiture à la mer, dit-il, les lèvres posées sur le bord de son verre.

– Oui, ça doit soulager, acquiesçai-je, mais dès que tu ne l'auras plus, une Ferrari viendra la remplacer.

– Je pourrais la jeter à l'eau aussi.

– Et après la Ferrari, tu aurais quoi ?

– Je me demande. Mais à force de jeter des bagnoles à la mer, je crois que l'assurance commencerait à renâcler.

– Pas la peine de s'inquiéter pour les assurances. Il faut voir plus large. De toute manière on ne fait que fantasmer, non ? On boit un verre en racontant ce qu'on veut. Ce n'est pas comme dans les films à petit budget où on te voit jouer. Les fantasmes n'ont pas besoin de budget. Dans le cas présent, il vaut mieux oublier les soucis de bourgeois, et voir les choses en grand sans se préoccuper des détails. Lamborghini, Porsche ou Jaguar, on les jette toutes à la mer, et voilà ! Pas la peine de se gêner, la mer est vaste. Elle peut contenir des milliers de voitures. Tu peux utiliser librement ton imagination.

Il se mit à rire.

– Ça me fait du bien de parler avec toi !

– Moi aussi. Ces bagnoles ne sont pas à moi, et ce n'est pas mon fantasme à moi non plus, répondis-je. À propos, comment ça va avec ta femme, ces temps-ci ?

Il but une gorgée de vodka et hocha la tête.

Dehors il pleuvait, et le bar était désert, nous étions les deux seuls clients. N'ayant rien de mieux à faire, le barman époussetait ses bouteilles.

– Ça va bien, dit-il, puis il eut un sourire légèrement de travers. On s'aime. Notre amour s'est affirmé et approfondi avec le divorce. C'est romantique, tu ne trouves pas ?

– Très. Je crois que je vais m'évanouir.

Il pouffa de rire.

– C'est vrai, tu sais, fit-il à nouveau grave.

– Je sais.

Voilà à quoi ressemblaient nos conversations. Nous parlions de choses sérieuses sur un ton badin. De choses si graves qu'elles nécessitaient de plaisanter sans arrêt en en parlant. La plupart de nos plaisanteries n'étaient pas très drôles, mais ce n'était pas un problème. Il suffisait que ce soient des plaisanteries. Nous avions juste besoin de reconnaître tous deux qu'il s'agissait d'une plaisanterie, et nous étions les seuls à savoir à quel point nous parlions sérieusement en même temps. Nous avions trente-quatre ans tous les deux, et ça aussi, c'est un des âges difficiles de la vie, quoique dans un sens très différent de la difficulté d'avoir treize ans. Tous deux, nous commencions à comprendre vraiment ce que signifiait prendre de l'âge. Et nous étions arrivés à un moment de nos vies où il fallait commencer à nous préparer à faire face à ça d'une façon ou d'une autre. Il fallait nous assurer que quelque chose serait là pour nous réchauffer pendant l'hiver à venir. Il exprimait ça par un mot succinct :

– L'amour, disait-il. C'est ça dont j'ai besoin.

– Comme c'est touchant ! répondais-je.

Mais moi aussi, c'était de ça que j'avais besoin.

Il se tut un instant, réfléchissant en silence à l'amour. Moi aussi, je pensais à ça. Je pensai un peu à Yumiyoshi-san, à cette soirée d'hiver où elle avait bu cinq ou six bloody mary. Elle aimait bien cette boisson.

– J'ai couché avec tellement de femmes que j'en suis écœuré. Je n'ai plus besoin de ça. C'est toujours la même chose, avec toutes, dit Gotanda au bout d'un moment. C'est d'amour que j'ai envie. Je vais te faire une confidence : *la seule femme avec qui j'ai envie de coucher, c'est la mienne.*

Je claquai des doigts.

– Fantastique ! Paroles d'évangile ! Vite, une conférence de presse. Tu vas déclarer ça au monde entier : la seule femme avec qui j'ai envie de coucher, c'est la mienne ! Tout le monde sera ému. Peut-être que le Premier ministre te félicitera en public.

– Ou que je recevrai le prix Nobel de la paix. En tout cas, je vais annoncer à la face du monde : la seule femme avec qui j'ai envie de coucher, c'est la mienne. Peu de gens peuvent en dire autant !

– Oui, mais si tu as le prix Nobel, il te faudra une redingote.

– Bah, ça passera dans les frais.

– Merveilleux. Tu parles comme un dieu.

– Je ferai mon discours de remerciements devant le roi de Suède. « Mesdames et messieurs, désormais la seule femme avec qui j'ai envie de coucher, c'est la mienne. » Ça soulèvera une véritable tempête d'émotion. Les nuées s'ouvriront et l'astre du jour étincelant apparaîtra.

– Les glaces fondront, les Vikings se prosterneront, on entendra le chant des sirènes.

– C'est touchant !

Puis nous songeâmes à nouveau en silence à l'amour. Il fallait penser à tout un tas de choses. Par exemple, je devais préparer de la vodka, du jus de tomate, du citron, en prévision du jour où j'inviterai Yumiyoshi-san chez moi.

– Mais peut-être qu'on ne te donnera pas de prix, tu seras simplement considéré comme un déséquilibré, dis-je soudain.

– C'est possible. Ce que je dis va à l'encontre de la révolution sexuelle. Je serai peut-être lapidé par une foule démente. Je deviendrai un martyre du sexe.

– Tu seras le premier acteur martyre du sexe.

– Mais une fois mort, je ne pourrais plus coucher avec ma femme.

– Exact.

Nous bûmes à nouveau en silence.

Voilà à quoi ressemblaient nos discussions sérieuses. S'il y avait eu des gens à côté de nous, ils auraient pensé que nous ne faisions que délirer. Pourtant nous étions on ne peut plus sérieux.

Quand il avait du temps libre, il appelait chez moi. Et nous nous retrouvions quelque part, ou bien il venait chez moi, ou moi chez lui. Et les journées s'écoulaient ainsi. Je ne travaillais plus du tout. J'étais fermement décidé, et je me moquais éperdument du travail. Avec ou sans moi, le monde continuait à tourner. J'attendais qu'il se passe quelque chose.

J'avais envoyé à Hiraku Makimura le reste de l'argent et les factures du voyage. Vendredi m'appela aussitôt pour me dire de garder l'argent.

– Maître Makimura trouve qu'il n'est pas quitte envers vous, m'expliqua-t-il, et moi aussi je me sens gêné. Vous ne voulez pas me laisser m'occuper de cette affaire ?

Il me paraissait compliqué et inutile de discuter sur ce sujet, aussi lui dis-je : « D'accord, faites en sorte que monsieur Makimura se sente quitte. » Sur ce, je reçus par retour du courrier un chèque bancaire de trois cent mille yens, accompagné d'un reçu pour « frais de reportage », que je signai et renvoyai. Tout pouvait passer dans les frais. Quel monde touchant ! Je mis ce chèque dans un cadre que je posai sur ma table.

@ @ @ @

Les jours fériés de mai et leurs ponts arrivèrent, passèrent.

Je téléphonai plusieurs fois à Yumiyoshi-san. C'était toujours elle qui décidait de la durée de nos conversations. Quelquefois nous parlions longuement, d'autres, elle me raccrochait simplement au nez en disant : « Je suis occupée. » De temps en temps il y avait de longs silences, et d'autres fois elle raccrochait brutalement sans raison. En tout cas, grâce au téléphone, nous pûmes nous parler souvent, et échanger peu à peu des informations. Un beau jour elle finit par me donner son numéro personnel. C'était un progrès certain.

Elle allait à la piscine deux fois par semaine. Chaque fois qu'elle parlait de son club de natation, mon cœur se serrait comme celui d'un innocent collégien. J'essayai plusieurs fois de la questionner au sujet de son prof de natation. Quel âge il avait, s'il était beau, s'il n'était pas trop gentil avec elle, etc. Mais je n'arrivais pas à poser les questions, j'avais trop peur qu'elle ne s'aperçoive de ma jalousie. J'avais peur qu'elle me dise : « Tu ne serais pas jaloux de mon club de natation par hasard ? Je déteste ça. Les hommes jaloux des clubs de natation sont vraiment des minables. Dis, tu comprends ce que je te dis ? Minable ! Je ne veux plus jamais te voir de ma vie ! »

Voilà pourquoi je ne pipais mot au sujet du club de natation. Et plus je gardais le silence, plus mes fantasmes concernant le club de natation prenaient de l'ampleur. Après les cours, son professeur la gardait sûrement pour lui donner une leçon particulière. Le professeur était évidemment Gotanda. Il lui apprenait à nager le crawl en posant les mains sur sa poitrine, son ventre. Ses doigts caressaient ses seins, l'effleuraient entre les jambes. Mais il lui disait de ne pas faire attention.

« Ne fais pas attention à ça, la seule femme avec qui j'ai envie de coucher, c'est la mienne. »

Puis il lui prenait la main et lui faisait serrer son sexe en érection. Son sexe en érection dans l'eau ressemblait à une branche de corail. Yumiyoshi-san avait déjà l'air en route pour le septième ciel.

« Ne t'inquiète pas, disait Gotanda, moi, la seule femme avec qui j'ai envie de coucher, c'est la mienne. »

Je n'arrivais pas à chasser ces ridicules fantasmes de mon esprit. Ils finissaient par me tourmenter chaque fois que je téléphonai à Yumiyoshi-san. Mes fantasmes devenaient plus complexes, d'autres personnages entraient en scène. Kiki, May et Yuki apparaissaient également. Pendant que je regardais les doigts de Gotanda se promener sur le corps de Yumiyoshi-san, celle-ci se métamorphosait en Kiki, par exemple.

– Tu sais, moi je suis quelqu'un de tout à fait ordinaire, me dit-elle un jour au téléphone. (Elle était plutôt déprimée ce soir-là.) Tout ce que j'ai de différent des autres, c'est mon drôle de nom. À part ça, je suis une fille banale qui use sa vie jour après jour en travaillant comme réceptionniste dans un hôtel. Allez, ne m'appelle plus, va. Je ne vaux pas la peine qu'on dépense des fortunes en téléphone pour moi.

– Mais tu aimes ce travail, non ?

– Oui, j'aime bien ça, le travail ne m'est absolument pas pénible en soi. Mais, de temps en temps, j'ai l'impression que cet hôtel m'absorbe tout entière. Et dans ces moments-là je me demande ce qui m'arrive. C'est comme si moi, je n'existais pas. L'hôtel est là, mais moi je n'y suis pas. Je n'arrive pas à me voir moi-même. Je suis perdue à moi-même.

– Tu ne penses pas un peu trop sérieusement à cet hôtel ? C'est un hôtel, sans plus, et toi, tu es toi. Moi, je pense beaucoup à toi, et de temps en temps à l'hôtel. Mais je ne pense pas à vous en même temps, vous n'êtes pas indissociables.

– Mais je le sais, ça. Seulement de temps en temps je suis confuse. Je n'arrive plus à voir les limites qui nous séparent. Mon existence, mes sensations, ma vie privée disparaissent complètement dans cet univers qu'est l'hôtel.

– Mais ça arrive à tout le monde, ça. Tout le monde a par moments l'impression de ne plus exister, d'être absorbé par quelque chose et de ne plus voir les limites entre soi et cette chose. Il n'y a pas que toi, moi aussi je suis comme ça.

– Non, ce n'est pas du tout la même chose, répondit-elle.

– Tu as raison, ce n'est pas du tout la même chose, je comprends ton sentiment, et je t'aime beaucoup, il y a quelque chose en toi qui m'attire énormément.

Elle se tut un long moment. Je sentais sa présence dans ce silence téléphonique.

– Tu sais, j'ai très peur de ces ténèbres, tu sais, ce que je t'ai raconté, j'ai peur que ça n'arrive encore une fois

Je l'entendis soudain sangloter doucement dans le combiné. Je me demandai d'abord ce que ce bruit pouvait être, mais il ne pouvait s'agir que de sanglots.

– Yumiyoshi-san, dis-je, que t'arrive-t-il ? Ça va ?

– Mais oui, ça va, je pleure, c'est tout. Je n'ai pas le droit de pleurer ?

– Non, ce n'est pas ce que je veux dire. Je m'inquiétais, c'est tout.

– Tu veux bien te taire une minute ?

Je me tus, et pendant ce temps elle pleura un long moment. Puis elle raccrocha sans mot dire.

Le 7 mai, j'eus un coup de téléphone de Yuki.

– Je suis rentrée, m'annonça-t-elle. Dis, tu n'as pas envie d'aller quelque part avec moi ?

J'allai la chercher à Akasaka en Maserati. À la vue de la voiture, Yuki s'assombrit.

– D'où elle sort, cette voiture ?

– Ne t'inquiète pas, je ne l'ai pas volée ! La mienne est tombée dans une fontaine, et alors la fée de la fontaine — le sosie d'Isabelle Adjani — est apparue, et m'a demandé : ce qui vient de tomber, est-ce une Maserati d'or ou une BMW d'argent ? Et j'ai répondu que ce n'était qu'une vieille Subaru, mais...

– Arrête tes plaisanteries stupides, dit-elle d'un ton on ne peut plus grave. Je te demande ça sérieusement : d'où vient cette voiture ?

– Un échange temporaire avec un ami qui voulait à tout prix conduire ma Subaru. Il avait ses raisons, ce serait trop long à expliquer.

– Un ami ?

– Oui. Tu auras peut-être du mal à me croire, mais même moi, j'ai un ami.

Elle s'assit sur le siège avant de la voiture et regarda tout autour d'elle d'un air renfrogné.

–Elle est nulle, cette bagnole, cracha-t-elle.

–C'est exactement ce que disait son propriétaire, quoique en usant d'expressions différentes.

Elle ne répondit pas. Je roulais en direction de la plage de Shônan. Yuki se taisait toujours, et je conduisais attentivement, en écoutant une cassette de Steely Dan. Il faisait très beau, je portais une chemise hawaïenne, j'avais mis mes lunettes de soleil. Elle portait un short en coton et un polo Ralph Lauren d'un rose qui allait très bien avec son teint hâlé. J'avais l'impression d'être de nouveau à Hawaii. Devant nous roulait un camion chargé de porcs, qui regardaient fixement ma Maserati de leurs yeux rouges à travers les interstices des planches. Eux ne faisaient sans doute pas la différence entre une Subaru et une Maserati. Les porcs ne connaissent pas la discrimination sociale, pas plus que les girafes, ou les anguilles.

–C'était comment, Hawaii ? demandai-je. Ça s'est bien passé avec ta mère ?

Elle haussa les épaules.

« Tu as fait des progrès en surf ?

Elle haussa les épaules.

« Tu as l'air en pleine forme. Le bronzage te va très bien, je te trouve charmante. On dirait la fée du café au lait. Il faudrait te coller deux ailes dans le dos, et te mettre une petite cuillère sur les épaules, ce serait parfait. Si tu étais l'alliée du café au lait, l'Arabie, le Brésil, la Colombie et le Kilimandjaro réunis ne pourraient rivaliser avec lui. Le monde entier boirait du café au lait à l'unanimité. Le monde entier serait séduit par la fée du café au lait. Pour te dire à quel point le bronzage te rend charmante.

Mes compliments sincères et enthousiastes n'eurent aucun résultat. Elle ne faisait que hausser les épaules. Ou bien obtins-je le résultat contraire à celui escompté ? Ma simplicité était-elle un peu tordue quelque part ?

« Tu as tes règles ou quoi ?

Elle haussa les épaules. Je fis de même.

–Je veux rentrer, dit-elle. Fais demi-tour et rentrons à Tokyo.

– On est sur une autoroute, tu vois. Même si je m'appelais Niki Lauda, je ne pourrais pas faire demi-tour ici.

– Prends la première sortie, alors.

Je la regardai. Elle avait l'air à bout de forces, le regard sans vie. Elle avait sans doute pâli, mais sous le bronzage c'était difficile à voir.

– Il vaudrait peut-être mieux se reposer quelque part, dis-je.

– Je n'ai pas envie de me reposer, j'ai juste envie de rentrer à Tokyo le plus vite possible.

Je sortis à Yokohama et nous prîmes le chemin du retour. Elle me dit qu'elle voulait s'asseoir un moment dehors, et je m'arrêtai dans un parking près de chez elle. Nous nous assîmes côte à côte sur un banc du sanctuaire de Nôgi.

« Excuse-moi, dit-elle. (C'était rare de la voir s'excuser.) Mais je me sentais très mal, c'était à peine supportable, et je n'ai supporté que parce que je ne voulais pas t'en parler.

– Mais ce n'était pas la peine. Ne t'en fais pas. Ça arrive souvent aux filles, j'ai l'habitude.

Elle se fâcha.

– Mais ce n'est pas à cause de ça, je te dis ! cria-t-elle. C'est uniquement à cause de cette voiture que j'ai disjoncté !

– Mais qu'est-ce qui te déplaît dans cette Maserati ? C'est une bonne voiture. D'excellente qualité, agréable à conduire. Un peu trop chère pour moi, certes, mais...

– Maserati, répéta-t-elle. La marque, ce n'est pas la question. Le problème, c'est *cette* voiture. Elle dégage une atmosphère désagréable qui, comment dire, m'oppresse. Ça me met très mal à l'aise, comme si j'avais un poids sur la poitrine, comme si on m'enfonçait quelque chose de force dans l'estomac. Tu n'as jamais ressenti ça en la conduisant ?

– Non, je ne crois pas. Je ne me sens pas très familier avec cette voiture, c'est sûr, mais je pense que c'est parce que je suis trop habitué à la mienne, et j'ai du mal à m'adapter à une autre. Mais c'est plutôt d'ordre sentimental. En tout cas, ça n'a rien à voir avec ce sentiment d'oppression dont tu parles.

Elle secoua la tête.

– Ce n'est pas de ça que je parle. C'est un sentiment bien spécial.

– Ah, tu veux dire, la... ton truc habituel ?

J'allais dire la prémonition, mais je m'arrêtai. Comment dire ? Pressentiments psychiques ? Je n'arrivais pas à trouver le mot juste. N'importe quel mot me paraissait trop obscène pour qualifier cela.

– Oui, c'est ça, fit paisiblement Yuki. Mon truc habituel. Je sens quelque chose.

– Mais que peux-tu bien sentir à propos de cette voiture ?

Elle haussa les épaules.

– Ce serait simple si je pouvais l'expliquer précisément. Mais je n'ai pas d'images concrètes, je sens seulement une espèce d'atmosphère vague et opaque où je ne peux rien distinguer de précis. Mais ce que je ressens est lourd et très désagréable. Ça m'oppresse. Il y a quelque chose qui ne va pas du tout. C'est erroné, tordu. J'ai du mal à respirer quand je suis là-dedans. L'atmosphère est lourde, comme si on m'avait enfermée dans une boîte en plomb et que je m'enfonçais au fond de la mer. Au début j'ai essayé de supporter ça en me disant que c'était moi qui pensais trop. Que c'était seulement un effet de la fatigue parce que je rentrais de voyage. Mais ce n'est pas ça, mon impression s'est accentuée et est devenue terrible. Je ne veux plus jamais remonter dans cette voiture. Dis-lui de te rendre ta Subaru.

– La Maserati maudite ! plaisantai-je.

– Ce n'est pas une blague, fit-elle d'un air grave. Toi aussi tu ferais mieux de ne plus conduire cette voiture.

– La Maserati néfaste ! dis-je en souriant. Bon, j'ai compris, ce n'est pas de la blague. Je ne conduirai plus cette voiture, promis. Ou alors si je la jetais à la mer plutôt ?

–Si tu peux, oui, dit Yuki très sérieusement.

Nous restâmes assis une heure sur le banc devant le temple, il lui fallut tout ce temps pour récupérer du choc. Le visage entre les mains, immobile, elle gardait les yeux fermés. Moi, je regardais les passants sans les voir. Les rares visiteurs du temple, en ce début d'après-midi, étaient des vieillards, des mères accompagnées d'enfants, ou des touristes étrangers, appareil photo en bandoulière. De temps à autre, un salarié en costume noir, sortant sans doute d'un des bureaux des alentours, venait s'asseoir un instant sur le banc, restait un moment à se reposer, les yeux dans le vague, puis repartait. À cette heure-ci, il va sans dire, les gens normaux étaient au travail. et les enfants normaux à l'école.

–Ta mère est rentrée à Tokyo avec toi ? demandai-je.

–Mouais, fit Yuki, elle est à la maison, à Hakone. Avec son manchot. Elle trie les photos d'Hawaii et de Katmandou.

–Et toi, tu ne retournes pas à Hakone ?

–Dans quelque temps, quand j'aurai envie. Pour l'instant, j'ai envie de rester à Tokyo. Il n'y a rien à faire à Hakone.

–J'ai une question à te poser, par pure curiosité, dis-je. Tu dis vouloir rester ici parce qu'à Hakone il n'y a rien à faire, mais franchement, qu'est-ce que tu fais de plus à Tokyo ?

Elle haussa les épaules.

–Je m'amuse avec toi.

Il y eut un long silence, comme en suspens.

–Merveilleux ! dis-je. Quelles paroles divines ! Simples, et en même temps une véritable révélation ! On va vivre longtemps comme ça en s'amusant tous les deux. Comme au paradis, toi et moi, les bras chargés de roses de diverses nuances, nous passerons nos journées à faire du canot sur des étangs dorés, à baigner de petits chiots au doux pelage marron. Quand nous aurons faim des papayes descendront du ciel, quand nous aurons envie d'écouter de la musique, Boy George chantera du haut du ciel rien que pour nous deux. Merveilleux ! Je n'ai rien à redire à ce programme, sinon qu'il va quand même falloir que je me remette bientôt à travailler. Je ne peux pas passer ma vie à m'amuser avec toi, et je ne peux pas continuer à me faire entretenir par ton père.

Elle me regarda un moment en grimaçant.

–Je comprends que tu ne veuilles pas de l'argent de mes parents. Mais ce n'est pas la peine de le dire aussi méchamment. Moi aussi de temps en temps je trouve ça dur de t'accaparer comme je fais. Je te dérange, et je ne te cause que des ennuis. Alors si tu voulais...

–Tu veux que j'accepte de l'argent, c'est ça ?

–Ça me rendrait les choses plus faciles.

–Tu ne comprends pas, dis-je. Je n'ai pas envie de te voir comme s'il s'agissait d'un travail. Ce n'est pas par obligation, mais par amitié que je te vois. Je n'ai pas envie que le jour de ton mariage je sois présenté à tout le monde comme « l'homme engagé par les parents de la mariée pour lui servir de nourrice quand elle avait treize ans ». Tout le monde se demanderait comment un homme peut exercer le métier de nourrice, non ? Je préférerais qu'on me présente comme le boy-friend de la mariée quand elle avait treize ans, ça fait plus chic.

–T'es vraiment nul, fit Yuki en rougissant. Je ne me marierai pas de toute façon.

–Pas de problème, je n'aime pas les mariages. Je déteste ça, écouter un tas de discours ennuyeux, et emporter en souvenir des gâteaux qui ressemblent à des briques ratées. Non, c'est vraiment une perte de temps. Moi-même, je n'ai pas fait de cérémonie quand je me suis marié. Non, tout ça n'est qu'une allégorie. Ce que je veux dire, simplement, c'est que *l'amitié ne s'achète pas*, et en plus, *ça ne passe pas dans les frais*.

–Si tu écrivais un conte pour enfants sur ce thème ?

–Merveilleux, répondis-je en souriant. Vraiment merveilleux, tu as vraiment saisi le truc pour avoir de la conversation. Encore un petit effort, et à nous deux on pourra faire des duos comiques.

Elle haussa les épaules.

–Dis, fis-je en toussotant, si on parlait un peu sérieusement ? Si tu veux vraiment t'amuser avec moi tous les jours, pas de problème. Je n'ai pas vraiment beaucoup de travail, et puis ce n'est jamais que du déneigement sans intérêt, ce que je fais. Mais qu'au moins une chose soit claire : je ne veux pas sortir avec toi pour de l'argent. Hawaii, c'était une exception. Un événement bien particulier. On m'a payé le voyage. On m'a même payé une femme, et grâce à ça, j'ai perdu ta confiance. Je me suis dégoûté moi-même. Je ne veux plus revivre ça. Fini, terminé ! Maintenant, je suis mon propre rythme. Personne n'a à me dire ce que je dois faire, ni à me payer pour. Je ne suis pas Dick Nose et je ne suis pas non plus Vendredi. Moi, je suis moi, et je ne suis l'employé de personne. Je sors avec toi parce que j'aie envie de sortir avec toi, et si tu as envie de t'amuser avec moi, je suis d'accord, mais je ne vois pas ce que l'argent a à faire là-dedans.

–Vraiment, tu veux bien t'amuser avec moi ? fit Yuki en regardant le vernis de ses ongles de pieds.

–Pourquoi pas ? Toi et moi, on est déjà exclus de la société normale. On n'a plus à se soucier de leur avis, on peut passer nos journées à nous amuser si ça nous chante.

–Pourquoi tu es gentil comme ça avec moi ?

–Je ne suis pas gentil. Mais quand je commence quelque chose, j'aime bien aller jusqu'au bout, c'est dans mon caractère. Si tu as envie de t'amuser avec moi, je veux bien jusqu'à ce que tu t'en lasses. Je pense que ce n'est pas par hasard si on s'est rencontrés dans cet hôtel à Sapporo. Si on fait quelque chose, il faut y aller jusqu'au bout, jusqu'à ce qu'on n'en ait plus envie.

Je la regardai tracer de petites figures par terre, des espèces de tourbillons carrés, avec le bout de ses sandales. Cela dura un bon moment.

–Je ne te dérange pas au moins ? demanda-t-elle.

Je réfléchis un peu.

–Peut-être que si. Mais ce n'est pas ton problème. Finalement, si je suis avec toi, c'est que ça me plaît, non ?

Personne ne m'y oblige. Je me demande pourquoi j'aime autant ta compagnie. On n'a vraiment pas le même âge, et absolument aucun sujet de conversation commun. Peut-être que tu me rappelles quelque chose. Oui, C'est ça, tu réveilles des sentiments enfouis depuis très longtemps en moi. Des sentiments que j'avais entre treize et quinze ans. Si j'avais quinze ans, je serais éperdument amoureux de toi. Mais je t'ai déjà dit ça, non ?

– Si.

– Alors, voilà. Quand je suis avec toi, c'est ce genre d'émotions qui renaît en moi. Je sens à nouveau le bruit de la pluie, le parfum du vent, comme autrefois. Je les sens juste à côté de moi. Ce n'est pas mal. Toi aussi, tu comprendras un jour à quel point c'est merveilleux.

– Même maintenant, je comprends très bien de quoi tu parles.

– Vraiment ? dis-je.

– Moi aussi, jusqu'à maintenant, j'ai perdu un certain nombre de choses.

– Bon, alors c'est facile de se comprendre.

Elle se tut un long moment. Je regardai à nouveau les gens qui venaient visiter le temple.

– Il n'y a personne à qui je puisse expliquer ce que je ressens, à part toi, dit-elle. C'est vrai. C'est pour ça que quand tu n'es pas là, je ne parle pratiquement à personne.

– Avec Dick Nose, c'était comment ?

Yuki tira la langue comme une enfant mal élevée.

– Il est complètement nul, celui-là.

– C'est peut-être vrai, en un sens. Mais pas complètement. Ce n'est pas un mauvais type, tu sais. Toi aussi, tu dois comprendre ça. Avec son unique bras, il se débrouille mieux que pas mal de gens pour un tas de choses, et pourtant, il ne cherche pas à s'imposer à quiconque. Il n'y a pas tellement de gens comme ça. Et en plus peut-être qu'il n'a pas la même envergure que ta mère, il n'a peut-être pas autant de talent, mais il pense sérieusement à elle. Je pense qu'il l'aime. C'est quelqu'un à qui on peut faire confiance. Il fait bien la cuisine. Il est gentil.

– Peut-être, mais il est nul.

Je n'ajoutai rien. Elle avait sa position, et ses sentiments propres.

Finalement, nous ne parlâmes pas davantage de Dick Nose. Nous évoquâmes un moment le soleil innocent d'Hawaii, les vagues, le vent, et la pinacolada. Yuki dit qu'elle commençait à avoir faim et je l'emmenai manger des crêpes et un parfait aux fruits dans le coin. Ensuite nous prîmes le métro et allâmes au cinéma.

Dick Nose mourut la semaine suivante.

34

Le lundi soir, Dick Nose était allé faire des courses en ville à Hakone, et au moment où il ressortait du supermarché avec son sac de courses à la main, il avait été fauché par un camion et était mort sur le coup. L'accident semblait dû à une véritable fatalité. Le chauffeur du camion avait dit qu'il ne comprenait pas lui-même pourquoi il avait foncé sans ralentir en descendant cette côte à la visibilité mauvaise, c'était comme si un démon l'avait piqué. Et Dick Nose avait lui aussi commis une erreur : il n'avait regardé que du côté gauche de la route avant de traverser, et avait regardé trop tard à droite. Ce genre d'erreur arrive souvent aux gens qui rentrent au Japon après un long séjour à l'étranger. Ils n'ont pas encore repris les réflexes adaptés à la conduite à gauche. Et ils regardent d'abord du mauvais côté de la route. Dans la plupart des cas, cela ne porte guère à conséquence, ils se font une petite frayeur et c'est tout, mais il arrive aussi que ce genre d'erreur d'inattention soit cause de graves accidents de la circulation. Le camion le projeta en avant et il mourut sur le coup, écrasé par une camionnette qui arrivait de l'autre côté.

Le jour où j'appris la nouvelle, la première chose à laquelle je pensai fut sa silhouette le jour où nous avions fait les courses au supermarché de Makaha. Je le revoyais choisir attentivement les marchandises, inspecter les fruits avec grand sérieux, jeter subrepticement une boîte de Tampax dans le chariot. Je le plaignais. À la réflexion, il n'avait pas eu de chance, jusqu'à la fin. Il avait perdu le bras gauche parce que son voisin avait sauté sur une mine, était obligé de courir du matin au soir pour éteindre les cigarettes qu'Ame laissait traîner partout, et il était mort en sortant d'un supermarché, son sac à provisions dans les bras.

La cérémonie funéraire eut lieu dans la maison de sa femme et de ses enfants. Bien entendu, ni Ame, ni Yuki, ni moi n'y assistâmes.

Le mardi après-midi, j'emmenai Yuki, dans la Subaru que Gotanda m'avait rendue, chez sa mère à Hakone. Yuki ne voulait pas la laisser toute seule.

– Elle est incapable de s'occuper de quoi que ce soit toute seule, tu sais. Il y a bien la vieille dame qui vient faire le ménage, mais elle est vieille, elle n'est plus très alerte et puis le soir elle s'en va, alors je ne peux pas la laisser toute seule comme ça.

– Il vaudrait mieux que tu vives avec elle quelque temps, alors, avais-je dit.

Elle hocha la tête puis feuilleta un moment les pages de mon livre de cartes routières.

– L'autre jour, j'ai dit quelque chose de vraiment méchant à propos de Dick Nose....

– C'est vrai, tu as dit qu'il était complètement nul.

Elle remit la carte dans la pochette contre la portière, appuya un coude sur la vitre, et se mit à regarder le paysage devant elle.

– Mais maintenant je pense qu'il n'était pas si mauvais que ça. Il était gentil avec moi, et il s'est occupé de moi. Il m'a appris le surf, et même s'il n'avait qu'un bras, il se débrouillait bien mieux que les gens qui en ont deux. Il était attentif à maman.

– Je sais. C'était un brave type.

– Mais j'avais envie de dire des méchancetés sur lui.

– Je sais. Il fallait que ça sorte, ce n'était pas de la méchanceté.

Elle regardait toujours droit devant elle. Le vent de début d'été qui pénétrait par la fenêtre ouverte faisait trembler sa frange comme des herbes.

– C'est triste, mais il était comme ça, dis-je. Un brave type, qui méritait le respect. Mais de temps en temps on le traitait comme une poubelle distinguée. De nombreuses personnes y jetaient diverses choses. C'était facile de se servir de lui comme d'une poubelle, je ne sais pas pourquoi, mais c'est comme ça. Il avait peut-être une tendance à ça de naissance. Comme ta mère que tout le monde remarque, même quand elle ne dit rien. La banalité, c'est fatal comme une tache sur une veste blanche. Une fois qu'elle est là, c'est pour l'éternité, rien ne peut en venir à bout.

– C'est injuste !

– La vie est fondamentalement injuste.

– Mais il me semble que j'ai été horrible envers lui.

Je poussai un soupir, arrêtai la voiture sur le bord de la route, et coupai le moteur. Puis j'enlevai les mains du volant et la regardai.

– Écoute, je trouve vraiment cette façon de penser ennuyeuse comme tout, commençai-je. Si tu regrettais ce que tu avais dit, c'est à lui que tu aurais dû expliquer ça directement, avec honnêteté, ou au moins en faisant des efforts pour être juste et honnête. Mais ce n'est pas ce que tu as choisi. Alors je ne vois pas à quel titre tu aurais des regrets, vraiment pas.

Elle plissa les yeux et me regarda.

« Je te parle peut-être trop sévèrement. Mais je n'apprécie de la part de personne, et surtout pas de toi, ce genre de façon de penser ennuyeuse. Tu comprends ? Il y a certaines choses à ne pas dire. Si on les dit, c'est terminé, ça ne tient plus debout. Tu comprends ? Tu regrettes ton attitude envers Dick Nose. Tu dis que tu regrettes. Pour ma part, je pense que tu regrettes sincèrement, mais si j'étais Dick Nose, je n'aurais pas envie de te voir regretter si simplement que ça. Je pense que je n'aurais pas envie que tu ailles voir quelqu'un d'autre pour lui dire : j'ai été horrible avec lui. C'est une question de politesse, et de modération. Il va falloir que tu apprennes ça.

Yuki ne disait rien. Toujours accoudée à la fenêtre, elle avait posé le bout des doigts sur ses tempes, et fermé les yeux, aussi paisiblement que si elle dormait. De temps en temps ses cils tremblaient légèrement, ses lèvres remuaient. Je me dis qu'elle pleurait peut-être, intérieurement. Elle pleurait sans larmes et sans bruit. Je me demandais si j'étais trop exigeant avec une petite fille de treize ans comme elle. Et étais-je bien placé pour dire ce genre de choses d'un air docte ? Mais tant pis, quel que soit l'âge de la personne, et quelle que soit ma valeur humaine à moi, il y avait certaines choses que je ne pouvais pas laisser passer. Les choses qui m'embêtaient vraiment, ce qui m'était insupportable, ça me l'était vraiment.

Yuki resta longtemps ainsi dans la même position, sans bouger. J'étendis la main et touchai doucement son bras.

– Allez, ça va, ce n'est pas de ta faute, dis-je. C'est moi qui dois être trop étroit d'esprit. Honnêtement je pense que tu te débrouilles plutôt bien dans la vie, ne t'en fais pas.

Une larme roula sur sa joue et tomba sur ses genoux. Une seule larme. Elle ne pleura pas davantage, n'éleva pas le moindre sanglot. C'était sublime.

– Qu'est-ce que je dois faire, alors ? dit-elle au bout d'un moment.

– Mais rien. Les choses qui ne peuvent pas s'exprimer en paroles, il faut les garder précieusement en soi. C'est ça, la politesse envers un mort. Avec le temps on comprend plein de choses. Ce qui doit rester reste, et ce qui ne le doit pas ne reste pas. Le temps résout beaucoup de choses. Les choses que le temps ne peut pas résoudre, c'est à toi de le faire. C'est trop compliqué, ce que je te dis ?

– Un peu, dit-elle puis elle sourit doucement.

– C'est difficile, c'est sûr, reconnus-je en riant. Je pense que la plupart des gens ne peuvent même pas comprendre de quoi je parle, pour commencer. La plupart des gens normaux ne pensent pas comme moi. Mais moi, je trouve que ma manière de penser est la plus correcte. Pour dire ça le plus concrètement possible, je dirai que tout le monde sans exception doit mourir. La vie humaine est bien plus dangereuse que tu ne le crois. C'est pourquoi il faut avoir avec les autres des rapports qui laissent le moins de prise possible aux regrets. Être juste, et sincère si on peut. Moi, personnellement, je n'aime pas les gens qui ne font pas ce genre d'efforts et se contentent de pleurer en disant qu'ils regrettent quand les gens qu'ils connaissaient sont morts.

Appuyée contre la portière, elle me regarda longuement.

– Mais ça paraît très difficile à faire, ce que tu dis, fit-elle.

– C'est très difficile, c'est sûr, mais ça vaut la peine d'essayer. Un garçon obèse et qui chantait mal, homosexuel de surcroît – je parle de Boy George – a bien réussi à devenir une star. Tout est dans les efforts que l'on fait, c'est tout.

Elle rit et hocha la tête.

– Je crois comprendre ce que tu veux dire.

– Tu es intelligente, dis-je.

Puis je remis le moteur en marche.

– Mais pourquoi poursuis-tu Boy George de ta haine ? demanda-t-elle. Ce ne serait pas parce que tu l'aimes, au fond ?

– Je vais réfléchir calmement à ça, dis-je.

@ @ @ @

La maison d'Ame faisait partie d'un lotissement résidentiel construit par une société de spéculateurs immobiliers. Il y avait un énorme portail et, juste à côté de l'entrée, une piscine et une cafétéria. Juste à côté de la cafétéria, un petit supermarché où semblait s'entasser toutes les nourritures industrielles possibles. Dick Nose aurait refusé de faire ses courses dans un endroit pareil. Moi aussi, d'ailleurs. Pour arriver à la maison, il fallait gravir une côte plutôt tortueuse et ma Subaru commençait à s'essouffler. La maison, plutôt grande pour abriter seulement une mère et sa fille, était située à mi-pente. Je me garai, puis gravis les marches de pierre de l'entrée, les bagages de Yuki à la main. Entre les cèdres plantés de biais, la vue donnait sur la mer en contrebas. L'air était légèrement brumeux, la mer étincelait d'un bleu aigu et printanier.

Une cigarette allumée à la main, Ame se promenait de long en large dans la vaste salle de séjour ensoleillée. Un grand cendrier en cristal de Bohême débordait de mégots écrasés et tordus, et la table sur laquelle il était posé était pleine de cendres éparpillées comme si quelqu'un avait vigoureusement soufflé dessus à dessein. Ame jeta dans le cendrier la Seilam sur laquelle elle tirait et, se dirigeant vers Yuki, se mit à lui caresser le visage. Les cheveux en bataille, les yeux rougis, elle portait une grande chemise orange maculée de produits qu'elle utilisait pour le développement de ses photos, et un jean délavé. Depuis combien de temps fumait-elle ainsi cigarette sur cigarette sans dormir ?

– Ça a été horrible, dit-elle, vraiment horrible. Pourquoi se passe-t-il toujours des choses aussi affreuses ?

Elle nous raconta en détail comment s'était passé l'accident, ajoutant que tout s'était passé si vite qu'elle ne savait plus où elle en était. Physiquement et moralement.

– Et pour couronner le tout, la vieille femme de ménage vient de m'appeler pour dire qu'elle a de la fièvre et qu'elle ne pourra pas venir. Pourquoi est-ce que ça lui arrive maintenant ? On dirait que tout est déréglé. La police est venue, la femme de Dick a appelé. Je ne sais plus ce que je dois faire.

– Qu'a dit sa femme ? demandai-je.

– Je ne sais plus, répondit Ame en soupirant. Elle n'a fait que pleurer, en disant quelque chose d'une petite voix de temps en temps. J'arrivais à peine à entendre ce qu'elle disait, et je ne savais absolument pas quoi lui répondre. C'est normal, non ?

Je hochai la tête.

– Alors je lui ai simplement dit que je lui ferai parvenir le plus rapidement possible les affaires appartenant à Dick qui sont restées ici. Mais elle continuait à pleurer sans s'arrêter, je ne savais plus quoi faire.

Elle poussa un profond soupir, et s'adossa au canapé. Je lui proposai de boire quelque chose, et elle répondit qu'elle avait envie d'un café brûlant. Je commençai par vider le cendrier, essuyer avec un chiffon la table pleine de cendres, enlever une tasse avec un dépôt de chocolat au fond, puis je rangeai rapidement la cuisine, fis bouillir de l'eau, préparai du café brûlant. Dick Nose avait installé la cuisine de la manière la plus fonctionnelle possible, mais une journée à peine après sa mort, elle avait déjà pris l'aspect d'un champ de ruines. La vaisselle s'empilait en désordre dans l'évier, le sucrier resté ouvert avait perdu son couvercle. Le fourneau en acier était plein de chocolat au lait collé. Un couteau encore plein de fromage était abandonné sur place. Le pauvre homme ! me dis-je. L'ordre qu'il avait dû s'efforcer de tout son cœur de donner à ces lieux s'était évanoui sans laisser de trace en une journée. Les gens laissent leur ombre dans les endroits qui leur conviennent le mieux. Pour Dick, c'était la cuisine. Et l'ombre instable qu'il avait laissée à grand-peine avait complètement disparu en un instant.

Je le plaignais sincèrement.

J'amenais le café au salon et trouvai Ame assise tout contre sa fille sur le canapé. Elle se reposait, la tête posée sur l'épaule de Yuki, les yeux noyés de larmes, l'air vague comme si elle avait pris des calmants. Yuki avait un visage inexpressif, mais n'avait pas l'air de trouver désagréable ni angoissant que sa mère s'appuie ainsi sur elle dans un état d'hébétude total. Quelle étrange paire elles forment toutes deux, me dis-je. Quand elles étaient ensemble, elles ne dégageaient pas la même atmosphère que séparément, il flottait autour d'elles quelque chose d'indéfinissable, qui les isolait du reste du monde.

Ame prit sa tasse de café à deux mains comme un objet précieux, et but lentement. « C'est bon ! » fit-elle, et après avoir bu son café, elle parut légèrement plus calme. Un peu de vie était revenue dans son regard.

– Tu veux boire quelque chose ? demandai-je à Yuki.

Elle secoua la tête d'un air inexpressif.

– Vous avez fini de régler toutes les formalités administratives, légales, et autres ? demandai-je à Ame.

– Oui, tout ça est terminé, répondit-elle. En cas d'accident corporel comme celui-là, il n'y a rien de très compliqué à faire. C'est un accident de la circulation on ne peut plus banal. Un policier est venu à la maison m'annoncer la nouvelle. Et je lui ai donné les coordonnées de la femme de Dick pour qu'il la prévienne aussi. Il paraît qu'elle est allée tout de suite au commissariat et s'est occupée de toutes les formalités. Légalement, je n'ai aucun lien avec lui. C'est après tout ça qu'elle m'a appelée, mais elle ne m'a presque rien dit, elle ne faisait que pleurer. Elle ne m'a pas fait de reproches, rien

Je hochai la tête. Un banal accident de la circulation...

Je me demandai si d'ici trois semaines elle n'aurait pas complètement oublié tout ce qui pouvait se rapporter à Dick Nose. Elle était femme à oublier facilement, et lui était un homme qu'on oubliait facilement.

– Y a-t-il quelque chose que je puisse faire pour vous ? demandai-je à Ame.

Elle me jeta un coup d'œil rapide puis se mit à fixer le plancher, d'un regard plat, sans profondeur. Elle resta ainsi un long moment, réfléchissant, apparemment. Puis son regard s'éclaira peu à peu, et reprit vie, comme si elle s'était éloignée en titubant puis, se ravisant, était revenue sur ses pas.

– Les affaires de Dick, murmura-t-elle comme pour elle-même. Les choses que je dois rendre à sa femme, je vous en ai parlé, non ?

– Si.

– Je les ai toutes préparées hier soir. J'ai tout rangé dans sa valise, ses manuscrits, sa machine à écrire, ses livres, ses vêtements. Il n'y en a pas tellement. Ce n'était pas un homme à posséder beaucoup de choses. Ça fait une valise de taille moyenne. Seriez-vous assez gentil pour amener tout ça de ma part chez sa femme ?

– Volontiers. Où habite-t-elle ?

– À Gôtokuji. Je n'ai pas l'adresse exacte. Vous pourriez la trouver ? Je crois que c'est écrit quelque part à l'intérieur de sa valise.

La valise était entreposée dans le bureau de Dick, au bout du couloir au premier étage, dont Yuki me montra le chemin. L'adresse était inscrite sur une étiquette accrochée à la poignée. La petite pièce longue et étroite, située sous les combles, avait une atmosphère agréable. Leur domestique y habitait autrefois, me dit Yuki. Dick Nose l'avait agréablement aménagée. Cinq crayons finement taillés ainsi qu'une gomme étaient posés côte à côte sur un petit bureau, comme une nature morte. Au mur, un calendrier portait des inscriptions griffonnées. Adossée à la porte, Yuki regardait l'intérieur de la chambre. L'atmosphère était paisible, on n'entendait pas un bruit en dehors du pépiement des oiseaux. Cela me rappelait leur maison à Hawaii. Là-bas aussi le calme régnait, on n'entendait que les oiseaux.

Je redescendis avec la valise. Elle contenait sans doute beaucoup de livres et de manuscrits, car elle était plus lourde qu'il n'y paraissait. Ce poids représentait pour moi tout le poids de la mort de Dick.

– Je vais amener cette valise à sa femme immédiatement, dis-je à Ame. Il vaut mieux faire ce genre de choses tout de suite. Puis-je faire autre chose pour vous ?

Ame regarda sa fille comme si elle hésitait. Yuki haussa les épaules.

– En fait, il n'y a pas beaucoup de provisions ici, dit Ame. Tout est arrivé au moment où il était parti faire les courses, et ...

– Bon, je vous ramènerai ce que je trouverai comme provisions, dis-je.

J'inspectai l'intérieur du Frigidaire, fis une petite liste de ce qui me paraissait le plus urgent, puis je descendis en ville, et fis des courses au supermarché devant lequel Dick était mort. J'achetai de quoi tenir quatre ou cinq jours. Puis je retournai chez Ame et emballai soigneusement les provisions une à une dans de la cellophane avant de les ranger dans le frigo.

Ame me remercia, je lui dis que ce n'était pas grand-chose. Et effectivement, je n'avais pas fait grand-chose, sinon achever la tâche entreprise par Dick et interrompue par sa mort.

Toutes deux me dirent au revoir, debout sur le perron de pierre. Exactement comme à Hawaii. Mais cette fois, personne n'agita la main. Agiter la main pour me dire au revoir, ça, c'était le rôle qui incombait à Dick Nose. Les deux femmes restaient debout à me regarder, immobiles sur le perron. La scène avait un je-ne-sais-quoi de mythique. Je mis la valise de plastique gris sur le siège arrière de ma voiture, puis m'installai au volant. Elle restèrent debout à me regarder jusqu'à ce que ma voiture disparaisse à leur vue au tournant. Le soleil se couchait et commençait à teindre la mer de reflets orange vers l'ouest. Je me demandai quelle nuit elles allaient passer, seules dans cette maison toutes les deux.

Puis je repensai soudain au squelette à un bras entrevu dans cette étrange pièce sombre à Honolulu. Ainsi, c'était bien le squelette de Dick que j'avais vu ? La mort était peut-être concentrée à cet endroit. Ces six squelettes... Six morts. Qui étaient les cinq autres ? L'un d'eux était peut-être le Rat. Le Rat, mon ami mort [1].

Un autre devait être May.

Il en restait trois.

Pourquoi Kiki m'avait-elle conduit dans cet endroit ? Que voulait-elle me suggérer en me montrant ces six squelettes ?

Je repris l'autoroute pour Tokyo, puis, m'aidant de ma carte routière, parcourus les rues tortueuses du quartier de Setagaya à la recherche de l'adresse de Dick Nose. C'était une petite maison à un étage tout à fait ordinaire, où tout paraissait minuscule, de la porte aux fenêtres en

1. Voir *La Course au mouton sauvage*, *op. cit.*

passant par la boîte aux lettres et l'éclairage de l'entrée. À côté de l'entrée se trouvait une niche devant laquelle un bâtard attaché par une chaîne tournait en rond en essayant de se donner des airs impressionnants. La maison était éclairée, des éclats de voix venaient de l'intérieur. Dans l'entrée étroite étaient posées cinq ou six paires de chaussures noires, soigneusement alignées. Il y avait même une grosse boîte à *sushi*[1] provenant d'un restaurant du voisinage. Le corps de Dick avait dû être ramené chez lui, et c'était la veillée funèbre. Lui au moins avait un endroit où retourner après sa mort, me dis-je.

Je sortis la valise de ma voiture, l'amenai dans l'entrée. J'appuyai sur la sonnette, et expliquai à l'homme d'une quarantaine d'années qui se présenta qu'on m'avait chargé d'amener ces bagages à cette adresse. Je pris soin de ne pas en dire davantage. L'homme jeta un coup d'œil à l'étiquette de la valise et parut comprendre aussitôt de quoi il s'agissait.

Il me remercia très poliment, et je rentrai chez moi à Shibuya. Je gardai un poids sur le cœur. Il restait encore trois squelettes...

@ @ @ @

Je réfléchis au sens de la mort de Dick, tout en buvant du whisky en solitaire dans ma chambre. Cette mort soudaine n'avait aucun sens. Ce morceau-là ne s'adaptait absolument pas aux espaces vides que comportait encore mon puzzle. J'avais beau le retourner, le changer de côté, ça ne marchait pas. Ce morceau faisait peut-être partie d'un autre puzzle. Mais même si sa mort n'avait aucune signification en elle-même, il me semblait qu'elle allait entraîner des changements importants dans la situation. Des changements pas forcément bénéfiques. Je ne sais pourquoi, je ressentais ça, intuitivement. Dick Nose était

1. Tranches de poisson cru servies sur des boulettes de riz vinaigré *(NdT)*.

un homme essentiellement bon. Et qui était relié à quelque chose, à sa façon. Mais maintenant il avait disparu, et quelque chose allait changer, la situation allait se durcir.

Par exemple ?

Par exemple, je n'aimais guère le regard inexpressif de Yuki quand elle était en compagnie de sa mère. Pas plus que le regard hébété d'Ame quand elle était avec sa fille. J'y voyais quelque chose de néfaste. J'aimais Yuki, c'était une petite fille intelligente, terriblement têtue de temps en temps, mais fondamentalement franche et honnête. J'avais également une sorte de sympathie pour sa mère. Quand je parlais seul à seul avec elle, je la trouvais pleine de charme. Pleine de talent aussi, et sans défense. Beaucoup plus infantile que Yuki, en un sens. Mais quand je les voyais ensemble, cela me fatiguait. Il me semblait comprendre ce que Makimura avait voulu dire en affirmant que vivre avec ces deux femmes avait tué son talent.

Oui, une sorte de pouvoir direct naissait de leur combinaison.

Jusque-là, il y avait Dick entre elles deux. Mais il n'était plus là, et j'étais en un sens face à elles maintenant.

Ce n'est qu'un exemple.

Je téléphonai plusieurs fois à Yumiyoshi-san, vis Gotanda plusieurs fois. L'attitude de Yumiyoshi-san était toujours aussi froide, mais il me semblait sentir un certain contentement dans sa voix quand je lui téléphonais. En tout cas, je sentais que je ne la dérangeais pas tant que ça. Elle ne manquait jamais ses deux séances de natation hebdomadaires, et quand elle était de congé à l'hôtel elle avait rendez-vous avec un ami. Elle me dit que le dimanche précédent elle était allée en voiture avec lui à je ne sais quel lac.

– Mais ce n'est qu'un copain, tu sais, il n'y a rien entre nous. On était dans la même classe au lycée, et maintenant il travaille à Sapporo.

Je lui dis que tout ça n'avait pas beaucoup d'importance, et pour ma part cela ne me gênait en rien. Ce qui me causait du souci, c'était plutôt le club de natation. Elle pouvait aller à tous les lacs qu'elle voulait avec son petit ami, ou escalader toutes les montagnes du Hokkaido, je m'en souciais comme d'une guigne.

– Mais je voulais t'en parler, dit-elle, je n'aime pas dissimuler.

– Ça n'a aucune importance, ne t'inquiète pas, répétai-je. Je voudrais seulement revenir un de ces jours à Sapporo et parler avec toi, c'est tout. En attendant, tu peux avoir rendez-vous avec tous les petits copains que tu veux, entre toi et moi, ça n'entre pas en ligne de compte. Je pense tout le temps à toi, tu sais. J'ai déjà dû te le dire, mais je crois que nous avons des choses en commun.

– Par exemple ?

– Par exemple, l'hôtel. C'est ton lieu à toi, mais c'est aussi le mien. C'est un lieu particulier pour toi comme pour moi.

– Mmh, fit-elle.

C'était un « mmh » neutre, qui ne niait pas mais n'approuvait pas non plus.

– Depuis la dernière fois qu'on s'est vus, j'ai rencontré tout un tas de gens, tu sais, et il m'est arrivé plein de choses. Mais il me semble que, fondamentalement, je continue à ne penser qu'à toi. J'ai toujours envie de te voir. Mais ce n'est pas encore le moment. Je n'ai pas terminé ce que j'ai à faire.

Mes paroles étaient tendres, mon explication manquait de logique. Typiquement moi.

Il y eut un petit silence. Un silence à tendance légèrement positive. Mais en fin de compte un silence reste un silence. Peut-être est-ce moi qui vois les choses de façon trop optimiste.

– Mais ce que tu as à faire se présente bien ? demanda-t-elle.

– Oui, enfin, je crois, peut-être. Je veux le croire.

– Ça serait bien que tu aies fini avant le printemps prochain, dit-elle.

@ @ @ @

Gotanda avait l'air fatigué. Dès que des intervalles libres se présentaient dans son programme de travail extrêmement chargé, il en profitait pour voir son ex-femme en cachette.

– Ma seule certitude dans tout ça, c'est que ça ne va pas pouvoir continuer indéfiniment, dit-il en poussant un profond soupir. Fondamentalement, je ne suis pas fait pour ce genre de vie d'artiste. Je suis plutôt un pantouflard. C'est pour ça qu'en ce moment je me sens vraiment fatigué, je suis à bout de nerfs.

Il étendit les bras à droite et à gauche comme s'il tendait un élastique.

– Tu devrais l'emmener en vacances à Hawaii, dis-je.

– Oui, si je pouvais, dit-il avec un sourire sans force. Ça serait vraiment agréable. Vivre allongés sur la plage tous les deux sans penser à rien. Même cinq jours me suffiraient. Ce ne serait pas du luxe, hein, même trois jours, je m'en contenterais. Je suis sûr que je serais déjà moins fatigué en rentrant.

Ce soir-là, je l'accompagnai à son appartement d'Azabu, et, assis sur son élégant canapé, je regardai en buvant un verre un enregistrement vidéo de toutes les publicités télévisées qu'il avait tournées. Il y avait une pub vantant un médicament contre les maux d'estomac que je voyais pour la première fois. La scène se passe dans l'immeuble d'un quelconque bureau, et quatre ascenseurs alignés et ouverts, sans cloisons ni portes, montent et descendent rapidement. Gotanda, en costume sombre, un attaché-case dans les bras, monte dedans. Il a tout l'air d'un salarié de haut niveau. Il saute précipitamment d'un ascenseur à l'autre. Dans l'un, il rencontre un de ses supérieurs, et tous deux se concertent sur une question de travail, dans un autre il aperçoit une jolie secrétaire avec laquelle il prend aussitôt rendez-vous pour le soir, puis il saute à nouveau dans l'ascenseur précédent où il a laissé des dossiers sur lesquels il se met à travailler, tandis qu'un téléphone sonne dans l'ascenseur voisin, où il se précipite.

Ce n'est pas facile de bondir d'un ascenseur à l'autre, surtout quand ils sont aussi rapides que ceux-ci, mais Gotanda s'acquitte de ce rôle sans se défaire d'un air cool et en même temps farouchement décidé.

Une voix *off* déclare alors : « Chaque jour, le stress. Ce stress s'accumule sur votre estomac, Pour vous qui êtes si occupé, un médicament contre les maux d'estomac, plus doux, plus... »

Je me mis à rire.

– Elle est marrante, cette pub !

– Je trouve aussi. Enfin, elle est aussi nulle que les autres, évidemment, c'est le propre de toute publicité. C'est vraiment sans intérêt. Mais celle-ci est bien faite, et c'est triste à dire, mais elle est de meilleure qualité que la plupart des films dans lesquels j'ai tourné. Ils ont mis pas mal d'argent là-dedans. Décors, effets spéciaux. Les cinéastes de pub n'hésitent pas à dépenser beaucoup d'argent pour de tout petits détails. En plus l'idée est bonne.

– Et cette publicité suggère bien ton état actuel.

– C'est vrai, tu as raison ! dit-il en riant. Ça me ressemble vraiment, je saute comme ça d'un truc à l'autre sans répit, à corps perdu, et le stress me porte sur l'estomac. Mais ce médicament est totalement inefficace. Je l'ai essayé, j'en ai eu une douzaine de boîtes en cadeau : ça ne fait strictement aucun effet.

– Mais tu bouges vraiment bien là-dedans, dis-je en revenant en arrière avec la télécommande pour regarder à nouveau depuis le début. Tu as une présence comique à la Buster Keaton. Tu es peut-être fait pour ce genre de rôles.

Gotanda hocha la tête en souriant du bout des lèvres.

– C'est vrai, la comédie, ça m'a toujours intéressé. Je sens qu'il y a une possibilité pour moi là-dedans. Si j'arrivais à exprimer avec talent le comique inhérent à l'acteur de type *straight* que je suis, je pense que ça donnerait quelque chose d'amusant. J'essaie de vivre de façon *straight* dans un monde compliqué et complètement tordu, donc, il y a quelque chose de ridicule, de comique dans cette façon même de vivre. Tu vois ce que je veux dire ?

– Très bien.

– Le rôle n'aurait pas besoin d'être comique en soi, tu vois. J'aurais juste à me comporter de façon extrêmement normale. Et le comique naîtrait justement de là. Voilà le genre de choses qui m'intéresse. Il n'y a pas un acteur de ce genre dans le Japon actuel. La plupart des acteurs comiques en font trop. Moi, c'est le contraire que je voudrais faire. Ne pas jouer.

Il but une gorgée d'alcool et regarda le plafond.

– Tous ces types du cinéma n'ont pas un gramme d'imagination. Du matin au soir on ne fait que me proposer des rôles de médecin, de professeur, d'avocat, je suis saturé de ce genre de rôles, mais je ne suis pas en position de refuser les propositions, alors j'accepte à contrecœur. Et le stress me porte sur l'estomac.

Cette publicité avait eu pas mal de succès et avait donné lieu à quelques variantes. Un Gotanda en costume de businessman, les traits nobles et réguliers, bondissant de tramway en bus et de bus en avion à un rythme incessant. Ou escaladant à l'aide d'une corde la façade d'un immeuble de bureaux, des dossiers sous le bras, et entrant dans un bureau ou dans un autre. Le plus amusant dans ces séquences était l'expression imperturbable de Gotanda.

– Au début le metteur en scène m'avait demandé de prendre l'air exténué. Mais je n'étais pas d'accord, je lui ai dit que ce serait bien plus drôle si je faisais tout ça avec un air *cool*. Évidemment ils sont tellement stupides, ces types-là, qu'aucun ne m'a écouté. Mais j'ai tenu bon. Ce n'est pas par plaisir que je fais de la pub, mais uniquement parce que ça rapporte. Pourtant, dans ce cas précis, je me suis dit que ça pouvait donner quelque chose d'intéressant. Finalement ils ont tourné les deux styles et quand on les a montrés à l'essai, tout le monde a préféré celui pour lequel j'avais insisté. Mais évidemment tout le succès de la pub est revenu au metteur en scène. Il a même eu je ne sais plus quel prix. Enfin, ça n'a pas d'importance

Moi, je ne suis qu'un acteur, je me moque pas mal de l'opinion qu'on peut avoir de moi. Mais je n'arrive pas à avaler que ces gars-là s'imposent face à moi comme si c'était normal. Je serais prêt à le parier : maintenant le cinéaste est persuadé que l'idée de tourner la pub comme ça vient de lui. Ils sont comme ça, ces types-là. Aucune imagination, mais rapides à tout rationaliser comme ça les arrange. Et moi, ils me prennent pour une petite gueule d'amour qui ne joue que dans des navets et qui aime bien la ramener.

– Ce n'est pas pour te passer de la pommade, mais tu as un talent bien à toi. Remarque, sincèrement, je m'en suis rendu compte seulement en te voyant en chair et en os et en discutant avec toi. Jusque-là, je t'avais juste vu dans quelques films, et à quelques différences près ils étaient tous complètement nuls, et toi aussi, pour être franc.

Gotanda éteignit la vidéo, se servit un autre verre, mit un disque de Bill Evans. Puis il se rassit et but une gorgée d'alcool. Cette succession de gestes était, comme d'habitude chez lui, d'une élégance parfaite.

– Tu as raison, entièrement raison. À force de ne jouer que dans des navets, je suis devenu nul. Je me sens misérablement nul quand je joue là-dedans. Mais, comme je te l'ai dit tout à l'heure, je ne suis pas en position de choisir. Je ne peux pas étudier les propositions une à une et choisir. Je ne peux même pas choisir les motifs de mes cravates, alors tu penses ! Je suis obligé de me laisser diriger par tous ces imbéciles qui se croient intelligents, tous ces types vulgaires persuadés d'avoir du goût. « Va là-bas, viens ici, fais ci, fais ça, conduis cette bagnole-ci, couche avec cette fille-là ! » Ma vie est aussi nulle que mes films. Mais jusqu'où ça va continuer comme ça ? Je n'en ai pas la moindre idée. J'aurai trente-cinq ans dans un mois.

– Il ne tient qu'à toi de tout laisser tomber et de recommencer à zéro. Tu en es capable. Tu quittes ton agence et tu rembourses l'argent que tu dois petit à petit en faisant ce qui te plaît vraiment.

– Ouais, j'ai bien pensé à ça. Plusieurs fois j'ai été sur le point de le faire, et si j'étais seul, ce serait déjà fait. Ça me serait égal de repartir à zéro et de faire du théâtre avec une troupe inconnue, pour l'argent j'arriverai toujours à me débrouiller. Mais si je redeviens un inconnu, un zéro, elle me laissera tomber, tu comprends. Elle est comme ça, elle ne peut respirer que dans ce monde-là. Si je recommençais à zéro, ça lui couperait le souffle. Ce n'est ni bien ni mal, c'est son caractère qui veut ça, c'est tout. Elle vit sous la pression du star-system, et elle exige la même pression de la personne avec qui elle vit. Et je l'aime, je ne veux pas la quitter. Voilà où le bât blesse.

Voie sans issue.

– Je suis dans une impasse, fit Gotanda. Allez, parlons d'autre chose. On pourrait parler de ça jusqu'à demain matin sans aboutir nulle part.

Je lui parlai de Kiki. Il avait envie de me questionner sur mes relations avec elle. Après tout, me dit-il, c'est elle qui nous avait rapprochés tous les deux, mais je ne lui avais pratiquement rien dit sur elle. Était-ce donc si difficile d'en parler ? Je n'étais pas obligé, de le faire, ajouta-t-il.

Non, ce n'était pas particulièrement difficile. Je lui parlai de ma rencontre avec Kiki. Comment nous nous étions rencontrés par hasard, et mis à vivre ensemble. Elle s'était glissée dans ma vie naturellement, sans bruit, comme un corps gazeux qui se fond avec l'air.

– Oui, vraiment naturellement. C'est difficile à expliquer, mais tout semblait s'enchaîner tout seul, aller de soi. C'est pour ça que sur le moment je n'ai rien trouvé d'étrange à tout ça. Mais par la suite, en réfléchissant, il y avait trop d'éléments illogiques, irréalistes. Quand j'en parle, ça paraît ridicule, c'est pour ça que jusqu'ici je n'en ai parlé à personne.

Je bus un peu d'alcool, remuai les jolis glaçons aux formes originales dans mon verre.

– À l'époque, elle était mannequin, spécialisée dans les oreilles, et c'est en voyant des clichés de ses oreilles que j'ai commencé à m'intéresser à elle. Elle avait des oreilles parfaites, il n'y a pas d'autre mot. Je travaillais dans la pub, j'avais besoin de photos d'oreilles pour mon travail. Je ne me rappelle plus exactement de quelle pub il s'agissait, mais toujours est-il qu'on m'a envoyé ces photos démesurément agrandies des oreilles de Kiki. Tellement agrandies qu'on voyait même les pores de la peau, tu vois. Je les avais punaisées au mur de mon bureau et je les regardais tous les jours. Au début c'était pour trouver l'inspiration pour faire ce boulot, mais peu à peu ces photos sont devenues une partie de ma vie. Même quand mon travail a été terminé, j'ai continué à regarder ces oreilles. C'était vraiment des oreilles extraordinaires. Je voudrais pouvoir te les montrer, parce qu'on ne peut pas comprendre simplement en en parlant. C'était des oreilles parfaites, dont l'existence semblait posséder un sens.

– Maintenant que j'y pense, je crois bien que tu m'as déjà dit quelque chose au sujet des oreilles de Kiki, fit Gotanda.

– Hmm, sans doute. Donc, je me suis mis à vouloir rencontrer à tout prix la propriétaire de ces oreilles. Il me semblait que ma vie n'avancerait plus d'un pas, tant que je ne la rencontrerais pas. C'est comme ça que j'ai téléphoné à Kiki. Elle a accepté un rendez-vous. Et à notre première rencontre, elle m'a montré ses oreilles, rien qu'à moi, personnellement. *Personnellement*, tu comprends, pas pour le travail, pas de façon professionnelle ! Et elles étaient encore plus magnifiques qu'en photo. Si merveilleuses que j'en croyais à peine mes yeux ! Quand elle les montrait de façon professionnelle – en tant que mannequin, pour des photos – elle les fermait consciemment. C'est pour cela que ses oreilles étaient différentes quand elle les montrait sous un angle personnel. Tu comprends, quand elle te montrait ses oreilles, toute l'atmosphère environnante en était transformée. *Ses oreilles changeaient la face du monde !* Je sais que ça peut paraître ridicule, mais c'était *vraiment* comme ça, je ne peux pas m'exprimer autrement.

Gotanda était plongé dans ses réflexions.

– Ça veut dire quoi, « fermer ses oreilles » ? demanda-t-il.

– Séparer ses oreilles de sa conscience. Pour le dire le plus simplement possible.

– Mmouais.

– Débrancher ses oreilles, quoi.

– Mmouais.

– Ça paraît idiot, je sais. Mais c'est vrai.

– Je te crois. J'essaie seulement de comprendre.

Appuyé au dossier du canapé, je contemplais une peinture sur le mur.

– Et aussi, ses oreilles avaient un pouvoir particulier. Elles distinguaient certains sons des autres, et guidaient les gens vers les lieux où ils devaient aller.

Gotanda réfléchissait à nouveau.

– Et Kiki t'a guidée vers le lieu où tu devais aller ?

Je hochai la tête sans rien ajouter. Ç'aurait été trop long de tout expliquer, et je n'avais pas envie d'en parler. Il ne me questionna pas davantage.

– Maintenant encore elle essaie de me guider quelque part. J'en suis sûr, je le sens. Cela fait plusieurs mois que j'ai cette sensation. J'ai remonté le fil peu à peu. Un petit fil ténu qui a manqué se casser plusieurs fois. Mais je suis arrivé à le remonter, et en chemin j'ai rencontré tout un tas de gens, dont toi. *Toi, qui es le personnage central.* Mais je n'ai pas encore saisi ce qu'elle essaie de me montrer. Deux personnes sont mortes en cours de route. May, un poète manchot. Les choses bougent, mais elles ne mènent nulle part.

La glace avait fondu dans nos verres, et Gotanda alla en chercher à la cuisine, puis nous prépara deux nouveaux whiskies *on the rocks*. Avec des gestes élégants, évidemment. Quand il mettait de la glace dans un verre, cela faisait un petit tintement on ne peut plus agréable à l'oreille. On aurait dit une scène de film.

– Tu vois, moi aussi, je me sens coincé. Comme toi, dis-je.

– Non, toi et moi, on est différents. Moi, j'aime une femme d'un amour sans issue. Toi, au moins, ça t'a mené quelque part. En ce moment tu es peut-être en pleine confusion, mais c'est sans comparaison avec le labyrinthe où mon amour m'a entraîné, toi il te reste de l'espoir, ou au moins une possibilité de sortie. Moi, je n'ai plus ni l'un ni l'autre. Ces deux points constituent une différence décisive entre nous.

– Peut-être. En tout cas, moi, tout ce que je peux faire, c'est m'accrocher à la piste de Kiki. Elle essaie de m'envoyer un signe, un message. Et moi, j'essaie de tendre l'oreille pour le saisir.

– Dis donc, fit Gotanda. Je me demande. Tu n'as pas pensé à la possibilité qu'elle ait été assassinée elle aussi ?

– Comme May ?

– Mmh. Elle a disparu trop brusquement. Quand j'ai appris que May avait été assassinée, j'ai aussitôt repensé à Kiki. Je me suis demandé s'il ne lui était pas arrivé la même chose. Je n'ai rien dit parce que je n'avais pas envie d'évoquer cette possibilité, mais enfin, elle est bien réelle, non ?

Je restai silencieux un long moment. Pourtant je l'avais rencontrée, moi, dans le crépuscule gris pâle des rues d'Honolulu. Je l'avais vraiment vue. Et Yuki aussi le savait.

– Je parle d'une simple éventualité, ce n'est pas forcément ça, dit Gotanda.

– Cette possibilité existe, c'est sûr. Pourtant Kiki m'envoie des messages, je le sens. C'est une fille vraiment spéciale.

Gotanda réfléchit un long moment, bras croisés. Je crus même un moment qu'il s'était endormi dans cette position, sous l'effet de la fatigue. Je me trompais, évidemment, car de temps à autre il croisait ou décroisait les doigts. Mais rien d'autre que ses doigts ne remuait. L'obscurité de la nuit qui s'était glissée dans la pièce semblait envelopper comme du liquide amniotique son corps élégant.

Il fit tourner la glace dans son verre et but une gorgée de whisky.

Et à ce moment précis, je sentis la présence d'une tierce personne. Je percevais clairement la chaleur d'un corps, sa respiration, son odeur. Ce n'était pas un être humain. Plutôt un relent de présence animale. Un animal... me dis-je. Cette sensation de présence me durcissait la colonne vertébrale. Je fis rapidement le tour de la pièce du regard. Mais bien entendu, je ne vis rien. C'était une simple impression. Je pouvais sentir cette présence dans l'espace, mais dans la pièce il n'y avait personne en dehors de moi et Gotanda, plongé dans ses réflexions, les yeux fermés. Je pris une inspiration profonde et tendis l'oreille, en vain. Je ne distinguai aucun bruit. Cet animal devait être tapi quelque part dans l'espace, retenant son souffle. Au bout d'un moment, cependant, la sensation disparut. L'animal n'était plus là.

Je relâchai la tension dans mes épaules, bus une gorgée de whisky.

Gotanda rouvrit les yeux deux ou trois minutes plus tard, et se tourna vers moi avec un sourire engageant.

– Je suis désolé, fit-il, cette soirée a tourné à la déprime.

– C'est peut-être parce que toi et moi sommes des types fondamentalement déprimés, dis-je.

Il sourit, mais n'ajouta rien.

Nous passâmes encore environ une heure à écouter de la musique puis, quand je me sentis suffisamment dessoûlé, je repris ma Subaru et rentrai à la maison. Je me mis au lit, et restai un moment à me demander : *« Quel pouvait bien être cet animal tout à l'heure ? »*

35

Vers la fin mai, je rencontrai par hasard - enfin, *peut-être* par hasard - mon vieil ami le plumitif, l'un des deux inspecteurs qui m'avaient cuisiné après la mort de May. Je me retrouvais nez à nez avec lui en sortant d'un grand magasin à côté de chez moi. Malgré la chaleur estivale qui régnait ce jour-là, il portait avec naturel une épaisse veste en tweed. Peut-être les inspecteurs de police avaient-ils un sens particulier de la température. Il tenait à la main un sac provenant du même grand magasin que moi. Je m'apprêtais à le croiser en feignant de ne pas le reconnaître, quand il m'interpella sur le ton de la plaisanterie :

– Dis donc, quelle froideur ! Alors comme ça on allait passer sans dire bonjour à un vieux copain ?

– Je suis pressé, fis-je simplement.

– Hein ? fit-il comme s'il n'en croyait pas un mot.

– Des préparatifs pour mon travail. J'ai tout un tas de choses à faire, expliquai-je.

– Ah, bon ? Mais tu as bien dix minutes à m'accorder, tout de même ? On va prendre un verre ? Je voudrais te parler, ça n'a rien de professionnel, et je n'en ai vraiment que pour dix minutes.

J'entrai donc avec lui dans un café bondé des environs. Je ne sais pas moi-même pourquoi. Après tout, j'aurais pu refuser. Mais j'acceptai son invitation et commandai un café. Autour de nous, il n'y avait que des jeunes couples ou des groupes d'étudiants. Le café était infect, l'air vicié. Le plumitif sortit une cigarette et se mit à fumer.

Je me taisais.

–Mon boulot me rend nerveux, tu sais, commença-t-il. Quand on est dans la police, on se fait détester de tout le monde. En quelques années, ma vue a baissé, ma peau s'est abîmée. Je ne vois pas en quoi ce boulot est mauvais pour le teint, mais enfin c'est comme ça. Très vite, on fait plus vieux que son âge, on n'arrive plus à parler comme tout le monde, bref, il n'y a rien de positif dans ce sale métier.

Il mit trois sucres dans son café, de la crème, tourna le tout soigneusement avant de boire lentement.

Je regardai ma montre.

–Ah oui, c'est vrai, tu n'as pas le temps. Mais tu as bien cinq minutes, hein ? Ça ne sera pas long. C'est à propos de cette fille qui a été assassinée, May.

–May ? répétai-je. (S'il croyait m'avoir si facilement !)

Il eut un sourire de travers.

–Oui, elle s'appelait May, on a fini par découvrir son nom. Un pseudonyme, bien entendu. C'était bien une prostituée. Mon intuition était juste. Ce n'était pas une enfant de chœur, même si elle en avait l'air à première vue. De nos jours, ça devient dur de faire la différence entre les professionnelles et les autres. Autrefois, ça se voyait au premier coup d'œil, aux vêtements, au maquillage, à l'expression du visage. Maintenant, ce n'est plus possible, il y a trop de filles qui n'en ont pas du tout l'air et qui vivent de prostitution. Pour l'argent, ou par curiosité. Ce n'est pas bien, ça. Dangereux. Toujours coucher dans des chambres d'hôtel avec des inconnus... Il y a tellement de types bizarres qui se baladent en liberté. Des tordus, des obsédés. C'est dangereux, hein, tu ne trouves pas ?

J'opinai du bonnet. Je n'avais guère le choix.

« Mais les filles jeunes, elles ne comprennent pas ça. Elles pensent qu'elles ont toutes les chances du monde de leur côté. Rien à faire. C'est ça, la jeunesse. On croit que tout ira toujours bien pour vous. Quand on comprend que ça ne se passe pas comme ça, c'est trop tard. On a déjà un bas serré autour du cou. Triste, hein ?

– Vous avez identifié l'assassin ?

Il secoua la tête puis grimaça.

– Malheureusement non. On a compris pas mal de détails, l'enquête continue, mais les journaux n'en parlent plus. Par exemple, on sait qu'elle s'appelait May et qu'elle vivait de prostitution, et que son vrai nom... Enfin, ça ne t'intéresse pas, pas vrai ? Ce n'est pas important. Elle est née à Kumamoto. Son père est un fonctionnaire local. Ce n'est pas une bien grande ville, mais enfin, il est tout de même allé jusqu'au grade d'adjoint au maire. C'est une famille bien sous tous rapports, à l'aise financièrement, et ils lui envoyaient une pension plus que suffisante pour vivre. Sa mère montait à Tokyo une ou deux fois par mois et lui achetait des vêtements. Elle avait dit à ses parents qu'elle travaillait dans la mode. Elle avait une sœur aînée, mariée à un médecin, et un frère cadet étudiant en droit. Une famille bien. Quel besoin avait-elle d'aller se prostituer ? La famille a eu un choc en apprenant sa mort. On ne leur a pas dit qu'elle se prostituait, c'était trop triste pour eux, mais ils ont su qu'elle avait été étranglée par un type dans un hôtel, ça fait un choc, surtout à une famille paisible comme ça.

Je le laissais parler sans faire de commentaires.

« On a eu du mal, mais on a réussi à remonter jusqu'à l'organisation de call-girls dont elle faisait partie. Tu sais comment on a fait ? On a surveillé les réceptions de quelques hôtels de luxe en ville et on a pincé deux ou trois filles qui michetonnaient. On leur a montré la même photo qu'à toi et on les a cuisinées. L'une d'elles a lâché le morceau. Il n'y a pas que des durs comme toi, tu sais. Elles en plus, elles sont en position de faiblesse. En tout cas, on a découvert comme ça qu'elle appartenait à un club de prostituées de luxe, avec un système de sélection très strict à l'entrée. Par exemple, des types comme toi ou moi n'ont pas la moindre chance de devenir membres. Tiens, par exemple, tu serais capable de payer soixante-dix mille yens, toi, juste pour tirer un coup ? Moi, je peux pas, hein, sans blague. Si ça coûte aussi cher je préfère renoncer, ne plus coucher qu'avec ma femme, et acheter des vélos neufs aux gamins. Ça fait minable, c'est sûr, mais... (Il rit et me regarda.) De toute façon, même en supposant que je sois prêt à payer soixante-dix mille yens, ils ne m'accepteraient pas dans leur club, parce qu'ils font une enquête sur ta position sociale. Une enquête approfondie, hein. Sécurité avant tout. Pas de clients douteux. Pas d'inspecteurs de police dans leur club. Un commissaire, oui, peut-être. Et un type encore plus haut placé dans la police, alors là il n'y a plus de problème. Surtout ceux qui sont très, très haut placés. Tu comprends, ça peut leur être utile dans certains cas. Mais les types comme moi en bas de l'échelle, pas question.

Il termina son café, alluma une cigarette.

– Donc on a demandé à nos supérieurs l'autorisation de faire une perquisition dans les locaux de l'organisation. On a mis trois jours à l'obtenir. Et quand on est arrivés sur place, munis de notre mandat de perquisition, il n'y avait plus rien dans leurs bureaux. Tout avait été proprement nettoyé, plus rien ni personne, une coque vide, voilà ce qu'il restait. Ils avaient eu vent de la perquisition, tu vois. Et à ton avis, d'où elle avait pu venir, cette fuite ?

Je dis que je n'en savais rien.

« De l'intérieur de nos services, évidemment. Il y avait quelqu'un d'impliqué dans le club, là-haut. Et il leur a balancé l'information. Je n'ai aucune preuve, mais nous, on est dans la police, on sait d'où viennent les fuites. Quelqu'un les a prévenus de se tirer parce que les locaux allaient être perquisitionnés. Quelle honte ! Au club, ils doivent avoir l'habitude, alors ils te déménagent tout ça en un clin d'œil. Ils peuvent disparaître de la circulation en une heure. Ils louent des bureaux ailleurs, achètent quelques téléphones, et recommencent leur business. C'est aussi simple que ça. On peut faire ce petit commerce n'importe où avec un fichier clients et un bon stock de filles. Et nous, on n'a plus aucun moyen de découvrir l'assassin, parce le fil est coupé. On aurait sûrement avancé en ayant simplement la liste de ses clients, mais maintenant on ne peut plus rien faire.

– Je ne comprends pas, dis-je. Si elle appartenait à un club aussi sélectif que vous le dites, pourquoi un de ses clients l'aurait-il assassinée ? Il devait bien se douter qu'on découvrirait tout de suite son identité en consultant le fichier clients.

– Exactement. Donc l'assassin n'est pas sur la liste des clients. Soit c'était un de ses amants personnels, soit elle faisait un petit extra en dehors du club. On ne sait pas. On a fouillé son appartement, sans découvrir le moindre indice. Il n'y a rien à faire.

– Ce n'est pas moi qui l'ai tuée, dis-je.

– Ça je m'en doute. On le savait depuis le début. J'ai déjà dû te le dire, non ? Tu n'as pas un profil d'assassin, ça se voit tout de suite. Et ceux qui n'ont pas le profil, ils ne tuent pas. Mais tu sais quelque chose, ça, je le sais par intuition. On est des pros, tu sais. Alors tu ne voudrais pas me dire ce que tu sais ? Si tu me le dis, je te promets qu'il n'y aura aucune suite, on te laissera tranquille.

Je dis que je ne savais rien.

– Allons bon, fit le plumitif. C'est ennuyeux, ça. À dire vrai, nos supérieurs ne tiennent pas à ce qu'on poursuive cette enquête. Ce n'est jamais qu'une prostituée qui s'est fait buter dans un hôtel, pour eux, c'est ce qui peut arriver de mieux à ce genre de filles, tu vois le topo. Les gars, là-haut, ils n'ont pratiquement jamais vu de cadavres. Ils n'ont pas idée à quoi ça ressemble, eux, une belle fille toute nue étranglée. En plus, dans ce club de call-girls, il y a non seulement des types aux plus hauts échelons de la police, mais aussi des politiciens. De temps en temps il y a du fric qui lance des éclairs du fond de l'obscurité. Et les flics, ils sont très sensibles à l'éclat de l'argent. Dès qu'ils voient briller ce genre de lueur, ils rentrent la tête dans le cou comme des tortues. Et tout ça, malheureusement, ça tourne au détriment de la petite May assassinée.

La serveuse enleva sa tasse. Je n'avais bu que la moitié de la mienne.

– Je ne sais pas pourquoi, je me sens de la sympathie pour cette petite. Quand je l'ai vue allongée toute nue sur le lit dans cette chambre d'hôtel, tu vois, je me suis juré d'arrêter son assassin. Pourtant, je peux te dire que des morts, j'en ai vu des tonnes. Ça ne me fait plus rien de voir un cadavre. J'en ai vu des déchiquetés, des calcinés, de toutes les sortes. Mais celui-là, il avait une étrange beauté. La lumière du matin filtrait par la fenêtre, et cette fille était allongée là, comme gelée sur place. Les yeux grands ouverts, la langue gonflée, et ce bas autour du cou, enroulé comme une cravate. Et puis elle avait les jambes écartées, et elle avait pissé sous elle. En voyant ça, je me suis dit comme ça : « Cette fille, elle attend que je résolve cette affaire. » Si je ne trouve pas l'assassin, elle va rester éternellement allongée dans cette étrange position. Dans la lumière du matin. Oui, c'est ça, elle est encore là-bas, elle ne peut pas être délivrée tant que nous on n'aura pas résolu l'affaire et trouvé le coupable. Tu trouves ça bizarre de ressentir ça ?

– Je ne sais pas, dis-je.

– Dis donc, tu n'étais pas là ces derniers temps, tu étais parti en voyage ou quoi ? Tu me parais tout bronzé.

Je dis que j'étais allé à Hawaii pour mon travail.

– Ah dis donc, tu en as de la chance. J'aimerais bien échanger mon sale boulot contre un métier aussi raffiné. Quand on ne fait que voir des cadavres du matin au soir, ça finit par déprimer. Tu en as déjà vu, toi, des cadavres ?

– Non, répondis-je.

Il secoua la tête et consulta sa montre.

– Bon, excuse-moi de t'avoir pris tant de temps. Mais enfin, j'ai voulu profiter du hasard qui nous a fait nous rencontrer. Excuse-moi, hein, de temps en temps j'ai envie d'avoir un dialogue avec les gens, en dehors des interrogatoires de police. Au fait, qu'est-ce que tu as acheté dans ce grand magasin ?

– Du matériel pour bricoler, répondis-je.

– Moi, c'était un déboucheur de tuyauterie, mon évier est en train de se boucher à la maison.

Il paya nos cafés. J'insistai pour payer le mien, mais il ne voulut rien entendre.

« Non, non, allons, c'est moi qui t'ai invité. Ce n'est jamais qu'un café, hein, ne t'en fais pas pour ça.

En sortant, saisi d'une impulsion, je lui demandai si les meurtres de prostituées étaient fréquents.

« Oui, répondit-il, le regard soudain plus perçant. Ça arrive assez souvent. Pas tous les jours, mais on ne peut pas dire que ce soit exceptionnel non plus. Pourquoi, tu t'intéresses à ce genre d'affaires ?

– Pas particulièrement, répondis-je, je demandais juste ça pour voir.

Là-dessus, nous nous séparâmes.

Sa rencontre me laissa sur l'estomac une drôle de sensation, qui persista jusqu'au lendemain matin.

36

Le mois de mai s'étirait lentement derrière mes fenêtres, comme un nuage traversant le ciel. Deux mois et demi s'étaient déjà écoulés depuis que j'avais arrêté de travailler. En comparaison de ce qui se passait auparavant, les appels téléphoniques concernant des commandes de travail avaient nettement baissé. Sans doute la société commençait-elle à oublier peu à peu mon existence. Parallèlement à tout cela, phénomène bien naturel, le montant de mon compte en banque n'avait cessé de diminuer, mais il me restait encore suffisamment d'économies. Et puis ma vie ne nécessitait guère de dépenses : je me préparais mes repas moi-même, faisais ma lessive tout seul. Je n'avais pas de goûts de luxe, pas de crédit à payer, et je n'étais pas du genre à dépenser pour des vêtements ou des voitures. Par conséquent j'avais échappé jusque-là aux soucis d'argent. Je pris ma calculette, fis un budget prévisionnel pour chaque mois, et en divisant par ce chiffre le montant de mon compte d'épargne, je m'aperçus que je pouvais encore tenir cinq mois sans souci. Avec cinq mois devant moi, je trouverais bien une solution. S'il ne se passait rien d'ici là, il serait temps de réfléchir quand les cinq mois seraient écoulés. Et j'avais toujours sur ma table en guise de décoration le chèque de trois cent mille yen de Hiraku Makimura auquel je n'avais pas touché. Je ne risquais pas de mourir de faim.

Je continuai donc à attendre sans rien faire qu'il arrive quelque chose, tout en veillant à ce que mon rythme de vie ne se brise pas. J'allais à la piscine plusieurs fois par semaine, nageais à en être épuisé, faisais mes achats pour me préparer des repas équilibrés, et le soir je lisais des livres empruntés à la bibliothèque tout en buvant un verre.

À la bibliothèque, je passai en revue les éditions des journaux des mois précédents et vérifiai une à une toutes les affaires criminelles, du moins celles où il y avait des femmes assassinées. Vu sous cet angle, il semblait y avoir dans ce monde pas mal de femmes qui se faisaient tuer. À coups de couteau, battues à mort, ou étranglées. Mais il n'y avait pas trace d'une femme correspondant au signalement de Kiki. En tout cas on n'avait pas retrouvé son cadavre. Il y avait bien entendu différentes façons de faire disparaître un cadavre. On pouvait le jeter à la mer avec des poids aux pieds. Ou l'emmener en pleine montagne et l'enterrer quelque part. Comme moi-même j'avais enterré mon chat Sardine. Dans un endroit où personne ne le retrouverait jamais.

Ou alors c'était peut-être un accident. Peut-être étaitelle morte renversée par une voiture en pleine ville, comme Dick Nose. Je vérifiai aussi la rubrique accidents. Il y en avait beaucoup, et là aussi, beaucoup de femmes mouraient. Dans des accidents de la route, des incendies, des intoxications au gaz. Mais parmi les victimes je n'en trouvai aucune répondant au signalement de Kiki.

Il fallait également songer au suicide. Ou même à un arrêt du cœur, ça arrivait aussi, mais les journaux ne le mentionnaient pas. Il y a tant de façons différentes de mourir en ce monde, il est bien normal que les journaux ne les décomptent pas une par une. Les morts annoncées dans les journaux sont des exceptions écrasantes. La plupart des gens meurent en douce.

Il y avait donc diverses possibilités.

Kiki était morte assassinée. Ou dans un accident. Ou alors elle s'était suicidée, ou encore était morte d'un arrêt du cœur.

Mais je n'avais aucune preuve, aucun moyen de savoir si elle était morte, ou encore en vie.

De temps en temps, quand l'envie me prenait, j'appelais Yuki. Je lui demandais si ça allait, elle me répondait oui, ça va. Elle parlait toujours d'une voix incertaine et pas concentrée, comme si elle n'était pas vraiment là. Cette voix ne me plaisait pas.

– Il ne se passe rien de spécial, disait-elle. Rien de bien ni de mal, juste normal... Je vis normalement.

– Et ta mère ?

– ... Dans les nuages. Elle ne travaille presque pas. Elle reste assise toute la journée sur une chaise à ne rien faire. On dirait qu'elle est devenue folle.

– Je peux faire quelque chose pour vous ? Des courses, peut-être ?

– Non, les courses, ça va, la vieille domestique les fait pour nous. On se fait aussi livrer à domicile. Maman et moi, on est complètement déconnectées, depuis que je suis ici j'ai l'impression que le temps s'est arrêté. Ça va, dehors, le temps s'écoule normalement ?

– Eh oui, il s'écoule, malheureusement, il passe même à toute vitesse. Le passé augmente et le futur raccourcit. Les possibilités diminuent, les regrets augmentent.

Yuki resta un moment silencieuse.

« D'après ta voix, ça n'a pas l'air d'aller très fort, dis-je.

– Ah bon ?

– Ah bon ? répétai-je en l'imitant.

– Ça veut dire quoi, ça ?

– Ça veut dire quoi, ça ?

– Arrête de m'imiter.

– Je ne t'imite pas, c'est ton propre cœur qui résonne, c'est tout. Bjorn Borg renvoie la balle en faisant tous ses efforts pour te montrer le manque de communication. Smash !

– Tu es toujours aussi bizarre, dit-elle, tu as une conduite puérile.

– Mais non, pas du tout. C'est une invite à l'introspection, à un esprit plus positif. C'est un écho qui se veut métaphore. Un message sous forme de jeu. Ça n'a rien de puéril.

– C'est nul !

– C'est nul !

– Arrête ! hurla Yuki.

– Bon, j'arrête, j'arrête. Reprenons au début. D'après ta voix, tu n'as pas l'air très en forme.

Elle poussa un soupir, et avoua :

– Oui, c'est peut-être vrai. Quand je suis avec maman, elle m'entraîne malgré moi dans son humeur à elle. Elle a une sorte de pouvoir. Une influence. Elle ne pense jamais aux gens qui l'entourent. Elle pense exclusivement à elle. Ils sont forts, les gens qui arrivent à faire ça. Tu comprends ? Avant de s'en être rendu compte on se trouve entraîné là-dedans. Quand elle est déprimée, je le suis aussi. Quand elle est de bonne humeur, je le suis aussi.

J'entendis un bruit de briquet allumant une cigarette.

– Tu ferais mieux de sortir de là quelquefois et de passer un peu de temps avec moi, dis-je.

– Peut-être.

– Tu veux que je passe te prendre demain ?

– Mouais, d'accord. Je crois que ça m'a fait du bien de parler un peu avec toi.

– Parfait.

– Parfait, dit Yuki.

– Arrête !

– Arrête ! dit Yuki.

– À demain ! fis-je et je raccrochai avant qu'elle ait le temps de répéter.

Ame était vraiment dans les nuages. Assise sur un canapé, les jambes gracieusement croisées, elle jetait un regard vague sur un magazine de photos posé sur ses genoux. On aurait dit une peinture impressionniste. La fenêtre était ouverte mais comme il n'y avait pas un souffle de vent, ni les rideaux ni les pages du journal ne tremblaient. À mon entrée dans la pièce, elle leva à peine la tête, et m'adressa un sourire incertain. Un sourire léger comme un tremblement dans l'air. Puis elle souleva d'environ cinq centimètres son doigt mince pour désigner le siège à côté d'elle. Je m'assis et la domestique m'apporta un café.

–J'ai déposé la valise chez Dick, dis-je.

–Vous avez vu sa femme ?

–Non, je l'ai remise à un homme dans l'entrée.

Elle hocha la tête.

–Merci, en tout cas.

–Ce n'était rien du tout.

Elle ferma les yeux, mit les deux mains devant son visage. Puis elle rouvrit les yeux et fit le tour de la pièce du regard. Elle était seule. Je bus mon café.

Elle ne portait pas sa chemise et son pantalon de coton habituels, mais une élégante blouse blanche ornée de dentelle et une jupe vert clair. Ses cheveux étaient impeccablement peignés, elle avait mis du rouge à lèvres. C'était une belle femme, même si sa vitalité débordante avait disparu. Il émanait d'elle un charme délicat comme une vapeur, qui semblait vaciller, prêt à disparaître au moindre souffle, mais qui continuait néanmoins à flotter autour d'elle. Elle avait une beauté très différente de celle de Yuki, à l'opposé, aurait-on dit. Mise en valeur par l'expérience et l'âge, sa beauté était presque sa marque d'identité personnelle. Elle savait parfaitement qu'elle était belle et avait l'art d'utiliser efficacement son charme à des fins personnelles. En comparaison, la beauté de Yuki était gratuite, et l'encombrait même par moments. Il m'arrive de penser que la beauté d'une femme mûre est une des grandes joies de l'existence.

–Pourquoi ? fit Ame.

Elle semblait s'adresser à un point dans l'espace qu'elle regardait fixement.

J'attendis la suite en silence.

« Pourquoi est-ce que je suis si déprimée ?

–C'est normal quand quelqu'un est mort. C'est un événement important, une mort.

–Oui, dit-elle d'une voix sans force.

– Mais ? ajoutai-je.

Elle me regarda et secoua la tête.

– Vous n'êtes pas bête, fit-elle. Vous avez compris ce que j'allais dire, n'est-ce pas ?

– Ça n'aurait pas dû arriver, c'est cela que vous pensez ?

« Ce n'était pas un homme très important, il n'avait pas un énorme talent. Mais il était sincère. Il savait faire honneur à ses obligations. Il avait renoncé pour vous à des choses importantes qu'il avait mis longtemps à obtenir, et puis il est mort. Ce n'est qu'après sa mort que vous avez compris sa valeur. » Voilà ce que je voulais lui dire, mais je ne le dis pas. Certaines choses gagnent à ne pas être formulées.

– Pourquoi ? reprit-elle en regardant toujours un point dans l'espace. Pourquoi tous les hommes qui vivent avec moi sont-ils condamnés ? Pourquoi s'en vont-ils dans de si bizarres directions, pourquoi est-ce qu'il ne me reste rien ? Qu'est-ce donc qui ne va pas ?

Il n'y avait rien à répondre à cela. Je contemplai la dentelle de sa blouse. On aurait dit les impeccables circonvolutions des intestins d'un animal raffiné. Dans le cendrier, les volutes tranquilles de sa cigarette encore allumée s'élevaient vers le plafond, puis se dispersaient, se mêlant aux flocons de silence.

Yuki, qui était allée se changer, ne tarda pas à réapparaître.

– Allez, on y va ! lança-t-elle.

Je me levai et dit au revoir à Ame, qui ne me répondit pas.

« On y va, hein, maman ! cria Yuki à son intention.

Elle leva la tête et fit un petit mouvement d'assentiment, puis prit une nouvelle cigarette et l'alluma.

« On va faire une balade en voiture, ne m'attends pas pour dîner, hein, fit Yuki.

Nous quittâmes la maison, laissant Ame engoncée dans son canapé. Il me semblait que la présence de Dick Nose flottait encore sur ces lieux. Elle restait en moi aussi, je me rappelais bien son sourire. Son sourire amusé quand je lui avais demandé s'il coupait le pain avec les pieds.

Quel drôle de type, me dis-je. Depuis sa mort, il donne le sentiment d'exister.

37

Je vis Yuki plusieurs fois, trois, pour être exact. Elle ne semblait pas avoir le moindre sentiment précis envers la vie qu'elle menait seule avec sa mère dans les collines de Hakone. Cette vie n'était guère réjouissante, mais en même temps cela ne lui semblait pas particulièrement désagréable. Elle n'avait même pas l'air de faire cela par devoir à l'égard de sa mère qui se retrouvait seule après la mort de son petit ami et avait besoin de quelqu'un auprès d'elle. Elle semblait seulement vivre là, menée par le vent. Elle n'éprouvait pas la moindre émotion envers aucun des aspects de la vie qu'elle menait là.

Elle ne retrouvait un peu d'énergie que lors de nos rendez-vous. Sous l'effet de mes plaisanteries, elle se mettait peu à peu à réagir, sa voix retrouvait sa tension normale, mais une fois rentrée à Hakone elle redevenait une vraie statue de sel. Sa voix devenait plate, son regard inexpressif et dénué de toute émotion. On aurait dit une planète qui arrête de tourner pour économiser son énergie.

– Tu ne préférerais pas essayer de vivre à nouveau seule à Tokyo ? lui demandai-je un jour. Même pas longtemps, juste pour te changer les idées. Cela te ferait du bien de changer d'environnement au moins quelques jours. J'ai l'impression que tu dépéris à Hakone, on dirait une autre personne par rapport à la Yuki de Hawaii.

– Je n'y peux rien, répondit-elle. Je comprends ce que tu veux dire, mais en ce moment, c'est comme ça. Même si j'étais ailleurs, ça ne changerait rien.

– C'est de voir ta mère dans cet état à cause de la mort de Dick ?

– Oui, il y a ça aussi. Mais ce n'est pas tout. Même si je m'éloignais de maman, je ne crois pas que ça résoudrait grand-chose. Comment dire, j'ai l'impression que je n'y peux rien, je dois être sous une mauvaise étoile en ce moment. Quoi que je fasse, et où que je sois, ce serait pareil. J'ai l'impression que mon corps n'est plus relié à ma tête.

Nous étions allongés sur le rivage et regardions la mer. Le ciel était couvert, un vent tiède faisait trembler les herbes qui poussaient dans le sable.

– Une mauvaise étoile, dis-je.

– Une mauvaise étoile, répéta Yuki avec un faible sourire. Mais c'est vrai, je t'assure. Maman et moi on a des fréquences de biorythme communes. Je te l'ai déjà dit, quand elle est déprimée, moi non plus je ne vais pas bien. Je ne sais pas laquelle de nous deux commence et entraîne l'autre, en tout cas on est liées, alors qu'on soit ensemble ou séparées, le lien demeure.

– Liées ?

– Oui, un lien psychique. De temps en temps j'en ai vraiment assez et je me révolte, mais d'autres fois je me résigne, ça me devient égal. De temps en temps, je ne sais pas comment t'expliquer, j'ai l'impression de n'avoir aucun contrôle sur ce qui m'arrive. C'est comme si j'étais menée par une énorme force extérieure à moi. Et je ne sais plus où mon vrai moi commence ni où il finit. Alors je me résigne, j'ai envie de tout laisser tomber. J'en ai marre. J'ai envie de m'accroupir dans un coin de la pièce en criant : « Mais je ne suis qu'une enfant ! »

Le soir, je la raccompagnai à Hakone puis rentrai à Tokyo. Ame me proposait toujours de rester dîner avec elles mais je refusais chaque fois. Je ne me sentais pas capable de supporter la présence de ces deux femmes en même temps à la table du dîner. La mère au regard vague, la fille inexpressive. Le sentiment de la présence du mort. L'atmosphère lourde. Celle qui influençait et celle qui recevait l'influence de l'autre. Le silence pesant. La nuit que pas un bruit ne perçait. Mon estomac se durcissait rien qu'à l'idée de cette scène. J'aurais encore préféré prendre le thé avec le chapelier fou d'*Alice au pays des merveilles*. Il y avait peut-être un manque de logique, mais au moins il y avait du mouvement.

Je rentrai donc à Tokyo en écoutant de vieux tubes de rock and roll, puis me préparai à dîner en buvant de la bière, et mangeai seul, tranquillement.

@ @ @ @

Quand j'avais rendez-vous avec Yuki, on ne faisait rien de particulier. On se baladait en voiture en écoutant de la musique, on regardait les nuages, allongés sur une plage, on mangeait des glaces, on faisait du bateau sur le lac Ashino. On passait l'après-midi à parler à bâtons rompus, on regardait filer les jours. Une vraie vie de rentier.

Un jour, Yuki voulut aller au cinéma. Je descendis acheter un journal à Odawara et regardai ce qu'on jouait, mais il n'y avait rien de bien intéressant. On jouait *Amour sans espoir* dans un cinéma de quartier et quand je dis à Yuki que l'acteur qui jouait dedans était un camarade de collège à moi elle parut intéressée.

– Tu l'as déjà vu, toi ? demanda-t-elle.

Je répondis que oui, sans préciser bien entendu que je l'avais vu un nombre incalculable de fois. Si je le lui avais dit, cela aurait entraîné trop d'explications.

– C'était bien ? demanda-t-elle.

– Nul, répondis-je aussitôt. Complètement nul. Au bas mot, c'est gâcher de la pellicule.

– Tu lui as dit, à ton ami ?

– Oui, répondis-je en riant. D'ailleurs le principal intéressé partage cet avis, alors, c'est certainement vrai.

–J'aimerais bien le voir quand même.

–Si tu veux, allons-y.

–Mais ça ne t'ennuie pas de le revoir ?

–Non, je n'ai rien d'autre à faire, et ce n'est pas ce film qui va me nuire. Il est trop nul pour ça !

Je téléphonai au cinéma pour savoir à quelle heure commençait le film, et nous attendîmes en visitant pour passer le temps le zoo situé dans le parc du château. Il n'y a que la ville d'Odawara pour avoir un zoo dans un château ! Nous regardâmes surtout les singes. On ne s'en lasse pas. Aucun doute, ce genre de spectacle évoque la vie en société. Certains ont l'air furtif, d'autres se mêlent de tout, sont entreprenants. Un gros singe laid observait les alentours, assis en haut d'une colline. En dépit de son attitude hautaine, ses yeux étaient emplis de crainte et de suspicion. Il avait l'air vraiment sale. Je me demandais comment il avait fait pour devenir aussi gros, aussi laid et aussi lugubre, mais évidemment je ne pouvais pas lui poser la question.

Comme il était midi et que ce n'était pas un jour férié, il va sans dire que le cinéma était vide. Les sièges étaient durs, cela sentait le renfermé. À l'entracte, j'achetai du chocolat pour Yuki. J'avais moi aussi envie de grignoter quelque chose mais ne trouvai malheureusement rien d'apte à calmer ma faim. L'ouvreuse, une fille toute jeune, n'avait pas l'air du genre à pousser à la consommation. Je mangeai donc un carré du chocolat de Yuki. Cela devait faire un an que je n'avais pas mangé de chocolat. Quand je dis ça à Yuki, elle s'exclama :

–Hein ?! Tu n'aimes pas le chocolat ?

–Je n'arrive pas à m'y intéresser. Ce n'est pas que je déteste vraiment ça, ça ne m'intéresse pas.

–Ce que tu es bizarre, dit-elle. Il faut vraiment avoir une case en moins pour parler de s'intéresser au chocolat.

–Ça n'a rien de bizarre. Tiens, toi par exemple, tu aimes le dalaï-lama ?

–Le quoi ?

–C'est le moine le plus important du Tibet.

– Jamais entendu parler.

– Bon, alors, tu aimes le détroit de Panama ?

– Aucune idée.

– Ou alors la ligne de changement de date ? le rapport de la circonférence au diamètre ? la loi antitrust ? Tu aimes le préjurassique ou tu le détestes ? Et le chant national du Sénégal, hein, tu aimes ou tu détestes ? Et le 8 novembre 1987 ?

– Oh, tais-toi, c'est nul ton truc... Tu as une de ces imaginations, dis donc, ajouta-t-elle d'un air écœuré. Ça va, j'ai compris, tu n'aimes pas le chocolat, mais tu ne le détestes pas non plus. Ça ne t'intéresse pas, c'est tout.

– Je suis content que tu me comprennes.

Le film commença. Comme je le connaissais déjà par cœur, je réfléchissais à autre chose sans même regarder l'écran. Yuki trouvait que c'était un navet, je m'en rendais compte aux soupirs qu'elle poussait de temps en temps et à sa façon de renifler.

– Ce que c'est nul ! chuchota-t-elle au bout d'un moment, n'en pouvant plus. Je me demande où on peut trouver quelqu'un d'assez crétin pour fabriquer exprès un film aussi nul !

– Je me pose la même question, répondis-je.

Sur l'écran, le beau professeur Gotanda était en train de donner un cours. Son jeu d'acteur était excellent. Le cours portait sur la respiration des palourdes, mais il expliquait de façon simple, plein d'humour et de gentillesse. Je le regardai avec admiration. L'actrice principale buvait également ses paroles, les coudes appuyés sur la table, le contemplant en haut de l'estrade. J'avais beau avoir vu le film tant de fois, je n'avais jamais remarqué cette scène auparavant.

– C'est lui, ton copain ?

– Oui.

– Il a l'air plutôt nul.

– C'est sûr. Mais en réalité il est beaucoup mieux. Il n'est pas nul comme dans ce film. C'est quelqu'un d'intelligent et d'intéressant.

-Pourquoi il joue dans ce navet, alors ?

–Ce n'est pas si simple, je ne t'explique pas, ce serait trop long.

L'intrigue prévisible d'avance se développait avec une affligeante banalité. Les dialogues étaient banals, la musique aussi. Tellement banals qu'on avait envie d'inscrire ce mot en toutes lettres sur le film et de l'enterrer à cent pieds sous terre.

Puis la scène du dimanche matin avec Kiki arriva. Une scène très importante pour l'intrigue.

Je pris une inspiration profonde et me concentrai sur l'écran. La lumière matinale filtrant entre les stores. Toujours la même lumière, la même couleur, le même angle, la même clarté. Je connaissais cette pièce sur le bout des doigts, j'aurais pu en respirer l'air. Maintenant on voyait Gotanda. Ses doigts caressaient le dos de Kiki, élégamment, doucement, comme s'il remontait le fossé délicat de la mémoire. Le corps de Kiki réagissait avec sensibilité à ses caresses. Elle tremblait comme une flamme de bougie vacillant sous un souffle de vent imperceptible. Ce tremblement me coupait la respiration. On voyait les doigts de Gotanda se promener en gros plan sur ce dos. Puis la caméra tournait, le visage de Kiki apparaissait. L'héroïne arrivait. Elle montait l'escalier de l'immeuble, frappait à la porte, l'ouvrait. Une fois de plus je me demandai pourquoi cette porte n'était pas fermée à clé. Enfin, c'était un film, un film extrêmement banal, qui plus est. Donc, elle ouvrait la porte et entrait, apercevait Kiki et Gotanda enlacés sur le lit, fermait les yeux sous le choc, le souffle coupé, lâchait sa boîte de biscuits, partait en courant. Gotanda se redressait sur le lit, la regardait s'enfuir d'un air hébété, Kiki criait : « Non mais qu'est-ce qui te prend ? »

Toujours cette scène.

Je fermai les yeux, revis à nouveau en pensée la lumière de ce dimanche matin, les doigts de Gotanda, le dos de Kiki. Il me semblait que cette scène existait quelque part, indépendamment de tout, dans un monde à elle. Et ce monde flottait dans le vide, entre l'espace et le temps.

Je m'aperçus soudain que Yuki était penchée en avant, le front sur le siège devant elle, tête baissée. Elle ne faisait pas un bruit, et avait croisé les bras sur sa poitrine comme si elle avait froid. Elle ne faisait pas un mouvement, ne semblait même pas respirer. On l'aurait crue morte, gelée sur place.

– Ça va ? demandai-je.

– Pas trop, répondit-elle d'une voix étranglée.

– Sortons. Tu peux marcher ?

Elle hocha la tête. Je pris son bras tendu et durci, l'entraînai hors du cinéma, tandis que derrière nous résonnait la voix de Gotanda à nouveau en train de donner un cours de sciences naturelles, debout sur l'estrade. Dehors, une petite pluie fine tombait. Un vent venu de la mer apportait un léger parfum de marée. Serrant son coude pour la soutenir, je marchai lentement avec Yuki jusqu'à la voiture. Elle gardait les lèvres serrées violemment, et je n'essayai pas de la questionner. Il y avait environ deux cents mètres à parcourir pour arriver à la voiture, mais cela me parut terriblement long. Comme si nous allions continuer éternellement à marcher ainsi.

38

Je l'aidai à s'asseoir sur le siège avant à côté de moi, ouvris la fenêtre. Une petite pluie, si fine qu'on la distinguait à peine à l'œil nu, continuait à tomber sans discontinuer, formant sur l'asphalte une mince pellicule noire. L'odeur de la pluie flottait dans l'air. Certains passants étaient munis de parapluies, d'autres marchaient comme si de rien n'était. Le vent n'était pas fort, et la pluie tombait tranquillement du ciel, tout droit. Je tendis ma paume par la vitre ouverte pour voir et la retirai à peine humide, tant la pluie était légère.

Yuki posa un bras sur le montant de la fenêtre, appuya le menton dessus, le visage à moitié en dehors. Elle resta un long moment immobile dans cette position. Seul son dos se soulevait régulièrement au rythme de sa respiration. Une respiration ténue, elle n'inspirait qu'un peu d'air à la fois et n'en rejetait qu'un peu. Mais elle respirait quand même. À la voir ainsi de dos, elle semblait si fragile qu'il aurait suffi d'une petite pression sur ses coudes et son cou pour la briser en morceaux. Pourquoi avait-elle l'air aussi vulnérable ? Était-ce simplement parce que moi j'étais un adulte ? Si imparfait que je sois, j'avais trouvé le moyen de survivre en ce monde, et elle semblait encore tout ignorer de cet art.

– Je peux faire quelque chose pour toi ? demandai-je.

– Non, rien, répondit-elle d'une petite voix, en déglutissant à grand bruit. Emmène-moi dans un endroit calme, s'il te plaît, un endroit désert, pas trop loin.

– À la mer ?

– Où tu voudras. Mais roule lentement, sinon je crois que je vais vomir.

Je soutins sa tête avec mes deux mains, comme un petit œuf fragile et la remit à l'intérieur de la voiture, je la fis s'appuyer contre le repose-tête, et refermai à demi la vitre. Puis je roulai aussi lentement que le permettait la circulation, en direction de la plage de Kôzu. J'arrêtai la voiture au bord de la mer, amenai Yuki jusqu'à la plage, et elle se mit à vomir à ses pieds dans le sable. Elle n'avait pas grand-chose dans l'estomac. Après une bouillie brunâtre de chocolat fondu, elle ne rejeta plus que de la bile et de l'air. C'est la façon la plus douloureuse de vomir, quand l'estomac se convulse mais que rien n'en sort. On a l'impression d'être essoré, d'avoir l'estomac réduit à la taille du poing. Je lui caressai doucement le dos. Il bruinait toujours, mais elle n'avait même pas l'air de s'en apercevoir. J'appuyai doucement du bout des doigts sur la zone qui devait correspondre à l'arrière de son estomac. Ses muscles étaient raidis, comme pétrifiés. Elle était à quatre pattes dans le sable, les yeux fermés, avec son blue-jean délavé, son pull d'été en coton et ses baskets de toile rouge. Je rassemblai ses cheveux, les lui attachai sur la nuque pour qu'elle ne les salisse pas, et continuai à lui caresser lentement le dos de haut en bas.

– J'ai mal, fit-elle, les yeux pleins de larmes.

– Je sais, fis-je, je comprends.

– T'es vraiment bizarre, dit-elle en grimaçant.

– Ça m'est déjà arrivé de vomir comme ça. C'était très douloureux, c'est pour ça que je comprends. Mais ça va bientôt finir, tu vas voir, encore un peu de patience et c'est fini.

Elle hocha la tête, avant d'être saisie par une nouvelle convulsion.

Cela dura dix minutes. Quand ce fut fini, je lui essuyai les coins des lèvres avec un mouchoir, recouvris ses déjections de sable avec mes pieds, puis la pris par le coude et l'emmenai en la soutenant jusqu'à une digue contre laquelle on pouvait s'adosser.

Indifférents à la pluie, nous restâmes assis ainsi dans le sable un bon moment, appuyés contre la digue, tendant l'oreille aux crissements de pneus sur l'autoroute plus haut, regardant la pluie tomber sur la mer. Elle était toujours fine, un peu plus forte cependant que quand il avait commencé à pleuvoir. Deux ou trois pêcheurs au bord de l'eau n'avaient pas l'air de s'apercevoir de notre présence, ils ne se retournaient même pas. Enveloppés dans leurs cirés, de petits chapeaux de pluie gris sur la tête, debout sur le rivage où venaient se briser les vagues pour surveiller le large, ils ressemblaient à des drapeaux fichés sur un mât. Il n'y avait personne sur la plage en dehors d'eux. Yuki avait posé la tête sur mon épaule, et ne disait rien. Vus de loin, nous devions avoir l'air d'un gentil couple d'amoureux.

Elle avait fermé les yeux et respirait doucement comme tout à l'heure. Sa frange humide était collée à son front, ses narines frémissaient doucement au rythme de sa respiration.

Sa peau gardait un léger souvenir du bronzage du mois précédent mais, se reflétant sous le ciel gris, ce hâle lui donnait plutôt mauvaise mine. J'essuyai avec un mouchoir son visage humide de pluie, effaçai les traces de larmes. La pluie continuait à tomber sans bruit sur la mer imperturbable. De petits hélicoptères de patrouille passèrent plusieurs fois en vrombissant au-dessus de nos têtes.

Au bout d'un moment elle rouvrit les yeux et, toujours la tête sur mon épaule, leva vers moi un regard embrumé. Puis elle sortit un paquet de Virginia Slim de la poche de son jean, craqua une allumette. Elle avait du mal à l'allumer, manquant de forces pour frotter l'allumette. Je la laissai faire, sans l'aider ni lui dire que ce n'était pas bon pour elle de fumer en ce moment. Elle finit par y arriver, alluma sa cigarette, envoya l'allumette au loin d'une pichenette. Après deux bouffées, elle grimaça, et envoya promener sa cigarette de la même façon que l'allumette.

La cigarette rougeoya un moment sur le béton de la digue, mais s'éteignit rapidement sous la pluie.

– Tu as encore mal à l'estomac ? demandai-je.

– Un peu.

– Restons encore un moment ici, alors. Tu n'as pas froid ?

– Non, ça va, c'est agréable d'être un peu mouillé par la pluie.

Les pêcheurs regardaient toujours le Pacifique. Je me demandai ce qu'on pouvait bien trouver d'intéressant à la pêche. Qu'est-ce qui pouvait les pousser à rester ainsi immobiles toute une journée sous la pluie devant la mer ? Juste l'idée d'attraper quelques poissons ? Enfin, tous les goûts sont dans la nature. On pouvait aussi trouver du plaisir à rester assis des heures sous la pluie au bord de la mer en compagnie d'une petite fille nerveuse.

– Ton ami, tu sais... fit Yuki, d'une petite voix étrangement tendue.

– Mon ami ?

– Oui, celui du film, tu sais...

– Ah, oui, il s'appelle Gotanda de son vrai nom. Comme la station sur la ligne Yamanote, entre Meguro et Ozaki.

– Il a tué cette fille.

Je plissai les yeux et la regardai. Elle avait l'air exténuée. La respiration saccadée, une épaule plus basse que l'autre. On aurait dit qu'elle venait d'être sauvée de la noyade. Je ne comprenais pas un mot de ce qu'elle disait.

« La fille, celle avec qui il couche un dimanche matin...

Mais je n'avais pas encore compris. J'avais l'esprit en pleine confusion. Une force erronée venait de s'introduire dans la situation. Grâce à quoi le cours des événements venait d'être dérangé. Mais je n'arrivais pas à comprendre d'où venait cette nouvelle force ni comment elle agissait. Je souris à moitié inconsciemment.

– Mais non, personne ne meurt dans ce film. Tu as dû te tromper quelque part.

– Je ne te parle pas du film. C'est pour de bon, dans la réalité, qu'elle a été tuée. Je le sais !

En prononçant ces derniers mots, elle m'avait violemment serré le bras.

« J'ai eu peur, tu sais, j'avais l'impression qu'on venait de m'enfoncer quelque chose de très lourd dans l'estomac. J'avais si mal que je ne pouvais plus respirer. C'est ce fameux truc qui m'arrive de temps en temps. *Je sais*, je te dis. Ton ami a tué cette fille, c'est vrai, je t'assure.

Comprenant enfin de quoi elle parlait, mon échine se glaça instantanément. Je devins incapable de prononcer un mot. Tendu, je regardai intensément Yuki à travers la bruine. Mais qu'est-ce que je dois faire, bon sang ? Tout est fatalement, irrémédiablement tordu. Toute cette histoire m'échappe complètement.

« Excuse-moi, dit Yuki, je n'aurais peut-être pas dû te le dire.

Puis elle poussa un profond soupir, et lâcha la main qui tenait mon bras.

« Franchement, je ne sais pas moi-même. Je sens que c'est la vérité, mais je n'ai aucune certitude qu'il s'agit bien de la vérité *vraie*. Et maintenant que je t'ai dit ça, tu vas peut-être te mettre à me détester comme tous les autres et à ne plus me faire confiance. Mais j'étais obligée de te le dire. Que ce soit vrai ou non, je le vois, je le vois vraiment et je ne peux pas garder ça pour moi. J'ai peur, affreusement peur. Je ne peux pas assumer ça toute seule. Alors s'il te plaît ne sois pas fâché, quand on me fait trop de reproches, ça me déglingue complètement.

– Mais je ne te fais pas de reproches. Calme-toi et explique-moi, dis-je en serrant doucement sa main dans la mienne. Tu as vraiment vu ça ?

– Oui, très clairement. C'est la première fois que je vois une chose pareille. Il l'a tuée. Il a étranglé la femme qui joue dans le film. Et après il a emmené le cadavre dans sa voiture. Très loin. Dans cette voiture italienne où je suis montée une fois. C'était sa voiture, non ?

– Oui. Qu'est-ce que tu sais d'autre ? Réfléchis calmement. Tu ne veux pas me dire tout ce que tu sais ? Même si ce n'est qu'un petit détail.

Elle enleva sa tête de mon épaule, et la secoua prudemment deux ou trois fois. Puis elle inspira profondément par le nez.

– Je ne sais pas grand-chose. Il y a une odeur de terre. Une pelle. La nuit. Un chant d'oiseau. C'est tout. Il l'a étranglée, l'a emmenée quelque part dans cette voiture pour enterrer son corps. C'est tout. Mais c'est drôle, je n'ai aucune sensation de crime, de volonté mauvaise. C'est comme une cérémonie. Très calme. L'assassin est calme, sa victime aussi. Un calme étrange. Je n'arrive pas à bien l'exprimer, c'est calme, comme... comme s'ils étaient au bout du monde.

Je gardai les yeux fermés un long moment. Dans le calme et l'obscurité, j'essayai de rassembler mes pensées, mais en vain. Je tentai de taper du pied pour arriver à bien me poser là où j'étais, mais ça ne marcha pas non plus. Tout était brisé dans ma tête, en petits morceaux éparpillés. J'incorporais simplement ce que Yuki m'avait dit. Je ne la croyais pas vraiment, mais ne doutais pas vraiment non plus. J'avais simplement ingurgité ses paroles, les avais intégrées à mon esprit. Ce n'était rien d'autre qu'une possibilité de plus. Pourtant la force que comportait cette possibilité était écrasante, fatale. Il avait suffi de mettre cette possibilité en mots pour pulvériser la vague structure que j'avais péniblement forgée à l'intérieur de moi au cours de ces derniers mois. Cette structure, si vague et temporaire fût-elle, manquait de tangibilité à strictement parler, mais au moins elle m'avait redonné un semblant d'équilibre, un sentiment d'existence et de réalité. Et en un instant ce sentiment d'équilibre et d'existence venait de voler en éclats.

Cette possibilité existe. À l'instant où je me disais cela, quelque chose avait pris fin. Quelque chose venait de finir, décisivement et délicatement. Mais qu'était-ce donc ? Je n'avais pas envie de réfléchir. J'y penserais plus tard. En tout cas, je me sentais replonger dans la solitude. J'étais complètement seul, assis sur cette plage pluvieuse à côté d'une fille de treize ans.

Yuki me serra doucement la main.

Elle garda longtemps ma main dans sa petite paume tiède. Cette légère sensation de tiédeur avait un je-ne-sais-quoi d'irréel, comme une réminiscence du passé. Un souvenir. Un souvenir tiède et doux, mais cela ne m'aidait pas.

– Rentrons, dis-je. Je te ramène chez toi.

Je la raccompagnai à Hakone. Ni elle ni moi ne disions mot. Quand le silence devint insupportable, je mis la première cassette qui me tomba sous la main. J'entendis de la musique, sans avoir la moindre idée de ce que c'était. Je me concentrai sur le volant. Attentif aux mouvements de mes pieds et de mes mains, je changeais de vitesse, serrais attentivement le volant, écoutant le ronronnement régulier des essuie-glaces.

Je n'avais pas envie de voir Ame et quittai Yuki en bas du perron.

– Dis, fit-elle, restant debout devant la vitre de mon côté, les bras frileusement croisés. Pas la peine d'avaler tout cru ce que je t'ai dit. C'est quelque chose que j'ai vu, point. Comme je te l'ai dit tout à l'heure, je n'ai aucune certitude que ce soit la vérité. Ne me déteste pas à cause de ça, s'il te plaît. Si tu me détestes, je ne saurai vraiment plus quoi faire.

– Je ne te détesterai jamais, dis-je en souriant. Et je n'avalerai pas tout cru ce que tu me dis. La vérité apparaîtra un jour ou l'autre. Aussi sûr que le brouillard se dissipe. Moi, je le sais. Si ce que tu dis est vrai, cela veut simplement dire que la vérité se manifeste de temps en temps à travers toi. Ce n'est pas ta faute. Je sais très bien que ce n'est pas ta faute. De toute façon, je vais essayer de vérifier par moi-même. Si je ne fais pas ça, rien ne sera résolu.

– Tu vas aller le voir ?

– Bien sûr. Et je lui poserai la question directement. C'est la seule chose à faire.

Yuki baissa la tête.

– Tu es fâché contre moi ?

– Pas du tout, voyons ! Je n'ai aucune raison d'être fâché contre toi. Tu n'as rien fait de mal.

– Tu as vraiment été chic avec moi, fit-elle. *(Mais pourquoi emploie-t-elle le passé ?)* C'était la première fois que je rencontrais un type comme toi.

– Moi aussi, c'est la première fois que je rencontre une fille comme toi, dis-je.

– Au revoir, dit-elle.

Puis elle me regarda fixement. Elle avait l'air d'hésiter. Comme si elle allait ajouter quelque chose, me prendre la main, ou m'embrasser. Mais bien sûr elle ne fit rien de tout ça.

Sur le chemin du retour, ces diverses interprétations de son hésitation me trottaient dans la tête. Je conduisais la voiture d'une main ferme, écoutant de la musique sans savoir ce que c'était, concentré sur la route devant moi. Au moment où je quittai l'autoroute, la pluie s'arrêta. Mais j'oubliai d'arrêter les essuie-glaces jusqu'au moment où j'entrai dans mon parking à Shibuya. Je m'étais aperçu que la pluie avait cessé, mais n'avais pas pensé à couper les essuie-glaces. J'étais vraiment en pleine confusion. Il fallait que je fasse quelque chose. Je restai un long moment distraitement assis dans ma Subaru sur le parking, les doigts crispés sur le volant. Il me fallut pas mal de temps avant d'arriver à les en arracher.

39

Il me fallut un bon bout de temps pour retrouver mes esprits. La première question était de savoir si je devais ou non croire ce que m'avait dit Yuki. J'essayai d'analyser ça comme une simple possibilité, éliminant résolument de mon champ d'investigation tous les éléments émotionnels. Mes émotions étaient depuis le début anesthésiées, comme si j'avais été piqué par un frelon. La possibilité existait. Plus le temps passait, plus cette possibilité enflait en moi, occupait de la place, prenait des allures de certitude, avec une force contre laquelle je ne pouvais me défendre. Debout dans la cuisine, je fis bouillir de l'eau, me préparai un café, que je bus assis sur mon lit. Quand j'eus fini de boire, la possibilité était devenue une quasi-certitude. *Ça a dû se passer comme ça,* me dis-je. Yuki avait vu une image précise. Gotanda avait tué Kiki, puis avait enterré son corps quelque part.

C'était étrange. Il n'y avait pas la moindre preuve, c'était juste une impression qu'avait eue une petite fille de treize ans en regardant un film, et pourtant pas le moindre doute n'arrivait à s'immiscer en moi. Cela m'avait causé un choc, et pourtant j'avais intuitivement accepté comme vraie la vision de Yuki. Pourquoi ? Pourquoi une telle certitude ? Je l'ignorais.

Mais même sans connaître les raisons de ma certitude, je décidai de m'en servir comme base de départ.

Bon. Base de départ. Question suivante. Pourquoi Gotanda avait-il tué Kiki ?

Je ne sais pas.

Question suivante : était-il également l'assassin de May ? Et si oui, pourquoi l'avait-il tuée ?

Je n'en savais rien. J'avais beau réfléchir, je ne trouvais pas la moindre raison pour laquelle Gotanda aurait tué Kiki, ou Kiki et May.

Il y avait trop de choses que je ne comprenais pas.

Finalement il ne resta qu'une solution : demander directement à Gotanda, comme je l'avais dit à Yuki. Mais comment amener la question ? J'essayai d'imaginer la scène. Moi, face à Gotanda, lui demandant : « Dis donc, c'est toi qui as tué Kiki ? » Ça paraissait grotesque. Grotesque et répugnant, si répugnant que j'avais envie de vomir rien qu'à m'imaginer en train de poser cette question. Il y avait là des éléments erronés, à n'en pas douter. Mais si je ne faisais pas ça je ne pourrais pas avancer. Je ne pouvais plus attendre ce qui allait se passer en laissant ainsi la vérité dans le vague. Je n'avais pas le choix. Même si c'était grotesque, même si je me trompais, il fallait que je le fasse. J'essayai plusieurs fois de téléphoner à Gotanda, et je n'y arrivais pas. Assis sur le lit, je prenais une profonde inspiration, composais lentement le numéro, mais je n'arrivais jamais au bout. Je renonçai, reposai le téléphone, m'allongeai, regardai le plafond. L'existence de Gotanda avait beaucoup plus d'importance pour moi que je ne le pensais. Oui, nous étions amis. Il avait peut-être tué Kiki, mais il était mon ami. Et je n'avais pas envie de le perdre. J'avais déjà perdu tant de choses. Non, ça n'allait pas, je ne pouvais pas lui téléphoner.

Je décidai de ne prendre aucun appel téléphonique. Si Gotanda lui-même m'appelait, je n'aurais pas su quoi lui dire. Le téléphone sonna plusieurs fois dans la journée. Je ne savais pas qui appelait. Peut-être Yuki, ou Yumiyoshi-san. Je ne répondis pas. Je n'avais envie de parler à personne. Au bout de sept ou huit sonneries, le téléphone s'arrêtait. Chaque fois que je l'entendais sonner, je repensais à ma petite amie d'autrefois, celle qui travaillait dans les télécommunications. « Retourne chez toi, dans la Lune », m'avait-elle dit. Elle avait sans doute raison. Il valait mieux que je retourne sur la Lune, l'air d'ici était trop lourd pour moi, et la force de gravité trop pesante.

Je continuai à réfléchir ainsi quatre ou cinq jours. Pendant ce temps, je mangeai et dormis un peu mais ne touchai pas une goutte d'alcool. Je ne sortis pratiquement pas de chez moi, parce qu'il me semblait que je n'étais pas en possession de toutes mes facultés. Je continuais à perdre diverses choses, me disais-je. Je finissais toujours par me retrouver seul. Gotanda et moi, on était en quelque sorte le même genre de types. Les circonstances de nos vies étaient différentes, notre façon de penser, de ressentir étaient différentes, mais nous appartenions à la même catégorie : celle des perdants. Et maintenant on allait se perdre mutuellement.

Je pensais à Kiki. Je me rappelai son visage.

« Non mais qu'est-ce qui te prend ? » disait-elle. Elle était morte, allongée dans un trou recouvert de terre. Comme Sardine, mon chat. Il me semblait qu'elle était morte parce qu'elle devait mourir. C'était étrange, mais c'est ce que je ressentais : de la résignation. Une résignation paisible, comme une pluie tombant sans répit à la surface de l'océan. Je ne ressentais pas même de chagrin. Juste une étrange sensation, un frisson comme si un doigt effleurait doucement la surface de mon âme. Tout passait sans bruit. Comme des signes tracés sur le sable effacés par le vent. Personne ne pouvait arrêter ça.

Cette nouvelle avait ajouté un cadavre à ma liste. Le Rat, May, Dick Nose, et maintenant Kiki. Ça faisait quatre cadavres, il en restait deux. Qui d'autre allait mourir ? Nous allions tous mourir de toute façon, tôt ou tard. Devenir des squelettes blancs dans une pièce. Nombre de pièces étranges étaient reliées à mon monde intérieur, me semblait-il. Celle d'Honolulu *downtown* où j'avais vu ces squelettes. Le réduit sombre et froid de l'hôtel de Sapporo où j'avais rencontré l'homme-mouton. La chambre où Gotanda avait pris Kiki dans ses bras un dimanche matin. Où commençait, où s'arrêtait la réalité ? Étais-je en train de devenir fou ? Il me semblait que tous les événements avaient lieu dans des pièces irréelles, puis étaient acheminés dans la réalité, complètement déformés. Quelle était donc la vraie, la seule, l'originale réalité ? Plus je réfléchissais, plus elle paraissait s'éloigner de moi. La ville de Sapporo au mois de mars sous la neige était-elle réelle ? Cela me semblait complètement irréel. La promenade que j'avais faite avec Dick Nose sur la plage de Macaha était-elle réelle ? Irréelle également, cette scène. Il s'était passé quelque chose d'apparenté à cela, mais ce que j'avais perçu n'était pas la version originale de la réalité. Comment un manchot comme lui avait-il pu couper du pain si parfaitement, par exemple ? Pourquoi la call-girl d'Honolulu m'avait-elle laissé le même numéro de téléphone que Kiki dans la pièce aux squelettes ? Ce devait pourtant être la réalité, puisque c'était les souvenirs que j'en avais. Si je ne reconnaissais pas cela comme étant la réalité, c'était ma perception du monde tout entière qui chancelait.

Ou bien la réalité était-elle prise de folie, la réalité était-elle malade ?

Je l'ignorais. Il y avait trop de choses que j'ignorais.

Mais quoi qu'il en soit, que le monde autour de moi soit devenu fou ou pas, il fallait que je règle cette situation, je ne pouvais pas rester dans cette confusion, au milieu de cette ébauche sans solution où je me trouvais projeté. Je devais y apposer mon sceau final, même si je devais y rencontrer le chagrin, la colère ou la résignation. C'était mon rôle, celui que me suggérait tout ce qui m'était arrivé jusque-là. C'est pour cela que j'avais rencontré tous ces étranges personnages, pour cela que j'avais été entraîné dans ces étranges lieux.

Bon, me dis-je. Je dois me remettre à danser. Il fallait que je danse jusqu'à susciter l'admiration générale. Les pas de danse, c'était là l'unique réalité. Il fallait que je sois attentif à bien faire mes pas. Pas besoin de réfléchir pour ça, les pas étaient tracés dans ma tête comme une réalité à mille pour cent. Je devais danser. Merveilleusement bien danser. Téléphoner à Gotanda et lui dire : « Dis donc, c'est toi qui as tué Kiki ? »

Mais je ne pouvais pas, je n'arrivais pas à le faire. Dès que je m'asseyais devant le téléphone, je me mettais à trembler, mon esprit s'embrouillait. Mon corps chancelait, ma respiration se troublait, un vent violent cherchait à me renverser. J'aimais Gotanda, c'était mon unique ami. Il était moi-même. C'était une partie de mon existence. Il était mon ami et je le comprenais. Je formai son numéro plusieurs fois et me trompai. J'avais beau essayer, je n'arrivais pas à composer les chiffres dans le bon ordre. À la cinquième ou sixième tentative, je lançai le téléphone par terre. Non, je ne peux pas ! Je n'arrive pas à danser correctement.

Le calme qui régnait dans la pièce me mettait mal à l'aise. La sonnerie du téléphone m'était tout aussi désagréable. Je sortis, me promenai au hasard des rues. En faisant attention à la façon d'avancer mes pieds pas à pas, et de traverser les rues, comme un patient en rééducation. Puis je me mêlai à la foule et marchai, j'entrai dans un parc, m'assis pour regarder les gens passer. Ma solitude m'était insupportable. J'avais envie de me raccrocher à quelque chose. Mais j'avais beau regarder autour de moi, je ne voyais rien à quoi me raccrocher. J'étais dans un labyrinthe de glace tout lisse, sans la moindre prise. Dans ces ténèbres blanches, les sons résonnaient dans le vide. J'avais envie de pleurer, mais même ça je ne le pouvais pas. Oui, Gotanda était moi-même, et c'était une partie de moi-même que je m'apprêtai à perdre.

Finalement, je ne lui téléphonai pas. Car avant même que je l'appelle, ce fut lui qui vint me rendre visite.

C'était encore un soir de pluie. Il portait le même imper blanc que le soir où nous étions allés ensemble à Yokohama, il portait des lunettes et un chapeau de pluie blanc assorti à son imper. Malgré la pluie assez violente, il n'avait pas de parapluie. Des gouttes de pluie gouttaient de son chapeau. Il me regarda en souriant et je lui souris en retour.

–Ça n'a pas l'air d'aller, dis donc, fit-il. Comme tu ne répondais jamais au téléphone, j'ai décidé de venir voir ce qui se passait. Tu es malade ?

–Je n'allais pas très bien, fis-je, choisissant soigneusement mes mots.

Il m'examina un moment en plissant les yeux.

–Tu préfères que je revienne un autre jour ? Je suis désolé d'être venu sans prévenir. On se verra à nouveau quand tu iras mieux.

Je secouai la tête. Puis je pris une profonde inspiration et cherchai mes mots. Je mis un moment avant de pouvoir parler, et Gotanda attendit patiemment sans bouger.

–Ce n'était pas un problème physique, dis-je finalement. J'ai juste l'air fatigué parce que je n'ai pas beaucoup mangé ni dormi ces derniers temps. Ça va mieux, maintenant, et en plus j'ai à te parler. Allons manger quelque part. J'ai envie de faire un repas normal pour la première fois depuis longtemps.

Nous prîmes sa Maserati pour aller en ville. Monter dans cette voiture me rendit nerveux. Il conduisit un moment sans but, dans la ville aux néons colorés brouillés par la pluie. Il était doux et précis dans les changements de vitesse. La voiture n'avait pas une hésitation. Elle augmentait progressivement de vitesse, freinait tranquillement. Le vacarme de la ville s'élevait autour de nous comme les parois abruptes d'une vallée de montagne.

–Où pourrions-nous aller ? Un endroit où on mange bien et où on peut parler tranquillement, sans crainte de rencontrer des types qui portent des Rolex, dit-il en me jetant un coup d'œil.

Mais je continuai à regarder le paysage en silence. Il roula encore une trentaine de minutes, puis renonça et me dit avec un soupir :

« Écoute, je ne sais pas pourquoi, je ne me sens pas inspiré. Tu n'as pas une idée, toi, d'un endroit où on pourrait aller ?

–Non, moi non plus, je ne vois pas.

Et c'était vrai, je ne pouvais penser à rien, comme si mon esprit était totalement coupé de la réalité.

– Très bien, alors prenons l'idée inverse, dit Gotanda d'une voix claire et joyeuse.

– L'idée inverse ?

– Oui, allons dans un endroit le plus animé possible. On pourra s'isoler tous les deux au milieu du bruit et discuter tranquillement.

– Pas mauvais comme idée. Mais quel endroit proposes-tu ?

– Tu ne mangerais pas une pizza ?

– Pourquoi pas ? Ça m'est complètement égal. Va pour une pizza. Mais on ne va pas te reconnaître dans un endroit pareil ?

Gotanda eut un faible sourire. Un sourire qui ressemblait au dernier rayon de soleil entre des feuilles un soir d'été.

– Tu as déjà vu des célébrités dans une pizzeria ?

Comme c'était le week-end, la pizzeria était bondée et bruyante. Il y avait une estrade sur laquelle un orchestre de jazz de style Dixieland jouait *Tiger Rag*, bruyamment encouragé par un groupe d'étudiants ivres de bière. Sous les lumières tamisées, personne ne nous prêtait attention. Un fumet de pizza au feu de bois flottait dans le restaurant. Nous commandâmes des pizzas et des bières pression, et nous installâmes à la table la plus au fond, sous une lampe Tiffany.

« J'avais raison, non ? lança Gotanda. C'est sans façons, et on est tranquilles pour discuter.

– Oui, reconnus-je.

Oui, ça avait l'air plus facile de parler dans un endroit comme ça.

Nous bûmes plusieurs bières, mangeâmes nos pizzas fumantes sortant du four. C'était la première fois depuis longtemps que j'éprouvais une sensation de faim. Ça ne m'arrivait pas souvent d'avoir envie de manger une pizza, mais dès la première bouchée, il me sembla qu'il n'existait rien de meilleur au monde. J'avais sans doute très faim. Gotanda aussi, apparemment, et nous mangeâmes nos pizzas arrosées de bière sans penser à rien d'autre. Quand nos pizzas furent terminées, nous reprîmes chacun une bière.

Quel régal ! dit Gotanda. Ça fait trois jours que j'avais envie de pizza. J'en ai même rêvé ! Une pizza dans un four avec le fromage dessus qui fondait en grésillant. C'est tout ce qu'il y avait dans ce rêve, c'était une vision sans fin d'une pizza. Je me demande comment Jung aurait interprété ça. Moi, je l'interprète comme un rêve de désir de pizza. Alors, de quoi voulais-tu me parler ?

Bon, c'est le moment ou jamais, me dis-je. Mais je n'arrivais pas à commencer. Gotanda avait l'air tellement décontracté, il profitait pleinement de la soirée. À la vue de son sourire innocent, les mots me manquaient. Je ne peux pas, en tout cas, pas maintenant, non, je ne peux pas lui demander ça maintenant !

– Comment ça marche pour toi ? fis-je. (*Non, tu ne peux pas continuer à reculer comme ça !* Mais je ne pouvais pas, non, je ne pouvais pas entamer la conversation là-dessus.) Ta femme, le boulot, tout ça ?

– La routine, répondit-il en souriant de travers. Je ne peux pas faire le travail que je voudrais, et on me propose plein de trucs que je n'ai pas envie de faire. Une avalanche de propositions, et moi je crie en direction de l'avalanche : je ne veux pas faire ça ! Mais évidemment personne ne m'entend. Je m'esquinte la gorge, c'est tout. Quant à ma femme - ça me fait drôle, je dis tout le temps « ma femme » alors qu'on est divorcés -, je ne l'ai vue qu'une fois depuis la dernière soirée que j'ai passée avec toi. Dis donc, ça t'est déjà arrivé, toi, de coucher avec une femme dans un motel ou dans un *love-hotel* ?

– Non, pratiquement jamais, dis-je.

Il secoua la tête.

– C'est drôle, tu sais. C'est fatigant de se voir comme ça. Il fait sombre dans la chambre, les volets sont toujours fermés, ou les fenêtres condamnées. Et puis comme tout le monde vient là pour ça, pas besoin de fenêtres, hein. Pas besoin de lumière. Il suffit d'un lit et d'une salle de bains. Et aussi un frigo, une télé, la stéréo en supplément. Le strict nécessaire, quoi. Évidemment, c'est pratique. C'est dans ce genre d'endroits que je baise avec ma femme. J'ai l'impression que ce n'est que ça : de la baise. Pourtant, j'aime faire l'amour avec elle, c'est paisible, agréable, plein de tendresse. Quand c'est fini, on a envie de rester longtemps dans les bras l'un de l'autre. Mais là il n'y a pas de lumière, on est complètement enfermés. Tout paraît artificiel. Je déteste vraiment ce genre d'endroits, mais il n'y a que là que je peux voir ma femme.

Il but une gorgée de bière, s'essuya la bouche avec une serviette en papier.

« Je ne peux pas l'amener chez moi. Si je faisais ça, la nouvelle serait rapidement dans les journaux à sensation. Ils flairent ça de loin, tu sais. Je ne sais pas pourquoi, mais ils savent tout de suite. On ne peut pas non plus partir en voyage tous les deux. On n'a pas le temps, et puis on nous reconnaîtrait tout de suite. Finalement il ne nous reste que les motels bon marché. Ah, tu sais, tout ça...

Il s'interrompit et me regarda en souriant :

« Je recommence mes jérémiades !

– Ça ne fait rien, dis ce que tu as envie de dire. Je t'écoute. Aujourd'hui, ça m'est plus facile d'écouter que de parler, tu vois.

– Mais non, ce n'est pas seulement aujourd'hui. Tu m'écoutes toujours me plaindre. Mais moi, je ne t'ai jamais entendu te plaindre. Il n'y a pas tellement de gens qui savent écouter, tu sais. Ils ont tous envie de parler, même quand ils n'ont rien d'intéressant à dire. Moi aussi, je fais partie de cette catégorie.

L'orchestre jouait *Hello Dolly*. Nous écoutâmes un moment en silence.

– Tu ne mangerais pas une autre pizza ? demanda Gotanda. Une pour deux ? Je ne sais pas pourquoi, j'ai faim aujourd'hui.

– Si tu veux. Moi aussi, j'ai encore faim.

Il alla au comptoir commander une pizza aux anchois. Quand elle fut prête nous la mangeâmes en silence, en buvant de la bière. Le groupe d'étudiants était toujours aussi bruyant. L'orchestre joua son dernier morceau, puis les banjos, trompettes et trombones disparurent dans leurs étuis, les musiciens quittèrent la scène. Il ne resta plus qu'un piano sur l'estrade.

Notre pizza terminée, nous restâmes un moment silencieux à regarder ce piano tout seul sur la scène. Sans la musique, les voix des clients paraissaient résonner avec une étrange dureté. Une dureté vague, car en fait elles étaient douces, et ne paraissaient dures que de loin, si l'on se rapprochait à les toucher elles éclataient en morceaux pleins d'une douceur qui venait frapper ma conscience comme des vagues. Des vagues qui venaient me frapper doucement puis refluaient, et recommençaient. Je tendis l'oreille un moment à ce bruit de vagues. Ma conscience même me paraissait terriblement lointaine. Des vagues lointaines venaient frapper une conscience lointaine.

–Pourquoi as-tu tué Kiki ? demandai-je à Gotanda, pour voir.

Je ne lui posai pas la question en toute conscience, les mots me vinrent soudain à la bouche, c'est tout.

Il me regarda comme s'il regardait un objet situé très loin de lui. Sa bouche s'entrouvrit, laissant apparaître de belles dents blanches. Il me fixa ainsi longtemps, tandis que le vacarme ambiant s'enflait puis diminuait tour à tour dans ma tête. Comme si la réalité, en même temps que le bruit, se rapprochait puis s'éloignait tour à tour. Je me rappelle que ses dix doigts distingués étaient croisés sur la table. Quand mon sens de la réalité s'éloignait, ses mains se mettaient à ressembler à de délicats ouvrages d'art.

Il se mit à sourire. Très calmement.

–Moi, j'ai tué Kiki ? fit-il lentement en détachant les syllabes.

–Je plaisantais ! dis-je en souriant moi aussi. J'avais juste envie de dire ça pour voir l'effet que ça ferait. Juste comme ça.

Il abaissa le regard vers la table, et se mit à contempler ses doigts.

–Non, ce n'est pas une plaisanterie, fit-il. C'est très important, au contraire. Est-ce que j'ai tué Kiki ? Il faut que je réfléchisse sérieusement à ça.

Je le regardai. Il avait un sourire au coin de la bouche, mais ses yeux étaient sérieux. Il ne plaisantait pas.

–Mais pourquoi la tuer ? demandai-je.

–Pourquoi la tuer ? Je ne sais pas. Pourquoi ai-je tué Kiki ?

–Écoute, je ne saisis pas très bien, dis-je. Tu l'as tuée ou tu ne l'as pas tuée ?

–Mais je suis en train de réfléchir à ça, justement. L'ai-je tuée ou non ?

Il but une gorgée de bière, reposa son verre, posa les coudes sur la table, sa tête entre ses coudes.

–Je n'ai aucune certitude. Tu dois trouver ridicule de s'exprimer comme ça, mais c'est vrai : je n'ai aucune certitude. Il me semble que j'ai étranglé Kiki. Chez moi. Il me semble. Mais pourquoi ? Pourquoi étais-je seul avec elle dans mon appartement ? Je n'avais pas envie de me retrouver seul avec elle. Je n'arrive pas à me souvenir pourquoi on était seuls chez moi tous les deux. Après je l'ai emmenée quelque part dans ma voiture pour l'enterrer. Dans la montagne. Mais je n'ai aucune certitude que ce soit la vérité. Je ne peux pas penser que c'est réellement arrivé. Il me semble que c'est arrivé, c'est tout. Je ne peux pas le prouver, j'ai beaucoup réfléchi à ça, tu sais, mais en vain. Je ne sais pas, quelque chose de fondamental a été aspiré dans le vide. J'essaie de me demander s'il n'y a pas une preuve tangible que c'est réellement arrivé. La pelle, par exemple. J'ai bien dû utiliser une pelle pour l'enterrer. Si je la retrouvais, je saurais que c'était réel. Mais non, impossible. Alors je parcours mes souvenirs épars. J'ai acheté une pelle dans un magasin d'articles de jardin. J'ai creusé un trou avec pour enterrer Kiki. J'ai jeté la pelle quelque part. *Il me semble* que j'ai fait ça. Mais je n'arrive plus à me rappeler les détails. Où ai-je acheté cette pelle, où l'ai-je jetée ensuite ? Je n'ai aucune preuve. Je ne sais même pas où j'ai enterré Kiki. Quelque part dans la montagne, mais je m'en souviens vaguement comme d'un rêve. Je n'arrive pas à suivre les choses dans l'ordre. J'ai des souvenirs, pourtant. Mais est-ce que ce sont de vrais souvenirs ou une reconstitution des événements faite par la suite ? Il me semble que je deviens fou. Depuis mon divorce, je suis de plus en plus bizarre. Je suis fatigué. Et désespéré, de plus en plus désespéré.

Je me taisais. Il y eut un intervalle de silence, puis il reprit :

– Jusqu'où va la réalité ? Où commence l'illusion ? Jusqu'où va la vérité ? Où commence le jeu de l'acteur ? C'est cela que j'avais envie de vérifier. Il me semblait que tu pourrais m'aider à comprendre. Dès la première fois où tu es venu me questionner au sujet de Kiki, je me suis dit que tu allais m'aider à y voir clair dans cette confusion. Comme si j'ouvrais une fenêtre pour laisser entrer de l'air frais. (Il croisa à nouveau les doigts et se mit à les fixer.) Mais en admettant que j'aie tué Kiki, pourquoi aurais-je fait ça ? Quelle raison avais-je de la tuer ? Je l'aimais bien, Kiki. J'aimais bien coucher avec elle. Quand je me sentais désespéré, je ne trouvais un peu de répit qu'auprès d'elle et de May. Pourquoi les aurais-je tuées ?

– Tu as tué May aussi ?

Il regarda longtemps ses mains croisées sur la table. Puis il secoua la tête.

– Non, non, je ne crois pas que j'aie tué May. Heureusement, ce soir-là, j'ai un alibi parfait. Ce soir-là j'ai fait un doublage jusqu'à minuit aux bureaux de la télé, et après je suis parti en voiture avec mon manager. Je ne peux pas me tromper. Sinon, s'il n'y avait pas quelqu'un pour prouver que j'ai passé une partie de la nuit dans les bureaux de la télé, je pense que je me tourmenterais en me demandant sérieusement si je n'ai pas tué May. Pourtant je me sens terriblement responsable de sa mort. Je ne sais pas pourquoi. J'ai un alibi en béton pour cette nuit-là, pourtant il me semble que je l'ai tuée elle aussi, de ces mains. Il me semble qu'elle est morte à cause de moi.

Il y eut à nouveau un silence prolongé tandis qu'il regardait fixement ses dix doigts.

– Tu es fatigué, dis-je. C'est tout. Tu n'as peut-être tué personne. Kiki a disparu, c'est tout, Même à l'époque où je vivais avec elle, ça lui arrivait, de disparaître comme ça sans crier gare. Ce ne serait pas la première fois. C'est toi qui éprouves un sentiment de culpabilité, c'est tout. C'est pourquoi tu relies tout à toi comme si tu avais une part de responsabilité.

– Non, ce n'est pas seulement ça. Ce n'est pas si simple. Je crois que j'ai tué Kiki. Mais sans doute pas May. J'ai le sentiment que j'ai tué Kiki. J'ai encore la sensation de ces dix doigts autour de son cou. Je me rappelle aussi le geste de piocher le sol avec cette pelle. Je l'ai tuée, je l'ai réellement tuée.

– Mais pourquoi aurais-tu fait ça ? C'est complètement absurde !

– Je ne sais pas. Un instinct d'autodestruction peut-être ? J'ai ça en moi depuis longtemps. Une sorte d'impulsion irrésistible. Quand je m'ouvre jusqu'au plus profond de moi-même en jouant un rôle, ça arrive souvent. Je vois cette faille de mes propres yeux. Une crevasse ouverte par un tremblement de terre, un trou profond, béant, sombre. Et alors, inconsciemment, je détruis quelque chose. Quand je reprends conscience, je suis en train de casser quelque chose. Quand j'étais enfant, ça m'arrivait souvent. Je cassais un objet en tapant dessus. Je cassais mes crayons, je cassais des verres en les jetant par terre. Je piétinais mes modèles réduits d'avion. Mais je ne savais pas pourquoi je le faisais. Je ne faisais pas ça devant les gens, bien entendu. Seulement quand j'étais tout seul. Mais à l'école primaire, il m'est arrivé de pousser un camarade dans le dos d'en haut d'une falaise. Je ne savais pas moi-même pourquoi, mais quand j'ai réalisé ce que je faisais, c'était trop tard. Comme ce n'était pas une falaise très haute, mon camarade s'est seulement blessé sans gravité. Lui aussi a cru qu'il s'agissait d'un accident, que je l'avais heurté sans faire exprès. Personne n'a jamais pensé que je l'avais fait volontairement. Mais moi, je savais. Je l'ai poussé exprès de ces mains, tu vois. Et j'aurais encore plein d'autres exemples comme ça à te donner. Au collège, j'ai souvent fait brûler le contenu de la boîte aux lettres. Je jetais dedans un chiffon enflammé, et ça brûlait tout le courrier. C'est lâche, et complètement absurde, mais je l'ai fait. Tout à coup je m'apercevais que j'étais en train de le faire. Je ne pouvais pas m'en empêcher, il me semblait que je ne redevenais moi-même qu'en faisant ce genre de choses lâches et stupides. J'agis inconsciemment et je ne me rappelle que les sensations. Les sensations de tous ces actes sont restées imprégnées dans mes mains. J'ai beau les laver, ça ne partira jamais, jusqu'à ma mort. Quelle vie horrible ! Je ne peux plus la supporter.

Je soupirai. Gotanda secoua la tête.

« Mais je n'ai aucun moyen de vérifier si c'est vrai ou pas, dit Gotanda. Je n'ai aucune certitude de l'avoir tuée. Il n'y a pas de cadavre. Pas de pelle. Pas de traces de terre sur mon pantalon. Pas d'ampoules aux mains. Je ne sais plus où je l'ai enterrée. Même si j'allais tout avouer à la police, qui me croirait ? Sans cadavre, pas de crime. Je ne peux même pas expier ma faute. Elle a disparu, c'est tout ce que je sais. J'ai essayé de t'avouer tout ça à plusieurs reprises. Mais je n'ai pas pu. Il me semblait que si je te le disais, l'atmosphère d'intimité entre nous serait détruite à jamais. Avec toi, je me sentais si détendu. Je ne sentais plus cette faille au fond de moi. C'était quelque chose de très précieux. Je n'avais pas envie de renoncer à cette relation avec toi. J'ai remis à plus tard. La prochaine fois, toujours la prochaine fois, et voilà, jusqu'à aujourd'hui. J'aurais vraiment dû tout t'avouer plus tôt, mais...

– Mais tu n'as rien de précis, rien de sûr à m'avouer, tu le dis toi-même.

– La question n'est pas d'aligner des preuves. J'aurais dû t'en parler moi-même, c'est tout. Mais je t'ai caché tout ça, voilà le problème.

En supposant que ce soit vrai, en supposant que tu aies tué Kiki, tu n'en avais pas réellement l'intention.

Il avait ouvert les deux mains et regardait fixement ses paumes.

–Non, je n'avais aucune raison de faire ça. Pourquoi a-t-il fallu que je la tue ? Je l'aimais bien. Nous étions amis tous les deux, nous parlions de plein de choses. Je lui parlais même de ma femme, et elle m'écoutait. Pourquoi est-ce que je l'ai tuée ? Mais je l'ai tuée pourtant, je l'ai tuée de ces mains ! Je l'ai étranglée, comme si je tuais mon ombre. Je croyais que c'était mon ombre. Oui, je pensais que si j'éliminais mon ombre tout irait mieux pour moi. Mais ce n'était pas mon ombre, c'était Kiki. Tout ça s'est passé dans un monde de ténèbres. **Un autre monde**, tu comprends ? Ce n'était pas ici. Et c'est Kiki qui m'a invité dans cet autre monde, c'est elle qui m'a dit : allez, étrangle-moi. C'est elle qui m'y a invité, elle qui m'a autorisé à le faire, c'est elle qui m'a dit : tu peux y aller tu sais, allez, tue-moi ! Je ne te mens pas, ça s'est vraiment passé comme ça. Enfin, je ne sais pas si c'est arrivé ou non. Ça ressemble à un rêve. Plus j'y réfléchis et plus la réalité se dérobe, elle fond comme neige au soleil. Pourquoi m'a-t-elle incité à faire ça ? Pourquoi m'a-t-elle dit de la tuer ?

Je bus ce qui restait de ma bière tiède. La fumée des cigarettes paraissait durcie au-dessus de nos têtes, et tremblait comme un ectoplasme selon les courants d'air. Quelqu'un me poussa dans le dos et dit : « Pardon. » De la cuisine, on cria un numéro de table dont la pizza était prête.

–Tu ne veux pas boire une autre bière ?

–Si, je veux bien.

J'allais au comptoir chercher deux bières que nous bûmes en silence. Le restaurant était aussi bondé que la gare d'Akihabara à l'heure de pointe. Les gens n'arrêtaient pas de passer à côté de notre table mais personne ne faisait attention à nous, personne n'écoutait notre conversation, et personne ne regardait Gotanda.

– Je te l'avais bien dit, non, fit-il avec un sourire en coin. C'est un vrai trou, ici, on n'y rencontre pas de gens célèbres.

Il fit tourner le contenu de son verre de bière encore rempli aux deux tiers comme si c'était une éprouvette.

– Oublions tout ça, dis-je calmement. Moi, je peux oublier. Toi aussi, oublie ce que tu m'as dit.

– C'est facile à dire. Ce n'est pas toi qui l'as étranglée de tes mains.

– Bon alors écoute, il n'y a aucune certitude que ce soit toi qui l'ait tuée, alors arrête de porter la responsabilité d'un acte dont on ne sait même pas s'il a eu lieu. Peut-être qu'inconsciemment sa disparition a réactivé ton sentiment de culpabilité, c'est une possibilité ça, non ?

– Ah oui, parlons des possibilités, fit-il en posant ses mains à plat sur la table. Ces derniers temps, je réfléchis beaucoup aux possibilités. Il y en a beaucoup. Par exemple, il est possible que je tue ma femme. Non ? Si elle m'y autorisait, je pourrais très bien l'étrangler comme Kiki. Je n'arrête pas de penser à ça ces temps-ci, et plus j'y pense, plus cette possibilité prend de l'ampleur en moi. Je ne peux pas m'en empêcher. Je suis en train de perdre le contrôle de moi-même. Je n'ai pas fait que brûler du courrier, tu sais. J'ai tué je ne sais combien de chats aussi. De diverses façons. Je ne pouvais pas m'en empêcher. En pleine nuit je cassais les vitres de la maison voisine en lançant des billes de *patchinko*. Et après je m'enfuyais à bicyclette. Je ne peux pas m'en empêcher, je te dis. Je n'ai jamais dit cela à personne jusqu'ici, tu es le premier. Ça me soulage de t'en parler, mais ce n'est pas pour ça que je vais m'arrêter. Je ne m'arrêterai pas. Ça durera aussi longtemps qu'existera ce fossé entre le moi qui joue un rôle et mon moi profond, je le sais. Ce fossé n'a fait que s'amplifier depuis que je suis devenu un acteur professionnel. Plus je joue des rôles d'envergure, plus mes réactions sont importantes. Je n'y peux rien. Demain je vais peut-être tuer ma femme. Je ne peux pas me contrôler. **Parce que ces choses**

se produisent dans un autre monde, pas dans celui-ci. Je n'y peux rien. C'est inscrit dans mes gènes, c'est tout.

– Tu réfléchis trop, dis-je en me forçant à sourire. Quand on se met à penser aux gènes, on n'aboutit nulle part. Tu devrais te reposer, arrêter de travailler un moment, et cesser de voir ta femme aussi. C'est la seule chose à faire. Tu laisses tout tomber. On devrait aller en vacances à Hawaii tous les deux. On passerait nos journées sur le sable à boire de la pinacolada. C'est bien, tu sais, là-bas. Tu n'as besoin de penser à rien. On pourra boire de l'alcool dès le matin, nager, et se payer des filles. On pourra louer une Mustang et conduire à 150 à l'heure en écoutant les Doors, les Beach Boys ou ce qu'on voudra. Ça te détendra. Et si tu veux réfléchir sérieusement à quelque chose, tu pourras le faire après, en rentrant.

– Pas mauvais comme idée, fit Gotanda en riant, de petites rides au coin des yeux. On pourrait faire venir des filles et s'amuser jusqu'au matin comme l'autre fois, tu te rappelles ? C'était bien, hein ?

Coucou les amis ! Déneigement charnel.

– Moi, je peux partir n'importe quand, dis-je. Et toi ? Combien de temps te faut-il pour régler tes histoires de boulot ?

– Tu n'as rien compris, répondit-il en souriant d'une drôle de façon. Je n'en aurai jamais fini avec mon travail La seule chose possible pour moi, c'est de tout laisser tomber. Là au moins je serai sûr d'être libéré de ce monde, pour l'éternité. Pour toujours. Mais en même temps si je fais cela, je la perds elle aussi, pour toujours.

Il termina sa bière.

« Mais ça ne fait rien, ça m'est égal maintenant, même si je perds tout. Je me résigne. Tu as raison, je suis fatigué. J'ai besoin d'aller à Hawaii et de me vider la tête. D'accord, je laisse tout tomber et je pars avec toi. La suite, j'y penserai une fois que j'aurais l'esprit vide. Je veux devenir un homme normal. C'est peut-être trop tard, mais ça vaut la peine d'essayer à nouveau. Je me fie à toi. J'ai confiance en toi, vraiment. Je me suis dit ça dès la première fois où tu m'as téléphoné. Je ne sais pas pourquoi, tu es un type tellement régulier. Et c'est justement ce que je cherchais depuis si longtemps.

– Mais je ne suis pas du tout un type régulier, je me contente de danser, en faisant les pas que je connais. Ça n'a pas de sens en dehors de ça.

Il étendit ses deux mains sur la table à environ quinze centimètres d'intervalle.

– Mais qu'est-ce qui a un sens ? Tu vois un sens à notre vie, toi ? (Il se mit à rire.) Mais ça va, ça ne fait rien Je me résigne. Je vais devenir ton stagiaire. Je vais m'entraîner à bondir en dansant d'un ascenseur à l'autre. Ce n'est pas impossible. Si je veux, je peux y arriver, moi, le beau, l'intelligent, l'irrésistible Gotanda. D'accord, on part à Hawaii. Prends les billets dès demain, deux billets en première classe. Première classe, rien d'autre, hein ! La voiture, c'est une Mercedes, la montre une Rolex, l'appartement à Minato-ku, l'avion en première classe ! Après-demain, on fait nos valises et on part. Le jour même on sera à Honolulu. Les chemises hawaïennes, ça me va bien tu sais.

– Tout te va bien.

– Merci, ce compliment titille ce qui me reste d'ego.

– On ira d'abord faire un tour au bar de la plage, et on boira une pinacolada bien fraîche.

– Pas mal !

– Pas mal !

Gotanda me regarda dans les yeux sans ciller :

– Dis, tu crois que tu pourras vraiment oublier que j'ai tué Kiki ?

Je hochai la tête :

– Je crois que oui.

– Il y a encore une chose que je ne t'ai pas dite. Je t'avais parlé des deux semaines que j'ai passées en prison sans dire un mot ?

– Oui.

– Eh bien, c'était un mensonge. Je me suis mis à table immédiatement, si bien qu'ils m'ont laissé sortir tout de suite. Ce n'est pas parce que j'avais peur. C'est parce que j'avais envie de me faire du mal, de me mépriser. Quelle lâcheté, hein. C'est pourquoi quand tu m'as dit que tu n'avais rien dit à la police, par amitié pour moi, cela m'a rendu tellement heureux. C'était comme une rédemption pour ma lâcheté. C'est bizarre, mais c'est ce que j'ai ressenti. Grâce à toi j'étais lavé de ma propre lâcheté. Décidément, je t'ai avoué beaucoup de choses ce soir ! Mais cela m'a fait du bien de te parler. Ça a dû t'être désagréable d'entendre tout ça, mais...

– Pas du tout, dis-je.

Je me sens plus proche de toi qu'avant, voilà ce que j'avais envie de lui dire, et peut-être aurais-je dû le faire, mais je décidai d'attendre encore. Je n'aurais pas dû. À ce moment-là je fis ce qui me semblait être juste. Il me semblait qu'une occasion se présenterait peut-être bientôt, où ces mots auraient davantage de force. Aussi me contentai-je de répéter une fois de plus :

– Pas du tout.

Il prit son chapeau de pluie accroché au dossier de sa chaise, vérifia s'il était encore humide, lui redonna forme.

– Je peux te demander de faire quelque chose par amitié pour moi ? me demanda-t-il. J'ai envie de boire une autre bière, mais je n'ai pas le courage de me lever pour aller la demander au bar.

– Pas de problème, dis-je en me levant pour aller chercher deux bières.

Il y avait du monde au comptoir et cela me prit un peu de temps. Quand je revins à notre table avec les deux verres, il n'était plus là. Son chapeau avait également disparu. Et la Maserati n'était plus dans le parking. Allons bon, me dis-je en secouant la tête. Mais il n'y avait rien à faire. il avait disparu.

40

Sa Maserati fut repêchée dans la mer à Shibaura le lendemain à midi. Je ne fus pas autrement surpris, cela correspondait à mon pressentiment. Je le savais depuis le moment où il avait disparu.

Un cadavre de plus. Le Rat, Kiki, May, Dick Nose, et maintenant Gotanda. Il en restait un. Je secouai la tête, en me demandant ce qui allait arriver ensuite. Mauvaise tournure des événements. Qui allait mourir maintenant ? Je pensai soudain à Yumiyoshi-san. Non, pas elle, ce serait trop affreux. Non, elle ne pouvait pas mourir, ni disparaître. Mais qui alors ? Yuki ? Je secouai la tête. Elle n'avait que treize ans. On ne pouvait pas la faire mourir déjà. Je dressai dans ma tête une liste des personnages susceptibles de se transformer en cadavres, et ce faisant j'eus la vague impression de devenir moi-même le dieu de la mort. Inconsciemment, j'établissais une liste préférentielle de morts.

Je me rendis au commissariat d'Akasaka, demandai à voir le plumitif et lui expliquai que j'avais passé la soirée de la veille avec Gotanda. Il me semblait qu'il valait mieux le lui dire. Je ne lui dis pas, bien entendu, que Gotanda était peut-être l'assassin de Kiki. Tout ça, c'était terminé. Il n'y avait même pas de cadavre. Je dis simplement que j'avais passé la soirée avec lui, qu'il était très fatigué et paraissait au bord de la dépression grave. Il avait des dettes, était submergé de travail qu'il n'avait pas envie de faire, souffrait de son divorce.

Il prit note de mes déclarations. Des notes beaucoup plus succinctes que la fois où il m'avait cuisiné. Je signai Le tout prit moins d'une heure. Quand ma déposition fut terminée, il me regarda, le stylo encore entre les doigts.

– Il y a beaucoup de gens qui meurent dans votre entou rage, dit-il. Vous devez avoir du mal à vous faire des amis Tout le monde doit vous détester. Et quand tout le monde vous déteste, la vue baisse, la peau s'abîme. Ce n'est pas bon !

Puis il poussa un profond soupir.

« Enfin, là, il s'agit d'un suicide, de toute évidence. Il y a même des témoins. Enfin, quel gâchis tout de même. On a beau être une star de cinéma, se jeter à l'eau avec une Maserati ! Une Civic ou une Corola aurait amplement suffi.

– Elle est assurée tous risques, il n'y a pas de problème, dis-je.

– En cas de suicide, les assurances ne marchent pas. Enfin, de toute façon, c'est stupide de faire ça. Moi, je ne suis pas riche, alors je pense tout de suite aux vélos des gosses. J'en ai trois, vous savez. Ça coûte de l'argent. Et ils veulent chacun leur vélo, hein !

Je me taisais.

« C'est bon, vous pouvez partir. Je regrette pour votre ami. Merci de vous être déplacé.

En me raccompagnant, il ajouta :

« Le cas de la petite May n'est pas encore résolu, vous savez. Mais l'enquête continue. Ça sera réglé un jour ou l'autre.

Pendant longtemps je gardai l'impression d'avoir assassiné Gotanda. Je ne pouvais pas me débarrasser de ce poids. Je me rappelais phrase après phrase tout ce que nous nous étions dit lors de cette soirée à la pizzeria. Je me demandais si je n'aurais pas pu le sauver en répondant mieux à ce qu'il me disait. Et à l'heure qu'il est, on serait en train de boire de la bière tous les deux sur une plage à Hawaii, me disais-je.

Mais non, il était sans doute déjà trop tard. Il devait déjà être décidé. Il attendait simplement l'occasion. Cela faisait longtemps qu'il pensait à jeter cette Maserati à la mer. Il savait que c'était la seule issue possible. Il attendait depuis longtemps, la main posée sur le bouton de cette porte de sortie. Il s'était représenté plusieurs fois la scène au cours de laquelle la Maserati s'enfonçait dans la mer. Il voyait l'eau entrer peu à peu par les interstices entre les vitres, il voyait le moment où la respiration commençait à lui manquer. C'est seulement en jouant avec cette possibilité de se détruire lui-même qu'il était resté rattaché au monde de la réalité. Mais ça ne pouvait pas continuer éternellement. Un jour ou l'autre, il faudrait qu'il ouvre la porte pour de bon. Et il le savait. **Il attendait seulement l'occasion.**

La mort de May avait réveillé en moi un vieux rêve de mort, et un sentiment de deuil. La mort de Dick Nose une sorte de résignation. Mais la mort de Gotanda suscitait en moi un désespoir sans issue, comme une boîte plombée. Rien n'aurait pu l'empêcher de mourir. Il ne parvenait pas à intégrer ses propres impulsions. Et cette force fondamentale en lui l'avait poussé jusqu'au bord du précipice. Jusqu'à l'extrême limite de la sphère de la conscience. Puis jusqu'au monde de ténèbres qui s'étendait de l'autre côté.

Pendant quelque temps on vit les médias se repaître de sa mort, tels des asticots sur de la viande pourrie. La seule vue des gros titres me donnait des hauts-le-cœur. Même sans lire ni écouter ce qu'ils disaient de sa mort, je pouvais imaginer. J'avais envie de tuer tous ces types un par un de mes mains.

« Il aurait fallu les tuer à coups de barre de fer », avait dit Gotanda. C'était simple et rapide. Et moi j'avais dit : « Non, non, il faudrait les étrangler lentement. »

Je m'allongeai sur le lit et fermai les yeux. Coucou les amis ! dit May du fond de l'obscurité.

Allongé sur mon lit, j'exécrais le monde. D'une haine violente, essentielle, venue du fond du cœur. Ce monde était plein de morts absurdes à l'arrière-goût amer. Et moi, j'étais impuissant, et couvert de la pourriture du monde des vivants. Les gens entraient par la porte d'entrée, repartaient par la sortie. Ceux qui sortaient ne revenaient jamais. Je regardai mes deux mains. Mes deux mains portaient elles aussi l'odeur de la mort. J'aurai beau les laver, cette odeur ne s'en ira jamais, avait dit Gotanda. Dis voir, l'homme-mouton, c'est donc ça, la façon d'être connecté à ton monde ? Étais-je relié à ce monde par une suite sans fin de morts ? Qu'est-ce que je pouvais perdre de plus maintenant ? Peut-être que je ne pourrais plus trouver le bonheur, comme tu me l'avais dit. Ça m'était bien égal. Mais ça, non, ça, c'était trop horrible.

Je me rappelai soudain un livre de sciences que j'avais lu quand j'étais enfant. Il y avait un chapitre intitulé : « Que deviendrait le monde sans la force de friction ? » La réponse était : tout ce qui se trouve sur terre serait soufflé dans l'univers à cause de la force centrifuge de la rotation. C'est exactement dans cet état que je me sentais.

Coucou les amis ! dit May.

41

Trois jours après la mort de Gotanda, j'appelai Yuki. Pour dire toute la vérité, je n'avais envie de parler à personne mais elle, cette enfant seule et sans défense, il fallait que je lui parle. J'étais le seul être au monde qui pouvait la protéger. Et surtout, surtout, *elle était vivante*. J'avais le devoir de l'aider à continuer à vivre. En tout cas, c'est ce qu'il me semblait.

Yuki n'était pas à Hakone, m'expliqua Ame au bout du fil. Elle était rentrée la veille à Tokyo, je devais pouvoir la joindre à l'appartement d'Akasaka. Ame avait la voix pâteuse, comme si je venais de la réveiller. Elle ne parla pas longtemps, et c'était mieux ainsi. Je téléphonai aussitôt à Akasaka. Yuki décrocha tout de suite, comme si elle était en train d'attendre à côté du téléphone.

–Ta présence n'est plus indispensable à Hakone ? demandai-je.

–Je ne sais pas, mais j'avais envie d'être seule quelque temps. J'avais envie de penser un peu à moi. À mon avenir, tout ça. Il m'a semblé que c'était le moment de réfléchir sérieusement à tout ça.

–Peut-être bien, acquiesçai-je.

–J'ai appris par les journaux, pour ton ami.

–Eh oui, la Maserati maudite. Tu avais raison, tu vois.

Yuki se taisait, et le silence pénétrait mes oreilles comme de l'eau. Je passai l'écouteur d'une oreille à l'autre.

« Si on déjeunait ensemble ? proposai-je. Je suis sûre que tu te nourris mal. Tu ne veux pas venir manger un morceau avec moi ? Moi non plus, je n'ai pas beaucoup mangé ces derniers jours, à vrai dire. Seul, je n'ai pas d'appétit.

– J'ai un rendez-vous à deux heures, mais on peut se voir avant.

Je regardai ma montre : il était onze heures passées.

– D'accord. Je viens te chercher. Je serai chez toi d'ici une demi-heure.

Je me changeai, bus un jus d'orange, mis les clés de la voiture et mon portefeuille dans ma poche. Mais j'avais l'impression d'oublier quelque chose. Eh oui, j'avais oublié de me raser. J'allai à la salle de bains, me rasai soigneusement, puis me demandai en me regardant dans la glace si je pouvais encore passer pour un type de moins de trente ans. Peut-être, conclus-je. Mais de toute façon qui s'en souciait, de l'âge que je paraissais ? Aucune importance ! Sur ce, je me lavai à nouveau les dents.

Il faisait beau. L'été était déjà là. S'il n'y avait pas la saison des pluies, quelle saison merveilleuse ce serait ! Vêtu d'une chemise sans manches légère et d'un pantalon de coton, mes lunettes de soleil sur le nez, je pris la direction de l'appartement de Yuki en sifflotant, au volant de ma Subaru.

Coucou les amis ! me disais-je. C'est l'été !

Tout en conduisant, je repensai aux colonies de vacances de mon enfance. À trois heures, c'était l'heure de la sieste. Mais moi je ne pouvais pas faire la sieste, j'étais incapable de dormir simplement parce qu'on m'en donnait l'ordre. La plupart de mes camarades dormaient à poings fermés, moi je regardais le plafond pendant une heure. Et quand on regarde un plafond longtemps, il devient un monde indépendant. On a l'impression que si on pouvait se transporter là-bas, on se retrouverait dans un monde complètement différent d'ici. Un monde où les valeurs seraient inversées. Comme dans *Alice au pays des merveilles*. Je pensais longuement à ça à l'heure de la sieste, si bien que ce plafond est le seul souvenir qui me reste des colonies de vacances. Coucou les amis !

Derrière moi, la Cedric klaxonna trois fois. Le feu était passé au vert. Du calme ! Tu vas dans un endroit si merveilleux, pour être si pressé ? Je redémarrai lentement.

Je sonnai à l'interphone, et Yuki descendit aussitôt. Elle portait une élégante robe sans manches imprimée, était chaussée de sandales, et un sac à bandoulière en cuir d'un bleu profond pendait à son épaule.

– Dis donc, tu es bien chic aujourd'hui !

– J'ai rendez-vous avec quelqu'un à deux heures, je te l'ai dit, non ?

– Ça te va très bien, tu es très élégante. On dirait une adulte.

Elle me sourit sans répondre.

Nous allâmes dans un restaurant du voisinage, et déjeunâmes de soupe, de spaghettis à la sauce saumon, de loup de mer et de salade. Il n'était pas encore midi, le restaurant était vide, la cuisine délicieuse. Nous sortîmes au moment précis où les employés des bureaux voisins commençaient à envahir les rues, et montâmes en voiture.

– Où va-t-on ? fis-je.

– Nulle part, on n'a qu'à tourner un peu dans le quartier, répondit Yuki.

– Le gaspillage d'essence est un acte antisocial, dis-je, mais elle ne releva pas et fit comme si elle n'avait rien entendu.

Allez, tant pis, de toute façon les rues sont déjà tellement polluées qu'un peu plus un peu moins d'oxyde de carbone et de circulation, qui s'en soucie ?

Elle mit la stéréo en marche. Il y avait une cassette des Talking Heads dans l'appareil, peut-être *Fair of Music*. Je me demandai quand j'avais bien pu la mettre. De nombreux souvenirs s'échappaient de ma mémoire.

– J'ai décidé de prendre des cours à domicile, dit-elle. Je dois rencontrer le professeur aujourd'hui. Une femme.

C'est papa qui me l'a trouvée. Quand je lui ai annoncé que je voulais me remettre à travailler, il m'a trouvé cette femme dès le lendemain. Elle a l'air très sérieuse. C'est drôle à dire, mais c'est depuis ce film qu'on a vu ensemble que j'ai de nouveau envie de prendre des cours.

– Tu veux parler d'*Amour sans espoir* ?

– Oui, dit Yuki en rougissant un peu. Moi aussi, je trouve ça complètement idiot, mais en fait c'est bien après avoir vu ce film que j'ai eu envie de reprendre des cours. C'est sans doute à cause de ton ami qui jouait le rôle du professeur. Je le trouvais nul en regardant le film, mais apparemment quelque chose a trouvé écho en moi. Il avait peut-être du talent ?

– Oui, il avait une sorte de talent, c'est sûr.

– Hmm.

– Mais évidemment tout ça c'est du cinéma, de la fiction. La réalité est différente. Tu te rends compte de ça ?

– Je sais.

– Il jouait bien les rôles de dentiste aussi. Il était très habile comme dentiste. Mais ce n'était qu'une apparence : du cinéma. Quand on ne fait pas quelque chose pour de vrai, on s'épuise, on est dans une pénible confusion. Il y a trop de choses qui semblent absurdes. Avoir envie de faire quelque chose, c'est très bien. Si on n'a pas ça, c'est difficile de vivre. Je pense que si Gotanda t'entendait, il serait très heureux.

– Tu l'as revu avant sa mort ?

– Oui. On a eu une longue conversation. Il m'a parlé avec beaucoup de franchise. Et c'est juste après m'avoir parlé qu'il est allé se jeter à l'eau avec sa Maserati

– C'est à cause de moi, hein ?

Je secouai lentement la tête.

– Non, ce n'est pas de ta faute. Ce n'est de la faute de personne. Il y a toujours une raison quand les gens meurent. Et même si ça a l'air simple, ça ne l'est jamais. C'est comme une racine. Il n'y a qu'une petite partie à l'air libre, mais si on tire, il y en a plein qui sort. La conscience humaine plonge ses racines dans de profondes ténèbres.

Très complexes et très profondes... Avec trop de choses qui échappent à l'analyse. Les vraies raisons, seul l'intéressé peut les comprendre vraiment. Ou peut-être que même l'intéressé n'en sait rien.

Il avait toujours eu la main posée sur la poignée de la porte de sortie. Il attendait une occasion d'ouvrir, c'est tout. Ce n'est la faute de personne.

– Mais je suis sûre que tu vas me détester à cause de ça, fit Yuki.

– Je ne te déteste pas.

– Pas maintenant, peut-être, mais tu vas me détester, c'est sûr.

– Jamais. Je ne suis pas du genre à détester les gens comme ça, tu sais.

– Même si tu ne me détestes pas, ça aura cassé quelque chose, dit-elle d'une petite voix. C'est sûr, je le sais.

Je lui jetai un coup d'œil rapide.

– C'est étrange, tu dis la même chose que Gotanda.

– Vraiment ?

– Oui, il lui semblait que quelque chose était cassé. Mais pourquoi s'en faire à cause de ça ? Tout casse un jour ou l'autre, tout disparaît. Nous vivons en changeant perpétuellement. Et la plupart des choses qui nous entourent disparaissent, tandis que nous changeons. On ne peut rien à cette impermanence. Ce qui doit disparaître disparaît. Et reste tant que le moment de disparaître n'est pas venu. Par exemple toi, tu vas grandir. D'ici deux ans, cette jolie robe sera trop petite pour toi et peut-être que les Talking Heads te paraîtront complètement démodés. Et sans doute que tu n'auras plus du tout envie de te balader avec moi en voiture. On n'y peut rien. Il faut se laisser vivre au rythme des choses qui passent. Ça n'avance à rien de réfléchir à tout ça.

– Pourtant moi, je crois que je t'aimerai toujours. Ça n'a rien à voir avec le temps, ça.

– Ça me fait plaisir que tu me dises ça, moi aussi j'aimerais le croire. Mais, pour être équitable, je dois ajouter qu'à mon avis tu ne sais pas encore ce que c'est que le temps qui passe. Il vaut mieux ne pas trop décider de choses immuables dans ton esprit. Le temps, c'est comme la putréfaction, tu sais : des choses que tu aurais cru ne jamais changer changent d'une façon que tu n'aurais jamais imaginée. Personne n'y comprend rien.

Elle se tut un long moment. La face A de la cassette était terminée, la B se mit en marche automatiquement.

C'était l'été. Où que se pose le regard dans la ville, l'été sautait aux yeux. Les policiers, les lycéens, les chauffeurs de bus, tout le monde était en manches courtes. Il y avait des filles en robe sans manches. Quand je pense qu'il y a si peu de temps il neigeait ! Je chantais *Help me Rhonda* sous la neige avec elle, il y avait à peine deux mois et demi de ça.

– C'est vrai, tu ne me détesteras jamais ?

– Bien sûr que non. Je ne déteste pas les gens, ça n'a pas de sens. Je peux dire que c'est la seule certitude que j'ai dans ce monde incertain.

– Absolument ?

– Absolument. À deux mille cinq cents pour cent.

Elle sourit.

– C'est ce que j'avais envie d'entendre.

Je hochai la tête.

– Tu l'aimais, Gotanda ? demanda-t-elle.

– Oui, bien sûr, dis-je, et je sentis ma gorge se serrer tout à coup.

J'avais presque les larmes aux yeux, mais je les retins juste à temps. Je respirai profondément.

« Plus je le voyais, plus je l'aimais. C'est assez rare. Surtout à notre âge.

– C'est lui qui a tué cette fille ?

Je regardai les rues baignées dans le soleil de début d'été derrière mes lunettes noires.

– Personne n'en sait rien. Mais ce n'est pas très important

Il attendait simplement l'occasion d'ouvrir cette porte.

Yuki posa le coude sur la vitre ouverte, et regarda dehors en écoutant la musique. Elle me semblait plus adulte que la première fois où je l'avais vue. Mais c'était peut-être une impression. Cela faisait à peine deux mois et demi qu'on se connaissait.

C'est l'été !

–Qu'est-ce que tu vas faire maintenant ? demanda Yuki.

–Je ne sais pas pourquoi, mais je n'arrive pas à décider quoi que ce soit. Je n'ai aucune idée de ce que je vais faire. Mais de toute façon je veux retourner une fois à Sapporo. Demain ou après-demain, peut-être. Il me reste des choses à régler là-bas.

Il fallait que je revoie Yumiyoshi-san. Et l'homme-mouton. Là-bas, il y avait un endroit fait pour moi. Dont je faisais partie. Et quelqu'un pleurait pour moi. Il fallait que je retourne là-bas pour boucler cette boucle dénouée.

Une fois arrivés devant la gare de Yoyogi-Hachiman, elle dit qu'elle voulait descendre là.

–Je prendrai la ligne Odakyu pour aller à mon rendez-vous, dit-elle.

–Je t'amène en voiture, si tu veux. Je n'ai rien de spécial à faire cet après-midi.

Elle sourit.

–Merci. Mais ce n'est pas la peine. C'est assez loin, je préfère y aller en train.

–C'est drôle, dis-je en soulevant mes lunettes. Tu as dit merci.

–Ça ne te dérange pas que je te dise merci, j'espère ?

–Non, bien sûr.

Elle me regarda dix ou quinze secondes, sans expression particulière. C'était une fille étrangement inexpressive. Il n'y avait que l'éclat de ses yeux, la courbe de ses lèvres qui variaient un peu selon son humeur. Ses lèvres s'étaient légèrement resserrées, ses yeux brillaient d'un éclat plein de vivacité, qui évoquait pour moi la lumière de l'été. Cette lumière estivale qui étincelle et se réfléchit dans l'eau.

–Je suis ému, c'est tout, dis-je.

– T'es vraiment un drôle de type, dit-elle, puis elle descendit de voiture, claqua la portière et s'en alla sans même se retourner.

Je regardai sa mince silhouette s'éloigner dans la foule, jusqu'à ce qu'elle disparaisse, et me sentis très triste quand je ne la vis plus. Il me semblait que j'avais un chagrin d'amour.

Je repartis en sifflotant *Summer in the City* de Rubin Spoonful. J'avais décidé d'aller faire des achats à Kinokuniya sur l'avenue Aoyama en descendant Omotesandô, mais juste au moment où j'allais garer ma voiture je me rappelai que j'allais partir à Sapporo dans un jour ou deux et que je n'avais nul besoin de faire des courses puisque je n'allais pas me faire à manger à la maison. Je me sentis soudain complètement désœuvré.

Je tournai encore un moment sans but dans les rues, puis rentrai chez moi. Les pièces me parurent terriblement vides. Allons bon ! me dis-je. Je me laissai tomber sur le lit et me mis à regarder le plafond. *Je peux mettre un nom sur ce que je ressens en ce moment,* me dis-je. « Sentiment de perte », prononçai-je tout haut pour voir. Ce n'était pas un mot qui sonnait très agréablement.

Coucou les amis ! fit May. Le mot résonna très fort dans l'appartement vide.

42
Le rêve

J'ai rêvé de Kiki. Du moins je pense que c'était un rêve. En tout cas un acte de l'ordre du rêve. Qu'est-ce qu'un acte de l'ordre du rêve ? Je l'ignore. De nombreuses choses existent aux franges de notre conscience et les mots nous manquent pour les nommer.

J'appellerai ça simplement un rêve. En tout cas, c'est le terme le plus proche de la réalité de la chose.

@ @ @ @

Vers l'aube, j'ai rêvé de Kiki.

Dans mon rêve aussi, c'était l'aube.

J'étais en train de téléphoner à l'étranger. Je composais le numéro qu'une femme mystérieuse, sans doute Kiki, avait laissé pour moi sur le bord d'une fenêtre à Honolulu. J'entendais le « catacacatacata » caractéristique des lignes lointaines qui se connectent. Je vais être connecté, me disais-je. Les numéros se mettent en place un à un, la liaison se fait. Au bout d'un moment, j'entendis effectivement une sonnerie de téléphone à l'autre bout de la ligne. J'appuyai le combiné à mon oreille pour compter ces sonneries étouffées. Cinq, six, sept... Quelqu'un décrocha à la douzième sonnerie. Et en même temps je me retrouvai dans cette pièce. La pièce vide d'Honolulu, la pièce aux squelettes. Il devait être pas loin de midi, car les rayons du soleil se déversaient tout droit par le vasistas du plafond. Les rais de lumière se dressaient droit comme des piliers à partir du sol et on y voyait danser des tourbillons de poussière. Ces rais de lumière tranchants, comme découpés au sabre, ce soleil des mers du Sud pénétrant à flots dans la pièce créaient un contraste très vif avec les parties de la pièce sans lumière, sombres et froides. J'avais l'impression d'être au fond de l'océan.

Je m'assis sur le canapé, le combiné toujours collé à l'oreille. Le fil du téléphone s'allongeait indéfiniment sur le plancher, traversant la partie sombre de la pièce, puis la zone de lumière, avant de disparaître dans une légère pénombre. Je n'avais jamais vu de fil de téléphone aussi long. Le poste posé sur les genoux, je fis le tour de la pièce des yeux.

L'ameublement était toujours le même. Un lit, une table, un canapé, des chaises, une télévision, éparpillés çà et là de façon peu naturelle. L'odeur de la pièce non plus n'avait pas changé. Une odeur de renfermé. Un air lourd qui empestait le moisi. Mais les six squelettes avaient disparu. Pas un squelette, ni devant la télé, ni sur le canapé, ni attablé. Les reliefs de repas avaient disparu de la table. Je posai le téléphone sur le canapé et me levai. J'avais mal à la tête, comme si j'avais entendu un effroyable vacarme. La douleur m'obligea à me rasseoir.

Il me sembla voir quelque chose bouger sur une chaise au fond de la pièce, dans la semi-pénombre. Je concentrai mon regard. La chose se leva et s'avança vers moi avec un bruit de talons. C'était Kiki. Elle émergea lentement de l'obscurité, traversa la zone de lumière, vint s'asseoir sur une chaise devant la table. Elle était vêtue comme la dernière fois d'une robe bleue, et portait un sac à bandoulière blanc.

Assise devant moi, elle me regardait fixement, avec une expression très douce. Son visage flottait juste à la limite entre l'ombre et la lumière. Je me levai pour aller jusqu'à elle, mais une timidité me retint. Une légère douleur me taraudait toujours les tempes.

– Où sont passés les squelettes ? demandai-je.

–Ils ont disparu. . répondit Kiki en souriant.

–C'est toi qui les a enlevés ? demandai-je.

–Non, ils ont disparu, c'est tout. Ce ne serait pas toi qui les aurais enlevés ?

Je jetai un coup d'œil sur le téléphone posé à côté de moi. Puis je me pressai les tempes du bout des doigts.

–Que signifaient ces six squelettes ?

–C'était toi-même. Ici, c'est ta maison, tout ce qui se trouve ici fait partie de toi. Tout.

–*Ma maison*, dis-je. Et l'hôtel du Dauphin alors ? Qu'est-ce que c'est ?

–Là-bas aussi c'est ta maison, bien entendu. Là-bas, il y a l'homme-mouton. Et ici, il y a moi.

La colonne de lumière, dure et homogène, ne tremblait pas. Seul l'air qui circulait à l'intérieur vacillait quelque peu. Je regardais cet air sans le voir.

–Ma maison se trouve dans de nombreux endroits, dis-je. Tu sais, j'ai fait un rêve pendant longtemps. Je rêvais de l'hôtel du Dauphin, quelqu'un y pleurait pour moi. Je rêvais de ça toutes les nuits, l'hôtel avait une forme étroite et allongée et dedans il y avait quelqu'un qui pleurait pour moi. J'ai cru que c'était toi, et il m'a semblé qu'il fallait absolument que je te retrouve.

–Oui, il y a quelqu'un qui pleure pour toi, dit Kiki très lentement, d'une voix qui caressait les nerfs. Parce que c'est un endroit fait pour toi. Là-bas, tout le monde pleure pour toi.

–Mais toi, tu m'as appelé. C'est pour te retrouver que je suis allé à l'hôtel du Dauphin. C'est là que tout a commencé... Comme la dernière fois. J'ai rencontré un tas de gens, et beaucoup sont morts. Dis, c'est bien toi qui m'appelais ? C'est bien toi qui as conduit mes pas ?

–Mais non, c'est toi-même qui t'appelais. Moi je ne suis rien d'autre qu'une projection de toi-même. À travers moi, c'est toi-même que tu appelais, c'est toi qui menais la danse. Tu dansais avec ton ombre. Je ne suis rien d'autre que ton ombre.

« Pendant que je l'étranglais, je me disais qu'elle était

mon ombre, avait dit Gotanda. *Si je tuais cette ombre, tout irait mieux après.* »

– Mais pourquoi est-ce qu'ils pleurent tous pour moi ?

Elle ne répondit pas. Elle s'était levée doucement et s'approchait de moi avec un petit claquement de talons. Puis elle s'agenouilla, étendit les mains, posa un index sur mes lèvres. Un index mince et long. Ensuite elle posa les doigts sur mes tempes.

– Nous pleurons parce que tu ne sais pas pleurer, dit-elle. Nos larmes coulent parce que tu retiens les tiennes, nous sanglotons parce que tu restes silencieux.

– Tu as toujours les mêmes oreilles ?

– Mes oreilles... fit-elle en souriant. Non, elles n'ont pas changé.

– Tu ne voudrais pas me les montrer ? Je voudrais encore goûter cette sensation. Comme quand tu me les avais montrées au restaurant, tu sais, cette sensation que le monde naît à nouveau. Je pense à ça depuis longtemps.

Elle secoua la tête.

– Une autre fois. Pas maintenant. On ne peut pas les voir chaque fois qu'on veut, tu sais. Je ne les montre que quand le moment est opportun. Quand tu en as vraiment besoin.

Elle se releva, entra de nouveau dans la colonne de lumière qui descendait du vasistas, et se tint immobile dans ces tourbillons de poussière d'une aveuglante luminosité. J'avais l'impression que son corps allait se désintégrer et disparaître d'un instant à l'autre.

– Kiki, tu es morte ? demandai-je.

Elle se tourna dans la lumière et me fit face.

– Tu me le demandes à cause de Gotanda ?

– Oui.

– Gotanda pense m'avoir tuée.

Je hochai la tête.

– Oui, c'est ce qu'il croit.

– Peut-être qu'il m'a tuée. Pour lui, c'est comme ça. Pour lui, il m'a tuée, oui. C'était nécessaire. En me tuant, il s'est libéré. Il devait me tuer. S'il ne l'avait pas fait, il ne pouvait aller nulle part. Le pauvre. Mais je ne suis pas morte. J'ai seulement disparu. Je disparais, je passe d'un monde à un autre. Comme si je sautais d'un train en marche à un autre train qui roule à côté. C'est ça, disparaître. Tu comprends ?

Je dis que je ne comprenais pas.

« C'est tout simple, regarde.

Elle traversa la salle, se dirigeant droit vers le mur sans ralentir une seconde. Et elle disparut, aspirée par le mur. Même le claquement de ses talons disparut.

Je regardai fixement l'endroit où elle s'était évaporée. C'était un mur ordinaire. La pièce était incroyablement silencieuse et calme. Seules les particules de lumière continuaient à flotter dans l'espace. J'avais encore un peu mal à la tête. Les doigts sur les tempes, je regardai fixement le mur. À Honolulu, la dernière fois, elle avait été aspirée de la même façon par la muraille.

– Simple, non ? fit la voix de Kiki. Tu veux essayer ?

– Moi aussi, je peux le faire ?

– Je t'ai dit que c'était facile. Essaie. Marche droit jusqu'au mur et tu passeras de l'autre côté, là où je te parle. Si tu as peur, ça ne marchera pas. Il ne faut avoir peur de rien.

Je pris le téléphone, me levai, et marchai droit vers l'endroit du mur où elle avait disparu, en tirant le fil du téléphone derrière moi. J'avançai jusqu'au mur sans ralentir l'allure. J'hésitai un peu en arrivant au mur, mais je ne ralentis pas pour autant. Je ne ressentis pas le moindre choc en heurtant la pierre. Il me sembla simplement que la qualité de l'air s'altérait légèrement, et mon corps traversa une couche d'air opaque. Je traversai cette couche atmosphérique, le téléphone toujours à la main, et me retrouvai sur mon lit, chez moi. Je m'assis sur le lit, posai le téléphone sur mes genoux. « Facile », dis-je. Très facile. J'appliquai le combiné à mon oreille : la communication était coupée.

Était-ce un rêve ?

Peut-être.

Qui peut le dire ?

43

En arrivant à l'hôtel du Dauphin, je trouvai trois réceptionnistes à l'entrée. Comme lors de mon dernier passage, ces jeunes personnes vêtues de blazers impeccables et de jupes blanches m'accueillirent avec des sourires radieux mais, à mon grand désespoir, aucune d'elles n'était Yumiyoshi-san. « Désespoir » est un mot trop faible pour exprimer ce que je ressentis alors, car j'étais venu persuadé que dès mon arrivée je la trouverais m'attendant à la réception. Je fus tellement saisi que je me sentis incapable de demander où elle était, et même incapable de prononcer correctement mon propre nom, si bien que le sourire de la fille que j'avais en face de moi se durcit. Après avoir regardé ma carte de crédit d'un air soupçonneux, elle tapa mon nom sur un ordinateur pour vérifier qu'il ne s'agissait pas d'une carte volée.

Je montais jusqu'à ma chambre au seizième étage, me lavai la figure, puis redescendis à la réception. Je m'installai dans le luxueux et moelleux canapé et fis semblant de lire des revues en jetant des coups d'œils furtifs vers le comptoir. Peut-être qu'elle avait seulement pris une petite pause. Mais au bout de quarante minutes, elle n'était toujours pas là. Seules les trois réceptionnistes de tout à l'heure, identiques jusqu'à la coupe de cheveux, occupaient le poste. J'attendis une heure entière puis renonçai. Elle n'était sûrement pas partie faire une pause.

Je sortis acheter une édition du journal du soir. Puis j'entrai dans un café et le parcourus de long en large à la recherche d'un article susceptible de m'intéresser.

Je ne trouvai rien. On ne parlait plus ni de Gotanda ni de May. Il y avait bien de nouveaux suicides, de nouveaux assassinats, mais plus rien concernant mes amis. Tout en lisant, je me disais que si je rentrais à l'hôtel maintenant je trouverais peut-être Yumiyoshi-san à la réception cette fois. Sûrement, même.

Mais quand je rentrai au bout d'une heure, elle n'était toujours pas là.

Je me demandai soudain si pour une raison quelconque elle n'avait pas disparu de la surface de la Terre. Aspirée par un mur, par exemple. À cette idée, je me sentis très inquiet. Je me précipitai sur le téléphone et appelai chez elle : personne ne répondit. Je téléphonai à la réception pour demander où elle était. « Elle est en congé depuis hier, elle rentrera après-demain », m'expliqua une de ses collègues. Allons bon ! me dis-je. Pourquoi ne m'avait-elle pas appelé pour me prévenir ? Pourquoi n'avait-elle pas eu cette idée ?

De mon côté, obsédé par une seule idée : me rendre à Sapporo le plus vite possible, et persuadé de la voir dès mon arrivée, je ne l'avais même pas appelée pour la prévenir. Fallait-il être stupide ! Quand l'avais-je appelée pour la dernière fois ? Je ne lui avais pas téléphoné depuis la mort de Gotanda. Non, même avant. Je ne l'avais pas appelée depuis la fois où Yuki avait vomi sur la plage, et m'avait parlé du meurtre de Kiki. Oui, cela faisait un moment que j'avais négligé Yumiyoshi-san. Et je ne savais pas ce qui avait pu lui arriver pendant tout ce temps. Il peut se passer tellement de choses. Il *se passe* tellement de choses.

Mais qu'aurais-je pu lui dire au téléphone ? Rien, vraiment rien. Yuki m'avait dit que Gotanda avait tué Kiki. Gotanda s'était jeté à la mer avec sa Maserati. Moi, j'avais dit à Yuki qu'elle n'était pas responsable. Kiki m'avait dit qu'elle n'était autre que mon ombre. Qu'est-ce que j'aurais pu dire à Yumiyoshi-san ? Rien, vraiment. Je voulais la voir d'abord et réfléchir ensuite à ce que je lui dirais. Je ne pouvais pas lui expliquer tout ça au téléphone.

Pourtant j'étais inquiet. Peut-être avait-elle déjà disparu, aspirée par un mur, et je n'allais jamais la revoir. Il y avait cinq squelettes dans la pièce. Je savais qui étaient les quatre premiers. Mais le dernier ? Une fois que j'eus commencé à penser à ça, je me sentis incapable de rester en place plus longtemps. Mon cœur battait à se rompre. N'allait-il pas enfler jusqu'à faire exploser ma cage thoracique ? C'était la première fois que je ressentais une chose pareille. Étais-je amoureux de Yumiyoshi-san ? Je n'en savais rien. Je ne pouvais rien dire, rien penser avant de l'avoir vue. Je composai fébrilement le numéro de son appartement, jusqu'à en avoir mal aux doigts. Personne ne répondait.

J'eus du mal à dormir. De violentes angoisses venaient briser mon sommeil. Je me réveillais en sueur, allumais la lampe et regardais ma montre. Deux heures, trois heures et quart, quatre heures vingt... Après quatre heures vingt je ne me rendormis plus. Assis sur le rebord de la fenêtre, j'écoutai battre mon cœur, en regardant l'aube se lever sur la ville en contrebas.

Je t'en prie, Yumiyoshi-san, ne me laisse pas seul plus longtemps. J'ai besoin de toi. Je ne veux plus être seul. Quand tu n'es pas là, il me semble que la force centrifuge va m'éjecter aux confins de l'univers. S'il te plaît, montre-toi. Je veux avoir des racines quelque part. Je veux des racines, un lien avec le monde réel. Je ne veux pas faire partie d'une bande de fantômes. Je suis un homme normal de trente-quatre ans. J'ai besoin de toi.

À partir de six heures du matin, je me mis à composer le numéro de son appartement toutes les demi-heures, sans succès. Le mois de juin était une belle saison à Sapporo. La fonte des neiges était finie depuis longtemps, le souffle tendre du renouveau de la vie avait réchauffé la terre dure et gelée quelques mois auparavant. Les arbres étaient pleins de feuilles vertes, tremblant sous le vent pur et doux. Les contours des nuages ressortaient clairement sur le bleu transparent du ciel. Ce paysage me touchait le cœur. Je restai pourtant enfermé dans ma chambre d'hôtel, composant inlassablement le numéro de téléphone de l'appartement de Yumiyoshi-san. Je me disais bien : à quoi bon ? Elle sera de retour demain, tu n'as qu'à attendre. Mais je ne pouvais pas attendre jusqu'au lendemain. Qui pouvait garantir l'existence d'un lendemain ? Assis devant le téléphone, je continuais à composer le numéro. Et quand je n'essayais pas de téléphoner, je m'assoupissais à moitié sur le lit en regardant le plafond.

Autrefois l'hôtel du Dauphin se trouvait ici, me disais-je. Un hôtel minable, où le temps s'était figé. Profondément enfoncé dans mon fauteuil, les pieds sur la table devant moi, les yeux fermés, j'essayai de me remémorer les lieux d'autrefois dans les moindres détails : la forme de la porte d'entrée, le tapis usé, les clés de laiton vert-de-gris, les rebords poussiéreux des fenêtres. Je pouvais marcher dans ces couloirs, ouvrir les portes, entrer dans les pièces.

L'ancien hôtel du Dauphin avait disparu, mais son ombre, son atmosphère existaient encore. Ici même, je pouvais encore sentir son existence. Oui, l'hôtel du Dauphin était caché au cœur de cet énorme Dolphin Hotel tout neuf. En fermant les yeux je pouvais y pénétrer à nouveau. Je pouvais même entendre grincer les rouages du vieil ascenseur brinquebalant. Personne ne le savait, mais tout était encore là. Ce lieu était mon lieu. Ça va aller, ça va aller, tu es rentré chez toi, ce lieu est ton lieu à toi. Elle va revenir, c'est sûr, il suffit que tu l'attendes.

Je dînai dans ma chambre, bus une bière. À huit heures du soir, j'essayai à nouveau de l'appeler, et personne ne répondit.

J'allumai la télé et regardai un match de base-ball jusqu'à neuf heures. J'avais éteint le son et regardai seulement les images. Ce n'était pas très intéressant et je n'avais pas particulièrement envie de regarder du base-ball. mais je voulais voir bouger des êtres humains

J'aurais regardé n'importe quoi, un match de badmington ou de water-polo. Je ne suivais pas le déroulement du match mais regardais seulement les joueurs lancer la balle, la frapper, courir. J'observais un morceau de vie appartenant à des gens lointains, sans lien avec moi. Comme si je regardais des nuages flottant au loin dans le ciel.

À neuf heures, j'appelai de nouveau chez elle. Cette fois elle décrocha dès la première sonnerie. Sur le moment, je ne pus le croire. D'un seul et gigantesque coup, la surprise avait un instant tranché la corde qui me reliait au monde. Sans force, sans voix, je déglutis péniblement. Non ! Elle était là !

– Je viens de rentrer de voyage, déclara Yumiyoshi-san d'un ton *cool*. Je suis allée à Tokyo chez des parents à moi. Je t'ai appelé deux fois, mais ça ne répondait pas.

– Et moi je suis à Sapporo et je n'ai pas arrêté de t'appeler.

– On s'est croisés, alors !

– Oui, on s'est croisés, dis-je en serrant le combiné dans ma main, le regard fixé sur l'écran de télévision muet.

Je ne trouvais pas mes mots, j'étais confus au-delà de toute expression. Comment lui dire tout ça ?

– Allô, qu'est-ce qui se passe, tu es là ? fit Yumiyoshi-san.

– Oui, je suis toujours là.

– Tu as une drôle de voix.

– Je suis tendu. Écoute, je suis incapable de tout t'expliquer par téléphone. Je suis très tendu et le téléphone n'aide pas.

– Je peux te voir demain soir, dit-elle après avoir réfléchi un instant.

Je l'imaginai la main posée sur sa monture de lunettes.

L'oreille contre le combiné, je m'assis sur le lit, m'adossai au mur.

– Mais demain, ça me paraît trop loin, je voudrais te voir tout de suite.

– Je suis très fatiguée, répondit-elle sur un ton de refus très net.

Sa voix n'était qu'un petit filet, mais je sentis nettement le refus résonner dedans.

« Je t'ai dit que je venais de rentrer, non ? Demain je dois travailler, et pour l'instant je n'ai qu'une seule envie : dormir. On se verra demain, après le travail. Ça ira, non ? Tu ne seras plus là demain ?

– Si, je compte rester ici un moment. Je comprends que tu sois fatiguée, mais tu vois, à franchement parler, j'ai peur que demain tu aies disparu.

– Disparu ?

– Oui, disparu de ce monde. Évaporée.

Elle se mit à rire.

– On ne s'évapore pas si facilement, tu sais. Tranquillise-toi.

– Mais tu ne comprends pas ! On change petit à petit, tu vois, on change sans cesse et, au fur et à mesure, un grand nombre des choses qui nous entourent disparaissent. On n'y peut rien, on ne peut rien faire pour arrêter ce mouvement. Les choses se figent dans notre conscience. Mais elles disparaissent du monde réel. C'est ça qui me fait peur. Écoute, Yumiyoshi-san, j'ai réellement besoin de toi. Je te désire. Ça m'arrive rarement de désirer quelque chose à ce point-là. Voilà pourquoi je n'ai pas envie que tu disparaisses.

Elle réfléchit un moment à ce que je venais de dire.

– Tu es un drôle de type. Mais je te promets que je ne disparaîtrais pas, et qu'on se verra demain. Alors attends jusque-là, OK ?

– Compris, fis-je, résigné.

Je n'avais pas le choix. Bah, c'était déjà bien d'avoir pu vérifier qu'elle n'avait pas disparu.

– Bonne nuit, dit-elle avant de raccrocher.

Je tournai en rond dans la chambre un moment, puis je montai boire une vodka au bar du vingt-cinquième étage. Le bar était bondé. C'était là que j'avais vu Yuki pour la première fois. Deux jeunes femmes buvaient un verre, accoudées au comptoir. Toutes deux étaient très élégantes, et l'une avait de fort jolies jambes. Assis à ma table, je buvais ma vodka en les regardant sans raison particulière, puis je regardais le paysage de la ville nocturne. Je posai un doigt sur ma tempe, suivis du doigt la forme de mon crâne. Après avoir lentement vérifié la forme de mon propre crâne, je me mis à imaginer celle du squelette des jeunes femmes installées au comptoir. Le crâne, la colonne vertébrale, les côtes, le bassin, les cubitus, les fémurs, les articulations, les jolis os blancs à l'intérieur de ces jolis bras et de ces jolies jambes. Des os inexpressifs et purs, blancs comme neige. La fille aux jolies jambes, consciente de l'insistance de mon regard, jetait de petits coups d'œil dans ma direction. J'avais envie de lui expliquer que je ne regardais pas son corps, que j'imaginais seulement la forme de son squelette. Bien entendu je n'en fis rien. Après trois vodkas je regagnai ma chambre. Cette fois je m'endormis sans problème, peut-être parce que j'avais pu vérifier que Yumiyoshi-san existait bel et bien.

@ @ @ @

Elle arriva à trois heures du matin. En entendant sonner à la porte de ma chambre, j'allumai la lampe de chevet, regardai ma montre, enfilai une robe de chambre et ouvris la porte sans réfléchir plus avant. J'avais terriblement sommeil, je n'étais pas en état de penser. Je me levai comme un somnambule, marchai jusqu'à la porte et l'ouvris. Et devant la porte, il y avait Yumiyoshi-san, avec son blazer bleu pâle. Comme d'habitude elle se glissa prestement dans l'interstice entrouvert. Et je refermai la porte.

Debout au milieu de la pièce, elle poussa un grand soupir, enleva son blazer en silence, le posa soigneusement sur le dossier de la chaise. Comme les autres fois.

– Tu vois, je ne me suis pas évaporée, dit-elle.

– Non, dis-je vaguement.

Je ne saisissais pas très bien les limites entre le monde réel et irréel. Je n'arrivais même pas à être étonné.

– Les gens ne disparaissent pas si facilement, dit-elle en mâchant ses mots.

– Tu ne sais pas. Tout peut arriver en ce monde. Tout.

– En tout cas, moi, je suis là, je n'ai pas disparu. Tu peux le reconnaître, ça ?

Je regardai autour de moi, pris une profonde inspiration, la regardai dans les yeux. C'était *vrai.*

– Je le reconnais, admis-je. Tu n'as pas disparu, mais tu peux m'expliquer ce que tu fais dans ma chambre à trois heures du matin ?

– Je n'arrivais pas à dormir. J'ai dormi profondément jusqu'à une heure, mais après je me suis réveillée et depuis je n'arrive plus à fermer l'œil. C'est à cause de ce que tu as dit. Que tu avais peur que je disparaisse. Alors j'ai pris un taxi et je suis venue, voilà.

– Mais tes collègues ne vont pas trouver bizarre que tu viennes travailler à trois heures du matin ?

– Non, personne ne m'a vue. À cette heure-ci, tout le monde dort, même ceux qui sont censés travailler. Il n'y a pas grand-chose à faire. Il n'y a que les réceptionnistes et ceux du room-service qui attendent sans dormir. Je suis entrée par la porte de service du garage, alors personne ne m'a vue. De toute façon il y a tellement d'employés dans cet hôtel que personne ne connaît exactement les horaires des autres. Et même, je peux toujours dire que je suis venue dormir dans la salle de repos des employés, ça m'est déjà arrivé plein de fois.

– Plein de fois ?

– Oui, quand j'ai des insomnies, je viens en pleine nuit à l'hôtel. Je me balade toute seule dans l'hôtel, ça me calme. C'est bête, non ? Mais ça me plaît de faire ça. Ça me tranquillise d'être à l'hôtel. Et personne ne s'est jamais rendu compte que je faisais ça. Évidemment, si on me trouvait dans ta chambre, ça poserait un léger problème, mais à part ça, ça va. Je peux rester ici jusqu'au matin et aller travailler tranquillement quand ce sera l'heure. Tu es d'accord ?

– Tout à fait. À quelle heure tu travailles ?

– Huit heures. Dans cinq heures, ajouta-t-elle après avoir consulté sa montre.

Elle ôta sa montre d'un geste nerveux, la posa sur la table avec un petit bruit sec. Puis elle s'assit dans le canapé, tira sur le bord de sa jupe, leva la tête et me regarda. Assis sur le bord du lit, je reprenais lentement mes esprits.

– Bon, dit Yumiyoshi-san. Alors, tu me désires, c'est bien ça ?

– Violemment. Il s'est passé tellement de choses, tu sais. Et je te désire.

– Violemment, dit-elle en tirant à nouveau sur sa jupe.

– Très violemment.

– Et tous ces événements t'ont mené où ?

– À la réalité. Ça m'a pris pas mal de temps, mais je suis revenu à la réalité. J'ai traversé des situations étranges, beaucoup de gens sont morts. J'ai perdu beaucoup de choses, j'étais en pleine confusion, d'ailleurs cette confusion ne s'est pas complètement estompée. Peut-être va-t-elle rester. Mais je crois que j'ai fait le tour maintenant. Je sais qu'ici c'est la réalité. Ça m'a épuisé de faire le tour comme ça. Mais j'ai continué à danser. À poser les pieds l'un après l'autre. Et c'est comme ça que j'ai pu revenir ici.

La tête levée vers moi, elle me regardait.

« Je vais avoir du mal à t'expliquer tout en détail, mais je voudrais que tu me fasses confiance. J'ai besoin de toi, je te désire, c'est très important pour moi. Et c'est important pour toi aussi. Je ne mens pas, tu sais.

– Et alors, qu'est-ce que je suis censée faire ? dit-elle sans changer d'expression. Je dois me sentir émue et coucher avec toi ? Genre : c'est vraiment super que quelqu'un ait besoin de moi à ce point ?

– Non, il ne s'agit pas de ça, dis-je en cherchant les mots appropriés. (Évidemment je ne les trouvai pas.) Comment dire ? Ça, c'est quelque chose de sûr d'avance. Je n'ai jamais douté que tu coucherais avec moi, je le savais depuis le début. Seulement, au début ce n'était pas possible. Ce n'était pas le bon moment. Alors j'ai attendu d'avoir fait le tour. Maintenant que je l'ai fait, le moment n'est plus défavorable.

– Tu veux dire que maintenant je dois coucher avec toi ?

– Je reconnais que c'est une logique un peu court-circuitée, et que, comme façon de te convaincre, c'est ce que je pouvais trouver de pire. Mais je ne peux pas te le dire autrement, si je veux m'exprimer sincèrement. Dans des circonstances normales, je te ferais la cour en passant par toutes les étapes habituelles. Même moi, je sais faire ça, c'est un minimum. Je sais courtiser une femme selon le procédé normal, sans préjuger du résultat. Il ne s'agit pas de ça, mais de quelque chose de beaucoup plus simple. C'est pourquoi je ne peux pas l'exprimer autrement, même si tu trouves que ce n'est pas très habile. On va coucher ensemble toi et moi, c'est sûr et certain. Je n'ai pas envie de faire des complications autour d'un truc sûr et certain. Si je faisais ça, je casserais quelque chose de précieux, je ne mens pas, tu sais.

Elle regardait sa montre posée sur la table.

– On ne peut pas dire que ce soit très régulier, soupira-t-elle, puis elle commença à défaire les boutons de son chemisier.

« Ne me regarde pas, dit-elle.

Je m'allongeai sur le lit et regardai un coin du plafond. Là-bas se trouve un autre monde. Mais moi je suis ici, maintenant... Elle ôta lentement ses vêtements, dans de petits froissements soyeux. Dès qu'elle enlevait quelque chose, apparemment, elle le pliait soigneusement et le posait quelque part. Je l'entendis également poser ses lunettes sur la table, et trouvai ce bruit très sexy. Puis elle vint me rejoindre. Elle éteignit la lampe de chevet et se glissa près de moi dans le lit, paisiblement. Je tendis les bras et l'enlaçai. Nos peaux se touchèrent. C'était très doux, et en même temps il y avait une sorte de poids : la réalité. Ce n'était pas comme avec May et son corps de rêve. May vivait en pleine illusion. L'illusion qu'elle était, celle dans laquelle elle vivait. Une double illusion.

Coucou les amis ! Mais le corps de Yumiyoshi-san existait dans la réalité. Cette tiédeur, cette densité, ces tremblements sont vraiment réels, me disais-je tout en la caressant. Les doigts de Gotanda caressant Kiki appartenaient eux aussi au domaine de l'illusion. C'était du jeu, un mouvement de lumière sur l'écran, une ombre glissant d'un monde à un autre. Mais ici, maintenant, c'était différent. C'était la réalité. *Coucou les amis !* Mes doigts réels caressaient la peau réelle de Yumiyoshi-san.

– C'est la réalité, dis-je.

Elle avait la tête enfouie dans mon cou. Je sentais le contact du bout de son nez. Dans l'obscurité, j'explorai les moindres recoins de son corps. Les épaules, les coudes, les poignets, les paumes, le bout de ses dix doigts. Je parcourus tout son corps de mes doigts, puis posai sur chaque partie le sceau de mes baisers. Ses seins et son ventre, son dos et ses jambes. C'était un rite nécessaire. Ma paume caressa lentement sa douce toison pubienne, je posai mes lèvres dessus. Coucou les amis ! Puis je passai à son sexe.

C'est la réalité, me disais-je.

Nous ne parlions pas. Elle respirait calmement, mais je savais qu'elle aussi avait envie de moi. Elle savait ce que je voulais et changeait légèrement de position en accord avec ce que je cherchais. Quand j'eus ainsi parcouru tout son corps, je la pris à nouveau tout entière dans mes bras, et elle referma les siens sur moi. Quand je la pénétrai, des mots non prononcés vinrent flotter sur son souffle chaud et humide. Mon sexe était dur et brûlant. Je la désirais si violemment.

À la fin elle me mordit le bras jusqu'au sang. Mais ça ne faisait rien, ça aussi c'était la réalité. La douleur et le sang. J'éjaculai lentement en la tenant par les hanches.

– C'était super, dit-elle un peu plus tard.

– Je te l'avais bien dit, c'était joué d'avance.

Elle s'endormit dans mes bras. Elle dormait paisiblement, mais moi je ne fermai pas l'œil. Je n'avais pas sommeil et c'était si agréable de la tenir ainsi endormie dans mes bras. Bientôt le ciel blanchit, la lumière du matin éclaira peu à peu la chambre ainsi que sa montre et ses lunettes posées sur la table. Je la regardai. Elle était jolie sans ses lunettes. Je posai un baiser sur son front. Mon sexe s'était dressé et j'avais envie de la pénétrer, mais elle dormait si bien, je ne voulais pas déranger ce sommeil. Alors, un bras autour de ses épaules, je regardai le royaume de la lumière envahir peu à peu les moindres recoins de la pièce et l'obscurité refluer devant elle.

Ses vêtements étaient pliés sur une chaise. Sa jupe, son chemisier, ses bas, ses sous-vêtements. Au pied de la chaise étaient sagement alignées ses deux chaussures noires. C'était la réalité. Des vêtements réels réellement pliés pour qu'ils ne soient pas froissés.

À sept heures, je la réveillai.

– Yumiyoshi-san, il faut te lever !

Elle ouvrit les yeux, me regarda, enfouit sa tête dans mon cou.

– C'était super, fit-elle.

Puis elle glissa hors du lit comme un poisson, et se tint debout, nue, dans la lumière du matin. Exactement comme si elle était en train de recharger ses batteries au soleil. Un coude sur l'oreiller, je contemplai son corps. Ce corps sur lequel j'avais posé le sceau de mes baisers quelques heures auparavant.

Yumiyoshi-san prit une douche, se coiffa avec ma brosse à cheveux, se brossa méticuleusement les dents. Puis s'habilla soigneusement. Je la regardais faire. Elle ferma un par un attentivement les boutons de son chemisier blanc, enfila son blazer bleu puis, debout devant le miroir en pied, vérifia qu'elle n'avait ni taches ni plis sur ses vêtements. Elle faisait ça très sérieusement. C'était agréable de la regarder occupée à cette tâche matinale.

– J'ai de quoi me maquiller dans mon casier de la salle de repos, dit-elle.

– Tu es très jolie comme ça, dis-je.

– Merci. Mais si je ne me maquille pas, je me ferai réprimander. Être maquillée fait partie de notre travail.

Debout dans la pièce, je la pris à nouveau dans mes bras. C'était agréable de l'enlacer avec son uniforme bleu pâle, ses lunettes, et tout.

– Tu as toujours envie de moi ? demanda-t-elle.

– Oui, encore plus qu'hier.

– C'est la première fois que quelqu'un me désire aussi fort, tu sais, dit-elle. Je me sens vraiment désirée, c'est la première fois que ça m'arrive.

– Personne n'a eu besoin de toi jusqu'ici ?

– Pas comme toi.

– Et quel effet ça te fait ?

– Ça me décontracte. Ça fait longtemps que je ne m'étais pas sentie aussi décontractée. C'est la même sensation que d'être dans une pièce chaude et douce.

– Tu peux rester dans cette pièce tant que tu voudras. Personne n'en sortira, et personne n'y entrera. Juste toi et moi.

– On s'arrêterait là, alors ?

– Oui, on s'arrêterait là.

Elle éloigna un peu son visage du mien et me regarda.

– Je peux revenir dormir ici cette nuit ?

– Ça ne me dérange absolument pas, mais pour toi, je me demande si ce n'est pas trop dangereux. Si on nous découvrait, tu serais renvoyée. Ce ne serait pas mieux qu'on dorme chez toi, ou dans un autre hôtel ? Tu ne te sentirais pas plus à l'aise ?

Elle secoua la tête.

– Non, j'aime mieux rester ici. J'aime cet endroit. C'est ton lieu, mais c'est aussi le mien. J'ai envie de faire l'amour ici avec toi. Si toi tu veux bien.

– Moi, l'endroit m'importe peu. On fera comme tu voudras toi.

– À ce soir alors, dit-elle, puis elle entrouvrit la porte, et se glissa dehors après avoir jeté un petit coup d'œil dans le couloir.

@ @ @ @

Je me rasai, pris une douche, allai faire un tour dans les rues pour goûter l'atmosphère matinale, après quoi j'entrai dans un Dunkin'Donuts où je bus deux cafés accompagnés d'un beignet.

Les rues étaient pleines de gens partant travailler. En les regardant, il me semblait qu'il allait être temps de me remettre au travail moi aussi. Yuki s'était remise à étudier et moi, j'allais devoir me remettre à travailler. Il fallait être réaliste. J'allais peut-être chercher du travail à Sapporo. Ce ne serait pas mal. Je vivrais avec elle. Elle irait travailler à l'hôtel, et moi je ferais mon travail à moi. Mais quel travail ? Bah, on verrait bien. Je trouverais bien quelque chose. Même si je ne trouvais pas de travail tout de suite, j'avais encore de quoi vivre quelques mois sans soucis.

Ça serait bien de trouver un travail où je puisse écrire. Ça ne me déplaisait pas d'écrire. Après avoir écrit trois années durant pour faire du déneigement, j'avais envie d'écrire un peu pour moi maintenant.

Oui, voilà de quoi j'avais besoin.

D'écrire. Ni des poèmes, ni des romans, ni mon autobiographie, ni des lettres, simplement des phrases pour moi. *Simplement des phrases*, sans commande et sans date limite. Pas mal.

Puis je me remis à penser au corps de Yumiyoshi-san. Je m'en rappelais les moindres détails. J'avais posé mon sceau dans les moindres recoins de ce corps. Plein d'un sentiment de bonheur, je marchai dans les rues de ce début d'été, puis je fis un bon repas arrosé de bière, et revins m'asseoir dans le hall à l'ombre des plantes vertes pour regarder Yumiyoshi-san travailler.

44

Elle revint à six heures du soir, toujours en uniforme mais avec un chemisier d'un modèle différent de la veille. Cette fois elle avait amené avec elle une trousse en plastique contenant ses produits de beauté, de toilette, et du linge de rechange.

– Quelqu'un va finir par s'en apercevoir, dis-je.

– Ça va, je suis futée, tu sais, répondit-elle avec un grand sourire en enlevant son blazer pour le poser sur le dossier d'une chaise.

Puis nous nous enlaçâmes sur le canapé.

« J'ai pensé à toi toute la journée, dit-elle. Je me disais que ce serait super de continuer à vivre comme ça : travailler toute la journée à l'hôtel et le soir venu, me glisser en cachette dans ta chambre, faire l'amour avec toi, dormir dans tes bras, et repartir travailler le matin.

– Oui, c'est pratique d'habiter près de son lieu de travail, dis-je en riant. Malheureusement, je ne vais pas pouvoir séjourner éternellement ici. Je n'en ai pas les moyens, et puis si on fait ça tous les jours, tu auras beau être prudente, tes supérieurs finiront par le savoir.

D'un air boudeur, elle fit plusieurs fois claquer ses ongles sur ses genoux.

– Le monde est mal fait, dit-elle.

– Oui, vraiment.

– Mais tu vas bien rester ici quelques jours quand même ?

– Sans doute.

– Alors on vivra ensemble quelques jours dans l'hôtel.

Puis elle se déshabilla, plia soigneusement ses vêtements un à un comme la veille. C'était une habitude chez elle. Elle enleva ses lunettes, sa montre, les posa sur la table. Puis nous passâmes environ une heure à faire l'amour. À la fin nous étions épuisés l'un et l'autre, mais c'était un sentiment de fatigue très agréable.

– C'était super, dit-elle avant de s'assoupir dans mes bras, complètement détendue.

Je pris une douche, sortis une bière du frigo, m'assis sur une chaise devant le lit et la regardai dormir comme une bienheureuse.

Elle se réveilla vers huit heures du soir et déclara qu'elle avait faim. Nous examinâmes le menu, et je commandai des macaronis au gratin et des sandwiches par téléphone. Elle dissimula ses vêtements et ses chaussures dans le placard, et dès que le garçon frappa à la porte, courut se cacher dans la salle de bains. Une fois le serveur parti, je tapai un léger coup à la porte de la salle de bains.

Nous partageâmes les plats en buvant de la bière. Puis nous parlâmes de l'avenir. Je lui annonçai mon intention de m'installer à Sapporo.

– Je n'ai plus aucune raison de rester à Tokyo, dis-je. J'y ai pensé toute la journée. Je crois que je vais chercher un travail à ma convenance ici. En vivant à Sapporo, je pourrai te voir plus souvent.

– Tu veux te fixer ici ?

– Exactement.

Je n'avais pas grand-chose à déménager. Mes disques, mes livres, mes ustensiles de cuisine, c'était à peu près tout. Je mettrais tout ça dans ma Subaru et je prendrais un ferry jusqu'à l'île d'Hokkaïdo. Les objets encombrants, je les vendrai ou les jetterai, et en rachèterai de nouveaux. Le moment me paraissait venu de changer de lit et de Frigidaire. De manière générale, j'utilise les choses trop longtemps, j'en prends trop soin.

« Je louerai un appartement à Sapporo. Et je commencerai une nouvelle vie. Tu viendras dormir chez moi quand tu en auras envie. On peut essayer de vivre comme ça quelque temps. Il me semble que ça devrait marcher entre nous. Je reviendrai à la réalité, tu te décontracteras. Et on se fixera là tous les deux.

Elle m'embrassa en souriant.

– Génial, dit-elle.

– Je ne peux pas savoir comment ça va se passer, mais j'ai un bon pressentiment, dis-je.

– Personne ne peut savoir comment ça va se passer. Maintenant en tout cas, c'est génial. Super-génial.

Je refis le numéro du room-service, demandai un seau avec des glaçons. Elle se cacha à nouveau dans la salle de bains. Je sortis la bouteille de vodka et le jus de tomate que j'avais achetés le matin en ville, et préparai deux bloody-mary. Il n'y avait pas de tranche de citron ni de tabasco à mettre dedans, mais c'était quand même des bloody mary. Nous trinquâmes. Comme il fallait un peu de musique de fond, je branchai la radio de la chambre sur la chaîne « musique populaire » qui se mit à diffuser *Soir envoûtant* par le Mantverney Orchestra. Rien à redire.

– Tu as l'esprit d'à propos au moins ! dit-elle admirative. Depuis tout à l'heure je rêvais de boire un bloody-mary. Comment t'en es-tu rendu compte ?

– En tendant l'oreille, on entend ce dont les autres ont besoin. En concentrant son regard, les choses dont les autres ont besoin apparaissent.

– On dirait un slogan publicitaire !

– Ce n'est pas un slogan. J'ai mis en mots mon attitude dans la vie, c'est tout.

– Tu pourrais devenir spécialiste en slogans, fit-elle en gloussant de rire.

Nous bûmes trois bloody-mary chacun, puis nous déshabillâmes, et fîmes l'amour tendrement. Nous nous sentions rassasiés. Pendant que je la tenais dans mes bras, je crus entendre le bruit du vieil ascenseur brinquebalant de l'hôtel du Dauphin. C'est mon lien au monde, pensai-je.

Je fais partie d'ici. Et plus que tout, ici, c'est la réalité. Je n'irai pas plus loin. J'étais connecté maintenant. J'avais retrouvé le nœud qui me reliait à la réalité. C'est de cela que j'avais besoin, et c'était l'homme-mouton qui faisait le lien entre tout ça. À minuit, nous nous endormîmes.

@ @ @ @

Yumiyoshi-san me réveilla en me secouant. « Allez, lève-toi ! » murmurait-elle dans mon oreille. Elle avait déjà revêtu son uniforme. Il faisait encore noir, la moitié de mon cerveau pataugeait dans la boue tiède de l'inconscient. La lampe de chevet était allumée. Le réveil à mon chevet indiquait trois heures. Je crus d'abord qu'on nous avait découverts. Quelqu'un avait dû nous dénoncer à ses supérieurs. Elle me secouait l'épaule avec un air extrêmement sérieux, il était trois heures du matin, et elle était en tenue de travail. Je ne pouvais penser qu'à une seule chose : nous étions découverts. J'essayais de réfléchir à ce qu'il convenait de faire mais, naturellement, mon cerveau ne fonctionnait pas.

– Lève-toi, je t'en prie, réveille-toi, susurrait-elle.

– Je suis réveillé, dis-je. Qu'est-ce qui se passe ?

– Lève-toi et habille-toi vite !

J'obéis sans poser de questions. J'enfilai un tee-shirt, un jean, mis mes baskets, mon coupe-vent et remontai ma fermeture Éclair jusqu'au nez. Quand je fus prêt, Yumiyoshi-san me prit par le poignet et m'entraîna jusqu'à la porte, qu'elle entrouvrit de deux ou trois centimètres.

« Regarde ! dit-elle.

Je risquai un regard dans l'interstice. Le couloir était parfaitement sombre, je ne distinguais rien dans ces ténèbres épaisses et froides comme une gelée. Des ténèbres si profondes qu'il devait suffire d'y passer un bras pour être englouti tout entier. Soudain je reconnus l'odeur : une odeur de moisi, de vieux papiers, un vent soufflant des profondeurs de temps anciens.

– Revoilà les ténèbres, murmura-t-elle à mon oreille.

Je passai un bras autour de sa taille et la serrai contre moi.

– Ça va, ne t'inquiète pas. C'est un monde qui m'est destiné, il est fait pour moi. Il ne peut rien arriver de néfaste. C'est toi qui m'as parlé de ces ténèbres la première, c'est grâce à elles qu'on s'est rencontrés.

Mais je n'étais pas si sûr que ça de ce que j'avançais, en fait j'étais mort de peur. Assailli par une terreur originelle et irraisonnée, inscrite dans mes gènes, transmise depuis l'Antiquité. Car quelles que soient leurs raisons d'être, les ténèbres inspirent toujours à l'homme une terreur sans nom. Elles peuvent nous aspirer, déformer notre existence, nous faire disparaître. Qui peut encore posséder une certitude dans des ténèbres absolues ? La raison d'être des ténèbres, qui croit à une chose pareille ? Les ténèbres déforment, métamorphosent, effacent purement et simplement tout. Et le néant, qui est la seule logique des ténèbres, recouvre tout.

– Ça va, il n'y a rien à craindre, dis-je (surtout pour me convaincre moi-même).

– Qu'est-ce qu'on fait ? fit Yumiyoshi-san.

– Allons voir un peu plus loin. Je suis revenu dans cet hôtel pour y retrouver deux personnages : toi, et l'autre, celui qui se trouve au fond de ces ténèbres. Il m'attend.

– L'homme qui vit dans la pièce ?

– Oui. *Lui*.

– J'ai peur. J'ai vraiment peur, fit-elle d'une voix aiguë et tremblante.

Que faire ? Moi aussi, j'avais peur. Je posai mes lèvres sur ses paupières.

– Ne crains rien. Cette fois, je suis avec toi. Je te tiendrai la main tout le temps. Si tu ne me lâches pas la main, ça ira. Viens, suis-moi, et ne lâche pas ma main, quoi qu'il arrive.

Je retournai dans la chambre, sortis de mon sac une lampe de poche miniature et un briquet Bic que j'avais pris soin de prévoir dans mes bagages, les fourrai dans la poche de mon coupe-vent, puis j'ouvris lentement la porte, pris Yumiyoshi-san par la main, et commençai à avancer le long du corridor.

« À droite. On va toujours à droite, c'est fixé d'avance.

À l'aide de ma lampe miniature, j'éclairais le sol devant moi, mais ce n'était plus le couloir du Dolphin Hotel. Il semblait s'agir d'un bâtiment plus ancien. Le tapis rouge était usé jusqu'à la trame, le sol enfoncé par endroits. Les taches sur le mur plein de moisissure ressemblaient à des tavelures sur une peau de vieillard. C'est l'hôtel du Dauphin, me dis-je. Je n'en étais pas absolument certain, mais cela ressemblait bien à l'hôtel du Dauphin. Au bout d'un certain temps, le couloir, comme la dernière fois, faisait un coude à droite. Mais après le tournant, à la différence de la dernière fois, je ne vis vaciller aucune flamme de bougie derrière la porte entrouverte. J'éteignis ma lampe pour vérifier. Non, pas de lumière derrière la porte. Des ténèbres totales nous enveloppaient comme une eau machiavélique.

Yumiyoshi me serra la main plus fort.

« Je ne vois pas la lumière, dis-je, d'une voix déshydratée et méconnaissable. Je ne vois pas la lumière derrière cette porte. La dernière fois...

–Moi aussi, la dernière fois, il y avait une lumière là-bas.

Nous restâmes un moment figés sur place au coin du couloir. Puis je me mis à réfléchir. Était-il arrivé quelque chose à l'homme-mouton ? Était-il endormi ? Il aurait dû se trouver là, avec sa lumière. Comme un phare. C'était son rôle. Même s'il dormait, il aurait dû y avoir de la lumière. C'était impossible autrement. J'eus un désagréable pressentiment.

–Rentrons maintenant, dit Yumiyoshi-san. Il fait trop noir ici. Attendons une autre occasion, ça vaudra mieux. Il ne faut pas forcer les choses.

Elle avait raison, il faisait vraiment trop sombre. Il me semblait que quelque chose de néfaste était arrivé. Mais je refusais de rebrousser chemin.

–Non, je suis inquiet, je veux savoir ce qui s'est passé

là-bas Peut-être qu'il a besoin de moi. C'est pour ça qu'il nous a à nouveau connectés avec son monde.

Je rallumai ma lampe. Un minuscule rai de lumière jaune perça l'obscurité.

« Allons-y. Tiens-moi bien la main. J'ai besoin de toi. Et toi de moi. Il n'y a rien à craindre. Notre course est arrêtée maintenant. On ne va plus nulle part. On rentrera, il n'y a pas à s'inquiéter.

Nous avançâmes lentement, pas à pas. À travers l'obscurité, le parfum du baume de rinçage de ses cheveux me parvenait, apaisant mes nerfs tendus. Sa petite main, tiède et ferme dans la mienne, nous reliait dans l'obscurité.

Je trouvai tout de suite la porte du réduit de l'homme-mouton. C'était la seule porte entrouverte, et il s'en échappait une odeur particulière. Je frappai un léger coup. Comme auparavant, cela résonna étrangement fort dans l'obscurité. Je frappai trois fois à la porte et attendis une trentaine de secondes. Mais je n'obtins aucune réaction. Qu'était-il arrivé à l'homme-mouton ? Était-il mort ? La dernière fois que je l'avais vu, il était très fatigué. Il ne serait pas si étonnant qu'il soit mort entre-temps. Il avait vécu très longtemps déjà. Mais même lui il devait vieillir. Et il fallait bien qu'il meure un jour, comme tout le monde. À cette pensée, l'angoisse m'envahit. Si lui était mort, qui donc me relierait à ce monde désormais ?

J'ouvris la porte, entrai doucement dans la pièce en tirant ma compagne par la main, éclairant le sol de ma lampe. L'aspect de la chambre n'avait pas changé depuis ma dernière visite. De vieux livres étaient empilés un peu partout sur le sol, il y avait une petite table sur laquelle était posée en guise de chandelier une simple soucoupe. La bougie qui s'était éteinte n'avait plus que cinq centimètres de haut. Je sortis mon briquet de ma poche pour la rallumer, puis éteignis ma lampe et la rangeai.

L'homme-mouton n'était pas dans la pièce.

Il est parti, me dis-je.

– Mais qui vivait donc ici ? demanda Yumiyoshi-san.

– L'homme-mouton. C'est lui qui contrôlait ce monde. Le lien était ici, et il me connectait avec de nombreuses choses. Comme un réseau de lignes téléphoniques. Il portait une peau de mouton, et existait depuis des temps immémoriaux. Et il vivait caché ici.

– De quoi se cachait-il ?

– Je ne sais pas, de la guerre, de la civilisation, de la loi, du système... De tout ce qui n'était pas « homme-moutonnien ».

– Et il est parti ?

Je hochai la tête. En faisant ce geste, je vis trembler mon ombre démesurément agrandie sur le mur.

– Oui, il est parti. Je me demande pourquoi. Pourtant, il fallait qu'il reste là.

Il me semblait que je me tenais au bord d'un précipice, au bout du monde. Au bout du monde tel que l'imaginaient les Anciens. Au bout du monde, là où tout se transformait en une gigantesque chute d'eau sombrant dans l'abîme. Et nous étions seuls tous les deux, debout sur l'extrême bord du monde. Seul un néant de ténèbres s'étendait désormais devant nous. Le froid glacial de la pièce nous pénétrait jusqu'aux os. Nous ne puisions un peu de chaleur que dans la paume l'un de l'autre.

– Peut-être qu'il est mort, dis-je.

– Il ne faut pas penser à des choses lugubres dans le noir. Essaie d'avoir une pensée plus positive. Il est peut-être simplement allé faire une course ? Peut-être que son stock de bougies était fini ?

– Ou bien il est sorti payer sa taxe d'habitation, hasardai-je, puis je rallumai ma lampe pour éclairer son visage.

Elle souriait un peu. J'éteignis à nouveau la lumière et l'enlaçai à la faible lueur de la bougie.

« Si tu veux, on ira visiter plein d'endroits quand on aura des jours de congé.

– D'accord, dit-elle.

– Je garderai ma Subaru. C'est un vieux modèle d'occasion, mais c'est une bonne voiture, elle me plaît. J'ai même roulé avec une Maserati, mais je préfère de loin ma Subaru.

– C'est sûr.

– Elle a l'air conditionné et la stéréo.

– Je ne vois rien à redire.

– Il n'y a rien à redire. On montera dedans et on ira se balader partout. J'ai envie de voir plein de choses avec toi.

– Bonne idée.

Nous restâmes un moment dans les bras l'un de l'autre, puis notre étreinte se défit. Je rallumai ma lampe. Elle se pencha pour ramasser un mince volume par terre. C'était une brochure intitulée *Études pour l'amélioration de la race ovine du Yorkshire*. La couverture brunâtre était passée, et recouverte d'une couche laiteuse de poussière blanche.

– Il n'y a que des livres sur les moutons là-dedans, dis-je. Une partie de l'ancien hôtel du Dauphin était transformé en salle de recherche sur les moutons. Le père du gérant était un chercheur spécialisé dans les ovins, un docteur ès moutons. Toute sa documentation est rassemblée ici. L'homme-mouton lui a succédé pour mener les recherches, mais tout ça ne sert plus à rien. Personne ne lit plus ce genre de choses. Enfin, l'homme-mouton a tenu à conserver tout ça. C'est peut-être important pour ici, je ne sais pas.

Yumiyoshi-san prit ma lampe, et, adossée au mur, se mit à lire la brochure. Moi, je pensais à l'homme-mouton, tout en contemplant d'un air rêveur mon ombre sur le mur. Où avait-il donc disparu ? Soudain, un pressentiment désagréable me fit remonter le cœur dans la gorge. Il y avait une erreur quelque part. Quelque chose de négatif était sur le point de se produire. Mais quoi ? Je concentrai toute ma conscience sur ce « quoi ». C'est alors que je m'en aperçus. *Voilà ce qui ne va pas !* Je ne sais à quel moment, Yumiyoshi-san avait lâché ma main. Il ne fallait pas lâcher ma main, surtout pas ! En une seconde, la sueur jaillit de tous mes pores. Je tendis la main en hâte pour saisir son poignet. Mais il était déjà trop tard. Au moment même où je tendais la main, elle s'était fondue dans le mur. Comme Kiki dans le mur de la chambre aux squelettes à Honolulu. En un instant elle avait été engloutie dans le mur comme par des sables mouvants. Elle avait disparu, et le faisceau de la lampe s'était évanoui.

« Yumiyoshi-san ! hurlai-je.

Personne ne répondit. Le silence et le froid régnaient sur la pièce. Les ténèbres semblaient s'être encore épaissies.

« Yumiyoshi-saaan ! !

– C'est facile, tu sais, fit une voix étouffée de l'autre côté du mur. Vraiment facile ! Il suffit de traverser le mur pour me retrouver ici.

– Nooon ! hurlai-je. Ça a l'air facile, mais une fois passé de l'autre côté, on ne peut plus revenir ici. Tu ne sais pas, toi, mais là-bas, ce n'est pas pareil, ce n'est pas la réalité. C'est *le monde de l'autre côté*. Ce n'est pas du tout la même chose qu'ici.

Elle ne répondit pas. Un profond silence régnait à nouveau sur la pièce. Ce silence pesait sur moi, comme si j'avais sombré au fond de la mer. Yumiyoshi-san avait disparu. J'aurais beau étendre la main, je ne l'atteindrais plus. Ce mur nous séparait désormais. C'était trop affreux. Je me sentais totalement impuissant. Il fallait qu'on reste *de ce côté-ci* tous les deux. J'avais fait tous ces efforts uniquement pour ça. C'est pour ça que j'étais parvenu jusqu'ici en faisant tous ces pas de danse compliqués.

Mais ce n'était pas le moment de regretter. Je fis un pas vers le mur, à la poursuite de Yumiyoshi-san. Je n'avais pas le choix. je l'aimais. Et je traversai le mur, comme je l'avais fait avec Kiki. Cela me fit la même impression. Une couche d'air transparent. Une sensation lisse et sèche. Une fraîcheur aquatique. Le temps vacilla, la continuité se déforma, la force de gravité trembla. Une vapeur faite de souvenirs d'un lointain passé émergea de l'abîme du temps. Mes gènes. Je sentais dans ma chair la fierté de l'évolution. J'avais su dépasser les circonvolutions complexes de mon propre ADN. Le globe terrestre était en expansion, puis se rétractait sous l'effet du refroidissement. Un mouton se cachait au fond d'une grotte. La mer était un gigantesque concept, à la surface duquel tombait une pluie silencieuse. Et des êtres sans visage, debout là où viennent se briser les vagues, regardaient vers le large. Le temps, énorme pelote sans fin, flottait dans les nues. Le néant aspirait les êtres, un néant plus gigantesque encore aspirait ce néant, les chairs fondaient, laissant apparaître les os, eux-mêmes transformés en poussières balayées par le vent. « Vraiment définitivement, complètement mort ! » disait une voix. « Coucou les amis ! » répondait une autre. Mes chairs se disloquèrent, éclatèrent, formèrent à nouveau un seul corps.

Au sortir de ce chaos et de cette confusion, je me retrouvai nu, sur mon lit. Il faisait noir. Pas un noir d'encre, mais on ne distinguait rien. J'étais seul. J'étendis la main, il n'y avait personne à mes côtés. J'étais à nouveau seul, abandonné sur l'extrême rebord du monde. Je voulus hurler de toutes mes forces : « Yumiyoshi-saaan ! » Mais seul un râle s'échappa de mon gosier. Au moment où j'essayais de crier à nouveau, j'entendis un déclic et la lampe de chevet s'alluma, emplissant la pièce de lumière.

Elle était là. Assise sur le canapé avec son chemisier blanc, sa jupe et ses chaussures noires, elle me regardait en souriant tendrement. Son blazer bleu pâle était suspendu au dossier de la chaise de bureau, on aurait dit son double. La force qui tétanisait mon corps relâcha peu à peu son emprise, comme un boulon qu'on desserre. Je me rendis compte que ma main droite serrait le drap de toutes ses forces. Je lâchai prise, épongeai la sueur sur mon visage. Mais de quel côté étions-nous ? Cette lumière était-elle réelle, étions-nous dans la réalité ?

– Yumiyoshi-san, fis-je d'une voix rauque.

– Ouiii ?

– Tu es vraiment là ?

– Évidemment que je suis là, répondit-elle.

– Tu ne t'es pas évaporée, dis ?

– Mais non. Les gens ne s'évaporent pas comme ça, voyons.

– J'ai fait un cauchemar.

– Je sais. Je te regardais depuis un moment. Tu sais, quand on regarde quelque chose vraiment sérieusement, on peut le voir même dans le noir.

Je consultai ma montre. Il était presque quatre heures du matin. Encore une petite heure avant l'aube. L'heure où les pensées s'approfondissent et se déforment. Mon corps était glacé et raidi. Avais-je vraiment rêvé ? L'homme-mouton avait disparu dans ces ténèbres, et Yumiyoshi-san aussi. Je me rappelais clairement mon sentiment de désespoir et de solitude totale à ce moment-là. Je me rappelais aussi la sensation de la main de Yumiyoshi-san dans la mienne. Tout cela était inscrit nettement en moi. Plus réellement que la réalité. Non, le réel n'avait pas encore retrouvé toute sa réalité pour moi.

– Yumiyoshi-san ?

– Ouiii ?

– Pourquoi es-tu habillée ?

– J'avais envie d'être habillée pour te regarder. Une idée comme ça.

– Tu ne veux pas te déshabiller à nouveau ? demandai-je.

Je voulais vérifier qu'elle était vraiment là. Et que c'était vraiment *ce côté-ci* du monde.

– Bien sûr, dit-elle.

Elle enleva sa montre et la posa sur la table, ôta ses chaussures et les aligna sagement côte à côte. Défit un à un les boutons de son chemisier, enleva ses bas, sa jupe, les plia soigneusement. Posa ses lunettes sur la table avec le petit bruit habituel. Puis elle glissa silencieusement, pieds nus, sur le plancher, souleva la couverture pour se couler à mes côtés. Je serrai contre moi son corps tiède et doux. Il avait tout le poids de la réalité.

– Tu n'as pas disparu, dis-je.

– Bien sûr que non, je te l'ai déjà dit, les gens ne disparaissent pas si facilement.

C'est ce que tu crois! pensai-je en la serrant contre moi. Car en fait, tout peut arriver. Ce monde est dangereux et incertain, et tout peut arriver. D'ailleurs, ne restait-il pas un squelette parmi ceux que contenait la pièce d'Honolulu? Était-ce le squelette de l'homme-mouton? Ou celui de quelqu'un d'autre placé là à mon intention? C'était peut-être le mien, tout simplement. Peut-être attendait-il tranquillement ma mort, dans cette pièce obscure et lointaine. J'entendais les bruits étouffés de l'hôtel du Dauphin, comme un sifflet de train que le vent porte loin dans la nuit. J'entendais grincer le vieil ascenseur, puis cela s'arrêtait. Des pas dans un couloir. Quelqu'un ouvrait une porte, la refermait. C'était l'hôtel du Dauphin, je le savais, je reconnaissais ses grincements, ses crissements de vieillesse. Et moi, j'en faisais partie. Quelqu'un versait des larmes pour moi. Quelqu'un pleurait pour moi, parce que je ne savais pas pleurer.

Je posai un baiser sur les paupières de Yumiyoshi-san.

Elle dormait paisiblement dans mes bras. Moi, j'étais complètement réveillé. Pas une once de sommeil dans mon corps, pas plus que d'eau dans un puits tari. J'enveloppai étroitement ma compagne de mes bras, et me mis à pleurer sans bruit. Je pleurais sur tout ce que j'avais perdu, et sur tout ce que je n'avais pas encore perdu. Mais en fait je versai à peine quelques larmes. Le corps de Yumiyoshi-san dans mes bras était doux, son souffle tiède ponctuait le temps, le temps qui passe ponctuait la réalité. Enfin le jour se leva, tranquillement. Je soulevai la tête et regardai les aiguilles de mon réveil marquer lentement le temps de la réalité. Elles avançaient doucement, tout doucement. Yumiyoshi-san respirait au creux de mes bras, son souffle tiède humectait ma peau.

C'est la réalité. Je suis enfin dans la réalité, et c'est ici que je m'arrête.

Les aiguilles du réveil indiquèrent bientôt sept heures, la lumière du matin d'été pénétra dans la pièce par la fenêtre, dessinant sur le sol des carrés légèrement déformés. Yumiyoshi-san dormait à poings fermés. Je soulevai délicatement ses cheveux pour dévoiler une oreille sur laquelle je déposai un baiser. Je réfléchis trois ou quatre minutes à ce que je voulais dire. Il y a plusieurs façons de s'exprimer. Différentes possibilités, différentes expressions. Pourrais-je prononcer les mots comme il fallait ? Mon message saurait-il s'envoler habilement au vent de la réalité ? Je marmottai quelques phrases tout seul. Puis je choisis la plus simple, et murmurai à son oreille :

– Yumiyoshi-san, c'est le matin !

Postface

Cet ouvrage, commencé le 17 décembre 1987 et achevé le 24 mars 1988, est mon sixième roman. Le héros qui s'exprime à la première personne est fondamentalement le même que celui de *La Course au mouton sauvage, Écoute la chanson du vent* et *Pinball 1973.*

Haruki Murakami
Londres, 24 mars 1988

RÉALISATION : I.G.S.-C.P. À L'ISLE-D'ESPAGNAC (16340)

GROUPE CPI

Achevé d'imprimer en mars 2006
par **BUSSIÈRE**
à Saint-Amand-Montrond (Cher)
N° d'édition : 66408-3. - N° d'impression : 060848/1.
Dépôt légal : mai 2004.
Imprimé en France